U0932538

冯三羊 著

作家出版社

写在前面

读者打开这本书，不完全是静下来阅读一个故事，而是看一部纪录片，同时看一部电视连续剧。故事内容你往下看了就知道；就形式而言，这是一个冒险。

从作者的角度来说，故事首先是要好看，而形式，也就是作者运用的叙述方式，是想改进我们已经习惯了的小说叙述方式。

因此，当你看这部印刷在纸张上的纪录片和电视连续剧，你会发现，除了作者的客观叙述，更多的是故事中的人物行为和人物语言，也就是说，有不少优秀的演员正在用他们精彩的表演为我们演绎这个故事，而不完全是由作者用他的主观的语言来叙述这个故事。

既然是表演，每个演员的台词不仅仅是为了推动故事情节发展，更是人物性格的有声表现。从这个意义上说，倾听台词就显得尤为重要了。

电视剧里的人物对白，即台词，是塑造人物形象的关键词。对于纪录片来说，同样要求影像同期声，因画面需要配上解说词。

这个故事主体共三十八章，每章开头有一段寻访笔记；这三十八篇短文就算是作者摄制的纪录片。而这部纪录片引出来的故事，是电视连续剧的事儿。

目　录

寻访笔记 1

说服吴家后人让我进入吴家老宅是一件非常不容易的事情，等待他们的回音使我感到希望渺茫；这一等就是十年。

在过去的十年里，我几乎丧失了做这个选题的信心。从最初的想法到后来的寻访，我收集了我需要的素材，我想我可以动手写这个故事了。为了尊重我要写的主要对象，我还是坚持一定要征得对方的同意，否则我宁可放弃这个选题，虽然这个选题教我欲罢不能。

总算有一天好消息来了，我被准许进入吴家老宅。当我第一次走进这个老宅，我感觉好像做梦一样回到一个很旧的时代。

这个私家园林在苏州惟亭，迄今为止已经有两百多年历史了。今天我们看到的早已废弃的庭院深深和断壁残垣，依旧显示出过去吴家的文化底蕴，特别是吴家园子里的两棵三百多年的白玉兰树叫来访者叹为观止。我不知道为什么这个园子被人遗忘到今天，想来“今园可造，古树难求”不无遗憾。

顺着吴家客厅板壁后面破旧的楼梯我慢慢地走上去，到楼上，第一个想看的，是吴元厚先生的画室。那个画室已经不存在了。存在的画室是我想象中的存在。

走向楼道的另一端，看那个建于清代嘉庆年间的阁楼，从前叫“明阁”，是吴家存放历代名家字画的地方。明阁还在，人呢?

推开门，门上落下长年积累的尘土。

我在一堆旧家具里看到一只布满灰尘的箱子。在这个箱子里我找到一张老照片，是吴元厚先生和他儿子吴天泽的合影，摄于民国十六年。

这个园子的第二代主人吴元厚，字允之，是吴门画派有名的画家、书法家、字画鉴赏家。吴家是书画世家。吴元厚的父亲是清代著名山水画家吴绍庭。这个时候我感觉我要写的故事似乎有了一个承先启后的开端——

第一章

民国十六年夏天。

有一天下午，吴元厚在自个儿家楼上的画室里正在画一幅山水，吴家用人阿仲轻轻地走进画室，瞅一眼墙上日历，撕掉一张隔日页；回头见主人全神贯注画图，他迟疑了一会儿，小声说道："老爷，有客人来。"

吴元厚头也不抬，一边作画，问道："谁呀？"阿仲回道："苏州城里朱家大少爷，还有一个人，以前没见过。"吴元厚不停手，过了一会儿，才开口道："朱子藏的儿子，他来有什么事？"

"他说，来拜访老爷。"

"知道了。"吴元厚继续作画，一边说道，"你先下去招呼他们，叫他们到客厅里坐一会儿，我过一会儿下来。"

阿仲认识朱家大少爷，知道他大名叫朱红，社会上的人叫他"红哥"。

朱红这一年大概是二十六岁，中等个子，人瘦，一副精明能干的样子。他平常两只眼睛习惯眯着，睁开眼皮时，眉头皱紧。另外一位客人，三十多岁，商人打扮，看样子又不像个做生意的，有点像军人。

阿仲从楼上下来，到门外把两位客人引进园子，带到客厅里；请客人坐，上茶。完了，阿仲退一边去候着，冷眼看他们俩吃茶轻声说道吴家园子里的假山和花木。

说话间，朱红抬头一看吴元厚来了，便放下茶碗，立起来向吴元厚鞠躬，开口道："吴先生好，我爹叫我向吴先生问个好！"接着介绍道："这位是从南京过来的庞先生。这位，就是吴门画派有名的大画家吴元厚先生。"

庞先生"啪"立起来，双手抱拳道："吴先生，久仰！在下，庞为然。"吴元厚将手一让，请二位坐，自己先坐下来，问朱红："你爹现在身体怎么样？"朱红欠身回道："我爹现在蛮好。他就是那个脚有点不大方便，所以一直待在家里不出来走动。要不，他早就来拜访吴先生了。"

"哦，"吴元厚仰了一下身子，靠在椅子上，说道，"子藏先生一直隐在家里不出来，好久不见他了。现在要见他一面也不容易。改日找个时间碰碰头。你回去跟你爹说一声，代我问个好。”

“谢谢吴先生。”

阿仲给老爷上茶。吴元厚接着问道：“大少爷今天来有什么事？”

“有——”朱红先前一直眯着眼睛，这会儿突然睁开眼皮，眼睛一闪，嘴巴嚅动着，一边从包里拿出一个长条子红木盒子，笃悠悠说道，“我今天带来了一幅画，是前几天我在上海碰运气捡漏捡到的一件东西，一看，是唐伯虎的山水人物。今天特地登门拜访，想请吴先生帮我看看。”朱红打开盒子，小心翼翼把一幅旧画拿出来，双手捧着递给吴元厚。

没想到吴元厚不接。吴元厚端起茶碗，揭开盖子，对茶水吹一口气，眼睛盯着茶碗上的图案，沉吟片刻，说道：“哦，不急，东西先放在桌上。”说罢，吴元厚把茶碗放到桌上，吩咐阿仲去把少爷叫过来。

“是，老爷。”

阿仲应声去了，快步走到少爷书房，一头闯进去，见少爷正趴在书桌上打瞌睡，阿仲一把推醒他，说：“快，老爷在客厅叫你过去。”吴天泽浑身一震，抬起头来用手揉揉眼睛，苦着脸说道：“做什么啊！”

“快去！”看少爷磨磨蹭蹭整理书桌上的东西，阿仲又说了一声“快”，随即把少爷从椅子上拉起来，拽住他胳膊往客厅走。

吴天泽走进客厅。吴元厚指指桌上的那幅画，对儿子说：“我叫你过来看看这幅画。”吴天泽怕他父亲，又因家里来了陌生人，眼睛眨发眨发不敢说话，一边摇头。吴元厚突然厉声道：“摇什么头！”完了，一转眼对朱红说：“来，把那幅画打开来。”朱红赶紧站起来，叫庞为然帮个忙，双手拿住天杆；自个儿握住地杆两端轴头慢慢地打开旧画。

吴元厚朝儿子招手，一面说道：“过来，别立在那里摇头。我叫你看，你就看，仔细看。”

吴天泽耷着脑袋不吭声，一手拉耳朵根，瞅父亲一眼，挪着步子走过来，看画面上的山水、人物、落款、印章、裱头。完了，抬头说：“真的。”

吴元厚坐着吃茶，不说话，瞟了一眼那幅画，“嗯”了一声，然后朝儿子点头微笑。朱红看在眼里，一愣，使一个眼神叫庞为然把画拿到吴元厚面前。吴元厚手一摆，说：“看过了，收起来吧。”朱红松手，让庞为然拿着画，自己一屁股先坐下来。

朱红人是坐稳了，但是心神不定，一边琢磨吴元厚的眼神。

吴元厚避开朱红眼睛，悠悠哉地端起茶碗。朱红眯起眼睛看吴元厚；吴元厚好像是在欣赏那茶碗上的图案，而不是真的要吃茶。朱红一时琢磨不透吴元厚到底是什么意思，心里打鼓，这会儿想开口说话；又一想，现在不便说，于是干咳一声，等吴元厚开口。

吴元厚放下茶碗，看庞为然还站在那里，手上拿着画，一脸尴尬的样子，便叫他把画放在桌上，坐下来吃茶。庞为然坐下来，也来个闷声不响，点了香烟自个儿抽，眼瞅着手上夹的香烟。

这时候朱红心里憋得慌，把嘴巴里渗出来的口水咽下去，脖子一挺，眉头皱紧盯着吴元厚看。他看了一会儿，总算听见吴元厚清了一下嗓子说道："这幅画，嗯——我要了。你说个价吧。"朱红一听，嘴角边一抽，嘴皮子翕动，也不说话，两只眼睛眯成一条线——眼皮里的眼珠子瞟一眼吴家少爷，接着瞟一眼吴元厚，完了，再瞟一眼放在桌上的那幅画；突然间他肩膀一抖，朝吴元厚伸出三个手指头。吴元厚眼锋一扫，说："好，你们坐一会儿，稍等片刻。"说罢，立起来离开客厅。

看着父亲走开了，吴天泽想走，被朱红立起来一把拦住。朱红摸一下吴天泽脑袋，问道："你今年几岁了？"

"十二岁。"

"不得了。吴公子，你会看字画？"

"会。"

"会书法？会画画？"

"嗯。"

"特吗的第一名！"庞为然咂嘴道，"到底是吴门书画世家，不一样啊，你看这小小年纪……"

"是啊。"朱红头一转说道，"庞先生看见了吧，你这次到苏州来开眼了。我先头不是跟你说过吗？你到苏州来，来对了。"

"就是，朋友介绍我到苏州来找你父亲，不，找你。你看，我找对了。人家说想弄好东西，就得来找你红哥。说得没错吧，是不是？"

"不要说我。我今天来，也开眼了。我现在跟你说吴公子，说吴家，说吴先生……"朱红跟庞为然说话的时候，吴天泽已经溜掉了。

这时候吴元厚走出来，拿出三根金条放在桌上。朱红一怔，咬紧牙根，腮帮子两边鼓了起来，不开口说话，眼珠子一转瞟了吴元厚一眼，便伸手把金条拿过来，放到随身带的皮包里。完了，他抬头故作沉着冷静，右手一握跷起大拇指说道："吴先生，我看吴公子这个年纪，不得了哦。我刚才就跟庞先生说了，我们苏州惟亭吴家，乃家学深厚，家教有方……你看，吴公子今年才十二岁，他看字画有这个眼力和本事……他，将来有将来哦。"庞为然一个欠身，附和道："这个听说是听说；看见，就是看见了。我这一回算是开了眼界，亲眼看到吴家公子的这个眼力和本事，兄弟我佩服，佩服得很。"吴元厚听了，摇摇头，一边摆手说道："嗳，不就是看了一幅画么，有什么大惊小怪的。"

"不，"朱红右手伸出食指摇动了一下随即换成大拇指，说，"不得了，我看吴公子不得了！我爹曾经跟我说过，说吴先生小时候也是不得了。这个老话说得好‘有其父必有其子’——我看吴大师的儿子，将来一定也是大师，前途不可估量！庞先生，你说是不是？”“是，”庞为然身子一挺，说道，“红哥说的是。像吴公子这样的少年，兄弟我从来没见过，真的没见过。”吴元厚微笑道：“我说二位过奖了。这个小家伙从小在家里学字画，他呢，跟他爷爷，跟我，看了不少名家字画。看多了，他也就明白了一点门道，恐怕不见得有什么稀奇。其实，这一点是不足挂齿的。这个要紧的，我看，他以后还是要把字写得好，画，画得好才是——”“字画，才是特吗的——”庞为然一看朱红的眼睛扫过来，改口说了一个“好”字。

主客接着说了一些闲话；一杯茶工夫，朱红起身告辞。庞为然掐掉手上香烟跟着立起来。吴元厚叫阿仲送客。

朱红和庞为然走出吴家大门，吴元厚在后院里找到儿子，一把将他拖到楼上画室里，用红木条打他手心。吴天泽弄不懂，刚才还好好的，父亲怎么突然变脸说打就打呢？吴天泽一脸惶恐，颤声说道：“我，我今天没做错什么事情，打我做什么？”

“我打你，”吴元厚厉声说道，“我就是要打你！你给我想想，你今天做了什么？你今天做错了什么？你今天错在哪里？给我想，给我好好地想想！啊？想不起来了？我打的就是你这个想不起来的脑子！哭什么，给我再想，今天，就是刚才，你错在哪里?!”

“没，没错。”吴天泽把手缩回来，呼啦呼啦喘气，一面哭道，“我没，没有错……”

“还说没有？”吴元厚气得嘴唇发抖，脸色铁青转而煞白不见一丝血色仿佛一下子被抽干了血似的，两只眼睛恐怖得好像要吃人。

吴天泽吓得要死，嘴巴里“哈、哈”出声，一边摇头道：“没，没啊！”吴元厚“啊——？”一声，拿红木条顶住儿子脑门，说道：“好啊，你还是想不起来……你忘了。你不记得了。不打你，还得了！你哭，你哭有什么用？这幅画假的！”说罢，吴元厚颓然坐到椅子上。吴天泽一听浑身颤抖，倒退几步，“哈”一声问道：“真的假的？”

“假的。”

“爹，那为什么要买下来？”

“为什么要买下来，你——”吴元厚瘫坐了一会儿，坐直了身子，眼睛逼视儿子，闷声说道，“我——这是，为你——”吴元厚脚一跺，“嗨——！”随即立起来把儿子拖到画桌边上，猛一声说道：“把手伸出来！”又一顿痛打。吴天泽满脸委屈，大哭，声音传到楼下。丫头明香听见了，赶紧跑到里屋告诉太太。

吴天泽的妹妹吴天玉跟着母亲跑到画室。吴太太快步上前，夺下吴元厚手中的红木条，一边问道：“怎么回事啊？”

吴元厚不理夫人在旁边说话，揪住儿子耳朵，说道：“……我平时是怎么教你的？

你忘了？你现在给我背！我是怎么教你的？!”

吴天泽被他父亲逼得狠极了，哭得泪人似的，抽泣着背诵道：“唐，唐寅作画，用笔细劲，如纸上游丝……”

“哥哥背错了。”吴天玉上前拉拉吴天泽的衣服，说，“不是唐寅作画，是唐伯虎画画……”吴太太一听，气不打一出来，把女儿拉到一边，说道：“唐伯虎唐伯虎，就你知道唐伯虎！唐伯虎跟唐寅，不是一个人吗？你爹打你哥哥，你在这里起哄瞎闹什么，给我走开！”

这时候吴元厚揪住儿子耳朵，把儿子脑袋揪到那幅旧画上才松手，说道：“看这幅画，这条线不对……线的功夫还不到家，假的。你给我记住！我看你今天要罚，一定要罚！今天我罚你跪在地上临赵孟頫字帖，给我跪在地上临！”

“罚就罚，”吴太太回头道，“反正儿子也被罚惯了，有什么稀奇？只是老爷要清楚，打了孩子就不罚，要罚就不打。没有道理把孩子打了还要罚的。这样下去谁受得了？老爷你受得了，我受不了。”吴太太说罢转身想走，一转眼看女儿趴到画桌上玩笔洗里的水，上前一把拉下来打手心。吴天玉挣开母亲的手，跑到父亲身边，哭着说道：“妈妈打我，打手心，痛……”吴元厚转过身来哄女儿不哭，一边对夫人说道：“她玩她的，你打她做什么？”吴太太立马回道：“我说老爷，你不能这样管教儿子，宠女儿。”吴元厚脸一转眼睛一凶，闷声说道：“我在家里管教儿子，还用得着你说？我跟你就这么一个儿子，我当然要管教！要不然吴家第三代将来怎么可能有更大的成就？!”吴太太听了一怔，随即眉头一皱，说道：“有你这样管教的吗？跟儿子好好地说话不好吗？偏要打了说好？”

“我打，是要他好！他不打，他不记。打他手心，教他痛到心里往后给我记住了！人，没个记性还得了？!”

“那老爷你就用打来管教儿子吧，我不管了。”吴太太拉女儿走。吴天玉伸手拉住父亲衣服，说：“爹，我不走，我要在这里玩……”吴太太火气上来，实在是憋不住了，恨恨说道：“你也不听话，要打！”一把硬拉着女儿出去。

离开吴家，朱红请庞为然到苏州唐楼吃茶。先前拉他们来的那辆马车在门外候着。两人上了车，半个时辰回到城里，直接去唐楼。

唐楼在苏州古城西边阊门外上塘街口子上，靠近运河，门面朝东南向。

这是一座清代留下来的砖木结构老房子，两层楼；楼下临街店面专卖上等茶叶、茶具；楼上设雅座吃茶，吃点心。

朱红请庞为然到唐楼吃茶，有两层意思：一是唐楼是苏州最高档的茶楼，到这里来吃茶的人一般比较体面，有身份；二是这个地方最能体现吴地人的雅俗共赏，有文化的人喜欢来，有钱的人也喜欢来。所以这里的上流社会消息跟一般市面上的信息相互流通，好比运河里大大小小的船来来往往。

朱红领庞为然上楼的时候，唐楼老板唐六梓正坐在楼上临河窗口，和一个穿着体面的客人说话。

朱红和庞为然入座，开始说道字画；庞为然挑头说起吴家公子。那天唐楼客人比较多，吴天泽的大名和本事传到别人耳朵里。

朱红是唐楼常客，唐六梓认识他，走过来跟他打招呼，跟着一起闲聊。唐六梓说："现在外面都说吴元厚超过他父亲吴绍庭。刚才听你们讲吴元厚的儿子吴天泽，看来吴家是一代超过一代了。"朱红不接唐六梓的话，眯着眼睛瞅了唐六梓一会儿，岔开话题淡然说道："哎，唐老板，听说你有个女儿是吧，就一个独养女儿是不是？"唐六梓微笑道："你怎么知道的？我从来没跟你说起过。"朱红眼睛一瞟，揭开茶碗盖子，说道："以前到这里来吃茶听人家说过。你女儿跟吴元厚的儿子年龄差不多，是不是？"

"我女儿，今年十二岁。那吴家公子——"

"同年。"朱红端起茶碗，微笑道，"我说唐老板，想不想将来跟吴先生攀个亲家……"唐六梓一听，连着摆手回道："这，这个说远了。我唐某人是不敢高攀的——"

"唐老板说笑了。"朱红对着茶水吹一口气，悠悠哉说道："唐老板是卖好茶叶、好茶具的。这上等茶叶、上等茶具，不就是要跟大户人家高攀么？这一说哪里说远了？就近来说，我今天刚去拜访过吴元厚，从吴先生那里来。听说吴先生家里的那套好茶具就是你唐老板送的。还说什么说远了高攀？嘿。"

"送吴先生一套茶具不假。"唐六梓一哂，回道，"我这是为了做生意，做一点宣传，跟那个高攀，想攀个亲家是两回事儿。改天，我也送一套茶具给你？你是在外头跑跑的，人头多，也帮我宣传一下？这也算是高攀了。"

"我是不要你唐老板送的，"朱红把盖子往茶碗上一扣，"我出钱。我拿钱出来买，你舒服我舒服，两头舒服好——哎，开个玩笑。"

"好，吃茶，不开玩笑，不开玩笑了。我们还是说别的。"唐六梓随即把邻桌的那位客人介绍给朱红和庞为然。他是从吴江盛泽来的盛先生，盛宾如，说他欢喜中国历代字画，眼下已经收了不少名家字画。

盛宾如现在手头上有一件好东西，这次他到苏州来想请唐六梓介绍吴元厚看看。"这位朱先生就是字画行家。"唐六梓对盛宾如说，"现在有空，不妨先请朱先生看看你带来的字画，怎么样？"盛宾如看朱红年纪轻得很，犹豫了一下，低声对唐六梓说道："现在不用了吧。我想还是约个时间请吴先生看比较好。"

朱红听了面孔一冷，端起茶碗吃茶，完了将茶碗往桌上一蹾。坐在对面的庞为然自个儿点了香烟抽，下巴翘起来朝上吐烟圈，一边用手摸到沾在嘴唇上的烟丝，把那烟丝捏到手里，用两手指头捻了，瞟一眼盛宾如，"哼"了一声。忽然间冷场，唐六梓眼睛一扫，随即引头说话调节气氛，说当今民国有两个最厉害的字画鉴赏家，一是南

京金陵博物院院长顾大猷，号称“顾大仙”；二是苏州的大鉴赏家，朱红的父亲朱子藏先生，字步闲，民间号称“朱半仙”……

盛宾如听了，连连点头对唐六梓说：“我这次到苏州来，唐兄要帮个忙。请吴元厚先生和朱子藏先生两位大家鉴定，那就太好了。”唐六梓拍胸脯道：“没问题，吴先生我来请。”然后对朱红说：“大少爷，怎么样？你把你父亲请出来，请到唐楼来，我唐某人请客；不但请客，我还要送你一套好茶具，高攀一下！”朱红眯起眼睛看唐六梓，看了一会儿才笃悠悠说道：“唐老板，你想叫我把我爹请出来，是不是也应该有个什么说法？”唐六梓一听，含笑说：“半斤碧螺春，清明前的，你看行啵？”

“唔，”朱红沉吟道，“明前的碧螺春从前是供给京城皇帝老儿享用的，唐老板你舍得吗？”唐六梓眼睛一闪，双手摊开来说道：“有什么不舍得？朱家老爷你父亲，和你，在我眼睛里就是那京城皇帝老儿跟太子大阿哥。再说了，这盛老弟的事情也就是我唐某人的事情，两头说来，我有什么舍不得的。怎么样？”

“行啊，”朱红掸了一下袖子，嘴巴一撇道，“待会儿唐老板叫伙计把茶叶包上，回头我带回去。这茶叶，自然领情了。至于家父是不是肯出来看什么狗屁字画，我不打包票。说不定他会来，也说不定他不会来。”唐六梓听了一笑，点点桌子说道，“来不来再说，先把茶叶包了。”唐六梓说罢，转身去。盛宾如起身跟着走，说有事先走。唐六梓先送盛宾如下楼。

等到他们俩走开，庞为然凑近朱红，低声说道：“红老弟，哦，红哥，这回我到苏州来，也要红哥帮个忙，我有个事儿求你——”

“你不是来玩的吗？什么事儿？讲——”

“红哥能不能帮个忙，帮我弄两幅前朝名家字画，你看行不行？”

朱红眉头一皱，眼睛眯起来看着庞为然；看了一会儿，一个欠身问道：“庞先生要字画做什么？是自个儿收藏，还是做生意？”

“不瞒你说，兄弟我也是受人之托，给长官的跑跑腿。这个事儿非要你红哥帮忙不可！”

朱红一听，面露难色，沉吟片刻说道：“这个忒难。你刚才说，要弄前朝名家字画——哎呀，这个不好弄。你也知道，现在市面上好东西难弄，一要难得碰巧的机会，二要眼力。一个字，难。”

“红哥你想想办法，我想你是肯定有办法的。”说着，庞为然已经从包里拿出红包卷放在桌上，推到朱红面前。

“庞先生，你这是什么意思？”

“这里是一百个大洋，先做个订金，请红哥收下。兄弟我，先给钱，表示心诚。怎么样？”

“哎呀，庞先生见外了不是？你看，这不为难我了。”朱红看庞为然抢着要说话，便伸手阻止道，“你先听我讲——这个事情呢，唔，即便是我现在答应你庞先生，帮你弄两幅名家字画，到时候你庞先生看了东西给钱也不算迟啊，何必现在呢。”说话的时候，朱红的手指已经触摸到桌上的红包卷；那手指头在红包卷上慢慢地来回移动，眼睛跟着在那红彤彤的东西和庞为然的脸之间来回瞟移。庞为然看在眼里会心一笑，拿了香烟叼在嘴上，一面点火柴，小声说道：“这个钱我想还是要先给的。我是喜欢先给定洋再谈生意，请红哥现在收了。要是红哥嫌定洋少，不收，那我就不敢请你帮这个忙了，回头只好找别人……”

“别，”一瞬间朱红的手已经摁住红包卷，脸皮连续牵动，一哂说道，“这个初次打交道，庞先生今天这么有诚意，这么信得过我，我先收下来，回头我试试看？庞先生，你说呢？”朱红不等庞为然开口，就把钱攥到手上，眼睛一眨放进包里，抬头说道：“庞先生，钱先搁在我这里。不过话我先讲在前头，两幅前朝名家字画弄得到弄不到，现在难说，也不好说。我跟你现在说好，一个月之后弄不到，到那个时候没办法，我就没办法，我只好跟你两手一摊，把这个钱退还给你。你可别说我。”庞为然双手一抱，说：“红哥爽气！拜托。你尽量想办法，比如说刚才那个姓盛的，要是他手上的东西真的，你想个办法拿下，我要。”

“庞先生想在中间插一手？”

“不是插一手，”庞为然做了一个手势，“是弄到手。要是那件东西真的，想办法弄到手！”

这天下午吴天泽受罚之后在家里四处晃来晃去，抬头见吴天玉在楼上过道里逗弄鹩哥。那只鹩哥是吴家的宝贝，学老爷说话：“他不打，他不记。”吴天泽听了，心烦，到园子里找了一根树枝上去，将那树枝伸进鸟笼打那只鹩哥，一边说道：“打打，打你！打你！”那鹩哥跟着学道：“打打，打你，打你。”

站在旁边的吴天玉开心得笑道：“你不打，你不记！”那鹩哥跟着学道：“你不打，你不记……”吴天泽尴尬一笑，突然冲那鹩哥“哈——”了一声，鸟儿惊吓得在笼子里乱跳。吴天玉慌了眼神，嘴巴一撅道：“你欺负鸟儿，把那鸟儿吓出毛病来了！”吴天泽“啪”扔掉手里的树枝，转身就走。吴天玉跟上去，唧唧咕咕道：“你打鸟儿，我告诉爹……”吴天泽停住脚步，一个急转身说道：“我明天带你出去玩，带你到城里去玩，好不好？”

“不好。”

吴天泽挠挠头皮，说道：“我到园子里给你捉螳螂，捉一只螳螂送给你，好不好？”吴天玉眼睛眨发眨发点头道：“好，你现在去捉一只给我，我就不告诉爹。你不捉，我就……”

“奸细。”吴天泽走了几步，嘴巴里咕哝道，声音很轻；吴天玉耳朵尖，听见了，

立马回道："谁奸细了？我没奸细。……是你自己说好的，捉一只螳螂给我。我说好的。你不捉好了。你不捉，我去捉。"吴天泽拦住吴天玉，嬉皮笑脸道："我捉，我去捉给你！你不说，你不奸细。"

"嗯。"

吴天泽溜到园子里捉螳螂，把种植花草的盆子翻乱了，捉到一只个头还小的螳螂，双手握住，呼叫妹妹拿盆出来。吴天玉从楼道栏杆处探出头，一看吴天泽在下面喊她，一副着急的样子，自己也跟着心急起来。她转身一头冲进父亲的画室，一看父亲不在，就拿了画桌上的笔洗直奔楼下去。那笔洗是清朝雍正年间官窑斗彩瓷器，吴元厚谁都不让碰；阿仲每天要帮老爷整理画室，但是这个笔洗换水，吴元厚一定要自己来。

吴太太走到客厅楼梯口跟丫头明香说话，一转眼看见女儿双手捧着笔洗从楼上急步下来，吓得脸色煞白，大叫一声："慢！"吴天玉一惊，一脚踏空楼梯侧身从楼梯半当中滚下来，差一点失手将笔洗掉在地上。

吴元厚洗好澡出来，见女儿哭泣，便哄女儿，问道："出了什么事啊？"吴太太喘一口气，说："天玉刚才差一点闯大祸！"

吴元厚听完事情经过，一拍脑袋，手一甩说道："这个不怪天玉，这个要怪天泽！是他胡闹！谁叫他胡闹的！"随即叫阿仲把少爷叫来，拿木尺狠狠打儿子手心。吴太太看不过去，脸拉长了，说道："老爷这一回宠女儿宠得没道理。"

"怎么没道理？"吴元厚说，"天玉有什么错？这是天泽的错！他不待在书房里，跑到园子里折腾什么？我叫他待在书房里练字、画画，他就必须待在书房里给我练，给我画！'养不教，父之过。'老话说得好，女儿宠点没关系，儿子宠不得。我在家里教育儿子，你在跟我说宠女儿，这是两回事儿。"吴太太说："老爷说这是两回事儿，我说是一回事儿。今天明明是女儿动了笔洗，要打，就要打她手心，这是道理。儿子没拿笔洗，老爷打他手心——这是什么道理？有什么道理？老爷你这样做，不是在教育儿子，是在折腾儿子。这样下去，我要把儿子送到外面学堂去读书，他不能待在家里，由着老爷的性子和脾气说打就打，说罚就罚。"吴元厚手一摆回道："你啊，别跟我说什么道理，别争吵。儿子给我待在家里读书练字画画，这是吴门传统。我是不会放他到外面去读什么学堂的。别的好说，这一步，我不让，没商量。你说没用！"吴太太叫儿子赶紧走开，一边流眼泪，说道："这个儿子我不管了，你管！"吴元厚听了，立刻叫用人传话："阿仲，你去跟少爷说，就说我说的，叫他待在书房里不准出来，练毛笔字！"

吃过晚饭，吴太太到房间里跟吴元厚说闲话，想起来说道："老爷，我今天真的弄不懂，你心里明知道那幅画不是真的，后来也对儿子说是假的，那你为什么要买下来呢？买下来也算了，这回头又拿儿子问罪，又是教训，又是打，又是罚！你有个什么道理？"吴元厚回道："我自然有我的道理，这个你就不要多问了。"吴太太还是想问个明白。吴元厚脱下衣服，一边说道：“我有点累了，不想说话。今天我想早点睡觉。”

……

这天晚上朱红请庞为然吃饭，叫了黄包车去得鲜楼；饭后安排他到碧云坊同春楼尽兴。“同春楼是苏州最好的青楼。”朱红说，“那个地方高级，女人个个标致得很，多半懂琴棋书画、评弹、昆曲，那些女人的味道要你相信。”

庞为然一听欣然道：“男人嘛，晚上要尽个兴。”朱红听了一笑，说道：“庞先生，你今天晚上一定要在同春楼里尽个兴。”

“这个‘性’，彼此彼此……”庞为然微笑道。

“不，”朱红伸出一个手指头摆来摆去，似笑非笑道，“庞先生，你方才说的这个‘性’，你是你，我是我，清爽得很。我现在就跟你庞先生说好了，我晚上不在外面过夜，我是要回家的。今晚，我陪你庞先生听完昆曲《牡丹亭》一个片段就告辞，留庞先生一个人自便。”说话间，人已经进了同春楼。

同春楼当家的徐娘领来两个窈窕女子，庞为然眼睛一亮，点头道：“就这两个，好！”徐娘颔首微笑，轻声对两位姑娘说：“去吧，先陪两位先生到后面水榭听戏，然后到楼上去。”两姑娘会意道：“好的。”

听了一折戏，徐娘款步走过来示意那两位姑娘陪两位先生上楼，接着对朱红说道：“红哥，你有一段日子没来了。今天晚上看你也有兴致，也到楼上去休息一下？”朱红一听，手一摆回道：“我就不了。徐娘，我你是知道的。我是带客人来。我马上就走，回家。我看时辰已经不早了。”这时候庞为然凑到朱红耳朵边上说道：“红哥你不要，这两个我要了。”朱红一怔，脸转过来嘴巴里叽里咕噜道：“庞先生，你今天夜里要、要两个？”

“是。”

“好吧，”徐娘瞟了庞为然一眼，含笑说道，“那就叫两位姑娘今晚合起来陪这位先生。”朱红听了嘴巴一撇嘀咕道：“这个钱要多出一个份子了。”这话好像是说给自个儿听，又像是说给边上的徐娘、庞为然听的。眼瞅着庞为然左右手搭住两个姑娘上楼去，朱红迟疑了片刻，便将先前收庞为然的那个红包卷原封不动拿出来，手一掂，给徐娘。徐娘接手，轻声说道：“红哥给多了。红哥每次带客人来，出手，我是有数的。”

“给。”朱红顿了一下，手一抬接着说道，“徐娘，人家习惯说，多退少补。我呢习惯说，少了补，多了不用退。”说罢，后退一步，略一躬身告辞。徐娘说：“我来送送你……”说着，陪朱红走出水榭，绕过池塘往前厅去。

同春楼前厅楼面管事的阿奔隔着花窗看见徐娘陪一位客人过来；待到人走近了看清楚是熟客，阿奔趋步迎上去，点头哈腰打招呼：“哟，红哥来了。好，红哥来了生意就好……”朱红见了这个家伙，不欢喜，也不讨厌，眉头稍一皱，跟他对了一眼，似笑非笑点个头，就算应付了。朱红不停步，朝门口走。

“红哥怎么，走了？”阿奔转身跟上去，一边说道：“哎呀，红哥怎么来了就要走，不在这里过夜了？”

朱红突然停住脚步一转脸，嘴巴一撇道：“说什么呢！我什么时候在这里过夜了？”阿奔一个闪身避让，差一点两人身体碰了。朱红瞟了徐娘一眼，接着说道：“徐娘是知道的，我每次到这里来，吃一杯茶，听听戏曲如此而已。”

“阿奔，”徐娘使了个眼神，说，“到外头去叫一辆车。”

“是。”

阿奔应声去了。朱红转过身来，手一抬，说：“徐娘留步。”徐娘略作一个欠身，说道：“红哥要常来哦。”朱红看着徐娘眼睛，头一点右手朝自个儿额头正面上一碰，紧接着一哈腰，手从额头上拿下来向前一舒展，拔脚就走。

寻访笔记 2

我最初的寻访不是从吴家老宅开始的。

我的第一个寻访点是民国时期的青楼——同春楼。

我曾经寻访过不少从旧社会过来的人。

这里所谓的“过来的人”指的是在民国时期曾经光顾过那个高级青楼的人，和那些曾经被那些人光顾过的女人。寻访这些人之后，我获得两个印象：

一是这些人大多数在那个时代受过比较好的教育，家庭背景也好；有钱，其中有些人很有钱。二是这些人有选择地去那个地方，那个地方文化享受的吸引力和文化品质、素质兼具的女性美色的吸引力并存，有同时相得益彰于“性”的品尝魅力。如果那个地方仅仅以“性”来招揽生意，对于上述那些人来说，恐怕是要黯然失“色”的。有文化讲究而又货色好，是要付大价钱的。故事发展下去可略见一斑。故事的“由头”是由非常文化的字画起，其中的几个重要人物跟当时的同春楼女子实在是脱不了干系。这个故事开头已经出现的吴天泽现在还小，那年才十二岁，等他长大了以后再说。

从寻访的第一个点青楼开始，到寻访的第二个点唐楼——此楼非彼楼，我的寻访视野逐渐开阔起来，寻访的人物也逐渐跟进了。

我在过去的寻访中曾经面临过一个最大的难题：

如果我纪实写，不管是已经去世的，还是那些活着的人，包括他们的后人，他们允许我纪实写吗？说文化可以，说别的恐怕不好……

眼下最重要的还是文化，是历史流传下来的字画——

第二章

朱红回到家里，先去他父亲的书房，见父亲还在看书，说道："爹，这么晚了，还不睡觉啊，你身体要紧哦。"朱子藏边翻书边说道："今天白天吴元厚那儿去过了是吧，怎么说？"

"按爹说的那个意思办妥了。"朱红上前几步回话，把一包茶叶拿出来放到书桌上。

"什么东西啊？"朱子藏瞥了一眼。

"碧螺春——今年的新茶，清明前的，是唐楼老板唐六梓送的。"

"哦，"朱子藏喉咙里应了一声，接着翻书，一边说道，"茶叶，我还以为是什么好东西，拿一边去。"用人进来给大少爷上茶。朱子藏手一摆，用人退了出去。朱子藏叫朱红把书房门关上，坐下来，说道："红儿，你啊要明白，你爹不稀奇那些吃啊喝的穿的。我呢，活到今朝这把年纪，该有的，好像全有了。现在我跟你关起门来说，爹有个心思知道哦？"

"爹是想说顾大猷吧。"

"嗯，跟他没完。过去在外头鉴定字画，他每一次占上风倒也罢了，四年前他差一点叫我——"朱子藏说到这里打住，好像在想什么心事。朱红想问，四年前是怎么回事儿？以前也问过，他父亲就是不说。不知道什么原因？朱红突然眼睛睁大了，脖子一伸说道：

"爹，你现在想跟顾大猷较劲，难。那个顾大猷，人家叫他'顾大仙'。他的名气和眼力，外头传说在你之上。这个恐怕暂时没法子争。我今天下午到唐楼吃茶，听见唐六梓也在说当今民国，排在头一号的字画鉴赏家，就是顾大猷顾院长……我当时听了，也不睬醒那些屁话。没意思，费事儿在场面上跟他们一帮人说一说二的。我想眼下呢，没办法，爹只能忍着点，也就是说，屈就一点。不就是数一数二么？这个头一、头二、头三的，说到根上，有什么大的区别？按从前科举的说法，不就是状元、榜眼、探花吗？爹现在已经够可以了。我琢磨着一个人到了这个份上有什么可争的？那个'争'字，有意思吗？还不如在那个字的左边加个提手，挣银子。"

朱子藏听了，眼睛一瞪，干咳一声道："你懂个屁！你整天脑子里头就知道银子、银子，好像天底下除了银子，就没别的东西了。你不知道那个姓顾的狗屁大仙有多可恶，可恨！唉，跟你说，有什么用。”

“爹，”朱红眉头一紧，立马改口道，“你还别说他，你一说那个顾大猷我就跟着来气！依我看，那个顾大猷，他有什么了不起！操他妈的，他无非是有个官方地位，跑出来显摆，大袖子一甩自以为是……其实屌毛灰！”

“唔，”朱子藏瞟了儿子一眼，长长地吐出一口气，说，“屋里有点闷，我到园子里透透气……”朱红跟着出去，陪父亲到园子里散步，走到后院。

民国初期，苏州专诸巷朱家挑选、收养了几个很有天分的农村小男孩，把他们关在朱家高墙深院里过集体生活，供吃供穿，教他们练童子功。这些孩子一般是五六岁进入朱家，先练七八年毛笔字，等到有了一定的笔墨功夫之后，再开始教他们临摹前朝名家字画——每人专攻临摹一个名家的一幅字画，用朱子藏的话来说，“一年到头，三百六十五天，就给我临摹这一幅字画！”临摹练习三五年过后，天分高、悟性好的就可以照旧仿作，以假乱真，拿出去便可卖出天价。

这时候后院有一个孩子出来撒尿，正好迎面撞见朱子藏朱红，头一低叫：“老爷，大少爷。”

“这孩子叫什么来着？”朱红一时想不起来。

“叫韩进。”朱子藏说，“来了有七八年了。他是韩福的弟弟，你怎么会叫不出他名字呢。”

“哦，”朱红看着韩进走进屋子，一拍脑门说道，“韩福，我晓得。”朱红心里想这些孩子平时由父亲管教，自己哪里有工夫管他们是谁，叫什么名字。不过那个韩福倒是留在心里。

说起韩福，朱子藏最心疼。那个孩子三年前跟朱子藏坐船到乡下去不小心落到河里淹死了，死的时候十五岁。韩福六岁进朱家，在朱家待了整整九年，他是朱子藏最看重的一个童子。朱子藏叹一口气，说道：“要是韩福不死，他活到现在十八岁，再画个两三年就可以了。”

朱红跟着他父亲说那个韩福死了可惜。朱红可惜的是，韩福留下来的仿作忒少了，好像就留下一两张。朱子藏以前说过，“韩福仿的这一两张东西应该可以留下来，其他的不行。”韩福仿作的不少字画没了，都撕掉了。朱红记得曾经多次看见韩福撕掉自己仿作好的字画，拦住他，问道：“谁叫你撕掉的？”

“先生。”

“为什么要撕掉啊？”

“先生说不行。”

“那是银子啊！”朱红心里想他父亲似乎不应该把韩福的那些仿作统统撕掉，那是可以变银子的！这会儿朱红隔着窗子看韩进坐在灯下临摹一幅名家字画，吁一口气，说道："天晓得，把这些白料料的童子培养出来，要花多少年要花多少银子？!"

朱子藏背着手"哼"了一声，踱步自顾朝前走，一边说道："你呀，不在道上，眼睛里就盯着一个钱字，少了做这一行的大器和远见……"

朱子藏查看后院，兜了一圈，在月洞门停下，转身对朱红说道："你看天上月亮，今天晚上月亮好啊，……今晚我把话跟你说明了，我们培养这些孩子，除了挣钱，还有一个更重要的事情——"

"还有什么事情比挣钱更重要？要我说……"朱红瞟了父亲一眼说道。

"你，又是一个钱字。"朱子藏恨恨打断道，"要你说，你说什么？你什么也不要说。你给我听好了，还有一个比挣钱更重要的事情，我要叫那个顾大猷丢脸，叫他把一口血给我吐出来！"朱红听了，失声笑出来，他觉着父亲做事似乎太过迂回，好像没那个必要兜一个大圈子。叫顾大猷丢脸，吐血，还用得着花那么大的血本来培养那些小孩子？犯得着吗？这个想法朱红当面说不出口，嘴巴上应道："这样忒慢了。"

"不急。"朱子藏一手抚摸月洞门围圈的青砖，"这个事儿要从长计议，不能像你这个样子急得很。"

"不急，就是慢。"朱红抬腿跨过月洞门，说，"我们要的是快！""不，"朱子藏立马回道，"我要的是慢。我现在要的是，先叫外人一点一点知道朱家老头子现在不行了，他儿子现在取代老子了。"

"这个我晓得。但我还是不明白爹的意思。"

父子俩在园子里边走边说……朱子藏接着说道："像顾大猷吴元厚他们，对当下所谓的字画鉴赏家，根本不屑一顾。别说红儿你，现在年纪轻轻，在他们眼里算个屁！就算我，混到今朝这把年纪，在他们眼里也不过如此。所以，我们要沉下来，不着急，要忍。要让顾大猷吴元厚等人自以为是，然后自以为是过头了到极点，再过一点，方能出手……"

朱红不以为然，问道："那么这个事情跟这些童子有什么关系？"朱子藏低声说道："这么跟你说吧，做这个事我们要靠这些童子。不过眼下我们朱家深藏的几个童子的笔墨功夫、火候，还没到一个极致的份上。或者说，我们到现在还没有发现一个真正的仿作天才。"说到这里，朱子藏看天看地，仿佛要看透天地之间的什么名堂，又像是问星星问月亮，再问地上的石子儿，最后他还是问他儿子："哎，红儿，我问你，你今天到吴元厚家里去，给吴先生看了那幅画，他怎么说？"朱红漫不经心回道："吴元厚没说什么。那幅画吴元厚叫他儿子看；他儿子看了，说'真的'，吴元厚就买了。嘿，三条大黄鱼。"

"唔。"朱子藏应了一声，想了一会儿，拍拍朱红肩膀，一笑说道，"那幅画是韩福临摹仿作的。"

"哦？"朱红一怔，"爹，你说吴元厚是不是没看出来？"

朱子藏沉思不说话。朱红接着说道：“爹，我琢磨着有点那个……我有点怀疑。我在外头早就听说，有人说，其实，吴元厚的眼力应该在顾大猷之上，只不过是顾大猷早年专攻字画鉴定，先入为主，鉴定权威的名头比吴元厚大罢了。”

这时候朱家后院那几个童子仍在灯下用功；朱子藏不接朱红的话，吩咐他待会儿给几个孩子弄点宵夜。

夜里，年轻、苗条、漂亮的太太见丈夫朱红回到屋里，也不说话，脱了衣服换上睡衣上床睡觉。她到床上一会儿，脱去睡衣，瞟了朱红一眼，想亲热，做那个事儿。不料朱红一点不接令子，没有半点兴致。那女人自讨没趣，起身放下帐子，躺下来自个儿赌气自慰。朱红眼睁睁地躺在她边上视而不见，心里边一直在琢磨字画和一些人，恍兮惚兮到天亮。

朱红的太太叫金俪，苏州专诸巷出名的美人，那年二十岁出头。这个女人有时候背着朱红使用性工具——那个年代人们管那个东西叫“骨先生”。这天夜里她睡不着觉，在床上用那个东西折腾……

第二天天亮，朱红发现太太没睡好；请早安时，发现父亲也没睡好。

朱子藏脚有毛病是假的，患有头晕症是真的。朱红叫父亲要注意身体，随即把话扯到字画上。这一说勾起了朱子藏的心病，因此对朱红说道：“唉，他吴元厚应该是明知道那幅画我朱子藏肯定过过眼，却跟你演了一出什么戏？”

朱子藏仰了仰身子，一个深呼吸吁出一口气，接着说道：“这个事儿我想了一夜。我想，眼下我们还是要暂停把仿作拿出去。你回来这么一说，我生怕出事儿。要知道吴元厚那里没那么简单，恐怕有点蹊跷。”朱红听了心里“咯噔”一下，说道：“爹，那吴元厚吴先生正当年，我也琢磨着他不至于糊涂、草率到这个地步吧？这个事情过后我心里边也纳闷。我私下里对南京来的一个朋友说，那件唐伯虎的东西，吴元厚怎么会叫他那个狗屁儿子看呢？爹，你知道吴元厚的儿子今年多大？才十二岁，他懂个屁！哦，当时那个姓庞的也在场——”

“哪个姓庞的？”朱子藏打断朱红说话，神经绷紧了问道，“还有谁跟你一道去的？”朱红赶紧把昨天忘了跟父亲说的事说出来。朱子藏一听，手指头点点桌子，说道：“嗨，红儿，我说你啊糊涂！你恐怕不知道，给军阀办字画千万要小心哪！”朱子藏当年有过一次把假画卖给皖系军阀的经历，那个事儿差一点把自己一条命搭上。

朱红眯着眼睛看他父亲惶恐的样子，接着说道：“这个事儿爹不必担心。这个事儿我琢磨过，我有办法对付——”“你有什么办法，”朱子藏沉吟道，“还是我来想想，若是一定要给那个姓庞的办字画，我看还是倒棺材比较靠得住。”

“哦？”朱红头一回听说“倒棺材”，头一探问道，“怎么个弄法？”

“倒棺材，就是揭皮，”朱子藏拿出一张宣纸，做个手势，说道，“就是把名家字画先用矾水发泡，揭走上面一层，经过托裱为原作，把它留下。这第二层物归原主。还

有一种做法，把旧字画的画心揭掉，然后仿作一幅同样尺寸有名头的假画，用老裱头重新装裱了做旧。这手法迷惑性好，每每教人深信不疑。你想啊，这老裱头，开门是老货，怎么会假？”说罢，吩咐朱红抽个时间去一趟苏州天赐庄魏记裱画店，看看魏师傅。

这天，阿仲一大早就把少爷吴天泽从床上叫起来，说：“快，老爷叫你！”吴天泽“哈”一声回应道，心里边开始发抖，一脸沮丧的样子很不情愿地拉自己耳朵根；他最怕阿仲说这句话。

吃早饭的时候，吴元厚对儿子说：“今天，我要带你出去，到东山去，那里好啊。”吴天泽一听，放下筷子揉揉眼睛，一边偷看父亲脸色，心里想“真的假的”？吴元厚一看儿子眼神，便用手指点点桌面，清一下嗓子，说：“真的。”吴天泽眼睛忽然闪亮，立起来“哈”一声说道：“哦，真的，出去玩哦！”吴太太见儿子快活得围着桌子打转转，心里也跟着高兴，叫用人把蒸好的糕端出来，一面说道：“老爷，我说你呀，是要带儿子出去玩玩。一年三百六十五天，一天到晚把孩子逼在家里读书、练字、画画，这个样子会把孩子憋出毛病来！”吴元厚听了点头微笑，瞟了儿子一眼。这时候丫头上茶。吴元厚清了一下嗓子，吃早上第一开茶，吃点心。这是吴家难得碰上的一回早上好。

出门好天气，不热，外面有小凉风。

这个季节城里人出来玩，一般奔就近热闹的地方去。吴元厚有意避开人多的地方，带儿子坐马车到太湖边乡间游览，借这个机会教儿子写生；一路走来，到一个村庄歇脚。吴元厚对儿子说道：“你在这里画房子，画枇杷，好好画，不要走开。我到村里去要点水过来。”

吴天泽扫了一眼山坡上的树，树上结满了枇杷，手一指，说道：“爹，这里好玩哦，我到上面去采枇杷吃——”

“那树上的枇杷现在是给你画的，不是给你吃的！”吴元厚脸一拉，闷声说道，“在这里给我画，听话！”吴天泽吓了一跳，苦着脸在村头寻了一个土墩子一屁股坐下来，嘴巴里“哈”一声说道：“这些枇杷是吃的，不是画的。”这话憋在喉咙里，他父亲没听见。

吴元厚走进村子，看见不远处有一个小男孩在露天茅棚蹲坑；走近了，只见他两只手各拿着一根树枝当做毛笔，左右开弓在地上写：口天“吴”——嘴巴里叽里咕噜道：“我不说，到天上说……”

他一会儿用力拉屎，一边用力继续在地上写字；一阵完了，他从衣袋里拿出两张写过毛笔字的黄纸头擦屁股。吴元厚看在眼里，回头问附近人家要点水，顺便问道：“老伯，这个村子叫什么村？”

坐在家门口吃茶的一个老人回道：“美村。”

吴元厚接着问道："刚才那个用树枝在地上写字的小孩，谁家的？我刚才看见，喏——就是那个小孩，那边——"

"哦，那个孩子啊，是那头人家的。"

"他两只手能同时写毛笔字？"

"嗯，是他的书法，是东山先生范童范先生教的。"老人吃一口茶，放下茶壶抹嘴巴，眯起眼睛摇头晃脑自言自语道，"我不说，到天上说……"

吴元厚听了感觉有点莫名其妙。老人突然睁大眼睛，说道："这位先生知道这句话是什么意思吗？"

"不知道。"吴元厚摇摇头，微笑道，"听老伯说说看，什么意思？"

"听说这个话是范先生教的。那个意思啊，是这个，写毛笔字，不是写在纸上的，是写在天上的。知道啵？那范先生说了，天是宣纸，笔是人。你要到天上开口说话……"

这么一说吴元厚感兴趣，便坐下来跟老人聊天；聊了一会儿，忽然听见有人大声喊叫。吴元厚一转眼看见自己儿子跑过来，那个男孩从后面追上来，一个猛扑双手揪住吴天泽打起来，一边嚷道："你小偷！偷枇杷！你偷枇杷！"吴天泽还手，一边喘气说道："我没偷……枇杷在树上……树上的枇杷是你的啊！"那个男孩一把夺下吴天泽的书包，急着翻看书包里有没有枇杷；吴天泽争抢书包。吴天泽比那个男孩个子高，手臂长，拽住他一用力撕破了他的土布衣服。

吴元厚跑过去，一边说道："别打了！"将两个孩子分开。那个男孩朝地上啐了一口唾沫，扭头就走。吴元厚上前拦住他，问道："哎，你叫什么名字？家住在哪里？带我去，我来赔你的衣服，跟你家大人赔。"那个男孩不说话，低着头朝前走。吴元厚拉着儿子跟着他，一直跟到他家门口。

一进门，吴元厚眼睛一扫，屋子四面墙壁上糊了纸，上面写满毛笔字，吴元厚心头一震"喔"了一声，回头问那个男孩："这些字谁写的？是你写的？"那个男孩眼睛朝吴元厚一狠，不说话，头一低走到屋子角落，一屁股坐到地上，背靠墙壁两条腿叉开来像个"大"字，闷头用竹管子在自己大腿上写字。

屋里有个三十多岁的女人，看样子身体虚弱，坐在桌边折纸袋。吴元厚上前问道："你是孩子的母亲是吧？"

"嗯。"那个女人点头道。

"刚才我孩子在外头，他啊采了枇杷，也撕破了你家孩子的衣服。不好意思啊，我来赔……"吴元厚欠身说道。

"哦，采几个枇杷没事的，不要赔。"女人头一摇，回道。

"要格！"那个男孩猛地从墙边跳起来，脸煞白，神经质地舞动手上的竹管子，眼睛发红，说道，"看——衣裳，你看！"

“是你先打我！”吴天泽从父亲身后蹿出来，挺直了身子大声说道，“你先打我！不是我先打你的。”

“你给我住嘴！”吴元厚喝道；随即转过身来对那个孩子的母亲说道：“对不起啊，我这个孩子不听话。这撕坏的衣服我来赔……”

“不要紧的，回头我来补一下。”

说话间，一个男人拿着竹篓子从外面走进来。女人看了一眼自己男人，对吴元厚说：“孩子他爹回来了，你跟他说吧。”

“出了什么事情？”那个男人问女人，“是不是阿延他闯祸了？”吴元厚刚想说话，那个男人看见自己儿子从地上立起来拿纸头写字，便开口骂道：“你娘个屄，不帮家里干活，一天到晚写毛笔字，我操你个浪费纸头！”

“孩子他爹，”那个女人脸色煞白，嘴唇哆嗦道，“你别骂孩子了。你就让他写吧，这是范先生教的，天天要写，他说要格。”

那个男人听了，脚一跺，将手里的竹篓子扔到女人面前，恨恨说道：“操你个要格！我操他个范先生范童！饭桶，什么东西！他娘个一天到晚闷头写啊写啊，写出饭来吃啊?!”完了冲自己儿子道，“你这个小赤佬就会写几个没用的屌字，将来活像那个饭桶，叫你穷到脚后跟！有的穷了！操……”骂完了，这才想起来跟眼前的陌生人说：“你坐。”

吴元厚坐下来跟他攀谈了一会儿。他叫潘新侬。那个男孩叫潘道延，今年十二岁，读过几年私塾，现在不读了。家里穷，没有办法供他读书。

吴元厚问：“墙头上所有的毛笔字都是他写的？”“是啊，”潘新侬指指戳戳这个儿子，骂骂咧咧道，“我操，你给我写啊。你娘的坐在那里还要写。我操你个浪费纸头！”完了，一转脸说道：“这位先生你看，他娘身体不大好，干不了农活，在家里折纸袋，卖给城里做生意的，挣点钱。这个小赤佬不节省纸头，他吃饱了一天到晚闷头只晓得写啊写的，我看了就来气！”

吴元厚听了一笑，招手叫潘道延过来，语气温和说道：“你爹说墙上的这些字是你写的。你现在当着我的面，写几个字给我看看，好不好？”

潘道延立在墙边不动，不说一句话，眼睛死死地盯着吴元厚看；他看了一会儿，突然快步到桌边铺开纸，拿起笔来写出“吴中天地”四个大字。吴元厚眼睛一瞄，默然无语，心里说道：“好！”

这时候吴天泽从父亲包里拿出一张宣纸，放到桌上铺平，拿起潘道延搁在桌上的毛笔，像模像样地开始画山水；潘道延站在旁边看，傻掉了。

一会儿工夫，吴天泽画好，落款：天泽写于吴门。完了“啪”扔掉毛笔。潘道延一怔，随即从地上捡起毛笔，到水盆里把笔锋、笔杆子清洗干净，嘴巴里咕哝道：“是我的毛笔，要格。”吴元厚一转脸训斥儿子：“好好的笔，扔到地上做什么?!”

吴天泽眼睛朝潘道延一斜，咬住牙齿憋出一个字：“扔！”

吴元厚指着自己儿子，说：“你啊！”回头招手，对潘道延说：“你过来，在这幅画的空白处，就在这里，你现在随便写几个字。你随便写什么，想怎么写就怎么写。天泽你让开——写吧。”

潘道延瞟了吴元厚一眼，迟疑了一会儿，便拿起笔蘸了一个饱墨，抬起头来怒视吴天泽，一转脸执笔写道：

吴中山水好天下　不可到来偷枇杷

落款：道延写于吴中。

吴天泽一看，立马伸手想撕掉那幅画，被父亲快手阻止道：“胡闹！你画的画，他写的字，怎么可以撕呢？”

吴元厚说罢，一转眼，看了潘道延一会儿，沉吟说道：“这幅画我现在替你们收起来。”

收好这幅画，吴元厚坐下来对潘道延的父母说：“我叫吴元厚，家住惟亭。我跟你们商量，我想收这个孩子做学生。”潘新侬一听，眼睛发呆，嘴巴一张一张，说不出话来。这时候潘道延的母亲低头折纸袋，一会儿泪水滴到毛边纸上。潘新侬怔了半天，才开口道：“这么说，是跟师傅学徒吧？”吴元厚含笑回道：“那个意思啊，差不多。”

“学徒呢，有一口饭吃就好——”

“这个你放心！”吴元厚一个欠身，回道，“到了我家里，孩子的吃和住，不会差的，真的。”

“这——”潘新侬对女人说，“就让孩子去，听这位先生的？”女人似乎想了一会儿，点点头，回道：“你说去，就去。”

“那，我就做主了。”

吴元厚看潘新侬点头了，便对潘道延说道：“你呢，这会儿在旁边也听见了。我现在问你，你要不要到我家里去跟我学写字，学画画？”潘道延听了，愣在那里咬嘴唇，不说话，两只手使劲地搓来搓去。

“你想一想，要不要啊？想好了就回话。不要，我就走了。”

“要格。”潘道延见先生立起来要走，头一点，回道。

“好，就这么定了。”吴元厚顿了一下，接着摸口袋。吴天泽在一边，上来拉拉父亲衣服，眼睛忽闪忽闪问道：“爹，真的假的？”吴元厚回头看着儿子眼睛，微笑道：“我已经说过了，真的。我说真的，就从来没假过。”

吴元厚从口袋里拿出几块大洋，一把塞到潘新侬手上，神情严肃说道：“给孩子弄两件新衣服。我今天跟你说定一个日子。一个礼拜之后，你呢就把孩子送到惟亭，送

到我家里。”潘新侬一边点头，一边数手里的大洋——两只手有点颤抖，两块大洋先后掉在地上。潘新侬“喔唷”一声，捡起两块大洋，抬头道：“听先生的。”吴元厚看时辰不早了，起身说道：“该走了。”便拱手告辞。

吴家父子前脚走出去，潘道延后脚跟了出去。等到他们走远了，潘道延远远地跟着他们，一直跟到村口土墩子。

他站到土墩子上看，直到吴家父子消失在乡间小路尽头。

吴元厚和儿子在太湖边东山镇上住了一宿。第二天一早起来吃了早饭出去继续游览，写生。下午晚些时候，吴元厚带儿子到苏州城里逛旧书店，买了几本碑帖，直接坐马车回到惟亭。

吴天泽从马车上跳下来，跟着父亲走到家门口，在后面拉了一下父亲的衣服袖子，说：“爹，我还想在外头玩一会儿。”

“不行，”吴元厚回头道，“进去！到书房里去练字画画！”吴天泽背着父亲做鬼脸“哈”一声，没发出声音，一脸恨恨的神情跟着父亲屁股后头走进门。

阿仲在园子里头给植物浇水，明香一边拎水帮忙；阿仲抬头见老爷、少爷回来，回头吩咐明香，说：“赶紧给老爷弄一盆井水，拿毛巾，泡茶，快！”

明香应声去了。阿仲丢下手里的勺子，迎面上去接过老爷手上的包，一边朝客厅里头喊道：“太太，老爷少爷回来了！”

吴元厚走进客厅，吴太太从里边出来，帮吴元厚脱下外面穿的衣服，一边问道：“儿子呢？儿子人呢？”吴元厚转身一看，眉头一皱道：“哎，刚才还在，怎么眼睛一眨不见了？阿仲，给我找！”阿仲应声说“是”，正要走，一看明香端着脸盆过来，接手问道：“看见少爷没有？”

“啊，少爷，少爷在园子里。”明香回道。

“在园子里就好。”吴太太一手接了阿仲递过来的包，对吴元厚说，“他在园子里就是在家里头。老爷，儿子哪里敢出去？看你一天到晚严得很，你狠啊。你以为儿子跑出去玩了？你看他敢吗？不敢。”吴元厚坐下来，瞟了夫人一眼。

“老爷。”阿仲把冷水盆搁下，将毛巾浸水，拿出来拧成半湿，双手递给老爷。吴元厚接过湿毛巾擦脸擦手，一面对阿仲说道：“去把天泽给我叫来。”吴太太坐下来，问道：“明香，你刚才看见少爷在园子里做什么？”明香把茶碗端给老爷，一边回太太话：“少爷在吊井水，冲凉……”

吴太太一听，说：“明香你去，快！你快去跟少爷说，别用井水，当心着凉啊！叫他马上回来，弄点热水给他洗个澡。”这时候吴元厚吃了一口茶，眉头一皱，说道：“这水不开——不开的水泡茶，不好吃。”阿仲立马板起面孔，冲明香说道：“你看你！”明香一慌，赶紧说道：“老爷，我重新泡——”明香想拿走茶碗，吴元厚摆手道：“不用了，先搁在这里。”吴太太说：“明香，去，你把水烧开了叫阿仲泡，——老爷要吃阿仲泡的茶。”吴元厚接夫人的话，说道：“你刚才说什么？哦，你说别用井水冲凉。用井水冲个凉，不碍事。我小时候一直用井水冲凉的……”

说话间，吴天泽穿着短裤湿淋淋地跑到父母面前。吴太太叫明香赶快给少爷拿换身衣服，回头对儿子说道：“你看你呀，像个什么样子，着了凉不得了，要生病的。”吴天泽“哈”一声，回道：“我不生病。”说罢，撒腿就跑。

“慢，”吴元厚闷声道，“回来！”吴天泽停住脚步，转身走到父亲面前，耷下脑袋不敢抬头看父亲眼睛。吴元厚端起茶碗，眉头一皱把茶碗往桌上一蹾，看着儿子，口气威严说道：“你换好衣服，待在书房里练字画画，不准出去！”

“园子里头也不可以去吗？”吴天泽头一抬，眼睛忽闪道。

“唉？”吴元厚“啪”立起来，说道，“我叫你待在书房里，没说叫你待在园子里头。去，把赵孟頫的字帖临两遍！愣在这里做什么？还不快去！”

“老爷，有话跟儿子好好说，发什么火？”吴太太起身走到儿子身边轻轻地拍打儿子脑袋，说道：“天泽快去，别站在这里惹你爹生气。”看儿子犟在那里不走，吴太太做手势叫阿仲把他拉走，一转眼对明香说：“你用干毛巾帮他擦干身子，换好衣服，给他热点鸡汤，吃几块点心，然后到书房去练字画画。”明香点头说：“知道了，太太，待会儿我叫厨房热点鸡汤。”吴太太脸一拉，说：“我叫你热，没叫厨房热——”

“是，太太。”

吴元厚到里屋换了一件衣服，出来对夫人说：“我到楼上画画。待会儿吃晚饭叫我。”吴太太说：“老爷，要不要给你来一碗绿豆汤清清火？”

“不用，我吃绿茶。”

过了一会儿，阿仲端着紫砂茶壶上楼，走进画室。吴元厚接过茶壶，指指桌上，说道：“阿仲，找个时间，你把这幅画送到魏师傅那里去裱。”

“好的，老爷。我明天正好要到城里去。上回送去裱的字画到现在还没拿回来呢。不知道魏师傅裱好了没有？”

“这回你去的时候跟魏师傅说，这幅画是少爷画的；要跟他说清楚，是我儿子画的。你不说，这幅画他不肯裱的，我知道他。哦，这幅画不急，叫魏师傅有空慢慢裱就是了。”

“哦。”阿仲点点头，随即拿了那幅画，一看，说道，“这是少爷画的一幅山水。这回少爷跟老爷出去一趟，有收获。”

“嗯。”

“哎，这上面的字？不像是少爷写的行书——”阿仲似乎还想说话，抬头一看，老爷已经提起毛笔开始画图，便不敢出声了。

阿仲把画收起来，给老爷点上一炷香，悄悄地离开画室。

寻访笔记 3

吴家至今还收藏着吴天泽和潘道延小时候第一次见面时合作的那幅画，我曾想花点钱买下来，但是一开口，就被吴有箴先生很有礼貌地拒绝。问理由，他说："此画无价。"从此他不让外人看这幅画了。这幅画我算是有幸看了一眼；正因为看过这一眼，我才萌发了写吴天泽、潘道延这两个主要人物。

值得一提的是，这幅画现在保存完好，上面有吴元厚的行书题跋和闲章；闲章为吴元厚亲手治印，刻六个篆体字："吴门少年得道"。这幅画是当时苏州天赐庄有名的魏裱。眼下别的不说，单凭这魏裱就很有收藏价值。

说起"魏裱"，我脑子里出现一个人物，魏师傅。这个魏师傅，很久以前我听吴门画派研究者潘若愚先生说起过：

魏知良，人称"魏一裱"，他有个绰号叫"老居"。民间传说魏一裱特别牛，民国早期大江南北谁不知道苏州天赐庄魏一裱的裱画手艺好，名气大。当时的吴门画派名家吴元厚先生请他裱字画，南京金陵博物院院长顾大猷先生也请他裱字画；不少字画收藏者慕名而来请他裱字画，不是名家的字画魏师傅不裱。历史上像顾大猷、吴元厚那样有头有脸的人物，提到魏一裱，要跷个大拇指，说他的裱画手艺没人比，是牛，是神！我在过去的寻访中比较关注他。我想这个魏知良毕竟是人。这么一想，将我引入进一步寻访——

第三章

那年六月最后一个礼拜天，朱红冒雨坐黄包车到苏州天赐庄。这时候老居魏知良正在自个儿裱画工作间里秘密“倒”一幅前朝名家字画。

朱红走进魏记裱画店，魏师母一眼认出他：“哟，这不是朱家大少爷吗？稀客哦。”朱红上前几步恭恭敬敬鞠躬道：“魏师母好！”

“以前跟你爹来过一次，我记得……快进来坐！”魏师母看样子热心，脸上笑眯眯的给人感觉比较舒服。魏师母看朱红没撑伞，嘴一努怪道：“看外面的雨把衣服淋湿了。落雨天出来也不带把伞……”

“没事。”朱红抹一下脸上的雨水，说，“我出来不欢喜带伞。”说着，随手掸了一下袖子，抬头道：“哦，对了，魏师母，你刚才说我是稀客。其实，我哪里是什么稀客，我是你侄子……”

“哟，大少爷会说话，我哪里有这个福气哦。你啊能干，会挣钱，娶个老婆大美人。哎，有孩子了吗？”

“还没有。等有了，一定请你吃红蛋！”

“好哇，别忘了。”

“看魏师母说的。别人我或许会忘了，但魏师母这儿我一辈子不敢忘！”朱红拎着礼品一个欠身，说道，“今天特地来看望魏师傅魏师母。这酒，在我家存了二十年，我爹说了，送给魏师傅闷一口。这上等丝绸是我孝敬魏师母的。”

“不，这个不能收。”魏师母连着摆手推道，“哦哟哟，大少爷难得过来看看我们就算不错了。来，还要拎东西来。你看你，这么客气！这么重的礼我怎么能收呢？不好意思的。”朱红一听，把礼品放到桌上，对魏师母拱手道：“这个礼魏师母一定要收下。要不，我就到外面去淋雨，一直淋到雨停下来。”说罢，转身往外走。“慢着，”魏师母上前拦住他，“你先坐，回头再说。你一来就走，算什么意思？”朱红随即回进来，微笑道：“这么说，魏师母收了。收，我就坐，讨一杯茶吃……”魏师母一听，赶紧给朱红泡茶，一边问道：“大少爷今天来有事吗？”“哦，没事就不能来啊。”朱红一屁股坐下来，头一歪眼睛一眯说道，“如果没事不来，有事才来，这不成了‘有事有人，无事无人'了么？我不是这样的人。我爹平常教我出来做事先做人，说有事没事一个样；做人，不可以无事不登三宝殿。""哎，这个话说得有道理。"魏师母把茶碗端给朱红，坐下来说道，"大少爷试一下今年的新茶，明前的碧螺春，前几天一个客人送的。我家老魏你爹知道的，他欢喜吃酒，他不吃茶叶。这茶叶味道可以吧？"

"嗯，"朱红呷一口，嘴巴啧啧，跷起大拇指道，"这茶叶好。不过，比起我今天送来的酒，就没的比——"

"这话听起来新鲜！"魏师母起身拿了些瓜子儿、橄榄、水果出来，一边说道，"茶是茶，酒是酒，怎么个比法？不好比。"朱红接口道："没的比，是没法比。也就是说，有的比。哎，民间有话说得好，送茶叶送的是人品，送老酒送的是感情……这么跟你说吧，魏师母，你刚才叫我试一下今年的新茶。这试一下说得好，那个意思不是吃，是品，就是品茗。但是吃酒，民间从来不说试一下；这个怎么说来着？——哦，对了，说'感情深，一口闷'！这个'闷'字，好比一个人，一个家，就是说人家心里有情哪！"

"大少爷真的是会说话。不过你今天来，不会是特地来跟我一个女人家说茶道酒的吧？你是来找我家老魏有事儿，是吧？"

"唉，什么事儿都瞒不过魏师母的眼睛……我想瞒，也不敢瞒啊。瞒了你魏师母，这不忒见外了嘛。"

"好，"魏师母立起来说道，"你等着，我去叫他。我家老魏今天从大清早上忙到现在，也该松口气歇一会儿了。"朱红听了嘴上说道："哎呀，不忙。我先吃口茶，跟魏师母说说话……"心里巴不得魏师母赶紧去把魏师傅叫出来；眼下干坐着跟这个女人有什么好说的？

魏师母走店堂边门，穿过一条备弄。那个备弄不见天，黑咕隆咚的好像是走进一条隧道。陌生人从亮处一下子走进去，眼睛不适应，恐怕要扶着两边墙壁慢慢试探着往前摸着走，不知道脚下有什么磕碰的东西和前头哪个地方碰鼻子。

魏师母熟门熟路，像平常街上走路似的，快步直往前去；一个碰壁转弯便到了魏记裱画店秘密工作间，敲门："老魏，有客人来！"

"敲什、什么敲。"一个结巴闷哑的声音从里边传出来。魏师母隔着门说："朱家大少爷来找、找你，有、有事儿。"魏师母跟她男人说话，就跟着有点结巴。里头回应道："知、知道了。叫他等、等一会儿。"魏师母着急说道："要等多、多长时间啊？他来了有、有一会儿了。"接着敲门，里边没动静。魏师母刚要走，魏知良从裱画工作间开门出来，锁上门，回头小声问道："朱子藏来、来了？"

"不是，是他儿子朱红。是他一、一个人来的，没别的人。"

"哦。"魏知良用围身擦手，一边说道，"今天天不好，落雨。他这会儿来做、做什么？"魏师母摇头回道："不晓得。你去问、问他。他在店里等、等你。"

魏知良来到店堂里，一看是朱红，吁一口气，说道："哦，是你。我先头还以为是那、那个顾、顾客。"朱红立起来，一个欠身说道："见过魏师傅。"

"朱大少爷真的是客气，"魏师母给自己男人泡茶，一边说道，"还送了东西过来。老魏你看，怎么好、好意思呢。""不行，"魏知良瞅了一眼桌上的礼品，摆手说道，"红儿还是拿、拿回去。"

"不，"朱红伸出双手挡住魏知良的手，一脸诚恳的样子说道，"魏师傅，魏爷，您今天既然叫我红儿，那就是把我当做您的侄儿看。别说过去您跟我爹的那个交情，就说今天侄儿顶着大雨来看望您，来拜访您，难得有一回孝敬您，您也得看了这份雨中情，收下这个礼。再说了，今天我是代我爹来看您的。您不收这份礼，叫侄儿回去如何有脸交代？"朱红做了一个手势挡住魏师傅开口——"容侄儿把话说完，"——接着说道："魏师傅，这么跟您说吧，今天我要是够胆把这个礼再拎回去，我爹的脾气您是知道的，骂死我！魏师母您说是不是？"魏师母脸上露出有点为难，说道："那就收下？老魏，你、你看呢？"

"不行！"魏知良摇头摆手坚持道，"你还是拿、拿回去。这个礼我不收。这个心我领、领了。"

"魏师傅魏爷，"朱红拱手作揖道，"您今天无论如何要收下礼。哦，不，不是收下这个礼，是收下我爹，还有我的两个心。对了，这礼您可以不收，但是这两个心，两个真心，您不收，于心不忍。"朱红说到这里似乎有点哽咽了，喉结一动，嘴巴一撇，声情并茂接着说道："魏师傅啊，您总不见得叫红儿把这两个心空荡荡地再拎出去，再拎回去吧？"朱红突然低下头，连续摇头；猛一抬头见魏师傅好像有点犹豫，他立马上前，一把拉住魏师傅的手，接着说道："魏师傅啊，您摸摸侄儿的心，那个心热着哪！没理由现在叫我把这个热乎乎的心拎出去淋雨吧？要是真的淋了雨，唉，那个心就跳不动了。您说是不是？"魏师母似乎被感动了，嘴巴翕动憋了半天，说道："老魏，你看大、大侄子都这么说了，我们还是收、收吧。"

魏知良怔了一会儿，吁出一口气，瞟了朱红一眼，总算点头道："唉，收就收、收吧。"魏师母"哦"了一声，转过脸对朱红说道："大、大侄子，今天在这儿吃饭——""吃、吃饭，"魏知良脖子一伸，接口道，"留大、大侄子吃饭！""这就对了。"朱红"嘿"一声道，"你们不留我吃饭我也要待在这里，等到吃饭的时候我自己吃。这就是自家人。我现在肚子饿了，想吃、吃饭！"说罢，一笑。魏师母立起来，说道："我来弄几个菜，快得很，一会儿我们吃、吃饭！"说罢，拔脚往店堂后面的厨房烧菜去了。这时候店里没人。朱红摸出两根金条放在桌上，推过去压低声音说道："请魏师傅收下。"魏知良一怔，手一摆，回道："不、不收。"

"今天有事情求魏师傅。"

"什么事儿？你先把事情说出来，再、再说。"

“好。”朱红从包里拿出两幅旧字画，小声说道，“请魏师傅——”一边做了个“倒棺材”的手势。魏知良眼睛一斜，眼神示意朱红把那两件东西打开来。朱红小心翼翼把画打开。魏知良看了一眼，不吭声，伸手拿了一根金条。

“不，”朱红将手一抬，说，“两根魏师傅全收了。”

“嘘，”魏知良摇头，手一推，说道，“两条大黄鱼不、不行。你呢也知道，你爹从前待我不、不薄，回回给钱给多了。两根，多、多了。”

“那好。既然魏师傅这么客气，我就不勉强了。不过，我爹的意思……两根两幅……”

“不不要多说一、一句话了。”魏知良手一摆，打断朱红说话，“你回去跟你爹说，没、没那个行情。”

“哎，魏师傅，”朱红小声说道，“您摸过不少好东西真东西，眼力好，您看这两幅原作如何？”魏知良一听，瞟了朱红一眼，嘴巴里含混不清说道：“哪、哪来那么多真、真的……”朱红听了不动声色，立马换话题说别的。

闲话说起魏师傅做裱画是祖传手艺。这个活儿到民国初期生意兴隆起来。魏师傅的父亲魏源死得早，魏知良赶上裱画挣钱的大好时光。他起早贪黑挣钱，把挣到的钱攒起来，一半拿到苏州光福乡下买地；还有一半存起来供子女读书。按说这老魏眼下完全可以到乡下去做地主老爷了，但他舍不得中国传统裱画这门手艺，至今不肯离开天赐庄。

魏师母年纪轻的时候也是个美人样子，她给老魏生下两男一女。三个孩子传了母亲的长相优点。两个儿子都不肯子承父业。受苏州天赐庄美国人的影响，魏知良的大儿子魏金晨学医，老二魏仲林中学毕业后也想学医。苏州天赐庄有东吴大学，有教堂；美国人在那里开办了博习医院，还有附属医学院。魏知良的小女儿魏可欣就读城里的教会学校。

朱红问起近来裱画生意，魏师母上菜时插话道：“忙、忙不过来。有本、本地的活儿。前几天来几个外地人也拿来活儿；还有一个南京来的姓、姓庞的……”魏知良眼睛对女人一斜，咕哝道：“多、多嘴。”朱红接口道：“我多吃一点，菜的味道不错。”心里想自己父亲说这个女人跟魏师傅这么多年了，做夫妻生小孩，又在店里边做帮手，除了跟她男人学一点结巴，什么也没学会；应该说，她什么也不懂。

魏知良酒量大，吃酒；朱红不沾酒，以茶代酒。他吃一口茶，吃一口菜，看魏师母坐下来，跷起大拇指道：“魏师母做一手好菜，地道的苏帮菜！”

“我家老魏就是要吃我烧的菜。外面的菜他不吃。”魏师母说。

“我也不欢喜吃外面的菜。”朱红咀嚼道，“魏师母，这菜是家里的好，这酒是外面的香。我说魏师傅不吃外面的菜，但是外面的酒还是要吃的吧？”魏知良拿起酒杯，说：“吃、吃！”魏师母跟着说道：“我家老魏就是好一口酒。但是他不好外面的女人……昨天晚上有个外地人要请客，硬拉我家老魏去同春楼。我家老魏，实、实在是拗不过那个顾客的面子，最后去了。但只是吃了一杯酒，就回、回来了。”朱红眼睛半眯着，耳朵里听着往心里去，眼珠子在眼皮里头瞟来瞟去。

魏知良的第三个孩子小女儿魏可欣回家吃午饭，带来一个女同学。朱红问那个小姑娘：“你叫什么名字？”魏知良的女儿抢先回道：“Her name is Mimi Tang.”朱红一听傻了，洋文不懂，咬了一下嘴唇。魏师母说：“她是唐楼老板的女儿，跟我女儿可欣读一个教会学校，同班。”朱红一拍脑袋：“哦，原来是唐六梓的女儿，叫什么名字？”“叫唐咪咪。”魏可欣回道。

“不对，”唐宓宓立刻纠正道，“叫唐宓宓，不是咪咪的咪，是宝盖头下加个必要的必。You understand?”

朱红吃饭的时候听两个小姑娘说外国话，有点心烦意乱，吃到一半便倒了胃口，心里想自个儿女人夜里爬到床上有时候也要学摩登放几个洋屁：“卖大临摹哎，呕，来此，呕，卖败笔！”（My darling，oh，Let's，oh，my baby!）那个语音听起来就是这个感觉，搞得他每次下半身歇火，不想跟他女人过性生活。

江南连续几天下大雨。

潘道延的父亲潘新侬记得这一天是吴元厚先生约定的日子，天还没亮他就起来了。一看，儿子潘道延早就起来了，穿好了衣服坐在门口等。女人也很早起来了，眼瞅着外面大雨发愁……

“孩子他娘，我说今天非走不可！”潘新侬吃了一碗粥，放下碗，把筷子搁在碗上，抹了嘴巴说道，“我看不能明天走。惟亭那个吴先生，那天跟我们说好的。我算了一下，是今天走——”

“怎么走？”潘道延的母亲刘春花说，“这雨一时半会儿停不下来，你看怎么走啊？有什么办法。他爹，你说呢？唉，外头一天的大雨……”

“我说你这个女人啊，跟我烦什么呢！快点把要带的东西拿给我——跟你说过了，走啊！你说外头落雨，我说外头就是落铁，现在也是要走的！”说罢，潘新侬穿上蓑衣，叫儿子也穿了，戴上斗笠，拿了东西，一把拉儿子出门。刘春花一怔，跟了出去，冒雨把儿子送到村口。

母亲说：“到了那里要听先生的话。”儿子回道：“要格。”

“不要生病。”

“要格。”

“写信回来。”

“要格！”话音一落，潘道延不顾落雨拿下斗笠，“啪”跪下来，给母亲磕了一个头，爬起来转身就走。走出十几步远，他突然回头冲到母亲身前，双手抱住母亲，浑

身颤抖抽泣，嘴巴里咕噜咕噜道："我要格……"

潘新侬已经走到稍远处，回头一看，停住脚，龇牙咧嘴骂了一声："我操你个要格！"回过来催儿子赶紧走。刘春花双手紧紧搂住儿子的肩膀，哭泣道："阿延，你啊，什么都不会说，只会跟我说，要格……"说着，伸手抹去儿子脸上的泪水、雨水。

潘家父子在雨中来到吴县惟亭，一路问询，找到吴元厚家。这时候吴家千金小姐吴天玉正好站在门口屋檐下，两只小手玩耍天下雨……

吴天玉伸出双臂挡住眼前一大一小戴斗笠的两个乡下人，不准他们进门。潘道延扭头要走，被他父亲一把拉住。潘新侬对吴天玉说："姑娘，这个门里的老爷叫我今天把他送过来，他是我儿子。这个门里的老爷要把他收下来，教他写毛笔字，用毛笔在纸头上画画。"吴天玉不信，硬堵在门口不让进。阿仲正好出来叫小姐。吴天玉叫阿仲进去问她爹，这个乡下人说的，真的假的？

楼上画室里，吴元厚站在画桌边画画，顾大猷正在看墙上挂的字画。顾大猷奔六十岁，一米八几的个子，穿一身丝绸长衫，拄手杖，说话声音洪亮。

吴元厚有个习惯，客人来，他照画他的画，一边跟你聊天。这个习惯让顾大猷感觉有点不大舒服。顾大猷坐下来，说道："允之，你能不能把笔放下来，咱俩坐下来吃一口茶说说话？我是专程到惟亭来看你的。"

吴元厚还是画画，一边说道："哎，你说，我边画边说。"顾大猷笑道："你这个习惯臭，什么时候改一改。"吴元厚回道："改不了了。臭就臭吧。"顾大猷瞟了一眼窗外，说道："我来看你，外面下那么大雨，你总得有点表示吧。"吴元厚头也不抬继续作画，一边说道："风雨留客。好啊，我今天一定写一幅字送给顾院长。"两人闲谈，说起魏记裱画。吴元厚挥笔作画，一边说当年曾想介绍一个在浙江的亲戚到苏州天赐庄来跟魏师傅学裱画。魏知良犹豫了好几天，最后回话，说了两个字：不收。顾大猷说自己也介绍过两个人跟魏一裱学徒。魏一裱也说不收，搞得自己堂堂一个院长答应过人家，结果一点面子也没有。吴元厚回想外面传闻，说朱子藏先生有一年中秋节给魏师傅送大礼，请魏师傅收朱子藏的外甥做徒弟。魏师傅一口回绝，绝对不收！气得朱子藏把一包礼品扔到河里，在外面发野狠，说从今以后再也不跟这个老居来往……

阿仲走进画室，对老爷说门外有个乡下人带着一个男的小孩，说是老爷一个礼拜前到乡下去关照过的，把那个小孩送到府上。吴元厚点头说是，叫阿仲快去把他们领进来。

这时候潘道延在吴家门外等得心急了，看着生气了。他眼睛发红，板着脸在门口转来转去；突然人一晃，一只脚跨进吴家门槛，被吴天玉一脚顶住，踢了回去。潘新侬从乡下带来一些东西，其中有两只鹅；潘道延回头蹲下身，解开捆绑鹅脚的绳子，让两只呆鹅呼啦啦地奔进吴家门。

吴家少爷吴天泽跑出来，认出潘家父子。吴天泽走到潘道延面前，做了一个鬼脸，

"哈"一声说道："来啦！"随后一笑，伸手到潘道延肩膀上拍了两下表示友好。潘道延脸上露出一点尴尬笑，看着吴天泽眼睛，点头"嗯"一声，随即一转眼，朝吴天玉"哼"了一声。吴天玉也回应一个"哼！"潘道延眼睛一狠，不吭声了。吴天泽帮潘道延拿斗笠，叫潘道延进来。吴天玉立马用身体挡住他。吴天泽推开妹妹，说道："你不要挡他，他要进去。"吴天玉只当没听见，还是用手臂挡住潘家父子，一边说道："不可以！"潘新侬指指吴天泽，苦笑道："姑娘，你问他，我们乡下人不骗人。"吴天泽跟着说道："不骗你，真的。"吴天玉手指头指到哥哥，仰头对潘新侬说："他说真的，不算。要我爹说真的。"潘道延站在吴天泽旁边，伸手抹去头上脸上的雨水，恨恨看着吴天玉。吴天玉双手撑腰，回道："你看什么看，怕你啊！"这时候阿仲出来，对吴天玉说："小姐，问过老爷了。老爷说真的。"

潘道延一听，方才挪动脚步，回过头来盯着吴天玉看，脚下不注意，到门槛上绊了一跤，人跌倒在门里。吴天玉"喔唷"一声；吴天泽抢先上去想把他拉起来。潘新侬一看儿子从地上骨碌爬起来，好像没跌出什么伤痛，小声骂道："操你个冒手冒脚！你以后走路，走好。走不好，跌死你！"

走进园子，潘新侬跟在阿仲后面东张西望，一会儿问阿仲："吴家老爷做什么大生意啊？"阿仲不理。潘新侬接着问道："是不是做什么大官啊？"阿仲有点不耐烦回道："不做官，不做什么生意。"

"那老爷做什么啊？"

"写字画画。"

"啊？"潘新侬张大嘴巴，一会儿才喘过气来，咕噜道："一个人写字，能写出那么大的家业？比我们乡下地主老爷还阔！"潘新侬拉着儿子的手，跟着阿仲后面走，小声叮嘱儿子："跟先生学写字，哦，还有画图，挣钱……"

这时候吴元厚已经画好一幅山水，完了取一张宣纸，大笔一挥从右到左出来七个大字：

难得风雨故人来

顾大献站在画桌旁边看，点头说道："唔，允之今天送给我的这幅字，写得好！难得难得。"吴元厚一笑："是你顾院长今天来得好，来得巧，难得啊。"吴元厚说罢搁笔，将手一让，请顾大献下楼，到客厅见一个人，说道："今天巧得很，是缘分。今天请顾院长做个见证，我收一个学生，头一回。"

看见吴元厚来了，潘新侬叫儿子给先生跪下，磕头。吴元厚颔首微笑，手一摆说道："不要。"顾大献在边上脱口而出："要的！"那个声音吓得潘道延浑身发抖！吴元厚看潘道延身上淋透了雨，便吩咐阿仲带潘家父子先到后面去换衣服。

这天在顾大猷的主持下，吴家举行了吴门画派特有的拜师仪式：学生给老师磕三个头，给师母磕三个头；与吴家少爷吴天泽通报年龄，两个孩子就算是师兄师弟了，彼此手拉手，使劲拉一把，身子碰在一起，完了。

拜师仪式结束。吴元厚叫潘道延写几个大字给顾院长看看。阿仲拿来笔墨宣纸。潘道延愣在那里不肯写。吴太太轻轻地跟丫头明香说："这孩子有点怪，我看，不讨人欢喜。……先头老爷没跟我商量，后来回来说了一声。"明香说："太太，乡下人不大好弄的，难弄哦。"吴太太道："小丫头，你也是乡下来的。"明香回道："我不难弄，讨太太欢喜。"吴太太微笑道："就你讨人欢喜，多嘴！"阿仲在一边催潘道延写。潘道延还是不写。这时候顾大猷说道："不要难为乡下孩子了。还是让我来摸摸他的头——"潘道延把头低下来。顾大猷一转眼对吴元厚说："这孩子的头好啊！"顾大猷说这句话的声音有点怪，吴天泽、吴天玉兄妹俩站在一边听了，笑出声音来。顾大猷对吴天玉说："你笑什么笑？来，让我来摸摸你的头。"接着又说道："你哥哥天泽满月的时候，我摸过他的头。我那时候说过，我摸过头的男孩，将来啊必定是个大画家！"吴元厚转身跟夫人说："我相信顾大仙的吉言。"这时候吴天玉走到父亲身边，拉拉父亲衣服，撅嘴儿说道："我不做大画家。"一转眼指指吴天泽，"哥哥将来做大画家。"接着指指潘道延，"他将来也做大画家……"潘道延听了脸一红，总算露出一点笑容。

潘新侬在吴家住了一宿，天亮赶着回去了。

潘道延早上起来，到书房里练字。吴元厚进来，一看他脸红红的，摸了一下他的额头，滚烫！一怔，说道："阿延你发高烧了。今天不要写字了，多喝点开水，马上到床上去！"说罢，转身出去叫阿仲去请镇上的中医曹先生过来。

阿仲去了一会儿，回来说："曹先生不在家，今天大清早到乡下去给人看病了，估计要到晚上回来。"吴元厚一听，叫阿仲雇车，赶紧把潘道延送到苏州天赐庄博习医院去看病。

这天下午，阿仲回来告诉老爷，说潘道延留在医院观察。

第二天一早吴元厚带女儿到博习医院探望。吴天玉给潘道延带来牛奶，逼他吃下去。潘道延不肯吃。吴元厚在边上说："吃吧。"潘道延这才乖乖地听话。那东西他从来没吃过，吃一口吐出来，吐到吴天玉身上。潘道延心里想，"不好，倒霉！"后悔吃那个什么牛奶。这一慌一急，潘道延脸上冒出汗来。医生进来，对吴元厚说："病人着凉感冒发烧，现在打针吃药烧退了。观察一两天，如果没别的情况，配点药回去吃，卧床休息几天就好了。"

吴元厚出去配药，在医院走廊里碰见魏知良的女人，得知魏师傅突然生病住院。吴元厚对魏师母说："我去看看魏师傅。"

魏知良见吴元厚先生到病房看望他，感觉特有面子，从病床上坐起来对他两个儿子说道："你们看、看谁、谁来了。他是吴、吴先生啊，大画家，大书法家，大、大人物啊！"说着，一把抓住吴元厚的手，接着说道："吴先生，我从来没生、生过病，记得这是头、头一回……劳你大驾，特、特地来看我。"吴元厚说："老魏，你要休息，不要整天拼命地做。俗话说，做不完的活儿，走不完的路。"魏知良点头道："为了几、几个孩子。"说罢，一阵咳嗽。两个儿子慌手慌脚一边伺候：一个倒水给他吃，一个听见他嘴巴里咕噜要小便，赶紧扶着他下床。

其实，魏知良没什么大病，只是重感冒，发烧。魏师母对吴元厚说："我家老魏可能近来有些劳累过度，脱力，前天晚上吃了点顾客送的酒就醉倒。大夫说挂挂几瓶水就好了。"……阿仲赶到医院，吴元厚问他："你怎么来了？"阿仲回道："太太在家里不放心，叫我带点东西给阿延，说是住在医院里要用的。"吴元厚沉吟道："我看今天顺便把阿延接回去吧。住在医院里没有家里好……配点药回去吃。"阿仲应了老爷吩咐，去办出院手续。

吴元厚离开医院时，在门诊部走廊里看见一个中年男人走出医生办公室。那个人戴着礼帽遮住额头，脸看不大清楚。吴元厚一边走，一边跟阿仲说话，这会儿想起来，叫阿仲到医院附近买些水果送给魏师傅。那个人听见吴元厚说话，便加快脚步，眼睛一眨不见人影。

中午时分，吴元厚回到家，吴太太正在客厅里跟唐六梓说话；吴天泽在客厅里玩耍。吴太太听见阿仲在客厅外面说"老爷回来了"，立马对儿子说："你爹回来了。快去书房练字画画！"吴天泽撒腿就跑，跑到客厅板壁后面通道，闷头撞上迎面过来的明香。明香端着一盆切好的西瓜"啪"落在地上。吴天泽一脚踩上西瓜，滑了一个跟头，摔倒在地上爬起来就跑。

吴太太听见动静，走过去问明香："你怎么回事啊？"明香赶紧蹲下来收拾地上的西瓜，一边说道："少爷他——"随即改口道，"是我不小心，太太。"

"你这丫头！"吴太太低声说道，"快去，再用井水浸个西瓜，待会儿老爷他们要吃的。"

唐六梓看吴元厚走进来，起身迎上去拱手道："吴先生好，跟吴先生好久不见了。"吴元厚拱手回道："是啊，好久不见了。唐先生今天怎么有空来的？"

"我，不好意思啊吴先生，我是无事不登门——今天来拜访吴先生，开门见山说，我想求吴先生一件事……"

吴太太回过来对吴元厚说："唐先生已经等了你半个时辰了。我跟唐先生说你到城里去了，恐怕要等到下午才能回来。唐先生一定要等，一直等到现在。"

吴元厚跟唐六梓比较熟。过去，唐六梓有过几次介绍一些客人买吴元厚的字画。吴元厚听唐六梓说了来由，微笑说道："唐先生的面子还是要给的。这种事情你也是头一回开口。这一次我答应你，今天下午去唐楼吃茶，看看人家手上有什么好东西？"

唐六梓见吴元厚一口答应，心里特高兴，脸上堆笑说道："吴先生这样给我面子，我是很见情的。今后，吴先生有用得着我唐某人的地方，尽管开口。我，一句话。"说罢，唐六梓起身道："打搅了。我先告辞。待会儿跟吴先生唐楼见。"刚要走，正好碰上顾大献来吴家辞行。

顾大献说："我今晚回南京，今天下午请允之到苏州唐楼吃茶。"吴元厚请顾大献坐，介绍唐六梓认识顾院长。唐六梓恭敬作揖，说道："久仰顾院长！今天有机会认识当今中国著名字画鉴定大家顾院长，在下，实在是受宠若惊，惶恐得很。"顾大献瞟了唐六梓一眼，心里想这是在吴元厚家里，这个人是吴元厚介绍的，想来不是一般人。见唐六梓人长得入眼，穿着得体，顾大献也就不摆什么架子了，拱手说道："唐先生客气了。"回过头来，对吴元厚说："我早就听说苏州唐楼出名，看来是唐老板不同寻常啊！"吴元厚见顾大献、唐六梓初次见面好像有点缘分，沉吟道："唐先生，今天正好，请顾院长一道去唐楼看看你朋友手上有什么好东西。"吴元厚这么一说，唐六梓高兴得连声说道："好啊，好啊！"他差一点说出来："要是顾院长今天也去，那面子大了。看来我唐某人在苏州这个地方还是有点阵脚的。谁有那么大的面子？我，唐六梓。"

唐六梓一得意，嘴巴一松脱口而出："朱子藏先生也要来的……"顾大献一听，表情有点不屑一顾，而吴元厚感觉有点奇怪，说道："朱子藏奔五十就深居简出了，一直深藏不露。怎么，今天他也有兴致跑出来看看？"唐六梓说："这就是好东西的诱惑，不过一眼，不过瘾。"顾大献脸上显得很不高兴，"哼"了一声，用手杖顶顶地面，转脸对吴元厚说道："允之啊，我们不去唐楼看那个什么东西了。哎，叫人拿到府上看，拿到这里看。"吴元厚一怔，沉吟了一会儿点点头，对唐六梓说："也好。那就麻烦唐先生待会儿把那件东西拿过来看看吧。"

唐六梓心里想"坏了"。他突然冷静下来，脑子一清，接下来说话也就恢复到他应该有的水准。

唐六梓回过神来泰然微笑，稳稳当当说道："拿到府上来看，行。不过，我琢磨着是不是大家会聚唐楼比较好一点？这么一来，对外也有个说法，这叫苏州历史名城，唐楼人文荟萃。顾院长，您看呢？"唐六梓这两句话，顾大献、吴元厚听起来还是比较入耳，面孔上看得出来。唐六梓这时候恢复信心请得动眼前这位大名鼎鼎的顾大献，但是对朱子藏先生是否肯光临唐楼，心里没底；今天早些时候差人到朱家询问了，得到朱红一个不三不四的回答："这个事儿家父还要考虑考虑。"现在面对顾大献、吴元厚，唐六梓表现得比较诚恳，说："今天朱子藏先生来也好，不来也罢，反正，在我看来有顾院长、吴先生两位大家同时光临苏州唐楼，就是我们苏州人的面子，就是我们这个历史文化古城的面子。我当着两位大师把话说白了，我也算是给足了我的一个朋友盛宾如的面子。"

说到这里，唐六梓似乎真的有点动情了，脸色红扑扑的，说话的声音微微有点发颤，接着说道："今天唐某不瞒两位大师，我过去在北京城里做生意，遭遇惨败……是我那个朋友盛宾如的父亲盛宣和先生最后出面拉我一把走出困境……要不是他老先生伸手帮忙，我呢恐怕早就被那些放高利贷的混蛋扔进永定河喂王八了。后来我咸鱼翻身……在北方挣了一点钱；打道回府回到家乡苏州买了一个楼面，做唐楼生意。那么多年过去了，我一直忘不了这个事情，心里头一直揣着盛家对我的好。想报答吧，也没个机会。想找些机会吧，无非是找个日子去看看人家，带点土特产什么的，也是说不上的。——盛家以前是在北京做大事情，做大生意的，我做点小生意，也帮不上忙。去年盛宣和老先生去世，我去吊唁，抽心挞肺流眼泪……我想，我有今天，在苏州城里有这么一个楼面，全凭那一次人家帮我起死回生。这次，我恳请顾院长、吴先生两位大师帮我唐某人一个忙，也算是我想还一点人情。"话说到这个份上，顾大猷、吴元厚几乎同时点头，说："去，说好了一定去！"

唐六梓立起来，拱手致谢道："那我先走一步，回去安排一下，请二位大师随后到。"

唐六梓回到唐楼，一看盛宾如早到，独自一个人坐在临河窗口吃茶。朱家父子也到了，也在吃茶。唐六梓吩咐伙计换茶，上明前的碧螺春。

朱红一转眼看见唐六梓来了，请唐老板借一步说话。朱红压低声音说道："那个姓盛的来了是吧。请唐老板叫那位盛先生把东西先给我爹看一眼好不好？我爹说他看一眼就走，他不想在这里见到顾大猷、吴元厚他们。"唐六梓一听，感觉有点为难，犹豫了片刻，说道："这样，也好。"

唐六梓把盛宾如请到朱子藏、朱红坐的桌子，介绍他认识朱子藏先生。几句客套话说完，盛宾如、朱子藏，一个急于看，一个也急于看。朱红帮盛宾如打开那幅画。朱子藏看一眼，心里说："开门！"废话少说，朱子藏叫盛宾如开价。盛宾如说是来看看的，不是来卖的。朱子藏二话不说，从口袋里掏出一张银票，放在桌上，推给盛宾如。盛宾如瞟一眼银票，摇头说道："我在北京花了……"还没等到花了多少说出来，朱子藏又拿出一张银票推过去。这一来盛宾如低头看银票数字，就显得犹豫了。他一会儿抬起头来看朱子藏，那个眼神好像说："是这个价吗？这个价还可以。"又仿佛不知所以然，给人的感觉他好像是有点心动了，又漠然于此，无动于衷。朱子藏瞟了盛宾如一眼，又拿出一张银票塞到他手上；因见盛宾如把银票放回到桌上，朱子藏"嗳"了一声说道："盛先生，可以了。这个我有数，这钱给你算是多了。"说罢，叫儿子收起那幅画，立起来就走。盛宾如一怔，立起来想拦住朱子藏，回头拿起桌上三张银票，嘀咕道："怎么会是这样……"

这样的"买卖"来得比较迅速、突然，盛宾如站在那里发愣，目呆呆地看着朱家父子走了。唐六梓一把按盛宾如坐下来，说道："那幅画人家拿了，钱你也拿了，吃茶吧。”盛宾如似笑非笑，那个表情天晓得他心里怎么想。

朱家父子走到唐楼门外，叫黄包车准备走，迎面碰见顾大猷、吴元厚从马车上下来。吴元厚先开口：“子藏先生，你好啊！好久不见了，惦记你。怎么？现在就要走？——请留步。哎，听说人家有好东西，顾院长也来了，我们不妨一道上楼看看，如何？”朱子藏应答吴元厚，接着主动跟顾大猷打招呼。顾大猷表情有点不冷不热，拱手摆个样子道：“子藏兄别来无恙？”彼此面上还算客气，寒暄了几句。

既然吴元厚邀请，朱家父子回头上楼，后面跟上来顾大猷吴元厚。唐六梓一看，惊喜得说话声音走了调：“好啊，好啊，今天好啊……”好在这走了调的语音比较轻，传不到场面上去，也没人见笑。唐六梓满脸生辉，一边拱手一面迎上去招呼顾院长吴先生；朱家父子现在是“回头客”，也要热情招呼；唐六梓将手一让，引座，看茶……这时候朱子藏和朱红，还有唐六梓，他们似乎已经忘了盛宾如的存在。

盛宾如一个人坐在窗口，神情安然。他在唐六梓招呼客人的时候，知道了来者的身份。眼下唐兄六梓顾不上他，他心里不介意。盛宾如想自己要知趣，唐六梓不介绍，他就不过去结识什么院长，什么先生，什么名家，什么大师，只顾自己吃茶，一边用眼睛看，带个耳朵听。

庞为然突然间冒出来，出现在唐楼上。他挑了就近的座位；朱红正好抬头跟他对视了一眼。庞为然朝朱红做了一个“嘘——”的手势。盛宾如注意到了这个细节。吴元厚没看见庞为然；吴元厚背对庞为然，隔着一张桌子坐，跟顾大猷吃茶说话：“你看今天这么热闹，顾院长不来，我恐怕也不会来。”

“谁说的？”顾大猷瞟了吴元厚一眼，“人家唐楼老板今天不是先到你家里来请你的？你先头不是也答应了？”

“我说的意思是，顾院长你不来，我们来了没什么意思。”

“你们，你跟谁？跟朱子藏？”

“是啊，子藏先生来了，我先头没想到。你来了，他也来了，我肯定来。来看看，主要是看看他，碰个头。”

“你想跟朱子藏碰头，我是不想。”

“嗳，顾院长，大家都是要点面子的。好，先看东西，回头再说。”吴元厚转脸招手唐六梓过来，轻声问道：“你那个朋友人呢？东西呢？”“这……”唐六梓倾身，嘴巴贴着吴元厚耳朵说了几句。这时候只听朱子藏隔着一张桌子干咳两声，说道：“好，我先来说两句。”看画之前，朱子藏先说明：“这幅画现在已经是我的了。今天请顾院长、吴先生两位当代名家看这幅画，就算我步闲敬重大仙和允之两位先生了。”朱子藏叫朱红打开画。

旧画慢慢打开，铺在桌面上。

吴元厚站起来先看；他看一眼，眯上眼睛，用手揉揉眼睛，好像一只眼睛又瞟了一眼——头低着，旁人不易察觉——完了，坐下来吃茶，一句话也不说。

吴元厚坐下，顾大猷才站起来。顾大猷看一眼，就说："假的！"那个声音把边上人吓了一跳！朱子藏的儿子朱红大惊失色，像当头吃了一闷棍，脸上霎时灰白，眼睛睁大了，好像死鱼的眼珠子一样——说他像个人，他总算有两条腿；说他不像个活人，立在那里好像一个陪葬的兵马俑。这个节骨眼上朱子藏倒是比较沉着冷静，淡定说道："顾院长顾大仙，您仔细看好了，这幅画……"顾大猷毫不客气打断朱子藏的话，手一摆，大声说道："不用再看，假的！"话音刚落，朱子藏叫朱红把那幅画收起来，走，嘴巴里咕哝一句："我看真的。"

顾大猷接口道："唐伯虎的东西，我不用看，手摸一下就知道真的假的。"大家听了愕然！朱子藏拂袖而去。唐六梓跟着送送朱家父子。

朱子藏这一走，比先前走得急；朱红跟在他后面。朱子藏下楼梯时，突然一脚踏空，从楼梯上跌下去跌到楼底。朱红急步下楼把他父亲扶起来；唐六梓跟着下去帮忙，一面喊店堂经理老成快去叫车子送医院。这时候吴元厚和顾大猷已经走到楼梯口看清楚情况。吴元厚回头看了顾大猷一眼，叹一口气摇摇头，自言自语道："何必呢。"顾大猷一时闷得一句话也说不出来，脸憋得通红，拿着手杖用力捅楼梯扶手。

这天晚上，顾大猷离开苏州回南京，吴元厚到火车站送行。两人在月台上散步的时候说闲话。顾大猷说："允之，你送我的那幅字我给天赐庄魏师傅叫他裱了。"吴元厚随口应道："哦，好啊。"

"好什么。"顾大猷苦笑道："我这次到苏州来，你就给了我一幅字。我呢却闹出了一件事。本来我想要你一幅山水人物的。没想到啊！"

"可以啊。"吴元厚一笑回道，"不过，顾院长，你要出钱。"

"哎，我说允之，你我之间还用得着说那个字吗？"

"哦，不说那个字。你出个意思吧。"

"这么说，不还是那个意思么？"顾大猷笑起来，一面用手杖点了一下吴元厚穿的布鞋，"允之，你怎么停下来不走了？不说了？我想你啊，有点意思。在唐楼跟我说跟他碰碰头……"

吴元厚看见火车来了，拉一把顾大猷："小心，顾院长！——我说的那个意思啊，就是这样没意思。"顾大猷听了，好像有点感触，点点头道："好了，也就这么一说罢了。"

顾大猷上车，坐到座位上，把车窗打开来呼吸新鲜空气，眼瞅着立在车窗外的吴元厚，说道："允之，你现在跟我说心里话，你说那件东西真的假的？"吴元厚微微一笑，反问道："顾院长，你说呢？"

……

寻访笔记 4

我对唐楼的关注，起因于吴门的一个传说……

传说有多种版本，标题看来只有一个，就是“唐楼看画”。后来这个标题被人口头上改成“唐楼事件”，想以此说明这是一件具有历史意义的事。

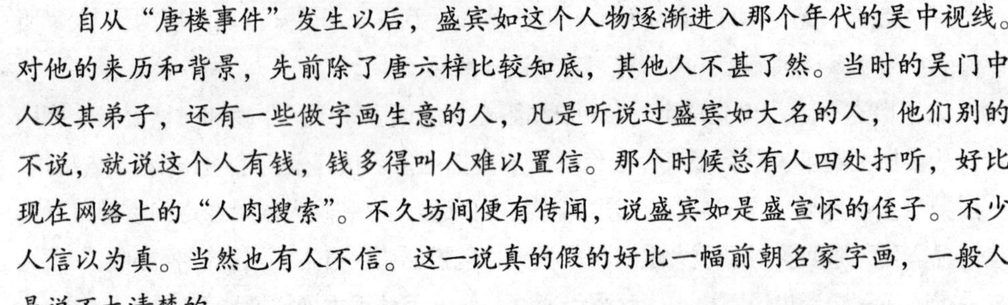

自从“唐楼事件”发生以后，盛宾如这个人物逐渐进入那个年代的吴中视线。对他的来历和背景，先前除了唐六梓比较知底，其他人不甚了然。当时的吴门中人及其弟子，还有一些做字画生意的人，凡是听说过盛宾如大名的人，他们别的不说，就说这个人有钱，钱多得叫人难以置信。那个时候总有人四处打听，好比现在网络上的“人肉搜索”。不久坊间便有传闻，说盛宾如是盛宣怀的侄子。不少人信以为真。当然也有人不信。这一说真的假的好比一幅前朝名家字画，一般人是说不大清楚的。

关于“唐楼事件”，有一点是真的：那幅唐寅名作是从盛宾如手上流出来的，这才引发了一回中国字画行家少有的碰撞。我从唐六梓留下来的一堆信札里找到了印证：

接下来“唐楼看画”这件事传出去，唐六梓的朋友，同姓老乡，当时的书画收藏家唐越先生曾两次写信给唐六梓，有点抱怨唐六梓不够意思，像这样的事情为什么不事先通知他过来开开眼？唐越在信里说：“这恐怕是五十年难得遇见的好事儿——不是那幅所谓的唐寅山水人物画好，吸引人眼球，而是顾大献、吴元厚、朱子藏他们几个大名头非常难得会聚苏州唐楼，成就了一出好戏。若是我当时也到场，看到这一出，是三生有幸啊！”唐越在信里还说：“类似这样的事情以后不可能再有了。就这一趟。”为此他觉得“遗憾得很”！

唐越生前写过一本《民国收藏志录》。这本册子从来没有公开出版。他曾自费印过几本线装样书送给一些朋友。唐越的儿子，现在的唐敬图老先生手头上存有一本。据说这是“孤本”。里面有一处记载：

唐六梓来信流露“自责”的心情，说那次看画看出一场祸。这一回恐怕伤了朱子藏先生的心，“颇感内疚”。唐越随即回信安慰唐六梓，说这个事情传到他耳朵里，是有人在议论顾大献、吴元厚、朱子藏这些名人的同时，主要点到了一个名不经传的、陌生的、不入流的家伙。所谓“一场祸”的始作俑者是那个姓盛的家伙。有人开始注意他了。听说朱子藏在唐楼跌了一跤之后，盛宾如没离开过苏州，有人经常看见他在苏州城里晃来晃去——

第四章

黄梅雨季过后苏州进入盛夏。大白天，古城里街道上行人很少，像盛宾如那个派头的人在太阳底下逛街比较显眼。

这天午后，盛宾如光顾苏州老街博古斋。那个博古斋卖字画瓷器。博古斋小伙计银子机灵乖巧，一眼感觉这位顾客是个有钱的主，自个儿接待不了，眼睛一闪说道："请先生等一歇，我去喊老板。"

博古斋老板叫纪学览，中年人，人样子像个精猴子，这会儿正在内室里跟朱红说事情；听说有大客人到，他叫朱红吃茶稍等，便出来做生意招呼客人。

盛宾如在店堂里看了几幅字画，感觉不好，便问老板："里边还有没有什么好东西？"纪学览心里不禁一跳，一边搓手，瞟了客人一眼，沉吟不语，反应好像慢了三拍似的；一个间隔时间长了点，神色自若略一躬身回道："有。"

"唔。"盛宾如背着手，正侧着身子看一件东西，眉毛一跳，转脸一个手势做出来说道，"有好的字画拿出来看看。"纪学览在原地挪动几步，拿眼神会了一下客人瞟过来的眼神，身子向前一探回道："先生要看好东西，里边有——"回头给伙计使了个眼神，转过脸来接着说道："里边的东西是老货，是个东西，扎实得很。不过，这价钱——"

"钱，没问题。只要东西有名头，是个东西。"

"也。"

银子接了老板的眼神，动作慢吞吞地把茶水端出来。店堂中间有一张红木圆桌，纪学览将手一让，请客人坐；没等到客人坐下来，纪学览眉头一皱，瞥了银子一眼，煞有介事说道："怎么泡炒青出来——倒掉，换新茶。"

"哦。"银子应声把那杯茶水拿到屏风后面去倒掉，重新泡茶。

"嗳，倒掉浪费。炒青也是可以的。"盛宾如坐下来，瞟了纪学览一眼，漫不经心说道，"我吃茶不讲究，有点茶叶味道就可以。再说了，我现在也不想吃茶，想看看你这里有没有好东西——"

"有。请先生稍坐一歇。"纪学览一看银子把茶端出来，将手一让，"先生请用茶，明前的，品尝味道。”

博古斋给客人泡茶，向来不用有盖子的茶碗，而是专用没有盖子的瓷杯。这一套泡茶路数是纪学览无师自通琢磨出来的。其实，头一杯茶拿到后面去只是做个样子，虚泡一次而已。其中的道理不用说，店里的伙计平时只要按照老板的意思做就是了。据说妙处要自个儿体会；纪学览曾私底下跟朱红说过：“这个路数往浅了说，是给那些有来头的客人一个‘情绪过渡’；若是硬要往深里边说，便是一个‘拖’字，好比哄女人上床，你要悠着点儿，不慌不忙地下套子，一步一步拖住她的人，拖住她的心，断不能一听到她要个什么东西就立马给，完了急吼吼地一把搂住她亲嘴摸奶子，扒了衣服就想做那个事儿。”

眼看客人被拖住了，纪学览断定这位爷今天跑不了了。纪学览有把握也有这个本事。他跟伙计们说过：“客人要么不进来，只要他一脚踏进咱博古斋，就别想跑了。今天这档生意也就有指望了。”

盛宾如一眼看中纪学览从里边拿出来的一幅旧画，几乎不假思索说道：“开门，拿下！”如获至宝。

盛宾如“这一看”就看了一眼，给人的感觉很内行，不用再看第二眼，好像朱子藏在唐楼看画似的，一眼“开门”之后，废话少说，就叫老板说个价。他接下来给钱的套路也跟着学朱子藏，模仿得还不走样。纪学览何等角色，一眼感觉此人冒牌货，假充行家，其实不懂——充其量是个似懂非懂、懂点面上皮毛的冲头。博古斋要的就是像这样的冲头：好字画一口，有钱，自以为是，而且还喜欢在人前装腔作势，显得他懂，比你懂。像这样的人，纪学览私底下管他们叫“肥猪”。纪学览跟朱红说：“我一把刀，杀的就是这种人，不杀白不杀！”

朱红站在内室里头，隔着门的珠帘子窥视店堂里的这一笔大买卖。这里的买卖跟自家有关系；朱红是博古斋的大股东，其实就是“东家”。纪学览叫名头是这里的老板，而真正的老板是后面的朱红；朱红的后面是朱子藏。当年朱子藏不出面，猫在他儿子背后，教儿子出头露面在外面立个据点。这层关系除了纪学览跟他的一个长随伙计，没人知道。外面的人见了老纪，叫“纪老板”，没有人见了朱家父子叫“朱老板”的。朱子藏比较犯忌“老板”二字。但是朱红心里倒是倾向于公开做老板。有一回朱红把这个意思跟他爹说了，被朱子藏一口驳回。朱子藏说：“‘老板’这两个字俗。人家当面叫你‘老板’有什么好？叫‘先生’不好吗？断了这个念头。你给我一辈子做先生。”

天知道盛宾如到底花了多少钱拿下那件东西。这是闷在博古斋里的秘密，即便是有伙计略知一二，绝不外传。博古斋有明文店规：

> 不该听的，把耳朵捂起来不听。
>
> 不该看的，把眼睛蒙起来不看。

不该问的，把嘴巴堵起来不问。

博古斋的伙计们严守以上规矩，没人够胆越过规矩乱来。这是纪学览管带伙计的底线。要是哪个杀千刀的伙计坏了规矩，老纪有话在先：“惩罚一，把一只耳朵割了。惩罚二，把一只眼睛挖了。惩罚三，把舌头绞了。卷铺盖滚蛋。”博古斋里留着一个已经被绞了舌尖的伙计。那个伙计姓刘，从小就跟着纪学览做字画生意。纪学览留他，一半是念一份旧情；另一半是给店里留个样板，教后来的伙计看清楚，这是真的。

盛宾如一走，纪学览回到内室里跟朱红说道：“红哥，”——纪学览恪守朱子藏定下来的规矩，人前人后不叫朱红老板——“不好意思。刚才那个生意，我想我还是做小了。本来那个价还是可以再上去一格的。要是红哥你来做，肯定要比我卖得高！”

“不。”朱红转身坐下来——朱红这会儿有点疲倦，眼圈有点发黑，脸色苍白带一点灰青，眼睛睁开来布满血丝——沉吟时突然跷起大拇指，说道：“老纪你，行！”“嗳，”纪学览手一摆说，“哪里，红哥，你别夸我了。你一夸我，我就不好意思。刚才说了，那个客人你来做，那钱真的……”

“卖得很好了！”朱红一边搓手，灰不拉耷的脸上渐渐泛上了些许潮红，脖子一伸说道，“在店里头做字画生意，我啊肯定做不过你老纪。我差远了。那天我爹说了，纪学览乃当今高手，无人同行比肩。”

听到朱家老爷子在背后夸奖，纪学览还是非常见情的。这个话要是换了别人说的，纪学览只不过是听听而已，不会上心，不会当回事儿。他知道朱子藏不轻易夸人，要他嘴巴里说出一个“好”字，比农民造反做皇帝还要难！

从博古斋出来，盛宾如坐黄包车到唐楼。这时候唐楼正热闹，楼上雅座里有人正在议论不久前发生的事情：“听说朱子藏在这里跌了一个跟头中风了，送到医院没几天就死了。”

“哦？不会吧。”

“是啊，好像没看见他们家披麻戴孝办丧事……”

“那天我在场，朱半仙当时好像跌断了一条腿。那条腿后来出了大问题，听人家说，让天赐庄洋人给锯掉了。”

“真的啊？”

其中有个文绉绉的商人看见唐六梓走过来，干咳一声，眼睛闪了一下，慢条斯理说道：“唐老板，你现在是不是有点悲喜交加？唔，先说‘悲’——那天三位大家莅临唐楼鉴定唐寅名作，是唐楼的辉煌，是你唐老板一手搞起来的。其结果呢？哎，唐先生你别生气，我们还是说‘喜’……你瞧瞧，我们大家瞧瞧，眼下，唐楼是个什么局面哪，那是几乎天天客满！”旁边有一位戴眼镜的先生接口说道：“现在，唐楼名气大得很。”

“喂，”唐六梓听了这些话，心里堵，做了一个手势，说道，“那天的事情已经过去了，不提了，要提就提以后；以后请诸位多多光临唐楼，就算是给我唐某人面子了，是给唐楼面子。”说罢，他吁了一口气，将手一让，“今天你们这几位的茶钱免了。你们慢慢吃茶，我到下边去照看一下生意。”略一欠身拱手道：“怠慢在座的各位了。”

唐六梓走到楼梯口，看见盛宾如迎面上来，不禁一怔，呆着脸，似乎好一会儿才回过神来，小声说道：“你怎么来了。”“怎么，我不好来么？”盛宾如仰面一笑回道，几步已经上来了，没来得及说话，唐六梓便将他一把拉到楼上一间里屋账房说话，指着他的鼻子道：“你看你，那天惹的祸，一场祸！”唐六梓显得又是悔恨又是激动，脸色倏然白里透红，好像一股热血突然涌上来，“出了这么个事情，我心里头一直不是个味道。之后，跟朱子藏先生，跟他儿子朱红打招呼赔不是吧，像欠了一身债似的。”盛宾如听了脸上一副漠然的样子，嘴角一牵似笑非笑，目光呆呆地看着唐六梓，自言自语道：“那幅画真的假的？”

“你说呢？”唐六梓坐直了身子，一时无语。闷了一歇，他惟恐冷场，瞟了盛宾如一眼，不觉一笑，说道：“你的那幅画真的假的，我怎么知道？”盛宾如不安地晃动了一下上身，坐稳了淡淡一笑，无言。最后还是唐六梓打破沉默，清了一下嗓子，好像下面要说的话也跟着清爽了：

“其实这画真的假的，跟我不相干。我只晓得我唐某给你把权威请到了。这是我的面子，也是你的面子。你真的是有面子！至于后来出了事情，你知道啵堵得我心里慌！现在还慌呢。你刚才没听见别人在议论这件事？那是始料未及，哪里想得到？这个事儿你说怪我吧，我还觉得冤。你说怪那个顾院长吧，你说，怪得着吗？这个事儿我琢磨着，顾院长他好像没错。他那么个人物有话要说，当着大家的面说出来，我看，没有什么可怪的。哦，对了，现在回头想想当时吴先生看了画不说话，你怎么看？要我说，在我看来，倒是有点怪。要是当时吴先生也开口说一句话，不管他说真的还是假的，我想朱子藏先生或许也不至于从楼上跌到楼下去吧？你说是不是这么一回事儿？”

盛宾如听了，好像从梦境里出来“嗯”了一声，点头道：“你说得好像有点道理。”说罢，眼睛一闪，接下来手一摆，和颜悦色道：“所以我今天来，是想请唐兄，麻烦你今天抽空陪我去一趟吴先生府上。我们去拜访吴元厚先生，哎，不为别的，就为了听吴先生在家里，关起门来说一句话，那幅画真的假的？”盛宾如说到最后一句话的时候，指指自己手上刚买来的那幅画。

唐六梓眼睛一瞟，心里想：“这个盛宾如真他妈的来事儿，怎么又来了?! 这前脚的风波尚未平静下来，他后脚又跟着来起浪了。”唐六梓一哂，欠身道：“今天客人多，我脱不开身——”

“那就改天抽个时间。”

“改天？恐怕也不行。”

“怎么了？”

“我说宾如啊，”唐六梓想了一想，无声透出一口气，说道，“我跟你说话不转弯，我不陪你去吴先生家里请吴先生看什么画，说什么话。吴先生是不会跟你说的。”

“去一趟，唐兄。”

“不去。要去，你自个儿去。不好意思。”

“这有什么不好意思的。”盛宾如嘴角一抽道，“哎，我，为什么不能自已去呢，啊？”盛宾如拍拍扶手椅子，立起来准备走，瞅了唐六梓一眼，“唐兄你别介意，我自个儿去，没别的意思。你别这样看着我——”

“你真的要去啊？”

“你说真的还是假的？”盛宾如先头有点红润的脸色渐渐变得青白，一脸坏笑道，“我呢，嗨，就这么随便一说罢了。我怎么会一个人去吴先生家？吴先生是名人，我是茶叶末子，不够分量去见他。你唐兄跟吴先生有交情，我跟他有什么？什么也没有。我还是回去……”说罢，拔脚就走。

唐六梓送盛宾如下楼，到了门外，帮他叫了黄包车去轮船码头，关照他到了家里有什么事情写封信过来。盛宾如微笑点头答应。看着盛宾如坐到车上挥手道别，唐六梓如释重负舒了一口气，心里想：“宾如啊，你这一回到苏州来真的是给我捅了一个娄子。老天有眼，还算好，看画，没看出人命。要是那天朱子藏在唐楼跌出个中风瘫痪，跌出个三长两短，那就不好交代了。现在朱子藏只是有点骨折，上个石膏，眼下走路要根拐杖，总算是不幸中的大幸了。”想到这里，唐六梓慢慢地回到唐楼里，慢慢地走上楼梯，——走到半道中间，突然笑出一点声音来。这时候他突然想到朱子藏先生的字：“步闲”——人走楼梯上上下下，步子要闲；“闲”者不忙。那天唐楼看画，朱子藏的步子不闲，一个字“急”。而那个顾大献，虽说他走路不急，手上本来有一根手杖，但是他说话也是一个字“急”。惟独吴元厚先生“闲”得可以，自然表现放“空”，叫人感觉空空如也，仿佛一个“无”字。唐六梓这一回走楼梯不比往常；往常他上楼下楼步子急，快。这个快，就是忙，就是急，好比有些人一心想升官发财，上上下下忙得要命，急得要死，到头来多半是一场空。

“空，空啊。”唐六梓嘴巴里念道；他这一回走楼梯走到半当中便有了一个意味深长的停顿；他觉着眼下自个儿要走的这一段楼梯空得很，容他悠着点走上去。当他走到楼上的窗口看外面，盛宾如坐的黄包车已经没了踪影。唐六梓自言自语道：“这个朋友总算走了，真的走了。”

盛宾如坐黄包车走到半道叫停。他下来换乘马车。车夫问道：“先生，去哪边啊？”盛宾如手向城东一指：“奔惟亭！”

这天下午，天气多云，有点小凉风，人感觉比较舒服。

吴元厚把儿子吴天泽、弟子潘道延叫到楼上画室。吴元厚查看了两个孩子的功课，说潘道延的毛笔字写得不错，好，要吴天泽像潘道延那样用功，用心，把毛笔字练好了。吴天泽听了有点不高兴，暗地里伸脚踩潘道延脚。潘道延瞟了他一眼，不吭声，听先生训导："古今成大画家者，十分精力，四分用于读书，三分练字，三分习画。"……完了，吴元厚随手开出几张画稿，叫俩孩子回到书房用心临摹，这是学生开始习画的基础作业。吴元厚欢喜潘道延，抚着他肩膀，说道："天泽从小习画，是有基础的。你现在刚开始学，叫他帮帮你。"潘道延头一低，回道："要格。"

走出父亲画室，吴天泽得意起来，做一个鬼脸对潘道延说道："来，你叫我先生，到书房给我跪下磕三个头。"说着，神气活现朝前走。潘道延闷声不响从后面走到吴天泽身边，伸脚使了个绊腿。这个小动作被走到楼道拐角处的吴太太一眼看见了。吴太太生气道："我说你这个孩子，怎么这样啊？没看见像你这样使坏的！我去告诉老爷，看老爷怎么教育你……"吴天泽赶紧上前拉住母亲的衣服，说道："妈，不要去告诉爹。我们闹了玩的。"回头对潘道延说："刚才在里边我也是跟你闹了玩的，哈。"潘道延硬着脖子站在那里不说话，那个样子像聋子像哑巴，惹得吴太太更加生气，眼睛一瞪"哼"了一声，说道："跟你个小赤佬没啥讲头！"说罢，转身走了。

吴太太走进画室，见先生正专心画图，想忍着，已呼吸不匀了，只是尽量压住内心不满，语气稍微克制些："我说老爷，你呀，别一门心思教那个乡下孩子读书练字画画，得有个心思管管那个孩子的品行……刚才我在外头就看见他暗中使坏……那是吓人的动作，使不得。你要管，要教育他，不要老是盯着儿子的不是，一碰就打，一碰就罚。依我看哪，那个乡下小赤佬今天就该罚。你把他喊进来问问他——他刚才做了个什么动作？就凭这一点，就该打手心，罚他跪在地上临赵孟頫字帖。"吴元厚好像没听见，不理会，一边作画，一边关照夫人："我看你以后对儿子要多加管教，要跟他说，不准欺负阿延，要不然我饶不了他。"吴太太听了吐出一口气，说道："你就跟自己儿子过不去！"这时候阿仲进来回复老爷，说："魏师傅裱好的字画拿回来了。"阿仲叫了声"太太"接着说道："我看见魏师傅在店里，他现在不能说话了，变成了哑巴。"吴元厚一怔，搁下毛笔抬起头来看阿仲："你说什么？"阿仲回道："听魏师母说，魏师傅出院后，过了几天就不能开口说话了。他现在变成了哑巴。"

"哦？"吴元厚觉着奇怪，"这魏师傅怎么说哑就哑了？这结巴子吃错了什么药？怎么会呢！"

"怎么不会呢。"吴太太"唏"了一声，神情似乎变得有点沮丧，借题发挥道，"我说好好的一个人，死不开口就是哑巴。老爷门下，不是也收了个哑巴弟子么？""那是两回事儿。"吴元厚拿起笔，干咳一声，"我看阿延好好的安静得很。他比较内向，不爱说话有什么不好？只要他毛笔字写得好，画得好。"

“儿子画得不好吗？”吴太太走到画桌跟前，瞟了一眼画桌角上儿子的毛笔字作业，拿起来说道：“儿子写得不好吗？我说老爷，你呀，就看那个乡下孩子顺眼。他在你眼睛里什么都好，连三拳打不出闷屁，闷声不说话也是好。这道理通不通？不通。”

“好了，别说了。”吴元厚手一摆，随即埋头画图。阿仲退了出去。吴太太叫住阿仲，说：“不要忘了给鸟儿加水。”

“是，太太。”阿仲点头应了一声，转身去了。

吴太太回过来还想跟吴元厚说话；一想，改口说道：“我到楼下去了，不来打扰你。你画吧。画一个时辰歇一会儿，别累着。我现在不跟你说了。跟你边画边说也说不起来。跟你说道理就是不通。”说着，人已经走到画室外面。

阿仲在画室外面楼道栏杆处给鸟儿加水；那鹩哥立在跳杆上左右顾盼，见太太来了，头一歪，学人说话：“不通，不通。”吴太太“扑哧”一声笑出来，上前几步说道：“老爷不通。”那鹩哥立马学道：“老爷不通，老爷不通。”

这时候吴元厚挥笔作画；一会儿画到兴头上，阿仲走进来，小声说道：“有位姓盛的先生要见老爷。”吴元厚接过阿仲递上来的名片，瞟了一眼，说：“盛宾如——哦——想起来了，他就是唐先生说的那个朋友。他来有什么事？”阿仲回道：“他说今天来请教老爷，看一幅画。”吴元厚一听，眉头一皱把名片往桌上一扔，手一摆说道：“不看！”

“是，老爷。”阿仲随即走出画室。

“阿仲等一下，”吴元厚搁下笔，说道，“要么这样吧，你出去跟他说，就说我今天身体不舒服。”

“是，老爷。”

盛宾如离开惟亭的时候，心态还是比较平和的。头一回登门拜访吴元厚，吴先生不见，还是说得过去的。如果见了，便是一个意外的惊喜。先前他有思想准备，没什么后悔的。只是有一点，他觉着吴元厚说不见的理由恐怕不是真的。不去多想，不去计较。人家有理由说一个让你可信可不信的理由。这是大家说平常话，不是当真鉴定历代名家字画，不必认真。

一想到“认真”二字，盛宾如心里倒是有那么一点认真的后悔。他回想自个儿为什么来拜访吴元厚的那个理由，真的过于认真了。“我跟吴家用人是怎么说来着？我是来请教吴先生，请吴先生看一幅前朝名家字画。这么说，看来今天行不通。要是换一个说法……”这么一想，盛宾如真的有点后悔了，伸手拍打自己脑门，心里想自个儿是忒老实了，把话说真了。先前不妨这么说：“吴元厚先生是我崇拜的国画大师我慕名而来。苏州唐楼唐六梓先生介绍我来买一幅吴先生的字画。哎，对了，自己名片不要拿出来。”想到这里，盛宾如轻松愉快，很不认真地对车夫说：“去上海！”车夫吃了一惊：“先生这个时候去上海？”

“哦，”盛宾如改口说道，“送我回到城里去。”

车夫点头应了一声，马车便直奔苏州城。盛宾如心里想，下一趟来拜访吴元厚，要想好一个理由，要换一个说法……

盛宾如回到城里，去大光明旅馆。他在那里有个长包房，没人知道。他放好东西，出去吃了点东西，然后去清泉浴室。

盛宾如在洗澡的时候心里有点骚动，想女人了。他想先在这里歇一会儿，扦个脚，待会儿到同春楼去。他想到苏州来，只有到同春楼才能找到一个他心里想的绝色佳丽。他不想花钱随便找个女人。来苏州这些日子，听说同春楼有个叫董碧韵的姑娘，年方十七，会丹青，写一手好字。刚来的时候他去过那里，点名要看她。同春楼徐娘说董姑娘身体有点不舒服。没见到。他想那个姑娘想了个把月了，现在又想了。

盛宾如洗好澡，来到包间里。跑堂的给他上茶，上水果；盛宾如吩咐那个跑堂的把扦脚的王师傅请过来。那个王师傅是有名的扬州扦脚师傅“王一刀”。王一刀干活通常分三道：一是扦脚，二是刮脚，三是捏脚。这第一“扦”，是扬州传统一把刀的功夫，是这一行的看家本领，把你的脚修得舒服，好看。一个扦脚师傅光有这个本事还不够扦脚经典。那个王一刀的经典做法是在后面的两道。盛宾如的两只脚，脚气比较重；他只觉得他的脚丫里经王一刀的手，用小锉刀一锉一刮，再用手一捏，便舒服得他哼哼哈哈。这一刮一捏，就把你脚上的感觉好比推向两次“性高潮”——这时候王一刀习惯问一句：“舒服吧？”如果你说“舒服”，王一刀接下来一笑，说道：“男人有一个半快活：一个是跟女人睡觉，还有半个就是扦脚！”

盛宾如坐黄包车到同春楼的时候，同春楼花灯初上。

徐娘不卑不亢款款走过来跟盛宾如打招呼，一回生两回熟。徐娘听眼前这位仪表堂堂的盛先生点名要见董碧韵，面上有点为难，轻轻地说了一句：“董姑娘今天身体有点不舒服。”盛宾如一听，嘴巴上应道：“哦。”这一说真的假的？上回来徐娘也是这个说法，这回来又是这个说法。盛宾如心里不信，那眼神流露出来。徐娘看在眼里，也不作解释，将手一让请他里边坐，一边唤请一位人见人爱的姑娘过来陪他。盛宾如瞟了那个姑娘一眼，淡然一笑，对徐娘说道：“我今天来，是来看董姑娘的。不好意思，别的姑娘就不看了。”徐娘颔首微笑道：“盛先生今天既然来了，不妨我来为你安排，看看别的姑娘，——盛先生看，她们同样出色。”“不。”盛宾如脸上带点歉意，略一欠身道：“不过，今天既然来了，我想听徐娘说真的，董姑娘她身体是不是真的不舒服？”

“是。”徐娘坐下来回道，示意旁边的姑娘坐下来。

“怎么个不舒服？哪里不舒服？”

“这么跟盛先生说吧，”徐娘看盛宾如顶真了，便如实道来，“不是哪里不舒服，是董姑娘的大姨妈来了。”

盛宾如一听，不禁失声一笑，说道："这有什么不舒服的？不要紧，我在这里等一会儿；等她大姨妈走了，我上去看她。如果她大姨妈不走，我就请她们一道吃个饭。"徐娘瞅了盛宾如一眼，差一点笑出来，随即一哂，说道："盛先生这会儿是在跟我说笑话寻开心，还是真的不懂啊？"

"我不懂你说的意思。"盛宾如脸一冷回道。

"那我就告诉你，那个大姨妈就是女人每个月来的潮，懂了吧？"徐娘这一说，盛宾如听明白了，心里想，"活见鬼！女人的月经就是月经，怎么说成'大姨妈'呢？今天闹出笑话！"这么一想，盛宾如心里念念想女人的一丈潮水退了八尺。但是，这会儿他还是很想见董碧韵。今天既然来了，有点非见不可的意思！"……没别的意思；只想跟董姑娘见个面碰个头说说话。说说中国画，说说书法；上去，一杯茶工夫，立马走。这，总是可以的吧？"盛宾如把这个想法对徐娘说清楚了。没想到徐娘一口答应。盛宾如连忙说"谢谢"——心里想，"这个女人还是比较通性情的。"盛宾如出手很大。徐娘说："一杯茶工夫说说话，这个钱多了，请盛先生收回去。"盛宾如一听，眼睛里有点不高兴了，以为徐娘跟他来虚的，说客气话。同春楼是做生意的，这个钱既然出手了，她还有个不收的道理？说到最后，徐娘还是不收整数，收了个零头。

徐娘陪盛宾如上楼，把他领到董碧韵房间。等到徐娘出来，管楼面的阿奔迎上去说道："那个客人付一点小钱，上楼吃杯茶，大姑奶奶还要亲自出面，吩咐我来就是了。"徐娘瞟了阿奔一眼，语气淡淡地说道："董姑娘那里，还是要我来说的。你暂时还不行……"

徐娘说着，坐下来，叫阿奔也坐下来，接着说道："阿奔，我叫你从老家过来做事情，你要用心。你来的时间不长，没有经历，有些个事情你还不懂。你给我听着，这小生意要当大生意做，大生意要当小生意做。"

眼瞅着阿奔有点不明白，徐娘微微一笑："时间长了，你自个儿琢磨。"阿奔点头道："我记下了。"阿奔顿了一下，接着说道："这会儿我要问大姑奶奶，那位客人到董姑娘房间里头吃杯茶，要是过了钟点不走，怎么说？"

"不会的。"徐娘摇头一笑，慢条斯理说道："到同春楼来的客人，不管是本地人还是外地来的，都是有脸面的人，有身份的人。我这儿没人不守信用，没人耍性子乱来。"

这天晚上，朱红的太太金俪一个人坐在镜子面前发呆。她觉着最近一段日子自己心情不好，面色也跟着心情一样不好。她看着镜子胡思乱想；她想今天白天出去买东西，路上遇见的那个陌生男人——那个男人……这一想，她脸上开始发热。不想了。那么想什么呢？

朱子藏出院以后一直闷在屋里；后院练童子功的那几个孩子，好像也没人管教了，像疯子一样玩耍，看了叫人心烦……

金俪在家里好像是管不住后院那些童子鸡的。她不想管，也懒得管。在她看来，那些大大小小从乡下来的小公鸡，个个有点神经兮兮的，看他们眼睛，不正常。金俪平时说话轻声细语，即便是那些孩子在后院里头"像疯子一样"闹得实在是不像话，不像腔，实在是看不下去了，非要对他们"凶"几句，她最多说一句："好了。再闹，就去告诉老爷，请你们吃生活！"那些孩子晓得"吃生活"意思就是"揍你们一顿"！他们不怕这个长得绝对标致的少奶奶。在他们眼里，这个少奶奶比国画上的仕女好看。她那个头发，那脸，那鼻子，那嘴巴，那身体线条，像仙女下凡。朱门大弟子韩进私底下画过一张《少奶奶图》，画的就是朱家少奶奶金俪。有一天，师弟阿吾李偷看了这幅画，鼻子一抽，说道："像，跟真的一样！"过了一些日子，韩进吃饱了关起门来把那张画拿出来给另外几个师弟看，手指头指着少奶奶的身体下位，问道："这是少奶奶的什么地方？"一个十岁模样的小子把手指头伸到嘴巴里咬了一口，说道："屁股。"

"你说，画得好看吗？"

"少奶奶屁股好看。"

"我画得不好看？"

"是少奶奶的屁股好看！"

"看这里，"韩进一兴奋，手指点点《少奶奶图》上面，问道："这里呢？这是少奶奶的什么东西？"

"衣服。"小子们异口同声道；突然间那个小子眼睛发直，怔了一会儿，说道："不对，是奶子，是少奶奶的奶子！"

暖色灯光下的金俪感觉美丽无比。她一个人在想什么呢？她心里想，"自家的男人，我男人朱红，他一天到晚像鬼一样魂在外头，大白天不见个人影；夜里回来，好像一个活死人……"

金俪在镜子里看见男人回来了，起身说道："回来啦，我给你泡茶。"朱红手一摆回道："不用了。今天在外面吃了一天茶。"

金俪只当没听见，把茶碗端到朱红手上，又给他削了苹果。完了，拿出白天出去买的丝绸面料和衣服给朱红看。本想听男人夸奖这些衣服她穿漂亮，没想到朱红没兴趣，连话都不想多说一句，就拿着字画直奔他父亲屋里。这一回金俪真的生气了，咬嘴唇，但是嘴巴里却细声说道："我不生气。我生什么气啊，把自已身体气坏了，不合算。你走好了。你走，你走吧。你一个男人，你到你爹房间里去；你跟你爹过吧。你就睡在你爹床上……"金俪一边自言自语，一边梳洗完了，不等丈夫回屋就上床睡觉了。

夜里，朱子藏在灯下仔细看画，横看竖看了很长时间，对朱红说道："魏师傅老居，这倒棺材的活儿，做得是好，做得绝。我看，这次可以给那个姓庞的一幅，就这一幅给他。但是还有一幅，这一幅不能给……”朱红听了，觉得扫兴得很，眉头一皱，说道：“今天拿回来的两件东西，既然做得那么好，那么绝，为什么不一道出手？”朱红觉着他老头子两个极端得没道理，小心过了头，便成了好像一张是真的，一张是假的。朱子藏瞟了朱红一眼，干咳一声，说道：“这个你要听我的，这幅还是不能出手，肯定不能出手！”

“我觉着可以。”朱红眼珠子一转，说道，“这两件东西外面没人有这个本事看出来，我有这个感觉，我有这个自信——”朱红顿了一下，眉头松开，接着说道：“爹，我的这个自信不是乱来的。今天取货的时候我问过魏师傅这两件东西没问题吧？当时魏师傅的眼神和比划的手势，分明表达毋庸置疑——他那个哑巴眼神和手势，我看明白了：‘这两件东西，你拿回去给你爹看；你爹本事大，他老看不出来，就没人看出来！’”朱子藏听了，沉吟说道：“按一般来说，这两件东西是可以出手的。但是眼下，你是在跟那个姓庞的家伙打交道，自信不得。”朱子藏一顿，皱紧眉头接着说道：“现在看这幅仿的画心，冷静下来看，我们再用心，用力气细看，好像还不够极致。我生怕像这样的东西流出去出事儿。”

“爹，可以了。”

“宁缺勿滥！”朱子藏回道，“红儿，我看过的字画比你擦过屁股的纸头还要多。这个事儿还是要听我的，绝对要听我的。你答应人家两幅，先给一幅；往后看机会，有更好的再补上。”

朱红心里想儿子不跟父亲较劲，眼睛一眯，转个话题试探道：“我们从盛宾如手上买的那幅画，是我们自己留着呢？还是……是不是可以抬个价，转手卖给别人，比如说先给那个姓庞的——”

“那幅画不卖。”朱子藏的声音有点凄苦，咬紧牙根回道，“我已经把那幅画压到箱底了，叫它永不见天日！”

朱红有一句话不敢问他父亲：“顾大仙看过的东西会错吗？”

朱红琢磨了好些日子，从盛宾如手上流出来的那幅唐寅名作，真的假的？这一说是听自己父亲的，还是听顾大献的？到底哪个可信？哪个对？哪个错了？

这个事情前些日子朱红想得头痛了没个好腔调；金俪讥笑他：“我觉着你跟后院里的那些孩子好像差不多，一天到晚神经兮兮的。”

朱红心里琢磨着，改日找个机会到惟亭去拜访吴元厚。要是吴元厚说一句真话，就有点意思了。这天晚上朱红在他父亲屋里说话说到深更半夜；金俪一个人躺在床上翻来覆去也睡不着。

金俪躺在床上想男人了。这一回想的，不是自己的男人，而是今天白天遇见的那个男人。自家男人先前想过了，没想到；不想了。活死人到现在还在他爹屋里头，没完没了不过来。想他没用。把他想回来了睡在一个被子里也没用。还是想想自己——

今天下午，她穿了一件碎花旗袍，照见镜子觉得可以，打扮好了，一个人出去散散心，到观前街去买东西。下午晚些时候，突然变天，眼睛一眨下雨了。路上，有一个陌生男人走到她身边，为她打伞。两人一路走，说了几句闲话；彼此说了自己的姓，名字没有说。“金小姐，我送送你。”他说。

“嗯。”

她闭着眼睛想雨巷，他撑伞，一路同行；分手时天色已晚。她说：“庞先生不要送了。雨停了，我自己回去。”

寻访笔记 5

寻访上海的周存望先生，从他那里了解更多的吴门细节。

周存望的父亲是已故的书画收藏爱好者、大律师、东吴大学法学院教授周全佑。他跟吴元厚颇有私交。他曾经问过吴元厚，“唐楼看画”的那幅唐寅名作到底是真的假的？吴元厚避开回答这个问题，当时只是说了一句：“那件东西顾大献看过了。”

这是一个谜，有不少人想刨根问底。

周存望说他父亲认识朱子藏，有一次请求朱子藏让他看看那件东西，条件是，在苏州城里最好的饭店为子藏先生摆一桌。朱子藏说：“不要。”他父亲就说了另外一个条件：“今后如果朱家有官司，我可以免费帮忙打赢官司。”朱子藏当时冷冷地一口回道：“以后要是有官司，请律师，给钱就是了。”

周存望先生说民国时期的字画买卖，提到苏州专诸巷朱红：

朱红出道比较早，做字画生意比他父亲下手狠，动作快。自从朱子藏退到幕后，儿子朱红几乎包揽了专诸巷朱家所有的字画生意。周存望先生记得他父亲说过“那个红儿厉害，是个狠角色，每每出手得手，不落虚空。”朱红第一次卖字画给周全佑就挣了一大笔银子。这个是不能说朱红的。这是周全佑情愿。那一笔买卖周全佑究竟花了多少钱，现在的周存望先生说不清楚了，就像他这一辈人也说不清楚盛宾如当年在苏州博古斋花了多少钱买下“元四家”倪云林一幅山水画。

朱红的本事是跟朱子藏学的，那个“仙”，也是从朱子藏身上得的。作为儿子，朱子藏惟一的儿子，朱红当然佩服他父亲的资历和眼力。不过随着年龄，阅历的增长，朱红觉得他父亲好像有点跟不上趟了，“小心驶得万年船”那条“船”好像有点行不通了，至少在挣钱这个码头上，老头子似乎缺乏时代紧迫感。现在什么最重要？银子。

一想到银子，朱红脑子就快，浑身起劲——

第五章

盛宾如第二次去拜访吴元厚，朱红也去了。两人前脚后脚，到吴家门口打照面。盛宾如事先想好的说法憋在喉咙里说不出来；他想说——朱红先开口："今天我来看吴先生最近创作的四尺整张山水画，是不是画好了？要是画好了，我要买。"这话，朱红是说给出来开门的阿仲听的，也是说给边上盛宾如听的。那个意思明摆着，不用问，你姓盛的今天来有什么事？盛宾如悠然一笑，"哦"了一声，瞟了一眼朱红手上拿的字画，说道："你来买画，我今天来也是，我们想到一块去了。"

这话一听，假的。朱红心里想这个家伙说真的，说假的，跟自己不搭界；要紧的是，今天要吴元厚开口说，在唐楼买的那幅画真的还是假的？朱红心里一直在琢磨待会儿进去怎么说话，才能叫吴元厚把心里话说出来。盛宾如心里也在推敲待会儿见了吴元厚，这位朱大少爷在场，这个话怎么个说法？

朱红、盛宾如在吴家门口等，这两位仁兄或许谁也不会想到，阿仲进去禀报老爷，说："朱家大少爷和那位先生又来了。他们是来卖字画。"吴元厚一听，回头道："不见！"

阿仲出来回话。朱红吃了闭门羹只好转身走；盛宾如跟上去，请朱红到镇上饭店吃饭。朱红说："不客气，我来请。"

到了一家比较像样的饭店，要了单间坐下来盛宾如点菜，一边说道："我要买字画，想看看你手上的东西。"这话听起来像真的。不过，朱红还是有点怀疑这位盛大哥好像有点虚了虚，试探道："价钱忒大。"

盛宾如瞟一眼菜单，再加一个菜，一转眼，回道："钱，没问题。只要东西有名头，是个东西。"朱红一听，顺着盛宾如的意思，把自己手上一件旧字画解开来让盛宾如看了一眼，一面说道："这件东西是我家里收藏的，今天拿出来本来是想请吴先生过过眼，绝对不卖给别人。即便是吴先生要，也不卖给他，尤其是不卖给那些不懂字画、附庸风雅的人。"盛宾如听了，一根筋上来，拍了一下桌子说道："你一句话也不要说了。这件东西我看了，我要了。"眼瞅着朱红把画收起来，盛宾如伸手阻止道："哎，让我再看一眼……我说要，就要，没别的废话。你说个价吧。你说什么价，我就给你什么价，信不信？”朱红嘴角一抽，随口报了个天价，心里想这个冲头，不吃他，吃谁？盛宾如眉头一皱：“喔唷，太贵了。”略一沉吟，开口杀半价。朱红心里突突跳，有点闷闷叫喜；经验告诉自己，凡是嘴巴上说“钱没有问题”的人，真的要他掏钱，就很有“问题”了。而那些看了货色心动了，嫌价钱大，拼命想杀价，往死里杀价的人，多半是想买东西。看样子今天这个姓盛的要上钩了，叫他跑不了。

朱红心里肯让价，但是嘴巴上不让盛宾如，像真的一样发急道：“哎，你怎么说话不算数啊？刚才是你盛先生说的吧，怎么说来着？你说叫我开个价，你就给我这个价。怎么我说了，现在你又反悔了？做生意说话，我牙齿齐得很，搁在石板上硬碰硬的，怎么的？你牙齿吃豆腐啊，软了是不是？说话不算数，这生意怎么做，啊？”

“我说你不要急，”盛宾如一笑回道，“说话对我客气点。你是做生意，讨价还价正常得很。我又没说不要，不买。我怎么说话不算数了？我说话算数。我说这个数就这么定了。好了，你别不高兴，给我看脸色，好像我欺负你似的。我再给你加一点，这个数够了吧？哎呀，你要开心。我说你要笑才是。不然的话我就不要了。说清楚啊，是你现在不要这个钱，不是我不要你的东西。”

朱红被盛宾如这一通说，憋得下面尿急了。他巴不得立马拿钱，完了出去解手；心里想着，想立起身来，眼睛一闪，说道：“再加一点，我就——”盛宾如立马回道：“做还是不做？做，就做。不做，就算了。这个数字我不加了。我说就这个数，要就要。不要，拉倒！”说罢，瞟了朱红一眼，立起来要走。

朱红看在眼里，心里不急；他这会儿急的是自个儿裤裆里憋的一泡尿真的急煞人！他脑子里一闪而过，出去先把这该死的尿撒了，回头再跟这个姓盛的家伙搞。但是一想，这样不行。这泡尿要是一撒，一鼓作气就歇了。

朱红晓得做这种生意，得讲究顺牢一口气到底，中途不能停顿，不能歇，绝不能给客人喘一口气；要是钱不到手，就把客人丢在一边，等到客人稍有一点时间，心情冷下来，再到外面去吹一吹小凉风，多半会眼睛一眨改变主意，这生意也就黄了。

朱红心理素质不错，但是在这个节骨眼上，生理上有点坐不住了，因此面孔一冷，“刷”立起来，一把拽住盛宾如胳膊，说：“好，就依了你。谁叫我今天倒霉，碰上你盛大哥这么欺负人。”朱红心里骂道：“你妈的自个儿端上门来，我今天吃死你！”嘴巴上却一口气唏嘘道：“唉哟天地良心，我说盛大哥，你怎么不去欺负那些做官的老爷，跑到我们这里来欺负咱老百姓？!”

“说什么呢，”盛宾如一屁股坐下来，眉头一皱，“我欺负你？欺负老百姓了？我好像，哎，我好像没欺负你吧？别这样看着我，行不行？好像我真的欺负你了。好吧，再给你加一点钱，这样成了吧？”

“唉——！”朱红重重地叹了一口气，显得垂头丧气，好像羞得无地自容，手伸出来，嘴巴嚅动道：“再加一点。”

“不加了。”

“这？”朱红一脸木讷接过银票赶紧出去撒尿。一会儿他回进来，似乎口拙了，说道：“有什么办法，这生意跟你做，我吃亏得很。唉，也只好这个样子了。盛大哥今天真的是占了大便宜！”盛宾如眼睛向上一翻，“嘿”了一声，吃了一块臭豆腐便搁下筷子，说：“你慢慢吃，我有事先走一步。这饭钱你结账。”

“哎，盛先生，”朱红用筷子点点菜盘子说，“还没吃好；吃好了，跟你一道走。”“你一个人吃吧。”盛宾如手一挥，出去叫了马车直奔苏州方向。

回到城里，盛宾如先到旅馆放好东西，然后到清泉浴室去洗澡。

休息了一个小时后，他又回到旅馆拿了东西出来，坐黄包车去唐楼，把唐六梓拉出来到得鲜楼吃晚饭。

唐六梓发现盛宾如今天晚上兴致好，一上来就连续干杯，吃口很大，也不见他吃菜，就是吃酒，一面兴奋地说道字画，捡漏，眼力；眼睛一眨，光他一个人就吃了两瓶花雕黄酒，舌头开始大了说道：“唐老兄，你不知道吧？跟你说，本来呃，我是不想跟你说的。后来想想，我还是跟你说，”盛宾如打了个酒嗝，吐了一口气，接着说道：“我在博古斋吃了个仙丹。还有，今天在外面又吃到了一个仙丹。前后吃到了两个仙丹，呃。”唐六梓一怔，手摸着下巴，问道：“是不是捡了一个什么漏？”

“呃——有一幅是‘元四家’你、你知道吗？‘元四家’你。我说是你的这个呃，不对。是倪——倪云林的一幅山水画。”

“喔唷，不得了！”唐六梓浑身一震，随即端起酒杯跟他碰杯，说：“什么时候拿出来给我看看？”

“好，”盛宾如一口干掉酒，放下杯子，瞟了唐六梓一眼，一笑，“我现在就拿给你看一眼，先睹为快。”说罢，从刚才带来的长条子大布袋里拿出来一幅旧画，打开来。唐六梓一看，抬头问道：“真的假的？”

“呃，唐兄不懂，眼力不行……”

“这一行，我是不懂。”唐六梓眼睛一眨道，“不过我琢磨着你呀，最好不要想当然，小心踏地雷。这一行水深得很，你要小心淹死掉。”

“我看这个东西，是个东西，呃。”

唐六梓“哼”一哂，说：“老酒是不是吃多了？你就这么有把握？”

“不是把握，这个字画全凭眼力——”

“哦，眼力。”唐六梓点点头，心里不以为然。但是心里的话，这一回他不想拉出来直说。不过回头一想，还是给盛宾如出个主意比较好：“宾如，我看这么着，你抽个时间到南京去找金陵博物院院长顾大献，他是权威。哎，你请他帮你看看这件东西真的假的？”

“呃，这个主意好。”盛宾如搓搓手，“去，去一趟南京——”

“我陪你去……”唐六梓话还没说完，盛宾如摇摇晃晃立起来，隔着桌子一把握住唐六梓的手，醉眼迷离说道，“唐兄，还是唐兄。”

“说定了。”

“呃，”盛宾如点头道，“几时？”唐六梓把半杯酒一口干掉，把空杯子倒过来放到桌上，说：“后天……”

朱红做了盛宾如那笔生意之后第二天，把庞为然约到大光明旅馆碰头。

庞为然进了包间门，朱红说：“上回跟庞先生约定一个月时间。现在时间到了，我今天来给庞先生一个说法……”朱红话说到一半，庞为然打断道：“东西弄到了没有？我急着要。”朱红一笑，将手一让：“庞先生坐下来说话，两件东西我今天带来了，在桌上，你自己看吧。”

做庞为然这笔生意，朱红没有听他父亲的话。他私下拿定主意，大胆一回把那两幅画都给庞为然。这会儿他跟庞为然碰头，已深思熟虑过，面上似乎即兴说道：“这年头，你也知道一时半会儿弄不到好东西。到哪里去弄？逼煞人了。没办法。到头来我有什么办法？最后一条路，只好忍痛割爱，把家里收藏的前朝名家字画拿出来匀给庞先生。言而有信，给朋友一个交代。不过，这件事最好封起来，不外传。要是让家父知道，我就死了。败家子哦，这个没办法。我答应朋友的事情非要办，还要办好。”说罢，长吁短叹，接下来手一让，一个欠身道：“请庞先生过眼。”

庞为然看画，朱红立一边侧身说道：“这两件东西是老货，扎实得很，是个东西。庞先生觉得怎么样？”

“好，”庞为然抬起头来，一边搓手，说道，“开门。就这两件。说好了我拿下。往后红哥有什么好东西，先拿给我看。我看上了，就拿下来，不二话。”说罢，点火抽烟。

“庞先生有眼力——”

“眼力？”庞为然伸手抹了一下眼角，嘴巴一撅道，“兄弟，不是我今天跟你吹，我看东西的眼力还可以，好比看人，不会走眼。先前徐州的朋友介绍我到苏州来找你，头一回跟你见面，我一眼就看准你红哥，认准你这个朋友。我没看错吧？你守信用，为了朋友，够意思。不过，现在是跟你做生意，咱们朋友归朋友，生意归生意。兄弟我在这里还是要多问一句，这两件东西从你家里出来，真的？”庞为然抽烟，呛了一口咳嗽。朱红心里稍有一慌；这一慌传到眼睛里，那眼珠子瞄了一下庞为然，——朱红的眼睛习惯眯着，庞为然咳嗽时没注意。

一会儿，朱红眼睛睁开来，正眼看着庞为然，脸上显得自然平静，悠悠地说道：“庞先生，这东西真的假的，说起来，行家看了各有一说。事实上，你也知道，行家也有看走眼的。不过依我看，这个收藏字画关键是一个‘好’字。比如说这两件东西有名头，是个东西，庞先生也看过了，你说好，你是行家；你觉着好，欢喜，那么它就值这个钱。反过来说，你觉着它不好，看不上它，或者说你不欢喜，那么它在你眼睛里就一文不值，跟废纸差不多。”

听朱红这么一说，庞为然眼睛一亮，点头微笑道：“你说得有道理。我看你家里流出来的东西，不会错。我没话讲。这两件东西我看开门，我要了。不好意思哦，叫你忍痛割爱了。”庞为然拿出五根大金条，往桌面上一排，随手在金条上一捋，接着说道：“这四条大黄鱼，算两件东西。这里多加一条，算我庞某孝敬令尊大人子藏先生。哦，对了，先前那一百个大洋，不要了，算作给老弟的茶水钱。你看够不够？不够，我再加一点如何？”朱红淡然一笑，回道：“庞先生爽快，兄弟我不好意思收下了。”朱红心里暗喜，伸手把五根金条收进皮包，一面说道：“庞先生，我呢，交你这个朋友心里高兴。今后庞大哥有用得着小弟的事儿，来一封信，到我这里，就一句话，一个字：办。”

“好，”庞为然拍拍朱红肩膀，说道，“这话我要听。就这么说了。待会儿出去咱俩找个地方，我来请客。”

“不，”朱红手一摆，回道，“我来请客。庞先生到苏州来，给兄弟做个小地主的机会，尽个小小的意思，就是看得起我，把我当朋友，当兄弟看。”庞为然点头道：“红哥够朋友。今天就让你尽个地主之谊。”说着，人已经立起来。

“就这么说了。”朱红拍一下椅子扶手，嘴角一牵说道，“今天晚上先到得鲜楼吃饭，然后还是到那个地方去修身养性……”庞为然会心一笑，一只手握住一只手，握住了不松手，仿佛一松手另一只手会跑掉似的，“嘿”一声说道：“白天忙这个忙那个，到了夜里就好这一口。”“哎，男人嘛。”朱红这会儿一副善解人意的腔调，心里正在想“天下人有短处，便有恰到好处”。朱红年纪不大，却谙熟此道。而庞为然性情集中于“声色”不在话下。

这是朱红第二次带庞为然去同春楼，他不声不响替庞为然付了钱，跟徐娘打了个招呼，说了几句闲话，便告辞。

阿奔在前厅里看见朱红，想讨好他，趋步上前一个欠身，说道：“明天北京有个戏子要来……有名得很。我给红哥留个前排位子，过来欣赏一下？”朱红一听，咽了一口口水，眼睛眯成一条缝，瞟了阿奔一眼，沉吟道：“哦，明天？明天没有空。这两天忙得很。”说罢，径直走到门外叫了黄包车，手一抬说：“专诸巷，快一点。”车夫拉了就跑。

朱红回到家里，金俪给他泡茶，一边说道：“爹刚才叫用人过来找你；来过两次了，好像有什么事情。现在，人在后院里头。”朱红一听，顾不上坐下来歇一脚，拔腿去后院。

朱子藏在后院屋里头单独把韩进叫过来，看韩进临摹好的一幅名作，仔细看来，最后还是摇头，搭着韩进肩膀，说道：“你啊，最近临是临得可以了。不过要是细看，恐怕还是有点那个……这件东西，要经得住细看……这两条线要过得了我的眼睛，才算说得过去。否则废纸一张，懂不懂？”韩进嘴巴翕动，点头道：“是，老爷。要么我再画一张？”朱子藏听了，目光突然一闪，盯着韩进看了半天，看得小赤佬惶恐得嘴唇哆嗦起来，却不敢从嘴巴里发出一点声音。

朱子藏似乎在“这一看”里看到了韩福的影子；那个影子晃来晃去的跟眼前的韩进重叠起来，刹那间又分离开来，分明是两个人，却是一张面孔。朱子藏不禁失声叹气；恍惚中，他收起目光，转了和蔼目光和蔼语气说道：“好吧，你把这张画撕掉，再临摹一张。要用心，不要急；慢慢画……心要静下来，每一笔都不能马虎，绝对不能马虎。”

“知道了，老爷。我现在就去画——”

“嗳，”朱子藏手一摆，看了一眼钟点，说道，“现在不要画了。今天晚上休息，弄点热水洗个澡，爬到床上去好好睡一觉。这个事儿不急，明天再说。”说罢，手一挥叫韩进先下去；回头又关照道：“去，叫其他几个师弟也不要夜摸索了，早点睡觉！”

韩进应声退了出去。朱子藏刚想吃口茶，抬头见韩进又回来，手上拿着那张画怯懦懦地说道：“老爷，这张画还是不要撕掉吧。老爷说过，这是清朝初期的宣纸和墨……”朱子藏一听，把茶碗往桌上一蹾，说道：“撕掉！这清初的宣纸清初的墨家里有的是；明朝的也有。你啊只管给我用心画好了。别的你不用理会。画得不好就要撕。听着，废稿三千余。去琢磨琢磨。去吧，到前头去看看大少爷回来了没有？”

朱红来到后院，看见韩进从后院门洞出来，上前问道：“老爷在里头？”

“在。”

朱红眼睛一瞄韩进手上拿着东西，顺口问道：“哎，手上是什么东西？”

韩进回道：“是我临摹好的一张画，老爷关照撕掉。”“哎，等等！”朱红伸手拦住道：“拿过来给我看看……”说着，已经从韩进手上把东西拿了过来。

朱红抖开那张画，借后院窗户的灯光瞅了一眼，随即把画折起来，放进自己口袋，一边悄声对韩进说：“你去吧。”眼瞅着韩进走了，朱红沉吟片刻，转身走进后院屋子。

见儿子推门进来，朱子藏示意把门关上，揉了一下眼角，说道：“这么晚才回来。以后晚上要早点回来，陪陪阿俪，咹？今天跟姓庞的碰过头了？”

“碰过了。摆平了。”

“唔，对了。就给我说的那件。还是那件东西靠得住。另外一幅不能给，千万不能给。”

“爹，我看另外一件东西如果给了，也不会有什么事吧。”

“错！怎么可以给？为什么要给？”

“给，给银子。”

“你呀，唉，叫我怎么说你！”朱子藏眼睛盯着自己这个儿子看了半天，摇摇头，

接着说道，“这些日子我脚不好，歇在屋里倒也安逸，冷静得很。不过今天晚上我看了韩进临摹的一张东西，心里有点慌，有点不踏实。我这么想，你说韩进吧，在这些童子里算是头挑了。当然，还比不上他哥哥韩福。但是不管怎么说，韩进眼下已经算是好的了。只是他还不够好，还不行。我想啊这仿作人才难得。说起这个事儿红儿你要给我长个记性。先前我就跟你说过，记住，我们要银子，但不贪银子。做这个字画，我们父子俩关起门来在屋里说，即便是做假，也要从长计议，做出一个道来。唉，一言难尽哪！”朱子藏沉吟，不胜感慨接着说道：“做字画这一行，如果为仿而仿作，你妈的为了那么一点小钱做假，是到不了那个极致份上的，想都别想！外面有些自以为是的，有些所谓高仿的东西，都是些什么东西？不在道上！在我眼睛里一文不值，跟废纸差不多！”

听父亲这么一说，朱红只字未提自做主张把另外一幅画也卖给了庞为然，免得后院起争论。回到自己屋里，朱红心里想这个事该不会有事，万一要是出个什么事，他也不会乱了方寸。这个事他琢磨过，有的是办法对付。那个姓庞的，虽然年纪比自己大，但是做字画这一行，还差得远呢！记得庞为然说过的那句话：“我看东西的眼力还可以，好比看人，不会走眼。”这是什么屁话，就凭他说这个屁话，他就活该踏地雷！哪有像庞为然这样的不知字画深浅，遑论什么眼力！不过话说回来，朱红不讨厌庞为然，还是挺欢喜他的，好比自个儿挺欢喜盛宾如那样。他觉着今天收获的那五条大黄鱼，那个价值远不及盛宾如、庞为然这两条在苏州、在他眼前游来游去的大黄鱼。盛宾如、庞为然这两条大黄鱼，是他自出道以来钓过的最大的黄鱼，肥美鲜嫩，妙不可言。不过，这可口的美餐只能吃，不能说。眼下这个事连对自己父亲都不能和盘托出，更别说与他人分享快乐了。朱红觉着那庞为然对养“性”情有独钟，岂不知那字画交易的刺激和快感！同春楼的女子算个什么稀奇？有银子便呼唤而来。搞女人不算什么大本事，有银子就能搞，搞真的。但是那历朝历代的名家字画，你有银子，也未必能搞到真的。没真的有假的。朱红心里想庞为然一天到晚心活念念到同春楼搞女人，他搞的那些女人都是假的。“婊子无情，戏子无义。”他庞为然庞先生还能在那个楼上搞到真的？还是那魏师傅说话道行深，“哪、哪来那么多真、真的。”魏师傅这话说到人的裤裆里，说到根上。这亦真亦假，亦假亦真的东西，你想就是这么一回事儿。想到这里朱红觉着累了，上床睡觉。这时候太太上来，风情可滴；无奈丈夫有气无力，那个裤裆里的二流子一副没有出息的腔调，赖在乱草堆里死活不肯自强自立起来，更不用说为了“新生活”独立而奋斗。

金俪的伤心集中体现在她在床上非常难过。她几乎每一回上了床想男人，就是想不到。今年开春以来，她男人到现在还没碰过她身子。她记得除了两年前新婚之夜她做了一回女人，往后她就做不成女人了。现在，睡在她旁边的是个男人吧，是她男人。但是，这个男人，好像除了那些该死的字画和银子，好像没别的需要了。“他不要，我要……”金俪生气了。她生气的时候就会咬嘴唇，轻声细语道：“你不要，我要……”这话，是说给她男人听的。她是太太。她是朱家少奶奶。她有资格这么说。她有权利要她的男人。她觉着这个男人不是人。

金俪脱下衣服，赤身裸体躺在那里反复念叨：“你不要，我要……”她一边说，一边用手拨弄她男人，好让男人睁开眼睛看清楚她生气的样子。她知道她在床上生气的样子可见动静；她知道她不能生气，尤其是不能在床上生气。她生气的时候就开始自慰，一手操办那个“骨先生”将自个儿“慰”到气不打一处来！这一回这个狗日的朱红总算把眼睛睁开来看了。朱红应该知道他太太隔一段日子背着他来过这一套。但是他从来没见过太太今夜在床上如此“操办”自己。或许太太的动作和呻吟刺激了朱红的视觉神经，他突然间性起勃发，脑子里想做了，不是假的，是真的要做；好了，一通忙活，最后还是做不成。金俪失望地坐在朱红身上，双手不停地搓弄自己两个青春的奶子，一时喘不过气来……

顾大猷在南京收到了魏知良托人带过来的裱好的字画。第二天他叫王坤元把吴元厚送给他的那幅“难得风雨故人来”装好框，挂在院长办公室墙上。

顾大猷手上有一幅吴绍庭的字。吴绍庭是吴元厚的父亲，早已去世了。顾大猷把吴绍庭的那幅字拿出来，同样是七个大字：“难得风雨故人来”，随即叫王坤元过来，说：“你来看看这两幅字。”

王坤元跟顾大猷多年了，也算是个比较资深的字画行家。他走过来，眼睛一扫，抬头说道：“顾院长，这两幅字怎么一模一样？像出自一人之手，是一个人写的……”顾大猷听了哈哈大笑；坐下来吃茶，跟王坤元说上个月他在苏州唐楼看过的那幅唐寅名作，十年前他在北京琉璃厂齐宝斋见过——同一张画，现在有意思，外面有两幅，两幅一模一样。他回想北京见过的那幅画，真的。苏州朱子藏手上的那件东西，假的，不会错。朱子藏的那件东西他当时看一眼，开门见山感觉那个气息不对。现在回想那件东西不是仿作。这一点，现在可以肯定。如果那是一件仿作，以朱子藏在道上混了那么多年的眼力，不至于看不出来吧？如果朱子藏连仿作都看不出来，至少可以说明两点：一，那个仿作已经仿到天绝，凡人休想看破。这时候王坤元插话道：“这不可能，顾院长能看破。”

顾大猷接着说二，说白了朱子藏是个泡货，他的眼力狗屎。这么说，好像有点过分；朱子藏毕竟是字画行家。看来那件东西“揭过皮”，是个“倒棺材”倒出来的东西。不知道吴元厚对此是个什么看法？顾大猷看墙上吴元厚的字，自言自语道：“朱子藏啊朱子藏，你啊有本事，有眼力，这个我承认。但是，还差那么一点，就是差那么一点。那幅唐伯虎的画，你看真的，你说真的，哼，什么时候我教你看看吴允之写的这幅字，把吴允之的落款抠掉，把他父亲吴绍庭的落款倒上去，你看真的还是假的？”

“吴元厚总该透点意思出来。”顾大猷咕噜了一声，仰头靠在沙发上，闭上眼睛，用两只并拢的手指头敲敲自己前额，突然笑出声音来。

王坤元沉吟半天，探身问道：“顾院长，您说，苏州的吴元厚先生，他为什么送给您这幅字呢？”“问得好！”顾大猷睁开眼睛坐直了身子说道：“你啊，跟了我那么多年，知道了不少。但是有些个事儿，你也许还不知道吧？我今天兴致好，说给你听听——”

“苏州的吴元厚，我晓得，他在场面上从来不跟我论高低。其实啊，他心里边恐怕未必觉得他的眼力在我之下。——我跟你举个例子，吴元厚他父亲在世的时候，有人在吴绍庭先生面前说我的眼力好，吴元厚听了不服气。于是，他临摹了一幅他父亲的山水画，转了一个弯叫人拿出来给我看——结果啊，那一次我活见鬼，看走眼了，把那件东西看成是吴绍庭的原作。记得当时我看了之后，吴元厚私下跟我说那幅画是他画的。我不相信。吴元厚接下来给我看那幅画裱头里边他做的暗记。我认了。在他面前丢了一次脸。这是惟一的一次看错，丢脸！往后再也没有了。那是二十年前的事儿。那个时候我在北京。吴元厚有一次到北京来看我。我忘不了。吴元厚也忘不了。这件事后来闷掉了，没有传出去，外面没有人知道。现在你知道了，到此为止。”

王坤元听了，趁机问道：“那么，顾院长，您跟苏州的吴先生，谁的眼力更高一筹？”“这个，很难讲。”顾大猷立起来，走了几步停下来，转过身来盯着王坤元看，一笑说道，“说真的，说心里话，字画这一块我跟他好像是分不出个上下。不过，说起我跟他看东西，有一个细节或许可以分别一下：我看东西向来是明目张胆看一眼。而吴元厚呢，多半也是看一眼，不过有时候说不定还要变着法子再看一眼。”王坤元一听，自以为领会了，“哦”了一声说：“我明白了。”

“你明白什么？”顾大猷一个倾身，不禁笑道，“你明白，我都没有跟你说明白，你就已经明白了？明白什么，咹？”说着，顾大猷已经走到沙发边上一屁股坐下来，干咳一声，说道：“好了。现在不跟你说了。有些事儿你自个儿慢慢去琢磨吧。我呢在这里闭一会儿眼睛。”

当天下午盛宾如、唐六梓来到金陵博物院，带来前朝名家字画请顾大猷院长看看。顾大猷先前午休起来洗了一把冷水脸，精神见好，这会儿正在做手头上的事情。王坤元把客人带进办公室，说了来意；顾大猷最后看在唐六梓面子上，答应看一眼。

第一幅旧画拉开来，顾大猷看了一眼，说了两个字：“假的。”

三幅字画看下来，顾大猷连说了三次“假的”，把盛宾如额头上鼻子上说出汗来。唐六梓一边提醒盛宾如把倪云林的那幅山水画拿出来。这时候盛宾如已经乱了手脚，把桌上的茶水碰倒在字画上。

顾大猷看盛宾如那个不知所措的样子，手一挥说：“不看了。收起来吧。”盛宾如一脸尴尬，惶恐，用眼神向唐六梓求助。唐六梓头一点，用手示意盛宾如不要急，坐下来，心里想怎么说才好？一面脑筋急转，吞吞吐吐说道：“唔，顾院长，哎，您听我说——还有一幅，最后一幅——请顾院长帮忙看一眼——就看一眼，好吗？那件东西，是‘元四家’倪云林的东西。”唐六梓总算一口气把话说完了。他说话的时候，生怕顾大献打断他，说出“送客”两个字。顾大献眼瞅着唐六梓诚惶诚恐立在那里擦汗，想了一会儿，说道：“唐先生，你刚才说什么来着？说还有一幅是倪瓒的东西？拿出来看看——”这最后一看，顾大献还是说出要命的两个字：“假的。”

这时候盛宾如脸色发青，手脚冰凉，呆在那里像个被电击过的精神病人，脸上的表情似笑非笑，叫人看了一怔。唐六梓头一偏，问道：“你，没事吧？”

“有，”盛宾如总算回过神来，好歹还能说话，“有些事我要请教顾院长。请顾院长教、教教我……”

“教？”顾大献嘴唇吊起来，冷笑一声，眼睛一斜瞥了盛宾如一眼，“有什么可教的？没的教。回去吧。中国字画深得很，你不懂。送客。”听见最后两个字，唐六梓叹了一口气；盛宾如也只好起身告辞，收起字画准备走。顾大献叫王坤元代他出去送送客人，自己把唐六梓送到楼面的楼梯口就算可以了——说了“再见”之后，又说：“唐先生，你这个朋友够意思，大把的钱没处花，脑子进水打水漂哇！”说这话的时候，盛宾如已经下了几步楼梯，随即转身，仰面拱手道：“求顾院长教我一点。”顾大献一笑回道：“像你这样的人现在教不会。等你假的买多了，上当上够了，你就懂了。”

盛宾如、唐六梓在南京过夜；开了房间，两人一头倒在床上睡到傍晚。起来出去吃晚饭；完了去逛夫子庙，游秦淮河。这是盛宾如的主意。唐六梓说：“宾如啊，我现在真的是有点佩服你。你今天晚上倒是还有雅兴拉我出来，而我心里堵得慌，真的替你犯愁。这个事情要是搁在我身上，我恐怕今晚回不去了。现在立在这个桥上，你猜我怎么想？一想到那几幅字画，我就想往水里跳！”

“不至于吧，”盛宾如一笑，“你不要这样想不开。你要想得通。不就是几幅字画么，何必把一条命搭上？”

“嗳，”唐六梓伸手扳住盛宾如肩膀，头一歪，回道，“怎么说反了？听你这么说，别人还以为是我唐某人今天上当受骗想不开呢。你来劝我？像真的一样。你说得轻巧，那几件东西花了多少银子？你跟我说说看，到底花了多少银子？你到现在还没有说给我听呢。刚才吃饭的时候，我就问你了，你闷头吃饭吃菜，不说，把我问你的话，一口一口吃进去了死活不肯吐出来。憋了半天，就跟我说了一个字‘吃’！这回你吃进了吧，吃闷掉了吧，还撑死了不肯说……肯定花了一大笔冤枉银子。你说个数给我听听，是不是天价？……不说？闷掉了？好，你闷掉就闷掉吧——我都替你心疼。那几件东西假的——哎，我说，回去找博古斋那个纪老板……还有，我来找朱红，我帮你出面问，要他们给个说法——”

“说法？”盛宾如嘴巴一撇，回道，“给什么说法？你想要什么说法？这个行内没那个说法。买字画靠的是眼力；买对了就是捡漏，买错了便是走眼。买跟不买，都是你

自己的事儿，没人拿着刀子搁在你脖子上硬逼着你掏银子。”

“哎，宾如，照你这么说，这个事情就算了？你就这么算了？”

“唉呀唐老兄，你，别老是盯着这个事儿跟我说来说去的，好不好?!这个事儿，回头再说吧。——眼下灯影秦淮，赏心悦目，我们能不能说点什么开心事儿？不去说那个事儿。什么破事儿，从白天说到晚上的——走，坐船去……”说着，人已经走到河边。唐六梓跟上去，一边说道：“这是你的事儿，是要紧的事儿。不说行吗？唆？哦，你不想说了，好像这是我的事儿。好，你不说也罢。说起来，哎，要我说个屁啊！”

两人雇船行走。船到秦淮深处，盛宾如突然想起来说道：“唐兄，我刚才在想那个事儿怎么说来着？”唐六梓立马回道：“你不是不说那个事了么？什么破事儿，从白天说到晚上的——”

“不，”盛宾如身子一晃，摆手说道，“我现在说的不是那个事儿，而是那个诗，就是那个‘商女不知亡国恨’——接下来一句怎么说来着？”

“哦，好像是‘隔江犹唱后庭花。’”

“唐兄说对了。就是这个事儿，似曾相识，似曾相似哦。”

唐六梓没有搭理盛宾如的一番感叹，因闲坐着，看河面上的花船来往，心思似乎往声色上面去了。过了一会儿，他把目光从远处近处收回来，一转眼看着盛宾如，似问非问道：“啊，你说什么？”

“你看见了。我也看见了。就是这么一回事儿。”盛宾如说着，瞟了一眼秦淮河上的花船，挪动了一下身子，接着说道：“唐兄，我说那个诗，我们来改一改。那个诗读起来忒高了。我跟你是做生意的，没那么高。我们把那个诗改得低一点，低到根上怎么样？”

“怎么改法？”唐六梓头一抬，说，“要改你改。你现在好坏是在做字画收藏，做字画生意，肚皮里有的是笔墨。而我呢，开唐楼，做的是茶水生意，肚皮里灌的全是水，我不会改。”盛宾如听了，一笑；沉吟了一会儿，击掌说道：“有了。你看这么改，行不行——‘商人不知走眼恨，隔江犹唱旧字画。’”唐六梓一听，拍手说道：“好，听起来是这么个意思。看来，你心里边还是惦记着那些旧字画，真的是‘今夜难忘走眼恨！’”

“不，”盛宾如眼睛一闪，“不是‘难忘走眼恨’，是‘不知走眼恨’。你琢磨琢磨那个意思不一样。要我说，我自己给自己一个说法，省得别人给我一个什么狗屁说法。我这回长了个见识。长见识哦，也算不虚此行了。”

第二天，盛宾如、唐六梓坐火车回到苏州。

下了火车出站，盛宾如雇车，对车夫说：“去惟亭。”唐六梓说：“先把我送回家。”“不，”盛宾如手一让，“你先陪我去惟亭，然后回家。”

“这个时候去惟亭？做什么？”

“比较一下，”盛宾如请唐六梓上车，“我们去拜访吴元厚，请吴先生看看这几幅字画。”

“我说宾如，顾院长不是看过了么？你现在还要请吴先生看？”

“是啊，请吴先生看。顾院长名头大，权威，我盛宾如认。但毕竟是一家之言。我们听听吴先生怎么说？”

“我看还是你自个儿去吧，我就不去了。我先回家。”

“等等，”盛宾如一把拉住唐六梓，不让他脱身，一面说道，“今天劳你大驾了，我要你陪到底。不然的话我就跟你没完没了，我就跟你耗在这里，就算今天死皮赖脸求你，求到根上。”盛宾如这么一说，唐六梓倒是觉着有点不大好意思了，犹豫了一下，说：“好吧，我啊舍命陪君子，今天陪你去。不过，坐了一个上半天火车，现在嘴巴干了，肚皮也饿了，我们吃点东西再走？”盛宾如一只手还是拉住唐六梓手臂不放，神情认真问道：“真的啊？”

“我说宾如啊，看你这个样子，你有毛病了。你的那些字画才是假的。”

“那好，走，吃焖肉面去。”盛宾如说罢才松手，回头喊了黄包车去城里老字号面馆同德兴；吃完双交面，换乘马车直奔惟亭。

这天下午，从上海来了三位先生到惟亭看望吴元厚。

他们是吴元厚的老朋友。其中有一位先生姓傅，叫傅家佑，是上海复旦大学教授。在客厅里谈笑间，吴太太向傅家佑教授请教孩子的教育问题，提出她要送儿子读外面的学堂。吴元厚打断夫人的话，说：“……这个话，先前说过了，现在不必再说。儿子给我待在家里读书练字习画——这是吴门传统。”吴太太当着客人的面跟吴元厚争论。吴元厚显得有点生气，忍到后来不耐烦了，说道：“不行！”吴太太见他不松口，不让步，便征求在座客人的意见，说：“……现在是民国，我送儿子到外面的学堂读书，傅先生你说好不好？”

“好啊，让孩子出去读书有什么不好？吴先生不同意，你要说服他，天天跟他说，教育开明嘛！”

还有一位先生姓龚，龚世涵，他也站在吴太太一边，说：“允之兄，你夫人的说法可行啊。其实，送孩子到外面的学堂读书，回到家里照样可以教他练字习画，有什么不可以？不见得非要按吴门的老规矩把孩子留在家里读书。你是个大画家，又不是私塾先生，何必费那个精气神呢。”

吴元厚觉着自己孤立，便对另外一位先生说：“程旻兄，你是国学出身，对吴门传统教育如何看？你不会反对我吧？”

“我？我反对。我反对允之兄如此固执己见。”程旻先生吃茶抽烟，语气平和说道，“当然，吴门传统要。这个，我不反对。但不可因传承而放弃求新。我这么想，方才

我们几个在楼上看你近期创作的山水画，——你不是说你在求变吗？跟我们是这么说的，是吧。说‘变则通，变则明’——这是你说的，不是我们几个说的。哎，这个道理用在当下教子，你说通不通？明不明？”

吴元厚听了沉默不语，想了一会儿，斟酌着说道：“今天看来不同寻常。程旻先生拿我说过的话开导我，——唔，我没话说。好吧，既然你们三位开明绅士都支持‘求变求新’，我今天啊，就让夫人一步，让孩子们出去上学堂，试试民国新的教育，这样可以了吧？”吴太太听了忍不住流出眼泪，双手合十道：“喔唷，谢天谢天哦，让孩子出去上学堂，老爷同意了。老爷终于让步了。”傅家佑教授立马说：“哎，这不是让步——这是进步！”大家笑起来。

下午晚些时候盛宾如、唐六梓到达惟亭吴家。

盛宾如敲门。阿仲出来开门，探身问道：“先生来有什么事？”唐六梓刚想开口说话，盛宾如抢先了说道：“我们刚从南京回来，赶过来想请吴先生看几幅字画——”这话一说出来盛宾如就后悔不已，心里骂道：“真的该死！”先前自己不是反反复复想过了么？来拜访吴先生，要想好个理由，要编个故事，要换个说法——甭管真的还是假的。盛宾如心里想：“我早就想好了对吧，怎么今天到了吴元厚家门口，这临门一句话就歇了呢！我说了个什么屁话?!怎么办？这下没话说了。完了。”这会儿只听阿仲“哦”了一声，说道：“二位先生不好意思，前些日子老爷关照过了，说不见！”随即关上门。

“有什么办法。人家，门已经关起来了。”唐六梓拉一把盛宾如胳膊，似笑非笑道，“走吧，你还愣在门口做什么？想进去吃晚饭啊？”

“等等，”盛宾如一个手势挡住唐六梓，神情悠悠地说道，“这样不行。我还是要试一下。这一回你立在边上不要吭声——我来敲门，我来说话……”

“歇了吧。”唐六梓摆手回道，“你来敲，你来说，——你这叫自讨没趣！还要拉着我一道跟你自讨没趣。我，没你这个胃口。我，没你这个兴致。我，没你这样吃饱了屁儿颠颠的，眼看人家已经把门关上了，还要不顾面子敲门。有你这样做人的吗？——你敲好了。我不管。我走。你敲吧。不过，我现在把话跟你说明白了，你再敲，别说吴先生不理你，就连那个老实巴交的狗日的阿仲也会对你无礼，说‘回吧，不要来烦’！”唐六梓这么一说，盛宾如还是不领门，还是想敲门——那手刚伸出来敲，被唐六梓一把拽下来。这一回唐六梓真的火了，硬硬地说道：“盛宾如，你今天不要面子，我要！我还要在吴先生面前做人呢！你今天要是不听我的劝告，非要在吴先生家门口丢脸，那你就敲门吧。看你敲了门进去就算你有本事！我呢，跟你这么说吧，我也就不认你这个朋友了。咱俩往后没的朋友做！”说罢，转身就走。

盛宾如见唐六梓真的走了，顶真的气瘪了下来，随后跟上去，说：“我还是跟你一道走……”盛宾如一路上赔笑，说自己的不是，“今天啊白跑了一趟，苦了唐兄不说，还要惹唐兄生那么大的气，实在是说不过去，宾如罪该万死！”唐六梓见他到最后还是听从了劝说，气消了大半，因此说道："罪该万死，你言重了。不过你这个人，好歹还是知道好歹的。要是你非要撞南墙，我就没办法了。现在回头还是有机会，这叫'浪子回头金不换！'"盛宾如听了，抢白道："唐兄用词不妥。我是'浪子'吗？你说'回头是岸'还差不多，怎么可以说'浪子回头'呢？我不是浪子。我今天回头要的不是金不换，我要的是岸，到了岸上脑子才不进水——要是我今天不上岸的话，你看我一头扎进水里脑子进水，也不拉朋友一把，你啊，这才叫做'见死不救'，不仗那个义了。"唐六梓回道："你自个儿要闷头扎进水里，我拉得动你？你说呢？这种事情，要你自个儿回头，别人没办法。往后，你要买字画也好，你要找人看字画也罢，这种要命的事情跟我不搭界。我今天拦住你不敲门，是要你明白，跟吴元厚先生打交道，你啊，不能把自个儿看轻了，要不然吴先生会把你当做一张废纸！老实跟你说吧，吴先生跟顾院长很不一样。那顾院长比较直，而吴先生，他好像比较曲——这个曲儿，你懂不懂？——点你个头，你点什么头啊，看样子你好像懂，其实啊，你不懂。你懂个屁！你自以为是，以为你懂，咹？说真的，我看你是不懂。要是懂，你前些日子就不会到这里踩个地雷，到那里踩个地雷。要是你懂，你今天就不会老实得把最老实的话说出来了。"

唐六梓说的最后这句话戳到了盛宾如的痛处。盛宾如"唉"了一声，瞟了唐六梓一眼，喃喃自语道："是我自己昏了头，忒老实了，而且老实得没道理，没结果——我改。"唐六梓听了，一笑："哼，你改？怎么个改法？"盛宾如停住脚步，两手一摊，说道："这改，还不容易？回头，不就是岸吗？"

阿仲回进去，到客厅门外一看，老爷跟几位客人还在谈笑风生，就不进去打搅了，心里想待会儿再说。吴元厚留几位朋友在家里吃晚饭。吴太太吩咐明香赶紧叫厨房做准备，说自个儿要亲自烧几个拿手菜。

吴太太从客厅里出来，见阿仲在客厅外头转来转去，便问道："阿仲，你在这里转来转去做什么？你，好像有什么心事？"阿仲一怔，回道："我没，没什么心事，太太。只是刚才唐楼老板来过，被我在门口回掉了。我说老爷今天有客人，不方便。要不，我现在进去跟老爷说一声？"

"现在说，不是晚了么？唐先生今天来有什么事？他没跟你说？"

"说了。他今天来，还带了一个人，说是来请老爷看字画。那个人我现在想起来了，姓盛，上次他一个人来过，老爷说不见！"

"哦，不见就不见。"吴太太转身去了，走了几步又回头说道，"唐先生也真是的，自己一个人来倒也罢了，还要牵陌生人来。看什么字画，多事情。上回就是他，把老爷和顾院长叫出去，到他那里看字画，看出一场祸！好了，现在他又来了，吃不消他。不理他，由他去。"阿仲听了，心里松了许多。不过阿仲现在心里还是有点放不下来。这是他头一回不跟老爷通报，怕得罪客人，更怕老爷知道了怪罪自己，因此说道："太太，你说现在要不要进去跟老爷说一声？”

“不用了。”吴太太看见明香走过来，喊住明香，然后对阿仲说，“你去忙你的，别进去自讨没趣。我今天赢了老爷，恐怕老爷心里憋屈，你就别在他眼前晃来晃去了，小心拿你出气。”明香到了吴太太身边，嬉着脸问道：“太太今天赢了老爷什么呀？”“就你多嘴！”吴太太手指头点到明香的嘴巴，一笑说道，“我能赢他什么呀？我今天啊，就赢他个让步——哦，不对，人家傅先生刚才说了‘这不是让步，这是进步！’”说罢，开心地笑起来，叫明香跟她去厨房做帮手。

阿仲在原地挪动了几步，他一时弄不懂太太一会儿说“让步”，一会儿说“进步”是什么意思？

寻访笔记 6

在上海跟周存望先生吃茶聊天，听他提到一个人。

抓住这条线索，我随后三次前往浙江桐乡寻访这个人。她叫蒋宜静。蒋宜静的外公厉鸿升先生当年在苏州吴县教书，吴天泽和潘道延是他的学生。

颇费周折，第一次跑错了地方，到浙江崇福，不对。第二次跑到了现代著名漫画家丰子恺的家乡崇德，现在属于桐乡，也不对。这一次顺便看了丰子恺纪念馆，访问了丰子恺的侄女丰桂。后来知道浙江崇德、崇福这两个地方都有一个“石门”。丰桂建议我到崇福石门湾去找找，从前叫“石浦”，也就是现在的石门镇。

第三次寻访，同样令人沮丧，似有再一次“无功而返”的感觉。那天下雨，我决定去车站准备回苏州的时候，在一个屋檐下看见一个算命先生。他要给我“算命”。我想算命就不必了，倒不如给我算这一次是否有运气找到一个人。

那个算命先生叫我随意说一个字。我说了一个蒋宜静的“宜”。那先生拆字，说“宜”字，宝盖头是个屋顶，下面有一个“且”字，第一说便是“姑且”，你姑且等一下;而且你要在这里住下来;并且至少住三天。我问这是什么道理？他说“且”字，这个周转里头有三道横，最后一道横非长不可，否则就不成那个“宜”字了。宜将遂心愿。——这个算命先生机灵，很会说话，况且，也说到我心上了。

我在崇福石门待了三天。最后一天运气不坏：天晴。一大早到桥边茶馆吃茶，没事，跟一位遛鸟的老人说话。他姓蒋，询问道来他居然是蒋宜静的弟弟。

这一次寻访值得记录，我终于找到蒋宜静。

听蒋宜静说，厉鸿升先生教国文，生前有写日记的习惯；部分日记保存到现在。中国抗日战争爆发后，厉鸿升先生得肺病，回到浙江老家，从此再也没有回到苏州。他在苏州吴县任教的经历，在他的日记里有详细记载。其中有一段日记，提到吴元厚先生送儿子上学，是为开明之举；送弟子上学，是为开创之举，令人称道。更令我感到意外的是，蒋宜静还收藏了一封吴元厚先生写给她外公的信。信的内容平常得很，主要是问候厉鸿升先生，向他致歉。但是吴元厚的书法作品珍贵，他用行书随意写的信札非常罕见。吴元厚写这封信，主要是因为他儿子吴天泽在学堂里的表现——

第六章

墙上日历撕掉一页。

吴天泽出门到学堂，快活得像飞出笼子的鸟。但他很快发现，那个戴一副圆眼镜的厉先生严厉得很，叫他不得马虎，不得安逸。

厉先生，名鸿升，字伯严，校长称呼他"伯严先生"，是当年苏州吴县出名的严师。他个子不高，人清瘦，一副眼镜片子后面的两只眼睛瞪起来滚圆，目光凶狠。他走进课堂往讲台上一站，看了叫人发怵。吴天泽第一次背书出错，厉鸿升罚他站到课堂后面，厉声说道："给我立直了！从上午立到中午吃饭。不准说话。不准移动。如果不照办，就不要想回到座位上，教你天天立在那里背书。不服从，立刻离开课堂，立到外面去！"厉鸿升的一口浙江官话硬得叫学生听了生畏。课后，有年轻同事请教厉先生当下教育之道，厉鸿升说："先生自己要做像个先生。学生来读书，就要服从先生管教，由不得他说一个不字。不然的话，学生耻笑我们，无视师道之尊严，爬到先生头上，这个教育成何体统？!"

有一天中午吃过饭，吴天泽跟几个同学经过老师的休息间，从窗户看到厉先生在里边睡午觉。那个门虚掩着，吴天泽悄悄进去，拿走厉先生的眼镜；出来戴上，学先生走路说话的样子。不料自个儿眼睛模糊了，脚底下一滑，人一晃，把眼镜摔在地上，摔坏了玻璃镜片。这一来吓坏了边上的同学，闹出动静。厉鸿升从里边走出来。有一个同学从地上捡起眼镜架子递给厉先生，一边说道："这是吴天泽干的。"厉鸿升听了不发火，说："哦，小事体，算了。"回头上课，当堂要求吴天泽立起来，把昨天上午讲的那篇课文背诵一遍。吴天泽听了抖忽，心慌得鼻子上冒汗，背诵课文不断出错。厉鸿升便罚他从下午立到放学；还要罚他回家用毛笔将那篇课文抄写十遍，明天早上交来。没完，还要罚他明天早上到课堂里把那篇课文再背诵一遍，不许错一句，不许错一字，否则加倍罚，直到将那篇课文背到滚瓜烂熟，先生随便起哪一句开头，学生马上接着往下背。

下午课间休息，有一个同事提出叫学生吴天泽赔眼镜片。厉鸿升听了淡然一笑，手一摆说道："那倒不必。本人薪水还是可以的，重新配一副眼镜片不在话下。"训导处说要处分。厉鸿升立马回复道："小孩子好白相，有点调皮，处分没有必要。认真把书读好了，以后有知识，懂道理倒是真的。"校长葛言宾先生知道情况后，公开说道："我欣赏伯严先生的教育作为。伯严先生乃本校老师之楷模，对当下学生内紧外松，堪称施教有道。"有人说葛校长也是浙江人，偏爱同乡人。葛言宾听到这一说，面孔一拉说道："这话说得滑稽！我不管他是不是我同乡，只要他对学生严而不坏，我就偏爱他。反过来讲，如果一个老师对学生不严，不负点责任，不讲究点方法，只晓得一碰处分，开除学生；要么一年到头混日脚做好好先生，我不但不欢喜，等到学期结束，我还要用毛笔老实不客气写两个大字'解聘'送给他。"

放学回到家里，吴天泽叫潘道延代他抄写课文，鬼虚鬼虚说道："阿延，你帮我抄写，我给你钱。"潘道延听了，一怔，不说话转身就走。吴天泽一把拽住他，说道："我先给你钱——你到底抄不抄啊？"潘道延白了吴天泽一眼，嘴巴里咕噜说出两个字："要的。"吴天泽朝潘道延做了一个鬼脸，然后给钱，一面说道："先给你一半；你抄好了给我，明天再给你一半——哈。"

吃好晚饭，吴天泽假兮兮地回到书房做作业，一会儿就溜出来，到家里前后园子晃了一圈，见父亲不在，便对母亲说："我出去玩一会儿，马上回来。"吴太太点头同意，捋了儿子头发，说："玩一会儿就玩一会儿，一会儿就回来。"

吴天泽到外面去逛了一大圈，看一帮孩子在玩"官兵捉强盗"游戏，心活念念参加进去，做了一回"强盗"。等到他被几个"官兵"从大荷塘边草房子里捉回来，阿仲已经在镇的外围寻他半个时辰了。

吴太太一看儿子身上脏得不像样子，人也累了，便对阿仲说："烧水给少爷洗澡，帮他搓搓身上，完了叫他睡觉，明天还要上学堂。"阿仲回道："是，这里我来，太太先回屋里休息吧。"这时候潘道延正在抄写少爷叫他代抄的课文。

这天晚上，吴元厚在外面应酬回来，先去查看孩子书房，见潘道延悄然灯下写字；回头查看儿子房间，儿子已经上床睡觉了。吴元厚叹一口气，摇摇头，来到自己房间里，对夫人说："两个孩子不一样，不好比；一个很早就睡觉了，一个还在书房里。天泽要是有阿延一半用功，凭他的天资，不会比阿延差。"吴太太听了，面色冷下来；一想，勉强一笑说道："我看天泽将来不会比那个乡下小赤佬差到哪里去。你将来看。"吴元厚吁了一口气，沉吟道："如果天泽像阿延那样用功，相信他将来不会比阿延差。不过眼下他不及阿延，我有什么办法？"吴太太回道："老爷不要急，儿子以后长大了，会好的。"

"希望是这样。"吴元厚有点困了，手捂住嘴巴打了个哈欠，说道，"当初收阿延做学生，心里有一个希望，心里也有个私心……我想给天泽找个伴，找个要强的对手，逼他上进。"吴太太这才转了脸色，连连点头说道："老爷的心思我晓得。所以啊，我也就顺从了老爷的一门心思，接纳了这个乡下孩子。那天我还跟明香说呢，那天阿仲也

在——我说老爷有眼力，收了一个好学生。阿延这孩子用功，比少爷用功，而且人也比较安静，乖得很。老爷看人就像他看那些名家字画一样，看一眼就晓得，一看一个准……哎，允之，我说当年你爹在世的时候我听他说过，你小的时候他经常夸你，说你将来的本事会超过他。——哎，我说你现在怎么不夸儿子？你现在管教儿子像你爹，夸儿子，不像他……”

吴元厚坐到床上眉头皱起来，瞥了夫人一眼，说道：“要是天泽现在像阿延那样自觉，勤奋，我怎么会见了不夸呢！即便是嘴巴上不夸，怕他得意起来翘尾巴，但是心里要夸得很。我们的这个儿子啊，我晓得，他天资特别好，悟性极高，小时候教他认字、读书、练毛笔字、画画、看字画，一教就会。就是现在他大了一点，反而不如小的时候有清头了。你看他现在一天到夜无愁无筹，我说他进取心还是不够，不像阿延求上进。”

“老爷，不要多想了。”吴太太上了床，躺下来说道，“我想，天泽他以后会好的……他长大了以后会好的……你就相信我说的话。我养的儿子我晓得，不会错到哪里去，真的。不相信，你将来看。”吴元厚听了，目光忽然一闪，倏然黯淡下去，一会儿眼睛眯起来，叹气道：“希望是这样……”

第二天早上，吴天泽问母亲要零用钱，说要买几本连环画。吴天玉听说哥哥要买小人书，嚷着也要。吴天泽叫母亲多给一点钱，给妹妹买几本回来。吴太太给了钱，说：“买书，其他不许乱用！”

“晓得了。”

“还有……”吴太太正说着，吴天泽已经冲到客厅外面，撒腿奔过园子往门口去。潘道延正在门外等他，探出半个身子向他招手。

吴天泽到了外面，潘道延把昨天夜里抄写好的课文给他，完了嘴巴一鼓，手伸到吴天泽面前。吴天泽把口袋里的钱全部掏出来，分出一半给他。潘道延嘴巴龇开来一笑，牙齿缝里挤出两个字“要的”，转身跟吴天泽并肩走了。

走了一段路，潘道延眼睛忽然一亮，用胳膊肘拱一下吴天泽，说道：“要是接下来厉先生还要罚你，我帮你抄写课文……”

吴天泽向前走，只当没听见，潘道延跟上去，嘴巴里念道：“要的……”吴天泽突然转身“哈”一声，说道：“阿延，今天我跟你比跑步，看谁跑得慢，谁就把口袋里的钱全部拿出来输掉，买烧卖吃。”潘道延一听，点头道：“要的。”讲好了，两人站到一条起跑线上，吴天泽头一低，喊：“一、二、三！”撒腿朝学堂方向一路狂奔。

潘道延最先跑到学堂门口，回头看吴天泽，差了一段距离。这时候潘道延亢奋得眼睛突出来，胸脯起伏，大口喘气，嘴巴里间歇吐出：“要……的，要……的……”等到吴天泽跌跌冲冲奔上来，潘道延“呼呃呼呃”喘气，一面指指学堂附近的烧卖摊。吴天泽上气不接下气，放慢了步子到了潘道延跟前，一屁股坐到石阶上喘气，说：“你……买，你……买……”潘道延一听，吐一口气，眼睛一凶看了吴天泽一眼，转身跑进学堂。吴天泽随即立起来，追上去，从后面一把拉住潘道延的书包，说：“我买，我明天买……”潘道延转脸瞟了他一眼，似乎憋足一口气，说道：“要的！不要赖！”吴天泽呼吸渐渐恢复如常，伸手搭住潘道延肩膀，嬉皮笑脸道：“还是你买。你口袋里不是有零钱么？我给你的。”潘道延面无表情，伸手拨开搭在他肩上的手，屁股一撅，挺胸朝课堂走去。

两人在课堂过道里碰见厉鸿升。吴天泽停住脚步把抄写的课文从书包里拿出来交给老师——课文用小楷抄写在折页宣纸上，像折子一样递上去——厉鸿升打开来一看，不禁点头道：“你两个毛笔字写得好！”随即头一抬喊住潘道延，叫他过来，厉鸿升把折页合起来交给潘道延，和颜悦色说道：“去，把吴天泽写的毛笔字贴到课堂墙头上，让同学们看看。”完了脸色突然一变，对吴天泽说：“待会儿进课堂照背课文，不得有一点差错！”吴天泽顿时发慌，退到一边去临时抱佛脚翻书；抬头间，看见校工一路走过来，手上的摇铃声好像催命似的催得他身背心发冷，头上冒汗……

吴天泽匆匆走进课堂，到座位上屁股还没坐稳，就听见先生点名叫他立起来背书，一慌张，不禁“哈——”了一声，惹得满堂哄笑。厉鸿升抬手示意，课堂里马上安静下来，静得叫吴天泽心里发抖，立在那里像丢了魂似的，还以为先生的手势是叫他坐下来。他一屁股坐下，只听见一声“谁叫你坐下来的咹？!”又立刻站起来。课堂里有人开始交头接耳窃窃私语；潘道延头一低捂住嘴巴偷笑，瞟一眼厉先生严肃地立在讲台上，眼锋扫下去，课堂倏然寂静。这时候吴天泽一个臭屁放出来，声音传到全班竖起来的耳朵里，同学们终于憋不住了，从暗自抿嘴儿偷偷笑，到忍不住放声笑出来，中间的过度时间吴天泽觉得自个儿头皮好像被人揭掉似的，麻木得失声“哈”了几声。厉鸿升嘴角一牵，似乎想忍住笑，随即眼睛一瞪，一声干咳压住了下面的笑声。“笑过了，不要笑了。”厉鸿升头一摆，面孔黢青，嘴唇微微翘起来说道：“现在吴天泽背书，其他人跟着心里背。要是暗地里头还有瞎笑八笑，我看见了不会放过。等吴天泽背到一半我就叫你立起来接着背，听见了没有？!”说着，人已经从讲台上走下来，踱步到吴天泽面前，毫无怜悯之心瞟他一眼，冷冷地说了一句：“背！不许错一句，不许错一字。”

结果吴天泽当堂背书还是出了一点错，把“先天下之忧而忧，后天下之乐而乐”背成了“先天下之乐而乐，后天下之忧而忧”。

厉鸿升听了叫“停！”一个急转身回到讲台上，猛一转身正视全体同学；只见他胸口起伏，抿紧了嘴巴，两只眼睛放射出胸口的一腔正气，沉稳说道：“吴天泽，还有你们大家，今天要给我记牢，这一句之差，一字之差，做人相差十万八千里。”顿了一下，接着说道：“吴天泽要是将来长大了，跑到社会上去，为国家为老百姓做事，不明

忧乐之先后，便是我们今天教育的失败。所以，今天要加倍罚……”同学们看在眼里，不敢松懈，那天格外用心读书，生怕这样的处罚轮到自己头上。

吴天泽连续受罚，回到家里拿潘道延出气，把书包扔到潘道延身上，脸憋得通红，呼吸急促说道：“都是你不好，代我抄写课文，害得我受罚！”潘道延不睬他，自顾埋头做作业。吴天泽盯着潘道延，说道：“要是昨天晚上我自己抄写课文，抄一遍，我就能把课文背下来。现在好了，回来还要罚抄……”说着，吴天泽已经走到书房门口。这时候吴天玉出现在书房门口堵住吴天泽；一问，吴天泽没有买连环画小书回来，吴天玉噘嘴儿道：“你说买的，骗我。”吴天泽伸手推了妹妹一下，气恼恼说：“买买，你去买！”吴天玉朝书房里一张，回道：“你不买我叫阿延买——明天买。”潘道延一听，抬头便说：“要的。”吴天玉一脚踏进书房，嬉笑道：“还是阿延好！”吴天泽“哈”了一声，拔脚就走。

这天晚上吴天泽溜到厨房里寻找辣椒粉。那种辣椒粉剧辣，家里只有阿仲一个人要吃，别人不吃。明香到厨房来拿热水，看见少爷用一张宣纸包了不少辣椒粉，上来阻止道：“你吃啊，辣死你！”说罢就走；回头一看少爷还在包辣椒粉，脸一红，说道：“你吃我不管，太太到时候知道了，不要怪我不拦住你。”吴天泽转身小声说道：“我拿它做颜料画画。”明香一听，“扑哧”笑道：“辣椒粉怎么可以做颜料？少爷寻开心，回头我去问问老爷——”阿仲正好走进来，吴天泽瞟了他一眼，上前凑近明香耳朵，说道：“我不是做颜料，是拿到学堂去给老师吃面的。”阿仲来拿辣椒粉，一看少了，问明香：“哎，你拿了我吃的辣椒粉？”

“不是我，是少爷。”

“哈，”吴天泽做了个鬼脸，几步上去用身子拱了一下阿仲，“我们学堂里的老师，中午要吃面，我给他一点辣椒，他肯定要吃，跟你一样。”阿仲“哦”了一声，说：“不要多拿哦，我要吃的。你拿了那么多——你看这里没多少了。”吴天泽“哈”一声，说道：“我给你买。”阿仲马上回道：“谁要你买。出去买东西不是少爷的事儿，太太知道了怪罪下来，我吃不消。”吴天泽叫阿仲用宣纸把辣椒粉包好，待会儿放到潘道延书包里……阿仲点头应了一声。

吃过晚饭，潘道延先回到书房做作业，阿仲跟了进去，说：“阿延，你的书包呢？”潘道延手一指：“喏——”阿仲不声不响把纸包塞进书包。潘道延头一抬看见了，瞪大眼睛问道：“什么东西放在我书包里啊？”

“明天到学堂，把这个给少爷。”

“为什么不放在他书包里？”

“少爷的书包太太说不定要看。那东西要是给太太看见了不好，讨骂。还是先放在你书包里。少爷说了，明天到学堂给他就是了。”

潘道延听了一怔，立起来一把拉住阿仲，发急道：“不要！”阿仲立马用手捂住他嘴巴，“嘘——你说话声音轻一点，小心太太走过来听见。”潘道延掰开阿仲的手，赶紧回头坐下来写字。阿仲狡黠一笑，上去拍拍潘道延头，说道：“你写你的字，不关你屁事儿。”

第二天早上吴天泽起来磨磨蹭蹭；潘道延吃了早饭先去学堂，到了学堂门口等吴天泽。等到听见第一遍摇铃声了，才见吴天泽急冲冲地跑过来。潘道延急着往里边走，一边把那个宣纸包的东西拿出来给吴天泽。有同学看见了，问道：“是什么吃的东西？”吴天泽急着往课堂走，一边说道：“不是吃的东西，是画画的颜料……”

中午，吴天泽趁厉先生不在休息间里，溜进去把辣椒粉放进厉先生泡好的红茶里。忽然听见门外面有动静，他心急慌忙从窗户爬出去；那张宣纸还有剩余的辣椒粉掉在休息间里了。

厉鸿升有睡午觉习惯。他对同事说：“中午小睡一歇，下午上课便有十分的精神。”厉鸿升是名师，校长特准他有一个单间专用，里边放一张躺椅。

厉鸿升吃好午饭，踱步兜了一圈回来。走进休息间，他关上门，先坐下来吃口茶，没想到一口下去辣得够呛，一阵剧烈咳嗽，咳得几乎喘不过气来。过了一会儿他恢复常态，便出去查问：“这是谁干的？”一个同学看见厉先生手里拿着宣纸，上面沾着辣椒粉，想起来说道：“是潘道延干的。”厉鸿升找潘道延过来问话：“我茶杯里的辣椒粉是不是你放的？”潘道延听了，愣在那里不说话，好像默认。厉鸿升说：“你现在不说话，就是默认。默认就是承认。你有什么话要说？……不说，我今天就罚你回家抄写课文；放学后把课堂打扫干净，罚你一个人做。不准叫其他同学帮你一道做，否则明天再罚！听清楚了没有？”潘道延一怔，眼睛会了一下先生眼神，头一点，说：“晓得了。”随即给先生鞠躬。厉鸿升手一摆，说：“没事了。你现在可以走了。”这件事被几个同学偷看偷听了，很快传到其他人耳朵里。

傍晚放学，潘道延一人不声不响打扫课堂。吴天泽在课堂外面等他，几次要进来帮忙，潘道延阻止他，说：“不要。”

回到家里，潘道延不吃晚饭就走进书房坐下来用毛笔抄写课文。吴天泽把饭菜端到书房里给他吃，把口袋里所有的零用钱掏出来给他。潘道延不接饭碗，伸手拿了钱，头一低说：“要的。”随即把钱放进自己口袋里。吴天泽眼睛一眨，摸摸自己口袋，抬头“哈”了一声，说道：“阿延，我现在口袋里没钱了。明天你买连环画；我要吃烧卖，也是你买。”这时候吴天玉跑进来，问道：“阿延，小人书你帮我买了吗？”潘道延一愣，抬头便说：“忘了。”

“你坏，跟我哥哥一样骗人！”吴天玉说着，上去踢了潘道延一脚。吴天泽趁机溜了出去。潘道延搁下毛笔，盯着吴天玉眼睛看，说道：“我今天在学堂里受罚了，回来得晚了。我真的忘了。”

“学堂里为什么要罚你？”吴天玉问道。潘道延瞟了一下桌上的饭菜，便伸手拿筷子。吴天玉按住筷子，说："你告诉我，我就让你吃！"这时候潘道延肚子饿了，就把学堂里发生的事情告诉了吴天玉。吴天玉听了，嘴巴一撅说："我去告诉爹，叫爹罚哥哥！"潘道延一听，跳起来说道："不要！"忽然听见外面有人说话走过来，他立马坐下来，小声说："不要……"说罢，伸出手来跟吴天玉拉钩，要吴天玉保证。吴天玉眼睛一眨，想了一会儿，伸出小手指拉钩，叫他明天一定要买小人书。潘道延点头答应："要的。"

第二天放学回来潘道延把几本连环画小人书塞到吴天玉手上。吴天玉凑近他耳朵说道："我保证不告诉！"

接下来一天是礼拜天。

吴天泽睡懒觉起来，拿了糯米团子，一边吃着从客厅里晃出去。吴天玉正坐在客厅门廊下看连环画，吴天泽从背后抢了书，将团子咬在嘴上，一边翻看。吴天玉立起来抢书，吴天泽晃来晃去她抢不到手，一气之下大声说道："前天学堂里的事情我要告诉爹，叫爹罚你！"吴天泽听了一怔，"哈"一声，先头嘴巴咬住的糯米团子落到地上。吴天玉趁机一把从他手上夺回小人书，跟着学样"哈"一声，说道："辣啊，辣死了！"吴天泽眼睛一下子狠起来，咬牙切齿道："好啊阿延！"说罢，立马转身去找潘道延；屋子里一圈没找到，他回过来跑到花房，一看阿仲在，头一探，问道："阿延呢？"

阿仲正在弄花草，抬头嘴巴一努，说："在后头。"

吴天泽悄悄地绕到花房北面，侧身探头一看，潘道延蹲在阿仲自备的粪水缸上大便。那个粪水缸埋在地里，缸沿口跟地面齐平，平时用两块木板拼起来盖住发酵，肥水用作前面园子种花，后院子种菜。潘道延不习惯在室内用马桶，跟阿仲一样，每天跑到这里来拉屎小便。这会儿他蹲着，低头用树枝在地上写字。吴天泽眼睛一转，头缩了回来，转身回到屋子里，跑进书房。

这间书房是吴天泽跟潘道延合用的，里边有两张桌子。吴天泽坐到潘道延的位子上，用毛笔在潘道延临帖作业上加了几道笔画，使几个字变成错别字。这时候吴天玉到书房来玩，走近书桌一看，"呀"一声，随即指指点点说道："哥，你写的什么字啊，你写错了。""去！"吴天泽推开妹妹，"不关你的事。"等吴天玉走了，他坐到自己位子上。

这天，吴元厚一大早起来到楼上画室画画；这会儿歇一下，从楼上下来到孩子书房里检查儿子和弟子的书画作业，一看儿子在写字，问道："阿延呢？"吴天泽回道："不晓得。"吴元厚坐下来，叫儿子把布置的作业拿过来看。这时候潘道延进来，便跟着拿了自己的作业给先生看。吴元厚一看潘道延临帖作业上的错别字，眉头皱起来，抬头眼睛一狠，说："阿延，怎么回事儿？这几个字你怎么写的，咹？"潘道延一看先生脸色，头一低瞟了一眼自己临帖作业上的错字，一时间怔在那里说不出话来。吴元厚把潘道延的作业往地上一扔，霍地立起来，二话不说，便叫潘道延跪在地上临赵孟頫字帖。眼瞅着弟子跪下来临字帖了，吴元厚吁了一口气，绕着潘道延的身子巡了两圈，一面说道："天泽犯错罚他。你犯错罚你。我同样对待。"然后转身对儿子说："天泽，你今天不休息，给我练字画画。以后早上不准睡懒觉。晚上不准很早上床睡觉。"吴天泽浑身一颤，低头回道："晓得了。"

吴元厚刚要离开，一看女儿来了，问道："天泽跟阿延在练字画画，你跑过来做什么？"吴天玉走进来，一转眼问道："爹，为什么罚阿延？"吴元厚瞟了一眼潘道延，说道："读书读到哪里去了，到现在还把字写错。罚他是轻的。要是天泽写错字，不但要罚，还要打手心！"吴天玉听了吓一跳，慢慢地移动脚步往书桌那边去，一脚踩到地上的宣纸，低头一看，随即从地上拿起来再看，原来是潘道延的临帖作业。吴天玉抬起头来，嘴巴张了张，最后忍不住说道："这几个错别字是天泽写的。刚才我看见他在上面加的笔画。"吴元厚一怔，随即走到潘道延面前，叫他把头抬起来，略一欠身问道："怎么回事，咹？"潘道延嘴巴不停地翕动，就是死不开口说话。吴元厚一时没办法，只好说："好，你现在不说话，你接下来只要跟我点头，摇头。我问你，是不是天泽干的？"这时候吴天泽已经紧张得快要崩溃了，突然从椅子上跳起来，拔腿跑了出去。

这会儿潘道延眼睛呆呆地看着吴元厚，好像默认。吴元厚正要发作，阿仲匆匆走进来，说："老爷，太太叫你……"吴元厚只当没听见，叫阿仲先去把少爷叫到书房来。阿仲向来把老爷的话当做"圣旨"，应声出去把少爷找了回来。

起先吴天泽待在园子里不肯去，他也不敢去。阿仲脸一拉，说道："快！老爷在那边，叫你过去，快去！"吴天泽最怕阿仲说这句话，立在原地不动。这一回阿仲老实不客气，一把拖住少爷走，一边咕噜道："你不去，我怎么办？我没有办法，只好拖你去——"吴天泽被阿仲这么一拖一拽，油然生了火气；那火气逐渐演变成胆量，进了门就说："爹，这几个错字，是我跟妹妹闹了玩的。"吴天玉一听，怔在那里眼睛眨发眨发，一时没反应过来。

"骗人！"吴天玉突然开口，上前一步指着吴天泽，说，"你冤枉阿延。"吴天泽伸手拍掉妹妹的手。吴天玉生气了，转身嘴巴一张，便把前天学堂里发生的事情如实说了出来。吴元厚听了心一沉，拿起桌上的红木镇条，叫儿子把手伸出来。阿仲不敢劝，退了出去。

吴太太先前在房间里觉着身子稍微有点不舒服，本来想叫吴元厚过来陪伴一会儿，说说话；这会儿见阿仲急匆匆地过来说了，便快步往书房去，阿仲随后跟着太太去。

吴太太一进门，见老爷还在训斥儿子打儿子……如此打法，因此伤心道："老爷别打了，再打，儿子的手废了！"阿仲接太太的眼神，斗胆上去想把老爷手上的木镇拿下；吴元厚手一挥，阿仲额头上重重地挨了一记。吴元厚总算罢手。吴太太赶紧一把拉

了儿子出去。到了外面吴天泽使劲挣开母亲的手，随即跑进自己房间“砰”一声把门关上。他在里头像发疯似的又是跺脚又是踢墙壁，完了抱头痛哭，不管谁来敲门呼唤，叫他出来吃饭，他就是不开门。

哭得实在累了，他爬到床上蒙头睡觉。这一觉他睡得昏天黑地，到半夜里爬起来穿好衣服，一个人悄悄地走出房间，想到厨房去弄点吃的。

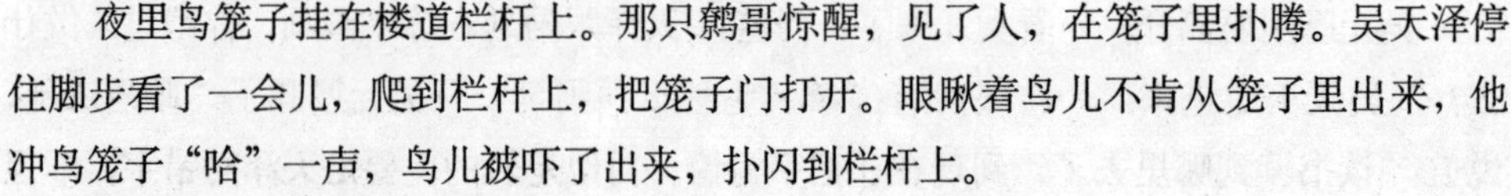

夜里鸟笼子挂在楼道栏杆上。那只鹩哥惊醒，见了人，在笼子里扑腾。吴天泽停住脚步看了一会儿，爬到栏杆上，把笼子门打开。眼瞅着鸟儿不肯从笼子里出来，他冲鸟笼子“哈”一声，鸟儿被吓了出来，扑闪到栏杆上。

他上前一步又“哈”了一声，鸟儿一惊，“嗯”飞走了。

寻访笔记 7

蒋宜静允许我翻阅厉鸿升日记，是对我寻访的支持。她对我的理解和信任跟她的职业和历史观有很大关系。她外公留下来的日记过去没有外人看过。蒋宜静曾经做过小学老师，后来做中学老师直到退休，像她外公一样在中小学教了一辈子书。在她的记忆里，小时候听她外公说起过吴元厚：

有一次厉鸿升请吴元厚吃饭。厉鸿升请客，习惯把目的跟对方先说明了，行就行，不行拉倒。他以书信的方式作为“请帖”，说一是想结交吴先生做个朋友；二是想当面讨教吴先生书法；三是交谈学堂教育与家庭教育。吴元厚收到请帖后，当即回复：

> 伯严先生你好，之前致先生一书，想来收悉，是为犬子顽劣而表示歉意。
>
> 今收先生之请柬，开心且有惶恐之虑。先生乃天泽道延之师，我与先生做朋友以为当然。然讨教书法一说惟恐不敢当，因见先生笔墨颇有可赏处，引以为知己者如何？
>
> 约定日前往，席间欲借彼一馆地，薄酒浅酌再作交谈，亦想请教先生民国当下教育之道。先生已邀请校长葛言宾先生相陪，不胜欣慰。元厚顿首

厉鸿升日记是用毛笔书写的。我看了之后，以为当年吴元厚说的“先生笔墨颇有可赏处”，不是面上的客套恭维，是有眼力的评价。葛言宾的书法也好。所以三人吃酒开始先谈笔墨，接下来话题被吴元厚引入请教“民国当下教育之道”。

厉鸿升说他先前不知道，后来听说吴先生在家里动不动就要打儿子，便当面提出自己的看法，说孩子小的时候，偶尔要打，可以理解，但只局限于稍微打打屁股。脸、头部是绝对不可以打的——吴元厚说他只打手心，不打别的部位——厉鸿升说打手心也是不可以，因为打手心看来特别封建。他在学堂教育的手段之重，在于一个“罚”字；不是乱罚，罚得不着边际，而是罚在教育的本质质量上，比如说用毛笔抄写课文，既练了字，也熟读了历代名家文选。罚劳动，教学生从小体会一个人独立做事情的责任。

说到打手心，厉鸿升说，手是一个人写字、劳动的“人体工具”，应当主导其他“物质工具”于良性运作。因此我们不可以用“物质工具”来制裁“人体工具”。这是对人本的敬畏和尊重。校长葛言宾说自己跟伯严先生的领悟所见略同，其重心在于教育人道上；也说学堂公开“罚”学生的合理手段运用，目的是为行之检讨，师生互有警觉。一句话，重在以人为本教育——

第七章

第二天天亮，阿仲起来，照常给那只鹩哥加水添食，上楼一看鸟没了，惊出一身冷汗！把鸟笼拿下来，一看笼子门打开了，脚一跺转身往楼下去。

到园子里，从水缸里舀一盆水，拿刷子把鸟笼洗干净，搁在花房窗外的木板上，阿仲一屁股坐下来发呆，心里边好像有一只鸟儿扑腾扑腾的。回想昨天晚上自己给鸟儿添食，笼子门关好了。怎么笼子门打开了？

以前阿仲养过画眉，晓得鸟儿要是被野猫老鼠动过了，那笼子里头会留下鸟毛。今天一看笼子里除了托底盘上的鸟屎，散落的鸟食，连个鸟毛也没有，这就奇怪了。这会儿阿仲实在是想不出来到底是不是自己的错，也弄不懂这笼子好好的不坏，鸟儿怎么会跑掉了。重新检查鸟笼门，上下开关了几次，笼子门暗扣没问题；阿仲仔细看竹笼子丝杆没有一根隐断，心里想鹩哥聪明，自个儿用嘴巴把笼子门打开的？

吴元厚起床后到园子里呼吸新鲜空气，活动一下身子，望见阿仲坐在花房那边发呆，便走了过去。阿仲见老爷来了，一唬，立起来抖抖忽忽说："老爷，那只鹩哥飞掉了。"吴元厚一转眼，拎笼子看，一边问道："早上你给鸟儿换笼子滗浴了？不当心飞掉了？"

那只活宝鹩哥是吴家上上下下的宠儿，会说十几句人话，还能背唐诗"白日依山尽，黄河入海流。欲穷千里目，更上一层楼"。前些日子，那鸟儿又学会了说"老爷不通，老爷不好，太太好"，着实讨人欢喜。吴太太责怪了阿仲几句。阿仲心里窝塞得连早饭都不想吃了。吴元厚跟着窝塞，一大清早没个好心情，脸拉下来问了家里所有的人，都说"不晓得。"

吴太太心疼那只鹩哥，责怪了阿仲几句也就算了，这会儿想吃早饭了，眼睛里闪回吴元厚昨天打儿子手心，因此说道："唉，作孽。那只鸟我也欢喜，比儿子欢喜。儿子昨天被打得死去活来不心痛，倒是一大早起来心疼鸟。什么鸟稀奇啊，比人还要稀奇？我说那只鸟儿活该，养在家里笼子里，舒服得很，日子比人好过。鸟儿平时脑子一时糊涂，学话学得不好，人是不会打它的，还要一路哄它乖，给它吃精肉，吃皮虫。人要是难得不乖，犯点小错误，那就不得了喽！我说阿仲啊，全是你不好，没有替老爷把那只鸟儿看好了。要是它今天没飞掉，我今天就要好好教它说清爽，老爷狠，老爷狠！”

吴元厚吃了两口早饭，把碗筷往桌上一搁，立起来说道：“没有胃口，不吃了。上去画画。”一个转身，腿碰倒了旁边的红木圆凳子，眼睛一瞟，抬起来一脚把横倒在地上的凳子蹬了滚一边去。

吴元厚走出去的时候，听见夫人在说：“阿仲，那鸟儿不见了还能找到？又不是人。你把少爷找过来。刚才明香说，看见少爷出去了，怎么到现在不过来吃早饭？今天不是礼拜天，不要上学堂啊？”

阿仲应声去了。这时候潘道延已经闷头吃好早饭，立起来说道：“我去拿书包，先到学堂去。”那声音跟蚊子似的，吴太太大概就听了个“嗡嗡嗡”的，一转眼看潘道延走了，忙喊道：“阿延，你不要先走，等天泽过来吃了早饭，两人一道走。”说着，瞟了一眼外面的天，叫明香拿一把雨伞过来。

那只鹩哥没了，先生师母不开心，家里大家不开心，潘道延看在眼里。这会儿他拿了书包等吴天泽，看墙上的钟，时间还早，便把吴天玉拉到客厅外头廊檐下，小声说道：“嘘，你不要说，我现在出去找找看。鹩哥不会飞远的，可能在外头什么地方。”吴天玉点头道：“我不说。鹩哥没了……”说着，哭起来。潘道延拔腿往外跑。吴天玉抹掉眼泪一看，喊他回来，说：“落雨了，拿把伞！”潘道延回头道：“不要！”

“要的！”这两个字声音传到屋里，吴太太听见了一怔，对明香说：“怎么天玉现在也跟着说要的，要什么呀？”明香抿嘴儿一笑：“小姐说外面落雨了，拿把伞，要的。”吴太太眉头一皱，说道：“落雨天你们跟着学好了，以后怕是改不掉。”这时候阿仲回进来，吴太太问：“天泽呢？”阿仲摇摇头回道：“家里前前后后看过了，少爷人不在。”“再去找，到大门外去找找看。”说着，吴太太已经立起来，走到客厅外廊檐下，回头问阿仲：“天玉人跑到哪边去了？”阿仲跟出来，一边回道：“哦，小姐刚才还在园子里。”

“去找——”吴太太指着外头说。

阿仲眼睛朝上一翻，鸟仰脖子似的嘴巴做了个圆圈状，舌头打个滚儿，脖子一缩，一边撑开雨伞回道：“我先出去找少爷。”吴太太说：“阿仲，时辰不早了快点找！”明香闻声从客厅里走出来，到廊檐下喊了声“阿仲”，跟着说道：“时辰不早了，快点找！”吴太太脸一转，说道：“你这个死丫头也跟着学嘴学舌！”明香挽住吴太太手臂，含笑说道：“前些日子我一直跟着太太说老爷不好，太太好。老爷狠老爷狠。”吴太太转身回进去，一边说道：“那天鹩哥当着老爷的面说这些话，把老爷气得要死，恨不得回头拿了木镇条出来打那个活宝！”

“老爷打了没有？”明香寻开心问道。

“没打。嘴巴一张哈了一声，把鸟儿唬得在笼子里扑腾扑腾的。老爷哪里舍得打那

个鸟儿，就舍得打儿子，把儿子打得七荤八素的，打得昏了头，大清早上不晓得跑到哪边去了。”吴太太说着，一会儿看钟，一会儿伸长脖子瞅外头，自言自语道：“他怎么还不来吃早饭？”明香不跟着着急倒也罢了，还若无其事地嬉笑道：“少爷要来吃的，要的。”说罢，捂住嘴巴笑起来。

“哎，明香，”吴太太跟着一笑道，“听你说这两个字，我倒是不来气。怎么家里其他人说，我就心烦呢？比如说阿延，我最讨厌他说要的。他除了嘴巴一张说这两个字，还说过别的话吗？没有。我记得好像没有——”因见明香眼睛眨发眨发摇摇头，吴太太接着说道：“你也没有听见阿延说过别的话吧，到现在从来没有过。我们家养的鹩哥还会说十几句人话呢！可是阿延他，连个鸟儿都不如，像个哑巴似的。可老爷偏偏欢喜这个哑巴学生。明香你说，老爷在家里是不是只欢喜阿延，还有他那个宝贝鸟儿？”

“哦，老爷欢喜小姐。”

“欢喜，宠！”吴太太“哼”了一声，“我看老爷现在也开始宠阿延了。反正阿延什么都好，就是天泽不好，惹他生气；从小就是这个样子，一碰就训，一碰就罚就打，好像这个儿子不是他养的，气死我了！”

吴太太话越说越多，像天上落雨一时半会儿停不下来，见阿仲进来，才收住话头，面孔一板问道：“人呢？”

阿仲刚要回话，听见屋子外面有动静，回头一看潘道延从外头跑进来，只见他头一抬，一个急停转身，又往外头奔出去。阿仲突然想起来说道：“太太，你看阿延背着书包——哎，我说少爷会不会早就背了书包到学堂里去了？”吴太太咕噜道：“说不定。”问明香：“先头看见少爷出去有没有背书包？”明香摇头回道：“没注意。”吴太太便叫明香去书房看看。明香去了，回过来说：“少爷的书包不在。”阿仲舒了一口气，把伞放下，转身说道：“肯定到学堂去了。”吴太太听了，从椅子上立起来，说道：“肯定到学堂去了，肯定。”明香眼波一闪，跟着说道：“肯定到学堂去了，肯定。”阿仲“嘿”一笑，说：“哎，明香，落雨天你学鹩哥啊？”“说什么呢，”明香回道，“我是跟着太太说的，又不是跟着你阿仲说的，你起劲什么？……看你裤子鞋子湿了，快点进去换，谁要你水淌淌地立在这里说话？唏。”吴太太脸色忽然一变，开心起来，说道：“明香你过来，别在那里盯着阿仲不放。他进去换裤子换鞋子要你关照什么？他自己不会啊，……他要换的，要的。”明香跟阿仲对视一眼，忍不住笑出来。

先头潘道延在园子外头附近找了一圈鸟儿，没找着；眼看雨落大了，他本来想跑回去拿伞，一看，太太在屋里正板着脸问阿仲话，一吓转身就跑——这会儿他正往学堂方向跑。

到学堂的路，平时正常行走大约要半个时辰。

潘道延跑到半路上，雨愈下愈大。这时候深秋，一下雨阴冷得很，秋风裹着大雨袭来激得他浑身发颤。他跑着跑着突然停下来，用外衣护好书包，甩了一下头，抹去脸上的雨水，像条小狗从水里上来抖一下身子，便一路狂奔而去。

吴家客厅里人散了。吴太太去了里屋，回头出来在家里到处寻女儿，踅到前头园子通向后院的走廊转角处，看见女儿坐在廊下哭鼻子，走过去问她。吴天玉一时收不住眼泪，胸口一起一伏把心里难过的事儿倒出来……话说得急促，像天落雨淅沥啪啦没完没了。吴太太好言安慰她，说明年开春，叫阿仲再去买一只鹩哥回来。吴天玉用手绢擦脸，一面说道："阿延出去找鸟儿，找不到的。"接着又说："阿延到学堂没带伞，在路上要淋雨了。"吴太太手一摆，说道："乡下小赤佬又不是少爷，在外头淋点雨跟溷浴似的，不要紧的！"

阿仲没去自己房间里换裤子换鞋子，先去花房。明香在廊檐下看见了，冲他喊了一声，随即打伞跟了过去。

阿仲跑到花房，把十几盆放在露天的兰花移到花房里。明香说："花摆在外头，现在落雨吃点水不好么？你这会儿屁颠颠地忙着往里头搬，神经病。"阿仲嘴巴一牵冷笑道："你，懂个屁。"回头接着搬，一边嘀咕道："这兰花，是娃娃根，不好太潮，潮了会烂根的。平时要干透了浇透。这两天秋燥，我看这些兰花搁在外头见光通风干透了。昨天想来浇水的，后来被家里边一闹给忘了。今儿天落雨，这会儿，正好是浇透了，放在室内就是了。……哎，你别动，我来。这些紫砂盆是专门用来种兰花的，老盆子好得不得了，你要是不当心碰坏了，老爷怪罪下来吃不消！"明香"扑哧"一笑，从花房里出来为他打伞，一面说道："你护着兰花倒是蛮要紧的，怎么不护着我呢？太太刚才说我——"明香突然住口，脸上倏然泛起红晕。阿仲正弯腰端花盆，没注意到明香的眼神和脸上的变化，自顾忙着进进出出，一边咕噜道："太太说你，又没有说我，关我什么屁事儿。"明香一听，抿嘴儿不说话了。这会儿明香撑伞亭亭玉立在花房门外，等阿仲从里边出来，便撑伞为他挡雨；一时间两人也无话可说。一会儿阿仲忙完了歇手，叫她先回太太身边去，说自个儿还要在花房里头拾掇一下。明香面孔一冷，"唏"了一声，屁股一撅转身就走。

吴元厚因早上丢了鸟儿，心情不爽，上楼一头扎进画室，铺开宣纸，拿了一枝大毛笔写字宣泄闷气。两幅字写下来，一条气似乎有点顺了，抬头见花窗外雨打芭蕉；眺望窗外远处，秋雨一色兴致起，随即取了一张宣纸铺在桌上，开始画山间松树小溪，想来接着画一头小毛驴，背上驮一个戴斗笠穿蓑衣的人，自说拟题为《山间秋雨图》……

这时候学堂上课摇铃声响了。潘道延拼命奔到课堂门口，几乎擦着老师的身体窜进课堂。厉鸿升在摇铃声戛然中断的点上，正好走进课堂立在讲台上，眼锋扫下去，一怔，随即叫潘道延立起来。"落雨天你没有带伞？"厉鸿升眉宇间一收，清咳了一声，问道。只见潘道延摇摇头，不说一句话。

"哈。"吴天泽捂住嘴巴，侧身瞟了潘道延一眼。吴天泽坐的位子平行隔开潘道延

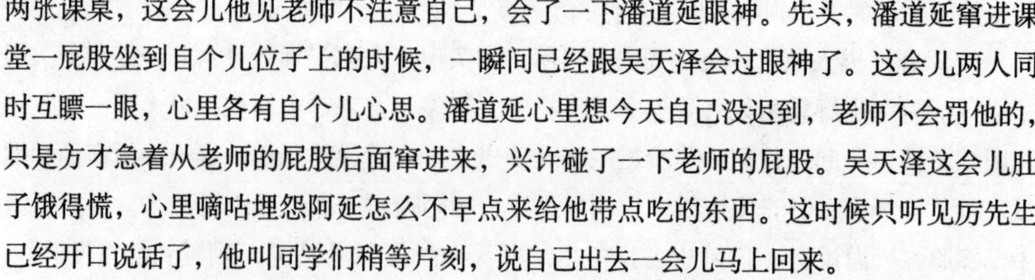

两张课桌，这会儿他见老师不注意自已，会了一下潘道延眼神。先头，潘道延窜进课堂一屁股坐到自个儿位子上的时候，一瞬间已经跟吴天泽会过眼神了。这会儿两人同时互瞟一眼，心里各有自个儿心思。潘道延心里想今天自己没迟到，老师不会罚他的，只是方才急着从老师的屁股后面窜进来，兴许碰了一下老师的屁股。吴天泽这会儿肚子饿得慌，心里嘀咕埋怨阿延怎么不早点来给他带点吃的东西。这时候只听见厉先生已经开口说话了，他叫同学们稍等片刻，说自己出去一会儿马上回来。

老师一走，课堂里马上活跃起来；吴天泽叫了声“阿延”，隔着桌子做手势问有没有吃的东西？潘道延摇头无语，一边做手势叫吴天泽脱一件外面穿的衣服下来给自己。吴天泽“哈”了一声，说道：“你的衣服湿了，现在叫我脱下衣服给你穿，我不要生病啊，去！”说话间，厉鸿升快步回了进来，手里拿着一件大人穿的夹袄，走到潘道延面前，一边喘气说道：“其他同学不要看，先把你们的书翻开来——你把外面的衣服脱下来，快点换上！”

厉鸿升刚才离开课堂，跑到他的休息间拿了自己的夹袄回过来，这会儿还止不住喘气，见潘道延迟疑，便压低声音说：“快点换，上课。”潘道延脱了换了。厉鸿升舒了一口气，干咳一声，回到讲台上朗声说道：“同学们上课！咹，不好意思，耽搁了你们一点时间，我道个歉……”话还没说完，课堂里已经笑得前倾后仰了。只见潘道延穿了大人的夹袄还愣站在那里——瘦小的身体差不多像裹了被子似的——厉鸿升从讲台上一眼看下去，就看见潘道延有头有脸有头颈，两根小腿像一段藕接着下面的两只脚。厉鸿升嘴巴一牵含一个浅笑，想忍住笑，后来忍不住，突然间仰首“呵呵”笑起来……

听说阿延到学堂淋了雨，回来感冒得厉害，吴元厚叫他早些吃了晚饭卧床休息，吩咐明香：“待会儿烧一碗姜汤给阿延吃。”

吴太太把阿仲叫过来，有点责怪道：“早上你看见落雨阿延跑出去，也不拦住他，喊他回来拿把伞！”阿仲回道：“小姐喊了。我也跟他咕了一句，我说要的，他就是不要！有什么办法？”吴太太说：“我看阿延这孩子也奇怪，他平时说要的，真的轮到你跟他说要的，他反说不要了。真的有点弄不懂。”阿仲一想，回道：“太太，以后叫阿延不许再说那两个字。”吴太太听了，觉着又好气又好笑，说：“我看算了。这种小毛病不要跟他说。我看阿延人蛮好的，你说呢？他一个人闷声不响出去找那只鸟儿，没人叫他出去找；找到找不到不去说他，就是他有这个心，蛮好。”阿仲点点头回道：“所以老爷欢喜他，已经赶上少爷了。”吴太太听了心里一闷，脸沉下来。阿仲感觉自己失言，便退了出去。

吃过晚饭，吴天泽到厨房里趁用人不在一会儿，偷偷地在姜汤里放了不少辣椒粉，随即溜开了。一会儿明香过来，把烧好的姜汤端到潘道延房间里，这时候吴元厚坐在床边，吴天玉也在。吴天玉说：“明香，我来端给阿延吃。”潘道延坐在床头，瞟一眼姜汤，眉头皱起来有点不想吃。吴元厚说：“吃！”

潘道延吃一口，突然一呛，接着一阵咳嗽，差一点吐出来；只见他手捂住嘴巴，头颈一伸，顿时汗流满面。吴天玉用手绢帮他擦汗。吴元厚说："阿延，全部吃下去，睡一觉出一身汗就好了。"

墙上日历撕掉一页，一个学期即将过去。

在过去的一个学期里，有记录吴天泽一次迟到，一次旷一节课，还有一次逃学一天。第一次迟到：厉鸿升罚他放学后一个人打扫课堂，不许别人帮忙，否则重新罚。旷课：罚他回家用毛笔抄写唐宋八大家古文选各一篇，每天抄了交一篇上来。吴天泽没有话讲，接受了处罚，照做没事儿。完了，因恨死了厉鸿升，吴天泽在背后叫他"厉四眼"。那天吴天泽对潘道延说："我明天不到学堂，到外头去玩一天，看厉四眼怎么罚我。"潘道延听了眼睛突出来，说："不要！"吴天泽一哂，说："要的。"这一次吴天泽在班级里开先河逃学一天，出人意料之外厉鸿升倒是没了脾气。同学们原以为这次吴天泽必定要受到前所未有的重罚，甚至要受到学校严厉处分。厉鸿升回头对训导处说："吴天泽旷课逃学的事还是我来处理。"训导处请示校长。葛言宾校长说："尊重伯严先生自己处理。"

谁也没想到厉鸿升在第二天，也就是礼拜六下午放学之前对全班同学说："这一次大家知道吴天泽同学昨天逃学一整天，按我过去的习惯做法当然要罚，而且是要加倍罚，重重地罚。但是，这一次不罚他了，掉过头来要罚我自己，也就是说，罚我这个做老师的。"厉鸿升眼睛难得温和起来，话说到这里手按讲台，无声地吁了一口气，略一停顿接着说道："罚我自己，怎么个罚呢？"课堂里鸦雀无声，厉鸿升一眼扫下去会了一下吴天泽眼神，接着往下说道："罚我今天回去买点小菜，回到家里自己动手烧一顿饭，请吴天泽同学跟我一道吃饭。"全班同学听得一愣一愣的，不敢相信自己的耳朵。突然间下面有一个胆子大的同学脖子一伸，冒出来一句："真的假的？"厉鸿升回道："不是假的。"吴天泽吃惊得拉一下自己耳朵根，嘴巴一张，一时间合不拢，舌尖不停地舔牙齿，眼睛呆呆地盯着老师看。这会儿潘道延闭紧嘴巴，咬紧牙齿屏住呼吸，两边脸腮鼓了起来，一脸疑惑的神情，眼睛眨发眨发地看着讲台。其他同学各有莫名其妙的样子，单等老师下文。

厉鸿升干咳了一声，神情似乎显得有点恍惚，脸色苍白得叫人不敢正视；就在下面的同学瞠目结舌的时候，他接下来说道："我在这里可以告诉大家，我过去从来没有自己买过菜烧过饭。在浙江老家，我成家前，家里的家务是我母亲做的。我成家之后，家里的家务一直是我妻子做的。现在她人不在这里，我一个人在这里教书，我不好意思写封信叫她马上过来帮我烧饭。所以，我今天只好自己买自己烧——这就是罚我了，因为我是要被罚一次的——不罚，我对自己没有交代，对吴天泽同学也没有交代，对在座的同学更没有交代。因此，我请吴天泽今天放了学之后跟我一道去买菜，跟我回

去，看我烧饭，单独请你这个学生吃个便饭——吃的时候随便聊聊——不开玩笑，是真的。”

“老师我要发言！”吴天泽突然举手道。

“讲。”

“我不去。”吴天泽起立说话，眼神刹那间变得呆滞了。

“不去也可以。”厉鸿升含笑道，“但是不罚不行。要么这样吧，你要是不肯跟我回去，那么就换一个做法——你今天回家，自己动手烧一顿饭给你父亲母亲吃吃，就算罚过你了。这样可以了吧？”

“我不会。”

“那就罚我。当着同学的面我们说定了。大家说好不好？”

“好！”大家齐声道。吴天泽垂手立在那里，瞟了潘道延一眼，随即面对讲台，点头说：“好。”

厉鸿升回办公室写了封短信，交给潘道延，吩咐道：“回去把这封信交给吴先生。你什么话也不要讲，吴先生一看就明白了。”

放学后，吴天泽跟着老师买了菜，到老师家里。

厉鸿升一进门，给吴天泽倒了杯水，随即开始生煤炉，淘米洗菜，准备做饭，一副笨手笨脚的样子。吴天泽想上去做帮手，厉鸿升摆手，一笑说道：“我自己来，一个人做。”

厉鸿升家就一间屋，用布帘子隔为两间：外头小一点算是吃饭间，拉开帘子里头便是书房兼做卧室。看吴天泽坐也不好，站也不是，厉鸿升道：“喂，吴天泽，你不要看着我做家务，这样我心神不定。你闲在那里也好做点事情。我晓得你会画国画，听说画得不错的……这样吧，我说你坐到里边的台子上去，上头有笔墨纸张——哎，你趁现在有工夫，随便画一幅画可以吗？”

“嗯，”吴天泽头一点，走到大台子面前一屁股坐下来。眼瞅着台子上铺着毡垫，文房四宝俱全，吴天泽手按台面，“啪”立起来，拿一张三尺见方的宣纸铺平了，挑选了一枝毛笔开始作画，一闷头，忽然抬起头来说道：“老师，我现在画什么？”厉鸿升只顾忙手上的事情，一边咕噜道：“喔唷，一个男人烧个饭也是不容易的……”

“我画——”吴天泽一转脸抬头，看见屋子里挂着一只鸟笼，“老师，鸟笼是空的，里边的鸟呢？”

“哦，我白天教书忙得很。夜里备课，还要写写字，没工夫养鸟，挂只鸟笼子在屋里看看……”

“老师，我来画一只鸟笼子好吗？——学堂有点像一只鸟笼子。”

“哦，有点像……学堂有点像鸟笼子？”厉鸿升转身走过来，到吴天泽面前坐下来，沉吟说道，“但是，现在这个鸟笼子里还是要有鸟的……哦，我想起来了，跟你打个比方吧，你们这些学生现在好像笼子里的鸟儿，学堂里老师教你们读书，好比是给鸟儿喂点食，加点水……这个时间不会太长。等到有一天你们这些鸟儿长大了，你们就会飞出去，飞到你们想飞的地方去……”

“现在不可以飞出去么？”

“唔，眼下恐怕还不可以。”厉鸿升把眼镜摘下来，擦了一下戴上，接着说道，“现在你们这些鸟儿年纪还小，一飞出去要饿死掉的，也经不起风吹雨打……等到长大了，自己会寻食了，到那个时候自己飞到野外去就不用担心了。呀，饭还没有放到炉子上烧！”

吴天泽瞟一眼他忙碌的样子，捂住嘴巴偷笑——眼见“厉四眼”回头眼锋扫过来，便低头援笔濡墨，细细舔了笔锋，瞅一眼鸟笼子，着手开笔勾线画了。吴天泽从小练过笔墨童子功，再说自己家里也有鸟笼子，天天见，大概烧一顿饭工夫，一幅写意画也就画得八九不离十了。等到厉鸿升叫他吃饭，走到里头台子边上一看，只见画面上老房子临河一景局部，几根瘦竹，半截美人靠栏杆上方悬挂一只鸟笼——画面一色水墨浓淡相宜，笔触简洁空疏，俱显幽静灵动。

见吴天泽搁笔了，厉鸿升悠然说道：“哎，我来写几个字好不好？”吴天泽一听，让出台子正面，站到一边看老师在这幅画的空白处落笔写道：

好鸟枝头亦朋友，落花水面皆文章。

厉鸿升写好了搁笔，身子一晃朗声道：“我们吃饭！”

吴天泽“哈”了一声问道：“这是老师你做的诗？”“不是，”厉鸿升坐下来招手叫吴天泽过来吃饭，接着说道，“这诗句不是我写的，是南宋翁森写的。翁森你晓得吗？”

“不晓得。”吴天泽摇头回道。

“哦，我讲给你听……这个翁森，字秀卿，号一瓢，是浙江仙居人。”厉鸿升给吴天泽盛饭，给他夹菜，一边说道，“宋朝的时候有北宋南宋。南宋灭亡后，翁森立志不走仕途了，他隐居起来教书。到了元朝，他建了安洲书院，以朱熹白鹿洞学规为训，坚持以儒术教化乡人，从学者先后达八百多人。元代废科举，那时候乡里人甚少攻读了，于是学风日下。那个县地处穷僻，文化尤其日衰，后来经翁森的努力挽救，耕读之风又逐渐好了起来。他后来写过一篇叫《四时读书乐》，脍炙人口……你以后有时间有兴趣，不妨拿来读一读——还是蛮有味道的。”师生两人这一顿饭吃得忘了时间。

这天下午放学潘道延先回家，吴太太见他一个人回来，问道：“哎阿延，天泽怎么没有和你一道回来？他人呢？”潘道延不说话，眼睛发愣看着吴太太。吴太太生气道：“问你话呢，你怎么不说话？哑巴了？”

潘道延避开吴太太眼睛，低头想走，移动脚步往后退。吴太太随即换了语气说道："阿延，你过来，我问你，……天泽怎么放学不回来？他是不是在外头闯什么祸了？你怎么不说话？你说呢，孩子，你要说话——"

"要的。"

"问你话，你憋了半天就说这两个字，天泽到底怎么啦？"

潘道延一个急转身跑了，直接跑到楼上去，把那封信交到吴元厚手上，随即下楼跑到自个儿书房里，把门关起来。

眼看天黑了儿子还没回来，吴太太急得没了胃口吃晚饭，叫用人出去找。阿仲明香分头出去找了一圈，回来说找不到少爷。吴太太说："那就先吃饭，不等他了。吃过晚饭再出去找。"

阿仲到楼上去叫老爷下来吃晚饭。吴元厚随口问道："今天吃晚饭晚了，饭烧好了没有？"阿仲回道："晚饭早就准备好了，只是……"接着就把楼下的情况大概说了。吴元厚听了，干咳一声道："不用出去找了。"

吴天泽在厉鸿升家里吃好晚饭，似乎脑子转了一个圈子转弯了，立起来收拾碗筷，说："我来洗。"厉鸿升听了一怔，伸手阻止道："吴天泽，你今天是我的客人，不需要动手，还是我来……我一罚到底，这就是罚我。"说着，拉吴天泽坐下来，又说了些闲话。厉鸿升说："吴天泽你今天在我这里画的作品，我呢替你先收藏起来，等到你以后长大了，我到时候再归还于你。"

"好的。"……

夜里九点钟过后，厉鸿升送吴天泽回家。师生俩步子走得不急不慢，好像出来散步似的，一路上时而说笑，时而沉默。走到离家不远的地方，吴天泽停下来说："老师不要送了。我自己回去不要紧的。"厉鸿升含笑道："好的，我就留步——你以后要说'留步'，这样说比较有礼貌。"吴天泽头一点，说："老师请留步。"说罢，鞠了一个躬。

阿仲自晚上九点以后就一直待在园子门口。吴元厚吃过晚饭后闷声不响回到楼上画室看书去了。吴太太急过头了，现在也不急了，独自坐在客厅里发呆。先头在饭桌上听老爷咕噜了一句："天泽今天被学堂老师留下来了，有点事情，要回来的。"这会儿吴太太心里想老爷好像知道了什么情况——之前问了，他一句话也不说。老爷不开口倒也罢了。又想，阿延这孩子也是的，你问他，也是个死不开口。这家里一大一小真的是稀奇死了。吴太太心里边不爽，见明香进来，便冲道："你没事啊？在我眼前晃来晃去的，晃得我头都痛了。"

"太太，少爷回来了。"明香上前一步说。这时候阿仲从外头快步进来，一边喊道："太太，少爷回来了！"

这一声喊叫惊动了楼上。吴元厚"哼"了一声，随手把正在看的线装书往桌上一扔，立起来在画室里踱步，似乎有心思，沉吟了半天，离开画室慢慢地往楼下去。

吴元厚走到客厅里，因见夫人正在问儿子话，还一边吩咐明香弄水给少爷洗脸，便猛一声叫住明香，冷冷说道："洗什么脸，还有什么脸，——叫他洗个脚上床睡觉！"说罢，转身走了。吴天泽瞟了一眼父亲走开的背影，心里纳闷今天父亲怎么不罚了？怎么不打手心了？他觉着父亲肯定"要的"。

连续三天，没有动静。

到了第四天早上，阿仲一大早就把吴天泽从床上叫起来，说："快，老爷叫你到楼上去，快去！"父亲要罚了。父亲要打手心了。吴天泽心里想，一边跟着阿仲往楼上去。

吴元厚正在画室里收拾东西，见儿子进来，轻咳一声说道："待会儿我就要出去写生了。"说罢，长长吁了一口气，接下来说道："这次我出远门，要好几个月才回来。你跟阿延好好读书。放学回到家里，还有礼拜天待在家里，要记得练字、画画。家里的作业，我已经写在纸头上了，在桌上，回头拿去照做。要是不照做，做得马虎，我要罚的。"完了，手一摆说道："没事了，去吧。"

吴天泽不说话，从桌上拿了父亲布置的书画作业，转身走出画室，拖着脚步走到楼梯口。阿仲在楼梯口候着少爷——太太吩咐过，叫他在外面候着——少爷这么快就出来了，阿仲好生奇怪，问道："老爷刚才没罚你？没打？"吴天泽瞟了阿仲一眼，头一甩便往楼下去。

听着一阵"咚咚咚"的楼梯声响，阿仲摇摇头一笑，心里想少爷今天有点变了，老爷今天也有点变了，家里头就阿延那小子好像没变。

吴太太在客厅里坐立不安等动静，一会儿见阿仲来了，刚想问情况，阿仲抢先说了个大概。吴太太一听，双手合十道："阿弥陀佛，谢天谢地。"

父亲一走，吴天泽在家里称大。开头两天，他还作出榜样练字画画，时而管一下潘道延，煞有介事说道："阿延，你的画稿，墨用得厚了。我爹说过，你没听进去？墨，要浓淡相宜……看我的！"隔了一天，他吃饱了又来检查潘道延的字，眼睛一瞟，说道："阿延你，这几个字没我写得好，重新写一张，要写得跟我一样好。"潘道延听了，两只眼睛死盯着吴天泽看——眼珠子不动，眼皮子不眨，不说一句话——看得吴天泽心里害怕，避开他，不去惹他了。

吴天泽过了三天新鲜，逐渐松懈；开始少做，到后来干脆不做父亲布置的书画作业了，拿钱出来哄潘道延代笔。吴天泽问母亲讨零用钱，回头拿一大半出来给潘道延，算作"代劳"费。

潘道延不花一分钱；早些时候给吴天玉买了连环画，自那以后再也不肯把自己口袋里的钱掏出来了。吴天玉有几次叫他买零食吃，他一口回道："不要。"吴天玉叽叽咕咕说"要的"——没用；他咬定两个字"不要"，把口袋翻出来给吴天玉看，嘴巴里咕

噜道:“袋袋里空屁。”他把平时得来的零零碎碎“辛苦”钱攒起来放进一个小布包里,藏在自己房间里一块活动的地砖下面,心里想着过些日子回去一趟,把钱带回去给家里用。

吴元厚不在家里,吴太太觉着家里特别安逸,平静。吴天泽也觉着日子特别好过。潘道延还是老样子,读书练字画画,闷声吃饭,闷头睡觉。吴天泽撂下来的一大半作业,够他每天代劳忙了。他把吴天玉晾在一边,好像没时间陪她说话陪她玩,气得吴天玉有一次在家门口堵住他,不让他上学堂,冲他说道:

“阿延——呆子!”

寻访笔记 8

现在的苏州古城西中市经过改造，恢复了“民国一条街”。

我在这条街上寻找民国时期的影像；现在的影像好像比民国时期更“民国”，只是我要寻找的“存在”已经不存在了。

我在想象中走到这条街的皋桥头，那里门朝北的一家店铺从前是顾家裁缝店，清朝老字号，自民国初年以来专做太太、小姐旗袍。

据说顾秉章师傅特别擅长做年轻女人的旗袍；他有一个习惯，若是给哪个非常漂亮的女人做了件非常满意的旗袍，他就会提出请顾客穿这件旗袍拍一张照片留在店里做样板，优惠条件是这件旗袍的做工钱减半。金俪是苏州美女中少见的美女，因此而半价做了十二件旗袍，春夏秋冬每季三件轮换，留下一组老照片。

我在现代建造的小区里找到顾秉章的孙子顾景林，这孙子早就把老一代留下来的老东西搬得不见了。

顾景林说他小时候见过那些穿旗袍的女人照片，“文革”时期烧掉了。他爷爷暗地里留了两张，其中一张，听说就是那个骚奶奶的照片。顾景林把“少”奶奶说成“骚”奶奶，说那个女人，从照片上看，比现在的章子怡漂亮。

这个顾家孙子比较喜欢说道“男人和女人”。他说他爷爷那个时候有个相好，人长得漂亮，叫文秀丽，从前住在专诸巷，跟照片上说的那个女人要好得很。

后来，我在吴县越溪找到了文秀丽的女儿沈文媛。她有母亲的老照片。我问她：“你母亲是否有年轻时跟朋友跟邻居的合影？”她翻了一遍抽屉，说：“记得以前有，现在找不到了。”说到从前，沈文媛还记得她母亲经常说起那个朱家少奶奶——

第八章

朱家少奶奶金俪最要好的女性朋友，是文秀丽，住在一条巷子里。她是专诸巷北面的沈家太太，那年二十一岁，比金俪大一岁。文秀丽的先生叫沈明达，在上海做生意，把太太一个人留在苏州家里享清福。

文秀丽在家里闲得慌，但是不寂寞，家里有个老妈子和小丫头伺候。她三天两头打牌，最好天天摸牌；一天不摸牌，那手就会痒，骨头会痛。摸到牌了身子骨就舒坦了，这一天也就踏实了。所以到了时辰，她就念念不忘打牌，因乐此而不疲打发时间。

金俪不欢喜打牌，一个人闷在家里寂寞难耐，只好看书——主要看鸳鸯蝴蝶派小说，不过看得遍数最多的还是那本《金瓶梅》。

文秀丽有几个比较固定的牌友：头号牌友，是唐楼老板的太太，还有唐太太的两个牌搭子——另外两位太太，她们经常到专诸巷沈家来打牌。难得有时候三缺一，文秀丽就去叫邻居朱家少奶奶过来。

金俪不欢喜到别人家去串门；朱家也不让别人来串门——这是朱子藏定的铁规矩。文秀丽例外。其中原因金俪晓得一点。朱红有一次跟她说过，他爹第一次看见沈太太的时候，感觉第一眼“入眼”，好比看中国历代名家字画，第一眼“开门”！想拿下。朱子藏对儿媳妇金俪说：“沈家太太——人，文气、耐看，是个文太太。”

朱子藏的原配夫人朱红的娘去世得早。朱子藏一直未续弦，惟恐后娘对自个儿独养儿子不好。那个时候朱红还小，朱子藏宁可用可靠的阿姨帮着料理家照顾孩子。等到朱红长大成人结了婚，讨了个漂亮媳妇回来，朱子藏似乎才稍微有了一点“花心”的念头——正式再讨一个年纪轻的女人回来做垫房太太，他心里想过，犹豫不决拿捏不定，生怕一前一后进来的女人搞不好“婆媳关系”。这个事情父子俩曾私下商量过。朱红是很不赞成他父亲再弄个女人回来的，能放到台面上说出来的理由，倒不完全是自己对早已去世的娘感情特别好，而是他觉着女人有什么意思？没意思，没劲。

朱子藏对儿子不欢喜女人只欢喜字画这个事儿一直有点弄不大懂，也实在费解。有一天他问朱红：“哎，奇怪，你为啥不欢喜女人？抽个时间跟我讲讲清爽道理呢？”朱红听了嫌烦，推脱说自己不想讲，这个话题也没啥讲头。但是经不住他父亲逼着问，最后总算给了父亲一个不算含糊的回答："现在的女人又不是唐伯虎画的仕女。唐伯虎的仕女看了叫绝，还好买进卖出大价钱。现在的女人讨回来摆在房间里，又不好拿出去卖——除了肚皮一大，生孩子，就是用银子——吃饱了。"

儿子不欢喜女人，老子欢喜。

有人背后说朱子藏好像暗地里动过沈家太太的脑筋，因外头传说沈家太太跟西中市皋桥头有名的裁缝师傅顾秉章眉来眼去，估计有一腿；再说自家儿媳妇金俪跟文秀丽要好，又是一条巷子里的邻居，怕老吃窝边嫩头不着调，事情万一捅出来，被儿子媳妇看不起，便不敢轻易造次行事。

金俪跟文秀丽第一次接触，是金俪嫁到朱家以后。有一天她出去做旗袍，在巷子北面出口碰见文秀丽。邻居路上打照面客气，文秀丽主动打了个招呼，含笑问道："新娘子出去啊？"金俪说起做旗袍，文秀丽随即显得热心起来，马上介绍金俪去皋桥头顾家裁缝店，说自己正好也要去一趟，随行一道去了。一路上两个女人说了些衣着方面的闲话，好像谈得来，从此有了来往。

文秀丽经常到朱家串门，但是多半坐不了一歇，便有自家用人小丫头过来喊了："太太，牌搭子来了！"文秀丽一听，立起来就走；那副打牌的"念腔"有时候把金俪惹得面孔一冷，说道："每趟闲话说到半当中，一听约好的人来打牌拔脚屁股就走，也没啥个讲头。"话音刚落，文秀丽自然一笑，随即像哄妹妹似的抚慰道："喔唷，好了。不要嘴翘鼻子高动气了。不要不开心，我也不是天天打牌的。好，明天不打，过来陪你……"

隔了一天吃过午饭，文秀丽上门，叫金俪到她家里去打牌。朱家用人在门口将手一让，说："沈太太你自己进去跟少奶奶讲。"

金俪在屋里看书。文秀丽款步走进来，"文文"地说了一句："阿俪，看什么书？"因见金俪看书还没回过神来，接着说道："哦不要看了，我想请你过去打牌……"金俪抬起头来，微笑道："我不欢喜打牌。"

"来吧，阿俪。"文秀丽趋身上去，伸手拉金俪的手，轻轻一拉，金俪立起来，摊在膝盖上的书"啪"掉在地上。

金俪蹲下来拿书，文秀丽抢先蹲了下来，把地上的书拿起来，说道："回头再看。我那里现在正好三缺一，来吧。"把书拿起来的时候，文秀丽一看那本书是《金瓶梅》。金俪接过书，说："我要看书——这本书好看。"文秀丽抿嘴儿一笑说："……先去打牌。"金俪一听，转身往原来坐的靠椅上一坐，摇头说："不打——我，还是坐在屋里歇歇，看看书。再说我也不会打牌。"文秀丽瞟了一眼金俪手上的书，二话不说，上前拿下，往靠椅旁边茶几上一放，随即双手把金俪从靠椅上搀起来，一边说道："我今天就算求你了。来，我带你过去。不会打不要紧，我来教你；邋遢糊麻将一教你就会的，容易得很。"说着，已经将金俪推到了房间门口。金俪一想，回头拿了钱包，唧唧咕咕似乎还

有点勉强，但是经不住文秀丽又扶又推又哄，由她拉到了沈家。

文秀丽知道《金瓶梅》这本书朱家少奶奶已经看得熟透了，从头到尾可以讲出来。自己没有闲工夫看这本书；前几次跟金俪说闲话，只是听金俪有时候说起一点内容，大致晓得无非就是男人跟女人，心里想男人跟女人不就是这么一回事吗？不稀奇。不过，她有一点弄不大懂金俪，这本断命书来来回回看，看到后来会看出一个什么结果？打牌还有点输赢刺激；看那本书，输什么？赢什么？文秀丽说金俪是个“金迷”——以前也当面跟着金俪胡调说“哦，好看”，今天眼睐着金俪又在看这本书，从屋里出来路上还在念叨“我还是回去看书……”因此问道：“你说那本书到底好看在哪里？”金俪一愣，一下子说不出个米了豆，略一想，回道：“好看，就是好看。旁的，我一时说不出来。”

一说到那个“旁”字，金俪就想起那个姓庞的……打牌走神了，因此一路输钱。在座的都是有钱人，好像都输得起。但是文秀丽心里有数，现在台面上只有金俪输了钱是真的不在乎，倒不是因为阿俪家里有钱，而是她心里不开心，恨自己男人，台面上不好讲。那个男人朱红眼睛里除了那些该死的钱，和那些该死的字画，就没有别的了。

沈家牌桌上的四个女人，一望而知是苏州美女：面孔漂亮，头颈好看，身材苗条，头发讲究——这是比较共同的标致；除了因人而异的外表，苏州美女有四个主要特点：

唐六梓的女人唐太太，看上去“甜”——看不出她的实际年龄；那年二十九岁。她十七岁嫁给唐六梓，当年结婚坐上喜，生了个女儿。女儿像娘，一副安静甜蜜的样子，取名唐宓宓。

范太太，“糯”——吴地方言说“糯嘟嘟”，跟上海女人的“嗲溜溜”好像不太一样。那个“嗲”，有时候叫男人有点头昏。而这个“糯”像糯米那样，教人吃了感觉是软，是糯，有点黏性，但不粘连嘴唇舌头，又好吃。范太太比唐太太年轻六岁，生过两个孩子，身段一点不变，像未出嫁的姑娘。

沈太太文秀丽，朱子藏叫她“文太太”，那个样子人见人说“文文雅雅”，一看讨人欢喜。文秀丽的先生沈明达做生意结交广，南北相与，朋友，凡是到过苏州沈家见过沈太太的人，无不拿眼珠子盯着沈太太看，“啧啧”感叹，羡慕而深感遗憾这个女人不是自己的女人。如果是的话，有一个北方朋友说：“那我祖坟上冒青烟喽，这辈子我口眼闭了。”

朱家少奶奶金俪，见一个“灵”字。“灵”，便是水灵，好比吃过雨水含苞待放的荷花，又像茶几上青花盆里的凌波仙子，水灵灵的闻来清香。

有一次沈明达回来，看见家里这四个女人在打牌，过后，私底下对自己太太说：“你们这几个女人，我看，要数朱家少奶奶最灵。一个‘灵’字是头挑。”这句话惹得文秀丽“嗬”一声，说道：“她看样子灵，我就看样子不灵吗？”沈明达一听，稍一欠身，说道："你也灵。只是你'文秀'二字，把那个'灵'字比下去了。"说罢，一脸赔笑。

这会儿打牌唐太太摸到红中，一"碰"，碰出话来："朱太太结婚，快两年了吧？怎么不要孩子？"金俪脸一红，抿嘴儿拿红中，说："要！"文秀丽瞟了唐太太一眼，说："我嫁给沈明达也快有三年了。先头怀上一个，不小心丢掉了。估计是男小孩。听人家说，老人看女人怀孕，挺着肚子走路，是男是女，说样子看得出来。又说第一胎是男的，接下来多半是女的。谁晓得？——摸牌。"唐太太摸牌，出牌，一边说道："沈太太、朱太太，其实你们两个比我们年轻多了。下次打牌，你们过来，——我看，还是到我家里来，省得我们家里有孩子的跑出来打牌，跑到你们这里来。范太太，你说呢？"

坐在唐太太下家的范太太"碰"说道："我随便；我反正把两个孩子丢给阿婆，我是用不着操心思的。"唐太太接着道："蛮好。你们两个呢？"因看台面摸牌随即转脸又说："沈太太、朱太太，叫我说呢，你们俩这么年轻、漂亮，你们出来，一来打牌；二来呢，出来透透空气。你们打扮得那么好看，躲在家里给谁看啊？"范太太接口道："唐太太，看你说的。女人好看，怎么会没人看？给自家男人回来看。"文秀丽一边理牌，说道："是啊，我也欢喜在家里穿得漂漂亮亮等自己男人回来，给自己男人看。不过呢，我先生沈明达，他是九九一回，难得回来——九索。"

"碰！"

这时候金俪拿了牌出牌——手捏着牌，心里想自个儿男人朱红倒是天天回来看她，从不在外头过夜。他回来看，有什么用？看了，又不想跟自己女人到床上去要好，等于白看："白板。"

"阿俪吃冲！"

文秀丽赢钱。范太太一笑，说道："沈太太每趟手气好，怕是你先生在外头有花头吧？要不，他为什么难得回来一趟？"文秀丽"嘿"一声回道："男人在外头，让他去，跟我不搭界，只要那个花头不闹到我门上来。"说罢，"文文"地笑起来。听文秀丽这么一说，金俪心里想自己男人在外面肯定没有花头；他是自己没花头，到外头去拿什么头去花？一想坦然，心思回到台面上来。

几个女人一边打牌，一边说闲话……

范太太说她先生想要个男孩，前面养两个是女儿；第三个最好是个男的。唐太太说自己家里早就商量过了，也想要个男孩，就是怕第二胎还是个女孩，像范太太那样。范太太说唐太太前几天去西园烧香，求过菩萨。唐太太接这个话头对文秀丽说："沈太太，挑个日子去烧烧香，叫朱太太一道去。"完了，看金俪，含笑说道："我是相信的，你呢？"

"我？"金俪抬起头来，眼睛一眨点点头，"我也相信。"

“阿俪去，我也去……”文秀丽摸进一张牌，瞟了一眼台面，出牌说，“阿俪，要是你不去，我一个人也不高兴去。”金俪听了，一转眼看台面，文秀丽刚才出的牌吃冲，自己总算和了一把大牌，因此微笑道：“那就跟你讲好，明天一早去。”文秀丽接口道：“你赢了。这是最后一副牌，天暗下来了，结束。”

唐太太坐黄包车回家，路上反方向先去唐楼；她叫黄包车在外面等候，说上去看一看，一会儿就下来。

老成见唐太太到，迎上去打招呼。唐太太问道：“他人呢？”老成一怔，回道：“唐先生刚去斜对面的馆子，今天晚上请人吃饭。要不要我马上过去跟他说一声太太来了？”老成以为唐太太来，跟唐老板一道去吃晚饭，因此说道：“要么我现在带太太过去？”唐太太说：“不用了。待会儿你跟他说一声，叫他今天不要太晚，吃好晚饭就回来。你就说我今天有点不大舒服。哎，你忙吧，我回去了。”老成将手一让，送唐太太出去。

到门外，老成招呼歇在路边的黄包车过来；一个腿长的车夫动作快，迅速到客人面前。先前拉唐太太来的那个车夫回头看见了，快步抢过来，冲同行粗声说道：“抢什么抢？这位太太是我的——”

“日你的，这位太太是你的？”

两个车夫吵起来。有人过来看闹猛。这时候有一辆黄包车奔过来，老成看那辆车上没有客人，便赶紧招呼唐太太上车，那车夫拉了就跑。

这天晚上，朱红有两个没想到：一是唐六梓请他吃饭，就请他一个人，没别人——唐六梓请过他吃茶，从来没有请过他吃饭。二是唐六梓坐下来，抄手将酒瓶拿过来，盖子一打开，就说他要买一幅有名头的字画，指定要“元四家”或者是“明四家”的。

“咹？真的假的？”朱红心里想；这会儿朱红手托住下巴，眉头皱紧，头一歪，一只眼睛半眯着，还有一只眼睛像瞄准射击靶子似的凝视着唐六梓。他想唐老板开茶楼，做茶叶茶壶生意，现在要做字画生意了？玩？收藏？不像。说唐六梓玩茶壶，收藏紫砂壶这个还差不多，好像从未听说过他想收藏字画。朱红似问非问地咕了一句：“唐老板真的要买字画？”

“是啊。”

这一问一答吊起了朱红的胃口；眼瞅着桌面上的四碟冷盘：凤爪、熏鱼、炝毛豆、白斩鸡，联想中国绘画史上名头很大的“元四家”跟“明四家”，朱红现在有胃口了，胃口好得很，心里想你妈的这一回要好好地咬一口唐六梓，因此竖起耳朵听唐六梓的下文。

唐六梓叫朱红把酒杯端起来，嘻嘻哈哈道：“来，吃老酒！”

朱红不会吃酒，便叫跑堂的泡一壶茶过来，自然一笑说道：“以茶代酒。”唐六梓把酒杯往桌上一蹾，脸一沉，说道："不行，一定要吃酒！我吃酒，你不吃，这顿饭就吃不成了。"朱红心里想，这会儿马上要吃到嘴里的"肉"，不吃他？怎么可以？嘴巴上却说道："那我就不吃饭，坐在这里陪你唐老板说话。唐老板你今天不是有话要跟我说吗？"

"是啊。"

这时候第一道炒菜已经上来了。朱红脖子一伸，嘴角牵动了几下，像是舌头在嘴巴里搅拌了几下，含了口水，喉结一动咽了下去。朱红空腹，胃里接收了自上而下的口水，一个痉挛，馋虫从胃里头爬出来到了嘴边，是很想吃的。但是朱红这会儿心里更想知道唐六梓接下来怎么说？不用急，让唐六梓说；完了，看情况再说。朱红心里想，在外头做字画生意，不比在自个儿店里做；用博古斋纪学览的话来说，顾客到店里来是关门"杀猪"；要是在外头做，那就好比跟吃饱了没事儿一样溜达到河边"钓鱼"。先前的觉着意外的"两个没想到"已经叫他满腹狐疑，这后面说的"一定要吃酒"，否则"这顿饭就吃不成了"更叫他觉得这话里有文章。朱红沉吟片刻，琢磨着，突然觉得眼前的唐六梓有点变化了，而且变化还不小。唐六梓一向说话欢喜开门见山，像他刚才打开酒瓶盖子马上说，要买字画；怎么他起了个头，"山"算是见了，那里边的"庙"呢？还有"和尚"呢？朱红感觉里好像有点感觉，这顿饭恐怕是不大好吃的。果然，只见唐六梓一脸扫兴说道："你不吃酒，我也不吃了。这顿饭算了。下面的话我不说了。"唐六梓"刷"立起来，招呼跑堂过来，说："结账，走了。"

"等等，"朱红伸手挡住那个跑堂的，"伙计，这儿没你的事儿，去吧。"

跑堂的眨眨眼睛离开了。朱红一转眼，眼睛一眯看着唐六梓，将手一让，一笑说道："唐老板，你请坐，先听我说——你刚才说吃老酒——好，我今天就答应你——吃就吃。不过，有一句话先讲在前头，我稍微吃一点；多，我是挡不住的。今天晚上我一点不吃酒，看样子说不过去。看得出来，你唐老板今天是诚心诚意请我，我一点面子不给，也是说不过去的。要么这样吧，你吃一杯，我吃一口。你看行啵？"

"这样就对了。"唐六梓掸了一下衣服袖口，随即一屁股坐下来，面带微笑说道，"俗话说'一人不喝酒，两人不赌钱。'朱大少爷今天吃一点，哪怕是吃一点点，就算是给我唐某人大面子了。你爽气，我也爽气。现在面对面，就我跟你两个人，没有外头人，随便什么话都好说——来，杯子拿过来我来帮你倒酒——哎，倒一点点不行。俗话说'浅茶，满酒！'倒酒是一定要满上的。来，把酒杯端起来，跟你先弄一杯？"

"等等。"朱红不动自个儿酒杯，伸手挡住了唐六梓伸过来的杯子，眼睛忽闪出一束光，好像要穿透唐六梓心肺，狡黠一笑，说道："唐老板，不要急——话，还没说完呢。我刚才说到，我答应你唐老板，吃一点；用你的话来说，是吃一点点。""好，"唐六梓颔首微笑，说道，"就吃一点点。"

朱红没话说，只好端起酒杯碰杯，硬着头皮吃了一口。这第一口开了头，接下来

就逃不了接着一口；完了，吃点菜，说一些打哈哈的话，被唐六梓逼着再来一口。一会儿工夫，一杯见底了。随即满上。唐六梓谈笑自如，三杯剑南春白酒下去，似乎兴奋了说道："哎，红少爷，你的酒怎么吃到现在，没怎么动么。"说着，指指朱红的杯子，"动啊，动呢。你再动一下，我就跟你说那个事情。我先干了再说，那个事情要紧得很。"

"怎么说？"

"你动呢，动一下。吃口稍微大一点，再动一下，我说——"

"我动——"朱红说。完了，唐六梓一个欠身接着给他满上。朱红眼瞅着自己面前的杯子，心里想这是第三杯了。"吃，吃酒。"他咕噜道，他开始感觉头有点重，不，有点飘。他想老酒这个东西，不是个东西；一想，有一点后悔被唐六梓的下文给害了。唐六梓开头说的事情，只是开了个头，话还没有说下去，还没有说到实质性的东西。这个生意还在天上飞，还没有从天上飞到台面上谈。下文呢？唐六梓到现在还没道出来，自己倒是已经吃了两杯酒——怎么会的？先头不是讲好了吃一点点么？怎么没个定力！他抚摸了一下黢青的脸，吁出一口气，心里想自个儿今晚好像是中了什么邪？怎么一个道顺着唐六梓遛呢？朱红眉头皱紧了，突然用手捂住自己嘴巴暗自告诫自己，要当心勿醉！再动两口，这杯子里就没了。他晓得，这杯子不算小，全部吃下去恐怕挡不住。这时候他看清楚唐六梓正在斟酒。"给我满上，唐老板。"他说，眼瞅着自己的酒杯满上了，有点溢出来，说："唐老板，我满上了。你也满上！"他换了一只手捂住嘴巴，头一沉，眼睛朝上一翻，好像看清楚唐六梓的嘴巴在动，那个悠远的声音已经传到自己耳朵里："朱红，你听我跟你说啊，这个事情我要跟你说……唔，我问你——我朋友盛宾如问你买的画……哎，你叽里咕噜什么？我听不大清楚。你把声音说得响一点……朱红，你在听我说吗？"

"什——什么事儿？我在听——听着呢，呃！"

"你好像有点吃醉了。"

"醉什么，我没醉，清醒得很。"朱红打一个呃，头颈一挺立起来，像鹅那样晃走了几步；回头眯着眼睛找自己的位子坐——"咦，我的位子，我的位子哪里去了？唐老板，你怎么坐了我的位子？你，你起来，这是我的位子。哎，我的位子呢？"

唐六梓不禁一笑，说道："哎，你眼睛睁大一点呢。"

"我眼睛，就这么大。"

"你眼睛再睁大一点。"

"我眼睛他妈的就这么大！"说罢，朱红身体一晃，一个趔趄扶住桌子；因唐六梓将他扶到座位上，他"啪"一个抱拳拱手道："唐老板自家人。看在你的面子上，我就再动一点点……你有什么话，说吧。……唆？好，你说，我再动一点点。你也动唐老板。你动我就动。你不动，我也不——不动了。不动了。"说着，朱红已经端起酒杯，眼睛一眯，脖子一仰一口干了下去……

唐太太回到家里，洗洗弄弄一番，就上床休息了。她叫用人周妈把饭菜做好了等女儿宓宓回来一道吃。周妈问道："太太不吃晚饭啊？"唐太太说："我不想吃了。先躺下来歇一会儿。"

唐宓宓回来，一蹦一跳走到母亲房间里，叫妈妈，说自己明天过生日，明天晚上要请同学到家里来吃饭。唐太太听了，稍微有点不耐烦，说："不要到家里来。晚上你爸爸回来，跟他说一声，明天上馆子。"小姑娘听了不高兴，嘴巴撅起来说道："我同学魏可欣今天放学的时候跟我说了'Birthday at home!'"唐太太一听，随即从床上坐起来，好像刚才躺了一歇以后有了一点精神，提了气，说道："宓宓，你怎么回事儿？上了几天教会学堂，回来就跟我说外国话？哼，以为我不懂啊？你是我生的，你嘴巴动一动，我就知道了。不就是过生日在家里过么？说什么外国话，唏。"看女儿不搭腔，一转身说出去吃晚饭，唐太太随即喊道："周妈，来一小碗饭，我坐在床上吃。"

唐六梓回到家里，唐太太已经睡着了。女儿也睡了。周妈在等候，看唐先生回来——在外头吃了酒，人倒是蛮清醒——说道："太太讲了，小姐明天过生日……"唐六梓把皮包递给周妈，眼睛一眨，说道："哦，明天是女儿生日，知道了。我来安排。你去睡吧。"

第二天金俪醒得早，朱红还在闷头呼呼睡；她先起床梳洗打扮。

昨天夜里朱红回来，金俪闻到一股酒气，心里想朱红从来不吃酒，怎么今天在外头吃酒了？看他稀里糊涂的样子，进门踉踉跄跄一头扑到自己怀里，由她扶到床上，帮他脱了衣服、鞋子；朱红不说一句话就睡着了。金俪不生气，心里想让他去，说不定男人吃酒了，是个好事情。

清晨，金俪推开窗户，看园子里爬在架子上的金银花开得正好，一阵微风香味飘过来。她想昨天夜里她不生气，说不定也是个好事情。这是一个变化。她希望她男人有个变化，好比自己也要有一个变化。

时间还早。金俪到园子里走走，心血来潮走进后院，一看后院里的几个童子早就起来用功了。朱子藏起得更早，在后院里坐镇，指点他们的笔墨。

金俪看到这幅景象，心里有一点感动；她觉着老头子今天看来好像一个和蔼可亲的私塾先生。金俪，作为朱家惟一的少奶奶，她不知道朱家后院的底细，也从不过问朱家后院里的事情。在过去的日子里，她只晓得这些学书画的孩子是疯子，他们一旦乖起来，像今天早上的样子还是非常安静入眼的。葡萄架上鸟儿鸣叫；后院里的竹子本来无心，却生多多枝叶。

她走近朱子藏，轻轻叫了一声"爹"，眼瞅着一个孩子手中的毛笔顺手几笔下去，一眨眼那些多多的竹叶便落在净白的宣纸上了。

随着一阵鸟儿叽叽喳喳静下来，朱子藏干咳一声，对那个孩子说道：“你以后，什么都不要画，就专门学郑板桥画竹头——从小学到大，要跟他画得一模一样，要画得比郑板桥还要郑板桥。听着，吃了早饭以后，再用心临摹郑板桥画的竹头，还要临摹他的字‘板桥体’……要把他这个人骨子里头的东西给我临摹出来，要临摹得叫我看不出来这是郑板桥画的，还是你画的！”

……

沈家院子前门吱咯呻吟了一下，老妈子大清早上出去买菜回来了。因见小丫头在屋里一副还没睡醒的样子，老妈子上去拍了她一下，说：“阿琳，你喊太太起来了没有？她昨天夜里关照的，说早上要早一点喊她，要跟朱家少奶奶出去烧香！”小丫头揉揉眼睛，面孔一板回道：“你说话不好轻一点啊，喊过了。我听见你出去买菜就从床上起来到楼上去喊了。这会儿太太在楼上，起来了。”

文秀丽在房间里穿好打扮好，照了镜子，换了双新皮鞋。这双皮鞋是沈明达从上海带回来送给太太的时髦货，说是外国进口的，价钱贵得很。沈明达隔一段日子就把上海真价实货的东西带回来，哄得苏州的太太开心起来，再加上足够的钱塞给太太，把这位太太的生活稳住了，舒服了，他就安心奔出去做生意。沈明达在上海有个大老婆，有两个孩子。这个情况文秀丽不知道。就算是知道也不去管他，用她的口头语来说“跟我不搭界”。

文秀丽只管自己日子过得称心如意；她经常对金俪说：“人生一世一乐逍遥消遣。我快活得很，在苏州嫁个好男人，过一世快活日子！”

文秀丽穿新鞋走老路有点不习惯，从楼梯上下来走到楼底最后一级，下来一步不小心崴脚了，转身一把搭住楼梯扶手呻吟道：“喔唷，痛死了……”小丫头耳朵尖，听到楼梯口有声音，忙从里边跑出来，上去扶住太太。

文秀丽坐下来揉脚，一边对小丫头说：“阿琳，不好了，我今天烧香去不成了。你看我的脚，喔唷！你现在去朱家太太阿俪那里，去帮我说一声，就说我不好去了，叫她自己一个人去吧。你跟她说，真的是不巧，不好意思，真的是不好意思。”……

金俪突然觉得这是一个有变化的机会；她立刻回到房间里，挨到床头把朱红叫醒：“你现在起来。吃过早饭，陪我到西园去烧香。”朱红听了，一个翻身过来平躺了，两手抱住脑袋，一时发愣连个反应也没有，似乎在动什么脑筋，想什么心事。金俪推了他一把：“我说话你没听见啊？起来，陪我去烧香！”

“烧什么香？给谁烧香？”

“给菩萨。”

“唏，”朱红眉头一皱，苍白的脸抽动了一下，“你信那个啊，那个泥做的东西又不是人，我给它烧香做什么？还不如做生意给人烧香呢！烧那个香没用。我不相信——”

“你不相信，不要乱讲！你不信，我信。我一个人去好了。”金俪说着，立起身来，一转眼朱红已经眯上眼睛，想睡个回笼觉，又好像在琢磨什么事情。金俪嘴巴一撅道：“烧这个香，又不是我一个人的事情。刚才你爹还在后院里头问我呢。我说，我今天起来得早，要去烧香拜佛。他说蛮好，夫妻俩一道去！”朱红听了不接嘴；金俪有点生气了，说道：“你装模作样不跟我说话，是不是？你不去就不去。我去跟爹说一声，就说你赖在床上不起来，不想陪我一道去，我只好一个人去。菩萨灵不灵，以后你们朱家不要怪我一个人！”

朱红眼睛总算睁开来，眉头一皱回道：“别烦，我脑子里有要紧的事情！你一个人去吧。”金俪一听，有点发急道：“你现在躺在床上有什么要紧事情？我们的事情就不要紧吗？”

“哎，阿俪，你去烧你的香好了，跟我没关系，我又没拦你。”

“朱红！你说这个话，是真的不懂还是假的？你心里明明知道我想过什么日子；我想要个孩子！你怎么闷掉了，不说话了？我想在床上跟你要好，我们好要个孩子！”

“你这个女人，就是一天到晚吃饱了想做那个事儿。”朱红在床上骨碌一个翻身从边上的枕头底下摸出“骨先生”，眼睛睁大了，急促喘气儿说道，“一看昨天夜里做过了，脏兮兮的，恶心！”说罢，随手丢到地上。

金俪脸一红，回道：“他一点都不脏，干净得很，你在瞎讲！昨天夜里我没生气，我没做……朱红，你别拿这个东西来刺激我！你不去烧香好了，我一个人去，说不定哪天就跟人家跑掉，跟人家去生孩子过日子！”

“歇了吧，阿俪。不跟你烦了。我现在脑子里有事情，他妈的昨天晚上唐六梓玩了我一把！”

金俪一怔，随即说道：“你自己做的事情自己知道。还说人家玩你？早上眼睛睁开来就瞎讲；先是瞎讲菩萨，然后瞎讲我，到了这会儿还要瞎讲人家。我不跟你烦。我要是跟你烦的话，我要气死掉。我现在想好了不生气。跟你这种男人犯不着生气。我今天要开开心心去西园烧香，好好磕头求菩萨，捐点钱，弄个好心情回来，也给男人一个好心情。像我这样的女人还不好啊？就你个瘟男人整天脑子里除了字画银子，就没个人性！”

说罢，金俪转身就走，眼睛一瞟朱红方才丢到地上的“骨先生”，拉起来一脚踢到床底下。

寻访笔记 9

沈文媛的记忆是专诸巷的记忆……

沈文媛说，她不是她父母亲生的，是她母亲文秀丽从孤儿院里领养的。听说那个时候她是个刚呱呱落地的婴儿。她小时候不知道，长大以后才知道。

有人说她是文秀丽跟那个裁缝师傅顾秉章偷情生的。还有人说她是文秀丽跟朱子藏暗中勾搭结的果。这些嚼舌头的传说还留在专诸巷里，随着时间的流逝逐渐淡如水了。

现在的沈文媛只承认自己的父亲是沈明达，母亲是文秀丽，不管人家怎么说。我第一次见到她的时候，她说她还是有福气的，一落到世界上就投了个好人家；小时候有的吃，有的穿，到学堂读书。父母对她好，比亲生的还要好。

一个人一辈子记住了人家对她一个“好”字，够了。

沈文媛给我的印象是文文静静的。她生了三个儿子三个女儿，子孙满堂，在宁静秀丽的吴县越溪过着安逸的生活。

时隔三年之后，我为了证实寻访中的一个说法再次去越溪看望这位老人，她已经安然去世了。她带走了一张她和父母的合影。那张老照片，以前我见过一次，那是她九岁的时候坐在沈明达和文秀丽中间的合影。从照片上看，那个小丫头阳光灿烂，像一朵花似的偎在母亲怀里。

关于这个沈家，今天的苏州专诸巷里只留下了一个很久以前就已经不属于沈家的石库门了。就像另外一个石库门一样，也早已不属于我正在叙说的那个朱家了。那些似乎早已荡然无存的人和事，在我的寻访中可见存在。今天我们看到的专诸巷，依然蜿蜒贯通于历史悠久的金门和阊门——

第九章

金俪一出门就招人注意，从巷子里走出去的时候，不时有周边邻居跟她点头打招呼，说："哎，朱家少奶奶一早就出去啊？"有的邻居在门口窗口探头瞅她一眼——年轻的看她穿着打扮；年长一点的不禁嘀咕道："这个女人漂亮，看上去焐心。"还有的上了年纪的人对她有点看不惯，眼睛斜着看她走路，嘴巴里唧唧歪歪……

金俪一般不主动跟人家打招呼，见人家跟她客气一声，她面带微笑略一点头就算是有礼貌应付了。至于对方所问，她一概回道："唔，出去一趟。"接下来的话就免了。过去就是这个样子。

如此一来日子长了，周边邻居自然对这个女人产生好奇。曾有人私下跟沈家太太文秀丽打听，以为她跟朱家少奶奶有来往，比较了解，从她嘴巴里大概可以套点话出来。文秀丽碰到有人问，就假指假眼，说东而言其他。若是有人实在是想满足好奇心，盯着问了，她最多来一句："我也不晓得，有啥问头？"专诸巷是贯通苏州金门和阊门之间的一条老巷子，大约有五百多米长。大清早上，巷子里还是比较清静的，人不多；白天，进出来往的人多起来，金俪就不大高兴一个人出来。

这天清晨金俪走到巷子南边出口，到街上叫了黄包车去西园寺。

太太一走，朱红眯上眼睛，觉得眼睛有点涨，头隐隐晕痛想睡觉；一会儿胃里酸了，嘴巴里也跟着酸起来。他舔了一下嘴唇，觉着有点口干舌燥；嘴巴里一嚅动，有了些许口水，随即咽了下去，这才觉着嘴巴里是一点味道也没有。

他胳膊一撑侧身看床头的几子，伸手拿了是空杯子。要喝一口水，又不想从床上爬起来。大声喊用人过来伺候他又不高兴。再说在这间屋里喊，家里的用人也听不见。朱红平常是不准用人踏进自己卧室的。用人不晓得是什么原因；反正少奶奶也不准，家里就这间卧室归少奶奶自个儿来收拾。

这间卧室不是金俪跟朱红当年新婚时用过的新房。那间新房一面有个家里人走来走去的过道，跟房间隔着一层板壁，里外动静里外有所耳闻。金俪过门以后很不喜欢那间，嫌不安静，不隐瑕；不久，便将小夫妻新房换到了原先朱红母亲住的房间，就是现在他们夫妻俩住的这间。这一间好，朝南窗户外面是一方小池塘，养着鱼儿荷花。

房间东面有窗，隔得稍远的才是邻居。两处中间的一片空地带是对面左右人家各自分割的小花园。北边也有窗；窗外一条比较狭窄的夹弄种着芭蕉，由围墙隔断外面。围墙上的藤蔓植物将这粉墙披挂得碧绿生青。西边连接的房子有一道门，转一个角进去通向后院。

金俪换了卧室以后的头一天晚上，便叫朱红关了房门窗子待在房间里头说话、唱戏，说自个儿到外头去听听看；走到家里人日常必定要走动的地方那边隔着一段距离，听不见这间屋里的动静。金俪还以为朱红在屋里没说话没唱戏，回过来一问，说是唱过了，也大声说过话了，金俪含笑说道："这样就好了。"

这一换，儿媳妇是开心了，但是朱子藏心里还是有点不开心。自从朱红的娘去世后，朱子藏就搬到自己书房旁边的厢房住了，把原来跟妻子住的这一间按原样"收藏"起来，说是给亡妻"保留"了。不过没办法，既然换一个房间这个事儿金俪开口了，还是要依了儿媳妇。朱子藏心里的不大情愿，嘴巴上他是说不出来的。对这个儿媳妇，他谦让得很，指望她把朱家的香火延续下去。

金俪是朱子藏在外头看字画的时候一眼看中的；后来双方大人做主，配给了朱红。金俪的娘家也是苏州的一户殷实人家。亲家金百康做文具用品生意，口袋里有点钱，难得也想弄一幅字画欣赏。有一次他带小女儿阿俪出去买字画，人家吃他外行，给了一幅前清仿作。朱子藏正好在场，瞟了一眼干咳一声，便摇头用眼神示意他不要买。过后金百康搭讪，算是认识了朱子藏。其实当时朱子藏根本不想管这种闲事儿——自己也是做假的主儿，吃这碗饭的，规矩是不打横炮；主要是先头一眼看中了边上的姑娘。这一眼"开门"，忽闪了一个"志在必得"的念头帮儿子拿下！

朱红就这么无滋无味地躺在床上，脑子里昏沉沉地回想这些事儿；一会儿脑子清醒了，眼睛一睁随即从床上坐起来，双手使劲儿搓搓脸，然后靠在床头开始回想昨天晚上的事情——先前只是想了个开头，"后来是怎么回事儿？昨天晚上是唐六梓叫车把我送回来的。这个记得：路上吐了。吐得不像个样子……后来不知道了。"现在想起来，"昨天晚上吃酒的时候，唐六梓跟我说了些什么东西？他好像没跟我说什么东西。唐六梓鬼虚鬼虚的……跟我说了半天，到最后，没说他真的要问我买一幅有名头的字画吧，他说了吗？——开头他说了。后来再也不提了。倒是我后来好像说了不少话——"

朱红霍地从床上爬起来穿鞋子，一转眼看见窗户开着，外头的声音隐隐约约传过来——是他父亲在跟用人说话"再去拿把椅子过来……"——朱红闻到了一点园子里飘来的花香，鼻子痒了一个喷嚏打出来。"漏气了？"他咕了一声，又打了个喷嚏。随即立起来，到衣架上的衣服口袋里拿了手帕擦鼻子，回到床沿一屁股坐下来，一手搭住床架，眉头皱紧了使劲回想昨天晚上唐六梓问起盛宾如买画的事儿——"我怎么跟唐六梓说的？我说了什么话来着？我是不是有什么话说漏嘴了？"这么一想，朱红心里突突跳，头一抬，神情突然间紧张起来。

朱子藏背着手踱步走到儿子房间门口，敲门叫朱红出来到园子里吃茶。朱红反应似乎迟钝了些，怔了半天应了一声："哦，我等一会儿过来。"

朱红换下昨天出去穿的衣服；那件衣服挂在衣架上，他一拿到手上凑近了一闻，一股味道。一看，上面还粘着昨天晚上吃醉酒呕吐留下的污渍，随手扔到金俪平时坐的靠椅上。

走到园子里，看他父亲坐在靠近小池塘边上的垂柳下吃茶，朱红一哈腰走过去坐了下来。人是面对父亲了，但是心思却在昨晚的那顿饭上。他想把昨天晚上唐六梓说过的话，还有自己说过的话都回想起来，每一句不放过，就像做字画买卖，每一笔生意不能放过。

"红儿，不要早上一起来就有心思。"朱子藏将手一让，"来，吃点茶。你的面色不大好，是不是身体有什么地方不舒服？看你这个精气神不对也。"

"哪里不对？"朱红揉揉脑门，说，"昨天夜里睡得不好，现在稍微有点头痛而已。爹，不要这样看着我，我又不是明四家字画。"

"这个字画要我这么看吗？"朱子藏端起茶碗说道，"那些东西我看一眼就了然了。看你就不一样了。你是我儿子，我到今天还真的有点看不懂你——"

"有什么看不懂的？"朱红眉头一皱道，"不就是个人样子吗？鼻子嘴巴眼睛耳朵清清楚楚的，一望而知——知人也不难。"

"错，'知人难。为人知也尤难。'"

"我晓得爹的意思。"

"那个事儿要想。"朱子藏干咳一声，吃了一口茶，说，"不想怎么可以？你不想，阿俪想了。阿俪去烧香了。早上她跟我说了，她今天要去拜拜菩萨，你不晓得她的意思吗？"

"我当然晓得。今天早上她叫我跟她一道去。我说我不去，待会儿要到园子里陪我爹吃茶。完了，我还有要紧的事情出去办。她说蛮好。她就开开心心一个人去了。"

朱子藏一时语噎；沉吟一会儿，瞟了儿子一眼，点点头语气淡淡地说道："这个香，看样子还是要去烧的。最好你有空跟她一道去。两个人去更好些。我是这么个意思。这是你们的事情，我现在只是说说而已。你们商量了自己看着办。要是你娘还活着的话，这种事情根本就不用我来操心。你想啊，婆婆还能跟儿媳妇说。我——你说，我怎么跟阿俪说这种事情呢。跟你儿子说说还可以。我现在看你一副没有力气的样子，你想，我这个做父亲的心里怎么想？"

"想什么？"

"我在想你这个儿子，要有个儿子了。找个时间看看中医吧，咹？"看儿子好像有心事，不言语，朱子藏接着说道，"哎，红儿，我认得惟亭那边有个中医叫曹兴仁。曹先生他有那个本事。"这个话一说出来朱子藏就觉得不妥。这"本事"二字他不好说，

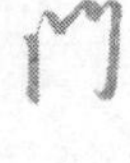

幸亏是对儿子说的，儿媳妇不在。

朱红压根儿不理会他父亲说的那个“本事”。这会儿他心里念念不忘的是“漏气”两个字。他吃了一杯热茶下去，感觉舒服多了。心里想茶这个东西，是个东西，吃了教人清爽，不像那个混账的什么白酒，吃了一两杯就捣鼓你乱说话，糊涂！

早茶吃到第三杯，朱红撒了一泡尿，脑子更清爽了。

他想昨天晚上他嘴巴里倒出来的东西，没什么大不了的事儿。想起来，他是说过唐老板真的要买有名头的字画，有明代的，他可以帮忙介绍。还说了老街博古斋，听说那里好像有一幅沈周的《古松图》。其他没说什么，没有。

朱红先前一直皱紧的眉间松开了。这是一次难得的“松开”，一笑，连着摇头晃脑，心里想自己是小心过头了，弄得疑神疑鬼心惶惶地吊在嗓子眼上；看来自个儿道行还不够深。

朱红走出家门的时候，太阳高照。他看天看地，觉着这天地不错也，眼下自己的心情也不错。他坐上黄包车去老街博古斋，一路上颇有一丝得意。他那个得意，脸上看不出来，显露在跷起的二郎腿上，不禁自言自语道：“唐楼老板唐六梓，你甭来跟我玩虚的。想从老子嘴巴里套出什么话，门都没有。有些个事儿我连家里老子都不会说——歇了吧你！”

朱红来到博古斋，一进门，二话不说，把纪学览拉到里屋。“哎，跟你说几句话，我马上要走。把前些日子我拿过来给店里的那幅《古松图》换下来，换这一幅。”朱红说罢，把带来的一幅旧画交给纪学览，眼睛一瞥，努嘴示意纪学览把门关上，自己先坐下来。纪学览转身过来，朱红将手一让，说：“坐。”接着说道：“老纪，你先打开来看看，这幅怎么样？”纪学览打开来一看，一怔，随即抬头盯着朱红看。因见朱红嘴巴一努，下巴颏略一抬，纪学览又低头把这幅画上下左右巡视了一番，不禁嘴巴里“啧啧”道：“好，是个东西。没话说，能卖个大价钱。”

“唔，”朱红接口道，“你说能卖个大价钱我信。不过老纪，先前拿过来的那幅画跟这一幅放在一起，对着看，还是有那么一点不易察觉的细微的异样。你信不信？所以要换下来，先卖这一幅。”

“不是一样的沈周《古松图》吗？”纪学览看着朱红眼睛，见他含笑先是摇头接着点头，因自信说道，“红哥，不用换。那幅也留下来，让我老纪一张一张卖出去——卖！”“哎，”朱红立马手一摆，说，“不行！”

“有什么道理？”

“我说不行，老纪你也许不服帖。这个话是我爹说的。他说不行，肯定有他的道理。这一点毋庸置疑吧？”

“也，这一点没话说。我在这一行里混到今天，服帖你家老头子，也服帖你红哥，听你的……”纪学览说着，把画收起来，随即把柜子里的一幅旧画拿出来交给朱红。朱红拿了画并没有急着要走的意思，坐在那里沉吟半天不说话。纪学览开门叫人上茶。朱红手一摆说道：“不用了。我坐一会儿马上就要走的。早上出来前吃过茶。这会儿琢磨着跟你说几句话——”将手一让，叫老纪坐，然后眯起眼睛似乎若有所思，说：“老纪，这几天可能有人要来店里问这幅《古松图》——到时候留个心，不管那个客人出多少银子，就跟他说这幅画不卖。这里头什么道理我不说，也用不着说。你老纪心里明白就是了。”

纪学览听了，不禁“也”一声回道：“红哥，这个你放心，我来。基本包你心里的数，差不到哪里去。这个，我心里还是有数的。当年在北京琉璃厂混，磕头见了你爹，后来跟了他到南方来做字画生意。我好学，跟你爹学了不少——我的名儿还是你爹改的呢！你也知道，我本来叫纪毛豆——后来叫纪学览。红哥你也知道我，我旁的不问。老纪向来守规矩，嘴巴紧。我不多问的。你爹和你对我好，没话说。我这个人别的本事没有，就一门心思跟你红哥想的是一个心思，那就是银子。我觉着银子就是他妈的银子。这画不卖，就是要藏着掖着稀奇它，叫这东西金贵得好比天上的仙女似的，一旦下凡来，要是哪个顾客见了，死活要把她搂着回去睡觉，那他兜里要是没天价的银子，就甭想瞅一眼。爷不卖，也不给他看。”朱红听了眉头一展，会心一笑，说道：“我说老纪，你不愧是守株待兔的好手，哦，是关门‘杀猪’的一把手，是利刃！这利刃就是我们的利润，就是他妈的银子。——怪不得我爹在我面前夸你，说你这个！”朱红跷起大拇指，接着说道：“老纪自家人。自家人不瞒你——”

朱红稍一顿，似乎想收口了。但是一想，话已经到了嘴边，不说出来忒见外了，接着说道：“老纪，今儿给你的那幅是韩福画的。这幅是韩进画的。哎，韩福你知道唛？就是那个三年前掉河里死掉的那个韩福，他要比他弟弟韩进画得好。这话，是我爹说的。老头子推敲过了，觉着这两件东西，虽然一眼看上去一模一样，但是韩福是韩福的，韩进是韩进的——此画非彼画，用力气看，往死里看，好像还不在一个层面上。韩福仿沈周的仿得最好。他学沈周也学得最好。所以最后选了韩福的拿出来，如此看来稳妥——”纪学览只当没听见朱红刚才说的话，瞟了一眼墙上的钟，说：“哎，红哥，我先出去给你叫辆车。”

这时候朱红的女人金俪已经在西园寺烧香拜佛了。

那个西园寺在苏州古城西边阊门外，是戒幢律寺并有西花园放生池，建于元代，初名归元寺。

寺山门前，有数千米大小的广场，种有树木上万株。

大道两旁有钟楼、鼓楼。寺内有七百多年岁数的松柏古木高耸，依次入见四大天王殿、大雄宝殿、五百罗汉堂、观音殿和藏经楼。大雄宝殿面阔五间，进深七间，前面一个露台，重檐歇顶气势不凡。大殿西侧是五百罗汉堂，三进四十八间，以四大佛教名山塑座为中心，沿四壁排列泥塑全身五百罗汉像，看体量大过平常人，各有各的姿态和神态；其中妙趣可寻见一尊疯僧济公的塑像。历史留下来的苏州西园寺“五百罗汉堂”为东南沿海地区所仅有。国内有四大“五百罗汉堂”。这里是其中的一处。

隐蔽在佛堂后面的园子，亭台楼榭环绕，花木掩映。放生池边回廊环合；池中有一个八角亭，曲桥贯通两岸。

金俪烧了香拜了佛之后，四处巡看了一遍。完了又踅到罗汉堂转悠，细细看来——将近中午，该回去吃午饭了。这时候她感觉脚酸有点累，心里想着吃过午饭睡个午觉；下午起来看看书，等到晚上男人回来，跟他好好地亲热一下，睡在一个被窝里……今天她跪在地上磕过头，求过菩萨了，也给了大慈大悲的菩萨不少香火钱，求菩萨保佑自己从今以后做一个女人，今年最好有喜。

这会儿金俪在罗汉堂里七拐八转的似乎迷失了方向，一时间找不到出去的口子，忽然听见背后有人叫“金小姐”，以为是叫别人；声音有点熟悉，回过头来一看，一怔！有点不相信自己的眼睛——

庞为然人笔挺，一身打扮精神，西装礼帽；他微笑，把礼帽拿下来，一个欠身说道：“金小姐，不认识我了？”金俪眼睛一亮似乎回过神来还以微笑，点头回道：“哦，是你啊。”完了彼此无语；两人立在原处一时有点尴尬。

庞为然将手一让，示意金俪这边走；和金俪并肩慢行了半个通道，庞为然将手一让，继续走，开口说道：“哎，没想到在这里碰到你金小姐——罗汉堂，没想到……”

“庞先生今天也来烧香拜菩萨？”

“是。金小姐今天来求菩萨什么？——哦，不说也罢。不勉强。”

“有什么不好说的。——我求菩萨保佑我。”

“我也求菩萨保佑，——保佑我今天在这里遇到金小姐。看来有缘。那就请金小姐赏个脸，一起吃个饭。哎，这是菩萨说的，不是我说的。”

庞为然说罢就觉着急了点儿，但是没办法，话已经到了嘴边，那是一定要说的，好比一幅唐寅字画到了眼前，看了喜欢那是一定要想办法拿下的！要不然眼睛一眨，恐怕回头就不是你的了。

金俪一听，“扑哧”一声抿嘴儿笑了，侧脸瞥了庞为然一眼，这才注意到他高出自己大半个头——第一次遇见时，他穿的是长衫，没显出身条子，这会儿穿了西装更显条干了，个子似乎也高了不少——心里想这个庞先生，人长得帅，也会讲话——自个儿要请客吃饭，却把这个意思推到菩萨头上。这么想着，两人已经走到大雄宝殿外面露台上。因见金小姐没有回应，庞为然在此停住脚步，面对面说道：“我烧香的时候，我跪下来求过菩萨。”

“你求菩萨什么啊？”

“我求菩萨——菩萨对我说——心想事成。我心想请金小姐吃个饭，就吃个饭。菩

萨说‘成’。”

金俪瞟了他一眼，脸转过去看露台上的香炉。庞为然随即补上一句：“看来金小姐没有我信菩萨。”这时候庞为然心理有准备这个“可遇而不可求”的女人回头拒绝。今天好坏试一下；从她刚才的眼神里判断，今天有这个可能，很有可能。只要她肯答应一起出去吃个饭，就有希望把她拿下。

“庞先生。”

“在。”

“庞先生，你今天真的想——吃个饭么？”金俪沉吟半天，说道，“唔……我，我今天看在菩萨面上——”

“这么说，金小姐答应了。”

“唔，去哪里？”

“请，”庞为然将手一让，“我带你去一个地方……”

这一顿午饭，金俪吃酒了。她本来不想吃，难为庞先生一番敬意；又想女人难得吃一点酒，说不定是个好事情。想自己男人朱红从来不吃酒，昨天晚上他在外头吃酒了。说不定男人吃酒也是个好事情。她想吃酒了，今天想。

金俪过去吃过一点酒，那是逢年过节期间，有几次把文秀丽请到家里来吃饭吃酒，那也是朱子藏嘴巴上为儿媳妇着想，说沈家太太是邻居，是朋友，她男人沈明达不在家里，请她过来聚聚，开心开心……

金俪这会儿有点心跳，有点兴奋，有点头晕，有点想睡觉，……她恍兮惚兮地想睡觉；她突然间心里狂跳，很想有一个男人把自己搂在怀里欢喜……

当她躺在床上的时候，她想她是躺在自己的床上，眼前这个男人就是自己的男人。她想自己的男人今天有了变化；他突然间变得雄性勃勃，他突然间变得教人神魂颠倒！这是她从未体验过的；她在被翻来覆去颠倒的时候，突然想到“云雨”——那书上说的“云雨一番”，便是今天的“一番云雨”了。

前所未有的高潮过去。一歇。再来“云雨”，当这个很有男人味道的男人把这个如饥似渴的女人再一次推向高潮即将来临的时刻，这个女人在不停地呻吟时，竟昏了头似的答应帮他一个忙。庞为然搂着她，用力做她吻她，贴着她耳朵说：“……我……我不会停下来，我时间长得很……我只是想看你，看一眼那件东西……朱……朱子藏从那个姓盛的手上买的唐、唐寅，唐伯虎……过几天就还——还给你……我给你……给你……你答应了——你要我怎么来——做——做你……！”

事后，庞为然拿出一个翡翠挂件，抚摸金俪的脖子，一面说道：“来，我来给你戴上——”

“我不要。”金俪拨开庞为然的手，一个侧身翻过去背对他了。庞为然一怔，沉吟道：“非常好的翡翠。”他抚摸翡翠，好像抚摸女人的肌肤，“给你的，戴上吧。你戴了

非常好看。”

“我自己有。我不稀奇东西。”说着，金俪起来穿衣服；庞为然从床上爬起来，把翡翠挂件戴在她头颈里，一面说道：“这是老货，是个东西。哎，你先不要把东西拿下来，先听你庞大哥把话说完——这个东西的价值不是要紧的；我跟你说，要紧的是一个真心。这是菩萨说的。”

“真的啊？”

“是。”庞为然猛一把将金俪抱在怀里。

第二天早上朱红睡懒觉。昨天夜里他回来得很晚，看金俪已经睡着了，就到他父亲书房里说话，商量一些事情；夫妻俩隔夜没捞到时间说话。早上朱红醒来的时候，金俪已经不在床上了。朱红翻了个咸鱼身，一头趴在另一边枕头上眯睡了。迷糊中他下意识地摸索枕头下面；枕头下，除了自己的手没别的东西。他脑子里似乎想起来——眼下摸的是自己睡的枕头——眉头一皱，随即一个身翻过来摸老婆的枕头下面，这才想起来那个该死的东西昨天早上被他丢到地上了。“丢脸，”朱红咕哝道，又想这种事情没什么好说的；好在也没人知道，只当没这个事情罢了。不过，他意识里总觉着这是个事儿。

金俪一早起来到园子里散步，用人走过来说：“少奶奶，老爷现在叫你去他书房。”金俪一怔，问道：“老爷叫我有什么事情？”用人回道：“我不晓得。老爷只是说现在叫你过去一趟。哦，对了，少奶奶，老爷今儿早上说，他要出去一趟，大少爷也要跟着一道出去；要出去个把月。”

“啊？——哦。”金俪突然间心里一阵不是个滋味儿，怔怔想着，迟疑了一会儿，头一点对用人说：“你去忙吧。我马上过去。”说罢，看着用人离开，似乎不想马上过去。

她在原地徘徊了一会儿，脑子里好像一张空白的宣纸。

她突然间心里乱了，乱得像园子里的鸟儿叽叽喳喳。眼瞅着漂亮、幽深、可亲、可恨的家园，她忽然心头一热，眼泪立刻涌进眼眶。

金俪去西园寺烧过香以后，朱子藏第二天一早就把她叫到书房里，关照她从即日起帮着收拾整理家里收藏的字画、书籍。

“阿俪，”朱子藏清了清嗓子，说道，“你平时欢喜看书，也不大出去。我看你也比较安静、细心，做这个事情合适。这个事儿交代给你，我是放心的。我想你一直待在家里恐怕也闷的，如果在家里有个事情做做，也开心一点。还有，我想说，借这个机会你好学点东西，以后相夫教子……”

金俪听了，吁出长长的一口气；先前的惶恐、猜疑、委屈、窝塞、难过、怨恨，一股脑儿埋在心里说不出来的东西，随着这一口长长的无声的气吁出来而悄然隐去了。

随即心情好起来，沉吟说道："爹，我怕没有那个心思做——"

"谁说的？"朱子藏眼光烁然有神，说，"我看有。"

"爹……"

"嗳，这个事情就这么说了，不要重复说。你怕没有那个心思做——这个心思有没有，其实不是说出来的，是慢慢做出来的。你一做，就上手上心了。我跟你说这个事儿也不是心血来潮；早些时候就想跟你说，教你做了。这会儿说也正好——我要出个远门，红儿跟我一道去。唔，我要去远的地方走走，去寻觅点东西。红儿跟着去，一来长一点见识，学点东西；二来路上也有个照应。这个事儿昨天夜里商量好了，待会儿等红儿起来，我们吃个早中午就走。这一趟出去估计要个把月，到徽州、河南一带去走走，说不定运气好，有机会捡个漏，吃个仙丹弄些好东西回来。我以前出去，不是说大话，每次不落虚空。人家以为假的，不当个东西，我看一眼，真的，出了个假的价钱，逮了个真东西回来。想想好笑得很。有些自以为是的家伙，像煞懂行，其实狗屁。哦，一下子跟你说多了，你恐怕一时半会儿不爱听。不说了。以后空了，慢慢讲不迟。"

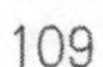

"爹，说走就走啊？"

"是啊，等红儿起来收拾点东西。哎，去看看红儿现在起来了没有？关照用人做饭。哦，还有一件事儿，后院里的几个孩子你要帮我带个眼睛，操点心，不许他们乱来！早上我已经关照过用人了，叫他们帮着你管，有什么事情用人会来跟你说的。我跟红儿不在家，你就是当家的。你是少奶奶，有什么事儿你拿主意。这家里前前后后的人，听你的。其他还有什么事儿？我看没有了。琐事儿我就不关照了。家里交给你了，从今天起。"

当天上午晚些时候朱家父子出门；金俪到正门口送送，嘱咐道："朱红，路上要小心照顾好爹。爹的脚吃过伤，不要尽量走，到哪儿都要雇车。"朱红似笑非笑道："外行了是啵？出去弄东西，旮旮旯旯儿跑，车有时候代替不了脚！"朱子藏脸一拉，冲儿子说道："就你内行！阿俪好心关照，你倒阴阳怪气的没个好腔调。"朱红脸腮抽搐了一下，冷笑道："她好心我晓得。出去，我心里还是最担心身上带的银子。"

"我说你啊，说不好了。脑子里头就是银子，没别的。"金俪说罢，转身回进去了。朱子藏一怔，因此嗔怪儿子道："蛮好之前说好开开心心出去的。末了弄得不开心，全是你，不会说话！"说罢，手一甩，气鼓恼恼自顾先走了。朱红眉头一皱，拔脚跟了上去。

过了两天，金俪趁一大清早出去，把上次答应庞为然的事办了。

她把那幅画送过去；去的地方是大光明旅馆，上次说好了，还是到这里来碰头。小别之后见了面，你想我我想你地翻来覆去。完了，金俪不敢久留，随即穿好衣服要走。庞为然立马从床上起来穿好衣服想送她，她挡住，说："出去给人家看见了不

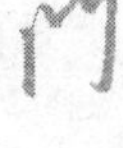

好……”说着，金俪已经走到房间门口；庞为然一个箭步上去从背后猛一把抱住她，随即把她扳过身来——两人又搂在一起，死去活来吻了半天才分开。临走时金俪说：“唐寅这幅画我好不易找出来拿出来，家里人不晓得。你说放在你这里看几天？”

“唔，大概五六天吧。”

“好，到时候我过来拿。千万不要拿出去给人家看，我怕……”

“没事儿，”庞为然吻了一下金俪的手，说，“过几天就给你。到时候你过来就是。”说着，顺手开门要送她出去——

金俪把他挡在门内，小声说道：“不要出来。我走了。”说罢，朝庞为然嘴巴一努，随手将房门关上，匆匆下楼去了。

金俪从旅馆里出来叫了黄包车。小公园对面有个戴礼帽的中年男人，眼睛一瞄看见这个女人出来坐车走了，随即叫了一辆黄包车跟上；保持一段距离，一直跟到专诸巷里。

金俪回到家里，歇了一会儿，就去朱子藏书房整理字画。

朱子藏一走，朱家后院不安静了。

那几个孩子闹了一个上午；吃过中饭继续再闹。用人过来叫少奶奶。金俪去了，一时压不住他们，回头叫用人把后院的一道门锁上，说：“饿他们三天。”

用人一怔，说：“怕是饿不起三天。”金俪瞟了用人一眼，一笑说道：“说是这么说，哪里会真的饿他们三天，最多是不给他们吃一顿两顿——怕什么？后院里头有的是葡萄……”

这天，几个孩子饿了晚上一顿，后院里倒是安静下来。

第二天上午，后院有人翻墙过来，是年龄最大的韩进，被用人看见，随即把他带到老爷书房里。

金俪正坐在朱子藏的椅子上看山水册页。用人进来说：“少奶奶，你看这孩子——他爬墙头跑出来了。”看少奶奶没抬头，用人推了韩进一把，说：“你，胆子也忒大了。你自己跟少奶奶说……”这时候金俪抬起头来，看着韩进，轻声说道：“你先去吃早饭，吃好了过来说话。”

上午晚些时候，用人到老爷书房请少奶奶示下，一看韩进屁颠屁颠地帮着少奶奶整理书籍字画……少奶奶跟他有说有笑，因奇怪了问道：“少奶奶，后院里头今天怎么说？”金俪脸一转吩咐道：“先去把门上的锁打开，中午给他们开饭吧！去跟厨房里说一声，今天中饭多加几个菜。叫韩进先过去，跟几个师弟说一下，就说今天中午有红烧肉吃；晚上吃鱼。别闹，吃好了睡觉，听话。哎，这话不要你去跟他们说，叫韩进去跟他们说——”

“好的，少奶奶。”

金俪接着对韩进说道："你明天上午过来，到这里来帮我做点事儿。"

韩进眼睛一闪点头道："嗯，少奶奶。"说罢，跟着用人出去了。那用人走出书房，对韩进说："少奶奶待你好，你晓得啵？"

韩进瞟了用人一眼，回道："少奶奶叫我做管带——"用人一愣，问道："什么叫管带啊？"

"少奶奶刚才跟我说了，'管，就是管住师弟。带，就是带好他们。'连这个你也不懂啊？"说罢，韩进拔脚屁股跑到后院去了。

庞为然拿到金俪送来的那幅画，当天上午就去天赐庄找魏师傅。

魏知良跟这位姓庞的顾客一回生，二回算是熟了。庞为然一进门不说话，把魏知良一把拉到里屋去，魏知良心里就已经明白了一大半。

关起门来说话；庞为然把那幅旧画拿出来往桌上一放，做了一个行内的习惯手势"倒棺材揭皮"。完了，把两红包大洋往桌上一"碰"——就这么简单："这是一半。完了再给一半。"做手势说罢，眼睛盯着魏知良。等了一会儿，看魏知良摇摇头，庞为然立马接一个动作加钱，再拿一个红包放到桌上。魏知良还是摇头，庞为然眉毛一扬似乎明白了，随即再拿一个红包，接着用手掌做刀切似的剁剁桌面，那个意思魏知良明白——"这些加起来是一半，够了吧？"

魏知良怔了一会儿，这才伸出手来——庞为然以为妥了，坐下来——没想到一转眼，魏知良没拿钱，却用手指头敲点桌面，一边点头做手势示意："这钱是够了，而且多了。"魏知良还是摇头。这一次摇头恐怕不是钱的问题了吧？而是不收，不做！这时候庞为然心烦了，脸一沉："你这个老鬼，你妈的找死，关起门来跟老子做戏？"随即做手势，比划说道："你做也得做，不做也要做！"魏知良一看，马上闭上眼睛，还是摇头。忽然，魏知良感觉自己脑门上有个冰凉的铁管子顶住；他睁开眼睛，眼珠子向上一翻瞄了一眼，姓庞的握着手枪——魏知良倒吸一口冷气——那冰凉的铁管子接着在他脑门上顶着旋转……看魏知良点头了，庞为然把枪往桌上一"碰"，看清楚了收起来，身子一挺，说道："就这么定了。"说罢，伸出一个巴掌五个手指头。魏知良还以为他要掮自己一个耳光，一晃躲闪，只见庞为然做手势跟着嘴巴动道："五天以后我过来拿货。"魏知良回过神来，伸出一个巴掌朝他翻了两番；这哑巴的意思起码要十五天？"可以。"庞为然拍了一下桌子，拔腿就走。

接下来的两个礼拜，金俪一直找不到庞为然。金俪的脑子到最后木得像自个儿魂灵头被人抠掉了丢到河里给鱼儿吃了。开头几天她还算镇定，因为先前跟庞为然说好的，过了五六天自己过去把那幅画拿回来——去了几次没见到人，方才感觉苗头不对，心里慌得有点不着落。到后来，她几乎每天早晚坐黄包车去一趟大光明旅馆，弄得那里的茶房冷眼相对——起先，还客气地回话，说："那个客人不在，出去了。"后来索性一口回道："不晓得。"金俪忽然想起来要拿钱塞给人家，那个茶房才换了一副嘴脸，说："哦，对了，想起来了。你说的那位客人早就退房了。他早就走了。"

金俪一听，脸色突然煞白，手脚冰凉，好像一下子被人抽干了身上的血，又像被人从背后冷不防地猛一推掉进冰窟窿。

一会儿回过神来，她心急火燎地出去喊了黄包车。车夫问去哪里？她说："去火车站！"到了火车站，一看，又叫车夫赶紧拉她去轮船码头——到了那里，又说："掉头回去！"回到大光明旅店，也不对。车夫搞不清楚她到底要去哪里？最后问她家住在哪里？她一脸茫然连个反应也没有；车夫叫她下车，她才木头木脑地说了一句："你拉我走——走到哪里算哪里……"

金俪回到家里，闷了几天闭门不出。

有一天吃过午饭，文秀丽来拉她打牌，她算是给足了文秀丽面子，跟着出去散散心——到了文秀丽家，她坐下来打牌，正常了一些，还好；但是几副牌打下来，她突然像丢了魂似的乱出牌，把文秀丽做的好几副大牌搅黄了。文秀丽窝塞得憋不住了，嗔怪她，恨不得在桌子底下踹她几脚。牌局完了以后，文秀丽送她出来，发现她有点不对，关心问道："阿俪，你今天怎么了？是不是家里出了什么事情？还是人不舒服？"只见她一时反应迟钝，发愣，不说一句话，文秀丽急了，又问了，她才说："没什么。只是有点乏力，想早点回去。"

金俪待在家里，就一个人单独闷着；吃不好睡不好，白天当夜里，夜里当白天，生活起居乱了。一个礼拜下来，把好端端的人样子弄得憔悴不堪。三个用人见了，也不敢多问；瞎猜了一通之后，只以为少奶奶病了，要小心伺候。

这天中午，用人看她呆坐在老爷书房里，便趁着端茶送饭进去，劝她去医院看医生。用人看少奶奶面无表情不说话，冷眼瞅着自己，吓得退了出去。金俪一直呆坐到天黑，直到用人匆匆走进来说"少奶奶，外头有人寻你"把她惊出一身冷汗！她"刷"立起来问道："谁？"用人回道："一个陌生人。"

"男的女的？"

"一个男的……"

说话间，她已经疾步行走到正门口；用人跟着上来，一边说道："这个人问他，一句话也不说，就说要见少奶奶一面。"金俪听了，一阵眩晕，心蹦到嗓子眼，倏然跌落下去反弹起来，随即"怦怦怦"狂跳，一口气呃住了接不上来，腿一软双手扑到门上。

一口气缓过来，她对用人说："阿四，没你的事了。你先回进去吧。"用人立在原地不动，说道："少奶奶，我怕外头有坏人……"

金俪迟疑了一会儿，把门打开——

门外，那个陌生男人正在抽烟；他确认了眼前这个女人就是金小姐，便把一个长条红木盒子交给金俪。那个人不说一句多余的话，扔掉烟头匆匆离开了。金俪好生奇怪，回到书房里打开盒子一看，一下子瘫坐在椅子上。

金俪怔了半天，才想起来把这幅唐寅名作放回到原来放的箱子里。

自那天起，那个庞为然没有音讯了。金俪私底下却多了一个抚摸对象。

人去，翡翠挂件在。

这件东西刻工精到，生动。她藏了六年之后拿出去请人看了。行家说：“老货。中老种，糯化地，水头非常好。豆角内果实累累，所谓成果。上有灵芝，自古为如意，大小灵芝连蒂是大事小事尽如意。有蝙蝠伴飞，是永相伴的意思。这个东西，是个东西。”

“男人，不是个东西……”她对文秀丽说。

寻访笔记 10

我琢磨着一段历史，一个人，好像都会留下一段空白……

这个空白，好比传统国画上的“留白”是可以由人想象的。想象，依据画面而来；我在孙渐雍家里看到的《竹林清闲图》给了我想象的空间。

看标题便知道这幅画的景物；画上的人物是一位长者和两个孩子坐在地上，各有各的坐相，眼下不去细说，就算是“清闲”吧。这幅画单色水墨纯正而清雅，字画一流，想来出自名家之手；一看落款，是吴元厚。

这幅画真的假的？孙渐雍是从哪里弄来的？他到底花了多少钱？这幅画最初是从谁的手上流出来的？由此追问来历——

来历，是一段空白。

当我寻访那段空白的时候，我想象这画面上的写意人物非此即彼；我自然会想到吴元厚和他儿子吴天泽，学生潘道延。同时，我联想到朱子藏、朱红，和朱门弟子，那个先前已经死去的韩福，还有当时的韩进。

我想象历史留下来的这一段空白——

第十章

苏州人的生活有时候安静得像清晨小巷里没有人动过的一口井水。虽说有的人私底下，在有些场合，时常提到一些人，好比婆婆妈妈拎个吊桶在井圈里七上八下似的，但是说起的那些在社会上有头有脸的人物，有时候一年到头连个人影子也看不见。一年半载倒也罢了，不去说他；而三年五载隐得无影无踪无声无息也习以为常，好像就有点不同寻常，要不是有人心里还惦记着，难得出来走动一下，只怕是生不来，死不去了。

六年以后，新的日历撕掉一页。

这一年新年头上唐六梓给吴元厚朱子藏拜年：大年初一上午去吴家，看吴元厚正在创作“第二代”山水，唐六梓坐了一会儿就想起身走。好久不见，吴元厚客气得很，放下手头上画得起劲的作品，说自己画了一个大清早上，这会儿小歇片刻不碍事的。又说唐六梓大老远的跑到惟亭来，总不见得一来就走。吴元厚留唐六梓在画室里吃茶聊天，关心问了唐楼的生意情况，也免不了人之常情过年俗套，说了“生意兴隆恭喜发财”的话。唐六梓说自个儿心里一直惦记吴先生，时常想过来看看吴先生，也想请吴先生吴太太有空到唐楼吃茶。因见吴先生这些年一直不出来，猜想忙得很，实在是不敢登门来打扰。吴元厚说自己要么在家里画画，要么出去到外地写生；还有，就是在家里要操点心思，督促儿子弟子读书练字习画，一年到头就这样过去了，平时也没什么工夫和心思出去应酬。唐六梓听了，知趣得很，吃了一杯茶，说了“身体健康新年如意”客套话之后，便立起身来拱手告辞。

当天中午前，唐六梓去朱子藏家。唐六梓先前想好了朱子藏不比吴元厚，他架子大得很；再说自己有一个心病，那年“唐楼看画”朱子藏在唐楼跌断了一条腿，唐六梓总觉着欠了朱子藏似的；那个时候就想登门探望赔不是，被朱红冷冰冰拒之门外。后来一直找不到好的借口去，也吓得不敢去，生怕自讨没趣。这会儿他想，六年时间像水一样能够洗掉那个记恨了吧？因此选择今年给朱子藏拜个年，一来是了却一个当面赔礼道歉的心愿；二来是想请朱家父子后天初三出来吃个饭，登门邀请更见诚意。

到了朱家，唐六梓从一进门到客堂，耳闻跟着眼见朱红正在跟太太吵架；朱子藏也在客堂里，见唐六梓来，便叫用人先把客人引到书房坐。唐六梓等了一会儿朱子藏

总算来了。因见朱子藏虽然面上还算客气，但是好像总没个心想跟自己说话，唐六梓寒暄了几句，随即告辞走人，连邀请吃饭也觉着不便开口，只把带来的礼品放在桌上，就算是“礼到心意到”了。朱红只当没看见唐六梓；先前眼睛一瞄唐六梓来了，有意避开，继续跟太太吵架——越发起劲了，似乎这会儿拿唐六梓冒出来出气，说话难听得叫金俪一时间不能再忍气吞声，便将郁积在心里的怨气赶个趟儿一泄而出……

金俪在家里边闷了将近六年，几乎不出门。即便是要做旗袍，她也叫女用人带了样子去；自己没有大肚子，没生小孩，身材没变，照着原来的样子做。牌是不出去打了；文秀丽难得过来叫她打牌，她总算给个面子难得到附近沈家去应付一下，其他人家她是一概不去的。在过去的六年里，前后她出去的次数也记得清爽：一次是由文秀丽陪着出去逛街，到一家玉器店请人看了那个翡翠挂件。还有一次朱红总算是跟她一道去西园寺烧了一回香，还是夫妻俩大吵了一通以后，朱红被他父亲逼得没办法，最后勉强去的。再有一次就是她差一点疯掉了，死活拽着朱红的衣服不放手，到惟亭去看郎中。期间不可记的，便是数得清楚有几趟一个人回娘家看看，但多半是走个过场，好像拓一笔水气。朱红自从结婚以后是从来不去丈母娘家的。他眼睛里似乎在这个世界上没有丈人丈母娘，好像他女人是从石头缝里蹦出来的，又像是他爹到外头去寻货觅宝，“捡漏”捡回来的一幅字画。金俪说：“我好像不是人，是挂在墙头上看的。”因年前说好了初一去给自己父母拜年，朱红现在不肯去了，金俪气得把一桌子菜撸到地上，又差一点把挂在墙上的字画扯下来撕掉，一面冲朱红说道：“你就知道每年大年初一早上，拎了东西到天赐庄给那个魏师傅拜年。好，我现在撕了他裱的画，你再去拜，再去叫他给你裱这些该死的字画！”

“哎，阿俪，这是郑板桥的画，撕不得！”朱子藏回进来劝阻金俪，将手一让，说道：“阿俪，你先消消气，先坐下来听我说……红儿每年给魏师傅拜个年是要的。我们跟魏师傅的关系不一般……他这个年，还是要年年拜的。”

“那别人家的年是不是就不用拜了?!”金俪一转眼道，火气上来，竟拿眼神直逼朱子藏——未及接着说话，朱子藏抢先了说道：“嗳，我不是这个意思，阿俪你误会了，误会了。我大年初一早上就跟红儿说了，说今年啊，要分头出去给人家拜年，比如说给吴元厚，给魏知良；当然头一个要拜年的就是我的亲家。你问红儿，我是不是这样跟他说的？”说到这里朱子藏一顿，瞟了朱红一眼，接着说道：“说起来，现在给人家拜年的事儿就靠红儿了。我呢脚不大好，这些年也懒得走动，不要怪我……其实，亲家也是可以到我们上来走动走动的……不是非要请的。有时候请了，来不来，也未必可知。叫我去呢，阿俪你也晓得，我到了这个份上，到了这把年纪，我是不出去给人家拜年的。再说，后院里的那些青头鬼我要管，我要调教，半天也不能放松。我也没有什么精力出去瞎敷衍了。”朱子藏说罢，一转眼瞪了朱红一眼，长吁了一口气，好像自己也闷得心烦。

“叫你跟我去一趟我娘家，哪怕是去一会儿就走，你也不肯。”金俪不接老头子的话，一转脸对着眉头皱紧的朱红，恨恨说道，“求你你也不肯！你这个人又不是人，是鬼，是混蛋，是缩头乌龟王八蛋！你就晓得那些字画，银子。还有呢？没有了……跟你这个死人过，还不如死了好过。”说到伤心处，金俪眼泪滚珠似的落下来。说这个事情，朱子藏心里明白自己儿子理亏，但是没办法。

朱红的脾气就是这个样子。他不情愿，你拿棍子打他，叫他拎点东西去看看丈人丈母娘，他就是不去，说：“有啥看头？丢点钱过去就是了。”

朱子藏也知道亲家不在乎这个女儿女婿偶尔丢点钱过去。金百康后来也知道他这个女婿的一种说不出来的腔调。金百康在家里吃酒的时候，一不开心就要发牢骚说朱红：“那个贼胚，眼睛迁到额骨头上——眼角里除掉自己眼乌子，就是字画、银子，没有别人！”金俪的母亲何水瑛也跟着一边叹气，说：“女儿没有养头，一嫁出去就没有了——白养。没有办法，就当没这个女儿。”

金百康最气不过的是小女儿阿俪，每趟回来屁股坐不热就要走。有一趟何水瑛叫女儿在娘家住一夜，金俪不肯，还要说：“朱红说过他从不在外头过夜，你一个女人在外头过夜肯定不可以。”金百康有时候将桌子拍得应天响，火气上来掼杯子，说：“我家里是外头啊？!”金俪一想到自己父母窝塞、伤心，自己愈加伤心。既然夫妻之间新年头上已经破了嘴吵开了头，她索性将成年累计琐事儿一并倒出来说了，把朱子藏朱红说得大眼瞪小眼。

朱子藏一想，这样吵下去不是个生意经，一个年过不安逸了，因此赔个笑脸说道：“阿俪，要么这样吧，红儿既然跟你已经说僵掉了，我跟你一时也劝不醒他，我看今天是初一，下午，叫韩进陪你去一趟娘家拜个年，就算是我求你，代我跟你爷娘赔个不是。这样安排，你看好不好？如果说好，我马上关照韩进吃过饭跟你一道去。反正要送的东西你已经准备好了。去的路上，叫韩进再去买些水果。哦，再买一只大蛋糕。你动动嘴，叫他买——”金俪一听，火气消了一点下去，一想，“哼”一声说道：“有啥办法，我现在只好听爹一句话了。”说罢，叫用人马上到后院把韩进叫过来，对韩进说道：“今天到我娘家去吃饭。”随即拎了东西就走。韩进如今已经是个二十岁的小伙子了，眼睛一瞟拎得清。他这一趟出去，把少奶奶陪得开心起来，不必细说。

看老头子迁就女人，朱红心里不开心，不买账。女人一走，朱红接下来跟他父亲发泄，好像外头河道要疏通掘了一个口子任水自流：

“唐六梓今天来拜年，算什么意思啊？!”朱红这会儿话头一转，把气撒到唐六梓身上去了，“带了一斤茶叶过来给我爹——怎么不带老酒来啊？我六年前跟他吃了一顿不明不白的酒……他当时说，他要买一幅有名头的字画，而且还要什么明代的……虚我。六年不见他人影子，到现在他来了。来了，他连一个字都不提，只当没看见我在屋里，什么粒个东西！哦，听说他后来买了一幅吴元厚的《竹林清闲图》——你问我怎么知道的？我怎么不知道？我什么都知道！他唐六梓在外头随便放个屁，我也知道。哼，当我什么人啊？哦，这个事儿我是听沈太太文秀丽说的……她是到唐家去打牌听唐太太说的……是买了，送给城里管税务的那个马科长，拍他马屁。这个马屁，说起来拍得还算可以，但是还不够大哦。吴元厚有名气，不错，但是那幅《竹林清闲图》是明代的吗？是民国。爹，刚才你跟阿俪说话的时候我就在想，要是唐六梓那个时候听我的话，到博古斋买那幅沈周的《古松图》送出去，那个马屁就大了！”

“哎，像唐六梓那种人的生意还是不做的好。”朱子藏用手挠挠额头，随即手一摆，说道，“唉，说起这个事情我现在想起来，那个时候你把那幅画卖给吴元厚，也不甚妥当。”朱红“哼”一声，瞟了父亲一眼，说：“有什么不妥当？已经过去六年了，根本没有一点事情，一点事情也没有，不是吗？”

“没有事情，不等于是没有事情。”

“爹，你这样说，我就弄不懂了。这个老实说，当初卖给吴元厚那幅唐伯虎的画，先前我想，不晓得想了有多少遍了——这是吴元厚自己自作聪明吃冲头，是他——不是我存心骗他。那笔生意做得心安理得。后来那个庞为然，这个家伙上来了——这也是庞为然他自个儿找上门来的——不是我去求他的，也不是我存心要骗他。纪学览说过，‘做我们这种生意，就是钓鱼。’——普天之下，哪个人钓鱼不下鱼饵？嘿，老纪说对了。我钓鱼下塘子儿是我的事情。你鱼儿吃，是你的事情。鱼饵，他可以不吃啊，谁叫他自个儿要吃？还要贪吃，吃死掉拉倒！那个姓庞的，还说自己有眼力。笑死我了。他自己死活要吃的东西，死了是他的事情。我没叫他吃。我没叫他‘哎，你非吃不可’！爹，你是小心过头了。记得爹说过哦，‘另外一件不能给——’我当时是怎么说的？哦，我说‘另外一件东西如果给了，我看，也不会有什么事吧。’其实把那件东西卖给那个姓庞的也不会有什么事情。到现在证明，一点事情也没有。根本不用去理他。还有唐老板的那个朋友，那个姓盛的家伙盛宾如，他也没事吧？有屁个事情！爹一直担心会有什么事情是吧？现在呢？没有。什么也没有。因为是——”

朱红说到这里稍一停顿，咽一口唾沫下去，脖子一挺，接着说道：“我看没有——好，‘我看有’——爹，这话是你经常说的——好，这口头禅是爹的，我以后不说——哎，我还没说完呢。还有，那个盛宾如不是有钱吗？人家说他那个钱多得像门外河里的水……屁！我看他有钱，充其量像女人的奶水，让他去喂宝宝——看他有完没完。没完，我朱红照吃。他奶水要是干了他就是狗屎一堆。他有钱没钱，到什么时候再说——我要看他碰出真金白银，我才认他祖宗八代。提到天赐庄魏师傅，爹有一句话说到位了。我们家跟魏师傅啊，那关系就是不一般——那是金打的关系，不是铁打的关系。老裱头倒棺材，揭皮，有求必应——这就对了。这生意就好做了。还有那个顾大献顾院长，不去想他。他神气是他的事儿。哦，对了，爹一直跟他过不去。这个没必要……至于吴元厚——对了，至于吴先生，我跟爹想到一块儿去了。爹不是说过吗？今年要去给吴元厚拜个年是不是？我明天就去……明天是初二，我初二一大清早就去。就去给他拜年，拍他马屁，怎么样？我拍定了。本来是不想去的，我干吗要去拍吴元厚马屁？他是我什么人啊？滑稽，去他妈的！现在一想，不对。我不去，这肚量就见小了。你还别说我‘拎不清’——今天唐六梓来倒是启发了我……你看人家唐六梓，今年大年初一拎个东西好意思有脸上门来给我们朱家拜年——这是什么？这是一个‘破天荒’的事儿。那么我朱红，为什么就不可以有脸上吴家给吴元厚拜个年呢？——爹，说到这里我这么想，我他妈的甚至想好了初三奔南京去，给那个他妈的顾大献拜个年，教他真的看一眼我来了，我来了。”

“说什么呢你！”朱子藏这个时候已经心知肚明，他这个儿子在过去的六年里有些个事儿并没有听他的做——现在居然当面提出要去给顾大献拜年，因气不过，脸一拉，说道：“你一提那个顾大献，我就像吃了苍蝇一样难受！你，明天厚着脸皮去吴元厚家，倒也罢了。当然，这也是我的主意。不过你现在跟我说起还想去南京拜顾大献他妈的年，我说你是吃饱了没事做了——不准！我说的。你其他事情我可以不管了，就这个事情我要管，我要问。这是我的事情，是我跟顾大献之间的事情，跟你不搭界，你别掺和进来。红儿你给我听好了，顾大献的事情由我来跟他算账，以后跟他了结。还有一件事情，你也给我听好了，以后对阿俪要好一点，多给我待在家里，好好地陪陪她……她的肚子，到今天还没有大起来，我快要急死了！”

“我不急。”

“小子你不急，老子心里急了。”

“爹，你急有什么用？这是我的事情。哦，算了，眼下不说这个——先说吴先生——”朱红不想就他女人的事情跟他老头子说来说去的，话头一转又说到吴元厚，“爹，其实我今天跟你说心里话——我有时候实在是不敢苟同爹的有些说法——比如说，刚才爹说我厚着脸皮去吴元厚家——这就说过了。我想啊，其实呢吴元厚好像并没有得罪过我爹。那年‘唐楼看画’吴元厚没说一句话，两头不得罪，这是事实吧？我觉着爹一直对顾大献‘耿耿于怀’或许还情有可原，但是跟吴元厚似有‘老死不相往来’的气性，就没个道理了。他不主动来跟爹打个照面，爹就不可以主动一下，去一趟惟亭看看吴元厚吗？——好，爹说不高兴！也好，我去，我主动去。这不叫厚着脸皮去，这叫表示点胸怀。现在关起门来在屋里说，要说真的心里边有点愧，我倒觉着我们家怕是有点愧于吴元厚。他妈的我也是人，我的五脏六腑没有给狗全部吃掉。我有时候夜深人静的时候想啊，我每回想起我把那张假画卖给了吴元厚，我心里就有那么一点点不着落，有一点点他妈的不着落。你想啊，这买主毕竟是吴元厚，不是社会上随便哪个冲头。这件事说起来还悬，真他妈的好像一把利剑一直悬在我头上——我至今还琢磨不透吴元厚；吴先生，他为什么要像真的一样‘以假乱真’呢？吴元厚捧儿子？有这个必要吗？他就没有别的办法为自己儿子扬名了吗？谁欺骗谁？爹，我告诉你，说实话，说真的，我什么人都敢骗，就是不敢骗吴元厚。六年前，我那天真的没骗吴元厚！我当时只是跟他说，‘我今天来，带来一幅画。这是前几天我在上海碰运气‘捡漏’捡到的一件东西。一看，是唐伯虎的山水人物——我今天特地登门拜访，想请吴先生帮我看看……’我这么说，不算是骗人吧？所以，我至今不承认我曾经骗过吴元厚。我觉着自己真的没有骗那个大名鼎鼎的吴元厚——是吴元厚自己骗了自己一把——把他儿子吴天泽也给骗了——还把别人给骗了。那个姓庞的庞为然当时在场，他可以作证——我朱红，苏州朱子藏的儿子，我爷爷朱文轩的孙子——我他妈的真的是没有骗那个他妈的吴元厚！”

“这个事儿，”朱子藏干咳了一声，说，“吴元厚在外头也没话说。他牙齿磕碎了，自个儿咽到肚皮里。”

“还是有点对不起吴元厚。”朱红眉头一紧，说，“所以，我明天要去给吴元厚拜年，这不叫厚着脸皮去。唐六梓今天来，才叫厚着脸皮来——”

“嗳，那年‘唐楼看画’的事儿他今天一来就跟我打招呼，赔不是，语气诚恳得很。”朱子藏道，“我跟他说了，那个事儿怎么能怪你唐老板呢？是我当时自个儿被顾大献气昏了头，没注意脚底下是不能一步跨下去落地的。再说了，已经过去六年了，还提那个事儿干什么？我不怪唐六梓，他没得罪我。”

“他得罪我了。”朱红指指自己鼻子说。

“唐六梓什么地方得罪你了？”朱子藏瞟了儿子一眼。

“唐六梓不是个东西。他虚我，他骗我，骗我吃酒……他想从我嘴巴里把话套出来。他骗了我。所以我说他今天厚着脸皮来。我不理他，只当没看见他，没看见——”

“嗳，红儿，犯不着的。”朱子藏手一摆，说：“唐六梓在场面上是个要面子的人……要给他点面子。人家今天客客气气来，你不理人家，也是说不过去的。他人不错，还是可以的。”

“爹既然这么说，今天怎么不留住他多坐一会儿吃杯茶，聊聊？”

“说什么屁话呢，家里你跟阿俪吵架吵得一塌糊涂，我还不打发人家走？笑话！”

“其实唐六梓这个人并不重要，”朱红摇摇头，冷笑一声，说，“对他怎么着都无所谓。但是顾大献是个大人物。……我说爹，我们倒是要跟他和解。他有点意思啊！爹，你琢磨琢磨……”

“我跟顾大献没完，我不会放过他！”

“这就是爹的不是了。”

“你晓得个屁！”

“爹跟顾大献的事儿我不晓得也罢。”朱红似笑非笑说道，“不过，我还是想替爹到南京去跑一趟，跟他拜个年……爹有些不好说的话，我来出面说……无非是‘展颜消宿怨，一笑泯恩仇’。”

“朱红，你不要以为你现在长本事了，就跟我来讲这一套。告诉你，你还差得远！有些个事儿你不要自以为是，瞒着我自做主张……”朱子藏顿了一下，接着说道，“好，不跟你说远了，就说那个顾大献……他是你出个面虚啊哈的，打一套太极拳，就可以来个什么‘展颜消宿怨，一笑泯恩仇’的人吗？你啊，还嫩了点，顾大献他根本就不会吃你这一套！他要是就这么容易被你摆平了，他还叫顾大仙吗？你根本不懂他，就像你现在根本不懂吴元厚一样。这两个人是什么人哪，啊？现在费事跟你说下去。眼下你先办好你的事儿，给吴元厚准备礼品。好了，不说了，我要歇一会儿。对了，今天晚上把纪学览叫到家里来吃个饭，有事情商量。还有，今天晚上不准跟阿俪再吵架，让客人用人暗地里看笑话，什么腔调？!”朱子藏说罢，立起来袖子一甩，拔腿就走。

第二天上午早些时候，朱红给吴元厚准备好了礼品：一是酒，剑南春，这是他花了真金白银到老字号元大昌买的；二是丝绸面料，家里有的是，好比家里有的是宣纸。

“拿我的丝绸面料，只管拿就是了。”金俪说，“但是你到吴元厚家里去拜年送两瓶酒？哼！”金俪摇摇头，转身走出客堂。

一会儿金俪回过来，叫韩进从园子里端来一大盆即将盛开的水仙花，往朱红面前一放，因欣赏说道：“我看哦，把老酒换了，送这个给吴元厚还差不多，雅得很……不信，你问爹。”随即叫韩进把老爷请过来。

朱子藏背着手踱步过来，听了儿媳妇说道给吴元厚送礼，看桌上那个水墨荷叶花盆里装满了凌波仙子，点头说道：“这个好！”头一转瞥了朱红一眼，说：“那个酒送给魏师傅可以——送给吴元厚，怕是俗了点。”朱红听了嘴巴一撇道：“酒这个东西，是个东西，实惠，吃到肚皮里去的。什么叫俗？”

“错！”朱子藏用手指头点点桌子道。

“这两件东西都是实用的东西。”朱红指指自己备好的礼品，“哪里像阿俪弄的水仙，中看不中用。花一谢，没了，不实惠，不中用——”

“你才不中——听呢！”金俪到嘴边的“你才不中用呢”改口说道，“你也不想想你要去拜访的是什么人。你呀，俗不可耐！”

“笑话，”朱红不以为然一笑，说道，“我送礼，我自己拿主意，哪里要你们来跟我说这个，说那个……说到后来，总不见得叫我捧着一个盆子去见吴元厚先生吧？”

“有了。”朱子藏说；转身去自己书房，一会儿过来拿来一套上等湖笔和一刀宣纸，往桌上一放，一边抚摸，感叹道：“这是清朝康熙年间的宣纸……把这个给我送上去，吴元厚吃得进去。”

“好。”金俪眼睛一闪说。

“好什么呀，”朱红眼睛一斜，“那当然好哦，这是清朝前期的，不是清朝末代和民国的——”

“不要心疼。”朱子藏瞟了儿子一眼，“别说清朝的，明朝的我也有，老宣纸我们屋里有的是。就这么定了，阿俪的水仙，我的笔，还有我的宣纸。”

朱红阴笑起来：“我说阿俪，闹了半天不是我送礼，是你送礼，还有是我爹送礼。爹，我说你啊，能不能就让我做一回主，啊？”

“这一回主，我看呢，我还是替你做了好。这个以后送礼你做主——跟阿俪商量——你们自己看着办，我就不管了。”朱子藏说罢，手往后一背，踱步往自己书房去了。

“我说你不信，”金俪看老头子走了，韩进也跟着去了，似乎刚才赢了一副牌似的坐稳了，瞟了朱红一眼，脸上挂一丝冷笑，说道，“哼，非要你爹跑过来说了，你才相信。我跟你说话有什么用？你根本就不把我放在眼里，好像我什么也不懂，就你懂——就你什么都懂，像‘万宝全书’缺一只角，只把自己当做一回事儿，根本不尊重人家。”

“你这是什么话啊？”朱红眼睛一斜，嘴角抽搐了一下，“今天还不把你当回事吗？我昨天大年初一开始就把你这个女人当做一回事了，别说今天是初二了。这不，不是全听你的？哪一件东西不是听你的？哦，你的丝绸面料是我的主意，不过那也是你提醒的对不对？你说给吴太太送点高级面料讨她欢喜就讨她欢喜——这不是你的主意吗？现在还说什么屁话。还说我不尊重你？还要怎么尊重？你说，我办，一个字‘办’。要是你说了我不办，随你怎么说好。我告诉你阿俪，今年新年头上，我早就想过了，我要改变我自己，要好好地改变一下。孔子说‘三十而立’吗，‘四十而不惑’。我告诉你，我虽然过了而立之年两年，但是，我他妈的已经是‘不惑’了。你现在不要在我面前朗啊朗的，我不爱听！凡事我自己有数，心里明白得很。从昨天大年初一开始，我就开始让你了，你晓得不晓得？要不是你一大清早唧唧歪歪的，我从床上爬起来就想拉你一道去给你爹给你娘拜年的——全是你搅的，弄得我一睁开眼睛心情就一塌糊涂！这会儿先跟你放个屁在前头，我不要你说，我自己看着办。我会办，又不是不会办。等到正月十五，我他妈的一个人去看你爹，看你娘，看我的大舅子大姨子。这样你称心了是吧？不盯住我了是吧？一天到晚盯住我做什么？我在外头跟人家打交道容易吗？我他妈的在外头挣银子容易吗？我有空吗？我有时间吗？我的时间是什么时间，你晓得啵？你不晓得。我今天跟你说白了，我的时间就是银子他爹，比爹还要爹！你懂个屁！你只懂你自己。你根本不懂我。跟你说了也是白说。女人就是女人。”

“朱红，你屁放完了没有？”

“放完了，怎么的？”

“放完了就走。时辰不早了。等你回来吃饭，接着放。你放点屁出来还有点人味道。”金俪说着，人已经走出去了。朱红突然闷掉，立在那里像根买回来的甘蔗靠在桌子旁边。

这天上午朱红带着礼品坐马车去惟亭；一路上，他眯着眼睛把新年头上发生的事情回想了一遍……想得有点头痛了，闭目养神。

一歇工夫，那马车走过道上一个坑，猛一颠。朱红一惊，睁开眼睛，眉头一皱，眼珠子一转，盯着前头的马屁股看，自言自语咕噜道："这个马屁还是要拍的。"

时间好像马蹄飞扬……

当朱红坐的马车一路颠簸到达惟亭吴家门口的时候，吴家公子吴天泽已经长大成人了。

吴家用人阿仲一开门，朱红就抢先开口道："大兄弟今天不可以把我挡在门外头。先跟你说好了，今天是来给吴先生拜年的，一片诚意，别扫了你家主人跟我的兴致。再说了，我这么多年没来了，今天是难得，没别的意思，就是来恭贺新春佳节！当然也少不了你一个红包。"说着，朱红已经凑近阿仲，把红包塞到阿仲裤子口袋里。

"喔唷，不好意思！"阿仲先是一怔，随即满脸喜笑，眼睛一亮，一个欠身道，"朱大少——哎，红哥，今天你客气，弄得我不好意思了。老爷——"

"等等。"朱红条件反射，还以为阿仲跟着要说"老爷不见"，立马伸手拉住他胳膊，说，"刚才我已经跟你说好了，今天是不好挡我的。这社会上没理由新年头上把拜年的客人回绝了。要是这样的话，对双方人家都不好，是不吉利的晓得啵？"

"今天怎么会呢，"阿仲一笑，说道，"别说今天是新年头上，换了其他日子我也是不会的。你想啊，这会儿，我看你红哥手上拎着东西来拜年，开心还来不及，怎么会拦住你，把你挡在门外，跟你说'老爷不见！'这不，忒不讲人情世故了？更何况，苏州城里城外谁不晓得你红哥？红哥是什么人，是这个！"阿仲跷起大拇指接着说道："红哥，我跟你说哦，我家老爷大年夜吃年夜饭的时候还提起你呢，说你好。还说起你家老爷朱子藏先生，说真的有点惦记他了，过了年有空约个时间碰碰头……"

"哦？真的假的？"

"怎么会假呢？老爷他说了，原话是'我说真的，就从来没假过'。这话你也听得出来，不会是我说的是啵？"阿仲说罢，"嘿"一笑，将手一让，把朱红请入园子，带到客厅；吩咐明香把少爷请出来，接着说道："哦，对了，老爷今天不在。少爷在。红哥请坐，稍等一会儿，少爷马上出来。"

吴天泽走进客厅，朱红"啪"立起来。这是朱红第一次把眼睛睁大了看吴天泽。时隔六年不见，今天站在朱红面前的吴家公子比他高出半个头。朱红本来以为自己的个头不算矮，一看，还是比吴公子矮了半截，心里一阵感叹！便有低人一等的腔调。好在朱红已经是三十岁出头的人了，在社会上混了多年，见过世面；况且跟吴公子又不是头一回见面，想说的话，他嘴皮一动拉出来就是："今天鄙人来府上拜年，看到吴家公子天泽一表人才，不胜惊喜！"说到这里，朱红略一停顿，心里想这文绉绉的腔调，很不爽，不如改口说白的："吴公子，你还记得我吗？六年前我来过。那个时候你十二

岁，人这么高……”朱红一边说，一边做手势比划道：“没想到你现在人长这么高了，精装小伙子一个。我呢，跟你父亲熟悉得很，是看着你长大的——”

吴天泽立马回道：“我是自己长大的，不是人家看着长大的。”话一出口，大概意识到这话好像有点冲，便改口说道：“朱家大少爷，你好！你今天到我家里来有什么事？——明香，上茶。”明香应声去了。朱红瞟了一眼丫头的屁股，一转眼说道：“哎，刚才我不是说了吗，我是来给吴先生拜年。当然了，也给你吴公子拜个年——记得六年前……”

“我爹出去了。”吴天泽打断朱红说话，将手一让叫朱红“坐”，自己先坐了下来，眼睛一闪说道，“我爹不在，到上海去了。不巧得很，今天让朱大哥白跑一趟。”阿仲垂手立在一边。吴天泽瞟了阿仲一眼，心里想立马叫阿仲送客，因见明香刚把茶碗端上来，一想，将手一抬，请朱红用茶，但心里实在是不愿意坐下去——他不愿意再听到这位朱家大少爷说他记得六年前的事情——“那个事儿还用得着你记吗？”吴天泽心里想，“那次我父亲叫我到客厅看唐寅的画；父亲买了那幅画，后来教训我，打我，罚我。我记住了，往死里记，刻骨铭心！现在，当年的朱家大少爷又来了，还想在这个客厅里重提那个往事，门都没有！”这时候吴天玉、潘道延来到客厅，吴天玉不顾有客人在，大声说道：“吴天泽，阿延他不高兴了。刚才他叫你一道去给厉先生拜年，你现在到底去不去啊？”

“去！”吴天泽“刷”立起来说道，“哎，阿延，你别走开，我这就跟你一道去，现在就去！”

朱红眉头一皱，眼珠子在眼眶里转了几圈，起身说道：“兄弟你先忙吧，大哥我告辞了。”“哎，”吴天泽立马回道，“你怎么跟我称兄道弟了？”

“兄弟——”朱红随即回应道，“刚才，你不是叫我大哥吗？这大哥我是做定了。要说起来，我还真的是你大哥，你说呢？”

吴天泽“哈”一声道：“在家里我是大哥。哎，忘了给你介绍了。这是我妹妹吴天玉。这是我师弟阿延。”

“哦，是大小姐。还有这位，是阿延？”朱红面对吴天玉、潘道延，左右略一欠身，因点头微笑，嘴角一抽，刚想接着说话，只见吴小姐瞟了自己一眼，不说话；还有边上的那个愣头青阿延板着脸，牙齿咬着嘴唇不吭声，朱红突然间感觉有点鸟气，心里骂道：“他妈的，这是什么家教？新年头上我来，你妈的我热饼贴个冷锅子，这叫什么事儿！”因此冷笑一声道：“我走了。”完了眼睛一瞟，接着说道：“这礼品吴公子代收一下，回头跟你父亲说一声，就说我来过了。”朱红把带来的东西一件一件拿出来，本想吴公子眼瞅着这么好的东西嘴巴上会客气一番，没想到小子连一句客气话也没有。只见吴天泽手一勾，说道：“阿延，把湖笔宣纸拿到我们书房里去。我们走——”

“哎，吴公子？”

“怎么，朱大少爷还有什么事儿？”

“这——”朱红一时噎住，眼睛一眯，眼珠子盯着吴天泽，不知道说什么话好。怔了一会儿，朱红“嘿”一声道：“我说吴公子，这东西是送给你父亲母亲的，不是给你们的。”

“哦？”吴天泽眉毛一扬，嬉笑道，“哦，晓得了。如果没别的事情，你可以走了。”说罢，叫阿仲送客。

“等等，”朱红瞟了阿仲一眼，一转眼对吴天泽说，“哎，吴公子，我说你是不是对我说话要客气一点？总要客气两句吧，要不然我今天来拜年，弄得一点面子也没有，无趣得很。早知道这样我就不来了。”

“哈，”吴天泽冷眼看了朱红一眼，就像看一眼字画似的，抬手整理了一下头发，嘴角挂一丝冷笑道，“要是朱大少爷觉着这个礼送得心里不舒服，那就拿回去。你也晓得，这个笔、宣纸我家里不缺，多得很。这水仙，你看我们家园子里，还有这客厅里，不少吧，有什么稀奇？这丝绸面料，天玉、阿延，你们觉着稀奇吗？哦，看来你们也不大稀奇——”

“这算什么话，”朱红本来黢青的脸一下子涨红了，身上的血液似乎一下子全涌到头上，不禁失声冷笑道，“人嘛，也是有点自尊的。比如说我，我刚才心里边还在想，你吴公子大概也晓得，我好坏是苏州城里朱家大少爷，朱子藏的儿子。我爷爷朱文轩，想当年也是个人物——你父亲晓得。你是大户人家，我也是。怎么的？轮到我现在，屁儿颠颠地跑到这里来做孙子？”朱红说罢眼睛突然翻上去，抬起头来，看了一眼吴家客厅的雕花梁楹，然后扫了一眼客厅摆设，脖子一梗，接着说道：“我家的雕花梁楹，比你吴家差吗？我家的水磨地砖，比你吴家小吗？我家的历史，比你吴家短吗？”朱红随手甩一下袖子“哼“了一声，眼睛一斜道：“今天既然吴先生不在，我就走了。”说罢，一个转身，大步朝客厅门口去。吴天泽一怔，“哈”一声道：“走好，不送！”

这时候朱红已经走到客厅门前台阶，板着脸，头颈骨硬硬然，一步踏上园子甬道，心里窝塞得连个屁也不想放了，突然听见身背后“哈”一声，回头一看，吴公子立在客厅门廊下，嬉皮笑脸朝自己拱手道：“红哥，想起来了，刚才忘了新年道喜。恭喜发财！”

朱红一愣，加快脚步走，侧身抱拳回应道：“谢了！”

朱红走出吴家大门，吴天玉忍不住笑起来。吴天泽回头瞪了一眼：“笑，你笑什么？”吴天玉上前几步回道：“我不好笑啊，我笑你怎么了？”

“有什么好笑的？”

“阿延，”吴天玉转身对潘道延说，“你晓得我笑什么吗？”潘道延板着脸咕噜道：“我不晓得。”

“我笑……吴天泽今天像真的一样。”吴天玉说着，又笑起来，比先前笑得更加厉害。

“什么叫像真的一样？”吴天泽冷面说道，“就是真的。我就是讨厌那个朱家大少爷。我叫明香给他上茶，就算是对他客气了。”

“这个，”潘道延立在一边嗫嚅道，“人家来，请他吃杯茶，要的。”

“什么要的，”吴天泽冲潘道延一笑，“你就会说要的。要什么要啊，我今天就是要把他早点清出去，你晓得啵？”

“好了。”吴天玉说，“你又要跟阿延斗嘴了。刚才在里边还在斗嘴；今天一早起来你们俩就斗嘴。现在怎么又斗了？!”

看潘道延一脸委屈的样子，吴天泽“哈”一声说道：“我跟你斗什么，是你在跟我斗。”“他没跟你斗，”吴天玉回道，“是你‘逗’他了。一会儿说去，一会儿又说不去。现在人家走了，你到底去，还是不去？”

“去哪里啊？”吴天泽装傻道。

“哥，”吴天玉面孔一板说，“先头阿延不是跟你讲好了吗？今天去给厉先生拜年。现在去啊！”吴天泽一听，用两只手蒙住自己嘴脸，上下使劲儿搓道：“我没脸去见厉先生。我不去。”潘道延眼睛一瞪，说：“要的！”

吴天泽一转眼回道：“你自己一个人去。”潘道延走到吴天泽跟前，指着吴天泽鼻子，说道：“你开头答应的，怎么要赖?!”吴天泽一屁股坐下来，两只手交叉在胸口，眼瞅着客厅外边的园子，懒洋洋说道：“我还有别的事情。刚才你没看见我在家里接待客人吗？说不定待会儿还会有人来。家里要有人接待。我爹不在，我来接待。”看潘道延气鼓恼恼的样子，吴天玉一笑，说道：“阿延，他不想去，你就一个人去吧。要不，我陪你一道去？”潘道延瞟了吴天玉一眼，转身就走，一边咕哝道：“我一个人去。讲好两个人一道去的——”突然大声说道：“要的！”把吴天泽吴天玉吓了一跳！

潘道延走到园子里；吴天泽跷起二郎腿，说：“哎，天玉，你陪阿延一道去吧。”吴天玉朝园子里望了望，一转眼问道：“你说什么？”“没听见拉倒！”吴天泽说罢，端起茶碗吃了一口茶，把茶碗往桌上一蹾，立起来往外走。吴天玉上前拦道：“你要到哪里去？”吴天泽不回话，一边走，一边挥手道：“走了。”明香从客厅后面过来，看见他出去，问道：“少爷，中午要不要回来吃饭？”吴天泽已经走到园子里，一只手伸过头顶，手一摆，说：“不回来吃午饭。”眼看吴天泽快要走到门口了，吴天玉赶紧追上去，把他拦在门口，问道：“你去哪里？你不告诉我，我就拦住你走不了。”

“我出去关你什么事儿？”吴天泽“哈”一声，说道，“刚才，你怎么不拦住阿延？他可以出去，我不能出去啊？”

“我拦住阿延做什么？他出去给老师拜年。你呢？要是你跟他一道出去给老师拜年，我不拦你。你现在要去哪里？你不说，我就不让你出门！”

吴天泽一看，犟不过妹妹，嬉皮嗒嗒说道：“我在家里闷，出去散散心，到城里去看电影……”“哎呀，你怎么不早点讲！”吴天玉眼睛一闪道，“我跟你一道去。我去换件衣服，等我一下！”

“天玉，”吴天泽手一抬，指指门外不远处一棵大树下，“那边马车马上要走了，我不等你了！”

吴天玉一听，立马回头奔出去，快活得笑出声音来。

寻访笔记 11

孙渐雍说他现在手上的吴元厚作品《竹林清闲图》，现在的行情是七位数；行情还在看涨，绝对看涨。他说的“看涨”不错，但“绝对”二字有点限制了我的想象，大不了“七上八下”，还能大到哪个数字？那画上的人物倒是给了我更多的想象。

孙渐雍收藏这幅画，是为了等待一个更好的时机出手卖更大的价钱。

我关注这幅画，是为了寻访吴元厚和他儿子和他学生的故事。我对他们的一段人生经历和他们的命运给予的关注超过了一幅名家字画。历史留给了我们一些东西。我想，当这些东西在当下市场进行交易时，有时候是不是失落了这些东西原来的一些价值？又想“收藏”二字，……我们究竟“收藏”了什么？

好坏过一眼，一纸难书；喟然一叹，时间流水。

在过去的寻访中，我算是比较有眼福看到了一些人物他们留下来的一些字画。这些字画背后的故事则鲜为人知——

第十一章

潘道延给厉鸿升先生拜过年回来，已经过了吃午饭时辰。

明香问他：“你吃过饭了没有？没吃的话，跟阿仲一道吃；阿仲在园子里忙到现在刚歇手。”潘道延说：“吃了。”其实，潘道延还没有吃午饭；厉鸿升和夫人留他吃饭，他说了“不要，回去吃”。

这一年厉鸿升没有回浙江老家过年，寒假里写信把夫人和女儿叫到苏州来过年玩玩。这一次潘道延给老师拜年又见了师母，厉先生欣赏他，师母沈心慈也跟着夸奖他。潘道延回来心里边还在高兴，肚皮不觉得饿。但是稍后一想，他暗暗有一点后悔自己说话快了点；“吃了”，这话一出口收不回来了。因此想以后说话不可以不动脑筋。这会儿他眼睛忽闪龇牙咧嘴一笑，好像心里边有一吊子水烧开了从牙齿缝里冒出热气。明香眼睛一亮，说：“哎，阿延，看你出去了一趟回来开心死了是吧？”

阿仲见了，跟着说道：“阿延今天脸上总算是有点笑容了。以前看你的脸老是阴巴巴的，过年了也是这样。平常想看你脸上有点笑，恐怕要比有人出去弄一幅名家字画还要难哦。今天是怎么啦？人好像变了个样子，连走路的步子也不拖了拖了。刚才我在园子里看见你进来，你走路有点飘起来了。有什么开心的事情啊？说出来听听。我要听，明香也要听，是吧？要的。”

潘道延听了，一怔，眼睛一嗔，似乎突然想起了什么，脸上的微笑倏然消失了，脸一板，说：“不要！”随即转身怏怏不乐走开了。阿仲和明香一时没反应过来，对视了一眼。

“明香，你看阿延他是不是有点毛病啊？”

“有点。”

“唔，我觉着也是。你看这个阿延哦，奇了怪了。你跟他说‘要的’，他就跟你来个‘不要’。你跟他说‘不要’吧，他就跟你反过来，说‘要的’。真的叫人弄不懂。”

“就是，”明香说，“我看他是有点不正常，也不晓得哪一点讨老爷欢喜？比欢喜少爷还要欢喜。弄不懂。要么他会写两个字，画两张画？除了这一点，怕是没有其他好的了。小的时候神经兮兮的倒也罢了。现在大了，还是原先的那种腔调，好像一点没

变。你看他的眼睛，真的是奇奇怪怪的。他有时候不说一句话眼睛定怏怏地盯着你看，看得你心里害怕……”说话间，明香已经听见里头太太在喊她，转身走，回头又说道：“太太昨天说了，说阿延现在大了，还是跟小时候那个样子，闷哧闷哧的，三拳打不出闷屁。”

这会儿家里安静得很，除了阿仲和明香，其他人连个人影子也看不见。

潘道延走进书房，把门关起来；一个人坐下来想想，一扫刚才的不悦，又恢复了先前的开心样子，把厉鸿升送给他的一幅字拿出来看。

这天上午他去拜年的时候，把自己临摹的一幅唐寅作品送给了厉鸿升。厉鸿升说他画得好，字也好。厉鸿升说他好，就像吴元厚在家里说他好一样。他记住了厉鸿升还说“潘道延，你一个乡下孩子碰到了吴元厚先生这样的人，这样的老师，是你的命好，是你的造化！”厉鸿升好书法，收了学生潘道延的礼物，当场书写回赠一幅字：

> 人生生人人有精，得道道得得无境；且说天下书画者，笔墨当朝笔千金。

潘道延轻声读了一遍，随即立起来拿了一张四尺开三宣纸铺在画桌上，一手抚平了，在宣纸上端压了镇纸，从笔筒里取了枝大号毛笔，蘸了墨略一沉吟，一个深呼吸之后，一气呵成书写了这幅字，不禁失声道：“好！”将毛笔“啪”扔到地上。

他把书房窗户打开来透气，心情酣畅！一个转身突然想起来——写好了，把毛笔“啪”扔到地上——这个动作是跟吴天泽学的；他记住了小时候在乡下第一次见到吴天泽，吴天泽在他家里画山水——只见吴天泽画完了，把毛笔“啪”扔到地上——就是这个样子。“现在啪，我也扔了。”他咕噜道，“这是头一回。”心里想“开心”！他嘴巴一撅翕动道：“吴天泽那时候心里开心么？不，吴天泽不开心。吴天泽不是开心。他那时候是神气，是气我。吴天泽现在还是神气，还是气我。但是，他现在没有我画得好，没有我写得好。”

这会儿他回想厉鸿升今天问他：“哎，吴天泽怎么没有和你一道来啊？”他当时，是怎么跟厉先生说的？他说：“哦，吴天泽不在家。他今天早上陪吴先生到上海去了。大概要过几天回来。”“这不是真的，是假的。”他心里想，“这些年吴天泽一直不学好。”他自言自语道：“吴天泽他，书读得没有我好……”他时而想，时而咕噜……突然间他嘴巴一抽，浑身痉挛，双手一阵颤抖，一边躬身捏桌上的宣纸，嘴巴里念道：“我要想的，”他一个深呼吸气，好像运足了一口气猛叫一声：“要的！”明香正好经过书房窗口，冷不防这一声仿佛惊雷贯耳，她吓了一大跳，手里拿的酒瓶和一碗猪头肉“啪”掉在地上，捂住胸口道：

“喔哟哟吓死我了。”一会儿安静下来，明香蹲下来收拾地上的东西，嘀嘀咕咕道：

"天晓得这个要的，还是不要？"一想到这酒，这猪头肉，是准备拿到阿仲房间里给阿仲吃的，明香立起来跺一脚，恨不得把地上捡起来的东西扔到潘道延头上。

吴太太在床上用过一点午饭后，对明香说："昨天晚上听戏累了，今儿白天补个觉，现在还想躺一会儿。"接着问道："少爷和小姐呢？"

"一道出去了。"明香回道。

"过年过节的，在家里待不住。"吴太太想起来接着又问，"哎，阿延呢？也跟着他们一道出去了？"

"阿延没有，他在书房里。"

"唉，"吴太太脸色一冷，瞟一眼窗外，一转眼说，"还是阿延好哦，天天待在书房里头写字画画。过年过节也是这样。也难怪老爷看重他，欢喜他，三天两头跟我说他好。要是天泽像阿延那个样子，老爷就开心了。"吴太太说着，要吃一口茶；明香拿暖瓶把已经准备好的茶碗加了热水端上来。

"我说也是的，"吴太太接过茶碗，摇摇头，不知想起了什么事情，眉头一跳，转脸对明香说道，"这两天我一直在想，自从阿延到我们家以后，少爷他就开始学得不像个样子了。记得阿延没来之前，小时候他不是这样的，蛮好的，在家里头读书、练字、画画，聪明得很，也用功。明香，你说是不是？"

"嗯，少爷小时候好得很，我记得。"明香应和道。

"哦，老爷今儿早上走得匆忙，我不想跟他多讲什么话，就随口跟老爷这么一说。没想到惹得老爷不开心——"

"老爷说什么？"

"他就会一碰跟我来气，说'这个怎么能怪阿延呢？要怪的话，就要怪天泽不争气！'我说'我又没怪阿延，只是想到了这么一说罢了。又不当真。老爷忒当真，听我这么一说，气呼呼地睬都不睬我，拔脚走了，回头甩了一句：'以后在家里不许说这个话！'"

"太太，"明香琢磨着顺着吴太太的意思说道，"我记得前几年，有一次听阿仲说过，说那个时候太太心里边好像有点担心，怕少爷跟阿延……我也不晓得怎么说，其实——"

"怎么说呢，"吴太太瞟了明香一眼，似乎很有心事却淡淡说道，"我是怕阿延影响天泽，带坏了天泽的性情……你看天泽他，我这个儿子，这些年一天到晚没个正经，皮儿皮儿的。明香你还记得啵？那年，老爷出远门写生回来，一回来就查看天泽和阿延半年来的字画作业……这一看，老爷你也晓得，他瞟一眼就吃定天泽的大部分字画作业是阿延代笔。后来老爷还怪我……哎，我在家里头哪里晓得。……这个事情说起来也奇怪，阿延代笔的字画看起来跟天泽的手笔一模一样——我就看不出来；你说我们家里头，除了老爷，谁看得出来？——你看不出来。阿仲后来也跟着起劲看了，他根本就分不出来哪个东哪个西的。喃，只有天玉，说她天天跟天泽和阿延在一起，说她看得出来哪个是天泽写的画的，哪个是阿延写的画的。结果呢，老爷把作业混合起来让她看，她眼睛瞪了半天，头摇来摇去说‘呀，真的看不出来！’最后还是老爷好玩，一张一张把天泽的阿延的东西分别挑拣出来。”

明香听了“扑哧”一笑：“太太说的这个事儿我记得清楚。”看吴太太还要吃茶，明香续茶，一边说道，“那天太太不知道，老爷夸奖阿延之后，等太太走了，回头就发火训斥少爷……哦，还要罚他一个寒假不许出门，限个时间，把差不多半年的书画作业补上。少爷当时一听，傻了，牙齿咬得咯咯响，一口气憋了下去不说话，最后总算说了三个字：‘我认罚！’太太你不晓得，阿仲后来一直没敢跟你说——我听阿仲说，第二天少爷趁老爷不在家——老爷那天好像是到苏州城里去买什么书了——少爷冲到楼上画室，差一点把老爷带回来的画稿撕掉！阿仲正在老爷画室里收拾东西，硬是拦住了。阿仲当时吓出一身冷汗，说：‘少爷，你疯啦？你想把老爷的画稿撕了，你不要命啦！’太太，你知道少爷当时怎么说？他把地板跺得咚咚响，说：‘要的！’”

“哦？有这回事儿？你这个死丫头，当时为什么不来告诉我？”

“我不敢说，太太。我怕说了惹太太生气。那天阿仲跟我说了，叫我嘴巴封起来，不要多嘴。”

“这个事情老爷后来知道不知道？”

“老爷的画稿多，少爷撕掉一两张看不出来。阿仲把画稿收拾整理好，后来没事了。老爷回来以后也不知道。这件事情就这样过去了。阿仲在老爷面前提都不敢提。”明香说到这里，顿了一下，瞟了一眼床头柜上的小姐照片，一转眼看着吴太太，接着说道，“哦，对了，太太，现在想起来还有一件事：那天晚上小姐到书房里想跟阿延说话，看见少爷坐在那里很不开心，也不想写字画画，小姐大概是想跟他开玩笑，说：‘哎，哥，你说要的，阿延也说要的——你们两个到底是谁开头先说的？后来跟着学了？’我正好进去凑热闹，跟他们说话好玩。阿延听了小姐说的话，跟着起哄道：‘我说要的！’少爷当时一听，‘啪’跳起来冲阿延说：‘要的，要的，我要你的作业！’说完，伸手把阿延手头上正在写的毛笔字拿下，把它撕了个满天飞。后来阿延跟少爷打起来……”

吴太太听了，脸一下子拉长了，长叹一声，随手扔掉手里的茶碗，“啪”一声茶碗落地。明香一怔，赶紧蹲下来收拾。吴太太“哼”了一声，语气像结了冰说道：“今年开了春，阿延他爹要是来的话，我要跟他说的……要的，我要叫他把阿延领回去……回头跟老爷说说看，看老爷怎么说？”明香听了，突然间脸色煞白，身上冒出冷汗。眼瞅着吴太太把披在肩膀上的毛线衣掀掉躺下来，明香再也不敢吱声，收拾了地上的碎片，悄悄退了出去。

丫头一走，吴太太一时半会儿睡不着，脑子里乱七八糟的事情。迷迷糊糊半个时辰下来，隐隐约约听见明香在房间外头跟阿仲说话："……现在别来烦，太太在睡觉。我是不高兴进去叫的。不识相进去叫了，待会儿太太骂我，不会骂你阿仲。阿延他爹来了，又不会马上走的，让他先等着，不急的。"

潘道延的父亲潘新侬这会儿来到惟亭吴家，说是来给老爷太太拜个年，下午就要回去。阿仲带他到书房里，见过阿延，便叫他先去厨房吃饭。潘新侬有话要对儿子说；阿仲手一摆，说道："嗳，潘大伯，急什么，吃了饭再说。你难得来一趟，这一来就说要走，哪里可以。过年了，乡下也闲着没事儿，急着回去做什么？待会儿我去跟太太说一声，今儿住下来。晚上呢吃点酒，接下来跟阿延说一个晚上不好么？阿延你说是啵？实在要走，明天初三走。"潘新侬听了，愣在那里一时拿捏不定。阿仲一笑，搭住潘新侬身背推他走，一边说道："跟我先去吃饭，回头再说。阿延，你先忙你的。待会儿你爹吃好饭，过来跟你说话。现在这个时辰，肚皮肯定饿了。"潘新侬回头瞅了儿子一眼，潘道延嘴巴翕动道："先吃饭，要的。"潘新侬头一点，跟着阿仲去了。

潘道延有三年没有回家看他父母了。本来想今年过年回去一趟，年前跟吴元厚说了。吴元厚当时说："好的，应该的，你是要回去一趟了。"过了几天，吴元厚把他叫到楼上画室，说："阿延，我看你还是先写封信回去。这次，叫你父母亲过来，今年到我家里来过年。我呢也有好几年没有看见他们了。这样正好，过年碰碰头。"潘道延知道吴元厚忙着准备过了年之后要到上海办画展，抽不出空子。要不然吴元厚说不定会带他一道回去看看他父母；之前也说过这个意思。今年既然先生这么说了，他也觉着好，提前写了信回去。父母没有回音；等到大年三十也没有来。他猜想父亲母亲丢不下家里，家里还有弟弟妹妹，不见得把他们一道带出来到惟亭吴家来过年。

这一次父亲来，潘道延抬头第一眼便惊得脸色煞白，随即眼睛突然充血涨红了，好像胃里灌了一碗辣椒水忍不住呛出眼泪来。他看到他爹如此苍老，这三年来更加苍老得厉害，心里想他爹跟吴元厚差不多年纪，怎么他们两个人看起来相差那么大呢。他看到父亲的身背驼了些许，走路的步子也慢了。更叫他惊讶的是父亲说话的声音不像从前凶了。他宁可他父亲今天来了，一进门看见他在写毛笔字，嘴巴一张，开口就骂他，像小时候骂他那样："我操你个浪费纸头！"那个声音听起来，是个蛮横的声音，是个不讲道理的声音，是个有力气的声音！他小时候恨那个声音；现在他鼻子一酸，想那个声音了。"爹，娘身体好吗？"这是潘道延见到他父亲，问的第一句话。

"还好。就是……"潘新侬接下来的话憋在喉咙里边含糊不清，随即他被阿仲推啊拉的去吃饭了。这时候潘道延坐在书房里，先头心里边开心的事情被现在想的事情压住了，心口一阵闷堵，手头上的作业便停了下来。他想，父亲有话要说；他预感他母亲在家里不是"还好"，而是"不怎么好"……这么一想，他坐不住了，搁下毛笔，霍地立起来走出书房，快步往厨房去。

果然母亲病重。家里需要钱抓药。他一听，随即关上门坐下来抱住头闷了半天；因他父亲急了，这才抬起头来呆呆地说道：“抓药，要的。”潘新侬叹气，盯着儿子看；父子俩大眼瞪小眼。潘新侬怔了一会儿，头耷下来，说道：“家里没钱，你叫爹拿什么抓药，啊？唉，你说‘要的’，我也晓得要的。可现在我拿什么要？没钱，到药店里去抓个屁药啊！”潘道延眼睛定怏怏地看着父亲，嘴巴翕动，一时无语。看儿子这副样子，潘新侬连饭也吃不下去了，把手上的碗筷往桌上一“碰”，不禁失声道：“唉——你这个孩子，你这样看着我做什么哦，你倒是说话哎！”潘道延突然浑身发抖，好像当头突然被人灌了一盆冷水激得他一身鸡皮疙瘩。他拿了桌上的一根筷子，拿到手里当做毛笔杆子写字；一会儿用力把那根筷子折断。潘新侬苦着脸说道：“这筷子又没惹你。”看儿子还是闷头不说一句话，潘新侬憋了一会儿，说道：“阿延，我跟太太开个口，说借点钱行啵？要不，你去跟太太说？要不，等老爷回来说？老爷什么时候回来？你不晓得？那怎么办？哎呀阿延，你说话哎，我快要急死了！阿延你也大了，帮我想想办法。你别叫我爹了，我叫你爷行啵？”

“抓药。”潘道延“刷”立起来说；转身出去急匆匆跑到自己房间，关上门，趴到床底下，把活动地砖下藏的钱取出来，随即回过来，一把塞给他父亲。潘新侬解开小布包一看，数了一遍，眉头一皱说道：“这点小钱不够哎！”……这时候明香来到厨房间，见过潘大伯，说：“太太起来了。太太现在叫你过去，到客厅里，有话要跟你讲。”

潘新侬跟着明香到客厅里，见过太太。吴太太叫阿仲给潘大伯上茶。潘新侬一听，慌得立起来拦住阿仲，哈着腰说道：“喔唷别忙了，我不吃茶，我吃一口水就好了。”“茶还是要吃的，”吴太太面带微笑，手一让叫他“坐”，说道，“这会儿看见你来了，我是蛮开心的。陪我说说话——阿仲，你去泡茶。”阿仲应声去了。吴太太叫明香过来帮她捏一下肩膀，一边说道：“阿延他爹，我还是六年前阿延来的时候见过你。你怎么不来走走呢？过年之前，老爷就叫阿延给你写一封信，叫你们过来，到我家里来过年。哎，怎么不来啊？是不是家里忙，人走不开是吧？”

“太太，”潘新侬抖抖忽忽立起来回道，“我今天来，给太太赔个不是。家里头确实啊走不开的。家里孩子多，事情也多，阿延他娘——”因阿仲进来，话噎了回去，一边接过阿仲端上来的茶碗，一边道谢。

吴太太说：“坐下来吃茶吧，你慢慢说——”潘新侬应了一声，随即坐下捧着茶碗眼瞅着吴太太，一时不晓得说什么好。吴太太一笑说道：“我说你啊，生了个好儿子。阿延好哦，老爷经常夸他，说他用功勤奋得很，比我家天泽好多了。说真的，家里用人都知道，我眼热你，有这么个儿子。”

“哟，”潘新侬慌忙放下茶碗回道，“看太太夸的。阿延哪里有这么好哦。依照我说，还是天泽少爷好。……头两年我见过少爷；少爷人长得好，像老爷的样子。那个时候阿延跟我说，说少爷聪明，读书，看字画，过目不忘。阿延还说少爷的字像老爷，写得好哦。哦，少爷的画，画得也是好哦。依照我说，少爷的那个天生的聪明，天生的本事，阿延是比不上他的。太太你也晓得，我这个儿子阿延笨得很，他全靠老爷费神，全靠太太帮着点拨。没有老爷和太太的培养，阿延他算个屁！那个时候在乡下，他除了会吃饭拉屎浪费家里的纸头，一天到晚写几个没人看的鸟字，什么也不会。他还能跟少爷比？那是吃昏掉了。要么他爬到田埂上去跟癞蛤蟆比。”吴太太听了抿嘴儿笑起来，一转眼吩咐道：“明香，快到我房里去，把点心拿出来给潘大伯吃。”

潘新侬一吃到点心，心里的话好像有点憋不住了。他吃了一口茶，把先前起了头的话又重新道出来：“太太，我这次来一趟，也不容易的。家里头确实啊走不开的。家里孩子多，事情也多，阿延他娘——”说到这里，潘新侬琢磨着想把心里的话说出来，没来得及开口说阿延他娘病得不轻，吴太太接口道：“我说也是的，家里啊确实要有个帮手——”吴太太顿了一下，叫明香给潘大伯续茶，顺着潘新侬的话头，接着说道：“阿延他爹，你也不要太劳碌了。家里头有些事情现在可以让孩子们做做。……哎，看见阿延了？明香，阿延现在是不是还在书房里？哦，已经见了。我说阿延他爹，阿延在家里是老大吧，他现在也长大了，是啵？你刚才看见了，大小伙子一个，喏，个头赶上阿仲了。前两年他个子还小小的，这两年说蹿就蹿上来了，怕是个头超过你了，是大人了。我说他呢，在我们家里在老爷身边也学了本事。哎，我体谅你，家里要有个帮手。你这次来这么一说，倒是提醒了我。我刚才还在想，我想这么跟你说吧，过了正月，开春的时候你呀来一趟，带他回到乡下去，叫他帮着家里做点事情。或者是，托人在城里给他找个差事。这样一来，也就减轻了你负担。我是为你老潘着想，你看行啵？明香，再拿几块点心给你潘大伯吃。老潘你吃，不要客气哦。”说罢，瞟了明香一眼，“哎，明香，多拿一点。这点心好吃得很，潘大伯吃，多吃一点。”潘新侬听了，心里慌得像一锅子正在灶上煮的稀粥“扑噜扑噜”泛着泡儿，手脚也跟着慌乱起来，一会儿立起来拦住明香，说：“我有了，我吃不了。”一会儿把点心盘子端到吴太太面前，说：“太太吃。这点心贵得很，不是我们乡下人吃的。我已经吃了不少，吃不了了。你看我手上还有。”说着，把手上的半块点心塞到嘴巴里，一边咀嚼，回头坐下来，又立起来，眼瞅着吴太太，嗫嚅道：“这，是不是老爷的意思？”吴太太一笑，回道：“这么一说，眼下是我的意思，现在只是先跟你说道一下。老爷回来了，我来跟老爷说一声，听听他的意思。”

“哦——”潘新侬吁了一口气，因嘴巴不停地嚅动，嗯呃呵的一时没个主意说什么好，便索性闭上嘴巴不吭声了。吴太太瞟了他一眼，含笑说道：“这个事儿我只是这么一说罢了，不急。要么你先跟阿延商量商量？听听他怎么说，行啵？”潘新侬一怔，“哦”了一声：“要么我现在先去跟阿延说说话。”吴太太点点头，潘新侬呆呆地转身去了。这会儿他觉着心里一锅粥打翻到地上；他本来要开口的，见了吴太太，当时觉着太太还是蛮关心他家里，看上去客气得很，蛮好说话，随想硬着头皮跟吴太太说借点钱救急；现在不好开口了。含在嘴巴里的一口点心咽下去，他闷得话说不出来。

吴天泽和妹妹吴天玉到了苏州城里，先去观前街逛了，完了去玄妙观。那地方平时就热闹，逢到过年过节时更是闹猛：耍猴的，出把戏的，江湖郎中拍胸脯卖狗皮膏药的，玩弄蛇的，吆喝小买卖的，各种小吃五花八门，看得他们忙不过来。一大圈下来，吴天玉停下来单挑一处看，拉住吴天泽，说道："哥，我不想跟着你到处走了，有点累了歇歇脚，就看这几个小孩……"只见有四个孩子就地做杂技，一个最小的女孩端着盆子盛钱，圈里没大人领班；其中最大的男孩，估摸着十五六岁的样子，穿着单薄，人躺在地上，两条腿伸起来朝天；那朝天的脚板上顶着一把梯子，高高在上——有个比他小的女孩坐在梯子顶头，头上叠着瓦盆，一手张开保持平衡；一手将手上的瓦盆扔到头上，接住了。底下站着一个男孩，见上头接住一只瓦盆，便扔上去一个让她接了，重复做到，不见摔掉一只瓦盆。那个架势看了"真的危险"！吴天泽一转眼对妹妹说："哎，叫他们下来别做了。我看了，怕他们跌下来。叫他们歇吧。"吴天玉"哦"了一声说："真的是怕的！我来给钱，叫他们马上下来，不要做了。"眼看这几个孩子总算完成了一道表演，人下来，又接着准备做下一个表演，吴天玉立马上去叫道："哎，等一会儿！"吴天玉给钱，一边问道："你们是从什么地方来的？没有大人带？"

"没。"拿着盆子收钱的小女孩摇头回道。

"你几岁了？"吴天泽走上去问道。

"七岁。"

"他们几个呢？"

"他八岁。她十二岁。"说着，那小女孩拿着盆子，一边兜钱去了。一个圈子里头纷纷有人往盆子里扔钱；吴天泽扫了众人一眼，咕噜道："还是有不少人给钱。城里人还是蛮好的。"只听吴天玉又问了："哎，你们是从哪里来的？"年龄最大的那个男孩低头整理道具，头一抬，眼睛一瞟回道："河南。"

"哦，湖南。"吴天泽点点头，眼瞅着吴天玉跟那个男孩说话，因想起来什么，凑上去说道："天玉，你大概不晓得那个地方，那个地方好哦。爹前几年去过那里，回来说'那里有湘江长沙，也是个鱼米之乡，山清水秀，湖南地方好得很。"

"哥，"吴天玉脸一转回道，"你错了。不是湖南，是河南——"

"不，是湖南。"

"什么湖南，是河——南！"吴天玉顶着说是"河南"——吴天泽却硬着说是"湖南"——这一来一去的，把周围的人逗笑了。耍杂技的孩子们也跟着嘻嘻哈哈的开心笑了。其中一个孩子又说了一遍："是河——南！"吴天泽随即大声说道："你听，分明是湖南，怎么是河南呢？哈！"边上人跟着笑起来。有人相互之间说道："哎，我听上去是湖南，是湖南。"

“不是。我们苏州这个地方，几时见过有湖南人过来讨饭弄杂技的？”

“就是，那小孩说的是湖南。”

“走吧，”吴天玉拉了一下吴天泽衣袖，“你呀，别在这里河南湖南的搞不清爽，让人家笑话！看电影去——人家明明说的是河南，你偏要说河北——看你真的是搞不清爽河南河北了。”

“哎，我哪里说湖北？我说的是湖南——在河的南边，不是湖南吗？”吴天泽说着，跟吴天玉走。兄妹俩一路说笑……吴天玉说：“哥，我口袋里的钱刚才都给光了。待会儿看电影你买票哦。”吴天泽一怔，“哈”一声说道：“我也给了他们不少钱，怕是钱不多了。你怎么不留点钱下来看电影？”

“哥，你的钱多得很，平常你老是问家里要零用钱；今年过年压岁钱你又拿了不少。你的钱都用到哪边去了？”

“哎呀，你不晓得，我以前的那些零用钱平时差不多都分给了阿延。现在想起来有点好笑。阿延你给他一点钱，他就肯帮你做事情。所以呢我也就乐得快活悠闲，把爹布置给我的字画作业丢给他代我做了，哈。”

“哥，你说阿延是不是小气得很？他从来不肯花钱。前几天我叫他帮我买一包南瓜子给我吃，他都不肯，说‘不要吃’。我说‘要的’。他就是咬住‘不要’！又说他口袋里没钱，还把口袋翻出来给我看。”

吴天泽听了，“哈”一声，说道：“我猜想阿延不用钱，把钱藏起来了。昨天我趁他不在书房里，到花房后头去帮阿仲做点事情，我偷偷地翻了他的抽屉——以前也翻过，没有。不晓得他把钱藏到哪里去了。我还找了他睡觉的那间屋子也没有。你说阿延鬼不鬼？我不欢喜他。妈妈也不欢喜阿延。”

“你不欢喜他，妈妈不欢喜他，爹欢喜他，我欢喜他。”

“你欢喜阿延我晓得。不过妈妈不欢喜他，麻烦得很。哎，天玉，你还记得三年前有一次明香暗地里告诉你，说妈妈要叫潘大伯来，把阿延带走。你当时听了，急得哭了，说：‘我不答应阿延他爹来把阿延带走，说不答应就不答应！’还说，‘妈，我现在就跟你说好，你要答应不准他走，不让他走。要不答应，我今天就不吃饭，饿死了拉倒！’”吴天泽说罢，一笑。

吴天玉想起来说道：“这件事情不是明香暗地里告诉我的，是妈妈跟明香在说的时候我在门外头偷听到的。我当时一听，马上进去说了。妈妈当时怎么说来着？哦，她说：‘谁叫他走了？我说什么了？’还说，‘要是阿延他爹来，把阿延带走，我有什么办法留住他不走？’”

“明香后来在我面前取笑你了。明香说‘小姐你不会饿死的’，你当时跟她哭着鼻子说：‘我就不吃饭，饿死给你看，饿死给你们看！’明香还说：太太一听，一把把小姐拉到身边，好话连篇哄小姐，说：‘好了，我现在就答应你。你说阿延好，等你以后长大了就嫁给他吧。'我一听，问明香'天玉怎么说'？明香说你当时一把擦掉眼泪，头一抬，眼睛一亮说道：'妈妈说嫁，我就嫁！'"吴天泽说完，"哈"了一声，嬉皮笑脸自顾朝前走了。

吴天玉先前听得一愣一愣的，回过神来，跟上去，一边说道："好啊，吴天泽，好啊，明香，回去跟你们算账！"

说话间，两人到了小公园电影院门口。吴天泽听说电影马上要开场了，冲过去买票，没注意一脚踩到了一位小姐的脚；只听那位小姐"喔哟"一声，便闷得说不出话来。吴天泽慌忙道歉，一连说道："对不起！"

"说对不起就好啦？"那位小姐边上，还有一位小姐冲吴天泽道，"这一脚上去踩得厉害，你说对不起倒是轻巧！怕是踩扁脚趾了，叫她怎么走路？"吴天泽一时无话可说，眼瞅着两位小姐漂亮、标致的小姐——被他踩的那位小姐打扮比较时髦；冲自己说话的这位小姐穿着倒是传统，但是听她说话却是眼神逼人，看着有点不依不饶！

"又不是故意的，"这时候吴天玉开口了，"已经说过对不起了。还要怎么样啊？又不是——"

"你是谁呀，"那个传统小姐说，"要你在边上插什么嘴？没有道理。""谁没有道理？"吴天玉回道，"我没有道理，你有道理？""你没道理！"对方声音提高了，"踩得人家不好走路了，你说怎么办？"

"喔哟，"那个时髦小姐扶住自己同伴，一边呻吟道，"踩得我痛死了！"

"要么去医院，"吴天泽瞟了呻吟者一眼，尴尬一笑说道，"我去叫辆黄包车——我送你去医院看看？"

"去医院看什么呀，"呻吟小姐又"喔哟"一声道，"我不去医院。我要看电影哎！"吴天泽立马回道："要不这样，我请你们看电影——"

"谁要你请了？"那个传统小姐回头道。

"要的。"那个时髦小姐突然站直了，对吴天泽说，"这是你自己说的，不是我们说的。你请啊，我们等着你去买票呢！"说罢，又"喔哟"一声。那个同伴和吴天玉同时扶住她。吴天泽上前虚扶一把，叫她试着走几步路；看样子她走路还行，吴天玉吁了一口气。吴天泽眼睛一闪，随即跑到窗口去买票。

眼看吴天泽买了电影票回过来，递给她俩，那嘴巴里呻吟"哟哟痛"的小姐走路正常了，吴天玉嘀咕道："这一脚踩得厉害，真的假的？"吴天泽"哈"了一声说道："看美国电影……我们快点进去！"

四张联票。一进去电影已经开场了。暗头里寻了座位没话可说。

吴天泽走在仨女的后头入座在靠边上；坐下来，心里想跟两位小姐说话，身边隔着妹妹不方便，吴天泽凑近吴天玉耳朵说："跟你换个座。"

"不换。"

过了一会儿，吴天泽用胳膊肘捅了一下妹妹，低声说道："换一下。"吴天玉一转眼回道："唏，不换。"吴天泽自讨没趣，只好作罢。

一场电影看完出来，吴天泽看着走在前面的两位小姐，对吴天玉说："我们去吃点心，你上去跟她们说。"吴天玉一怔，停住脚步嗔道："你自己去说，我才不呢！""求你去说，不行吗？我怕是请不动，自讨没趣。"吴天泽说。

看吴天玉一边走，不吭声，吴天泽一把拉住她，"哈"一声说道："这一回算我求你。你快去，要不，她们走远了。"眼瞅着吴天泽朝自己拱手作揖，吴天玉说："好吧，我去跟她们说。请不到，不怪我。"吴天玉跑上去把意思说了。两位小姐接受邀请。

出电影院，吴天玉陪她俩一路说话，跟着吴天泽到街上寻点心店……不远处就是；四个年轻人坐下来，点心吃上口了，话也就好说了。

说话间，互相问了姓名。两位小姐：时髦的那个叫魏可欣，传统的这个叫唐宓宓。吴天玉跟唐小姐坐在一起，对面是吴天泽；魏小姐坐在吴天泽旁边。唐宓宓听说眼前这位公子叫吴天泽，跟吴天玉小声说道："我小时候就听说过你哥哥的大名……"魏可欣侧身坐，只顾自己跟吴天泽说话；一会儿听到唐宓宓说到中国传统字画，便回过头来说："哎，宓宓，我们的英文老师玛格丽小姐有一次说过，她说她实在是看不懂中国人用毛笔写的字、画的画有什么好？你说呢，Miss Tang？"

唐宓宓颔首微笑，"哦"了一声，没有接魏可欣的话，转开话题说道："魏小姐在我们学校里功课最好。她呀，就要到美国去留学了，心里美呢！"魏可欣抿嘴儿一笑，说道："宓宓，你不是也要去美国吗？我们一道去做个伴。"

吴天玉、吴天泽听了，先后问道："唐小姐，你也要去啊？""你们，什么时候去？"唐宓宓看了吴天泽一眼，脸一转对吴天玉说："魏小姐肯定去。我么，说不定不去，也说不定是要去的。"

这时候吴天泽心里有点失落感；一时好像也插不上话，心里想，刚认识的两位漂亮小姐，这一走，不就飞掉了？感觉从眼睛里流露出来，坐在他边上的魏可欣注意不到；对面的唐宓宓眼睛一瞟，感觉到了。唐宓宓淡定说道："我想我还是不去的好……"说着，跟吴天泽对视了一眼，接着对吴天玉说道："我父母只有我一个女儿，他们说舍不得我出去……恐怕我要待在家里陪他们了。"

"要的！"吴天泽脱口而出，脸突然涨红起来，随即低头吃了一口点心，接着说道，"其实，不出去也好。在家陪父母好。古人说孝也，则父母快活也。"

"哥，古人说过这个话吗？你在哪本书上看到的？"

"哈，就是这个意思，我们要尽孝心的意思。古人的原话，不就是这个意思么？唐小姐你说是啵？"

"唐小姐，不去理他，我们说别的。"吴天玉只顾自己跟唐宓密说话，魏可欣加入进来；三位小姐一边说笑，吴天泽傻坐一边，插不上话。一会儿他感觉尿憋，便起身找放松的地方去了。

那家点心店小，没有洗手间。吴天泽到外面兜了一圈回来，一看魏小姐唐小姐已经走了，方才后悔这个尿儿撒得不是时候，因妹妹说：“你怎么去了那么长时间？”他反过来嗔怪道：“天玉，你为什么不留住她们俩？哪怕一会儿等我回来，我也好有个机会当面跟她们说一声‘再会’！”吴天玉一笑，说道：“我跟她们说了不是一样吗？再说了，这次请客是我出面请的，又不是你出面请的，你自作多情了，人家根本就不在乎你。你怪我？我还要怪你呢！自己出去，连个招呼也不打，没礼貌。她俩还误会了，还以为你不愿意跟她们在一起说话。你自己跑出去冷落了人家，这会儿还说我不留住她们，没有道理。”说罢，从座位上立起来往门外走。吴天泽转身跟上去，一边走，一边赔笑道：“好，是我的不是。想办法再约她们俩。你问了她们家住在哪里吗？”

“还用你说？”

“哈，天玉聪明，拎得清。”

“哎，哥，两位小姐你欢喜哪个？”

“你看呢？”

“我是问你，你欢喜哪个？”在回家的路上吴天玉盯着问，非要吴天泽作出一个选择。吴天泽想了半天，到了家门口，脑子才开窍，说道：“要是阿延今天跟我们一道出去就好了。”

“这个跟阿延有什么关系？”

“天玉，这个你就不聪明了。我跟你说哦，要是阿延欢喜这个，我呢就欢喜那个。如果阿延欢喜那个，我呢就欢喜这个。哈！”

“哥，你胡说八道！”吴天玉脚一跺说。吴天玉从马车上下来，先一步走到家门口，一个回转身堵在门口，脸一红说道：“吴天泽，你今天给我听好了，阿延是我们家的，是我的……”

吴天泽听了眼睛一闪，“哈”一声，说道：“天玉，你敢进去跟妈妈跟阿延说这个话吗？”

“你当我不敢啊？唏。”

寻访笔记 12

重新寻访，不完全是重新开始新的寻访，有的时候意味着对已经寻访过的人和地方做更深入的寻访。这里的“重”我多半将读音落实在重而视“旧”，如果有新的发现，便是我的“重新寻访”了。

最初，我从唐六梓留下来一堆信札里找到有关“唐楼看画”的佐证。而接下来的再一次深入，意外有更新的东西：

在唐六梓留给后人的信札里，有他女儿唐宓宓的信件，其中有几封信来自美国，是魏知良的女儿魏可欣用英文写的。现在阅读，要说一句当年的魏小姐英文写得漂亮。林语堂先生曾用英文写过一本书《吾国吾民》（My Country and My People），试想他如果读了魏小姐写的信，当做如何感想？

我的第一感想是，民国时期的教会学校可以把一个地道的中国孩子教育成一个地道的外国人，“进门”是语言，“登堂”乃行动，而“入室”则为思想了。

魏小姐当时的外国思想，主要体现在她不用中国文字跟唐小姐保持通信，好比现在的外国人给我们中国人发信件、发文件，坚持用他们的语言。魏小姐强调说唐小姐是她最要好的同学，最好的朋友，她们俩同出一个教会学校之门，那么唐小姐就应该像她那样，最好用英文写信，因为这门语言她们已经熟练到完全用它来思想了。魏小姐来信还嘲讽了一个令她不可思议的“做派”——唐小姐给她写信，居然用毛笔写，用的是宣纸——这样的形式和速度，在她看来，是“蜗牛”了。

我开始寻访唐小姐留下来的笔墨……

当我深入寻访，我不无感慨地发现，唐小姐一旦进入中国传统笔墨，她就再也不肯出国留学了。而同时期跟她一个年龄段上的主要人物吴天泽、潘道延、吴天玉，他们本来就是中国传统笔墨——

第十二章

潘道延的父亲在吴家住了一宿，第二天吃了早饭说要走。吴太太挽留他再住几天，因想好了跟他商量道："这次来别急着走。我说还是等老爷从上海回来了碰碰头再走。再说了，你住几天也正好派得上用场；阿仲这会儿想把园子拾掇一下，你在，做个帮手也好。说起做帮手，天泽不行，阿仲死活不肯叫少爷做。阿延呢，一天到晚用功得很，阿仲是更不敢麻烦他了。这不，怕耽搁阿延的时间和精力，回头在老爷面前没法交代。老爷当然也不会答应叫阿延做那些活儿。难得阿延写字画画累了，到园子里透透气，松松筋骨，眼看着阿仲一个人忙，顺手帮一下阿仲，那也是难得哦。平常是肯定不叫他做的。家里明香有时候算是肯帮阿仲搭把手，但是园子里的泥啊石头，有些是个力气活儿，也不好叫丫头做。"

潘新侬听了稍微犹豫了一下也就答应了。潘新侬心里想，也好；昨天夜里阿延也说过，借钱的事，要么等吴先生回来再说，没别的办法。潘新侬心里明白得很，太太想留住他，跟阿延想留住他，不是一个意思。潘新侬原先没想到吴太太昨天跟他说的那个想法，这会儿只觉得自己这次来有一点不大好，在吴太太面前说自己"家里孩子多，事情也多，阿延他娘——"吴太太这才体谅他，叫他把阿延带回去帮助家里。回头一想，潘新侬真的有点后悔；他没有把吴太太说的那个意思跟儿子说。

墙上日历撕掉一页。这天是正月初六。

潘新侬在吴家忙了三天还是闲不住，一大早起来帮着阿仲收拾清理吴家园子；吃过早饭，继续干活。吴天泽、吴天玉硬是不准，嚷着说："潘大伯今天歇一天，去换衣服，我们陪你到城里去玩玩，叫阿延也一道去。"吴天泽跟阿仲说了。阿仲一笑，说道："那当然好，我今天也歇了。反正太太关照做的事情这两天也忙得差不多了。哎，明香，你去跟太太说一声，少爷小姐他们要带潘大伯出去转转。"吴天泽一听，忙拦住明香，说："不要！"

"要的。"阿仲紧张道，"我说少爷，还是要跟太太说一声的。"

"哎，阿仲，"吴天泽一笑道，"你怎么现在也说'要的'了？"

"啊，我说了么？"

“你说了。”

“我多说一句，待会儿跟太太好有个交代。”阿仲说着，给明香递了一个眼神。明香转身就走。

吴太太刚起床，在房间里听明香过来说了，脸一拉说：“不准！”明香马上出来传话。吴天玉一听，回头跑到母亲房间里，问：“为什么不准？”

“怎么，”吴太太清了一下嗓子说，“你们还没玩够啊？想想看，从大年初一玩到初五，也该收收心了。今天我不准你们出去，你待在家里陪我；天泽也不准出去。我说阿延就不像你们，明香说他吃过早饭就进了书房。天泽今天给我待在家里上上心，写字画画。你现在去把天泽叫过来，我有话跟他讲。哎，我喊你去叫，你不去？好啊，明香，你去把少爷喊过来。”说罢，不理女儿纠缠。

一会儿吴天泽跟着明香晃悠悠地过来。吴太太没好脸色，说道：“你怎么走路也没个好样子？今天不准出去。我已经说过了，不重复说。我估计，你爹明天就回来了。你赶紧把落下来的字画作业补上，免得讨气。我今儿把话跟你讲在前头，你要是不听话，人再野出去，我是不答应的。有的你爹回来罚你，还不如我先罚你，听见没有？”吴天泽“哈”一声，往门外退出去，一边嬉皮笑脸道：“知道了。我今天听话，不出去，待在家里。我现在就去书房，跟阿延学，今天什么地方也不去。要不，认罚。”吴天玉跟着退了出去。

“这还差不多。”吴太太满意一笑，一转眼对明香说道，“其实，天泽只要你跟他好好说，他还是听话的。我不像老爷，老爷他是过后狠，事情做得不合他要求，不顺他的心，他就罚。我呢，先把丑话说在前头，先狠在事情还没做之前就让他先晓得利害关系。”吴太太顿了一下，接着说道：“你在这里陪陪我。哎，过来帮我这里捏一下。昨晚上落枕了，这里酸，难过得很。”

吴天玉出来，问吴天泽：“今天跟潘大伯还要不要出去啊？你看，外面天气这么好，真是的，没劲。”吴天泽漫不经心地瞟了吴天玉一眼，说：“我今天不出去了，老老实实待在家里。天玉，你要是觉着没劲，到书房去陪陪阿延。我先到园子里看看，待会儿过来。”说着，人已经往园子走去。

吴天泽两只手插在口袋里在园子里晃悠；一会儿晃到阿仲身边，说：“我来帮个手。”阿仲一听，忙阻止道：“少爷别，这几块石笋不算大，我跟潘大伯两人弄，待会儿挪到那边角落就行了。你不用碰手，不用，嘿嘿。”潘新侬在旁边跟着说道：“这哪能叫少爷做哦。哎，我说你们还是出去玩吧，玩得开心点。”吴天泽眼睛一眨，对阿仲说：“我出去一趟，就一会儿。”阿仲一时没反应过来；一会儿突然想起来，随即回头喊了一声：“哎，少爷——”吴天泽已经溜出去了。

忙完手上的活儿，阿仲叫潘新侬坐到花房里吃茶，一会儿想起来，说：“老爷出去的时候关照过，过了正月初五，把他作好的字画送到天赐庄魏师傅那里托裱。我趁上

午有空去一趟，早去早回，中午跟你吃老酒。”潘新侬说：“这种事情差阿延去办，小赤佬出去跑跑腿，省得仲阿叔你跑一趟。”阿仲一想，可以，便叫潘道延代劳，辛苦一趟。潘道延一口答应。阿仲问他：“认得地方吗？”潘道延点头道：“认得。”潘道延记得六年前他头一天到吴家，夜里发高烧，第二天阿仲送他去博习医院。那个地方印在他脑子里，那里有红砖头砌的洋房，有青砖头砌的教堂；再往前就是东吴大学。阿仲说：“魏师傅的店就在博习医院附近的那条小河边上，到那里问一声……我怕你不问，一时找不到，在外头耽搁时间，到时候心里一急瞎跑，不晓得会跑到什么地方去，连回来的路都不认得，那就滑稽了！”潘新侬跟着阿仲重复说道：“到那里问一声……多问是不会错的。你早去早回，中午回来吃饭。路上要当心点，不要把老爷的字画弄丢了，那就闯祸了！”阿仲有点不大放心，接着关照道：“你一定要问清爽哦，是魏记裱画店魏知良师傅，不要弄错了，跑到别的门档子里去，把字画给了人家。”潘道延瞟了阿仲一眼，心里想阿仲现在真的有点啰嗦……

走出园子，潘道延回想六年前他刚来的时候，是阿仲到园子门口把他领进来的。那个时候阿仲不啰嗦。当时他爹问阿仲：“吴家吴老爷做什么大生意啊？”阿仲不理。他爹接着又问：“是不是做什么官啊？”那个时候，阿仲哪里啰嗦？当时他就回了两句话，说吴先生“不做官，不做什么生意。写字画画”。

潘道延这回单独进城，心情跟那天一个人去厉先生家拜年一样好，眼瞅着太阳普照农舍田埂，他在路边捡起一块瓦片向远处扔了出去，又低头一脚将一块泥巴踢到路边的水沟里，好比将阿仲的啰嗦连同他父亲的啰嗦踢了出去。但是六年前他踏进吴家的第一天，他爹跟他说过：“跟先生学，将来写字啊还有画画啊，挣钱——”这句话好比他现在手里拿的字画，不可能丢掉。

潘道延带着吴元厚的书画作品来到魏知良店里。魏师母接过清单，叫老魏过目。魏师母问潘道延：“你是吴家新来的用人？”潘道延回道：“不是。我是吴先生的学生。”“哦，你是阿延，听阿仲说起过。”魏师母叫潘道延坐；看他坐在那里不说话，便寻话说道：“以前都是阿仲来的。这回怎么叫你来了？”潘道延回道：“家里忙，他走不开。”

“哦，是这样。哎，阿仲有没有关照你什么话？”

“没。就说把先生的字画拿来裱，要快一点！”

“晓得了。”魏师母顿了一下，接着说道，“阿仲现在也真是的，这个记性差得很。年前他来的时候就跟他说了，这……”这时候魏知良已经收了字画，用手指头指指戳戳吴元厚亲笔写的清单，朝魏师母比划着手势唧唧歪歪，那个意思大概是照这份清单收了字画就行了，还啰嗦什么？魏师母明白了，脸一转对潘道延说：“那就这样了。你回去吧，到时候过来拿。回去跟阿仲讲一声，下次他来的时候不要忘了把账结了。上次阿仲来，没带钱，他说吴先生有预付的款子在。你回去跟吴先生讲，跟阿仲说也行，预付的款子不够。我们手头也紧，女儿要出国留学，我们等着用钱！”

魏师母前头说的话，潘道延好像一句也没有听进去，最后说的“我们等着用钱”把他的心事吊了起来。他突然从口袋里拿出自己带来的东西，双手递给魏知良，一边说道：“魏师傅，我忘了还有一幅字一幅画也要一起裱，要的。”魏知良接过来，抖开来一看，头一抬，朝潘道延竖起一个食指，再竖起一个中指，来回晃动，随即将两手指并拢向下，连续点点桌面；完了，又把两手指竖起来，在潘道延眼前用力划了一道横线。潘道延哪里搞得懂哑巴是什么意思？一时愣在那里，看一眼魏师傅，瞟一眼魏师母。这时候魏师母帮忙了，她一边嘀咕，一边指指那幅字上的落款，指指那幅画上的落款，然后用手指头点点自己眼睛，再点点自己耳朵，一边比划着手势唧唧歪歪说道：“这幅字上的厉鸿升是谁啊？这幅画上的潘道延是谁啊？这两个人没见过，也没听说过，是啵？”魏知良摇摇头，用手势回道：“没有。这两件东西不裱。”魏师母明白了，对潘道延说：“我家老魏吴先生是知道的，行内的人，外面的人也是知道的，不是名家字画他不裱。再说了，店里现在也忙不过来，这两件就不收了。不好意思。”说罢，魏师母瞟了魏知良一眼。魏知良眼睛直盯盯地看了潘道延一会儿，拿了字画往里边去。

潘道延眼睛呆滞，嘴唇翕动，一时说不出话来。因胸口突然一闷，他脸色煞白，好像僵硬死板的石膏头像。

这时候店里来了一位不速之客：朱红一脚踏进来，看见潘道延傻坐在方桌子角边上。朱红眼睛一瞟桌上摊着一幅字一幅画；那幅画搁在字上面。魏师母一转眼跟朱红打招呼。朱红顺口问道：“有顾客啊，哎，这个小伙子谁呀？”

朱红今天换了一身穿着，毛领子皮袄，戴一顶礼帽。那礼帽拿下来，潘道延一眼认出他。潘道延嘴唇翕动，心里嘀咕道：“你那天来拜年，不认得我？”魏师母叫朱红“坐”，嘴巴一努道：“他是吴元厚的学生，今天过来裱字画，马上走的。哎，朱红你坐，我来给你泡茶。”“哦，吴先生的学生。”朱红朝潘道延头一点，随即坐下来，含笑问道：“哎，怎么称呼你？”

“我叫潘道延。”

“哦，是头一回到这里来吧？以前好像没看见你来过。”

潘道延不说话，盯着朱红的眼睛看，心里想这个人的眼睛有毛病；看不清楚他的眼睛，就感觉他的眼珠子在眼皮里骨碌骨碌转。

朱红一转眼，看桌上的那幅水墨画，因眼熟说道：“这是吴元厚的东西，让我看看——”再要细看上面几行题跋，潘道延便将这幅画收了起来。“等等，”朱红看潘道延要走，立起来伸手挡住，微笑道：“哎，不忙着走，这幅画放桌上给我再看一眼。”潘道延嗫嚅道：“我要走了。”回头一想，给他看就给他看，有什么要紧？潘道延转过身来，迟疑了一会儿，便把这幅画递给朱红。

朱红眼珠子在画面上一转，心里念道落款：潘道延写于吴门。这幅画是潘道延临摹的吴元厚大作《吴中山水》。朱红记得这幅画吴元厚拿出去展览过，当时上海有人出大价钱要买；吴元厚不卖，说留在家里。现在，这个姓潘的小伙子居然临了一张！要是不看落款，他真的一眼认定这是吴元厚画的。这时候朱红的心窝像封了一夜的煤炉，突然风门打开，火头忽然醒来，随即蹿出火苗。他想这小子学吴元厚的字画，学得一模一样；看那一手行书题跋：

余曾遍及天下山水，自以为天下山水于心中，非用心道来不可。然每每落笔于纸上，竟萦怀于吴中山水甲天下，是为心情所致，非蛰居惟亭自夸也。

朱红不露声色，把画还给潘道延。朱红眼睛眯起来上下打量潘道延，看他掩饰不住内心失落，神情恍惚转身走了出去，连个招呼也不打。魏师母一怔，眼睛一瞥，说道："这个小赤佬一点规矩也不懂，走的时候起码要回头一声。"朱红转脸一笑，说道："哎，魏师母，人家年纪轻，又是头一回出来办事情，他开头不懂规矩，以后时间长了就懂了。这个我有体会。想当初我爹叫我一个人出去办事情，也是这样的，还不如他。记得我头一回到一家店里去收钱，我啊，当时拿了钱，拔脚就走，连个谢谢都不说，更不用说跟人家回头一声了。这个事儿后来我爹知道了，我爹没有说我不懂规矩；他只是问我：'哎，红儿，你怎么走的时候跟人家不打招呼？'魏师母，你知道我是怎么说的？我说：'我拿了银子，心里就想着赶快走！生怕走慢了，到手的银子被他们一把抢了去。'"朱红说罢"呵呵"一笑。魏师母笑跟着起来，说道："你不一样。你我晓得，从小就出趟，人机灵得很。你要是一个人出去办事情，你爹在家里一百个放心。刚才那个小赤佬怎么跟你比？一个天一个地，没人比得过你哦。"

"哎，魏师母，拿我寻开心了是啵？"朱红似笑非笑道，"您这么说，我怕是要赶紧找个墙缝钻进去。看来我坐不住喽，赶紧走，回头连个招呼都不敢跟您打了。"朱红说罢，朝门外瞟了一眼。

潘道延闷头走出魏记店门，到转角处迎面撞上魏可欣。唐宓宓在旁边拉了魏可欣一把，小声说："我不拉你，又要被人家踩到脚了。"魏可欣一笑回道："走路只顾跟你说话，不巧。"唐宓宓抿嘴儿一笑，眼睛一闪说道："看样子有一，有二，说不定还有三呢！"

"不会吧？宓宓，要是 One，two，three 的话，就该轮到你了。"……两人笑起来，那声音从门外传进来。魏师母起身说："哟，姑娘回来了，我要准备做饭了。"回头问道："哎，大侄子，今天来有什么事？"朱红手一摆，回道："没事儿。到博习医院配药，先到这里来看看。我走了。"说罢，立起来告辞。这时候魏可欣和唐宓宓进来，朱红拱手，说了几句新年客套话，便匆匆走了。

唐宓宓想起来以前见过这个人，但不知道他是朱红，问道："可欣，他是谁啊？跟我们这么客气？"魏可欣用英语回道："One of my father's partners, for mounting old paintings."

魏师母听不懂女儿说的外国话，生怕女儿不懂事在外人面前多嘴，说家里的事情，心里想封住女儿嘴巴，碍于唐小姐在，一时不便开口。

魏可欣的大哥魏金晨走出来跟妹妹的同学打招呼，一开口也是"哈罗"说英语。魏师母逮着机会对女儿说道："你以后不要在家里跟我说洋人的话。幸亏你哥哥也懂，我叫他翻过来说给我听。要不，你爸爸哑了，我也成了聋子。"见女儿不理睬，接着跟唐宓宓说笑，魏师母回头问儿子："金晨，你妹妹刚才说洋人的话说了什么？我看你刚才在里边肯定听见了。待会儿你翻过来说给我听什么意思。"说罢，去厨房做饭。

看母亲离开，魏金晨耸耸肩，微笑对唐宓宓说："要我说？我的英文哪里有你们好？还是唐小姐说吧。"唐宓宓跟魏金晨熟，说话不陌生，接口道："金晨大夫在家里跟我们说笑了。你跟在美国人后面学的是外科，一天到晚不说一句中国话，你的英文还不好吗？哪里可以说我们这些女孩子。我们的水平你笑死了倒也罢了，别把伯母给吓坏了，说你怎么会不好呢？那往后还怎么跟博习医院的美国医生一起做手术？洋人说纱布，你拿剪刀给他，小心洋人把你的手指头剪掉，叫你以后上不了手术台！"魏金晨笑道："可欣的同学里，我看就数唐小姐厉害，将来不得了哦。"魏可欣坐在旁边微笑，看着唐宓宓，一转眼看自己哥哥，突然说道："She will be given an offer of marriage. It's you, Ok？"

话刚落音，魏金晨和唐宓宓一怔，几乎同时说："No!"随即尴尬一笑。唐宓宓心里想魏可欣这玩笑开大了。自己没这个念头，倒是魏可欣私下跟自己说过好几回，说她大哥好像对她有点意思。昨天初五出去吃饭，魏可欣说这是她哥哥魏金晨邀请的，想单独请唐小姐。唐宓宓当时说，要去，魏可欣一道去。这是先前说好的。昨天中午魏金晨临时取消了预约，说医院有个急诊手术。但是今天魏可欣请唐宓宓来做客，路上说出老实话。

其实，魏金晨昨天不去吃饭，不是有什么手术要做，而是唐宓宓坚持要魏可欣陪着一道去，他就不想去了。唐宓宓在路上跟魏可欣说："你哥哥的外科手术真的是做到医院的外面来了。"魏可欣走到家门口，方才后悔说了实话，把唐宓宓惹得生气，便叫唐宓宓待会儿见了她哥哥，找个机会报复一下。唐宓宓心里没那个意思。她觉得魏金晨什么都好，人样子，受的教育，职业，在旁人看来，那是未来的求之不得的先生。但是唐宓宓还是觉着魏可欣的大哥不是她心中的最合适的选择。唐宓宓在家里还是听从她父母的话。唐六梓和唐太太不止一次跟女儿说过："你读教会学校倒也罢了。说外国话我们也不反对。生活呢，你可以吃西餐用刀叉，坐沙发；睡觉不要棕板床，要席梦

思，也行。就是你今后嫁人，不嫁洋人。”唐六梓把自己女儿比作瓷器，因此说道：“中国瓷器怎么可以跟洋人的高脚杯混到一作对呢？”唐六梓自己泡茶的茶壶是极品紫砂壶，那是清代乾隆年间出的东西。他打比方说：“这紫砂壶怎么可以跟洋人的咖啡杯搭在一道？”唐六梓在自己开的唐楼里见过魏金晨来吃茶。唐六梓对女儿说，有一天魏可欣的大哥带了两位跟他一个腔调的同事来，明明是上中国茶楼吃茶，他偏要在中国的茶水里倒什么威士忌，还要加牛奶。唐六梓对魏金晨说，红茶里加点糖可以。魏金晨听了，嘴巴一张就说“No sugar，too sweet”，非要在茶里加威士忌和牛奶。唐楼没那些东西，弄得像魏金晨那样的客人不满意，吃了个半吊子就走，往后再也不来了。唐六梓说，像魏金晨那样的人，已经不是中国人了。他那个脑子浸透了洋人的墨水，连自己的口水都变了。唐宓宓虽然不完全认同她父亲的看法，但是就凭现在魏金晨当着她的面，说出一个“不”字，她就很不开兴！要是魏金晨今天换一个说法，哪怕不说话，脸红一下，那么她至少还会考虑一下；那么她至少认为魏可欣的大哥还是一个中国人。而眼下魏金晨好像美国人那样直截了当说话，她不能接受，更何况那天她见到了那个小时候她就听说过的吴公子——她的直觉告诉她，吴天泽对自己有点意思，那个意思好像超过对魏可欣有点意思。那天晚上她回到家里，跟父母说了她出去看电影碰巧见到吴天泽。唐六梓一听，跟女儿开玩笑说：“你小时候有人说过，吴家公子吴天泽跟你同年，将来跟吴家可以攀个亲家。这是人家说的一句玩笑话。”这句话唐宓宓听进去了，记在心里。

这会儿唐宓宓跟魏可欣聊天，看魏金晨把一瓶葡萄酒打开，立起来说道：“可欣，我今天中午不在这里吃饭，回去吃。出来的时候跟家里讲好的。”魏可欣听了一愣！魏金晨一看唐宓宓要走，一急说道：“噢，这瓶葡萄酒，是为唐小姐打开的。哎，可欣，我们不是说好的么？今天请唐小姐吃饭——”

“不了。”唐小姐含笑回道，“今天不行。我已经跟我爸爸妈妈说好了，说今天回去吃，他们要等的。”魏可欣拉住唐宓宓，恳求道：“宓宓，你今天就在我家里吃吧。吃完了早点回去可以。这酒，也开了。我是一番诚意。我哥呢，他就更有诚意了。”唐宓宓还是摇头，坚持要走。

魏金晨一脸尴尬耸耸肩膀，摊开双手说道：“哎，唐小姐，我们不是已经说好了吗？说好的事情怎么一会儿改了呢？”唐宓宓回道：“哎，说好的事情为什么不好改呢？”魏可欣无奈地说：“Table is ready.”

唐宓宓一笑，说：“It’s time. I must be leaving now.”

魏可欣没办法，只好送她出去。到了外头小桥边，魏可欣说：“今天你算是可以了吧？回敬也回了，报复也报了，不要再生气了。”“今天天气蛮好，”唐宓宓含笑回道，“我现在开心得很。”

“开心就好。”魏可欣嬉道，“我就怕你不开心，弄得我两头不讨好。待会儿我哥哥肯定要说我的不是。我怎么跟他说呢？你弄得他一点面子也没有，难堪得很。你不觉得他有点难堪吗？”

“我不觉得。哎，可欣，我说你什么意思啊？他那天改了主意，我可没说什么，一句话也没说，通情达理得很。急诊手术肯定比请人吃饭要紧哦，临时取消预约，正常得很。”

“哎，宓宓，以后嫁给我哥哥，我站在你一边，帮你把他收拾服帖。你叫他向东他就向东；你叫他向西他就毫不犹豫向西 I'm sure，要不，过些日子我再安排一次？”

唐宓宓回道：“到时候再说。”一笑，告辞走了。

朱红出了魏记店门，一眼望过去潘道延还没有走远，便叫了黄包车，慢慢地跟着潘道延。朱红坐在车上跷起二郎腿，一个心思琢磨；跟了一段路，叫车夫赶上前面的那个小伙子。

朱红请潘道延到附近的馆子里吃饭。潘道延说：“回去吃。”朱红说：“我跟你，又不是头一次见面，一回生两回熟。哎，今天是初六，碰上就是缘分。老话说得好，‘六六顺’，就是初六你我碰到了，要吃一顿饭，这样你顺了，我也顺了。顺其自然交个朋友，这就是有缘分。所以我今天请你吃饭，不为别的，就为了今天图一个‘顺’字，不吃不顺。我想顺，你不想顺啊？”

看潘道延似乎有一点犹豫，朱红接着说道：“‘逢六必吃’——这是老话，要的。”潘道延一听，立马回道：“不要。”

“哎，不要恐怕不好。”朱红眉头一跳，说，“新年头上，我们大家要讨个彩头。你不要？不要就不要。”话刚落音，没想到潘道延突然说：“要的！”

“好，那就一起吃个饭。”

“嗯。”潘道延头一点，心里想“逢六必吃”——以前没听说过，不晓得有没有出处？“六六顺”听人说过；又想，现在肚子饿了要吃饭，“要的。”

饭吃到一半，朱红说了一通废话；看潘道延低头自顾吃饭，连个搭腔的话也没有，他憋不住了，试探道：“我琢磨着你画得不错。你想不想把你画的那幅画卖给别人？哦，我的意思是，你可以拿这幅画跟人家换一笔银子。”潘道延一听，猛一抬头，嘴角一个抽搐嘴唇吊了起来，瞪大眼睛直愣愣地看着朱红。这时候朱红心里已经有了七成把握。朱红喝一口鸡汤，抹了一下嘴巴，漫不经心说道：“大哥我，今天跟你索性挑明了。这幅画我刚才已经看过了，鄙人要买。”这会儿潘道延一脸狐疑，嘴巴翕动随即闷头吃饭，心里想把这碗里的饭扒完了马上走，这会儿有什么心情坐在这里听他胡说什么“鄙人要买”胡说八道！就在潘道延闷头吃完，把碗筷搁在桌上的一瞬间，朱红正好将一把大洋叠在他面前。

“收起来吧。”朱红将手一让，“数一下，二十个大洋。你看成，你就跟我成交。我不说废话，听你一句话。”潘道延一怔，下意识地把两只手伸出来，触摸了一下眼前的摞起来的白花花的大洋——两只手有点颤抖；这时候朱红心里吃定了这个姓潘的小伙子，不是七成把握，是成了。

潘道延反应似乎不够积极，一时间迟钝得很，眼睛定怏怏地盯着朱红看，然后看桌面上的大洋。朱红嘴角一抽，说道："你看够不够？我再给你加一点？"说罢，又从包里拿出五个大洋，一个接一个地叠在潘道延面前。——潘道延惊讶道："啊？"

"啊什么，嫌少？"

"不。"

"不要？"

"要的。"

"好，成交。"朱红接了画，眼瞅着潘道延开始数钱了，双手突然一抖，一块大洋落在地上，滚到桌子底下。

潘道延回到家里，见他父亲在园子里等他——刚想说话，一看吴天泽从外面回来；吴天泽叫了一声"潘大伯"，脸一转，看着潘道延，说："阿延，我看你坐的是前面的一辆马车，我坐的马车一直跟在你后头。哎，你今天一个人到城里去的啊？"潘道延头一点，算是回答。

吴天泽一回来就被明香叫到吴太太身边问话。

吴天泽跟明香一走，潘新依一拍大腿道："阿延，你急死我了！等你回来吃中饭，唉，你到这时候才回来。肚子饿死了吧？来，我去给你弄了吃——"

"吃过了。"

"在外头吃的？"

"嗯。"

"操你个小赤佬！你钱多啊？你娘在家里等着抓药。你倒好，一个人跑到外头去吃饭，我操！"

潘道延瞟了父亲一眼，淡定说道："爹，我先去阿仲那里交差。"说罢，拔脚就走。潘新依一屁股坐到石凳上，喘气道："唉……"

吴天泽走进屋里，一看母亲脸色不对。吴太太把茶碗"啪"掼到地上，吓得明香往后一跳，随即蹲下来收拾碎片。吴太太叫明香把门关起来。

"跪下。"吴太太眼睛扫了一下活宝儿子，闷声说道。

"哈，"吴天泽上前几步，一边从口袋里拿出一袋干炒栗子，说道，"这是我在城里买的，回来孝敬妈妈，吃起来香哦。"说罢，做了一个鬼脸。

吴太太憋着一口气，伸手接过散装的栗子，拿出来一个，一嗅说道："天泽你过来，把嘴巴张开来，给你吃一个。"吴天泽一听，走近了"哈"一声张大嘴巴，吴太太突然将一个栗子塞进他嘴里，恨恨说道：“吃你的栗子！我叫你一口闷死掉！买栗子给我吃，你想闷死我啊！”吴太太捶胸口，接着含泪说道：“越大越不像话！今天我叫你待在家里，叫你要不出去，你哪里肯听我的话？一天到晚晃啊晃的，你要晃到什么时候啊，啊？你哪里像阿延！他怎么不像你？!”

“阿延他不是今天也晃出去了？”吴天泽剥栗子吃，一边说道，“阿延他出去了一个大半天刚回来，我在门口看见他，他——”

“他怎么了？”吴太太冷笑道，“他要你说？你看看你现在，啊？变得像什么样子了？我叫你今天开始上上心，把前头落下来的字画作业补上。你呢，这个耳朵进，那个耳朵出。怪不得你爹见了你这个样子，要罚你！”

吴天泽剥好栗子，一笑，上前一步递上去说道：“妈，我剥了壳给你吃。这个栗子好吃得很。”吴太太一把打掉，厉声喝道：“跪下！”吴天泽只当没听见一边吃栗子，说道：“阿延今天可以出去，我为什么要待在家里？”

“他出去跟你不相干！”吴太太提高声音道，“他出去，是给家里办事情。你呢？你出去做什么？”

“买栗子给你吃。”

“谁叫你出去买栗子了？这栗子我不要吃。”

“要的。”

“不要！”吴太太将桌上的栗子一把撸到地上，大声说道，“天泽！你，别在这里跟我耍嘴皮子，说什么阿延说，要的。你——叫我伤心，叫你爹伤心！你爹，他用心良苦，从小就给你找了个好学上进的阿延来我们家。他指望什么？他指望你，还有阿延他，指望你们俩他好你好。可现在呢？他好了。你呢？你坏了！你现在连阿延的一半都及不上。你说，你是我儿子，你想把我气死掉啊？!”说到伤心处，落下眼泪。

看见母亲哭泣，吴天泽心反而硬起来，硬梗着脖子说道：“好啊，你们都说阿延好——就让他好。他好啊，做我的兄弟。他好啊，做天玉的哥哥。他当然是一个‘好’字！哎，我想起来了他好做你们的儿子。以后，他还可以做——做我们家的姑爷……”说着，吴天泽已经走到门口，一脚踹门出去。吴太太气得浑身发抖，一口气接不上来，声嘶力竭道：“你吃昏掉了你！”

……

当天夜里睡觉前，潘道延把他父亲拉到自己睡的小房间里，关上门。潘道延二话不说，从口袋里摸出二十块大洋，一把交给父亲。

“哪里来的钱？”潘新依惊讶得眼珠子突出来，嘴唇哆嗦，双手颤抖，腿一软瘫到椅子上。

“我卖掉一张画。”

“啊？”潘新依一听，吓了一大跳！突然紧张说道，“阿延你该死，你把老爷的字

画卖掉一张？我操你的，你不要命啦？!”

“是我自己画的。”

“啊？你画的东西现在可以卖钱？”

“嗯。”

“哦——”潘新侬吐了一口气，随即倒吸一口气；突然一口气闷住了，眼圈一红，眼泪滚下来。潘道延鼻子一酸，跟着落泪。眼瞅着儿子撕了一张宣纸边料擦眼泪擦鼻子，潘新侬破口骂道：“我操你个浪费纸头！”

潘道延总算听到父亲骂他了。他破涕一笑，心里想这个声音跟他小时候听到的一样。他觉得他爹就应该有这样的声音。

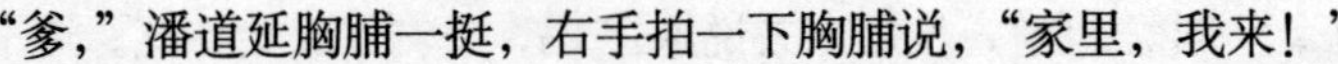

“爹，”潘道延胸脯一挺，右手拍一下胸脯说，“家里，我来！”

寻访笔记 13

现在有一位人物，叫钟天铎。

钟天铎先生有一条腿残疾，我们尊称他“钟半仙”。他在美国纽约有个家，在中国北京有个家，老家在苏州；苏州的家，是他回来的家。

钟天铎，1943 年出生于苏州，祖籍浙江吴兴。他对书法、国画、篆刻治印、鉴赏、收藏、做老货买卖，无不在行。他是赢家。到目前为止，我没听说过他看东西走过眼，上过人家的当，踏过什么地雷。他经常捡漏吃到仙丹。

据说“天铎的篆刻治印，数得上当今一流，现在国内比他好的人没几个”。我听了想求他治一方印章，刻三个字：吴门道。

那天我跟墨之、老张去拜访钟天铎。老张跟钟天铎是老朋友，请他写几个字。他一笑说道：“一字千金。”因老交情最后还是写了。钱没收。他正色直言道：“这钱可以不收，但是这行情你要晓得，好比请人吃饭，这顿饭的规格你心里要有数。”

我因此而放弃了想求他治一方印章的念头，是以为眼下“且说天下书画者，笔墨当朝笔千金”，真是难得而求之不得了。我想民国时期苏州的朱子藏“朱半仙”，他活到天命年时“开天门”，发现了潘道延这个人物，也好比捡一个漏？吃到一个仙丹？当年吴元厚治一方“吴门少年得道”之闲章，并非“闲”来之笔——

第十三章

那天朱红请潘道延吃过饭以后直接回家了。

朱红踏进书房，金俪正在看书，朱红一张口就问："爹呢？"金俪只当没听见他说话，埋头看书。朱红扫了书架一眼，走近了，说道："哎，你一天到晚看书——这书有什么好看的？还不如抬起头来看看我今天早点回来了。"因得意嘴巴里嘘了嘘的，一边把自个儿皮包往金俪面前一放，挡了书页。金俪随手把皮包挪开，视线仍不离开书页，说道："一回来就问你爹，也不先问我一声，好像家里除了你爹就没其他人了。"

"哎，这话怎么说的？我不是一进门就先问你吗？爹呢？"

"这不还是先问你爹吗？你，什么时候一进屋子先问过我？"金俪瞟一眼手边的皮包，似乎不是故意地把皮包撸到地上。"哎，我的包。"朱红赶紧把他的皮包捡起来放到桌上。

"你这个皮包比人要紧。"金俪瞟了朱红一眼，轻声说道，"老头子今天觉着不大舒服，在屋里躺着，等着吃你的药。叫你出去配的药呢？""哟，忘了。"朱红拍了一下脑门，"今天出去忙得很，把这个事儿给忘了，真的忘了。"

"鬼话，"金俪脸转过来，说道，"你今天出去就是为了配药。你说你平时没时间，天天回来得晚。今天上午正好有空，没有别的事情，到博习医院去给爹配药。是你自己说的，你怎么会把配药忘了？"

"明天配。"朱红拿了皮包转身走。

"又是一个明天。"金俪合上书，说道，"待会儿你自己跟老头子说。他今天中午吃饭没胃口，很不开心。不要怪我没有提醒你。不是我现在说你，你出去配个药，好像孙悟空到西天取经。"朱红一听，一个急停回头说："我今天是忘了配药，但是我今天取了经。"说罢一笑，拔脚就走。

朱子藏戴着老花镜，靠在床头看《收藏志录》。朱红一进门趋步上前，干咳一声，说道："爹，给你看一件东西。这东西，是个东西。"说着，从皮包里拿出潘道延画的画心，抖落开来。朱子藏漫不经心地翻阅《收藏志录》，瞟了一眼那张画心，说："吴元厚的山水，我又不是没见过，拿一边去。"

“爹，你再看一眼。”朱红拿下朱子藏手里的书，扔一边去，随即把画心铺展到床上，一边说道，“这个东西，你看！”

“书拿过来——书——”朱子藏嘴巴一努，侧脸看着朱红，说道，“我现在看书。你别拉我，叫我起来看，看什么看？吴元厚作品我瞟一眼就可以了。”

“这不是吴元厚的原作！爹，你听我讲，是有人仿作的一张！”

“胡说八道。”朱子藏取下老花镜，眼睛一斜“哼”一声，说道，“你这话哄别人还行，讲给我听？你这不是大白天闭着眼睛瞎讲么？好了好了，我已经说过了，吴元厚的东西我瞟一眼就可以了。”朱子藏说罢总算又瞟了一眼这幅《吴中山水》。这一瞟非同小可，差一点把他眼乌子“瞟”出来！

朱子藏的眼乌子一下子盯死在“潘道延写于吴门”这一行字上，沉吟细赏念出声音来。他几乎不相信自己眼睛；这一回他看仔细了，抬头问道：“这是谁画的？哪里弄来的？”随即用手摁住“潘道延”三个字，扫一眼画面，说：“这是真的。”把手挪开，咕噜道：“假的。”朱子藏顿了一下，眼睛烁然接着问道：“谁画的？”朱红弯腰控背，指指画上的落款说：“潘道延画的。”

“废话，我问你潘道延是谁？谁是潘道延？”

“潘道延是吴元厚的学生——是他的学生。”

“哦？”朱子藏脸部一阵痉挛，似乎一口气吸入肺部回不出来，突然身子一挺，腹部一下子鼓胀起来，脖子斜梗着僵硬了，眼睛死盯着朱红看，不觉嘴唇翕动，好像一条横在地上的青鱼翕动嘴巴透气似的，无话可说。

“爹，”朱红这会儿眼睛充血，本来黢青的脸上泛出潮红，一屁股坐到老头子身边，把今天出去碰到潘道延的经过往细里头说了一遍。

朱子藏听了，手指背贴着画心缓缓地拂过去，眼睛看着画面移动；他看了半天，突然嘴巴一龇笑出来——起先是“嘿嘿嘿”的笑出一点声音；一会儿笑声放大，逐渐转为大笑，一直笑到一口气回上来，一转眼变成一阵罕见的痴笑了。

只见他浑身发颤，两只手伸出来伸直了抖得厉害，一时控制不住自己，任凭自然发作，嘴巴里含混不清道：“哦，呼呼……呜呼呼……喔，呼呼……”完了他来一个深呼吸，好像憋足了气儿，仰身一吐为快！随即头一甩，嘶声狂笑——脸色由暗红黢青须臾之间煞白；他笑到癫狂时，显然气不够用了，大口大口喘气儿，仍止不住笑间隔而来……

朱红从来没见过他父亲如此笑法，一时不知所措，不禁也跟着笑起来。

朱红的笑，好像干哭，声音由短促而后拖长了，伴和着朱子藏的笑，因两人声泪俱下，更见荡气回肠，仿佛向死而求生！

也不知笑了多长时间，父子俩总算笑完了。屋子里突然间变得冷清下来。

朱子藏低头喘气儿，不说话。朱红怔了一会儿，脸一转说道：“爹，这个姓潘的小

赤佬是个做假的胚子，他——”

“是个人才。”朱子藏瞟了朱红一眼，沉吟半天说道：“梦寐以求，是我想的人才——不，是天才，是‘众里寻他千百度’一个狠角色！”

“爹，这个人我发现的，嘿。”

“屁话。红儿，我告诉你，他的东西要过得了我的眼睛，要我说了算。别人说了不算——不算。”

“爹，这个人——”

“他不是人，是鬼。是鬼现身。”朱子藏眼睛一闪说道，“这么多年了，我费了多少心力，也没有培养出一个鬼来。惭愧得很。现在看来，死去的韩福只是半个鬼。眼下，这个姓潘的小赤佬却是一个天生的鬼。没想到吴元厚家里有这么一个宝货——谁能想到哦，红儿，你想到吗？我看你做梦也想不到！别说你，就说我，睡梦里头想过，也没想到。唉，‘众里寻他千百度。蓦然回首，那人却在灯火阑珊处。’”

“爹，怎么样？此人近在眼前，一把拽过来，为我所用就是了。”

“没那么容易。”

“这有什么难的，”朱红嘴巴一牵，眉头皱紧了说道，“我一把就可以把他拽过来。嘿。”

“说大话，有这么简单吗？唛？”

“爹，你听我讲——”朱红眉头一松，眼睛闪亮，说道，“人有短处，便有恰到好处。过几天我出去摸一下他的底细……”朱红有点迫不及待地说了一个想法。朱子藏一听，瞟了他一眼，沉吟半天说道：“红儿，不可操之过急。心急不吃热豆腐，骑马不看《三国》。这个事情容我好好想一想。那个小伙子毕竟是吴元厚的学生，没那么容易像毛驴一把牵过来。我说你不信，你试试看？”

“今天我已经试过了。”朱红一笑，说道，“可以，没问题。用银子，用大把的银子往他身上扔——他‘啪’就过来了。爹，我看行。”

“嗳，”朱子藏手一摆，说道，“我看这个事儿你只说对了三成。对一般的人来说，银子够了。但是对他，银子恐怕不够。即使用大把的银子也未必成。红儿你听着，他不是人，是鬼。跟鬼打交道，你说，光用银子成吗？不成。就算是这青头鬼是人，那银子管用，我问你，吴元厚要你的银子吗？那个鬼的先生要你的银子吗？我告诉你，这个你也知道，吴家是有底子的人家；吴元厚家里有的是银子，你怎么对付他？你想，我们要把吴允之的学生一把拽过来，他要是知道了允许吗？允之的厉害是允之。你不要觉着自己本事大。别弄错了，你老子都不见得是他的对手。现在，就凭你动点小脑筋，就想把他的学生拿下？你说，你光用银子办得了吗？红儿，我刚才跟你说什么来着？哦，我这么说的，我说你只说对了三成——还有那七成，要动脑子，要大智慧。若有大智慧，再加上你说的三成银子，兴许还成。你留意，我说的是兴许还成——说不定还成不了。红儿你给我听好了，你知道我为什么要说——说不定还成不了？你现在用心想，用力气想，往深里边想，这个事儿还差那么一点——”朱子藏说到这里停顿下来；眼瞅着朱红有点心不在焉，他想了一会儿，干咳一声接着说道：“我下面的话不讲了。看你是不是接得上来。要是接得上来，‘孺子可教也！’要是接不上来，这个事儿回头再说——”

“我接不上来。”

“那就打住，不说了。”

“要说，”朱红立马回道，“这个事情要紧得很。怎么好不说呢？我今天出去最大的收获，就是这个事儿，就是这个人，比捡漏还要捡漏，活生生地吃了个大‘仙丹’！我琢磨着像这样的好事儿，到寺院里头敲破木鱼也求之不得。给我逮着了是我们朱家的造化，天赐的。我刚才心里边还在想天赐庄——我今天别的地方没去，就去了天赐庄，老天爷好像给我安排好的，就撞上那个人了——哦，就撞见那个鬼了——天晓得今天是个什么日子！在回来的路上我一路开心，一出手就给了拉我的那个车夫一块大洋。你没看见他开心的样子，阿弥陀佛，谢天谢地拱手说我‘先生好人，先生好人……’那个车夫不晓得我开心什么？我开心老天开眼，天助我也！”

“红儿，不要激动，慢慢说……”朱子藏吁一口气，缓缓说道，“天时、地利、人和，这三个里头还差那么一点——”

“还差那么一点？”朱红皱紧眉头想了想，说道，“恐怕就是这个姓潘的小子出自吴元厚门下。他要是从我们家后院里冒出来的，这一点还差个鸟啊！我琢磨着不把吴元厚攻了，我们说不定还真捞不到那个鬼才。我觉着弄不好，兴许捞个空对空？”

“也——”朱子藏眼睛闪亮，脸部一牵，“我说你啊，今天总算是说对了一半。不错。这，还有一半——”朱子藏突然打住，摆手道：“这个事情现在不说了，回头再说。你去吧。让我静下来想想……”说着，一边用手指头敲点自己脑门。朱红起身道：“我觉着这个事儿，是不是透着邪乎？人，没有问题。就要看天意了。不过我想‘事在人为’——我手上有银子，我就不信‘人为’不了。方才说这个人是鬼，就算是鬼，鬼就不是人了？我琢磨着人也好，鬼也罢，他只要有五脏六腑，吃饭拉屎，就有办法收了他。这个世界上没人跟银子过不去！”

“你啊，一口一个银子，好像天下就银子管用。”

“爹这么说，就对了。银子通杀！上至皇上，下至平头百姓全一个德性，吃银子。自古以来就是这么回事儿。这乾坤颠倒不了。过去如此，现在如此，将来更是如此。我银子不入虚空门。今天我试过那小子了。什么狗屁字画，不就是他妈的拿来换银子么？没银子给他个价值，那些字画屌毛灰！吴元厚家里有钱，那些钱是从哪里来的？不就是拿字画换来的么？这就对了。银子能把天上的阎王拉下水，别说地上的一个小鬼。”朱红说罢，“嘿”一笑，转身走了。

朱红回到自己屋里，见金俪在，叫她泡茶，说："我干死了！"金俪瞟了他一眼，嘴角挂一丝冷笑道："干死了，不好在你爹屋里吃口茶？"

"一直说话，忘了吃茶。"朱红一屁股坐下来，干咳一声，一笑。

"你今天没配药，老头子说你了吗？"金俪泡茶，一边问道。

"哟，这个事儿忘了——没说。"

"他忘了，还是你忘了？"

"哎，我说阿俪，我爹现在不是好好的，吃什么药，啊？"

"想起来了。"金俪把茶碗端到朱红面前，接着说道，"先头你说你今天出去取了个什么经回来；你那个经在他面前念完了，他就不用吃药了。我想也是。你忘了。你爹也跟着忘了。只有我一个人记得你爹这几天觉着胃里边不舒服，喊着要配西药——现在好了，快得很。"

"我看老头子精神好得很，吃什么药？——茶呢？我干死了。"朱红端起茶碗猛一口吃茶，随即一口吐出来，"哎哟，烫死我了。"想发脾气，见金俪慌着过来看他嘴巴烫坏了没有，他眉头一皱忍住，一手捂住嘴巴，咕噜道："怪我，不怪你。"金俪眼睛一瞥回道："谁叫你这样吃茶的？嘴里起泡了没有？啊呢。"朱红张大嘴巴，金俪一看，叫他嘴巴再张大一点。朱红一听，眼睛一瞪："我嘴巴就这么大！不张了。吃饭去。"说罢，自己先走一步。

当天吃晚饭，朱子藏叫厨房多加了两道菜。朱子藏吃到兴头上，手执筷子朝桌上一比划，笑道："今天这些小菜配我胃口，我要多吃一点，吃！"朱红因刚才吃茶烫了嘴，舌头感觉有点木，吃东西兴致差了点儿，但见父亲今晚难得少有的状态好，心里一乐，不禁失声笑道："吃，吃哦！"

金俪瞟了朱红一眼，自顾细嚼慢咽，也不吱声；抬头见朱子藏跟朱红对了一下眼神，会心一笑，她心里边嘀咕，感觉有点莫名其妙，问道："你们今天是怎么了？碰到什么喜事了？"朱红不接话头，夹了一筷子凉拌萝卜丝送到嘴里，点点头，一边吃着，说道："这大萝卜切成丝儿，拌点盐花，再加上葱油，清爽得很，我最欢喜吃了。"朱子藏含笑说道："我欢喜吃人家一般不想吃的菜，比如说我今天特意关照厨房做的这道菜。我给这道菜取了个名，叫'鬼炒蛋'——这个东西，是个东西，我就想吃。你们不吃，我一个人全吃了。"说着，夹一筷子吃了一大口。金俪听了一笑说道："从来没见过人家拿土豆片炒蛋的。""这你就不懂了。"朱子藏一边咀嚼，说道："土豆，马铃薯，北方有人叫'山药蛋'。这东西鬼得很，合着什么烧都好吃。但是最好吃的还是这个'鬼炒蛋'——"

"就吃这个鬼。"朱红刚才走神了，这会儿似乎还没回过神来，莫名其妙说了一句。金俪瞟了朱红一眼，咕哝道："神经病。"

吃过晚饭后，朱子藏叫朱红到园子里走走，消化一下胃里吃的东西跟脑子里想的

东西。这一“消化”便有了周全的思路。

朱子藏琢磨了半天，吩咐朱红：“照老子的意思办！”

第二天上午朱红带上韩进一道去老街博古斋找纪学览。

朱子藏昨天晚上交代儿子：“从下个礼拜开始韩进就跟着你出去跑跑，往后教他学着点，做你帮手。”朱红嘴巴上答应照办，但是心里很不以为然。他觉着用韩进，还不如用博古斋的伙计。韩进最好还是留在自家后院里，做他该做的能做的事情。朱家培养了韩进那么多年，现在叫韩进出去跑跑，不合算，有这个必要吗？这是一个忒大的损失！朱子藏明白朱红的心思，不想跟儿子如实道来，只是交代，说自己这样安排自有用意，照着做就是了。

朱子藏心里跟明镜似的，他考虑再三，一咬牙，最后决定把韩进放出去跟着朱红锻炼。朱子藏的心思只有他自己明白，别人是掂不到底的，就连他儿子朱红，虽然悟性好，聪明过人，眼下也是云里雾里，捉摸不透他老子的用意。朱红想问个明白，朱子藏说：“我现在不想跟你说透，也不好说——”

“为什么？”这一回朱红盯着问道。朱子藏说：“红儿你非要问，我只好这么跟你说，我心里想，要是现在把这个事情跟你说透了，恐怕节外生枝，反而使这个事情办起来有更大难度。也许因此会束缚你的手脚，弄巧成拙，到头来坏了我的大事。我觉着红儿你，虽然在道上混了那么多年，但是在我看来，你现在还是缺少大智慧——”

朱子藏顿了一下，接着说道：“这个事儿一直在我脑子里盘想，说了你，你不要不服气——就凭你现在这点小聪明，正好用在‘照办’上，自然而然地把韩进带出来。这个进一步说，我们现在发现了潘道延，我要办的事儿，目前看来只有这个潘道延是不二人选。回过头来看，说心里话，说真的，韩进，他到不了那个仿作的极致。红儿，你爹活到今朝，自信有眼力，这一点我是看准了，错不到哪里去。你也看出来了，韩进的笔墨功夫眼下根本不及潘道延。这是可以定下来的。以后恐怕不好说。那是以后。但是有一点我心里有数，我早就看出来了。你平时在外头忙，不大留意后院里。你大概不晓得，韩进在后院里充老大，他一门心思要管带几个师弟。单凭这一点，我就可以说，韩进不像他哥哥。他哥哥韩福是个闷子，是个疯子，一年到头只晓得埋头做他的字画，不理会其他事情。韩福是真的，掉进临摹仿作的沟里再也出不来了。只可惜他死得太早。要是他活到今天，兴许跟潘道延还有的一拼。而韩进，像个做管带的角色，他那个心思就跑偏了，不在道上了。什么叫‘管带’啊？管带，就是管着带着，他妈的就是个头头脑脑；那个脑子里头满是个管人的脑筋，这字画就不是他的正道了。还有，更能说明的还有，后院里头有个叫阿吾孪的小子，他好像不服韩进的管带，跑到我跟前来告密，说韩进偷画了一张《少奶奶图》。那张《少奶奶图》我后来叫韩进交出来，一看，我就感觉韩进有本事，他有创作的本事——他把朱家少奶奶画得如此生

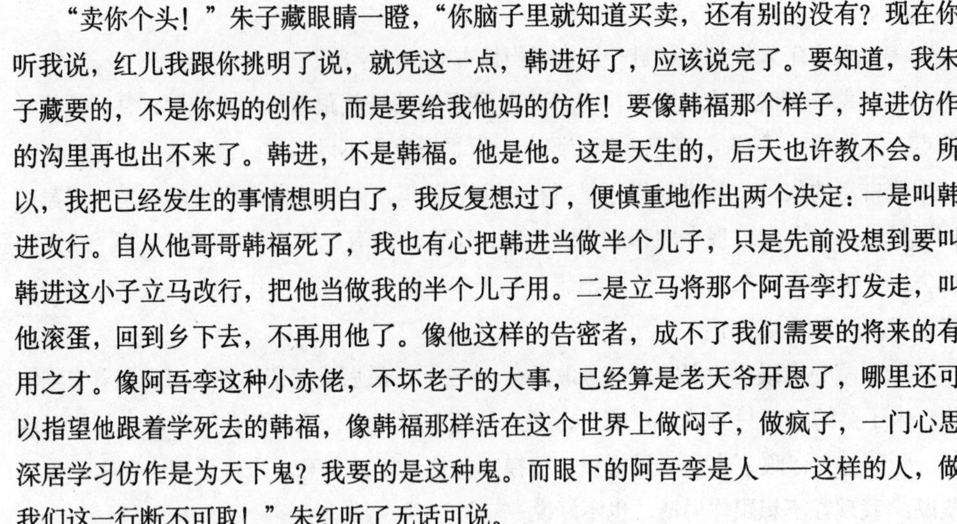

动动人，比少奶奶还要他娘的少奶奶，这还了得？!”

“哦？”朱红惊讶道，“画得这么好，给我放到店里卖！”

“卖你个头！”朱子藏眼睛一瞪，“你脑子里就知道买卖，还有别的没有？现在你听我说，红儿我跟你挑明了说，就凭这一点，韩进好了，应该说完了。要知道，我朱子藏要的，不是你妈的创作，而是要给我他妈的仿作！要像韩福那个样子，掉进仿作的沟里再也出不来了。韩进，不是韩福。他是他。这是天生的，后天也许教不会。所以，我把已经发生的事情想明白了，我反复想过了，便慎重地作出两个决定：一是叫韩进改行。自从他哥哥韩福死了，我也有心把韩进当做半个儿子，只是先前没想到要叫韩进这小子立马改行，把他当做我的半个儿子用。二是立马将那个阿吾李打发走，叫他滚蛋，回到乡下去，不再用他了。像他这样的告密者，成不了我们需要的将来的有用之才。像阿吾李这种小赤佬，不坏老子的大事，已经算是老天爷开恩了，哪里还可以指望他跟着学死去的韩福，像韩福那样活在这个世界上做闷子，做疯子，一门心思深居学习仿作是为天下鬼？我要的是这种鬼。而眼下的阿吾李是人——这样的人，做我们这一行断不可取！”朱红听了无话可说。

朱红佩服他父亲；佩服归佩服，朱红还是有自己的主见。他心里想这个事情要找纪学览商量；他想叫老纪暗地里做帮手，尽快把潘道延拿下！

朱红昨天夜里睡不着觉，一直琢磨到天亮，心里明亮了。他想，面上听父亲的话。具体操办，照自己的意思办，不能全按照父亲的意思办。他觉着要是听父亲的，还要等上一段时间。朱子藏的意思是“先找吴公子下手”……道理先不去说他，朱红觉着这样做事情忒慢了。拿下潘道延，还要费力兜什么圈子？“找吴天泽下手多难？”朱红想，吴天泽那个臭小子，他去吴家拜年的时候已经领教过一回了，看样子不大好对付。头一个印象，朱红觉着还是潘道延比较对自己的路子，好像也比较容易下手。朱红不想等，自己说给自己听：“我没那个耐心，我是他妈的等不及的！”

朱红见了纪学览，说了自己的想法。老纪听了，眼睛一闪道：“也，这个事儿还不简单？把那个姓潘的仿作裱好了，拿到店里来立马卖得了。立马让外头知道，呼啦啦给我传出去，传到吴元厚耳朵里，叫吴元厚立马把这个混账学生赶出去，我们立马顺手‘啪’接过来就是了。”朱红干咳一声，点头道：“唔，这个做法比较快。”纪学览一笑：“也，就这么说了。红哥，交给我来办！”

“等等，”朱红眉头一皱，说道，“不急。我们想想，用心想想，再用点力气想想……这个事儿，是不是过于简单了？”

“红哥，这种事儿越简单越好。想复杂了，做复杂了，到头来不还是那么一回事么？依我说，拿下他，没那么复杂。哎，别想了。再想头痛。也，这个事儿我来办，您就别跟着兜圈子费精神了。”

朱红心里想老纪有道理，跟自己想法大同小异。他刚想开口说话，纪学览以为还有什么吩咐，便凑近过来。朱红一笑："哎，我说老纪，我坐到现在，你怎么不给我泡杯茶来？"

"哎——呀，"纪学览一拍脑袋，"我啊光顾着听您说话，脑子里头全是您关照的事情。稍等，我来给您泡茶——""等等，"朱红一把拉住他，"你来，伙计们看见了像什么话。"

"好嘞，"纪学览一哈腰出去，吩咐一个伙计上茶；回进来，听朱红说："老纪，我要用你一个伙计。人，要拎得清。"

"他，您看行啵？"纪学览嘴巴一努那个进来上茶的伙计，随即手一摆，叫他退出去。朱红瞟了那个伙计一眼，问道："人怎么样？脑子好使吗？"

"还行。"

"他叫什么名字？"

"银子。"纪学览凑近朱红，说道，"红哥，他，你应该知道，跟了我七八年了。""见过。"朱红一想，说道，"以前不知道他叫什么名字。银子，这个名字有点意思——"朱红下巴一抬"扑哧"一笑。

"哦，对了。"纪学览眼睛一眨道，"说起银子，我想起来了。前几天听他说过，他有个表弟叫庚子……那个庚子，跟吴公子好像是同学。最近他们有过来往……吴公子到城里来玩，找过庚子，叫庚子陪他一块儿去找一个什么人家的小姐？对了，姓唐——现在我想起来了，是唐楼老板唐六梓的女儿——不会错，是唐小姐。""哦？巧了！"朱红拍一下桌子道，"好，先叫银子去接近吴公子，把他往水里拉；让韩进搭把手帮忙。哦，就是今天跟我来的那个小子——人在店里头转悠呢，现在不用理他……这，正好顺了我爹的意思。"

"老爷子有什么特别吩咐？"纪学览放下茶碗，问道。

"我爹的意思，"朱红顿了一下，接着说道，"就是我刚才跟你说的意思。而我的意思是，叫银子和他表弟跟吴公子悠着点来往，这是一头；我跟你老纪这一头，不兜圈子，先拿潘道延开刀！"

"行。"

"老纪，"朱红似乎已经把事情想好了，淡定说道，"那个姓潘的，就交给你来办。明天，我就把他仿作的那件东西给你拿过来。你想办法快一点把它卖出去——越快越好。""好，"纪学览搓手道，"明天一送过来，我关照马上裱——"

"不，"朱红摇头道，"不托裱，就这样卖，卖画心。"朱红说着，眼睛里闪过一丝阴险。纪学览挠头道："不托裱，这价钱就打折扣了。'三分画，七分裱。'依我说，还是——""不裱。"朱红手一摆，说道，"眼下，我要的就是这个价钱过得去，起不来。这里边有点意思。老纪，你回头琢磨琢磨，就这个意思。"

"那买主呢？"

“问得好！”朱红竖起大拇指道，“老纪，还是老纪。我说你哦，就是行家里的行家。这个买主啊，你心里有数。要挑选一个买主，这个不用多说；有你老纪来办，我爹睡觉踏实；我呢就更不用说了。”

“好嘞，”纪学览见朱红要走，立起来说道，“我送送你。”随即跟着朱红从里屋走到店堂里，招呼韩进。

韩进先前在店堂里悠闲得很，这里看看，那里瞅瞅，像一个懂行的顾客。

博古斋里的伙计看他是跟着朱红来的，不敢怠慢，给他上了茶请他慢用；那个银子陪着韩进，小心侍候，不时地为他拿这个东西那个东西看，不厌其烦。

这会儿韩进听见一声招呼，便赶紧过来想跟朱红走。朱红一个手势，韩进凑近了听朱红低声说道：“韩进，你今天在这里先混个脸熟；店里，要是有什么事情，你帮帮手。纪老板会安排你吃饭的。晚上打烊自个儿回去。”说罢就走。

韩进一怔！

朱子藏今天一大早到后院里关照韩进今后跟着朱红出去办事。今天是头一天，朱红把韩进带出来扔在博古斋里，自个儿走了。这算什么说法？眼瞅着朱红走出店门，韩进想跟出去问一声；眉头一皱，又觉着不好，正在犹豫时，纪学览回进来，招手说道：“韩进，去，给我重新泡杯茶！”

韩进回过神来，眼睛扫了一下店堂，然后从口袋里拿出一封信，双手递给纪学览，轻声说道：“纪师傅，老爷叫我带给你的。”纪学览瞟了他一眼，接手拆开来一看：

学览如晤：

韩进吾弟子，亦视其为犬子。自即日起，他跟随红儿学而帮办。韩进聪慧，然社会经验缺乏。亦请学览师教而带之。子藏拜托。

纪学览看了，不禁“啧啧”赞叹道：“子藏先生的一手欧体楷书，实在是好得很，我收藏了。”抬头眼睛一转，将手一让：“二少爷，里边请！”

寻访笔记 14

有一天，一个陌生人打电话来，说他手上有一幅吴元厚作品，约我到苏州古城区一家茶馆见个面看一眼。我去了，一看《太湖东山图》，落款吴元厚。

这个人看样子三十多岁，戴了副深度眼镜，脸圆圆的胖胖的像个弥勒佛。"这件东西是我家上代人传下来的。"他说。他木讷寡言。我坐了一会儿想告辞。

"我也不大懂字画，"他手一抬说，"你看？"

我琢磨着，说："我看真的。"他听了，盯着我看了一会儿，双手托一下眼镜说："卖给你，要不要？"我开始琢磨他眼镜片：厚厚的，一圈一圈的；我好像有兴趣，说："你开个价，我听听看——"

"八千。"

"唼？"我一怔，摇摇头。

"七千，——要么六千五。"

"哈。"我一笑，还是摇头。

"那么你说个价，听你的。"

"哎，如果有人给你一千二，你肯卖吗？"

"这是吴元厚的东西。"

"我知道。"

"好吧，"他说，"这个价给你——就算交个朋友。我家里还有吴元厚的册页，还有吴元厚的字。你要，这是我电话。"

……？

第十四章

初七下午，吴元厚回到家里，到楼上画室放下东西。

阿仲端茶进来。吴元厚说："我进来一看园子弄过了，蛮好！"阿仲说："初二那天阿延他爹来了。太太留他住了几天。趁他在的时候叫他帮我一起弄了。要不然我一个人一下子还弄不好。"

"老潘来，怎么不叫他等我回来碰碰头？"

"太太说了，叫他等老爷回来。他说家里不放心，过些日子有空再来。他问老爷好。""哦，"吴元厚吃一口茶，问道，"他家里怎么样？"阿仲回道："听说不大好。"吴元厚一听，瞟了阿仲一眼，"什么叫不大好，怎么了？"

阿仲犹豫了一下，倾一下身子说道："其他事情没有，就是阿延他母亲身体好像病得蛮厉害……"吴元厚听了点点头，叹息一声道："阿延他母亲本来身子就弱。那年第一次见到她，她就是个病怏怏的样子。再说这几年拖儿带女的，辛苦得很。哎，阿延人呢？"

"在书房里。要不要我去叫他上来？老爷。"

"这会儿不用。"吴元厚手一摆道，"回头我来跟他说，叫他过两天带点钱回去看看……"

说话间，吴太太来到画室。阿仲叫了声"太太"，便退了出去。

吴太太说："老爷，你要是昨天回来，这回就碰上阿延他爹了。今天一早他起来就急着要走。我叫他吃了中饭再走；我跟他说，估计今天中午前后老爷要回来的。他说，要赶着回去。唉，乡下人也不容易……我给他一些钱，他不要；推来推去的，最后他还是不要。潘新侬这个人，看他老实巴交的，闷哧闷哧的不说话。阿延有点像他。——哎，上海去了一趟怎么样？累了吧？"

"还好。"吴元厚活动了一下头颈，透一口气，说道，"这回到上海去不算忒忙，主要是参加一个正月书画笔会。他们邀请了沪苏杭的一些书画家，给上海市政府和一些达官贵人作些字画，算是应酬应景吧。我本来是不想去的，觉着没什么意思。这次是傅家佑叫我，我不好意思推。要是换了其他人，我肯定推掉了。这种场合我是不高兴多写多画的，就写了一幅字，画了一幅《太湖东山图》给他们算了。”“不给钱啊？”吴太太似乎有点失望。

“钱当然给的，招待也是不错的。”吴元厚说，“只是觉着这样做，无非是人到场，走个形式罢了。——哎，天泽和阿延这几天在家里怎么样？刚才我进来没看见他们。我现在下去，看看他们的作业。”“老爷，你急什么。”吴太太坐下来说道，“刚回来，先歇一会儿，等晚上吃好晚饭以后再说。这会儿吃口茶，我陪你说说话。”“不，现在看——”吴元厚说，“我还要出个题目，叫天泽跟阿延合作一幅画，也算是对过去一个交代，来年的一个开始。这个事情，我想年前就要做的，拖到今天了。今天做。”吴太太说：“明天吧，明天早上起来叫他们画。”

吴元厚把茶碗往桌上一蹾，立起来说道：“今天做！”吴太太听了脸一沉，跟着吴元厚往楼下去。

这天上午吴天泽出去了，到现在不见人影。吴太太心里想，天泽你活该今天要倒霉。叫你待在家里，把落下来的书画作业补上，你就是不听，死犟！

吴天泽和潘道延合用的书房在东厢房边上。这是一间书房兼作画室。室外有一处假山，上面有一座小亭子，取名“紫香亭”。这三个大字是吴元厚的父亲吴绍庭写的。假山两边种植了紫薇、紫藤。吴绍庭当年取“紫香”二字，谐音“子香”，意为“子传书香墨香”。

潘道延正在书房里写字。吴天玉看他写字，一边帮他研墨。吴天玉说：“写好这幅字，不要写了，我跟你说说话……”潘道延写字，一边说：“要的。”吴天玉停下研墨，笑吟吟说道：“你现在是要接着写，还是马上停下来陪我？”

“接着写。”潘道延头也不抬回道。吴天玉一听，咕嘟着嘴说道：“我不给你研墨了，也不跟你说话了。你写吧！”

潘道延放下毛笔，瞟了吴天玉一眼，说：“要的，我在听你说话——”指指砚台，“接着研墨，我还要写几个大字。”说着，已经铺好一张宣纸，从笔架上取了枝大号毛笔，濡墨，略一沉吟，挥笔写道：

真者，精诚之至也，不精不诚，不能动人。

抬头见吴元厚走进来，潘道延叫“先生”，吴天玉一转眼说：“爹，你什么时候回来的？我怎么不知道？”

“我已经回来半天了，在楼上……”说着，吴元厚瞟了一眼画桌，坐下来问女儿，“阿延写的这幅字你晓得出处吗？”吴天玉一笑，回道：“爹，这句话还是今天早上我在园子里背给阿延听的呢！出处是《庄子·渔夫》，嘻嘻。”“嗯。”吴元厚点点头，一转眼对潘道延说，“来，再写一幅。”说罢，手一招，叫吴天玉拿一张宣纸。潘道延随即将宣纸铺平，压上镇纸，不假思索落笔写道：

业精于勤，荒于嬉。

吴天玉随着潘道延走笔，轻声念出来；完了说道："出处是韩愈的《进学解》是吧？"吴元厚"呵呵"一笑，点头道："是。"潘道延搁下毛笔，活动手腕。吴元厚颔首微笑道："阿延，你的字大有长进！"顿了一下，问，"天泽呢？"吴天玉回道："不晓得。大概不在家里。"

"什么叫大概不在家里？"吴元厚脸色一变，"大概是什么意思，咹？他人呢？——你说他出去了？到什么地方去了？""我不晓得。"吴天玉回道，"问一下阿仲。阿仲说他出去了。"

"天玉，"吴元厚手一抬，说，"去把阿仲叫过来！"

吴天玉嘴一撅说："我不去叫。叫阿延去。"说罢，瞟了潘道延一眼。潘道延朝她摇摇头。吴天玉"唏"了一声，便转身去了。

这时候潘道延把自己的书画作业拿出来。吴元厚看了几页就不看了，似乎没有心情看，问道："天泽的书画作业做了没有？"潘道延一怔，嗫嚅道："不……不晓得。"吴元厚一时没话讲，眼睛失去神采。吴元厚心里有话，想等到儿子回来一起说。眼下儿子不在，吴元厚感觉有点失落，无声地吁了一口气，嘴角掠过一丝不易察觉的苦笑。

吴元厚现在看到自己的学生，除了自己儿子，惟一的学生潘道延，其笔墨功夫已经超出他原来的想象。他原来想，至少要用十年，或许可以达到像潘道延现在的笔墨功夫。但是潘道延只用了六年。这六年来，潘道延的进步已经叫他刮目相看了。而吴天泽却"荒于嬉"！吴元厚后来对夫人说："书画起步是天泽早，阿延是后来。现在看来，是'后来者居上'了。这个情况是我不情愿看到的，也不是我的初衷，更不是我的期待。如今这个结果摆在面前。那么以后呢？我不敢想我的学生潘道延将来'香'了，而我的儿子'臭'了。"这会儿吴元厚立起来走到书房窗口，看着窗外假山上的紫香亭，心里隐痛："子不香，为父臭也！"吴元厚在窗口沉吟片刻，转身回过来，这时候潘道延已经把一本册页拿出来，双手捧给先生。这本册页，是潘道延临摹的吴元厚的册页。

旧年入秋，潘道延向吴元厚提出，要临摹老师的这本册页。吴元厚说："蛮好。"潘道延用了秋冬两个季度时间，将吴元厚画得最满意的册页《吴中印象》共十六页临摹完毕。吴元厚坐下来一看，拍案道："好啊！"潘道延吓了一跳，出一身冷汗，心里嘀咕道："不好了。完了。"

阿仲进来回老爷的话，说："少爷今天上午在园子里，只是跟我说了一声要出去一趟，一会儿就要回来的。我也不晓得少爷今天到什么地方去了。太太上午也问过，还吩咐明香跟我出去找过……"吴元厚一看女儿跟着阿仲一起过来，现在立在书房门口不进来，便摆手叫阿仲先去，一边招呼吴天玉进来，看潘道延临摹的册页。吴元厚把两本册页摊开来，叫吴天玉过来看。吴天玉一时分不清楚哪本是父亲画的册页，哪本是潘道延临摹的作业。

“你当然看不出来。”吴元厚说，“即便是外面的行家，也未必一眼能看出来……”潘道延听了，心里一块石头总算落下来，松了一口气。之前吴元厚看他的书画作业，不说话，他还以为自己功课做得不好；接着想把自己临摹的册页拿出来给老师看。“哎，天玉，”吴元厚对女儿说，“你还记得吗？你们小时候，有一天顾院长到我们家里来。那天落大雨，阿延来的第一天，顾院长说过阿延他将来好啊！”吴元厚说罢，用手揉捏眼睛内角。

“哦，记得。”吴天玉小声说道，“我小时候就说阿延好哦。”吴天玉瞟了潘道延一眼，脸突然红起来。

吴天泽在城里玩了一天，晚上没有回家。

他在庚子家里吃了晚饭，丢下饭碗，拉庚子出去。白天，他和庚子已经摸清楚唐宓宓家的地址。晚上，他叫庚子陪他去，把唐宓宓叫出来说几句话。庚子起先不肯，说：“吴天泽，你叫我陪你去，我去。可是你叫我帮你把那个唐小姐叫出来，我怎么叫？今天下午我跟你在北局戏院门口碰到你说的那个唐小姐，我看出来了，那个唐小姐好像有点讨厌我……所以，我现在不做你的跟屁虫，省得她再来一个讨厌。我不高兴。”

“废话，”吴天泽将一把钱塞到庚子口袋里，说，“你跟我走！”庚子把钱摸出来一看一怔，嘴巴里咕噜道：“乖，我过年收的压岁钱——爹和娘的、爷爷奶奶的、姥爷家的、舅舅家的、姑奶奶还有阿姨的，加起来抵不上他给的。”这时候吴天泽心里不爽，不是心疼钱；他给庚子钱，很爽；他现在不爽的是，这天下午和庚子在戏院门口碰到唐宓宓……没想到边上还有唐宓宓的母亲……唐宓宓趁她母亲跟别人说话的时候，悄悄地把吴天泽拉到一边，问了吴天玉情况，说了几句话……吴天泽说：“我现在有时间，请你看电影……”唐宓宓当时说“好的”，一转眼犹豫了，最后说“不了”。他弄不懂唐宓宓为什么起先是愿意的，后来又不愿意了？他想今天晚上非要把唐宓宓叫出来，当面问清楚。

吴天泽在路上把自己的心思对庚子说了。庚子“嘿”一笑说道：“这个有什么好问的？要么你再请她一次，叫她明天出来。要是她出来，你就不要问了。要是她不肯，你问她，就是问月亮。”吴天泽发狠道：“我一定要把唐小姐明天约出来！今天晚上一定把她叫出来——”

“真的？”庚子停住脚步说，“我不信。待会儿到了唐小姐家，我帮你把她叫出来。你躲在一边看。要是她出来，要是她明天跟你两个人去看电影，就算我输。唐小姐今天晚上不会出来，吴天泽你信不信？”

“赌两个大洋……”吴天泽伸出两个手指头说。庚子一怔，眼睛突出来。吴天泽“哈”一声道：“虚了吧？”

“鸟——”

“哈，”吴天泽一笑说道，“这一回我先输给你。你帮我把唐小姐从家里叫出来，这两个大洋，今晚的月亮和明天的太阳就是你的了。”说着，拿出两个袁大头。庚子眼睛一亮，龇牙咧嘴道：“操，我这是两头赢，今天稳吃你了。”眼看唐小姐家快要到了，他丢下吴天泽，一溜小跑往唐家门口去。

唐家用人周妈出来开门，听面前小伙子一说，就“砰”一声把门关上。庚子愣了一会儿，转身往回走，突然笑起来，笑得一屁股坐到街沿上。吴天泽从附近一棵大树后面闪出来，走过来问道：“怎么说？”庚子瞟了他一眼，忍不住还是笑。吴天泽一把将他从街沿上拉起来。庚子收住笑，伸出手来小声说道：“吴天泽，你输了两个大洋。”“去你的，”吴天泽伸手“啪”打掉庚子的手，“你笑了半天，连一个字也没跟我说，就想要两个大洋？她怎么跟你说的？”

“给钱吧，”庚子喘一口气，又把手伸出来，说道，“人家把门关上了。没有说一句话。”……

“周妈——”这时候唐家有客人，正在吃晚饭，唐宓宓走出来，问道，“谁呀？我刚才听见外面有人敲门……”

“没有人。”周妈回道，“刚才来敲门的我一看，是个陌生人，青头鬼。他说找小姐，叫小姐出去一趟，有话要说。我不让。”唐宓宓心里想谁呀？不会是他吧？因此说道：“蛮好问一声。人走了没有？我出去看看。”周妈手一摆道：“晚上小姐不好出去的。”唐宓宓听了也就作罢，转身回进去，一个人到楼上去了。

唐宓宓到房间里坐下来，随手拿书看，看不进去；扔下书，铺开宣纸写毛笔字。唐太太推门进来一看，说道：“哟，宓宓现在开始练毛笔字了。那洋人的字也不写了，洋人的书好像也不看了。有点奇怪哦。怎么了？不开心啊？”看女儿继续写字，不理自己，唐太太轻轻地碰了一下女儿肩膀，说：“不打扰你。我下去打牌了。”这一碰唐宓宓手一抖，那个“吴”字一捺，捺到天边去了。

这一晚吴天泽住在庚子家里，和庚子挤在一个单人床铺上。半夜醒来，一看自己被庚子挤到床边沿，差一点就要滚到地上去，他挪一下身子掖好被子，将熟睡的庚子挤到靠墙一边。

这几天倒春寒，天气很冷；夜里落雪了，老房子屋檐下结了冰棱子。

第二天早上吴元厚起来，突然头晕得厉害，从房间走出来差一点跌倒，左手一把扶住过道墙壁。明香走过来看见老爷扶着墙壁喘气儿，快步上去扶住他，一边喊：“太太……”说：“老爷，不要紧吧？我扶你到房间里去。”吴元厚手一摆说道：“不要紧。

我去画室。”吴太太起来得早，这会儿正在客厅里问阿仲话，听见明香喊，过来一看吴元厚脸色苍白，赶紧上去扶住他，问道：“老爷，你怎么了？不舒服啊？”一转眼对明香说：“帮我把老爷扶到房间里去，到床上去躺一会儿。”吴元厚喘一口气，说道：“不用扶。我自己走。不要紧，我先到客厅里吃杯茶。明香，叫阿仲给我泡茶，多放一点茶叶。”明香应声去了。吴元厚对夫人说道：“你现在去睡一会儿。我看你昨天一个夜里几乎没合眼。”

“儿子一夜没回来，”吴太太道，“我哪里睡得着。待会儿吃了早饭，叫阿仲再出去寻寻看。”“不去管他。”吴元厚摇摇头，手一摆说道，“你去睡觉。睡不着眯一会儿也是要的。反正急也没用。让他去。”吴太太叹了一口气，一转眼看明香来了，吩咐道：“给老爷弄点早饭端过来。”“我不吃。”吴元厚干咳一声，摇头说道，“我吃点茶，坐一会儿。明香，拉太太到床上去。”

明香劝说吴太太进了房间，说：“太太，你还是到床上睡一会儿。这些日子太太忒操心了，脸色也不大好……”吴太太坐下来照镜子，一看，眼圈有点发黑，一声叹道：“我真的烦透了。有什么办法？”明香不敢接一句嘴，忙着冲好热水袋，把床上被子放开，扶太太上床，然后出去把门掩上。

这会儿吴太太靠在床头上，眼睛半合，头感觉昏昏沉沉的；一会儿想睡觉了，便躺下来，手搁在额头上，遮住花窗漏进来的光线。她想睡，一时睡不着，眼前恍兮惚兮的是儿子晃来晃去的影子；突然闷声自言自语道：“天泽，你……”不禁眼泪淌下来。

吴太太心口闷痛，好像心头被人狠狠咬了一口。这一口，是被她儿子吴天泽咬的，咬得她说不出话来。“明香——”她喊了一声，接着又喊……明香到客厅转了一圈回过来，听见太太喊她，慌着推门进去叫“太太”——吴太太一转脸说道：“明香，去看看老爷，我不放心。昨天夜里老爷一个人闷在画室里，差不多闷到凌晨三四点钟。要不是我去了几次叫他睡觉，他要待到天亮。这会儿他是不是又坐到画室里去了？你去看看，叫他吃点东西休息。”

“是，太太。”明香应了一声，退了出去。

这时候吴元厚一个人坐在楼上画室里，看着画桌上的宣纸，就像昨天夜里他一个人坐在这里看着桌上的宣纸一样，眼睛里是一片白，脑子也跟着白了，那脸色跟面前的宣纸那样，亦灰亦白。

他不想动笔，不想作画，也不想写字。他想，他不能不想儿子吴天泽。他昨天几乎苦思冥想了一个通宵，实在是想不出有什么办法教他儿子待在家里，坐在书房里用心于字画。他觉着自己有责任。他端起画桌上的茶碗吃一口，茶凉了。他想吐出来；他平时不欢喜吃温吞茶水，更不用说茶水凉了。他今天没有吐出来，一口咽了下去。一条冰凉的线从喉咙口直线下到胃里反应到脑子里，却是一股受到冷刺激以后的热躁！他想发火，但是那个火，好像被刚才那一口凉茶灭了。心冷冷地跳动，他觉着浑身供不上热血，手脚冰凉。

明香被阿仲阻挡在画室门外。阿仲说："你现在进去跟老爷说睡觉没用。老爷他不会听你的。你别跟我再说了。是太太说的也没用。这会儿老爷这里你不用问，还是我来……"说着，推明香走开。

明香一走，阿仲拿着热水瓶走进画室，换上热茶，一边说道："老爷，我去弄个炭盆上来吧。""嗯。"吴元厚点头道。

炭火，好像温暖了吴元厚的画室；吴元厚的心还是冷冷的一时不见温暖。

他一想到儿子，就觉着冷，从心里冷到脚底心；跟前的炭火，和外面的阳光普照都不能将一个"冷"字挥之而去。昨天夜里吴太太说："现在孩子大了，不听话，有什么办法？由他去。"

这会儿吴元厚自言自语道："由他去，没有办法；还是要想办法……"他沉吟半天，突然感觉眼前一片空白，好像有了笔墨，他拿起毛笔疾书写道：

> 天泽有天泽之路，当以吴门道行之，进必然也，则为己任，从而传于后代子香尔耳。

吴天泽和庚子一直睡到早上八九点钟还不想起床；两人赖在床上说话。这时候庚子他娘在外面喊道："庚子——银子来了！"

银子一脚踏进屋，说："庚子起来，今天到虎丘冷香阁吃茶去！"一看床上有个陌生人，猜想是吴公子吧？问了。是的。

庚子穿好衣服从床上下来，找尿壶撒尿，一边说道："到虎丘去忒远了。找个近的地方……"说着，回头看了吴天泽一眼，嘴巴一歪道："哎，去唐楼怎么样？你说呢？""早上起来吃茶？"吴天泽瞟了银子一眼，一笑，从床上下来找自己的鞋子，一边说道，"我不欢喜。人家年纪大的人早上起来吃茶。我们一早跑出去吃茶？不去。"

"去，"庚子会了一下银子的眼神，一转眼说道，"吴天泽，今天吃茶吃早点我来请。我们去，我请客。""不要。"吴天泽手一摆，说道，"要是去，还是我来请。请客轮不到你庚子。你算了吧，一边去。"庚子一听，"嘿嘿"笑起来。吴天泽"哈"一声道："笑什么？你有钱你请，我不请了。你笑吧。"庚子"喔呼"一声回道："我来就我来。今天请我表哥，请我同学，请我自己。喔呼呼……喔呼呼……我有钱，喔。"这时候银子眼睛左右瞟了一眼，一笑说道："哎，庚子，今天你有点奇怪哦，你平时小气得连擦屁股的草纸也不肯撕半张给人家。怎么，今天年初八，你发财了？哦，今天出太阳了。瞧你庚子鸟样，刚从臭烘烘的被窝里爬出来，嘴巴里就开始吹暖气了？前两天还问我要钱呢。我不给你。看你今天拿什么请客？吴公子，不要听他的，还是我来请你。"庚子一听，眼睛一斜"嘿"一声道："银子，今天你不要神气！我有钱，不要说早上吃茶吃点心，到中午吃饭，我连着请；晚上还是我请。怎么的？不相信？要不要打个赌？”银子立马回道：“我不跟你赌。”然后对吴天泽说：“吴公子，今天我们就让庚子请，我们不跟他争。”吴天泽一笑，说：“随便，无所谓。”

银子来找庚子，是想打听吴天泽的情况，叫庚子把吴天泽约出来。没想到今天碰到吴天泽，正好是机会。按原先的想法，一定是银子掏钱请吴公子，这是纪学览关照的。银子出来的费用，纪学览给他备好了。纪学览说：“银子，你要用银子，不要叫吴公子花银子。这是总经。给我记住了。”现在庚子抢在前头说请客，他想也一样。三个人出来往唐楼去。

路上，庚子说：“吴天泽，我叫你到唐楼去，还是为了你。昨天没把唐小姐叫出来，今天去唐楼，好坏跟‘唐’字连接上了。”银子一听，跟着说道：“改天把唐小姐约出来，请她吃饭。”吴天泽立马回道：“不用你来请。”

说话间，他们来到唐楼。吴天泽是第一次来，抬头一看招牌，手一抬，指指点点说道：“‘唐楼’这两个字以后要我来写，吴门天泽书。”说罢，头一低，跟着庚子进去了。

吴天泽认识唐六梓，看见他，懒得上去叫一声。三人挑桌坐下来。

吴天泽碍于在唐楼的场面上，说话举止还算斯文，而庚子、银子旁无顾忌，嘴巴里时而冒出几句粗话。这些话搭子有时候不是存心骂人，不过是随口说话的引子罢了，但是传到唐六梓耳朵里就有点反感。唐六梓在楼上招呼客人时，冷眼看吴天泽；这会儿唐六梓有点弄不懂吴公子出身名门世家，从小受书画熏陶，今天怎么会跟这两个好像有点不三不四的小赤佬混在一道？吴天泽扫一眼楼面，感觉到了唐六梓的脸色，心里有点紧张，坐了一会儿便对庚子说道：“在这里吃茶没劲儿，走吧。”说罢，立起来到账台上付了钱，叫庚子银子立马走。

吴天泽付钱的动作快过银子；庚子嘴巴上说“哎我来我来……”人却落在后头，那脚底好像踩着了钉子似的，走两步看一步。这时候银子心里开始懊悔，悔不该自个儿先前被庚子烘了一股臭烘烘的暖气，以为庚子难得阔气一回，脑子里便松了一根筋。现在好了，头一回跟吴公子打交道就让吴公子花银子，这个头开得活见鬼！回头要是跟纪老板说实话，一顿臭骂恐怕是躲也躲不了。

从唐楼出来，庚子说：“今天就这样了。我想起来还有事情，各奔东西。”

庚子看天上的太阳快要到吃午饭时辰，便想借口溜掉，要不然自己兜里的钱保不住。说罢，拔脚屁股就走。

庚子一走，银子请吴天泽下馆子。吴天泽犹豫了一下，说：“今天算了。”银子一把拉住吴天泽胳膊，说道：“今天跟吴公子认识，头一次出来，跟你到对面馆子里随便吃一点，说说话。今天我请吴公子，给个面子让我有个表示，跟你交个朋友。”“今天算了。”吴天泽重复道，“以后有的是机会。过两天来看你，我来请客。”说罢，告辞走了。

吴天泽走得快，一转眼穿马路，转个弯，人不见了。

银子眼睛眨发眨发，心里想这个吴公子有点不好弄；纪老板关照要寻机会拉住他，应该说今天是个机会，没利用好。银子觉着不爽，牙齿咬住下嘴唇，随即嘴巴一张骂道：“操你妈的庚子！”

银子回到博古斋，向纪学览交差，将今天遇见吴天泽的经过说了，隐去了吴天泽掏银子的事儿。纪学览一听，想了一会儿，说道：“银子，以后跟在吴公子屁股后头，给我变着花样用银子。哦，还有，有机会要记得借银子给他用。”银子点点头，像真的一样心领神会。

吴天泽坐马车回家，一路上，心里想唐小姐。今天，本来想自己一个人直接去唐小姐家，被庚子的表哥一搅，便作罢了。吴天泽自言自语道：“今天不去唐小姐那里也好，留个念想，回头想办法……”突然想到一个主意；他觉着要是今天自己一个人直接去唐小姐家，感觉不大好，不如叫吴天玉跟唐小姐说，把她约出来。他觉着这个主意好；一会儿又嘀咕道：“要么给唐小姐写封信，不管成不成，把信寄出去，就算是对唐小姐表示过意思了。

吴天泽回到家里，在园子里碰见阿仲，阿仲说：“少爷，老爷回来了。”在客厅里碰见明香，明香说：“少爷，老爷回来了。”吴天泽突然觉着用人跟他说话的口气和看他的眼神，好像自己即将大祸临头，好比一个蠡贼偷了人家的东西，现在又来偷了，被人家发现，关起门来逮住了。

一听父亲回来了，吴天泽心里有点慌。但是吴天泽现在的慌，跟从前的慌好像有点不一样了。从前一慌发抖；现在慌着想找个理由。出去要有个理由；不待在家里做书画作业也要有个理由。理由呢？他一边走，一边想；走进书房，一看潘道延和吴天玉在，“哈”一声道：“游子归来！”

吴天玉抬头接口道：“哦，回来啦，我跟阿延还以为你野在外头，从此野了去了。”吴天泽一笑，文绉绉道：“野在外，外在野，野野归来也。”吴天玉立马回道：“谁跟你文不像文、白不像白地说闲话。出去一天一夜不回来，也不晓得家里急的！现在回来了，倒有文兴说野了。告诉你，妈急死了，爹气死了，我被你闷死了，阿延也被你闷死了。就你一个人快活，快活得‘野野归来也’。野到哪里去了？昨天夜里为什么不回家？”

“哈，”吴天泽拖开靠背椅子，一屁股坐下来，把两只脚搁在画桌上，对吴天玉说道，“我肚皮饿死了，叫明香帮我弄点饭拿到这里来吃。”

潘道延一转眼赶紧把吴天泽的脚从画桌上挪到地上，恨恨说道：“你怎么这样啊?!”吴天泽眼睛瞟一眼画桌，“哈”一声道：“你画的东西有什么稀奇？回头我来给你画一张，字你来写，不就完了么？”

“你说话不算数，”潘道延嗫嚅道，“到时候又要耍赖。”

“哈，什么话！”吴天泽立马回道，“我几时跟你耍过赖的？我说阿延，你别这个样子盯着我看，好不好？看得我头皮发麻。好了，我现在不跟你啰嗦了。明香端过来放这儿。我吃东西的时候，阿延你别看着我，一边去。我说过了，跟你画，行了吧？”潘道延听了似乎松了一口气，一想，轻声说道：“这次我跟你合作。”“要的，等我吃过饭……”说着，吴天泽吃饭噎了一口，打嗝脖子一梗。

这时候阿仲轻轻推开楼上画室门，小声说道：“老爷，刚才在过道里我看见小姐跟明香，她们说少爷回来了，这会儿在书房里——”

“叫他上来。”吴元厚说，一边继续作画；突然搁下毛笔，说：“还是我下去吧。”说罢，离开画桌便往楼下去。

吴天泽见父亲走进书房，一怔，忙立起来，瞟了潘道延一眼。潘道延正在铺宣纸。抬头间，听吴元厚说道：“阿延，天泽，今天你俩都在。正好，阿延已经把宣纸准备好了。我说个题目，画《吴中山水好天下》，你们两个人合作，想一想画什么？怎么画？”话音刚落，潘道延一转眼说：“天泽，你先来。”吴天泽眼睛朝潘道延一瞄，潘道延双手递上毛笔；吴天泽迟疑片刻，才伸手接过毛笔，用手摸了几下笔锋，沉吟半天，搁下毛笔说道：“爹，我不画。”吴元厚坐到画桌边上，平静说道：“天泽，小时候你跟阿延合作过一次。今天再来一次合作。”随即脸一转对潘道延说道：“阿延，你也听好了。你跟天泽的第一次合作，是你们俩的创作。那个，不是后来的临摹稿子、学习、练习基本功，我今天要说的是，特别是阿延你，从今年开始要逐步摆脱临摹了。你跟天泽，要开始创作，画你们自己想画的东西，画你们的感觉，画你们的想法。”吴元厚拿起毛笔递给儿子，接着说道：“天泽，你先开始画，想怎么画就怎么画，随便画，不要有什么条条框框。你跟阿延画好了，我来看。”吴天泽低着头接过毛笔，用手摸摸脑门，似乎想了一想，把毛笔传给潘道延，头一抬，看着父亲的眼睛，说道：“爹，我现在不想画。还是阿延画吧。”说罢，转身离开画桌，朝门口走。

“站住！”

吴天泽一个转身面对父亲，嘴巴翕动着，一时说不出话；一想，便头颈一犟说道：“今天我不想画。待会儿我要出去。我不想整天闷在家里，像阿延那个样子，我学不来，我也做不到。从今往后我自己管自己。我不画。我不想画。我不画了。”潘道延立在旁边突然冒出一句：“天泽你说吃过饭要画的，要的。”吴天泽“哈”一声，吼道：“我操你个要的！滚一边去！”

吴元厚一听，勃然大怒，喘气儿说道：“你昏掉了！”因气急，接下来说话上气不接下气，嘴唇顿时发紫，对潘道延说：“阿延，你把木镇条拿给我！”吴天泽头一转怒视潘道延，咬牙切齿道：“你敢！”

“我来拿！”吴元厚“刷”立起来，眼睛突然一黑，腿一软跌倒在地上。

“先生！”潘道延赶紧上去把吴元厚扶起来，只见吴元厚脸色煞白嘴巴里吐白沫。吴天泽这会儿慌了手脚，上去将父亲背起来直奔客厅。家里一下子呼啦啦乱起来。吴天泽、潘道延、阿仲、明香几个人，前后左右把吴元厚先弄到床上；吴太太叫阿仲赶快去请镇上的曹中医；曹兴仁赶过来把脉；完了，回太太话：“吴先生是气急攻心，加上劳累，服几帖中药，静养一些日子……”

父亲病倒。吴天泽总算听母亲一句话，似乎有所收敛，把自己关在书房里写字、画画。潘道延看吴天泽行笔，是有从小练就的扎实基本功。但是吴天泽心思散乱，笔墨不贯气，再加上一副不情愿的样子，总见无聊，无趣。吴天泽在家里耐着性子闷了两天，到了第三天中午，将毛笔扔到地上，说：“出去！”

“天泽，”潘道延放下手里的毛笔，挪动脚步，心里想阻拦吴天泽，劝他今天不要出去。吴天泽走到书房门口，“哈”一声道：“闷死了！”看潘道延也走到门口，问道，“怎么，你也出去？”

“我不出去。”潘道延嗫嚅道，“天泽，你也不要出去了。今天，我跟你一道画。你出去，太太要说话的。”

昨天潘道延在书房里求过吴天泽；今天他重复说道：“天泽，这回我跟你合作，就这几天，把那《吴中山水好天下》画出来；画好了也就好了。”这会儿吴天泽不吭声，潘道延一咬牙，说道：“天泽，我求你了。这，要的。”吴天泽眼睛一瞪，恶狠狠地说：“要什么要？要你个吴中山水好天下？不可到来偷枇杷？你狗屎一个，我操你个要的！”潘道延听了眼睛发呆，嘴边抽动。吴天泽这个样子冲他说话，他心里边实在是闷火。他咬住嘴唇强压住自己一口气，忍住；他不想还嘴。他不想跟吴天泽闹翻脸。他想让着现在像狗屎一样不讲道理的少爷。

吴天泽看潘道延忍气吞声不说话，越加气恼，“哈”一声，继续冲潘道延发泄道：“我说你呢，狗屎，狗屁！你就会在这里跟我说废话。我操你个乡下狗屎一堆！”潘道延不理他，转身回到画桌边上，拿起大毛笔写字发泄。

吴天泽走到桌边，继续冲他说道：“你怎么不说话了，啊？你说，以后你再跟我说什么要的，我操你一家门！”

眼看吴天泽如此恶劣的腔调，潘道延实在忍不住了，突然将手中的毛笔向吴天泽的嘴巴横扫过去。那毛笔饱含墨汁，一笔涂抹了吴天泽嘴巴；只见吴天泽张开嘴巴“哈”——潘道延随将毛笔塞进他嘴巴。吴天泽一口咬住毛笔，生怕毛笔杆插入自己喉咙。潘道延松开手，后退几步，冷冷地看着吴天泽咬住毛笔杆，突然间潘道延浑身颤抖，放声大笑。这时候吴天玉走进书房，一看吴天泽嘴巴一圈黑乎乎地咬着毛笔杆，样子可笑得很；潘道延在一边笑，吴天玉也跟着笑出声音来，接着说道：“哟，把笔墨吃到嘴里了，干什么啊？”吴天泽看着潘道延，慢慢地伸手把毛笔从嘴巴里拿出来，看一眼毛笔，一步一步走到潘道延面前。看潘道延不后退，吴天泽闭着嘴巴忍住，用鼻子做深呼吸，突然狠狠地将自己嘴巴里黑乎乎的东西全部啐到潘道延脸上。潘道延冷不防，用手一抹，脸煞白，像吃了墨的宣纸。吴天玉“哇”一声，用手捂住嘴巴“呵呵”笑起来。吴天泽“哈”一笑，将手中的毛笔“啪”扔到地上，转身离开书房。

吴天泽一只脚刚踏出书房门，潘道延突然冲上去一把拽住他不放。吴天泽转身一拳打中潘道延鼻梁。潘道延伸手一摸鼻子，一看流血了，便松开手，向后退了几步，随即闷头冲向吴天泽，那个架势想用头撞击吴天泽胸口。吴天泽上身一晃躲避，借力把他推了出去。

潘道延从书房里头跌倒在书房外头。他跌下去的时候，是面朝地；到了地上一个翻身面朝天。吴天泽一怔，上去伸手想把他从地上拉起来。潘道延突然一脚朝吴天泽裤裆踹过来。吴天泽没防他有这一脚，“喔唷”一声蹲下来。

眼睛一眨，两人几乎同时立起来。吴天泽没等潘道延站稳，出手一拳。潘道延接着还手。吴天玉怔在那里总算回过神来，上去拉吴天泽，抱住他腰，一边喊道：“哥，你别打了！阿延，你们别打了！”

“你放开！”吴天泽用力挣脱吴天玉的手，一边嚷道，“你拉我干吗？我不要你拉！”潘道延趁机扑上去，跟吴天泽厮打起来。

明香过来找吴天玉，也上来劝打架，拉住潘道延不放手，一边说道：“少爷别打了。阿延你也不要打了。你们不要打了！”吴天玉明香劝不住，直到阿仲过来，把两只斗公鸡拉开。

吴天玉拿手绢给潘道延擦鼻血，冲他说：“你跟天泽怎么好好的打架呢！先头你不是跟我说好的么？说你们俩到书房里一道画画。你看你们，现在画到嘴巴里了，画到脸上去了，把鼻子画出血来了。阿延你说，你先说，你们这叫画的什么画？!”潘道延不说话，上气不接下气地摇晃着脑袋，嘴巴翕动着，一只手抬起来指着吴天泽。吴天玉回头一看，大声说道：“哥，你说！你们到底是怎么回事儿？”吴天泽整理衣服，一看衣服被撕破了，头一抬说道：“我们闹了玩的。”

“他先动手！”潘道延喘气儿对吴天玉说。

“他先动手，那你呢？”吴天玉生气道，“你别看他，阿延你看着我，我说你呢！你今天也动手了。还有你——”吴天玉转身冲吴天泽说道，“你狠！”吴天泽“哈”一声回道：“天玉，你现在盯着我做什么？”

“你——”潘道延走到吴天泽面前，手指头指着吴天泽脸，“你骂人！”

“去你妈的，”吴天泽“啪”一下打掉潘道延的手，“现在是说话，你不要再跟我动手动脚的。骂人怎么了？怎么的？”

“你……你……”潘道延憋足了一口气，突然吼道，“你骂我了！”

“好了，”阿仲一把将潘道延拉开来，“我说好了，好了。嘘，你们说话轻一点，不

要闹了。老爷太太怕是听见了。”

“好啊，”吴天玉瞪了潘道延一眼，“阿延，你胆子大了。他骂人，你就跟他打架？哼，我去告诉……”

“你又要奸细了！”吴天泽冲吴天玉说道：“我跟阿延是闹了玩的，关你什么事儿？一边去！”

“天泽你不要狠，我去告诉！”吴天玉说罢，扭头就走。

寻访笔记 15

唐敬图先生收藏甚丰，手上有一幅《吴中山水好天下》，四尺整张，说是吴天泽和潘道延早期合作的水墨画。我听了将信将疑。

先说“信”，有这个可能；吴天泽和潘道延后来也许有过第二次合作一幅画，是吴元厚逼着他们做的。说“疑”，故事开头说的吴有箴先生收藏的那件东西，应该是吴天泽和潘道延小时候合作的惟一留下来的笔墨。他们俩没有第二件合作的东西。眼下冒出来的这幅《吴中山水好天下》，是假的。

我想再现民国时期“唐楼看画”情景，请三个专家到场看一眼。唐敬图先生说这个想法荒唐，现在没这个可能。只好私下分别请他们看了。

这一看：一个说真的。一个说假的。还有一个没说话。

我跟说“真的”专家打赌。我说：“假的。”这一回打赌，到目前为止还不能算我输，也不能算我赢——

第十五章

吴天玉前脚走，吴天泽后脚跟着出去了。

这时候潘道延一个人坐在书房里。他感觉有点孤独。这是他第一次开始感觉一个人占偌大一个书房，除了有点孤独，还有点后悔。现在回想起来，自己不应该跟吴天泽打架。这会儿他心里很害怕，手脚时而发抖，头颈里冒冷汗，一会儿坐立不安。一个人想画《吴中山水好天下》，试了几笔下去没有一点感觉。他搁下毛笔，瘫坐在椅子上，好像一个挂了号等候看病的人。

下午晚些时候，潘道延到园子里去看阿仲做水石盆景，迎面看见吴太太，头一低，轻声叫了“师母”。吴太太没理他，还是没听见，跟身边明香说话，走开了。潘道延想，“太太肯定知道我跟天泽在书房里闹的事情了。”他宁可吴太太看见他，一把拉住他，把他说一通，骂一顿。他想过，要是吴太太说他，他绝不还嘴，即便是吴太太非要把他的嘴巴撬开来说话，他也不说。要说，他就说自己的不是。他现在知道自己错了。没错也是错。他想这个错，没个先错后错。恍惚间他想起小时候在乡下自己跟吴天泽头一回打架，那个时候他打不过吴天泽。

潘道延走到吴元厚房间，在门口喊了声“先生”。吴元厚在床上看书，听见声音，招呼他进来。

“先生，好些了没？”潘道延走到床前轻声问道。

“没事儿。”吴元厚放下书，叫潘道延坐。他拿捏着一边坐了，耷下脑袋不说话。“怎么了，阿延？”吴元厚问道，“有什么心事？是不是身体不舒服？你把头抬起来。”吴元厚咳了一声，接着说道：“我看你没精神，情绪好像也不好。是不是想你母亲的事儿？哦，你母亲的事儿我晓得了。这几天，唉，我也忘了跟你说了。这样吧，明天你回去一趟看看你母亲，代我跟你爹跟你娘问个好。钱，你师母帮你准备好了，带回去给家里用。”说着，吴元厚从床头柜抽屉里拿出一个小布包给潘道延。

“不要。”潘道延摇头回道。

“阿延，给你，你就拿——不要推！”吴元厚倾身说道，“没事的。回去看看再说。你母亲看病抓药，回来跟我说就是了。回去跟你爹说，钱没问题，叫他放心好了。你母亲看病要用钱，我来。”

“先生……”潘道延眼圈一红，眼睛一眨眼泪淌下来；一时哽咽，突然抽泣手捂住嘴巴闷声哭起来。

“哎，这两天你跟天泽怎么样？”吴元厚换了一个话题。

“蛮好。”潘道延收住哭泣，擦了眼泪回道，“这两天我跟天泽一道，先画些草稿，做些准备，过两天就开始画吴中山水。”吴元厚一听，身子一挺，人坐直了说道：“好啊！”话音刚落，一阵咳嗽。潘道延把茶碗端过来，垂手立在一边侍候。吴元厚吃了两口茶，抬头说道：“阿延，你坐下来，坐到我边上。”潘道延坐下来，吴元厚抚一下他肩膀，吁了一口气，沉吟说道：“阿延，我想啊，天泽天天跟你在一起，你呢，要劝劝他。你们俩从小在一道，跟亲兄弟一样，也许说话好说一些，说不定他肯听你的。”潘道延听了，胃里涌出一股苦水，差一点吐出来，嘴巴上应道：“嗯。”“蛮好。”吴元厚点点头，摆手道，“你先去吧，我歇一会儿。回头你跟天泽说，你跟他合作画。画好了，给我看。”潘道延立起来躬身回道：“要的。”便退了出去。

明香端着煎好的中药过来，看见潘道延从老爷房间里出来，迎上去说：“阿延，太太找你，在客厅里，你快过去！”潘道延一怔，心里“扑通”一跳，眼睛慌乱，抖抖忽忽问道：“找我？什么事？”“问你呀！”明香身子一探说，“去了你就知道了。”潘道延心一沉，脸一下子绷紧了，两只眼睛呆滞，嘴唇翕动，双手手不停地哆嗦，两条腿好像抽了筋似的，拖着步子朝客厅去。

潘道延走到通向客厅的过道里，听见客厅里吴天泽跟吴天玉吵架声；吴天泽骂吴天玉“奸细”，两人你来我往的声音里夹杂着吴太太的声音：“……我看阿延现在是吃昏掉了！”潘道延吓得浑身哆嗦，停住脚步，呼吸急促起来，心里“怦怦”跳，一时犹豫进退两难。转身想走开，抬头见阿仲走过来，他躲闪不及，头一低让到一边去。“哎，阿延，”阿仲问道，“你在这里走来走去做什么？你现在有空啊？”潘道延头一点：“嗯。”“蛮好，”阿仲搓搓手说道，“来，跟我到园子里去，帮我一道把一些盆景搬到屋里摆好，把里边的有些东西换出来。老爷关照今天要布置一下。完了就没你的事情了。你去写你的字，画你的东西。我不来喊你，也不敢来麻烦你。今天难得哦。”潘道延头一点，跟着阿仲去了。

这时候客厅里总算平静下来。眼瞅着吴天玉坐在母亲对面闷气，吴天泽想了一会儿从椅子上立起来，走到吴天玉身边，点头哈腰赔笑脸。吴天玉侧身避开吴天泽嘴脸，因一股气未消，恨恨说道：“我今天真的生气，我很生气！”

“哈，我很生气！”吴天泽回头又坐下来，跷起二郎腿嘻道，“哎呀，气鼓鼓气恼恼有意思吗？不就是说了‘奸细’二字么。以后不说了。以后随便你。我无所谓。反正我好像死猪一头不怕开水烫。我总归弄不好了。从头到脚不好。你们说吧骂吧，我认了。”一转脸说道：“妈，你今天说我骂我，倒也罢了。不要说她哦。她小姐脾气，说

不起的。天玉，你别冲我嚷嚷。谁说不起啊？”吴天泽指指自己鼻子，“就听见你们在说我。爹说我，妈说我，你说我。还有阿延，他也跟着你们说我。我啊，一天到晚被你们这个说那个说的，说啊说啊，我在这个家里都听烦了听腻了，听得我没脾气了，还想怎么样？哦，‘我今天真的生气，我很生气！’你生气个屁，又没说你，哈，气得像真的一样。”

“天泽，”吴太太做了一个手势叫儿子别说话，头一转对女儿说道，“我说天玉啊，今天不是我说你，你现在也忒不像话了！”

“我怎么不像话？”吴天玉嘴巴一撅道，“说了我半天，还要说我！我好好的怎么不像话了？”

“我说玉啊，”看女儿一脸怒气反嘴，吴太太手按住桌面一个颠坐说道，“说你不像话说错了？还跟我反嘴。一个大小姐也不懂得矜持，人前人后一开口就帮他，护他，也不想想自己什么身份，让人家外头听见了笑话！”

“哈，”吴天泽嬉皮笑脸插嘴道，“天玉现在嘴巴一张，就帮阿延。反正是阿延他什么都好，就是你哥哥，狗屁，什么都不好，不是个东西。阿延好，阿延好啊，哈！”

“你——”吴天玉霍地立起来，指着吴天泽，说道，“你说我好了。从今天开始我不睬你了。你也别来烦我。”随即走到吴天泽身边凑近他耳朵说：“唐小姐的信我不写了，你写。”说罢便走。

“别，”吴天泽慌忙伸出双手拦住吴天玉，喉咙哽了一下，说道，“哎呀，你这样对待我，有意思吗？”然后转身对母亲说：“妈，我不好。你现在往死里边说我吧。我呢说得起。”吴天泽一边说着，绕到母亲身边，端起桌上的茶碗一口气瘪干茶水，抹抹嘴巴接着说道：“我们家里呢，天玉好，阿延最好；就我一个人不好，昏哦，昏到天边去了，真的是不知好坏，把爹气坏了不说，还把老娘给气死了，气死她……”吴天泽心里不知怎么慌乱得很，在客厅里走来走去胡说八道不着边际，惹得吴太太一边说他骂他，吴天玉也跟着说他骂他。吴天泽一脸嬉笑，两头作揖，讨饶，转眼间不神气了，除了间或“哈”一声，做一个鬼脸打发无趣，再也不见一副无所谓的腔调了。这时候吴天玉的气性稍有缓解，不料吴太太气头又上来，又开始唠叨，说东道西，把“不争气”的儿子跟“不像话”的女儿眉毛胡子一把抓起来讲，越讲越气越伤心，手捂住胸口说道：“儿子女儿不孝把我气得心口疼……”吴天玉心里一阵内疚，便过去撸母亲胸口，开始诺诺应声听母亲数落，再也不反一句嘴。

过了一会儿，明香走进客厅传话：“老爷叫少爷去。”

明香好像来的不是时候；本来客厅里已经平息下来，如果明香这个时候不出现，应该说没事了。吴太太要去休息一会儿；吴天玉要去一趟镇上邮局；吴天泽也答应母亲从明天开始，接下来一个礼拜不出去，待在家里写字画画，回头跟父亲认个错。吴太

太还特别关照他："跟阿延的事儿不要讲。你爹不晓得你跟阿延在书房里打架。事情过去了不提。要知道你爹向着阿延，他不会说你好，连我也跟着受气！"这会儿，明香进来传这个话，吴太太火气突然又蹿上来，眼睛朝明香一瞪，说："哎，他人呢？"明香回道："老爷在房间里。"

"我没问老爷，"吴太太说，"问你呢！你个死丫头哪边去了？刚才我叫你去把阿延喊过来，他人呢，啊？你去喊了没有？——哦，喊了。那你怎么到现在才过来回话？去，把阿延给我叫来！死你个丫头，到现在过来传老爷的话。老爷的话你倒是快得很，屁儿颠颠地跑过来传了。我的话呢？我说的话你就不传了？你个死丫头现在也忒不像话了，看待会儿怎么收拾你！"吴太太话还没说完，明香就慌着转身出去寻潘道延了。

明香先去书房，一看没人；回头到潘道延房间，也没人。明香又急又气一路小跑到后院过道拐角处，看见阿仲在摆放盆景，急着问道："阿延呢？"阿仲端着青花瓷盆，手臂被明香一碰，吓着了，板起面孔嗔怪道："什么事情急得要死啊？要是不当心把这个碰到地上，你就好了。"明香同时也吓了一跳。她知道府上的那些盆景珍贵；还好，阿仲两只手拿得紧。明香一手捂住胸口，一边喘气说道："喔，吓死我了。"一看没事儿，接着说道："阿延人死到哪边去了？太太找他哎！"阿仲嘴巴一努："在前面园子里。"明香一听，快步前往园子，绕过一尊太湖石，看见潘道延蹲在池塘边黄石上发呆，恨不得上去踹他一脚。"好你个阿延！"明香气喘吁吁道，"你在这里啊，太太在那边发火了，叫你快去！"

"要的。"

"要你个死！"明香一手抹掉鼻子上的汗，胸口一起一伏透出一口闷气，气声说道，"先头我不是过来喊过你了么？你怎么不去啊？害得我倒霉，太太骂死我了。都是你！你去跟太太说……走！"说罢，拉着潘道延走。

吴太太训斥明香那会儿，吴天玉曾插嘴说道："妈，现在喊阿延过来，干吗呢？"这会儿明香出去叫潘道延了，吴天玉重复说道："妈，现在喊阿延过来干吗呢？妈不是说事情过去了么，还要怎么样啊？我说——"

"你说没用！"吴太太打断道，"这个事情你说过去了就过去了？我说你想得好。天泽跟阿延打架，你爹肯定知道了。这个事情要你爹说过去了，那才叫真的过去了。"吴天泽在一边打哈哈道："哈，我走了。"

"你现在去哪里？"吴太太一转眼问道。吴天泽头一转，回道："我去爹那里。爹不是叫我去吗？""你给我站住！"吴太太喝道，"先待在这里，你现在哪儿也别去。我说的话你听见没有？我说你现在去，没好事儿。怕是明香个死丫头跟老爷说了。要不，你爹现在是不会叫你去的。"

"不会吧？"吴天泽一副不以为然的样子，在客厅里晃来晃去，突然停住脚步，瞟了吴天玉一眼，咕噜道，"明香？——她，她怎么会把我跟阿延的那个破事儿告诉我爹呢？——瞎讲，明香不会的。”吴天玉一边跟着摇头道：“明香不会的。”“怎么不会？”吴太太脱口而出，“我这儿就是她来讲的。要不然我怎么会知道阿延脚底下动作使坏，那一脚踢下面裤裆不得了。要是把下头踢坏了祸就大了。我们家还要天泽做种呢！”“哈，”吴天泽一个急转身，指指吴天玉，似怒非怒道，“好啊，奸细。我说了么，你们奸细。”

“谁奸细了？”吴天玉嗓音突然吊得老高，“吴天泽！你别在这里说你们你们的好不好？我什么也没说，就你在这里瞎说，气死我了。不睬你！”

吴天泽听了一怔，两只眼睛眨发眨发；一想，好声好气说道：“好好好，我现在闭嘴。我现在什么也不说了。我先前说的话，你只当我在屋里放个臭屁，好了吧？”说罢，他装模作样摸摸鼻子，四周嗅了一圈“哈”一声说道：“现在不臭了，真的不臭了。”吴太太“扑哧”一声笑出来，说道：“小赤佬，一天到晚没个正经样子。”吴天玉跟着笑，身子一转对母亲说道：“妈，阿延就是比他好，不像他皮儿皮儿油腔滑调！”

说话间，潘道延耷着脑袋跟在明香后面走进客厅；他走到吴太太面前一个躬身双膝跪下，将头埋到胸口，一声不吭，等候处置。他已经想好了，任凭吴太太怎么说他，骂他，自个儿咬紧牙齿不说一句话；要说，最多说一句“师母，我错了”。潘道延这会儿跪在地上，脑子里一片空白，心里五味俱全，胃里折腾得厉害，难受得要命，想吐，嘴巴里憋着一口酸楚的水，喉结一动硬是咽了下去。

潘道延进来这么一跪，所有的人吃了一惊，一时间目瞪口呆。吴太太、吴天泽、吴天玉刚要开口说话作出反应，明香上前一步先说道：“太太，阿延来了你问他。先头我早就喊过他了。我喊的，不要怪我。”吴太太本想对潘道延说“你不要这样，起来说话——”突然间听明香这么一说，火冒起来破口骂道：“死你个丫头！进来辩什么，有什么好辩的，啊？不懂规矩！我说么，到底是出身低了些，从乡下上来的，改不了德性！什么嘴脸，还说‘不要怪我’——不怪你怪谁呀，啊？你说什么啊？哼，还要反嘴！我看你是不想在这里过好日子了。走！从现在起我不想看见你。从哪里来回到哪里去，给我回到你原来的乡下去！”

潘道延跪在那里感觉五雷轰顶，一阵发麻，从头皮一直麻到膝盖。他条件反射本能地将双手伏地，向着吴太太磕头。就在潘道延伏地磕头之前，明香已经“扑通”一声跪下，脸色煞白，泪水下来，急促地哭泣说道：“太太绕我，我不反嘴了再也不敢了。太太不要赶我走。我不回乡下。我娘很早去世了。我爹讨了后娘……我从小就跟着太太。我不回去，我在这里服侍太太……呜，呜呜……”与此同时，潘道延磕了三个响头，心里想了一个“走”字，嘴巴翕动，从地上慢慢地爬起来——腿还没立直，就听见吴太太大声呵斥道：“没叫你起来！”潘道延浑身一抖，又跪了下来。呆在一边的吴天泽、吴天玉被这突如其来的情况蒙得一时不知所措，——期间想作点反应，想说话，但是眼前这一切“哗”的一下忽闪而来，中间连个停顿空当也没有。吴天泽鼻子一酸，眼圈红红的——看吴天玉拿出手绢递给明香擦眼泪——自个儿也跨出一步，走到潘道延跟前想把他从地上拉起来，一边说道：“阿延，你起来。什么意思啊，非要跪着说话——”潘道延拨开吴天泽手，不肯起来。吴太太一转眼，说道：“阿延你起来！你跪在那里像什么话？我又没叫你跪，我又没说你。你这样在我面前跪着，我哪里受得起？你又不是我儿子，我怎么叫你跪？回头老爷知道了还得了，不把天泽往死里罚，我就不相信！你就等着看好了。”吴天泽一听，头一转说道：“妈，你就少说两句吧！没阿延的事儿。哎，阿延有什么错？今天要罚，罚我！我跪下来认错！”说罢，吴天泽就地“啪”跪下来。吴天玉把明香从地上搀起来，说道：“哥，你干吗？你起来！阿延，你也起来……你们都起来……现在什么年代了？是民国了，还行封建！看我们家里的老封建……”吴太太听了，“刷”立起来说道：“天玉你在说什么？说我封建？你气死我了！”吴太太瞟了潘道延一眼，手一招：“起来，都站起来！说我封建，我封建吗？我跟你们封建吗？我什么时候跟你们封建过，啊？说啊！你们不说，好啊，我来说……那年，还是我哭着喊着，要送天泽和阿延出去读新学堂接受民国新教育呢！盯着我看做什么？不记得了，哦，全忘了。我白欢喜你们几个了！现在倒好，嘴巴随便一张就说我封建；说你爹现在有点封建还差不多！现在说我了。说啊，你说啊，我哪里封建？!”

这时候阿仲拿着一盆吊兰一盆水仙走进来，吴太太一转眼，说道：“阿仲你过来给我说说看——明香在这里，你们都在这里——小姐现在说我封建——阿仲你说说看，我是民国了，还是倒退回去封建了，啊？”

“太太不封建。”阿仲把吊兰、水仙摆在条桌上，眼瞅水仙花朵儿，凑近闻着说道，“这水仙要少放点水，多晒晒太阳，要不，疯长叶子。”阿仲说着回头扫一眼跪在地上的吴天泽、潘道延，接着说道：“谁说太太封建？太太不封建，我晓得，小姐也晓得……”阿仲说着，瞟了一眼桌上的茶碗，一转脸说道：“明香你在这里闲着没事啊？还不快去给太太续碗茶水？”明香一怔，“哦”了一声上前端茶碗。吴太太手一摆，说道：“罢了。唉，头痛得很，胃也跟着不舒服，一点力气也没有。明香，帮我冲个热水袋，扶我去歇会儿。天泽阿延唉，你们都起来吧。”说罢，吴太太立起来要走；明香上去搀扶吴太太走。吴天玉说：“明香，你先去，我来冲热水袋。”说罢转身就去了。吴天泽从地上爬起来拍了拍裤子，看一眼潘道延，上前一步躬身做了个虚扶手势，“哈”一声道：“阿延，起来吧！”

阿仲跟在吴太太、明香后面离开客厅，他走到通道口，回头一看潘道延还跪在地上，犟着头颈不肯起来，便转身回到潘道延身边，一个头皮拍上去，压低声音说道：“你这么跪着，才叫封建！”

潘道延闷声不响回到书房。

吴天泽跟着进来，把门关上，转身“哈”了一声跟潘道延说话，看他开始收拾自己的东西，问道：“阿延，你把东西包起来做什么啊？”

潘道延的头好像突然被冷水激了一下，打了个寒战，面孔倏然苍白得不见一丝血色。他不说话，自顾收拾了打包；憋了一会儿，说：“我走。”

“啊？”吴天泽一怔，倒吸一口冷气，“阿延，你刚才说什么？”眼瞅着潘道延没有反应，死不开口，吴天泽“哈”一声道：“问你呢，你耳朵聋啦？”

“我走！”潘道延这一说像闷雷一般，吴天泽被这个仿佛天边来的声音吓了一跳！仰天吐一口气，喃喃自语道：“我没听见，你瞎讲。”说罢，随即上前阻止道：“阿延，不要……”潘道延冷眼瞟了吴天泽一眼，牙齿咬住嘴唇，眉毛间皱紧了说道：“要的，我要回家。”

“废话，这里不就是你的家么？”

“不是。”

“放你个屁！”吴天泽突然脸一拉，一把将潘道延拉到画桌旁边，用力把他摁在椅子上，厉声说道，“你，给我坐下！就坐在这里放屁吧，哦，闷臭！我说你放屁比我臭——我来开窗通通气……”说着，人已经走到窗口；转身一看潘道延嘴巴还在翕动，吴天泽回过来说道：“阿延别说屁话了。你怎么可以走？你给我听着，我不让你走。我爹更不会让你走。我妈知道了，也不会同意你走。还有我妹妹吴天玉，你想，她要是知道你现在要走，她肯定要哭得伤心死了。操你个阿延，你好意思叫我们一家人这个样子吗？——兄弟，别这个样子好不好？好好好好好……我见你怕……你眼睛瞪着我，你恨死我，把我恨死了倒也罢了。我现在关起门来给你赔罪。我得罪你了。罪该万死！你说吧，全是我的不是，我今天认。但是，于是，我也关起门来跟你说句悄悄话——”吴天泽顿一下，眼睛一眨一闪看着潘道延，一会儿接着说道：“阿延，你怎么可以走？你要走掉了，像什么话？跟你这么说吧，我心里还等着你这个将来的吴门画派大画家大书法家做做什么来着？让我想想——做，做我妹夫。嘿，嘿嘿。”

潘道延起先聚精会神听，心里辨着是真是假；末了，忽然听到吴天泽说“妹夫”二字，一怔，心头“呼哧”一下烙了块红彤彤的铁，霎时热得滚烫！脸颊泛起红晕，额头渗出汗来，因此闷头坐在那里，不知如何是好。现在接吴天泽的话头，他不想接，一时也接不好；不接话头吧，吴天泽说得起劲儿，剃头挑子一头热；虽说自己心里被他说得热乎了，但毕竟自个儿嘴巴冷却在一边，连个热气也不见哈出来，恐怕灭了吴天泽的兴头。而吴天泽还是一副拎不清的样子，好像一桶热水拎上来还没倒完呢，继续说道：“哎呀呀，我是厚着脸皮把话说到这个份上，回头叫我妹妹知道了，骂死我！”看潘道延立起身来要走，吴天泽上前一步拦住他，说道：“怎么了？阿延你真的要走？”潘道延头一点。吴天泽“哈”一声道：“不行！你真的要走，要我爹说了算。你别忘了我爹是你老师，你是他学生，头一个学生，到目前为止惟一的一个学生——我不算；我

是他儿子。我吴天泽今天跟你摆一句话：你潘道延，今天要是不听我劝，你要是够胆不跟我爹说一声，不放个屁就走，我就把你绑起来扔到外面的河里去。”潘道延下巴一抬，回道：“我会游泳，我水性好得很。我从小在乡下，在太湖边。”吴天泽眼睛一眨说道：“淹不死你？那我就叫阿仲把你倒过来插到园子井里！”潘道延立马回道：“阿仲不会的。”吴天泽“哈”道：“我会的。”

“你敢！”

“我敢吗？操你个阿延你敢，我就敢！”

“吴天泽我恨你！你又骂人了！”

“这不是骂人，这是你兄弟说话的一口气。”看潘道延闷坐在那里，一副吃瘪的样子，一会儿眼泪簌簌流下来，吴天泽心一软，说道，“阿延，你别哭。你这么一哭，我哪里受得了，好像我在欺负你似的。好，以后我让你，我让你行了啵？哎呀，我说以后，我还要巴结你，讨你好！要不，吴天玉不会饶我，跟我没完……哈，你跟她在家里，要是联合起来对付我，我就完了。所以，我现在要巴结你们，讨你们好，要的。”

“不要。”潘道延抹了眼泪鼻子，低声说道，“谁要你巴结讨好，凭什么要巴结讨好？”

“哎，就凭你啊。你将来啊，是我们家的姑——姑爷。”说罢，吴天泽走到书房门口开门。潘道延突然跳起来，蹿到门口拦住吴天泽，大声说道：“不要出去，不要！”

“要——的。”吴天泽学着戏文调，“我出去，你也出去好——嘞！”

“我不出去。”潘道延摇摇头，嗫嚅道，“天泽，你也不要出去。我跟你说说话，跟你一道写字画画……”

“好嘞，”吴天泽一笑，“这就对头嘞！”说着，吴天泽瞟了一眼窗外。“我不出去。到园子里晃晃，不算出去吧？你也去，现在跟我一起到园子里晃晃；我们晃完了，回来再说……”

“嗯。”潘道延头一点，跟着吴天泽往园子里去。

吴天玉陪了母亲一会儿，说：“我要出去寄封信。”吴太太点头道：“你现在去吧。明香在。我歇会儿。回来的时候，顺便到镇上的五美子香料店里帮我买些茴香、当归、桂皮——哦，对了，别忘了带些冰糖回来。厨房里大概没有了。我要用的——”吴天玉一听，知道母亲要烧“焖蹄膀”，嘴馋说道：“妈烧的焖肉焖蹄膀好吃。妈知道我平时不大吃猪肉，就那焖肉焖蹄膀要吃，想死我了！”吴太太含笑道：“烧给一个人吃啊，你想都别想！要不是你爹昨天晚上在我耳朵边上念叨要吃那个，我才不理你呢！哼，说我封建，气我。我记着，记你一辈子说的这句话！”

“妈，别气了。”吴天玉一下子趴到母亲怀里，嬉着脸嗲声说道：“我没说你封建。我是说我们家的房子东西老封建……嘿嘿……我没说人哦。我知道我妈妈早就民国了。我们家是民国的长辈，民国的小辈。妈是民国生了我这个民国的女儿。妈，瞧我今天穿的，民国不民国？”

吴天玉说罢甜甜一笑，嘴巴一撅“哟哟哟”地哄母亲，亲一口母亲的脸，立起来就走。

吴天玉走到园子里看见吴天泽和潘道延，走近了，问道：“哥，阿延，你们也想出去啊？”

“哪里，”吴天泽立马回头道，“你出去——伲不出去。”

“哦，乖！”

“说什么哪，我跟阿延是小孩子啊？”

“怎么不说‘伲’了？”吴天玉头一歪，嬉道，“哟，‘伲不出去’好听，讨人欢喜。待会儿我出去回来跟妈说，今天，天泽大白天说‘伲不出去’——这个话妈要听——我传好话，不算奸细吧？”

“你奸细好了。”吴天泽回道，“我不在乎。我无所谓。我现在在乎的是阿延跟我是兄弟，没看见吗？我们俩正在园子里观赏满园景色。我说吴天玉，你看那边桃花，有几个朵儿今年开得早了些；现在看，是最好的时候。回头我来画一幅东西，叫阿延在天头写三个字‘桃花运’你看如何？”吴天泽说着，一边用胳膊肘捅一下潘道延。

这会儿潘道延假兮兮地看池塘里的红鲤鱼，又不时地偷看吴天玉。他不敢正面看吴天玉眼睛，生怕自己眼睛走漏风声；那“风声”二字，可做题画，比吴天泽出的题目“桃花运”含蓄多了。

他心里想那个“风”字，是吴天泽起的风；“声”字，则是自己闻“风”而隐“声”，只是不露声色罢了。

吴天泽、吴天玉说话的那会儿，潘道延观鱼，一边静听，脑子里想着他现在不敢说、也不敢多想的话题：天玉美如画……他面对着一汪池水，手，下意识地凭空捏笔，一笔下去，气入丹田……恍惚间，忽然听见吴天玉说：“阿延，跟你说话呢！你怎么不说话？”

“要的……”

“嚯，你们都在园子里！”是吴元厚的声音，他们三人回头一怔！

吴元厚沿着曲径走过来，阿仲跟在后头。吴天玉迎上去叫了声“爹”，随即瞟了吴天泽一眼，说：“今天天气好，到园子里走走开心哦。哦，对了，我要出去一趟，一会儿回来我陪陪你，好不好？”

“好。”吴元厚笑眯眯的，手一摆，说，“你去吧，我跟他们说说话——”吴天玉应声“好的”转身奔门口去。

吴天泽见了父亲，心里还是有点怕，先前的潇洒倏然消失，脸阴了下来，只等他爹到了跟前，叫了声“爹”。潘道延则是惶恐得一脸尴尬，嗫嚅道一声“先生”便垂手让一边去，咬住嘴唇，再也不吭声了。

吴元厚眼睛里有数，只当没看见，一边跟阿仲说话。阿仲心里觉着好笑：老爷的一个儿子，一个弟子，眼面前已经是大人了，还像老鼠见了猫似的。

此时此刻吴天泽心里已经想好了，今天大不了给他父亲说一通，说不定劈头骂一顿。完了再罚。反正这个路数就是这么一回事儿，从小到大他也疲了，已经习惯了。潘道延这时候心里边紧张得两条腿发软，嘴角一牵一动的，好像是面瘫了模样。

“天泽，”吴元厚仰头看天说话，“今儿天气比较好，不跟阿延到外面去走走？”

“我今天不出去。”吴天泽小心翼翼回道——心里想父亲这么说，是什么意思啊？现在说这个话算是欺苦我？管他去，照实回话——“爹，我跟阿延就在园子里走走看看。在园子里，不出去。”

“嗳，”吴元厚道，“园子是园子。不妨到外面去走走看看。你们一直闷在家里不出去，也不行啊，你说呢？”回头对阿仲说道：“走啊，你跟我出去，到外面去走走——走！”

“老爷，”阿仲连忙摆手，说道，“我就不出去了。待会儿要给平台上的水仙换一遍清水，还有一盆水石盆景想把它弄好。”

“哦，”吴元厚微笑道，“也好。那我就一个人出去了。——天泽、阿延，陪我一道出去走走？”

“嗯。”潘道延点头道——吴天泽一把拉住潘道延的衣摆——回道：“爹，我今天不出去了。阿延也不出去。我跟他还有事呢。”

“是，”潘道延眼睛一亮，立马说道，“天泽跟我过一会儿回屋里，我们合着要画画——”

“唔。”吴元厚连连点头，眼睛里流露期待；他没想到儿子吴天泽今天有焕然一变的感觉，因此说道：“好啊，你们忙吧。我一个人出去散散心。”

老爷一走，阿仲忙着去弄盆景了。吴天泽跟着过去看，就着说：“阿仲弄的盆景好得不得了。”潘道延跟着说道：“好！”阿仲一笑，说道：“哎，少爷，我说你跟阿延今天搭得蛮好的吗，一个说好，一个也跟着说好，把我说得有点不好意思了。”

“就是好。”吴天泽嬉道，“好，要说的。”

“要的。”潘道延瞟了阿仲一眼。

阿仲嘴巴冲潘道延一撅道：“你就会说要的。来，别立在这里闲着，帮我把那些盆子端过来……”

吴天泽、潘道延巴不得活动一下做帮手，一听阿仲使唤，屁儿颠颠地跟着阿仲忙起来，一边说笑；阿仲说：“……其实啊，我弄盆景还是跟着老爷学的。最先的时候我不会，看老爷摆弄……我现在弄的，算什么好？老爷弄的，那才是一个‘好’字！”

阿仲顿了一下，挠挠头皮，好像突然想起来什么，随即把吴天泽、潘道延往屋里推，一边说道：“你们回书房写字画画。老爷关照的。”吴天泽想做帮手，阿仲就是不让。潘道延拉一下吴天泽，说："走。"

回到书房里，吴天泽"哈"一声道："阿延，在园子里的时候我在想，你今天跟我爹说假话了。哎，我什么时候跟你说过我要跟你合作画？"

"我没说假话。"潘道延立马回道，"刚才你当着天玉的面说的，她作证。你想赖？"

"我赖什么？"吴天泽"哈"一声道，"我根本就没说。我是说，我来画一幅东西，叫你阿延在天头上写三个字——写'桃花运'三个鸟字，叫合作？"

"是。"潘道延头一点，眼神悠远起来，轻声说道，"小时候在乡下，那个时候你画了一幅山水，我在那幅画上写了'吴中山水好——'"

"好你个屁，去你的'吴中山水好天下——'"吴天泽突然面孔一翻道，"我听了就来气！你臭我是不是？'不可到来偷枇杷'你接下来说，那个时候我偷枇杷吃了，怎么的？你牵我一辈子啊，操！"

"吴天泽，你怎么又骂人了？这个'操'字，跟谁学的？"

"跟你爹学的，'我操你个浪费纸头！'"

"哈！"

"哎，阿延，你也哈了？跟谁学的？"

"跟你，我哈了，哈你吴天泽我操！"

"嚯嚯嚯……阿延是个好孩子，也学会骂人了。好，有点意思。兄弟，我说兄弟，哈哈哈，嚯嚯嚯……"吴天泽忍不住笑得腰弯下来，一会儿笑出眼泪，张大嘴巴上气不接下气说道，"阿延，我说你变了。我看你变了。你变得像个人样子了，说人话了。哎，阿延，我觉着今天我爹好像也有点变了。你说呢？"潘道延摇头道："我不晓得。"

"滑头，阴！"吴天泽指着潘道延鼻子道，"你阴好了。我不在乎。我现在在乎的是你不要在我爹面前说假话。我现在跟你阿延说清楚：我，没有答应跟你合作画什么'吴中山水好天下'——这是你潘道延说的。"

"是先生说的。我已经答应了。要的。"

"哈，"吴天泽手一甩，说道，"你去要吧。回头你去跟我爹说真的，就说你阿延一个人画；说吴天泽小时候到乡下去不老实，不听话，嘴巴馋，偷吃了你们那里半生不熟的枇杷……说他没感觉了，不想画，画不好。好你个'吴中山水好天下'，我就是不画。你瞪着眼睛做什么？嘴巴张那么大，想一口吃掉我？我已经跟你说过了，阿延，要画你潘道延画。我吴天泽不画。一句话，去你妈的！"

说到这里，吴天泽突然"喔唷"一声，只见他腰身慢慢地弯下来，左手撑住大腿，右手捂住下身，闷头呻吟道："喔，喔……"

那捂住的部位是卵子蛋，潘道延脑子"轰"的一下，瘫坐在椅子上。

寻访笔记 16

楚红藻，一个女人的名字，一个不男不女的男人。

事先问了他，是否可以这样写？他听了一笑，说：“我就是这个样子。”

楚红藻先生专门研究民国史；往小里边说，他主要研究“民国黄金十年”的女性。“女性最有看头了。”他说，“民国黄金十年，是民国最有发展的十年。那个时候的女性，我比较欢喜，特别是那些知识女性……”听他细道民国女性，有时候话题扯到“青楼女子”；说到这一门，楚红藻“楚楚动人”，令人胡思乱想他的姓名，感觉是那个年代的青楼头牌。

民国早期楚家上代人在苏杭两地开高级青楼；前面提到的同春楼徐娘，是楚红藻父亲的姑奶奶。那个时候吃这碗饭不犯法，公开挂牌，正规经营纳税。

楚红藻爷爷的大哥楚通里，当年在苏州开了一家有名的饭店“得鲜楼”。楚红藻说“得鲜楼跟唐楼好像有点故事”——这是后话。

楚红藻先生今年六十岁出头，满头乌发，往后梳的大班头上寻不出一根银丝；说话、走路、做派、心态，不见一个“老”字。看他长相跟张国荣比较像。他研究过《霸王别姬》里扮演“虞姬”的张国荣。他说：“我研究年轻、漂亮、有文化的女人，人就年轻了。”没想到男人养生还有如此一招。

通过寻访认识他以后，我跟他交了朋友。

有一天我对他说，我要写民国时期一个故事，有些章节要写到某些女性。他听了将我指点一番，教人寻思返回到我们正在说的那个年代——

第十六章

唐宓宓第一次收到吴天玉来信，只是礼节性地回了一封信，并没有吴天泽想要的回应。之后，唐宓宓跟吴天玉有书信往来，内容不提吴天泽。

一晃几个月。吴天玉这次写信来，挑明了说吴天泽很想约见她。唐宓宓收到这封信，先吃了一惊，转而喜出望外！

在这之前，她闷在家里心烦；这天上午她母亲又到楼上来说了，叫她好好想想上个礼拜人家来说的一门亲事。这会儿唐宓宓正在练毛笔字，那个“烦”字挥之不去，像碰到了鬼似的日夜缠住她。唐太太一门心思说那个对象好，天天绕到女儿面前说这个事情。唐宓宓听了心情不好，头也不抬回道：“妈，我没什么好想的。我已经说过好几遍了，我不要，我不高兴。”

唐太太说：“……宓宓，你不要老是用这种腔调跟妈说话。我是为你好。人家楚家对我们家蛮好的，生意上帮了你父亲不少忙……你不要跟我顶嘴，我晓得这是两回事儿，跟配亲不搭界。不过，楚家二少爷你不是没见过，人样子还是走得出去的。之前你不答应这个事情，跟我说了半天，我听下来，没什么呀。你不就是嫌人家二少爷个子不高么，人矮么，其他还能说什么？没什么可说的吧？你别挡我的话——宓宓，你现在听我说——我说什么你要听进去！——什么？不给你自由？你说这个话我不要听。你还不自由啊，你自由得可以了，还想自由到哪里去？凭良心讲，我们已经给了你人家没有的那些自由了。给你自由啊，自由，连你想出去留洋我们也依了你，是你自己后来改变主意了。你啊，一会儿西的，一会儿东的，现在又不想出去了。人家魏可欣怎么不像你啊？人家说留洋就留洋了，果断得很。你呢，一天一个主意。说去，哭着喊着要去；说不去，全是你的理由，说‘吃不惯外国的东西，还是苏州好，家里好。我要待在家里孝敬父母。’天地良心，就说这个事情，我跟你爸爸说什么了？一句屁话也没说你，全依着你宝贝女儿。你还一天到晚有闲话，面孔一板说我们大人脑子封建，不给你民主自由。亏你在教会学校读过书，受过洋人的什么教育，在家里头要性子欺苦人。你怎么不出去欺苦那些神气活现的洋人呢？闷在家里气娘倒有本事！——不要跟我顶嘴，我烦你顶嘴……我跟你爸爸，我们大人现在已经够时髦了，时髦得要命！

我们现在对小辈民主得一塌糊涂！你不相信出去问问，从苏州跑到上海去，去问问看？我们在苏州怎么啦，给女儿读教会学校；给你出去玩，到什么地方去度什么假；给你想什么要什么，还不好？还要怎么样？没个知足。我们年纪轻的时候，做小姑娘的时候，有你这样的日子吗？想都不要想。没良心的女儿，不听话，气死我……

“……宓宓，你现在假装写字不理我好了。我就是要说！我还是先前说过的那句话，我们就你这么个独养女儿，你的婚姻大事由不得你，就这个不能依。其他事情还好说。我今天跟你说到底，说到天边去也不过分。——你又来了，又在跟我顶嘴，不要跟我顶嘴！就你晓得现在是民国，我不晓得吗？我们苏州城里又不是乡下，我们早就民国了。有什么稀奇？你不要一天到晚民国民国的挂在嘴巴上。——是啊，我没说不是啊？民国，是应该比封建朝代好，好的地方多了。但也不能够民啊民的民得没有栏规，忘了我们的国度。我们不是洋人，我们不跟洋人学那一套没规矩。一个姑娘家自己自说自话出去找一个男人回来，还要教父母民主啊自由的把他给认了，管他叫姑爷，哪里可以？我说宓宓，你将来结婚也要生孩子的，我等着看哦。你妈吃得好，睡得香，寿命长，我看得见你。我就不相信到时候你也乱来，由着你的下一辈跟着外面乱来……”

唐太太说到后来，坐下来沮丧得唉声叹气，一肚皮的话好比吃了什么不消化的东西堵在胃里，手捂着嘴巴打恶心，心里想着就地吐出来舒服；一会儿那眼膛里汪了一泡眼泪，顷刻间掉下来。用手绢擦了，一边说道：“我没有福气养个儿子，你也没有福气有个哥哥弟弟姐姐妹妹的，就你一个女儿，还叫我不顺心，难过，我恨死了。——宓宓你说什么？你声音大一点！你，你说话声音响好了，要不要我把窗户打开来？叫人家听见你讲，也不怕难为情！人家隔壁邻居都说：‘宓宓这个女儿，生得漂亮，孝顺哦。’外头人家看你蛮好，却不晓得你在家里一天到晚跟娘怄气！你，哪里配得上一个孝字？女儿什么叫孝顺，啊？女儿孝顺，就是要听妈妈的话，妈叫做啥就做啥！”

唐宓宓被她母亲没完没了地说了一大通，头涨得老大！火气上来，一扫平日斯文模样，“刷”立起来将桌上的笔墨、纸张、书籍东西一股脑儿撸到地上，恨恨地说道：“烦死了！要是再说下去，我就从这个窗口跳下去，跌到地上死了拉倒！省得你烦心！”说着，人已经走过去开窗。唐太太一怔，脸色煞白，赶紧上去把女儿拉过来摁在身边坐，拽住女儿的手不放，长长吁一口气，说道：“我现在不跟你烦；你狠！见你怕还不好么？”

唐宓宓气得撅嘴儿不理睬母亲；一会儿听见周妈上楼，她想立起来收拾地上的东西，转脸说道：“妈，放手啊，你拉住我做什么？”

“我又没拉住你。”唐太太手一放，说道，“哼，人家都说养女儿好，说女儿贴心——屁啱，叫人伤心！还是你爸爸待我好。我在家里享福。我总算嫁了个好男人。养个女儿不听话，叫我伤心！”说着，唐太太拿小镜子照，抚摸了一下眼圈，接着说

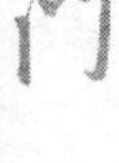

道："我不好伤心的。人家邻居叫我'开心女人'。女人开心，人就好看，年纪看轻。我说宓宓，你怎么不哄我开心啊？"

"你现在不是开心了么？"看母亲喜怒无常，唐宓宓觉着又好气又好笑；这会儿抿嘴儿不想笑出来，眼波一闪说道，"妈，你还是开心点好。你自己生气不开心，我有什么办法？"

"你气我！"唐太太瞟一眼书桌，指着说道，"你看你桌子上乱七八糟的，跟我的心一样现在乱七八糟的……气我，我真的被你气死了。"

唐宓宓听了不接嘴，整理桌上的书籍、纸张，把吴天玉的信收起来夹到书里——唐太太眼睛一瞟，问道："谁给你来信了？"

"同学。"

"是魏可欣？"

"啊？——嗯。"

"哎，她在美国好吗？信里跟你说了些什么？给我看看呢。"

"嗯。"唐宓宓假装要拿信，说道，"妈，可欣是用英文写的，你看不懂。算了，不要看了。"

"哼，"唐太太脸一沉，"我说宓宓，你晓得什么叫欺苦人？像你这样的腔调就是欺苦人，欺苦你妈妈。不看就不看。我是看不懂。我没你有福气接受民国什么新教育。不过你也别忘了你妈妈也是大户人家出身，也识文断字，只是我们读老法书，不跟洋人有往来罢了。我要是生在民国，赶上你们这一代新生活，我也学你们的一套了。有什么稀奇？魏小姐在外国给你写信，别说用洋人的文字，就是用我们汉字写，我也不看。还不够尊重你吗？你爸爸说，现在我们做长辈的要时髦，老话讲'老要时髦，少要乖'——听妈的话，考虑一下楚家那门亲事，我就开心得不得了了！"

"妈妈开心了，我就开心了。"唐宓宓一笑，随即拉住母亲的手，显得快活的样子，说道，"妈，告诉一件事情，跟你到楼下去说——"

唐宓宓拉着母亲走出房间，一边说道："好笑得很，魏可欣来信说，现在有一个大胡子追求她，要跟她好，要娶她做太太……"

"哦？魏小姐怎么说？你说呀，把我拉到楼下来，怎么不说下去了？"

"她来信说她不想……"一看周妈走过来，唐宓宓凑近母亲耳朵说——那声音还是让周妈听见了——"她要自己看，自己中意。哦，对了，她说她不想在外面跟人家……她说她还是要回来的——跟，跟自己中意的人。"

"宓宓，你跟我说了半天，什么意思，啊？"

"我不是说了吗？我说的就是这个意思。"

"楚家二少爷不好？"

"我没说人家不好。我说他——他个子矮了点——我看不中。"

“宓，”唐太太支开周妈，回头说道，“楚家二少爷有什么不好？那天他跟他父亲楚通里到唐楼来吃茶，我们不是看过了么，人不算忒矮。哎，宓儿，我想起来了，前几年有个什么长官到苏州来，到唐楼吃茶，他叫什么来着？这个人的名字就在嘴边上，怎么一下子想不起来了？哦，想起来了，那个长官叫陈诚，是陈长官。他来的时候我们大家都看见了是吧。人家陈长官个子也不高吧，穿一身军装，戴着军帽，人笔挺，神气哦。跟在他身边的那些人，人高吧，身坯大吧，可是我怎么看，都觉着那一拨人里头，就人家陈长官看上去最大，最起眼！哎，对了，现在外面男人戴礼帽，往后你跟他出去，就让他戴个礼帽，不就显得高一点了么？”

“妈，你在说什么呀你！”唐宓宓说罢，立起来就往楼上去；走到楼梯半道上，突然听见母亲说：“这个事情就这么说了。回头我叫你爸爸给人家回话。”唐宓宓一听，随即转身“噔噔噔”下楼；到了平地上，她突然以一种奇怪的走路样子走到母亲跟前。唐太太眉头一皱道：“你怎么了？哎，我说你脚有毛病啊，走的步子什么样子！”

“哦，不是我有毛病，”唐宓宓指指自己左脚，微笑道，“是他。”接着学那个样子继续绕着走，一边说道：“妈，你看人怎么不看下面的脚？”

“哎，宓儿，”唐太太怔了一下，“你的脚刚才不是好好的么，怎么了？上楼梯扭了？给我看看——”

“那次碰头你没有看出来？”唐宓宓走到母亲面前，双手搭住母亲肩膀，小声说道，“楚家二少爷左脚有点毛病。你没看见他走路就是这个样子？人一歪一正，一歪一正的——他走路像十二点半。”

“什么？”唐太太“扑哧”一声笑出来，“没看出来。这个不算毛病。”

“啊？这个样子还不算毛病啊？妈，你什么眼睛？!”

“我没看出来，也看不出来。宓儿，你学得夸张了。男人走路，稍微有点摇来摇去，左右，左右有点晃，不算毛病。只要走路不是前后，前后摇晃——那个晃法完了，吃不消，肯定不像话。现在你说的这个样子不是毛病。再说了，楚家二少爷哪里有毛病？要么你现在有毛病。”

“我不高兴。我不要。”唐小姐嘴巴一撅道。

“这个事情今天就这么说定了。”说罢，唐太太一转脸叫周妈，说今天早点烧中饭，吃了饭要出去打牌……

唐宓宓回到楼上，一个人坐在房间里心神不定；翻了些书籍报纸出来，一时半会儿看不进去。她怔了半天，开始摆弄纸张、笔墨，想给吴天玉回信；一会儿又想先给魏可欣写回信。先后收到的两封来信，她已经读了好几遍了，内容可以背出来；现在又拿出来看，还是那些内容。

一转眼看窗外，春天的景色新人耳目。近处树枝上躲着一只鸟儿，鸣叫着朝窗口看，机灵地瞅着上下左右。一会儿树下有一只猫“唿”地一下，从树根石头上蹿到粉墙上头，那鸟儿受惊飞去；到外面去兜了一个圈子，转眼间又飞回来栖息在原来的树枝上。

唐宓宓拿定主意先给魏可欣写回信。那信远涉重洋，要走好长时间。她想象魏可欣坐邮轮到美国去的海上情景……

魏可欣走的时候她到上海十六铺码头送行。魏可欣说：“我写信来，你回信要快！”魏可欣性子急。她猜想魏可欣现在也许正伸长脖子盼着她回信。

唐宓宓拿出信封，用蘸水笔，用英文把信封先开好；铺开信纸，刚落笔写了 Dear Miss Wei，就停了下来。想了一会儿，把信纸团起来扔一边去。随后取了宣纸，裁一张做折子，用毛笔写道：

可欣，如见面：

来信收阅。即复，生怕迟复一天，你等急了要骂我。

来信问我怎么样？我还是老样子。就是有一个改变：今天用毛笔给你写信。跟你这么说吧，我闷在家里无所事事，想练毛笔字；写得很丑，叫你看了好笑。不过，我想在你面前出丑不怕丑，且说那毛笔字天天写，写多了，觉着心里舒服。这一点是我现在看重的，别的就不睬醒了。

想起来说，有一天去天赐庄博习医院，碰见你大哥魏金晨，他问我是否仍有打算赴美留学？我对他说，这个念头已经彻底打消了。跟你说心里话，我现在不想出国了，也不想到北平、南京、上海去念什么大学。就想着以后嫁人，在家里做太太，生几个孩子热闹；我家里现在冷清得很。

上个礼拜，玛格丽小姐约我喝过一次咖啡，问我想不想到母校去做教务助理。这是她的建议。我想询问你怎么看？我想去，又不想去；一时拿不定主意。你说去我就去。你说不去我就不去了。

玛格丽小姐在我面前说你好，她说你漂亮、聪明。我母亲也经常说你好，说你比我有主见、能干。我也说你好，现在除了一个“好”字，还是可欣，你好！

最近我特别留意沪上报纸，若有蒋夫人的消息，便剪报收集起来寄给你。你来信说崇拜蒋夫人宋美龄，我也是的。不过我没出息。我不出国深造，不像你有野心，

唐宓宓写到这里停顿下来，嘴里轻轻地念出一个英文单词 ambition，沉吟觉着用“野心”二字不妥，想着中文字眼，便涂改了，接着写下去：

你有抱负、理想，还是你可欣将来可行。你留美之后回来可以嫁给别的委员长。“想嫁给蒋委员长”肯定是不行的。国家已经有了第一夫人，总不见得还要个第二夫人？跟你开个玩笑。你可以学蒋夫人，出来为国为民做事情……

顺便说一下，最近我母亲要我相亲，对象姓楚，是楚家二少爷。我回绝了，跟我母亲说我不做人家二奶奶，要做就做大奶奶！还记得那个吴天玉吗？

今天我收到她的来信。她，还有她哥哥吴天泽，叫我代他们向你问好！

唐宓宓写完，从头看一遍，看到最后念出声音来；想了一会儿，用墨涂去结尾处提到的吴天玉还有她哥哥一句，随后誊清，将底稿收藏起来。

周妈敲门，唐宓宓开门；看周妈端来一碗热乎乎的豆浆，还有点心，唐宓宓微笑道：“早上没吃，现在有点饿了，想吃。”

周妈看着她吃豆浆，说道：“小姐好像当年太太的样子。太太年纪轻的时候也欢喜吃豆浆……日子快哦，眼睛一晃十八年就这么过去了。”

周妈是唐太太怀孕那年来到唐家做用人的。那个时候她二十岁，唐太太十八岁。唐宓宓头一抬，见周妈眼圈有点红，问道：“周妈你怎么了？是不是有什么心事？不开心？”

“不是的。”周妈用手抹了一下眼睛，说道，“小姐，趁热吃了，我来把碗拿下去——”

“周妈，你先下去吧。”唐宓宓吃一口点心，说道，“待会儿我自己把碗拿下去。”“还是我来拿，小姐。”周妈叹一口气，说道，“我，有点舍不得你。小姐是我从小带大的。听说你快要出嫁了，我心里突然间有点难过。”说着，周妈眼泪落下来。唐宓宓一怔：“谁说我快要出嫁了？”

“太太说的。那天晚上，太太跟先生说起……”

“我说周妈，你不要听我爸爸妈妈说。他们说他们的，我才不想呢。我说不定一辈子不嫁人，就待在家里——”这话一出口，唐宓宓头一低吃一口豆浆掩饰自己失言，心里想周妈年轻的时候没嫁过人，一个人过到现在；这会儿自己说话豁边了，便放下碗，搂住周妈，含笑说道：“我不会急着出嫁。我要在家里待得时间长一点，陪着我爸爸妈妈，陪着从小把我带大的周妈……周妈好的哦，欢喜我的哦；我也欢喜周妈的，一天也离不开周妈……哦，吃了周妈烧的小菜，我外头什么东西都不要吃了。周妈，今天晚上睡觉我过来陪你，跟你睡在一个床上陪你说话……”唐宓宓嘴上像涂了蜜似的，把周妈说得笑起来。

"哎，小姐。"周妈说，"……小姐以后要是结婚生小孩，我来服侍你。叫人家来，我是不放心的。"

"周妈！"唐宓宓脸一红，拱一下周妈肩膀，撅嘴儿说道，"难为情死了。不跟你说话了。"看周妈还想说话，便捂住她嘴巴，随即哄她往房间外面去——走到楼梯口，又听周妈叽叽咕咕道："小姐，太太说的是为你好。我也是跟着这么说的——我说，小姐还是早点找个好人家，结婚生孩子好；晚了，对小孩子不好的……"

"哦，"唐宓宓嘴巴一努道，"周妈，你说好了。我不要，我不高兴。"唐宓宓说罢，一脸可爱样儿嘻嘻笑，一个旋转身翩翩而去。

唐宓宓回到房间里拿了给魏可欣的回信，出门去邮局寄了。路上，她想如何给吴天玉回信，——给吴天玉回信不急的，回头抽空再写。

路过几家旧书店，她进去挑了两本小楷字帖，心里想回去就照这两本字帖练字——先前看吴天玉信上的字，一笔秀气工整的小楷，好看，教人羡慕！也想自己，要是也能像吴天玉那样写一手好看的毛笔字多好！

唐太太到专诸巷沈太太文秀丽家，已经过了下午两点。

文秀丽见了她，有点抱怨道："哎呀，你看你，到这个时候才来！昨天不是说好的么？叫你吃个早中饭，丢了饭碗马上就过来的。你看哪儿点了？急急促促的，一个下半天也打不了多少时辰的。"

坐一边嗑瓜子的范太太早就来了，那瓜子吃了不少，手边的盘子里摞着一堆瓜子壳儿，正想吃沈家用人端上来的南瓜饼，听沈太太这么一说，跟着说道："我是没吃中饭就来了。今天早上起得晚，两顿并作一顿吃了。"唐太太一笑，两头打招呼；一看客厅里就她们俩，便在客厅款款走了一个圈子，说道："哎，今天不对呀，还是三缺一，还有朱太太没来？那我，就不算来得晚哦。"说罢，唐太太坐到文秀丽身边，凑近了说道："喔唷，说什么呢！我也不瞒你，我来的时候到唐楼去了一趟，跟唐六梓说点事情，——喏，就是那个事情……改日，我要叫我先生先请你吃饭；接下来我还要好好地谢谢你沈太太，还有朱太太哦。"文秀丽刚要说话，范太太说道："哟，唐太太要请客，是不是也有我的份？说起你女儿那件事情……"

文秀丽听着，一转眼叫用人小丫头赶快去把朱太太喊过来打牌。那小丫头回道："我已经去喊过了。朱家少奶奶说她今天不高兴来。"文秀丽一听，从椅子上探出半个身子，说道："拎不清，我叫你再去喊一趟。"话音刚落，手一招叫小丫头："阿琳，回来，你不要去了。"随即立起身来，整了整衣服，说道："阿俪架子大，还是我去喊一趟吧。"

这会儿，金俪一个人在屋里。她有些日子没出门了。这天她吃过中饭，觉着没劲儿，回到房间里想小睡一歇，又觉着穿戴得好好的，脱了衣服嫌麻烦，便到园子里走走。见韩进从后院里出来，她喊住韩进闲聊了一会儿。

朱家后院里原来几个学习字画的孩子几年过后陆续被撵走了，用朱子藏的话来说："看样子，一个都没有出息。"朱子藏就留下韩进一人。今年开春，朱家后院先后又来了三个小孩子，是朱子藏从乡下寻觅来的，眼下归韩进管带。金俪跟韩进说笑："韩子，你现在像个'拿摩温'把几个小赤佬管得服服帖帖，见了你韩头，比见了老爷大少爷还要怕！"

韩进这些日子跟着朱红出去办事，或随从，或跑腿，或帮办，算是已经见过一点世面，得到了一点"历练"。朱子藏对他的评价是："韩进这小子，东西画的是'从二品'，但是为人处世，以后或许提升两级，说不定将来另立门户，自己开码头也是说不准的。"现在的韩进在朱家是叫主人和用人刮目相看了。这个年轻人眼下长得是一表人才，风度翩翩；二十岁的年纪看上去不是嫩头，说话老成得体，见了少奶奶，便躬身道安。韩进知道少奶奶说的那个"拿摩温"是什么意思，却故作无知请教。金俪还以为他真的不懂那个意思，乐于解说，只把那个意思说成是"外国人的狗腿子"。韩进听了，心里自然不舒服。不过他面上还是一副好腔调，其嘴脸煞是地道，应着景儿似的恭维少奶奶书看得多，比得上东吴大学里的教授。这女人就爱听好话；韩进平日里见了少奶奶，变着花样说比较中听的话，金俪听了开心得很。金俪知道韩进刚从外面办事回来，还没有吃中饭，说了一些闲话之后，叫韩进快去吃饭。

"吃饭先不忙，"韩进说，"还有些事情要关照两个小赤佬。我一出去他们就无法无天，整个上半天晃了晃地等吃饭。现在他们吃饱了又在玩，叫老爷少爷知道了，吃生活是免不了的，连我也跟着牵带，这是不好交代的。"

金俪一听，含笑说道："你这个样子像个先生了。——哎，韩进，你别忙着说自己不是先生，是学生。是学生，那是从前。现在你大了，我看你愈来愈像先生。——哦，我不是在取笑你，你千万别说我在取笑你。韩进，你听我说，你还记得从前我，我跟你说过，你啊，是'管带'。这么多年你跟老爷学了本事，那几个小赤佬好像就怕你。那天我到后院里去看他们，你猜怎么着？你恐怕想不到——你别急着问哪，我不是在说给你听么？我啊，正好听见他们在说你——你猜他们怎么说？把你说成是：'喔，黄鼠狼走了。哦，黄鼠狼来了！'"

金俪说罢，"咯咯"笑起来。韩进听了，发狠说道："教他们吃生活！"说罢就走；金俪伸手拉住他衣袖，小声说道："我跟你寻开心说了玩的。不要拿他们出气。要不，我要生气的……"说话时，金俪的手稍有用力，韩进侧身碰了她身体，手也碰到了她的手。韩进心里一阵颤动，眼睛闪出光亮，一转眼跟金俪对视了一眼，倏然互相回避了。这时候朱子藏从书房里出来，隔着园子里植物一眼望见韩进跟少奶奶正在稍远处说话，便叫唤道："韩进啊……"

韩进听见喊声，回头瞟了一眼，一转脸看着金俪，他向后退了几步，一边说道：

“少奶奶，我先过去回老爷的话，完了再过去吃饭。”声音传过去，朱子藏听见了，“啊”一声道：“你怎么忙到现在连饭还没吃？”

说话间，韩进已经快步走到朱子藏跟前，叫了声“老爷”，舒了一口气稳住心神，说道：“我……”

“不忙。”朱子藏手一摆说道，“先去吃饭，回头过来再说。那个事情办得怎么样了？”说罢，朱子藏转身走。韩进上前躬身虚扶一把，小声说道：“照老爷的吩咐办了。”朱子藏一听，停住脚步“唔”了一声说道：“吃好了再说。”

金俪站在稍远处看着那头两人在说话，心里想韩进；回头慢悠悠地回到自己房间。进屋关起门来照镜子。那镜子竖立在地上，有一人高。她在镜子里欣赏自己，人站直了，面对镜子，收腹，胸部挺起来，然后侧身看自己身材。她看了一会儿，两只手情不自禁抚摸自己臀部；从抚摸臀部开始，顺着腰身一直抚摸到胸口；搓弄一番之后，她走到朝南窗口，伸一个懒腰坐下来看书。

文秀丽连哄带拉，总算把金俪拉到沈家打麻将。金俪满不高兴，进了沈家院子，撅嘴儿说道：“我是一来就输钞票。沈太太，我是真的不高兴来，就是你念头大。人家要在屋里看几页书，不给人家安逸，硬要把我拉过来。我真的给你面子哦。”文秀丽一笑回道：“你笃定，今天保证你不会输；保证你有自摸——豇豆开花！”金俪一听“自摸”脸一红。近阶段她一个人闷在屋里有时候自慰；人倒是释放了，精神看好，就是神经忒敏感，冷不防听见别人说敏感字眼儿，心理便作乱，脸色愈加好看。范太太和唐太太看见她，忍不住先后说道：

“看样子还是朱太太养得最好，身材好得不得了。面孔看上去白里透红，皮肤嫩得哟！”“朱太太又没生过孩子，我们不能跟她比。喔唷，跟她一比，我们照照镜子，一把年纪是老太婆了。”

“奇怪，”文秀丽瞟了金俪一眼，“说起来，我也没生过孩子。唐太太范太太你们看看，我就是没有像阿俪这样的身材。那天我家沈明达回来，说：‘文秀丽啊，你怎么跟人家阿俪比？要比，你还是跟皋桥头卖鱼娘娘比。’这句话说得我伤心得很！”说罢，“呵呵”笑起来。

“哎，朱太太是漂亮。不过沈太太也是个美人坯子。哪里像我们，唉，差不多是黄脸婆了。现在看了朱太太、沈太太，我说唐太太，我跟你呀，就没啥看头了。”范太太说着，伸手拍了一下唐太太手背。唐太太瞥了她一眼，回道：“范太太不要谦虚，你怎么是黄脸婆呢？看来，我要说几句可心可口的话了。说给你们听听，我说范太太呢，是少妇丰盈，尤见姿色，风情万种！”

“你们看，唐太太在取笑我。”范太太一笑，有声有色说道，“我哪里见得什么姿色，风情万种？要说风情万种，当属阿俪。而姿色呢，文秀丽才叫姿色。至于少妇尤美，我说唐太太归你了。你们都听见的，唐太太刚才谦虚，说自己是老太婆——哎，等等，唐太太你先不要说，等等再说，先听我说这个‘少’字，唐太太你当得起。我们女人不说一把年纪，看轻就是看轻；不要自说自话说自己是老太婆了。看唐太太现在年轻的样子，你走出去哪个相信？跟你们这么说吧，老太婆看轻，也叫少妇。再说了，女人什么叫看轻？女人什么叫年轻啊？”

范太太说着，已经立起来，扭动腰身慢步走到金俪面前坐下来，糯声细语接着说道：“阿俪，今天我是头一个来。刚才听沈太太说了，城里得鲜楼老板楚通里跟沈明达比较熟，拜托沈先生做媒。沈先生呢，就托了你家朱先生。他们男人不便出来说那个事情，就叫你们两个女人合起道来给唐太太的女儿做媒。你现在晓得唐太太的独养女儿今年多大了是吧？我现在跟你说，那天我出去办事情，正好路过唐楼，看见唐太太跟她女儿从黄包车上下来，人家哪里会想到？哎呀，我说唐太太，你还有那么大的女儿？两个人走在一起，根本不像娘和女儿，像姐妹似的。唐太太刚才还说人家可心可口，依我看哪，唐先生每天看自己太太，才叫可心可口，怕是一天到晚想搂着抱着唐太太亲嘴儿，巴望着早点天黑，熄了灯火把她拖到被窝里去弄呢！”

“啊，”文秀丽接口道，“亮着灯火，就不能弄啊？”

“范太太，你说着说着就开始骚了！”唐太太抿嘴儿笑道，一转脸手指头指着文秀丽，“你也没个正经！跟着她起劲取笑我。我看你也在发骚了，讲话没个栏规，叫家里用人听见了不好的，范太太你说呢？”

范太太说话在“性”头上，偏要来个说到根上：“哟，我们几个女人，现在关起门来还要假装斯文，一本正经……文秀丽的意思倒是挑明了，说她欢喜亮着灯火……我说也是的，亮着灯火最好，看得清爽点，两人脱了衣服在床上好起来激动、刺激……哟，这有什么关系？女的跟男的碰在一道，难免卿卿我我的来一阵好……说我骚？我就骚；——说我骚货？我就骚答答地等着男人弄了煞念才好呢！——什么，说我下作？不怕难为情？喔唷，我在外面又不说的；我们几个女人关起门来在屋里说，有什么好难为情的？哎，你们看，阿俪脸红了。我说什么了？我说我自己，生了两个孩子还要发骚，这叫年轻啊，不见老，春风随我骚起来！沈太太，唐太太，唔——你们怎么闷骚，闷笑，不说话了？朱太太呢？今天怎么嘴巴闭得紧紧的，不说话？就我一个人想着说；说晕了，你们一边好取笑我，拿我开心。我可不是你们的开心果。——哎，文秀丽，你家里不是有开心果么？拿点出来吃吃，一边吃，一边说……”

金俪一直安静地靠在椅子上听她们几个说话，心里想这样说说话蛮好，省得打牌伤精神。眼看文秀丽嚷着要打牌，范太太刹住车，不想往下说了，金俪突然感觉有点失落。她心里很想范太太继续说笑，昏说乱话瞎讲一通，听起来倒是蛮过瘾，恨不得开口道：“范太太，你说哪，讲哪！”心里这么想，嘴巴一张却变成另外一种腔调：“我看你们讲得起劲，我又插不上嘴，只好听你们在讲。拉我来打牌的，范太太唐太太好像不想打了。沈太太也急死了，来不及等人家把话说完就打断人家。你们说呢，麻将打不打？要是不打，继续讲男人女人瞎讲，我要走了。我回去好安静一歇，要不，头也痛了。”文秀丽连忙说道：“不讲不讲，我们赶紧坐下来打牌……”说着，她第一个开始洗牌；唐太太的牌念头跟文秀丽一样大得很，急着抓紧理牌。金俪迟疑了一会儿，也跟着上手了。这时候范太太笃悠悠地把拿在手上正在吃的开心果放回到盘子里，立起来说道：“不要急呢，我要先去洗个手，轻松一下。”唐太太瞟了范太太一眼，说道：“快一点！”

……

沈家麻将打到黄昏时，文秀丽的男人沈明达回来了。随他一起来的还有一个朋友，是上海人，沈明达叫他“乔老爷”。他叫乔冠东，四十几岁，一看是有钱人，派头老大。还有一个人也跟着一道来了，是朱红。

金俪抬头一看，神情疑惑自家男人这个时候回来，而且串到沈家来，这是从来没有过的。她看牌，自言自语道：“今天奇怪了，太阳从东边落下去。这副牌竖手乱得很。”文秀丽听见她男人的声音传过来，却是闻其声而不看其人，自顾例牌，眼睐着一手牌竖起来可做大牌，不动声色，心里想今天下半天一直输到现在，这副牌看样子可以赢了，便对坐在她上家的金俪说道：“阿俪，你理牌快点呢！等你出牌，出了再讲，边打边讲。”一转眼，对自己男人说道：“沈明达，你招呼一下客人，叫阿琳帮客人泡点茶，拿点点心过来。今天晚饭不在家里吃，我不晓得你要回来，没有准备。我们出去吃，叫她们三个人请客。到现在全是她们几个赢的。”

“哟，”范太太道，“我是千年难得赢一回，沈太太就难过死了。前头已经讲好了，打完这副牌我要走的哦，不管哪个赢哪个输。我家里有两个小孩，不像你们几个脱脱空空，晚上尽管出去。”唐太太出牌“碰”道：“今天我来请好了，反正要请的。沈先生今天正好回来，我们就今天晚上好了。”

这时候朱红绕过来看牌，小声说道：“唐太太，我呢下午陪沈先生跟朋友到唐楼吃茶，见到唐先生。他晓得你在这里打牌，叫我跟你说一声，今天晚上他要请客，到得鲜楼，我们几个人一道去。我说蛮好。沈先生，你说呢？”

乔老爷听了，手一甩对朱红说道：“哎，刚才在路上不是讲好了么，今朝夜里我做东。我一向来上馆子做东的，沈明达伊在外头跟我做了许多年生意，迭个伊是晓得格。”

“是啊，乔老爷一向如此。”沈明达点头道，接着对文秀丽说，“这副牌打完歇手。请几位太太稍微歇一会儿，待会儿我们一道去。”

牌局结束。范太太说要走；金俪跟着说自己不去，要回去。朱红觉着金俪有点扫自己面子，眉头一皱，说道：“阿俪，我看你还是跟我一道去。人家唐老板请客，——哦，是乔老爷请客。难得，也是蛮开心的事情。再说了，跟一条巷子里的邻居沈先生沈太太恐怕也是头一回聚到一起吃个饭，你还是去吧。”

金俪立起来说道：“要去你去。我头痛，不想去。”说罢，她跟其他人连个招呼也不打，就转身走了。

坐一边的那个乔老爷跟着立起身来，手一抬，失望地“哎”了一声，朝沈明达说道：“哎，这位太太怎么走了？”

朱红赶紧跟着走出去，到了客厅外面，拦住金俪，低声说道：“阿俪，你这样走，不大好。你什么事啊？人家范太太要走，人家家里有孩子，有事情。你回去有什么事情？屁个事也没有。我说——”

“要你说个屁。”说罢，金俪自顾走了。朱红立马跟上去绕到她面前，赔笑道：“我说阿俪，你今天晚上要给我个面子，陪我一道去吃个饭。沈明达介绍了一个大客人，有笔生意我要跟那个乔老爷做。”金俪听了，冷语细声说道：“你一天到晚在外头跟人家做生意。你怎么不回来跟我做生意？哼，我一听你要跟人家做什么生意我就来气！我男人，从娘肚皮里生出来，除了吃饭睡觉，大概就晓得在外头做生意，其他没有。除了你那个要人性命的狗屁生意，你还会做什么，啊？我没工夫，也没有兴趣跟你出去，陪什么先生老爷吃饭。我以前什么时候跟过你出去陪人家吃过饭？今天倒好，我说么，今天奇怪，太阳从东边落下去了。跟你说吧，我啊，今天下半天打牌赢钞票了。我想好了要请客。一会儿回去，把后院里那几个小公鸡请到外面去吃饭。谁稀奇那个得鲜楼？你们去你们的得鲜楼。我回家换身衣服，带他们出去，去王四酒家，把赢来的钞票都吃光！叫他们几个今天吃了，明天再去吃！”说罢，扭头就走。

朱红被弄得一脸无趣，心里想上去再说一次，试一下？一想没戏，跟这个女人没什么讲头，含嘴里骂道：“娘个戾，不吃拉倒！我几时求过女人跟我出去应酬？不是照样做生意？”一转身回进沈家客厅，换了一副笑脸。

这天晚上得鲜楼饭局，楚家二少爷也去了。楚怀咏本来以为唐小姐也是要来的，这是双方长辈讲好的事情；没想到唐小姐不来。楚二心里闷着，也不好意思多问。唐六梓瞅个机会主动跟楚二说：“今天不好意思。改天还是有机会一道吃个饭的。”楚怀咏听了微笑道：“我们再约。”“好。”唐六梓点头应了一声。

楚怀咏帮着他父亲楚通里招呼来的客人，很有礼貌跟唐六梓夫妇说话，给人印象不错。开席入座，楚怀咏看这一桌长辈，夹着自己一个年轻人，觉着浑身有点不自在；他等第一道热菜上来，便说了一个理由退席。

楚怀咏说：“各位长辈，在另一个包间里我请了一桌同窗好友，跟这里长辈这一桌是先后开席。这一桌先，那一桌后。我跟他们说，我先在这里敬各位长辈一杯，然后再过去……”天晓得这个“理由”子虚乌有，不过在座的相信了。

眼瞅着儿子编故事，楚通里一转眼，对大家说道：“哦，是的。现在的年轻人有年轻人的交际。让他们自由——怀咏，我们这里呢，你就不要管了。去招待好你的朋友，不要怠慢了他们。”说罢，招呼在座的慢用。

唐六梓坐在楚通里边上，心里想楚通里今天摆出请客的样子，便凑近他耳朵说道："楚先生，先头我已经跟你讲好了，今晚这一桌我来……"

乔老爷耳朵灵敏，随即对边上的沈明达说："哎，明达，格顿饭我做东。跟你早就讲好了，我一向来上馆子做东的！"楚通里听了一笑，举起筷子在桌面上划了一圈，说道："我们来吧，诸位光临我得鲜楼，是看得起我楚某人。今天一共两桌，我儿子楚怀咏已经买了单子。哎，他要做个主，我们做长辈的就给他个面子，给他个机会。这也是新生活，自由民主嘛。"说罢，立起来敬酒。

唐太太接楚通里的话头说道："这样也好。六梓啊，——哦，还有这位乔先生乔老爷，我看你们今天就不要争了。乔先生今天算是认识了，我们以后有的是机会，乔老爷你说呢？"乔老爷瞟了唐太太沈太太一眼，点头道："迭个么我就不好讲了。得鲜楼楚老板加热心，也蛮客气，我看就格能吧。不过我现在当着大家面，先讲在前头，就格一次，下不为例哦。明达，侬是晓得我格。"沈明达点头微笑道："蛮好。下一趟侬来，阿拉不客气！"

这顿饭唐太太吃得心里舒服。她想楚家二少爷刚才在场面上说话得体；方才楚通里又把话摊开来说了，明摆着二少爷比较能干，上得了台面。

席间，楚通里请来的客人本地税务局马科长跟沈明达斗酒。那个马科长名叫马雨森，酒量过人，斜着眼睛看着沈太太发飙，非要跟沈明达干！唐六梓跟马科长比较熟悉，经常打交道拍过他马屁，一边劝他别一上来就干，慢慢吃酒。马科长二话不说，闷着一杯先下去。完了，要沈明达跟着来。沈明达不胜酒力，斗不过马科长海量，于是求饶，说自己欢喜随意慢慢地小酌，吃点菜，说说话。马科长不放过他，借着酒疯搭着沈太太的肩膀立起来说道："你沈先生不干，我说也可以，那就请太太跟我干！"这个话的语音听上去有点过了。对面的乔老爷一脸鄙夷看着马科长，开口说道："跟人家吃酒较劲，非要干，是吧？好啊，我来跟你干。我先放侬三杯——"

"去，"马科长手一挥说道，"我不跟你干。我跟沈太太干。"说罢，将自己手中的杯子碰了沈太太的杯子，先吃了下去。完了，他左手捏着空杯子，那右手的中指对着横过来的空杯子口，指指戳戳道："沈太太来，我们干！"

"迭个贼坯动作下流。"乔老爷小声说罢，便将自个儿酒杯往桌上一蹾，指着马科长说道，"我说你马科长，场面上也要有个分寸吧？……混到今朝格把年纪还是个科长，可见得你上下没个分寸。"马科长听了嘴巴一龇骂道："你妈的什么东西，我教你嘴巴里干净点。我叫这位太太吃酒，你看了不适意是吧？关你个屁事儿，操。"

"好啊，"乔老爷立马回敬道，"待会儿吃好了出去开个房间，把侬个后花园汏汏干净，等我来！"

……两人说话愈来愈难听，火气也更大了。众人分别劝说。唐六梓拉住马科长的手，不让他掼酒杯。朱红请乔老爷息怒，说道："朋友来聚一下，是个开心事情，我说犯不着的。”唐太太一边摇头，一边对文秀丽说：“大家平常都是蛮客气的，难为情！”文秀丽不以为然，笑容可掬说道：“马科长，你来吃酒倒是蛮有劲的。我说这样吧，我吃一杯，你吃三杯好不好？”

“好，跟你干！”

“好，就跟你干！”

“噢，”楚通里眼睛一扫，一笑说道，“我说这老酒啊，就这么个吃法才叫有劲儿！来，我也来干一杯，跟谁干呢？噢，跟我自己干。”说罢，将酒杯碰一下桌子，脖子一仰把酒干了。朱红“嘿嘿”一笑，说道：“幸亏我太太没来。要是她今天晚上来了，我跟她当着大家的面干了。”大家听了“呵呵”笑起来。乔老爷端起酒杯，瞟了一眼台面，对沈明达说：“明达，我跟侬不干，意思意思，慢慢较吃。”这时候上来一盘清蒸鲈鱼。朱红平时欢喜吃鱼，便动筷子，眼睛眯着看乔老爷，心里想这条鱼应该是条大鱼。朱红不吃酒，脑子清爽得很，接乔老爷刚才的话头，说道：“乔老爷，我们不急，意思意思，慢慢来……”

那个“意思意思”跟“慢慢来”是他们不拼酒，一点点“咪”。马科长看不惯这种吃酒的腔调，立起身来直吼吼地要寻个吃酒的对手闹猛。唐六梓唐太太稳坐在位子上，打出牌子今天稍微吃一点酒，多了不吃。剩下来就是楚通里，还有沈太太。那个楚通里也是个吃快酒的主，跟马科长好像不分上下，但是这两人没想到娇娇文秀的沈太太肝解酒精的本事远在男人之上，硬是陪在一边吃酒，跟吃白开水似的。

一桌人说着闲话，呵呵乐乐吃了一个时辰，你好我好没事儿；最后就那个马科长看来吃到底了，只见他脖子僵硬，眼睛盯着沈太太文秀丽看，嘴巴里含糊不清咕噜道：“漂亮，好看，味道好！”说罢，身子一歪倒在桌子底下。

这天晚上，周妈伺候唐小姐一个人在家里吃晚饭。

唐小姐说周妈做的菜比较清淡，配自己胃口；又说自己不欢喜到外面去吃什么馆子，就是那个馆子再出名，她也不想去吃。周妈心里明白小姐这个时候说的意思。这天下午晚些时候唐六梓回家，父女俩为了出去吃个饭起争论。唐六梓说到最后说服不了女儿，一脸无奈地出去吃饭局了。周妈看在眼里也不便劝说，只好做几个好吃的菜，待会儿叫小姐吃了心情好起来。

唐小姐这会儿吃了两口，放下饭碗，说道：“我今天实在是没胃口，吃不下去了。”周妈觉着奇怪，说：“小姐刚才还说我做的菜配胃口，怎么一会儿又说没胃口，吃不下去了呢？”唐小姐起身道：“周妈你吃吧，我不吃了。我要回到楼上房间去给别人写封信。”周妈“哦”了一声，心里想，听先生太太说这门亲事不错，怕是小姐自己犯傻，好好的人家，她说不要，说不高兴！可能是小姐在外头看中什么人了，闷在心里不说。

唐小姐走进自己房间，坐到灯下给吴天玉写回信。

她先试着用毛笔，写了几个字嫌不好看，心里想自己下午练字了，没用；现在笔墨一到纸上，心就慌了，手腕抖。先前她用毛笔给魏可欣写信，心里倒是比较坦然，哪怕自个儿书法再不像话，好坏是传统笔墨，有这个心就行。现在给吴天玉写，那个心说变就变了，变得一路心虚，生怕在吴天玉面前出丑。唐小姐改用钢笔，那是舶来品，如今用，时髦，就不怕老派人家敢笑话。

唐小姐重新看吴天玉这一次来信，托住下巴，回想那次跟吴天玉吴天泽见面时的情景，不觉一笑。吴天玉这次来信，虽说跟前两次来信差不多，只是礼节性的联络，并没有多说她哥哥吴天泽。但是信尾那一句："我哥天泽问你好！他询问你，我们有空是否可以见个面？"这句话使唐小姐很有想头。一想到"见面"二字，唐小姐的思路就跑开了。

她联想到她父亲今天下午专门跑回来跟她说今晚有饭局，跟楚家二少爷见个面碰碰头，她当即回道："不去。"她原以为父亲比较开明。现在看来，她父亲母亲好像是一个意思："女儿的婚姻大事要由父母做主。"因这句话，父女俩说不到一道去。唐小姐也没个合适的理由，单说是，对方是做生意的，她不高兴；还有一点，那家伙腿有点问题。唐六梓说做生意的人家有什么不好？接着又说楚家二少爷人不错；腿，好像是有点小毛病，稍微有点搭，不厉害，一般是看不大出来的。就算是他走路，看上去有点"十二点半"，那也是男人走路的一个姿势，还是蛮有派头的。唐六梓传话："你妈妈说了，今天晚上还是要出去应酬的。"接下来说道："你跟父母一道出去，有什么不高兴？我们带你出去见见世面。哪有未来的楚家媳妇，楚家二少奶奶不肯出去露面的？"唐小姐立马回话驳道："这个事情还没定呢！就急着要人家出头露面？哪有这么做的？要是从前，即便是过了门，做少奶奶的也未必出去露脸的！"唐小姐这会儿想想觉着好笑，父亲居然对她大声说道："现在是民国了！你读了洋书还这么封建？!"

想到这里唐小姐立起来，到书架上寻出一本杂志。

她随手翻了几页，看到一个醒目的大标题，眼睛一扫文章内容，突然抬起头来，把声音放出来说道："包办婚姻就民国了？现在，我们兴自由恋爱！"

唐小姐先前用这句话堵住她父亲的嘴巴；现在重复说出来，传到楼下，把正在做家务的周妈吓了一跳！周妈自言自语道："唉，现在的社会啊，做大人的也难。在外面嘴巴上答应人家了，回到家里一脚踏空了。现在有劲了，你爸爸要面子，他在场面上说话算数的，女儿却在家里讲'我没有答应人家'！"

周妈这会儿想，现在的年轻人不比从前了，要兴自由恋爱。小姐怕是私底下跟人家信来信往的，已经好上了。现在不得了！小姐要自己做主……周妈想到这里摇摇头，叹一口气，说道："现在做大人的，一天到晚跟着瞎操心，也不见好。"

寻访笔记 17

楚红藻的侄子楚雄找到我，要跟我谈谈。

到目前为止，他是我寻访的人物中惟一一个主动来寻我的人。我请他吃酒。

楚雄不跟我吃酒，说："跟你吃杯茶，说个事情，完了就走。"

他说话直奔主题，明确表示他很不愿意看到有人写任何关于他楚家上代人的事情。他的这个想法，跟他二叔楚红藻先生的想法截然不同。楚红藻先生说，那是过去曾经有过的人和事，是历史，值得我们后人研究，写出来看看。楚红藻先生希望我动笔的时候不要有什么顾虑，只管如实道来，哪怕写"丑"了也没事儿。

楚雄不认同。他希望我尊重他的意见，最好是放弃；退一步说，即使要写，最好是多从正面上考虑社会影响，说白了，也就是要考虑对他的影响。

其实，楚家的事情在我写的故事里，是个"边料"，或者说，是个稍微有点"搭边"的事儿。"得鲜楼跟唐楼好像有点故事"落实在唐家唐小姐；楚家是"虚"的，这一点不用担心。楚家祖上开的得鲜楼，历史上对吃的文化有过贡献，这是正面；至于那个非常高级的同春楼，那也是民国时期青楼现象里边的所谓"正面"，如今道来，我以为不至于伤人。我想楚雄先生当年大学毕业后，凭自己本事在激烈的竞争中考取公务员，进入政府部门；之后努力工作，得到重用提拔，可见组织上现在不计较"隔了好几代人的影响"吧？

我们的交谈就此打住，让过去的故事流传下去——

第十七章

隔了两天，吴天玉收到唐小姐回信。

吴天玉看着信，自言自语道："这钢笔字写得好看，漂亮！"她想起自己家里也有钢笔，是几年前上海的傅家佑教授送给她父亲的。傅先生走了以后，她父亲还专门到城里去买了一瓶墨水回来，试用写了几个字。

吴天玉读了信，把信揣进口袋里，去楼上画室问父亲那支钢笔在哪里。吴元厚一边画画，说："不晓得。"

吴天玉在画室里到处寻，又问道："爹，还有那个小瓶墨水呢？"

"哦，那个东西早就扔掉了。"

"啊？"吴天玉满脸失望道，"我现在写字要用，派用场！"吴元厚一听搁下毛笔，一转眼说道："你写字要用那个东西？我们家里有的是笔墨，还不够你用吗？"说罢，拿起毛笔继续作画，一边说道："那个东西派什么用场。我试过用那个东西写字，哪里比得上我们用的毛笔，一笔下去一条线，舒服得很。"

吴天玉听了嘴巴一撅转身就走，一边咕哝道："就我们用的毛笔舒服？我在外面看见人家写起来方便得很。——落后！"

"落后"二字从画室门外传进来，吴元厚摇摇头，自言自语道："我们用的毛笔会落后？开玩笑。这千年笔墨随便到哪个时候都不会落后。那种钢笔写的字有意思吗？值钱吗？不值钱。"

吴天玉到楼下碰见丫头明香。明香说："小姐，太太叫你。"吴天玉问："叫我有什么事情？"明香回道："今天晚上在家里给少爷过生日。太太叫小姐过去帮忙。就这个事情，没别的。我跟小姐说过了哦。你要去的哦。要不，太太要说我的。""晓得了。"吴天玉点头道，"我现在先去天泽书房里说几句话，待会儿就过来。"说罢，就去自己房间取信；到了房间里才想起来那封信在自己口袋里。

这会儿吴天泽不在，潘道延一个人在。

这天上午潘道延一个人闷在书房里胡思乱想；后来想得头昏脑涨，拿起笔来想画画。那毛笔在手里转了几圈，笔锋落在纸上却写出了一个口天"吴"。他站在画桌边俯视自己刚写好的这个字，心里想画画，怎么写了这个字？他想了一会儿，接下来写出“天玉”二字。搁笔，又坐下来发呆。

他呆呆地看着“吴天玉”三个字发呆。这三个字不容易写好；立起身来接着再写，一口气顺着狂写，写到感觉酣畅淋漓一口气顺了，将毛笔“啪”扔掉，一屁股坐到椅子上喘气。

他坐了一会儿，觉着自己的气不够用，立起身来把窗子打开来；回头看见自己用过的那枝毛笔在地上，便捡了起来，到笔洗里洗干净。他想起小时候心疼毛笔；那个时候看吴天泽把自己的毛笔“啪”扔到地上，记得非常恨。而今自己也跟着吴天泽学这个该死的动作了。自个儿想着不扔吧，也难；“掷笔于地”乃性情使然，有时候特爽，好比闷了发泄，还是管点用的。

他想发泄；接着后悔自己嘴硬，先前跟吴天泽打赌，说自己一个人画，把《吴中山水好天下》画出来。结果呢，到现在还没有画。

他现在后悔，不该跟吴天泽较那门子劲儿。单独创作，直觉告诉他，他一个人真的有点画不出来，也画不下去。他憋了一口气，最后还是回到临摹上。

说来也怪，他一落笔临摹“明四家”唐寅的字画，感觉就来了，那个状态自然而然奇好；笔下生辉不去说了，就说他精神入画，像仙人赐笔神助似的，一个潜心进去了，人就出不来，周围的动静全没了。吴天玉推门进来，走到他身边问他话，他一点感觉也没有。

“我现在……在明朝。”他喃喃自语。吴天玉“啊”了一声，手指头点点桌子：“阿延，我问你我哥哥人呢？你嘴巴里咕噜咕噜什么啊？”

“乱敲桌子，”潘道延闷声说道，那声音好像从天边传下来，“这桌子，是明朝的，敲什么敲……你，一边去。”

潘道延正在临摹一张唐寅的《仕女图》，吴天玉一看，“哇”一声说道：“这仕女眉毛画得细，画得漂亮！”

潘道延回过神来，仿佛从天上回到人间地上，眼睛一亮，好像吃了人间烟火食掩饰不住内心得意，学他老师吴元厚的腔调说：“这是线的功夫。”说罢一转眼叫吴天玉“别碰”！吴天玉一怔，把手缩回来。

“这是明朝的。”他嘴唇嚅动道，“不好碰，只好看……”潘道延眼睛直盯盯地看着吴天玉眼睛；突然叫吴天玉坐下来，他拿起毛笔给吴天玉画眉毛。吴天玉吃惊道：“你在我脸上乱画什么呀！”

“就画了两笔，好了。”潘道延放下毛笔，叫吴天玉自己去照镜子。

吴天玉跑回自己房间，坐下来对着镜子看眉毛；一会儿看得青春心动，心里想自己的眉毛，就是“明四家”唐伯虎画的，跟那幅《仕女图》上一个样子，赶明儿换上戏装，自个儿便是“名家字画”了。

吴天玉在镜子里将自个儿欣赏了一番之后，多少有点体会潘道延说的那句痴呆话："我现在，在明朝。"她想潘道延一个人关起门来临摹唐寅的画入神了，以为自己倒过去活在明朝，跟唐伯虎形影不离，没准儿他将来会说："我就是唐伯虎。"

吴天玉离开房间去厨房间。明香看见她，"哟"了一声，说道："小姐今天化妆了，漂亮哦。"吴太太正忙着准备菜，听明香一惊一乍的，回头一看，觉着眼前一亮，含笑说道："明香，我说天玉本来就漂亮，今天更加漂亮了是啵？"

"是，小姐真的漂亮！"明香说。吴天玉一转脸看着明香，问道："你说我哪里漂亮？哪里好看？"明香不假思索回道："眼睛眉毛。"

"你这个丫头，"吴太太瞥了明香一眼，说道，"你就知道说小姐眼睛眉毛漂亮好看。其实，天玉是整个儿人漂亮好看。那眉毛啊，只是加了点妩媚，更见姿色罢了。"明香一听，一转眼看着吴天玉眉毛，问道："小姐自己画的？"

"嗯。"

"明天也帮我画一下……"

"哎，"吴太太忙着配菜，一边说道，"天玉明香，你们俩别停手，一边说话一边做事情……现在什么时候了，再不快一点儿，怕是晚上吃来不及的！"

吴太太会做一手好菜，平时不下厨房，逢年过节露一手。今天日子特别，吴天泽和潘道延二十岁生日，在家里过。吴太太早上带用人出去买菜，回来一直忙到下午晚些时候，眼看一切准备妥当了，就等晚上现炒。

这时候吴元厚停了手头上的画，从楼上下来，走到厨房间看看；见夫人手脚不停，说："你今天忙了。辛苦了。"完了，东张张西望望，说道："给天泽和阿延过生日，也犯不着在家里办的。蛮好出去吃个馆子，省得麻烦哦。"

吴太太叫明香拿一块自家做的糯米糕给老爷尝尝，先垫个肚子，回头对女儿说："你爹的意思，本来是想到外面去订一桌，吃了拍屁股就走，什么也不用操心。我呢，不想。那外头的东西有什么好吃的？哪里比得上我们自己家里弄的清爽，好吃。天玉，你最欢喜吃我做的什么菜？哦，是这个，那个……今天拿手的菜全有了，晚上吃吧，看你馋死了！要不先尝一点，煞煞馋虫？"

吴元厚吃了块点心，点头道："嗯，味道不错。"转身离开厨房，到了外面又回头问道："天玉，你知道不知道天泽到哪里去了？"吴天玉摇摇头回道："不晓得。"吴元厚接着说道："他到现在还没有回来。我听阿仲说，他今天上午就出去了，也不晓得他跑到哪里去。现在时辰不早了，看样子不回来了。"

"少爷要回来的，"明香回道，"今儿他出去的时候我在园子里问过他，他说知道今天晚上在家里过生日，肯定回来吃饭！"

"爹，"吴天玉走出去微笑说道，"我陪你到园子里走走，说说话……"

一会儿工夫，吴太太忙完配菜拼盘，跟厨房用人说："你在这里看着点砂锅里的腌笃鲜，文火让它炖着。我去歇一会儿过来。现在剥点蒜头出来，捣碎了做蒜泥，我炒菜要用的。”说罢，吴太太叫明香跟着她去，给她捏捏肩膀。

吴天泽到天黑才赶到家里；一进门，奔书房，见了潘道延，将一把大洋塞到他手上。潘道延吃惊道：“你，哪来的那么多钱？给我做什么？我不要。”吴天泽捏住潘道延手，把钱放到他口袋里，“哈”一声说道：“要的，你拿了再说。你不要谁要？给别人吧，我还不高兴呢！给你阿延么，还有点意思。——你阿延什么人哪？哦，我跟你说哦，从今天开始，我要拍你马屁。以后你就知道了，有我一份，就有你一份——你别推哦，推了，我就跟你板面孔——你说什么？你用不着这些钱是不是？你用不着，留着给你爹娘用。——嘿，暗地里给我妹妹用点也行——嘴巴里咕噜咕噜什么，哎呀你偏要问！还要问个理由？好，给你个理由：今天我过生日，我妈昨天说了，也要给你阿延过生日。我跟你同年，比你大三个月。你呢，提前过生日了，今天跟我一道过。走啊，你呆在这里发什么呆？哎呀你又要问了。烦不烦？我的钱哪里来的，跟你阿延有关系吗？我说，你有完没完？好了，先去吃。回头我跟你说，跟你如实道来。说真的，好玩得很。”说罢，吴天泽一把拉了潘道延走出书房，往客厅去。

吃饭桌子今天摆在客厅中间。

紫檀木圆桌，桌面中心一圈是大理石台面，图纹天然隐隐的是一幅山水。这个桌子是清朝康熙年间的东西。据说当年吴元厚的父亲吴绍庭从一个盐商手上买下这个园子，那盐商叫汪水祈，他要把这个桌子搬走，吴绍庭说：“留下。”用自己一幅山水画贴了过去。汪水祈非常欢喜吴绍庭字画，一笑说道：“好，这幅画换个桌子。”

潘道延先前没想到吴太太张罗着给他过生日。给天泽过生日，这是早就说好的。这天中午潘道延从明香嘴里得知太太要将他的生日跟少爷的生日合起来一道过，说是“合而一”图个特别纪念。老爷也说这个主意好，好就好在儿子弟子同庚，既是儿子也是弟子；既是弟子好比儿子，这两头“子”曰：“不亦乐乎！”

现在，吴家一家人连同用人阿仲、明香一起坐下来吃饭，高兴得不得了。尤其是阿仲，这时候能坐在老爷边上跟老爷一道吃酒，觉得忒有脸面了。

桌上摆着冷盘：白切肚片、油爆虾、炝毛豆、水煮花生米。潘道延坐在那里不动筷子。大家说话，惟独潘道延不开口，眼睛发呆，叫人弄不懂。整鸡煲汤上来，吴太太亲手撕下鸡腿，一边说道：“一只腿给儿子，还有一只给阿延。今天是给你们两个人一道过生日，一个人吃一只鸡腿——这是规矩。”

潘道延听了把头低下来，闷了一会儿，流眼泪了。坐在他边上的吴天玉推推他，说：“阿延，今天过生日开心，你怎么了？”潘道延抹去眼泪，立起来离开座位，绕到吴先生、吴太太身边，“扑通”跪下来磕头。完了，起来把吴天泽从凳子上拉起来，叫他跪下来磕头。吴天泽顺着潘道延意思，一哂说道：“好，你阿延磕头了，我也跟着磕

头。今天就依了你，你开心了吧？”

“天泽，你错了。”潘道延鼻子一酸，含泪说道：“我今天不开心。”一桌人听了全闷掉，不说话，看着潘道延，似乎在等他的下文。

潘道延一时没有下文，闷头坐下来拿起鸡腿吃了。大家一怔，看他吃；只见他几口吃完了放下鸡腿骨，把嘴巴擦了以后，抬起头来说道：“我肚子饿了。这个鸡腿我吃掉。师母刚才说‘这是规矩’，我不敢坏了规矩。但是，除了一个鸡腿我今天实在是不敢再吃了。”他顿了一下，嘴巴嚅动着，咽了一下口水，接着说道：“今天过生日我心里难过。我爹我娘在乡下把我生出来，把我养到实足十二岁……那年，我来到惟亭，来到先生家里。先生和师母接着把我养到今年二十岁虚岁。我吃的、穿的、用的、学的，是先生和师母的，至今无以回报。我没脸走到外面去做人。所以，我心里不开心，心里想着快点出去谋生挣钱，到时候回来，到城里最好的馆子喊一桌，给我爹给我娘，给我先生给我师母过生日……要的！”说罢，站一边嚎啕大哭。

吴太太眼圈一红，一瞬间眼泪落下来，用手抹了，手捂着嘴唇不说话。明香见了，掏出手绢递了上去，自己也忍不住抽泣。吴天玉手背托着下巴，任凭眼泪顺着脸颊流下来。阿仲坐在那里嘴唇翕动着不吭声，拿起酒壶给老爷斟酒。吴元厚看着一个儿子，一个弟子，心里翻江倒海，想说话，一时“无言以对”，一声叹息。这时候吴天泽“啪”立起来，突然一笑，隔着桌子叫阿仲把那个斟满酒的杯子拿过来；接到手上，他一口干掉，放下杯子，朗声说道：“爹，今天在家里过生日我开心。让我跟阿延吃点酒可以吗？我们现在大了，不过分吧？”

“可以啊，”吴元厚舒了一口气，立起身来，说道，“你跟阿延今天过生日想吃酒，今天就吃吧。来，阿延，坐下来吃酒，今天要开心才是。”吴元厚说着把潘道延拉过来坐；阿仲立马挪动位子，让潘道延坐到老爷身边。

阿仲拿酒瓶立起来说道：“来，我来给老爷、少爷、阿延斟酒；给我自己也满上一杯——先端起来，我们先敬老爷、太太一杯。”

“哎，等等，”吴太太这会儿擦了眼泪微笑道，“我说我们还是先敬天泽跟阿延，他俩才是今天的寿星哦。”

吃了一口酒，吴太太立起来去厨房；明香跟着去了。吴太太掌勺，动作快得很，一会儿工夫炒菜端上来——

第一道热炒冬笋青鱼片，白里透着金黄，面上铺着几根翠绿的香菜。吴天泽拿着筷子，眼瞅着盘子说道：“这只菜慢点吃，让我再看一会儿。”

吴太太炒菜，不是荤菜接连上，而是荤素搭配隔一上桌。这头道热炒之后上来的，便是酸醋生姜片：盘子里搭配着一圈生切荸荠，姜黄荠白，吃了清爽可口。按吴太太的说法，在家里吃一桌，要紧的是最先上煲汤。先吃一口汤暖胃，嘴巴里来一点鲜味儿。接着吃鱼片，按季节加冬笋片炒最好，将一品鲜味吊出来之后刹住。这时候不要肉跟着上；要是先吃肉油饱了，再往下吃，嘴巴里就腻了。所谓“不清爽”，胃口就没了。所以，那盘子生姜片配荸荠，酸酸微辣合着荸荠原味，将嘴巴清醒一下，让舌尖来点冷不防的刺激，把吃的欲望打开；接着吃，就有味道了。

肉，要两道蔬菜吃下来再上……

紧跟着酸醋生姜片上来的素菜，是冬瓜皮拌豆腐。那冬瓜皮青青一色铺满盘底，上面垛着豆腐；豆腐居中，香葱点缀，由垫底的青皮儿衬托出来。这是吴太太看家的一道拿手菜。吴元厚看了，笑道：“这个吃法就我们家有。人家是去了皮儿吃冬瓜。我们家呢，专吃这个皮儿。阿延小时候在乡下没见过吧？冬瓜皮或许吃过，不过像这么个吃法，除了我们家，别无他处。听说城里的得鲜楼有一道菜，叫什么‘翡翠相好’。有一回我请上海的傅先生去吃，傅先生说：‘哎，那西瓜皮炖牛肉，好吃倒是蛮好吃的，就是看样子俗气得很，比不上府上的冬瓜青皮儿豆腐来得有品相，清高倒在其次，那味道实在是雅俗共赏，没话讲！’”吴元厚说罢，“呵呵”笑起来，一边招呼大家吃。

吴天泽举着筷子，怔了一会儿，说道：“哎呀，妈弄的这个菜，我就是一时下不了手。依我看，这些菜先别动，让这些菜摆在桌上的时间稍微长一点，我再动手，哈。”吴天玉一边给潘道延夹菜，一边说道：“哥，这道菜是我特地点着要的，你别先动手，叫阿延动了，你再动。要不，你叫我帮忙办的事情有回音了我不告诉你。”吴天泽一听，明白了，顺水说道：“好，今天也依了你。我们家里现在你跟阿延是老大老二。我老三。老三我，绝不老三老四。回头叫妈再给你们上一道菜，过去吃过，叫什么来着？哦对了，叫那个‘天仙配’。做的是，——哎想不起来了。阿仲，你过去不是说吃过那个菜吗？做的是什么啊？”阿仲吃了一口酒，这会儿吃花生米，嘴巴里嚼着说道：“哦，那个菜啊，名字好听哦。吃的东西平常得很，就是那个——”

“就是那个小青青白娘娘——”明香正好端菜上来，接口说道，“韭菜炒绿豆芽！”

“好啊，”吴天玉伸手掐吴天泽肩膀，嬉笑道，“你说得像真的一样。说了半天，说了个极平常的素菜，我还以为又是什么得鲜楼的名菜呢！唏唏，欺苦我跟阿延是吧？阿延，你回他两个字，要的！”

“不要，”潘道延脱口而出，“那个‘天仙配’在乡下吃过。现在要吃，就吃萝卜大白菜！”大家一听，笑起来。赶巧了，一会儿端上来的两道菜：一个是凉拌香葱萝卜丝，另一个是白菜蘑菇炖蚬肉。“我就知道阿延欢喜吃这两个菜，”吴太太含笑说道，“今天特地为他做的。阿延先来，看师母弄的味道怎么样？”

“师母，这个要的，好吃得很。”潘道延眼睛一亮说道。

“还有，你们慢慢吃……哎，丫头……”吴太太叫明香把焖蹄髈端上来。那焖蹄髈的做法，是吴太太下厨的绝活：

上午，用冷水把新鲜猪肉蹄髈洗干净；去骨，放一些鸡肝，加作料葱姜、茴香、桂皮、花椒，卷起来，然后用纱布包扎好了，扎紧了放进锅里烧。大火烧到水开了，

加黄酒、酱油、冰糖，接着文火焖，直到下午晚些时候透熟。从锅里取出来，解开纱布，放在盘里凉透，然后切成片拼盘上桌。那焖蹄髈肉冷香，不油不腻，吃起来干爽清口。

吴天泽吃着自己碗里，看着别人碗里，一边说道："妈，今天你做的全是对着阿延跟天玉欢喜吃的，把我欢喜吃的搁在一边。好在我嘴巴比较杂，什么都要吃，就无所谓了。"

"瞎讲，"吴太太眼睛一瞥回道，"你的嘴巴我不晓得啊？你是从我肚皮里生出来的，你个嘴巴动一动，我就晓得你要说什么，要吃什么——明香你去，现在到厨房里把腌笃鲜砂锅端上来；要热滚了上来，小心烫！"

这"腌笃鲜"是时鲜货，有三样东西：冬笋、蹄髈、咸肉，三合一放在砂锅里炖，吃的就是一个"鲜"字。这道菜是大菜。吴太太说："腌笃鲜最好放在最后做结尾。这个东西吃了，那个汤喝了，嘴巴就鲜到头了。"说罢开心一笑。

吴太太准备的主食长寿面，用"腌笃鲜"汤料，在面上加些香菇、木耳、雪菜、姜丝、重青，还有生切大蒜头；欢喜吃辣的加辣，吃口呱呱叫！

晚饭吃好，大家坐着说笑，一边吃水果。

吴天泽悄悄地把吴天玉拉到客厅外面："哎，那个事情怎么说？"吴天玉一怔："什么事儿？"吴天泽"哈"一声道："你装傻啊？"吴天玉眼波一闪，点点头说："哦，你问那个事儿。"

"怎么说？"吴天泽头一歪眼睛一眨，说道，"你这次写信给唐小姐，她有没有回信？她有没有祝我生日快乐？"

"哎呀，哥，看你急的！唏，她怎么晓得你今天过生日？"

"你没告诉她？哎呀，蛮好告诉她，叫她今天到我们家里来吃饭多好。"

"吴天泽，你是在做梦吧？"吴天玉一笑说道，"你现在就想把唐小姐请到我们家里来？你想得美！嘿，我说你现在想都别想。她现在根本不会理你。人家小姐架子大得很，我哪里请得动？要么你来请？"

"她是不是真的不去外国了？"

"是啊，怎么了？"

"不去就好……人在家里，我就有机会。哎，天玉，你说这一次我来给她回一封信怎么样？约她到我们家里来做客，好不好？""唔，急了点。"吴天玉似乎上心思了，沉吟说道，"要我说，这次还是我来给唐小姐写回信。要么这样，我在信里跟她说，我们改天到城里去看她，到时候把她约出来看电影吃点心，怎么样？""哎，对了。"吴天泽眼睛一亮，搓搓双手说道，"这个主意好。还是天玉聪明。我脑子笨。我怎么就想不起来呢？"说着，连续拍脑袋，好像要把脑子里的一根筋拍得活络起来，接着说道："天玉，就按你的主意。明后两天我们睐个空子去。到了那里，你去她家，没关系。

见了她，把她拉出来就是了。我呢，就在说好的地方等你们。哎，跟唐小姐不要兜圈子了。这一回跟她说清楚，你就跟她直接说，我哥哥要跟你见面，要请客——请什么都行，吃饭吃点心看电影，听什么戏——反正随她点。”吴天玉听了“嘿嘿”笑起来：“我说么，你急了吧？看你的样子，恨不得今天晚上就去跟唐小姐见面呢。”“哈，我是急了。”吴天泽嬉皮笑脸回道：“你是不用急。哎你看，阿延出来了，他在找你。去吧。”

“去你的！”吴天玉嗔道。

“我急得很。”吴天泽道，“你没听见阿延说他想快点出去谋生吗？他要是一出去，陌生姑娘就迎面来了。这叫什么来着？这叫‘谋生’。我急了。熟悉的姑娘不急，那陌生姑娘就乘虚而入。哎，天玉，你要小心哦。”

“你胡说八道，我才不理呢！”吴天玉嘴巴一撅转身就走。吴天泽一笑，刚要返回客厅，吴天玉又回过来，用拳头捅了一下吴天泽身背。吴天泽随即一个转身，听她说道：“哥，你是不是忘了我跟你说过的一句话？”

“啊？”吴天泽眼睛眨发眨发道，“不记得了。”

“哦，”吴天玉头一歪说道，“那我就跟你再说一遍：吴天泽，你今天给我听好了，阿延是我们家的，是我的……”

“我想起来了。这是你的原话，一个字不差。”吴天泽顿了一下，眼睛一亮盯着妹妹看，接着说道，“哎，天玉，你刚才跟我说的这个话，你要不要现在过去跟阿延说？”

“唏。”吴天玉嘴巴一努，扭头就走。

这天夜里吴天泽跟潘道延在书房里说话，说到深更半夜。

吴天泽吃饭前答应过潘道延回头说那些钱的事儿。这一回他如实说了。那些钱是在城里跟几个朋友打牌赢来的。那些朋友有庚子、银子，还有一个新认识的朋友，叫韩进。潘道延问是怎么认识的？吴天泽说了一通认识的经过，话题又回到赌钱这个事上来——

原来昨天下午，庚子到惟亭来跟吴天泽碰头，说是他表哥银子知道吴天泽明天生日，要约他到城里去请他吃个饭，中午安排在得鲜楼。吴天泽看庚子特地来一趟，不好意思推辞，就答应了。今天上午坐马车去了。中午到那家馆子吃了饭就想告辞。吴天泽说今儿下午要早些回去，晚上家里有事儿，晚了回去不好。庚子那厮吃饱了说现在回去早了点，下午有时间消遣一下。银子随即提出找个地方打牌消遣——到庚子家里。几个人都说好。吴天泽说自己没办法，撒尿随着鸡巴转，跟着他们去玩了，一直玩到天色将晚，坐车赶回来。

吴天泽对潘道延说：“没想到今儿我运气好哦，从开头一直赢到结束。我说你现在看看有多少钱？我没数过，大概赢了几十个大洋，开心！天晓得他们几个笨蛋，白花花的大洋自个儿不会花，偏偏送到我口袋里。这钱，要的。阿延你说呢？”

“我不要。”潘道延说，“天泽，你说，我跟你一天到晚在一起，从来没见过你打牌，也没听你说过会打牌，怎么你出去跟他们一打就赢钱呢？有这么便当吗？”

“哎，”吴天泽说，“那牌一学就会，他们教我一下子我就会了。完了跟他们打。他们几个臭。哦，对了，那个叫韩进的小子，头一回见面认识。他今儿霉到根上，就他一个人输得最惨！听说他父亲在上海做大生意，他住在苏州外婆家。庚子说韩进家里有钱。这个人欢喜打牌赌，逢赌必输。输了那么多还要来。他说过几天再来。我现在想想，觉着好笑得很。”潘道延听了摇头道：“我不觉得有什么好笑。”

吴天泽打了个哈欠说道：“你没跟他们一起玩过，当然不觉得好笑了。改天我带你出去跟他们来，赢了钱我们自个儿用——要的。”

“不要！”潘道延立马回道，“你还是拿回去还给他们。”说罢，把十几个大洋统统拿出来，还给吴天泽。

“去！”吴天泽伸手拍掉潘道延手，那一把大洋“哗啦”一声掉在地上。

吴天泽瞟了一眼，对潘道延说：“你给我捡起来。这些钱又不是偷来的抢来的。我说阿延，你不是说你要出去谋生吗？蛮好，这些钱你出去谋生用得着。好了，不跟你说了。我现在要去睡觉了。”

吴天泽说着，人已经走到书房门口，回头一看潘道延正在捡地上的大洋。吴天泽转身回过来，“哈”一声说道：“阿延，睡觉前还有一句话我想问你，天玉她跟你说得怎么样了？那个事情她跟你说了没有？”

“啊，什么？我不晓得。”潘道延摇头回道。

“阿延，你跟我装傻是不是？我说的那个事儿，你晓得。她没跟你说？你跟她那个，你是我们家的，你是她的……啊？”

“吴天泽，你半夜三更说的话，我听不懂。你，睡觉去吧！”

“哈，这么说，我可以安心睡觉了……”吴天泽用手连续拍着自己嘴巴打哈欠，走出书房，到自己房间里上床睡觉。

他倒在床上，一会儿睡着了。睡梦里好像有点意识：“哎，阿延倒是蛮有福气的。天玉要是跟他，哈，你小子，美死你了！还跟我装傻，还假兮兮地说，我不晓得。不像话！哎，我怎么就没阿延他那个福气呢？”

吴天泽在床上翻了个身，嘴巴里咕噜咕噜说梦话：“唐小姐，想你了。”

寻访笔记 18

吴天泽年纪轻的时候曾经有过“青楼情结”。

这一点，有吴天泽留下来的笔墨见证。吴有箴先生说：“这是一个人的短处，照现在说起来，就是一个人的丑闻了。”我们的对话从这一点开始：

“吴先生，照现在的说法，吴天泽年纪轻的时候到过娱乐场所找过小姐是吧？”

“现在是这么说的。以前旧社会民国的时候没这个说法。要说，就说从过去流传下来的传统说法：狎妓、嫖娼、逛窑子，反正一个意思。”

“我总觉得我们的这个传统说法，是不是太偏向于肉体化了？忽视了精神方面？您觉得一个‘嫖’字，是不是贬低了人——性交的精神方面？”

“偏向于肉体接触，也包含了精神愉悦哦，要不然怎么说‘做爱’呢？”

“这几年我在寻访过程中发现有些过来人，其中有些人特别追求精神层次的享受。比如说跟一个青楼女子相好了，就是有了共同点。”

“这个也有，但不是普遍现象。普遍现象多半是肉体接触的共同点。当然也有进一步的升华。还有一见面，就有了精神方面的共同点。”

“头一回见面，一开始认识就有吗？”

“有。”

“您相信他跟一个青楼女子在没有身体接触之前就已经升华了？”

“这个有可能哦，历史上有过先例，只是少见而已，可遇而不可求，比较难得。当然也有编故事的成分，先隐去了性交接触一面不说。”

“您认为吴天泽的那个事儿，对您本人，对你们家族来说，是个所谓的丑闻吗？”

“这个怎么说呢，不好说，也说不好。刚才你跟我说话的时候，用了一个词‘青楼情结’。这，或许风雅了。风雅，算是丑闻吗？——哦，你说不是。但是嫖娼，要是舆论大家知道了，肯定是丑闻。要是暗地里做，没人知道，那叫‘闻所未闻’也用不着赖。没人知道的事情，你跟谁赖？要么跟妓女婊子赖，除非她拽住了把柄，可以拿出来当证据用，那你想赖也赖不掉了。”

“那么他的‘青楼情结’是不是可以说，可以写，完了以后公开呢？”

“说到这个，我就多说几句。现在的社会开放得很，你说这些事儿，写这些事儿，也没什么大惊小怪的。更何况你已经跟我说过了，用的是小说笔法。哎，即便是纪实写，也可以。胡适先生年纪轻的时候，不也去过青楼吃过花酒么？至于他有没有在那里找一个肉体接触的共同点，你知道吗？天晓得。”

第十八章

第二天天亮，阳光洒进园子，树木花草安安静静的。

园林醒了。人，还在睡觉。

鸟儿早起；早起的鸟有虫吃，早起的虫被鸟吃。树上的鸟儿飞来飞去，一会儿有几只麻雀从屋檐上飞下来，到园子地上溜达，寻觅吃的。

阿仲以为自己起得早，先到园子里晃晃；走到假山那里，看见老爷在池塘边喂鱼。吴元厚一转眼看见阿仲过来，说："我喂了鱼，上去画画。早饭我不想吃了。昨天晚上吃的东西还没消化呢。今天早上我吃口茶就行了。待会儿给我泡壶茶拿到楼上去。"

"是，老爷。"阿仲应声去了。

吴元厚把鱼食喂了，绕到后院书房去看看；走到过道里，看见潘道延拿了笔洗出来换水，招呼道："阿延也起来啦，这么早？"潘道延"嗯"了一声，走到吴元厚面前，头一低说："早点起来写几张字，过一会儿再画图。"吴元厚点头微笑道："好啊。唔，你先去吧，回头吃了早饭再写字画画——我过来看看。"随即踱步走开了，心里想吴天泽要是像潘道延这个样子多好！有什么办法？有些东西看来是天生的，恐怕教不会，也学不来；要是硬逼着儿子跟阿延一个样子，那也不行，听其自然吧。孩子现在大了，他们的前途是他们的事儿。还是太太昨天晚上说得好，"唉，我们又不跟他们过一辈子。儿女自有儿女福。我们大人跟着他们屁股后面瞎操心，有什么用?!"

阿仲给老爷泡好茶，从楼上下来，到园子里喂鱼。刚才他看见老爷手里拿的鱼食忒少；那一方池塘里的几百条鱼，现在喂，看那些鱼儿呼啦啦围拢过来。

有人敲门。阿仲嘀咕道："这么早，谁呀？"

开门，见一个小伙子，说是吴天泽的同学，来看他，送个生日礼：两盒黄天源糕点。阿仲将他上下打量了一下，说："我们家少爷的生日昨天晚上过了。没人请你，你今天一大早来送什么后礼——""哎，送礼，哪有什么先后的？"那小伙子头一歪，说道，"不请我，我就不能送礼了？人家讲，结婚要请，给人祝寿是可以凑上门的。再说了，书上说的，一个人昨天晚上生的，过了夜，到第二天才是正儿八经的过生日。所以我今天来送礼给他过生日，就是这个意思。"阿仲听了，嘴唇一牵，说："哟，还书上说的，是哪本书上说的？”

“哎，你又不是学堂里的老师，一大早考我做什么？嘿嘿，还是麻烦你去跟你家少爷说一声，就说我从城里特地跑到这里来看他，求他赏个脸，让我进去见个面行吗？你现在堵在门口不让我进去，叫他出来说话也行。”

“唔……”阿仲沉吟道，“看你个腔调，好像跟我家少爷关系不一般。你叫什么名字？”

“说庚子，吴天泽就知道了。”

“哦，”阿仲瞟了庚子一眼，“你在外面等。我进去跟少爷说一下。恐怕他现在还没起来，打搅了他睡觉是你的事儿，到时候别怪到我头上。”说罢门一关。

庚子站在门外晃来晃去，嘴巴里嘀咕道：“这个赤佬年纪轻轻，看样子不像一般用人，像个管家——不当心得罪他，也不好。”因此想了自己刚才说话好像没什么过头，心里便悠然起来，嘴巴里嘘了嘘的，好像吹口哨，又像学鸟叫。

吴天泽披了衣服跟着阿仲出来，一看庚子，眼睛一闪说：“哎，你今天一早跑到我家里来，有什么要紧的屁事儿？”

“没什么要紧的屁事儿。”庚子嬉道，“我来看你不可以吗？再说了，昨天日里急了点，忘了给你送生日礼物了。今天来补上，够意思吧？”

“嗯。”吴天泽伸了个懒腰，说道，“阿仲你拿着。庚子你去吧，我还想回去睡一会儿。昨晚吃了点酒，人被你叫醒了，头还没醒呢。”庚子一听，把吴天泽拉到一边，小声说道：“你没看见太阳这么高，你还想钻被窝啊？走，现在跟我一道走，我们到城里去。我表哥银子，还有韩进，他们都在等你。哎，昨天时间不够，来得不过瘾。今天接着来。他们说要翻本。还说跟你打牌有劲，叫你今天去。哎，你今天不去，人家会说你赢了钱，躲在家里不出来了，做缩头乌龟！给人家说，你好意思么？”

“我有什么不好意思的，哈。”吴天泽说着，又伸了个懒腰

“看你说的，”庚子嘴巴一嘘道，“没料了吧，屃了吧？我说你吴公子是大人家出来的，有派头；钱可以赢也可以输，但是一张脸输不起。我是宁可输钱，不输一张脸。你说呢？”

“说什么废话，”吴天泽被庚子一通话说得精神吊起来，“哈”一声说，“走！你等着，我去穿好衣服出来，跟你立马走。”

阿仲在门廊里边，听说少爷要出去，跟着出来说道：“少爷，这么早你就要出去？你还没吃早饭呢。”吴天泽一转脸回道：“不吃早饭了。这两盒点心留一盒给你吃。还有一盒，我带出去吃。”

“要不要跟太太说一声？”阿仲问。吴天泽立马摆手回道：“不用！”

“那，太太要是问起来，老爷要是问起来，我怎么说？”

吴天泽瞟了阿仲一眼，眼睛一闪道：“哦，你就说我跟同学出去一趟有点事情，一

会儿就要回来的。”

“要不要回来吃饭？”阿仲接着问道。吴天泽清了一下嗓子，回道：“这个说不定回来吃，说不定不回来吃。”

“哎，少爷，那你要给我个准话，我好有个交代——”

“哎呀阿仲，你现在怎么这样啰嗦？你又不是老头子。你去吧，别来管我好不好？我自己晓得回来，又不是不回来，哈。”说罢，吴天泽拔脚就走。

这一天阳光灿烂。吴天泽和庚子坐上马车直奔苏州城里，一路上吃点心，皮儿皮儿说笑，快活得像神仙。这时候吴天泽哪里知道庚子背后有人；那人的背后还有人，隐在暗地里，巴望着吴家少爷慢慢地进入他们已经设好的圈套。吴天泽像鱼儿已经吃鱼食了。人家线放长了，等着机会。

朱子藏在家里对吴公子现在的情况知道得一清二楚。昨天傍晚，朱子藏听韩进回来说，吴家公子吴天泽打牌赢了一大把银子得意忘形了，自以为是，说自己聪明，那牌一学就会；还说人家笨，不输笨的，难道输他聪明的？朱子藏想了半天，吩咐朱红：“回头跟韩进说，叫他明天把吴公子引到老街博古斋去。在那里打牌，其他地方不要去。”朱红听了一怔，说道：“到博古斋不妥。那个地方是做生意的，叫他过来赌钱，是不是有点过了？”朱红顿了一下，心里想明天？接着说道：“爹，你是一向不急的，怎么现在有点急了？”

“嗳，”朱子藏说，“我不是急。我现在要的就是这个‘过’字——”

“爹，我觉着还是不妥。”朱红说，“要赌，还是到别的地方去。不要到我们店里。像今天白天，叫吴公子到庚子家里，不是蛮好么？”

“好个屁。”朱子藏说；眼瞅着儿子有点不以为然，接着说道，“唉，你脑子还是不行。红儿我跟你讲，你想，我们要是把吴家少爷拉到赌钱的地方去赌，那才叫过分！拉到庚子家里也是过分。我现在跟你说白了，我要的那个‘过’字不是此过，而是非过。所以不能到庚子家里，更不能到外头去赌——”

“爹，你说了半天，我还是不懂你的意思。”朱红眉头一皱说。

“所以你脑子还是不行。”朱子藏道，“我们把吴公子拉到博古斋来，那个意思不一样。拎不清。”朱子藏叹一口气，接着说道：“红儿你换个脑子想，这博古斋是个文气的地方，笔墨书香墨香浓浓的，便将那个该死的‘赌’字盖了去，懂不懂？你想，那个吴天泽从小看惯了家里的名家字画，一到我们博古斋，就会有字画可以做大买卖的感觉。我要的，就是他的那个感觉，教他去掉一来赌钱的戒心；除了教他赢钱，还有，可以浏览字画，松一下心情。再说了，往后他要是输了钱，钱输光了，纪学览在前堂里闻声走到后面去，便可以顺水自然而然把钱借给他玩。要是在外头赌钱，你叫韩进从口袋里把钱掏出来给他，借给他？吴天泽那个小子不是白痴，不是傻瓜，这么一来，时间长了就会起疑心。你想，韩进一门心思输钱给吴公子，完了巴不得借钱给他。你讲，有这么个玩法吗？我说韩进是个聪明人，你啊，要教他有的时候笨一点。有些话，最好安在庚子银子那两个小子嘴巴里，让他们去说。韩进的用处是，这个以后再说。”

朱红听了一笑，说道：“爹，我说不过你，也说服不了你。我琢磨着，我要的是手脚快一点把吴元厚的学生潘道延拉下水。但是现在听下来，爹好像还是原来的一根筋，绕圈子。”朱红说着，做手势比划道：“直接一点不好吗？吃饱了跟他兜来兜去的；到头来还是回到原来的要点上。有意思吗？”

“你懂个屁！”朱子藏面孔一拉，眼睛一斜说道，“什么是文章的要点？我跟你讲，我们就是要先把吴元厚的儿子吴天泽拉下水，才能把吴家方寸乱到根上。最后，才能把潘道延弄到我们手里。这个道理我不用跟你往细里说，红儿你就照我的吩咐去做，不要走样就是了。这个事情没什么好商量的。关照韩进老纪，就这么做。记住，一定要让吴公子赢，大把的赢，往死里赢，赢得他东南西北分不清楚，自以为是到极点，真的自以为是了，好像天下就他聪明，就他本事大，人家全是笨蛋，就他一个人不笨，就他一个人有本事有运气赢，这就对了。”

这天，庚子把吴天泽带到博古斋里打牌，吴天泽手气实在是好；第二天再去手气还是好……连续赢钱，赢了一个礼拜。在这个不同寻常的地方，吴天泽觉着自己刚坐下来的时候，一开头输，但是后来总是能翻回来不说，到最后结束就是赢钱。每趟如此，他赢得“哈”声一片！

过了礼拜天，吴天泽又去那里玩。这天是第八天。庚子一坐下来就说：“吴天泽，书上说的‘七上八下’。你今天总要输点给我们了。”银子跟着说道：“吴公子，你不要神气！我就不相信你天天大年夜，我也不相信我一直霉到底。我银子今天带足了银子，跟你玩一把大的。我要么输，要么赢；伸头一刀，缩头也是一刀，我操！我今天要翻本。翻不过来，拉倒。愿赌服输！”韩进好像输钱输得怕了吴天泽，虚了虚说道：“吴公子你狠，你打牌是狠！我是真的佩服你，我输得服气。庚子银子打得比我好。我闷臭，奇臭无比，跟你们打，输得我惨，输得连裤子都要当掉了。”

“说什么屁话，”吴天泽“哈”一声道，“来，发牌。回头我给你买一条新裤子；再给你买什么，你说吧，无所谓的。”说着，手一挥：“来，庚子。你不是要赢钱吗？哎，银子，你不是要翻本吗？来啊。哦，还有韩进，你不要一副垂头丧气的样子！今天，我就稍微输点给你，给你买条裤子。哈！”

这回跟往常不一样，吴天泽一开头赢钱；半个时辰不到，他开始输钱了。那钱赢起来快，输起来更快；一眨眼工夫翻几张牌，吴天泽就输了个精光。

他一急，想借钱翻过来，一转脸说：“庚子，你先拿点出来给我，回头还给你就是了。”“我也是输。”庚子苦笑道，“你都看见了，我手上就这点钱，怕是不够接着玩下去。”银子打出牌子说道：“牌桌上一般是不借钱的。要么不玩，要么回去拿了钱再来。”吴天泽瞟了韩进一眼。韩进一边数钱，一边说道：“我到现在刚好翻个本，不算赢，把前几天输的翻回来而已。”眼瞅着韩进面前赢了一大把钱，吴天泽“哈”一声，说道：“韩进，你今天还不算赢啊？我看你们三个人你今天赢得最多。先挪点给我，明天就还给你。”韩进听了头一耷，咕哝道：“我又没赢。我哪里算赢？这钱本来就是我的。跟你吴公子说句老实话，这些钱我是问人家借来的，今天回去要还的。不好意思。你还是问银子借吧。”韩进说着，瞟了银子一眼，干咳一声道：“银子你赢了。你借点给吴公子来——”

“不借。”银子一口回绝道。

“不玩了！”吴天泽“啪”立起来说道，“我回去了。改天再来。庚子，我问你拿点钱坐车行不行？我口袋里全输光了，要一块钱玩玩也没有了。怎么样，肯不肯？操你的，怕我不还你？快点，我要走了。”

“唔……”庚子瞟了银子一眼。“哎，吴公子，”银子给韩进使了个眼神，一转眼说道，“刚玩到兴头上，你一走，扫兴得很。”

“吴公子，”韩进接口道，“其实，你又没输。这些钱原来就不是你的，是前几天你赢的大家的。今天你根本就没输到肉里钱。你不想来就不想来，我是无所谓的。”“谁说我不想来？”吴天泽“哈”了一声，一屁股又坐下来，胳膊肘磕在桌面上，歪着脖子说道，“我是没银子了。不是不想来。”“要么你跟这里的纪老板借一点先来？”庚子瞟了韩进一眼，“回头赢了，立马还给他。”

“蛮好，”吴天泽立马说，“哎，庚子，你去说——”

“我跟他不是很熟。”庚子肩膀一拱，嘴巴里嘘了嘘的，“我跟他说，他不一定肯。要么银子去说。”

“好，银子你去说，就算我吴天泽请你帮忙，好不好？”

“既然吴公子这么说了，我来试试看。”银子立起来，说道，“不过，我晓得纪老板的规矩，借钱给朋友利息是不要的，但是说好了明天，明天必须还。答应这一条，我来帮你开口。”

“这一条我答应，肯定。”吴天泽说。

“好，吴公子，”银子眼睛一闪，“看在你我是朋友，我帮你说。要多少，你自己跟他讲，写个字条。”吴天泽一听，拍手道：“银子爽气！”

“这儿借，这儿还钱方便。”庚子瞟了韩进一眼，说道，“吴天泽，你是我同学哦，说话要算数。不好让我做难人哦。”

“明天就还。说话算数！”吴天泽拍一下桌子回道。

在接下来的日子里，吴天泽一路输，连着把过生日那天给潘道延的钱全部要回来，拿出去堵了窟窿。吴天泽在家里不敢声张；从母亲那里要的钱，从妹妹吴天玉那里借的零用钱，数额小，不管用；性急之下，背着家人把家里藏有的前朝宣纸、墨、印泥拿到博古斋抵债——对纪学览说：“这些东西还值钱吧？”

“可以。”纪学览收了东西，把三张欠条拿出来，还了一张给吴天泽，还有两张捏在手里，额首微笑道，“哎，吴公子，我们现在是什么关系？不是银行和顾客的关系，也不是顾客和当铺的关系，知道啵？”

“纪老板，”吴天泽随手撕掉到手的欠条，一笑说道，“我们现在的关系你说是什么关系，不就是有借有还的关系吗？”

“也，吴公子，哪里是这种关系，开玩笑。”纪学览道，“那是剃头刀跟胡子的关系，是你我兄弟无比紧密的关系。那关系才是关系。甭说远了，就近说，你吴公子这些日子也知道我了。我做字画生意吃这碗饭，我要的就是宣纸；最好是宣纸上有点笔墨。这个现成的字画当然最好。哦，我这样说恐怕你不明白，我老纪说话不跟你兜圈子。这么跟你说吧，我手上还有两张欠条。数字呢，大了一点儿。要是吴公子手上有字画，拿过来给我看看，估个价。银子么，好说，只要那个东西，是个东西。哎，听说字画吴公子家里有的是。”说罢，纪学览“嘿”一笑，一转眼喊道：“伙计，给吴公子上茶！”

“我不吃茶，”吴天泽立起身来说道，“我马上走。”随即手抬起来往下一压道：“我借钱还钱。我难得从家里拿些好的宣纸、墨、老的印泥也就罢了。若是想要我家里的字画，纪老板，去你妈的！”

说话间，朱红一脚踏进店里，上来二话不说，把钱掏出来替吴天泽把赌债结了，将那两张欠条撕掉。吴天泽一怔，回过神来说道：“哎，朱家大少爷，这是我的事儿，你这么做是什么意思？”朱红一转脸对着纪学览，朗声说道：“我朱红，就冲吴公子刚才说的一句话，去你妈的！”

前些日子吴天泽连续往外跑，早出晚归，一副心神不定的样子。家里人看在眼里也不去问他；偶尔问一句，被他一冲：“别来跟我烦！”吴太太气到根上也没什么气了，因此对吴元厚说：“老爷，你也不要跟着生气了，让他去。一个人要是想不学好，靠说，是说不好的，除非他自已清醒过来。”明香暗地里跟阿仲说道：“你看少爷，最近忙出忙进的，也不晓得在外面忙些什么事情。老爷太太现在也不管管。”阿仲听了，白了她一眼，说：“你少管闲事，不关你屁事儿。多嘴多舌，小心到时候讨骂！”

吴天玉倒是天天要关心一下吴天泽，看他总是没个正经样子，心不在焉，好像心思在外头，说东而言西；要么爱理不理。这天上午晚些时候吴天玉把他堵在房间门口，问道：“哥，你不想约唐小姐了？你不急我急了。你不想我想了。”

“过几天再说。”吴天泽手一摆，说道，“让开，我现在要出去。我这几天有事，忙着呢！”说着，一脚已经跨了出去。吴天玉转身拦住他，说：“哥，我已经提醒过你几次了。唐小姐来信有些日子了。你到底怎么说啊？你在忙什么？整天不在家里，野到外面去。家里人都被你气死了，现在都懒得跟你说话！”

“哈，”吴天泽一笑回道，“这些日子我忙着到城里去走走，给阿延即将出去谋生打听情况。哦，我也要出去谋生。‘谋生’你懂不懂？先前我已经跟你说过了，不跟你说了。唐小姐在我心里。要不，你先给唐小姐回个信，就说我们下个礼拜去看她。”说罢，急着出去了。

吴天泽走到园子门口碰见阿仲。阿仲说：“少爷，外面有人等你。”吴天泽朝门外望去，不远处，有一辆马车等候在那里。阿仲指道：“喏，那辆马车在那边树下歇了一会儿了。那赶车的刚才过来说，车里有人在等少爷。”眼瞅着少爷出去，阿仲关门，往园子里去。

吴天泽走近马车，只见朱红从车上探出身子，说：“吴公子，上来吧。”吴天泽一怔！“哎，吴公子，上来再说——”朱红招手道。吴天泽稍微犹豫了一下随即上车。朱红手一挥叫车夫走。那马车跑起来，朱红说道：“我今儿到惟亭来找中医曹先生开点药。早上从城里出来的时候路过老街博古斋，进去给朋友买了两幅字画。哎，无意中听那里伙计说，吴公子今天说好了要去那里。我现在正好回去，顺便过来接你。”吴天泽“哈”一声回道：“不好意思。”顿了一下，接着说道：“哎，红哥，前两天那个事儿……”

“打住，”朱红抬手往下一压，“我们不说那天的事儿，说今天。今天天气不错。我看，你别去跟他们打牌了。今天下午我请你吃茶，听戏。”

“不，”吴天泽立马回道，“我今天还是要去的。我跟他们讲好了今天下午来的。我不能放他们鸽子，给他们背后骂一句狗日的不守信用，说话不算数。”

“言而有信！”朱红眼睛一转，说道，“我就欢喜像吴公子这样的人。我们生意场上说，言而有信的人，一定是赢钱的。做什么赢什么。不会错。我想你以后肯定赢钱——赢大钱。”吴天泽“哈”一声回道：“前几天霉得要命，输得我惨兮兮的。那霉运恐怕还没过去，说不定今天还是要输。”

说话间马车一颠，两人身体碰了一下。“我看不会吧，吴公子，今天出太阳了。”朱红眉头难得舒展，说道，“我难得看人家打牌；总觉得有些人每次来，是不是本钱带得少了点儿？”顿了一下，接着说道：“哦，我不懂打牌。不过我做生意知道。做生意，本钱小了，一时半会儿那是赢不大的。比如说你们打牌，你兜里的子弹一点点，火力不够啊。那火力不够，人就虚，生怕子弹一下子打光了接不上。于是心里老想着小心点，慢慢来……这一虚，一小心，就慢慢地一点一点输掉了。”朱红干咳一声，瞟了吴天泽一眼，漫不经心继续说道：“我琢磨着这些人即便是有点机会赢了，那也是一个小小的赢，不管用。所以啊，做生意的时候，要赢，瞅准了机会就要够胆赢大，而不是一点点赢。你想啊，小打小闹是赢不大的。而那些习惯了小打小闹的人，输呢，的确是一点一点输出去，以为输一点点小钱是不要紧的。但是，时间一长，回过头来一算，那个加起来的数字不小哦，还是蛮大的。吴公子，我这么说是不是说在路子上？你想啊，同样是输，费了那么长时间输掉一把，还不如一个瞬间输掉一把；要是赢，也是一把。我心疼时间，心疼精力。做生意嘛，没理由费了时间精力到头来一场空。至于银子，去了还会来的。你琢磨琢磨，是不是这个道理？”

“依红哥看，这打牌跟做生意一个样？”吴天泽身子一晃问道。

“你说呢？”朱红眉毛一扬，说道，“比如说你今天要跟他们打，我猜想你口袋里带的子弹不会多，是吧？好，这么着，打个比方，我有子弹，今儿我帮你把子弹压足了，你不用怕他们，进入阵地，狠狠地打！说不定你就赢面大。我说你赢面大，没说你今天打，肯定赢。这社会上打牌的我看没有肯定的专家，只有输家和赢家。吴公子你说是不是？但是有一点，是肯定的，也说得过去，就是你口袋里子弹压足了，假如你一时运气不好，输给对手几回，好，这么说吧，就说十回里边输九回，你，只要赢他一回就够了，一把全回来了。没理由相信打十回输十回吧？这十回，是个比如，说起来方便点。总之，不管来去多少回这个道理是差不多的。”吴天泽听了眼睛忽闪，一转眼对车夫说道：“大哥，你的马看样子后生得很，今天跑得慢了。抽它一鞭子，教它快一点！”

这天有了朱红相助，吴天泽手气开始好转，赢了。黄昏时，朱红跑到博古斋来请吴天泽出去吃饭，眼瞅着吴天泽“哈”声不断，因此说道：“今天晚上吴公子请客！”吴天泽一听，手一挥，说：“今天晚上由红哥随便点，上馆子，还是看戏，听你的。”朱红一笑，说道：“请客倒是有个去处。不知道吴公子是否愿意破费点银子？”吴天泽立马回道：“红哥说什么话，‘破费’二字说远了。我们还是说眼前吧，银子去了，还会来的。我的意思是请客，请你红哥，不在乎银子。今天晚上红哥只要点个地方，我跟着去就是了。”

“说得好，”朱红手放在胸口，躬身回道，“恭敬，不如从命。吴公子，我冒昧点戏了，走。”

朱红把吴天泽带到同春楼。

吴天泽下了黄包车，有点好奇；眼睛突然睁大了，上下左右一看，突然显得有点心虚气短，一转脸问道：“红哥，这地方是不是青楼？”

“唔，”朱红掸了一下衣服下摆，抬头看楼上的匾额，轻声说道，“这个楼有点历史了，有名得很，是个非常高级的地方。吴公子以前来过吗？”吴天泽摇摇头。朱红吸了一下鼻子，轻咳一声说道：“有没有听说过，这里边有个姑娘是从天上掉下来的林妹妹？”吴天泽一怔，说：“没有。”

“让你见识一下。”朱红说罢，将手一让。

“等等。”吴天泽拦住朱红，“哈”一声说道，“红哥，你先在外面说一下有什么特别的。要不，我就请你到别的地方去。这地方——我，我不进去。”

“好，”朱红微笑道，“吴公子，你先别忙着叫我跟你说有什么特别的。你先抬起头来看一眼这匾额上的三个大字如何？”

“刚才已经看了一眼。”吴天泽说。

“吴公子，不妨再看一眼。”朱红将手一抬说道。吴天泽抬头看，沉吟片刻说道：“这三个字，瘦金体，还行，就是瘦了点儿。”

“要的就是这个‘瘦’字。”朱红比划道，“吴公子你看，灯红人瘦，这才应了标致极点。我不懂书法，里边的姑娘懂。不过我对高雅一说还能领略。告诉你吧，这三个字是前朝的一个状元写的。从前这里是个戏园子，民国以后改了。牌子还是过去的牌子，但是内里边的意思多了一层，合着说是‘戏青楼’，跟民间说的青楼的意思有着快慢之分，高低之分，雅俗之分。你跟我进去，我打包票你感悟八个字：曲径通幽，别有洞天。”朱红先行进去，吴天泽随后跟着进去了。

朱红到了里边，见徐娘迎面过来，一面打招呼的时候，递上一张银票。徐娘瞟一眼，微笑说道：“红哥破费了，用不了这么多吧？”朱红回道：“要。请大姐安排董小姐——”

“是这位书生？”徐娘看一眼站在朱红身后的吴天泽。朱红稍让一边，介绍道：“吴公子。”

“哦，是吴公子。”徐娘略一欠身施礼道，“吴公子看样子是读书人，走过来一表人才哦。”吴天泽看着徐娘，点个头，一时无语，不晓得说什么话好，心里想这个女人便是过去听人家说过的老鸨吧？哎，怎么不像呢？倒是有点像哪个大户人家的姨太太。朱红眯着眼睛瞟了吴天泽一眼，回徐娘的话，说道：“吴公子不是一般人，哦，对了，是有名的——”朱红原来想说是有名的“吴元厚先生的儿子”，一转念觉着这样说不好，便改口说道：“哦，是书画世家子弟。徐娘今天安排董小姐，我想她肯定跟吴公子谈得来。”

“这就好，”徐娘含笑回道，“我心里也这么想。哎，今天也巧了，董姑娘正好在楼上画画。我先上去跟她打个招呼，回头下来请吴公子上去。红哥你呢？吃茶，还是欣赏昆曲？我来给你安排一下？”朱红手一摆说道：“我嘛你知道，去水榭来杯绿茶，听一段昆曲。”徐娘点头，说“好”——引朱红、吴天泽去厅堂后面的水榭，请“吴公子在这里稍坐片刻”。

徐娘离开，吴天泽面对朱红说：“红哥，怎么让你破费呢！今晚来的时候预先说好了是我请客。怎么来了，你先掏钱了。我——”“哎呀，”朱红说，“你跟我客气什么。我跟你谁跟谁？再说了，这个地方费用大，你口袋里的银子，到这里来，恐怕是不够用的。还是我来吧，以后有的是机会。好了，吴老弟，你就别在这里跟我争了。待会儿有人来了，看见了不好。我知道你的心意。以后等你手头松了，自然请我，到时候我真的不会跟你客气，由着你来结账就是了。你说好不好？”见吴天泽嘴巴张了张还想说话，朱红做了一个手势道："现在你坐一会儿，我们不说这个了。待会儿人家过来，叫你到楼上去会会那位董小姐——没别的意思，哎，就是见见那个女孩，说说字画而已。头一回么，以后来几次，你就熟悉了。""也好。"吴天泽说，"既然红哥这么说，我恭敬不如从命，由着红哥安排了。反正也来了。不过我心里，还是有点慌……"

"哎呀，"朱红微笑道，"慌什么，紧张什么。你吴老弟，又不是小户人家出身，你身份高着呢。听我的，人，松一点，居高临下一点，要有派头。我现在跟你说，你是有钱人家出来的，你是有派头的。你进来的时候，在门口看看镜子里的你，相貌不凡，风度翩翩。这些话书上是怎么说的？吴公子你是读书人，书上说的，才子风流，风流倜傥，说的就是这个意思是不是？你刚才进来的时候人家徐娘见了你怎么说的？人家说你走过来一表人才哦。这话说对了。我说你，就是一表人才。你想呢，像你这样的相貌，加上一个读书人内在的笔墨，再加上你家里那厚厚的底蕴，底气足啊！我要是你，就好比登上泰山'会当凌绝顶，一览众山小'了，哪里还会说一个'慌'字。哎，我可不是当面夸奖你吴公子，我是羡慕你啊，我是嫉妒你啊，我是眼红你啊。合起来说，你啊，投胎好，我要说你爷娘好，前世修的，生了你这么个人上人的儿子，叫我没话说了。还有什么话好说呢？真的没话说了。"朱红这一通说，吴天泽听了似乎有点飘飘然；他坐在那里心里想，别的不说，自个儿底气还是有的。

一会儿徐娘过来，说："请吴公子上去。董姑娘正在画画。今儿她本来不想见客人，想安静下来把手头上的那幅画，画完了。"吴天泽一听，略一倾身，回道："那就不打搅了。""哦，不打搅。"徐娘微笑道，"我跟她说了，这会儿来的是读书人，他乱不了你的心情。说不定你跟他见了有话说；没准儿合着一道笔墨丹青呢。"接着问道："吴公子也画画？"吴天泽"嗯"了一声，心里想，听她说的，也把楼上的那个姑娘说得好听了些，说得跟真的一样。她会写两个字，画几笔画，有什么稀奇？说不定虚的。

吴天泽走进董碧韵房里一看，这里像个书房，靠窗摆着一张大画桌；那女子正埋头作画。徐娘说了声："小韵，客人来了。"她居然头也不抬。

徐娘关上门走了。吴天泽愣了一会儿，走近画桌，探头看她画什么东西。只见那四尺开三的宣纸上，一幅山水差不多已经画好了。吴天泽立在旁边看，不吭声，心里想这姑娘画山水，画得还行。不过那水面上的小船画得空也，如果画个人物就生动了。看样子她要收笔了，估计不会再画人物。

吴天泽心里嘀咕这女人画画，画写意的东西有时候还过得去，一旦要她们画个人物什么的，恐怕就不行了。再说了，这画上还没落款题字。他想有些女的可以画，但是要她们写一笔好字，就虚了去，没那个功夫。他想潘道延的字写得好，自己的字也好哦，小时候就开始练童子功，过了父亲这一道关口；这些年在家里虽然有点懒了，但毕竟没有荒废笔墨功夫，底子搁在那里，连阿延也不敢小看自己的书法。记得父亲去年对阿延说过："其实啊天泽的书法不在你之下，特别是天泽的行书、草书，有的时候写得比你好。”那个意思明摆着，教阿延卖力，跟着上去，互相逼着进步。

董碧韵画好了，搁下笔，抬头看吴天泽一眼；这一眼看得吴天泽销魂！心里突突跳！随即避开董碧韵眼睛，将视线移到桌上的画面；看得仔细了，轻轻地说了一句：“天头还空着呢，要题个字才好。”

董碧韵本来画好了要请客人坐，这会儿听客人说题字，顺着说道：“听说这位客人是先生吧，请教了，标题取什么好？”吴天泽一听，手一摆说道：“开玩笑。我算是哪门子先生。你是老师。这不，我在边上看你画，跟着要学呢！”

“我画得不好，见笑了。”董碧韵微笑道，“刚才说起标题，我还在想，这幅画标题倒是不急，慢慢想着再说；有好的，斟酌了写上去。”吴天泽“哈”一声说道：“我倒是有个现成的标题，不知道是不是对小姐的意思——”董碧韵欠身道：“说出来听听看——”

“不用说出来听了，我写下来给你看；你觉着好用，就给你用了。要是不合你的意思，撕了也罢。”说话间，吴天泽随手拿了张宣纸，挥笔行书写下“吴中山水好天下”——董碧韵一看，这一笔行书少见得好！看不出来这青头小伙子笔墨如此老到，随手写来，气势不同凡响。这七个大字，惟有“天下”二字最难写好。但见眼前的好“天下”看起来实在是难得“天下”二字。这么想着，情不自禁地“噢”了一声，说：“漂亮！”她随即拿起来，晾书架上，退后几步看，颔首微笑道：“好，漂亮！”吴天泽一听，挪开画桌边上的椅子一屁股坐下来，跷起二郎腿说：“哈，献丑了。还行吧？”

“写得好！——字好，题目也好。”董碧韵回过身来，沉吟说道，“先生要是同意的话，我想用了。”“行，”吴天泽手一抬，说，“你用吧。”

“那就谢谢先生了。”董碧韵略一欠身道。

“哎，”吴天泽眼睛一闪，回道，“刚才就跟你说了，我算是哪门子先生，做学生还差不多！”

说罢，吴天泽意识到自己坐相不大好，把二郎腿放下来，接着说道：“跟你说老实话，这个题目本来不是我的；现在我说给你听，有个故事——”

接下来，吴天泽跟董碧韵讲了小时候跟父亲到太湖东洞庭山写生的事儿，说到自个儿嘴馋，偷枇杷吃，后来便有了“吴中山水好天下，不可到来偷枇杷”一说。起先董碧韵在他说的时候还插话问“真的假的”，后来听得入神了，仿佛过去在眼前。

完了，吴天泽要水喝，董碧韵这才想起来自己有点失礼了，便赶紧泡茶，一边说道：“不好意思，只顾听你说话，忘了茶水。”

董碧韵，苏州同春楼头牌才女，诗书琴画皆通，尤其醉心于写意山水。她开始不想见一个所谓的吴公子；后来听徐娘说，是读书人，这回勉强同意见了。没想到眼前这位吴公子出身于吴门书画世家，从小受到传统文化熏陶。他长相吸引人，谈吐蛮好，有趣味。眼瞅着吴公子口渴喝了一杯茶，完了还要续茶再喝，董碧韵微笑道：“哪里见过像你这么吃茶的？一个‘品’字，三个口，你是恨不得一口气连续吃三杯。”吴天泽放下杯子，说道：“本来我嘴巴不干，也不会这么吃茶的。今儿话说多了，嗓子冒烟，我从来没说过那么多话。要说一个‘品’字怕是三个嘴巴也来不及说了，只等着一口气喝了水再说，就顾不得假兮兮地品茶了。”说着，拿杯子再喝，完了继续说道：“我不懂品茶，只晓得解渴。记得小时候在家里读书写字画画，一个半天下来，我嘴巴干了就拿父亲的茶杯喝。我家里的阿仲见了，便会喝道：‘小孩子吃什么茶叶茶，嘴巴干了喝水去！’所以，我一直把茶当做茶水。茶，是品的；水呢，是喝的。喝水没那个讲究，嘴巴干了我就一口气喝，喝到解了渴完了。”董碧韵听了抿嘴儿一笑，说道：“我想看你画几笔行吗？”

“可以，”吴天泽立起来说道，“那就把茶杯端一边去，笔墨伺候！”董碧韵应声做了。吴天泽随手取了张四尺开三宣纸，很快画了一幅写意山水，题：“明月千里山一角”，落款：天泽写于吴门，一边说道：“哎，我的字不及我说的那个潘道延，他写得比我好。”

“吴先生的墨宝留下来，行吗？”董碧韵颔首微笑问道。

“哎，你怎么又来了。”吴天泽这时候说话比先前放松了，“我是不是已经跟你说过两遍了？我算是哪门子先生，到这儿来做学生还差不多。吴先生，这个称呼我不敢当。我爹才是吴先生。你这么叫我，折煞我也。改口，还是叫我吴天泽比较好。去掉‘吴’字，叫‘天泽’也行。潘道延就是这么叫我的；我叫他‘阿延’，他叫我‘天泽’。家里只有我妹妹，有时候她生气了，叫我‘吴天泽，你给我听好了！’你叫，也行。”

“好的，叫你吴天泽。”董碧韵瞟了一眼画上的落款，接着说道，“以后见了你，叫你天泽。”“就这么说了。”吴天泽“哈”一声道。说话间，吴天泽一看时辰差不多了，起身告辞要走。董碧韵想留客，便说：“还早呢，不急吧？”

其实，吴天泽心里想着再坐一会儿。

两人接着闲聊；董碧韵说着，话题又回到自己画的那幅山水，因此说道：“吴天泽，刚才你进来的时候，说这幅画的天头还空着呢，要题个字才好。我想着题个对子你说好吗？我先出个上联，你来对个下联如何？”吴天泽听了一笑，随即说道：“老师这会儿想考考学生了是啵？你出上联，我来对下联，这个不行。董小姐，你先别说怎么不行？容我先说，说完了你再说。这对子，不是好对的，好比猜谜语，要有个范围。要是没个范围，不着边际，上下几千年，天南海北的出个上联，谁敢接着对下联啊？我是个小布拉子，我可不是乾隆皇帝身边的大学士纪晓岚，三步五步出口成章。这么说吧，你董小姐实在要对，也行，我硬着头皮跟你上。不过我现在跟你说好了，你出上联要限个范围，让我先听听这个范围行不行？要不，对不起，我就跟你说我走了，我立马走，不对了。”

“好，”董碧韵含笑点头道，“说得有道理，我听。限个范围，也是要的。那我现在就说我画的这幅山水，可以吗？”“这个，”吴天泽略一沉吟，说道，“试一下看看——”“那我就说了。”董碧韵似乎已经想好了，随即出上联念道：

东山西山日出日落映红吴中山水

吴天泽一听傻了，一时对不上来；他急中生智扯开来说话，眼睛瞟一下画桌，用手指着那画面上的小船，说道：“董小姐，我看这小船上，是不是要画个人物什么的。这是我刚才就想说的。依我看，没人钓鱼也没人捕鱼，不生动。”

“无人，便是无言。”董碧韵眼睛烁然回道，“你说这画上没有人物，我看也不见得。说不定，人躺在船舱里看天呢！”

“看天？”吴天泽挠挠头皮，“哈”一声说道，“躺在船舱里发呆啊？我说你起来钓鱼还差不多——有了。”吴天泽眼睛一闪，朗声说道：

太湖石湖鱼跃鱼潜调戏船上人家

董碧韵听了，差一点“扑哧”一声笑出来，忍住不笑；将上下两句连起来念一遍，点头说道：“好。不过这下联里‘调戏’二字，直白了不去说他，但见忒俗，上不了台面。”吴天泽吐了一口气，似乎不动脑筋嬉脸笑道：“上不了台面俗到桌子底下，就是心里话。”这会儿吴天泽心里想，今天晚上到同春楼就是来“调戏”女人的，“俗”有何妨？要是“雅”得一塌糊涂，过了头，待会儿出去找不着北，那才是浑得忒俗了。这么想着，忽然听董碧韵说道：“这一联么，就算过得去。我再出一个上联：十八岁姑娘想嫁人人人出众——”吴天泽一听，脑门一拍，立马有了：“而立年进士要成家家家肯嫁！”

说罢，吴天泽“哈”笑起来，接着说道：“这个对子好，我觉着好；我这就写下来，回头别忘了。”说着，便铺开宣纸。这时候董碧韵上来研墨，一边思量着说道：“十八岁姑娘想嫁人人人出众——人人出众，这四个字怎么解？”

“哦，”吴天泽写到“嫁”字，随口回道，“这个好解——”

“怎么解？”董碧韵探身问道。

“这个还用说？”吴天泽一边写字，说道，“不就是两个人吗？一个女人嫁给一个男人，两个人合在一道生出个小宝宝，把一个小宝宝顶在两个大人的头上！”

“呵，”董碧韵开心得笑起来，“你这人，俗得可以哦，如此解说，说起来倒是贴切得很。”

“只是不雅。”吴天泽写好最后一个“嫁”字，搁下毛笔，抬头看了董碧韵一眼，顺手推开窗子，说，“不雅也不好。那就来点雅的也行……”说着，回头重新取了张宣纸，拿起笔来写道：“窗开见池水，画中有情人。”

董碧韵轻声念道，看窗外，沉吟道：“窗开见池水，画中有情人——这后一句不如改为‘月下闻琴声’——你说呢？”吴天泽转身回道：“先前窗外是有琴声。不过现在时辰太晚了，那琴声没了。我该走了。”

董碧韵送吴天泽到楼梯口。吴天泽客气回头道：“董小姐请留步。”董碧韵悄声问道：“你，什么时候再来？”

“哈，怕是来不了了。”

“为什么啊？”

“没那么多——钱。”

“没有，也可以来哦。”

“哦？茶水可免了？”

“可以啊。”

“人呢？人也可以免了？”吴天泽说罢，和董碧韵对了一下眼神，随即转身走下楼梯。阿奔在楼下候着，将手一让，跟着送吴天泽到门口，小声说道：“吴公子，红哥走之前关照过，说是明天上午请吴公子到唐楼吃茶。”“哦。”吴天泽点头应了一声。

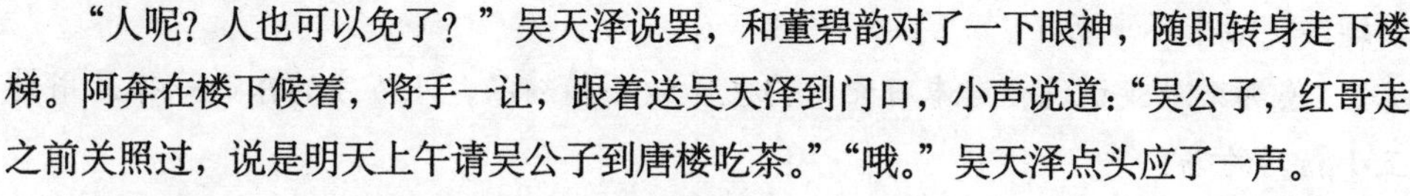

阿奔到门外叫了黄包车，看吴公子离去。

寻访笔记 19

吴有箴先生无意中透露出来，说他藏有一本吴天泽用小楷写的日记，约三万多字。“这是一个人的隐私，不宜对外公开的。”吴有箴先生说。但是面对我的诚恳、执著，吴有箴先生终于有所保留地披露了一些内容和细节。这对于我来说，已经是难得的收获了。我们的进一步对话从这里开始：

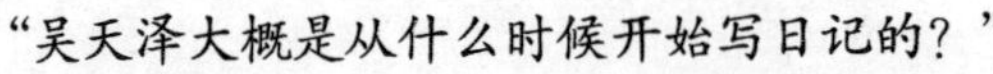

“吴天泽大概是从什么时候开始写日记的？”

“具体从哪一天开始，说不清楚了。因为日记的开头部分有十几页纸被撕了，不晓得是谁撕的。接下来看，大约是他过了二十岁生日有一天开始写的；起先是断断续续，后来不中断了。”

“您那天跟我说过，这本日记是吴天泽的小楷精品，几万字的东西一律是用钟王小楷写的吗？”

“不完全是。有不少页，是用行书写的，也有一部分是行草。但大部分是小楷。你见过鲁迅先生用毛笔写的手稿吗？”

“见过。”

“吴天泽是写在册页上的，从来没有公开过，因为那不是写的文章，是私人日记，有些东西是见不了阳光的。”

“见不了阳光？是不是有情色内容？哦，跟您开个玩笑。我想日记的隐秘性是应该得到尊重的。如果您介意的话，我们就回避这个话题。”

“回避也谈不上。人嘛，总是有这个和那个什么故事，特别是男女交往的故事。你说谁没有啊？多一点少一点罢了。所谓要回避的事儿，主要是不好意思说出来的事情，他也不愿意说出来——”

“这么说，就不是装模作样写日记了。”

“比较真实。举一个例子：他写青楼纪事，没有回避他人生的第一次性接触就是从那里开始的……”

“哦？是么，我可以看一下他的日记吗？很想欣赏他的书法，哪怕当着您的面翻几页也好。说说而已，不敢想啊。”

“有什么不敢想？改天有时间过来翻嘛。”

“真的假的？”

“哎，我也跟你开个玩笑。你现在听我说，不就行了吗？哈。”

第十九章

吴天泽坐在黄包车上想今晚不回家，叫车夫把他拉到一家旅馆住下。那车夫经常在同春楼外面拉客人，知道从同春楼里出来的客人体面，有钱，想讨好这位少爷，把他拉到了城里一家上等旅馆。

吴天泽下了车，抬头看一眼招牌"大光明旅馆"——这几个字是他父亲吴元厚写的。他心里想父亲一字千金，从不轻易给人家写招牌；小时候听说过了，也看见过了，苏州城里只有一家"黄天源"招牌是他爷爷吴绍庭写的，没有听说过自己父亲过去给人家写过招牌。以后自己要是有名头了给人家写字也能挣钱。这么想着，随手给了车夫钱，说："不要找了。"那车夫乐得作揖，连声说道："谢谢！"吴天泽手一摆，说道："不要谢。夜里拉车辛苦，有什么好谢的。明天上午早点过来，我还是坐你的车。"说罢，掸了一下上衣袖，转身走上台阶。那车夫问："明天上午几点钟？"吴天泽回头道："你看几点就几点。到时候来了，叫里边的茶房喊我一声。"

这天晚上，家里人等他回来吃晚饭，一直等到晚上七点过了，吴元厚从楼上画室下来，问了情况，说："不要等了，我们先吃。"吴太太说："要么再等一会儿，天泽马上就要回来的——过生日那天也是的，回来得稍微晚一点。"吴天玉刚才听潘道延悄悄跟她说"肚皮饿了"，这会儿看还不开饭，撅嘴儿说道："这么晚了还要等啊，天泽肯定不回来吃晚饭。""你怎么肯定他不回来吃晚饭？"吴太太说，一边叫明香出去看看，"你怎么晓得？""我不晓得。"吴天玉给潘道延盛了饭，坐下来，说："阿延，我们吃吧，不等他。再等，饭菜凉了。"潘道延把吴天玉盛的那碗饭端给吴元厚，嗫嚅道："先生，先来。"吴天玉又盛了一碗饭放到潘道延面前，脸一红，瞟了父亲一眼。吴元厚只当没看见，拿起筷子夹菜给潘道延，一边对夫人说道："我们先吃了，你也坐下来吃吧。"

一会儿明香从外面进来，对吴太太摇摇头。吴太太随即坐下来说："我们不等了。明香你也吃饭吧，坐到阿延边上一道吃——"明香摇摇手，说："我到厨房间吃，阿仲在那里等着呢。""也好。"吴太太叫明香拿个大碗过来，给儿子留了些菜，叫明香盛一碗饭温在热水锅里，说："天泽待会儿要回来吃的。"

吴天泽当晚没有回家。吴太太有点急，吃过晚饭以后在客厅里转着圈子想叫人出去找，一会儿叫明香去把阿仲喊过来。吴元厚眉头一皱，对夫人说："这么晚了，不要出去找，你早点歇着吧，随他去。"明香接口道："太太，老爷说的也是。如今少爷小姐他们大了，太太乐得清闲享福，不要跟着他们操心了。"

"不操心怎么行哦。"吴太太叹气道，"做父亲的可以不操心；做母亲的，哪有不操心的。再说了，现在外面乱，孩子到外面要是不学好，怎么办？我心里就担心天泽胆子大，不像阿延胆子小，安逸，躲在家里不出去。"阿仲见明香跟太太和老爷说话，没自己的事儿，便说："太太，我去了。"吴太太点头，阿仲退了出去。吴元厚这会儿不想跟夫人说儿子，坐在客厅里看报纸，自言自语道："北方又在打仗了。看这新闻，叫人担心哦。"

"你担心什么，"吴太太说，"这北方打仗又不会打到我们苏州来。倒是我们的儿子叫人担心。你看，这些日子他一碰出去，三日两头出去。我不说他也就罢了。现在可好，人一出去，晚上说不回来就不回来。这个不大好哦我说老爷。我怕他在外头轧坏道，你要找个时间跟他好好说说，这个样子下去是不行的。"

"不要紧。"吴元厚看报，一边说道，"天泽贪玩是有的；出去轧坏道，这个我敢说不会。天泽我晓得，他就是有点不肯闷在家里，想出去散散心。现在我也想通了，硬是要把他逼在家里写字画画，也不见得就是好。"

"他晚上不回来，睡到哪里去呢？!"吴太太的声音变得有点嘶哑。

"这个怎么说呢。"吴元厚放下报纸，一转眼，喊明香过来，"把太太从椅子上拉起来赶紧去睡觉。"完了，又说："儿子睡哪儿，还用焦虑么？他不是有同学有朋友么？时间晚了，坐车回来不方便，睡在人家家里了。时辰不早了，你先去睡吧。""老爷你也睡觉。"吴太太说，一边叫明香，"你先下去，不用管我。我跟老爷再说几句话。"

"我待会儿睡。"吴元厚说，"我吃了茶，现在一时不想睡觉，想到楼上去给阿延家里写封信，明天就寄出去——跟潘新依说，下个礼拜，我要带天泽阿延他们俩到他们乡下去住个两天。一来呢，叫阿延看看家里；二来，到东山西山去玩玩，顺便画点东西。天玉要是想去的话，让她跟着一道去。""天玉不去。"吴太太摇头回道，"她一个姑娘家，跟着去做什么？要去，你们三个人去。她待在家里陪我——"

"女儿就不能陪我去？"吴元厚眼睛忽然一闪，"再说了，叫她陪陪阿延也好……我看哪，天玉对阿延好像有点那个意思……哎，我说你也看出来了，是不是？要不，你昨天晚上跟我说这个事情做什么？"

"看样子，老爷想把阿延招进来做女婿，是不是？"

"嗯，有个意思。"吴元厚似乎不假思索说道，"他俩从小在一起长大，看样子合得来，蛮好。你说呢？"

"老爷叫我说，我说不行。门户不对——"

“嗳，”吴元厚手一摆，略一思量，淡淡一笑说道，“你要是讲究外面说的门当户对，那就没法说了。不过，我觉着阿延这孩子出自我门下，是我的学生、弟子，应该说门户可以哦，好像不必再去计较他的家庭了。”

“我说不行！”吴太太一口回道，“学生是学生，女婿是女婿——这是两回事儿，老爷你别混合起来说。说起阿延这孩子，我眼睛里看着，心里有数；我现在也跟着老爷说他好了。好，是学生，是弟子，不见得要把女儿嫁给他，更何况老爷似乎还想把他招进来做女婿。今天晚上既然说起这个事情，那么我就跟老爷说心里话——老爷你看，明香这个丫头现在也大了，她不好一直在我们家里这样待下去的。我心里想，想早点帮她找个人家嫁出去——我想把她许配给阿延倒是不错的。老爷你说行不行？”

“嗳，不行。明香比阿延大一岁。”吴元厚手一摆，眉头一皱，说道，“女大一，不成妻。合合八字再说——”

“哟，老爷到现在还是蛮封建的嘛。”

“我哪里封建，”吴元厚道，“这是老话，‘宁愿男大十，不让女大一。’”吴太太“扑哧”一笑：“女儿以前说我封建；看来老爷现在比我封建多了，而且还死脑筋，落后得很。”“我就没有进步么。”吴元厚怔了一下，偏过头似问非问道。

“有，”吴太太伸出手指头一掐说道，“有一点点，就是当年总算同意孩子到学堂，就这点进步。别的没有了。女儿那天还说，‘我爹现在连钢笔都不肯用，死捏着毛笔不放，落后得可以哦。’什么‘女大一，不成妻’——我不相信。”

“要是明香阿延不肯呢？”吴元厚随即说道，“我不同意。我说女儿要是知道了，也不会同意。你看吧。”吴太太身子一探说道：“只要老爷点头，他们我来说。女儿那头老爷你来讲——”

“我不去跟天玉说。”吴元厚立起身来，脸一扬说道，“我现在一下子也说服不了你。依我看，这个事情还是听女儿的。”“不能让她做主。”吴太太口气生硬起来，“别的事情还好说，儿女的婚姻大事父母做主——这是规矩。”

“你这么说，就不封建了？”吴元厚一笑。吴太太目光霍地一闪道：“这不叫封建，老爷。这是传统你懂不懂？好比你的字画笔墨，是我们的传统。女儿嫁人，是不是要得到父母同意？父母点头就是做主。你出去问问人家，谁点头谁就是主。没听说过家里父母不是主，未娶未嫁的儿子女儿是家里的主。”

“哎呀，这个不一样。那是征得父母同意——”

“征得父母同意，就是父母做主！”

“好了，我不跟你斗嘴皮子。”吴元厚说罢就走；走了几步回头，见夫人眼睛一瞪看着自己，一笑说道：“好了，我不跟你争论。有一件事情我现在跟你先讲好，今后儿子的婚姻母亲做主；女儿的婚姻父亲我来做主。对了，还有一件事情，阿仲一个人单身过到现在，今年三十几岁了。我想帮他找个人。你也帮阿仲想想？我看明香，可以。”

吴太太一听，劈头说了一句："老爷荒唐！"

庞为然失踪六年之后在苏州露面了。

这天夜里，他乘火车到苏州，住进了大光明旅馆。一路上疲劳，他睡到第二天上午晚些时候醒了，心里想着今天去唐楼吃茶，跟朱红碰头。前些日子他在东北奉天写了封信给朱红，说是就在这几天要到苏州来。他算了一下时间，朱红应该收到了他的信。

庞为然躺在床上一看手表，赶紧起来，穿好衣服戴上礼帽出去。

庞为然在旅馆楼面过道里碰到一个人，一看，立刻想起来，这个人就是那个姓盛的，叫盛宾如。庞为然点头打招呼，说："哎，先生面熟得很。"那个人瞟了庞为然一眼，没理睬，擦肩走过去。庞为然跟上去，说道："是盛先生吧，我们好久不见了。"那个人停下来，转身一看；庞为然微笑道："我们以前见过，您不记得了？"说着，取下礼帽。盛宾如定神一看，点头说道："哦，好像见过。在哪里，一时想不起来了。"庞为然稍一欠身说道："我想起来了，跟盛先生在苏州唐楼见过一面。哦，我们前后见过两次面。我跟朱红是朋友。朱红，朱子藏先生的儿子，盛先生还记得么？我们在唐楼，那年……"

"哦——这么一说，想起来了。你是——？"

"在下庞为然。"

"哦，是庞先生——"

"不敢当，"庞为然"啪"抱拳拱手道，"盛大哥，您还是叫我庞老弟。"接下来庞为然跟盛宾如称兄道弟；两个人一边走着说话：一个说来了两天；一个说昨晚刚到，现在出去见一个朋友……庞为然没说要见的那个朋友是朱红，心里想自己跟朱红的事儿不能露出去。庞为然问盛宾如："现在出去啊？"盛宾如点头回道："是。"庞为然又问："去哪里办事儿？"盛宾如眉头一皱，心里有点讨厌这个家伙，吃饱了没事做，欢喜打听，要离他远一点，因此回道："不，今天没有什么事情要办，出去吃茶……"

盛宾如记得那年自己第一次到唐楼，唐六梓介绍认识朱红，还有这个姓庞的家伙。当时，他坐在一边不吭声，话不多，也不跟自己套近乎，知趣得很。那次印象还是可以的。怎么隔了六年以后打照面，跟他陌陌生生的，看他说话多了起来；虽说一回生二回熟，但也不至于马上熟到称兄道弟吧？这几年，盛宾如一直在外面跑动，做自己欢喜的字画收藏，各种各样的人和事碰得多了，因此生了个疑心病。盛宾如本来今天想去城里老街字画店看看，被庞为然这么一来一搞，便改了主意，说了去唐楼吃茶，会会老朋友。没想到庞为然说他也去那里，同一个方向。两个人说话打哈哈，一边往旅馆楼下去。

这时候吴天泽从旅馆楼上下来，结了账，出去；刚要坐上黄包车，那个先前伺候他的茶房跑出来，只见他手上拿了块手帕，说是客人忘了东西。吴天泽接过来“哈”了一声，给他小费。这一套吴天泽本来不懂；刚才在旅馆前台看见有人给住宿客人搬行李，完了客人给小费，他也照着样子做。因见这位公子哥儿派头不小，那茶房接过钱，满脸堆笑点头哈腰道：“先生慢走，下次再来。”吴天泽瞟了一眼“大光明旅馆”招牌，“哈”了一声，手一挥，叫车夫去唐楼——忽然听见后面有声音：“先生去哪里？”“去唐楼……”吴天泽回头一看，有两位客人跟车夫说话，分头坐上黄包车。其中有一个人面熟得很；一会儿他想起来，那个人从前跟朱红一道来过他家。还有一个不认识。已经坐在黄包车上的庞为然和盛宾如也看见吴天泽了。他们俩当然不会知道从他们眼前过去的这位公子哥儿，就是吴元厚先生的儿子吴天泽。盛宾如曾经有两次去吴家，都没有进门，从未见过吴天泽，这会儿他做梦也不会想到这位公子哥儿往后便是他的前世冤家。而庞为然对少年时代的吴公子曾有过深刻印象；如今吴天泽已经长大成人，吴天泽认识他，他认不出来吴天泽。

拉吴天泽的黄包车跑得快，先到唐楼。

吴天泽进门直接上楼，扫一眼楼面；朱红坐在窗口，一眼先看见他，向他招手，一转眼招呼跑堂上茶。吴天泽“哈”一声走过去；朱红立起来将手一让，一闪眼说道：“吴公子早啊。昨天晚上在那儿睡得好么？”说罢“嘿”一笑，眼睛一眯盯着吴天泽看。

“昨天晚了，我没有回家。”吴天泽坐下来说，伸手从盘子里拿了一块黄松糕，吃一口，吃口茶，“后来睡旅馆了。”“啊？”朱红吃惊道，“你老弟昨天晚上到外头去开房间了？没——没在董小姐那里过夜？”

“没啊，”吴天泽嘴巴里吃着早点，一边说道，“刚才不是说了么，从里边出来很晚了。我没有回家，到大光明旅馆住了一宿。”“哎哟，”朱红手指头点点桌子，嘴巴里“啧啧”说道，“天晓得……花了那么多银子！我说你——嗨，我怎么说你呢，你这是——你这不是棒槌么。”

“什么棒槌？”

“哎呀，我说吴公子，你好好的不在董小姐那里过夜，一个人跑出去住旅馆做什么哟。那不是开玩笑么？哎，我跟你说……昨天晚上我们去，你说我们花了大价钱，为什么？”朱红顿了一下，眼瞅着吴天泽眼睛眨发眨发看着自己，接着说道，“为的就是会会那位董小姐，让你跟董小姐春宵一度。哎，你现在跟我说你没有……你这是怎么一回事儿？”

“啊？”

“啊？啊你个屎。你这不是棒槌，是什么？”朱红说罢，“呵呵”干笑，一边摇头，一边看着吴天泽吃东西。“呃，”吴天泽噎了一口，像个呆鹅似的抬头伸直了脖子，嘴巴一鼓说道，“我跟她说字画，呃，董小姐人不错，画也画得不错哦。她还出了对子叫

我对。呃，我对上了。我看她人漂亮，好看，对子我就对上了。哈，我那个对子对得还行，没在她面前出洋相。我现在说给你听听，那两个对子，是……”“哎，吴公子，”朱红摆手道，“我现在不想听你说这个。我现在想说，我问你，董小姐昨天夜里没留你在她那里过夜？”“没。”吴天泽头一摇回道；这会儿他已经吃好东西，搓搓手，头一抬，眼睛一眨说道：“朱红大哥，你这么看着我做什么，以为我在跟你开玩笑？你不相信？”

“真的假的？”

“真的。”吴天泽“哈”一声说道，“跟你说真的，我跟她说了不少话。后来我画了一幅画。完了，看时辰太晚了，就跟她说我要走了。她从房间里送我出来我就出来了。”

“哦，”朱红眉头舒展开来，略一个欠身道，“吴公子你说的我相信……我觉着你不错；这一回没跟她，也好，留个念想。哎，过几天我们再去，到时候我来跟她们说——”

“还要去啊？”吴天泽一怔，“那个地方红哥不是跟我说过，费用大么？我不去了——不去。”

“吴公子不想再去了？”

“这个，怎么说，哈。”

“嘿嘿，心里想去，是吧？”朱红轻轻地拍了下桌子，身子凑近吴天泽，小声说道，“要去。董小姐是难得的美女，才女。你跟她在一起感觉好，开心，舒服，是吧？哎，我是过来人，我看得出来，你跟她有点意思，有缘分。……费用没问题，包在你大哥身上。”说话间，庞为然走进唐楼。

庞为然跟盛宾如在来的路上分手；先是盛宾如在半道上改主意，叫车夫跟上前面庞为然坐的车；待两车平行了，盛宾如干咳一声，说：“庞先生，你先去唐楼吃茶吧。我想起来，这会儿先要去百货商店给一个朋友买点东西——上午要送过去——这上午茶，我就不去吃了。回头有机会再碰头吧。”庞为然一听，立马回道：“哎，盛先生，您不去吃茶，我也不去了。一个人到那里吃茶，兄弟我没个说话的，没劲。”“那就各自安排了。”盛宾如说罢，叫车夫掉个方向走。庞为然一想“算了”，随即拱手道：“那么盛大哥，晚上见，晚上到旅馆碰头。我们一道出去吃个饭，我请客。”“晚上再说。”盛宾如回头道，转脸叫车夫快走。

朱红一抬头，看见庞为然从楼梯口上来，一怔！便低头小声对吴天泽说：“吴公子，今儿就跟你说到这里了。这会儿我要见一个朋友。你先去银子那儿玩一会儿，回头我过来找你。”说着，眼神示意吴天泽先走。这时候庞为然一转眼看见朱红，朝那边窗口走过去，跟朱红打招呼。吴天泽眼睛一瞟，拎得清，马上立起来跟朱红说：“好，你忙你的，我先走了。”朱红将手一抬，说：“老弟慢走。那个事儿回头再说。”说罢，转脸将手一让，请庞为然坐。

朱红这次见了庞为然，心里想这条大黄鱼又来了！开心在心里头，只是表面热情客气；朱红本来城府就深，这六年来历练得尤见城府更深。他看人说话，待人接物的本事要你相信。

未及寒暄，庞为然就叫朱红换一个地方，说唐楼人多嘴杂。唐楼经理老成先前在楼下忙着看进货、验货，完了以后上来招呼客人，一轧苗头，立刻给朱红、庞为然安排一个专门用来谈生意的小包间，一边说道："红哥好久没来了。唐老板一直牵记你……"朱红问："唐老板人呢？我进来的时候没看见他。问伙计，伙计说不晓得。"老成将手一让，请朱红跟朋友进小包间坐，一边跟进去说道："今天不巧，唐老板唐太太带女儿到杭州去了。说是要在杭州待个把礼拜。哦，对了，这次他们一家去杭州，是楚家二少爷请他们去的。到了杭州吃住，楚家二少爷全包了。楚家在杭州有饭店，有旅馆……""哦，"朱红点头道，"这么说楚二上心思了。看来这门亲事好像有点眉目了是不是？"

"这个么，现在啊恐怕还不好讲——"老成一转脸叫伙计把茶、瓜子儿、橄榄、开心果之类的小吃摆上来，又吩咐送一盘花色点心，接着说道，"听我们唐老板说，小姐起先说什么也不肯去；后来唐太太不高兴了，发脾气了，唐老板哄了女儿，这才答应去。不晓得去了以后怎么说……这个事情，我听老板说，这就要看楚家二少爷的本事了。他有本事把小姐拉住就好……"

老成是个话痨子；庞为然在一边听得有点不耐烦，忍不住打断道："我们有事情要谈，对不起了。"老成眼睛一瞥，哈腰说道："两位大哥慢慢吃茶。我出去招呼客人，不打搅了。怠慢，怠慢。"说罢，躬身退了出去。

庞为然这次来，一上来说话跟朱红开门见山，说上次在朱红这里拿的那两幅画，回去以后出手一幅；还有一幅自己欢喜，舍不得出手，留下了。直到前些日子要用钱，一时没办法，把那幅画匀给人家。没想到，那个买主拿了那件东西以后，到南京去请人看了。看的人，就是那个大名鼎鼎的顾大猷，他说那件东西假的。后来那个买主又去北京请人看了，也说那东西假的。这一南一北的权威都说了这要命的两个字。那个买主回来火了，派人找到他，要个说法。"哎呀，"庞为然说着，把那件东西拿出来往桌上一放，"所以我来了。没办法。人家指定要我给个说法，我就只好来跟你红哥碰头，讨个说法了。"说罢，用手指头点点桌上那件东西，推到朱红面前，面无表情端起茶碗。

朱红眯起眼睛看了庞为然一会儿，闷了好长一会儿不说话。这包间里愣坐着两个人没声音，隔壁两头大包间里倒是有人吃茶说笑热闹，显得这一间里没人似的。在过道里行走的伙计还以为这里边的客人走了，掀开门布帘探头一看，庞为然一转眼，喝道："干什么？出去！"那伙计吓得吐舌头转身就走。这时候朱红干咳一声总算开口了。他不紧不慢地把刚才沉默的时候想好的话道出来："我说庞先生，庞大哥，您不要生气，也不要拿眼睛这样盯着我。这个事儿，说起来真的有点为难你了。当然，现在也为难我了。哎，庞大哥，您先听我说——我说完了您再说不迟——这个事儿，说老实话，好像是，怎么个说法呢？应该说，没什么说法。哎，您先听我说——也就是说，字画买卖您也知道就是这么回事儿。您既然买了，就是这么一回事儿。换句话来说，现在这个事儿按规矩来讲，是你的事了，不应该是我的事了。因为——”“停！”庞为然觉着朱红在跟自己说废话，不耐烦地打断道，眼瞅着桌上的那件东西，手指头指着说道：“因为什么？就因为这东西我出钱买了，归我了，你现在就可以不认了，不管了是不是？”

“不，我说的意思不是这个意思——”朱红微笑道，随即眉头打结，眼睛眯成一条线，看着庞为然。庞为然把茶碗往桌上一蹾，说道：“那是什么意思？什么意思，你就说吧。说明白了，说痛快一点。我恐怕没时间在这里多待，急着要走，回去给人家一个说法，要命得很。请红哥体谅我，让我庞某好做人。否则的话，那麻烦就大了。你知道啵？那个买主不好惹，惹不起。——你，别这个样子盯着我看好不好？我说红哥，你以为我现在是跟你说了玩的？你是不是以为我吃饱了没事做，大老远地跑到你这里来，跟你说了玩的？跟你说假的？”庞为然说着，把面前的茶碗一推，只见茶水翻倒在桌上，朱红眼睛一闪，一把拿开那幅画轴，只听庞为然凑过来低声说道：“红哥，我跟你说真的，一大笔钱哦。那买主不放过我，要我的命哎。话说到这个份上你红哥听明白了吧，我没办法。我这个人，要朋友。要不是给人家逼的，我会跑到苏州来找你红哥麻烦？我吃饱了到你这里来为难你？”“现在，你不是在为难我吗？”朱红两手一摊说道。

“错，我庞某不是那种人。红哥，咱们打过交道，我爽气得很。今儿跟你碰头，我不说废话，我这就把我的想法传给你：这幅画红哥你先拿去，回头给我拿一件真的东西过来；名头年代，差不多就可以了。今天就算我求你帮个忙，往后做朋友做生意有来往，我庞某人有的是机会给你挣大钱。你看成不成？”朱红一听，眉头一松一紧，心里琢磨着庞为然的“花腔”，一转念便将庞为然说的话全盘否定，心里打定主意回绝。他想姓庞的，这个事情隔了那么长时间，现在跑过来虚了虚，门儿都没有！便开口回道：“我说庞大哥，这个恐怕不行。”

“为什么不行？”庞为然眉头一皱，头一歪问道。朱红似乎早就想好了对付这样的人，这样的情况，自己该怎么说话：“庞大哥，今天你既然问到为什么不行，我就跟你这么说吧。你是做生意的，我也是做生意的。做生意，要讲做生意的规矩。何况是做我们这一行生意，不这么做，没这个说法。你的买主也是做生意的是吧？我想他应该懂。他应该懂我们这一行的规矩。”

“我懂。”庞为然倾身头一点，接着摇头说道，“但是，人家不懂。这就有点麻烦了。麻烦得很。”

“这个我就管不了了。庞先生，桥归桥，路归路。这是你的事儿。我们做这一行生意，向来如此。好了，我已经跟你说清楚了。我还有事情，先走一步，回头请你得鲜楼吃饭。”朱红说罢，立起来想走。

“等等，”庞为然脸一拉，冷笑一声说道，“事情还没了，红哥走不了。我话还没说完。”朱红被他的声音一噤，一屁股又坐了下来；只见庞为然出手动作极快，“啪”掏出一把手枪往桌上一“碰”，接着说道：“我跟你什么话都好说。但是人家找到我头上，不跟你脱裤子放屁说一堆废话，只把这个家伙亮出来，跟你说一句话：你，看着办。”这一招突然，朱红自出道以来没见过，一时唬得脸色发青，闷闷地倒吸一口冷气，额头渗出细汗来，用手抹，眼睐着庞为然脸色，听他说道：“红哥，我跟你是朋友。说白了，我讲个义气，给人家一个说法。我这么做，也是为你好，不是存心跟你过不去。要知道我这是放到底说话了。我刚才已经跟你说了，要不是人家跟我死磕，把这个家伙顶住我脑袋说话，我这会儿也犯不着跟你来这一套。这一套吓不死我，也吓不死你，是不是？我怕什么，你怕什么，都不用怕。照着办就是了。这不很简单么？”

“是。”

“好，”庞为然见朱红点头了，便收起家伙，瞟一眼，说道，“这就对了。红哥到底是弟兄，说一个字我就踏实了。现在吃茶。哎，你不要紧张，没事儿。这次你帮我解决问题，也是帮你解决问题，我们彼此免得惹是生非。你红哥要过好日子，我也要过好日子，这就对了。”朱红嘴角连续抽搐，心里惶恐得连连点头说道：“好，好，好……”庞为然稳稳当当地呷了一口茶，点上香烟，悠然抽一口，吐出烟圈，沉吟片刻说道：“我看这样，红哥，我现在坐在这里吃茶，你现在立马去办，我等着。你把事情办好了过来，我拿了东西就走，今天就走。”

“这么急恐怕不行。”朱红眼珠子一转，说道，“庞大哥，你得容我有点时间办。这个事儿要点时间，这个你也知道。你这么急着叫我立马办，难死我了。这一时半会儿，你叫我怎么办？不行。要点时间。你要给点时间——”

“今天，就今天。”

“今天肯定不行！”朱红说罢，嘴唇皮白得好像死掉的鲢鱼嘴巴，突然脖子一梗道，“庞先生，要是板要今天，我没办法。你杀了我吧，我死给你看。”

“那就杀了你。”

“杀了我也没用。”朱红面孔阴得好像从棺材里爬出来，嘴唇翕动半天，咬紧牙齿道，“我今天无论如何是办不了的。办不了。这个没办法。我没办法。你现在动手吧，我只好死给你看——”

“想办法。”庞为然用手指头敲点桌子，“嘿”一声，说道，“我想，红哥你有的是办法。到家里去拿一件出来，不就完了么？你家里有的是前朝有名头的字画。其实，方便得很。”

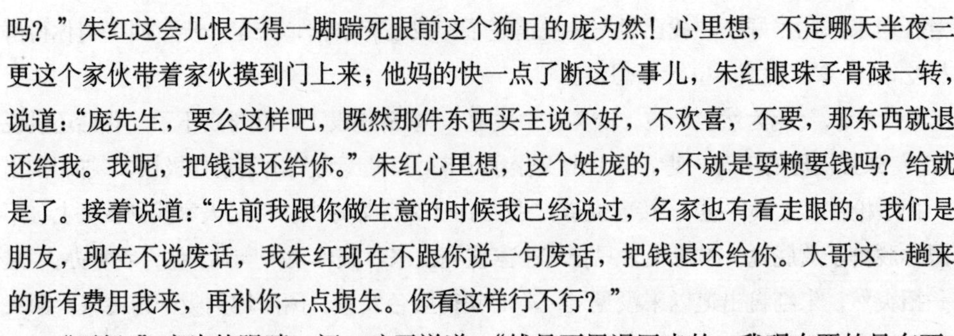

“我家里没有。”朱红立马回道，“要是家里有的话，我还用得着叫庞先生杀了我吗？”朱红这会儿恨不得一脚踹死眼前这个狗日的庞为然！心里想，不定哪天半夜三更这个家伙带着家伙摸到门上来；他妈的快一点了断这个事儿，朱红眼珠子骨碌一转，说道：“庞先生，要么这样吧，既然那件东西买主说不好，不欢喜，不要，那东西就退还给我。我呢，把钱退还给你。”朱红心里想，这个姓庞的，不就是要赖要钱吗？给就是了。接着说道：“先前我跟你做生意的时候我已经说过，名家也有看走眼的。我们是朋友，现在不说废话，我朱红现在不跟你说一句废话，把钱退还给你。大哥这一趟来的所有费用我来，再补你一点损失。你看这样行不行？”

“不行，”庞为然眼睛一闪，咬牙说道，“钱是不用退回来的。我现在要的是东西，是东西，不是那个狗屁的钱。钱算什么东西，咱有的是。我刚才跟你说了半天，我已经说得很明白了。人家这一回要的是东西，不是钱。所以，我现在要的也是东西。你把钱退给我，没用。听明白了？听明白了，不要多说一句话，你马上办，我急着回去交代呢！”说着，庞为然立起来要出去撒尿，一边说道：“这会儿我急得很！”

“今天肯定不行！”朱红口气坚硬起来，“庞先生，你这么个急法，没用。要我说，退一万步，也要过了今天晚上，明天——”

“好！”

庞为然出去解手，回进来接着说道：“好，说好明天就明天。我这个人是讲人情的。我多住一个晚上。明天上午跟你在这里碰头。”

盛宾如先头跟庞为然分开后，返回大光明旅馆退房，然后换到苏州古城西中市一家客栈住下来。那个客栈叫“惠馨客栈”，靠近老阊门吊桥。

从一个不算显眼的石库门进去，是一方天井；天井里摆着不少盆景，好像是一个大户人家庭院。天井上方，楼上四周木栏杆一圈，是上等客房。客栈老板跟盛宾如说这里闹中取静，舒适，比较安逸，出脚方便得很。出门走东南向，到景德路；沿景德路向东，到城中心观前。客栈西边出城门，往前稍微走一段路，便是老阊门外石路一带，那是苏州比较热闹的地段。

盛宾如今天改变主意换个住宿地方，避开那个姓庞的家伙。

这会儿安顿好，他到街上去吃午饭，然后坐黄包车去清泉浴室。盛宾如过日子，每天讲究个安排；他一屁股坐到黄包车上，脑子里已经把自己下午还有晚上的活动安排好了。先去“水包皮”洗把澡，叫那个出名的王一刀扦个脚；养好了精神晚上去同春楼。

朱红从唐楼出来，坐黄包车直奔老街博古斋。

纪学览正要吃饭，一看朱红进来，问道：“吃饭了没有？”朱红脖子伸长了张了张店里头，咕噜道：“我今天说好了要请吴公子吃饭。他人呢？”

“走了。就刚才，跟你前脚后脚。”纪学览说着将手一让，请朱红坐，接着说，“那小子上午过来，跟银子庚子韩进他们玩了几副牌，输得精当光，拍拍屁股走了。”这时候朱红见银子上茶，问道：“韩进呢？他也跟着走了？”

“嗯，”银子点头道，“韩子回家吃饭了，说家里还有事儿。”朱红摆手叫银子下去，回头问老纪：“吴公子今天输了多少？你今天没借钱给他玩？”

“借了。”纪学览脸一扬，回道，“今天借得多了。那小子今天跑过来就跟他们说：‘今天玩得大一点，不来狗屁的小打小闹。’这不，一会儿工夫就把兜里全输光了。完了，跟我开口借；一转眼又没了。完了再借；撒一泡尿又没了。再借我不能借了。那条数字忒大了，我得问一下你红哥，这个事儿怎么个说法？”纪学览从口袋里掏出吴天泽写的借条，递给朱红，接着说道：“那个玩法快哦，看几张牌就见底了抄空了不是？吴公子胆子也忒大，眼睛一红就是要来，他也不怕输。要不是我最后拦住他，他一路输下去，没完没了。像他这么个玩法，不要命了，万贯家财一夜玩玩。”眼瞅着朱红掸了一下衣服下摆，不说话，一转眼眼睛贼亮盯着自己看，纪学览身子向前一探，问道：“那接下来怎么办？”纪学览心里没底，朱红跟他老子接下来到底怎么个玩法——“我说红哥，吴公子现在欠了一大笔钱，怎么弄？我琢磨着你是不是回去跟老头子商量一下，回头跟我说一下怎么弄他？”

“这个事儿不用回去跟老头子商量。”朱红立起身来，嘴巴一努示意纪学览跟他到店堂里去，一边走着说道，“这个事儿我来做主。这么跟你说……你老兄找个好日子到吴公子家走一趟就是了。照我说的办，要快一点。”

朱红到店堂里头巡了一圈，回头对纪学览说：“哦，对了，沈周的那幅《古松图》还在吧，拿给我，让我带回去。明天有人要，出手。”“好。”纪学览应声把那幅画拿了出来。朱红接着问道：“还有一幅吴元厚的山水——”

“啊？”纪学览吃惊道，“我们店里哪里有吴元厚的山水？没有哇。”

“有，”朱红用手指头点点纪学览，“怎么没有，你忘了？”“也，”纪学览拍一下脑门，一笑回道，“瞧我记性。想起来了，就是那个潘道延小子临摹的那幅山水。哎呀呀，那东西好哦，卖了。”

“什么？”朱红一怔，“那东西卖了？哎哟喂——老纪，我还指望那件东西派大用场呢！”纪学览一听，嘴巴像吃奶似的嘬嘬道：“你还别说，我看那件东西是好。那天我在店里头，把它拿出来看看；哎，说来也巧，这时候来了一位上海客人。他在我们店里转了一圈，一眼看中那件东西，指定要了，而且不还价。价钱再大也要，还非要不可了。我没办法，嘴巴一松，卖给他了。”说着，纪学览伸出一个巴掌道：“这个数。”

“哦？看来不错么。”朱红眼睛一亮，“我说老纪，你这回杀肥猪了，杀得过瘾。”朱红做了一个割杀动作；顿了一下，接着说道：“我们要杀的就是那些个做官当老爷的，自以为是的，他妈的高高在上的有钱人。他妈的，那个姓庞的跑到苏州来欺负我朱红，哼，我回头杀他个屁股朝天，操他妈的操死他！”

“也，哪个姓庞的？”纪学览一怔，问道。

“哦，没什么。这么一说，爽。”朱红自觉失态，一转眼看门外头，一会儿头转过来说道，“哎，老纪，你吃饭去吧，我走了。刚才关照的那个事儿，不要叫银子跟韩进他们去做，你要自个儿去，辛苦一趟。那个事儿只有你出面，换了别人，还真的不行。”纪学览应声道：“明白。红哥你放心，你画个圈我一准叫吴公子往里头钻……”

朱红回到家里已经过了中午。金俪看他脸色不好，有气无力，关心问道：“你怎么了？是不是身体有什么不舒服？”朱红一屁股瘫坐在椅子上，吁一口气，回道：“今天忙了一个上午，肚皮饿了。”“到现在还没有吃饭？”金俪转身出去叫用人；看用人不在，便自个儿去厨房间热了饭菜端过来。

“……今天上午在外面虚惊一场。”朱红一边吃一边说——这是朱红第一次回到家里吃午饭，跟太太说外面的事儿。在金俪的印象里，朱红从来不把外面的事情带回来跟她说的；要说，朱红只跟他父亲说。这一回变化大了。金俪没想到——隐隐感觉不是好事儿，恐怕是朱红在外头有什么麻烦了——便坐下来，只听朱红说道：“……有个姓庞的家伙来找我，还带着手枪……”金俪一听，眼睛里闪出恐惧，突然间想起来，昨天上午收到一封外地来信——那信封上写着“朱红先生亲启”——自己没拆，把那封信交给了朱红。当时朱红看了信，没说是谁来的信；问了才说：“外地做生意的一个朋友要到苏州来，是生意上的事情，女人不要问。”现在突然听到“有个姓庞的”，金俪一怔，心里除了恐惧，还有一阵情绪激动，因此问道：“那个人是个什么模样？他人，现在在哪里？”

“你问这个做什么？”朱红瞟了她一眼，“吃饱了瞎问，看你神经紧张兮兮的——”金俪已经意识到自己刚才有点失态，随即挪动了一下坐的凳子，坐到朱红身边，以此掩饰自己内心的骚动，一边说道：“这个人是吃什么饭的？好好的来做生意，他带枪来做什么？他是强盗，还是土匪？唬死人了。我没看见过，也没听说过。如今有这么做生意的？我心里想，从外地来的有些人，野得很，我是怕你在外头闯祸，被人暗算。红，你要留神才好；我在家里不定心，一天到晚替你担心！”

金俪刚才叫一声“红”，可见难得；朱红听了很受用，想想自个儿今天在外头在庞为然面前吃瘪，低头，这会儿到了家里，他感到温馨；心情一变化顺手搂住金俪肩膀。

朱红很久没有搂女人了，这会儿把女人搂在怀里，闻着女人身上散发出来的人体香，因此忍不住咬了金俪的嘴唇……这时候金俪抚摸男人身体，嘴唇贴着朱红耳朵，说：“把我抱到床上去……”“唿——”朱红坐在凳子上忽然间一个颤抖，下面一阵泄了，弄得裤裆里黏糊糊的。

朱红心里难过得很，嘴巴里苦涩得说不出来，死咬住嘴唇不吭声。金俪脸绯红，喘气道：“怎么了你！”朱红抖了一下身子，叹一口气拨开女人的手，立起来说道：“没怎么，我有心思。……再说了，现在大白天，爬到床上去也不好。”说这个话朱红觉着沮丧，没办法；想起来那些配来的中药扔在一边不去吃，忙起来脑子里没那些东西，待到临场性情起来要发挥，却歇了家伙。怎么说也是个朝天放空枪，连个瞄准的东西也没有，就这么一通浪费了。

金俪这时候倒是平静下来了，立起来给朱红泡茶；又坐下来询问他："今天上午在外面虚惊一场，到底是什么事情？"这是他们夫妻俩难得大白天坐在家里说悄悄话。这回朱红总算跟自己女人透了半个底……说自己上午碰到庞为然。朱红本想对他父亲隐瞒那个姓庞的杀来回马枪，不料跟金俪说话，被韩进走过来在屋子外头偷听到这个片段，回过去告诉了朱子藏。

朱子藏把朱红叫到他书房里，关起门来说道："这个事儿我早就警惕！先前跟你说了白说。现在好了，出事情了。你胆子忒大！不跟我商量，自说自话自做主张，不知那个深浅，一头扎进去淹死你！"朱红听了不以为然，他觉得自己有这个能力出面摆平；事实上，他差不多也摆平了这件事情，因此说道："爹，你放心好了。你儿子不是草包笨蛋。我在外面跌打滚爬了这多年，要摆平那个姓庞的，不用爹来操心，也用不着爹出面来帮我擦屁股。我已经想好了，给那幅《古松图》肯定没问题。"

"差矣，"朱子藏摇头摆手说道，"现在问题的关键不是摆平谁，用什么办法来摆平，而是眼下坚决不可以把家里仿作的字画流出去，除非绝对有把握，认定我们的仿作确实达到了一个极致。"朱红一听，嘴唇翕动了几下不言语，头耷下来一想，抬头说："爹，我不想就这个事情跟你反嘴。但是，我琢磨着，爹是不是小心过头了？其实，没这个必要——"

"错！"朱子藏拍了一下桌子道，——眼瞅着儿子心里不服气的感觉流露出来，略一沉吟，以不容置疑的口气接着说道："我今天，非要把你的一根筋扳过来，要不然你会闯大祸的！这个事儿先前跟你说过多少回了你一点不上心。我现在跟你再说一遍，我们做字画仿作这一行，他娘的就是一个'险'字！什么是险啊？你给我拉长耳朵听好了，那个'险'字就是耳朵边上有个脸面。我们做这一行，不完全是为了那个该死的银子，狗屁的银子。你不能大白天要了太阳，到了晚上不要那个'月'亮。这么一说，你懂了吧？这是我给你定的规矩。这规矩是铁定的，要给我传下去。红儿，你不听老人言，吃苦在眼前。怎么，你想把我老脸丢尽，活活气死啊?!"

"爹——"朱红脸色突然煞白，嘴巴抽搐说道，"我听你话，我听。你不要生气，伤了身体。这会儿，我不是在听你说么。爹说得对，我记下了。好，现在不要说远了。眼下要紧的是，明天拿什么字画出去打发那个姓庞的？这是火急火燎要办的事儿非办不可。爹，这个事儿现在听你的。"朱子藏立刻回道："照我的意思办，包你没事儿。"说罢，朱子藏摸出钥匙打开红木柜子拿出一幅旧画，叫朱红帮着小心翼翼展开来。朱红一看，"哇"一声道：

"文徵明的《远山近水图》?!"

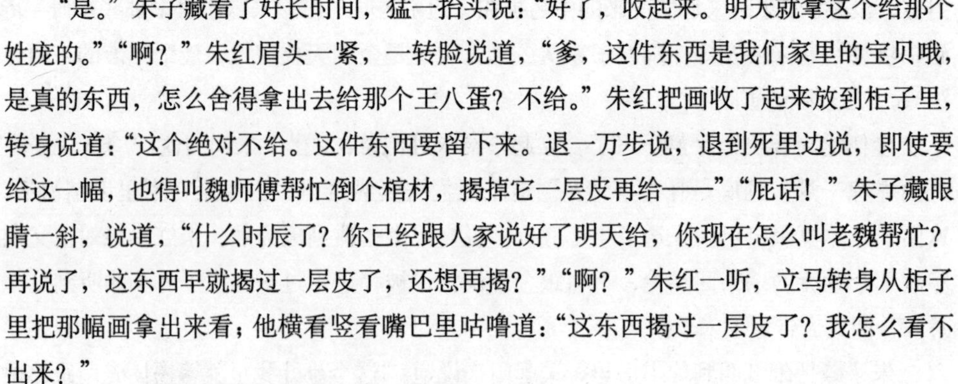

“是。”朱子藏看了好长时间，猛一抬头说：“好了，收起来。明天就拿这个给那个姓庞的。”“啊？”朱红眉头一紧，一转脸说道，“爹，这件东西是我们家里的宝贝哦，是真的东西，怎么舍得拿出去给那个王八蛋？不给。”朱红把画收了起来放到柜子里，转身说道：“这个绝对不给。这件东西要留下来。退一万步说，退到死里边说，即使要给这一幅，也得叫魏师傅帮忙倒个棺材，揭掉它一层皮再给——”“屁话！”朱子藏眼睛一斜，说道，“什么时辰了？你已经跟人家说好了明天给，你现在怎么叫老魏帮忙？再说了，这东西早就揭过一层皮了，还想再揭？”“啊？”朱红一听，立马转身从柜子里把那幅画拿出来看；他横看竖看嘴巴里咕噜道：“这东西揭过一层皮了？我怎么看不出来？”

“哼，”朱子藏皮笑肉不笑回道，“让你看出来，那还叫东西吗？唉，我说红儿你啊，还浅着哪！——跟你这么说吧，你老子有这么傻？你以为你爹现在年纪大了，脑子糊涂了是吧。告诉你，这东西真的，又是假的。”

“哦？”

朱子藏嘴角一抽，说道：“红儿你听着，所谓真的，这件东西不假。所谓又是假的，就是这一张流出去，我手头上还有一张，跟这张一模一样……所以用这张。说到这个事儿，我叫你从店里拿回来的那幅沈周的《古松图》，我现在跟你说，不能拿出去给那个姓庞的。给别人，说不定还可以；给他，不行！”

“怎么说，为什么？”朱红这会儿把老头子当做神请教。

“这是感觉，”朱子藏说道，“红儿你听我讲，虽说那幅《古松图》是韩进他哥哥韩福仿作的一张好东西，以前看了觉着行啊。但是现在拿出来再仔细看，你用心看，还到不了那个极致。我怕流出去，万一出个邪，麻烦就大了。记得我以前跟你说过，给他妈的军阀办字画，你得小心加小心再小心！我现在跟你说，我现在可以断定，那个姓庞的肯定有来头，他肯定不是一般做字画生意的。这一点你要拎得清。你说他这次来带枪，我就猜想到了。其实我早就估计到了。你第一次跟他碰头做生意，回来不是跟我说起过他么？那个姓庞的，是给什么长官的出来跑跑腿的。你想啊，这么说，是不是那个意思？我猜想的不会错——他娘的军阀的狗腿子，或者是哪个衙门里的角色……”

“哎，爹，”朱红眼睛一闪，转个话题说道，“现在，是不是可以想个办法立马把那个姓潘的小子收到门下？以后家里仿作字画，就有人了是啵？”

“哦，这个不急。”朱子藏摆手说道，“我看了他的临摹，确实好哦。但是那个姓潘的小子是吴元厚的学生，怎么一说把他收过来就可以收过来呢？况且，他本人是否心甘情愿被我们收过来，还不得而知。一句话，这个事儿操之过急反而添乱，添堵。我现在送给你两个字：不急。”

“我急了，出去撒个尿。”朱红说着，立起来往外头跑；回头进来听老头子继续说道："不能急。这个人要拉过来，要动脑子，瞅机会再出手。"朱子藏说到这里沉吟片刻，接着说道："当年做这个仿作，你爷爷跟我说过，我们要有极大的耐心，要有罕见的毅力，要相当沉得住气，断不可急功近利。要不然，那仿出来的字画就是劣等货色，不值钱，就是废纸。"

"嘿，"朱红一笑，说，"爹，这些话是你的老生常谈，说多了无趣。我们还是说点实惠的。你说，我们家后院里培养的那几个孩子，他们以后能不能给我们仿作字画？"

"能啊。"朱子藏瞟了一眼窗外，说，"不过，那是一般的能，恐怕不能够能上能……就拿过去那几个孩子来说，其中的一两个，天分虽然也很高，那笔墨也达到了可以的程度，但严格说来，倘若没有破天荒的突破，他们撑死了只能做到从一流；稍不用心，脑子里想钱想疯了，最多是二流，三流。但是潘道延的感觉显然超人，难以想象。"朱子藏说到兴头上，叫朱红把潘道延临摹吴元厚的那幅画再拿出来看看——接着说道："咱家里有吴元厚的画，一道拿出来看一下。上次看，就觉着那个潘小子临摹的东西比吴元厚画得还好，绝！红儿，去拿。"朱红一听，呆在那里没个回应和动作。

"怎么回事儿？"朱子藏问。

"哟，不巧得很。"朱红嘴巴一歪，说，"那幅画，唔——潘道延临摹的那件东西，给店里老纪卖了。"

"唏——"朱子藏仰身一叹，完了眼睛一瞪说道，"纪学览糊涂，你也跟着一道糊涂。你们两个活宝糊涂啊，眼睛里就盯着一个钱字，少了上一代人做这一行的大器和远见。你看什么看？听着不服气？又说我是'老生常谈'是不是无趣得很？告诉你吧，你们哪，天晓得！这个事儿回头我要跟纪学览讲的。这回我要说他的。他有时候也拎不清，一个心眼，跟你一样，一天到晚手痒痒的就是要摸银子——我晓得他。"

"哎，爹，"朱红眼睛一眨，说，"卖那幅画，是我的主意。这个事儿是不能怪老纪的。这是我有意而为之，目的是把那幅画卖出去先起个捣乱的作用，也就是说，接下来是不是可以从那个乱中逮住个什么好机会。什么机会，眼下一时还不好说。不过我相信这机会一定会有，很快就会有——"

"屁！"

"爹，你不要屁了屁的。"朱红眉间一紧，说，"你还别说，我琢磨着那幅画现在流出去了，吴元厚很快就会知道。这就对了。这个始作俑者不是别人，是他的学生——这么一来，吴元厚家里有好戏看了。哎，我们要的，不就是那一出戏吗？爹，在这之前我跟你也说过了，先跟吴元厚的儿子搞，忒慢；不如先搞吴元厚的弟子来得快。现在好了，好比我们出去坐火车，买好车票等车来，而不是车来了再去买车票。"

"哎，红儿，"朱子藏略一沉吟道，"你这么一说，好像还有点道理。不过你不要得意。我告诫你以后不要自作聪明，不要得意忘形。我现在跟你再老生常谈几句，以后小事儿我就不管了，你自己看着办。但是以后在外面碰到有什么大事儿，你还是要回来跟我商量的。”

“嗯。”朱红下巴颏儿向上一抬，应了一声。

这天下午晚些时候，朱红跟沈明达一道出去跟上次来的乔老爷碰头。

沈明达手上有两张戏票，原来打算吃过晚饭带自己太太出去看戏，这会儿听说乔老爷来了要见朱红，便约了朱红去。沈明达对文秀丽说：“我晚上不回来吃饭。这两张票就请朱红的太太晚上陪你一道去。”文秀丽说：“蛮好。好久没有看戏了，今天晚上跟金俪出去快活快活。”

吃过晚饭，金俪打扮好出门，跟文秀丽一道出去看戏。两个年轻漂亮的太太从小巷走到街上叫黄包车，文秀丽上了先到的一辆车；金俪立在路边上等后面一辆车上来，这时候有一辆小汽车疾驶过来，一个紧急刹车突然停在金俪身边，一个男人动作极快把她拉到车里，车开了就跑——金俪吓得脸色煞白，只见庞为然把她紧紧地搂在怀里——她刚要发出声音，庞为然嘴巴立刻上来堵住她嘴巴咬住接吻，一口气吻得她死去活来。

那辆小车直接开到大光明旅馆。庞为然迫不及待拉着金俪下来，手拉手直奔楼上房间。庞为然进门不说废话，便将金俪的衣服脱了干净，抱起来扔到床上。金俪似乎渴望这个男人如此疯狂撒野的动作，情不自禁地也跟着激动起来，搂住庞为然的脖子，一边喘气跟他接吻，一边伸手解开他的衬衣扣子，任凭他两只手乱来……这两个干柴烈火、如饥似渴的人儿在床上翻来覆去狠狠地爱了一把。

完了，两人躺着搂在一起开始说话，金俪问：“……这些年你到哪边去了怎么去了没个音信？”庞为然说：“……这几年到处乱跑，打仗……来来回回还要忙着办点军火生意。人，不自由，脱不了身。想写个信给你吧，你说方便么？托人带话过来，那就甭说了。在外面想死你了，有什么用？……自个儿朝天放空枪吧，浪费子弹。我憋着忍着想着休整。这会儿来了跟你全部打出去……哎，我的进攻你还满意吧？”

“嗯……说点别的，你不是在外头做字画生意吗？”金俪随口一问。

“做什么字画生意，是给人家长官弄的，用来孝敬大帅而已。这个，你就别问了。还是说说你吧。”庞为然岔开话题，关心金俪的日子过得怎么样？金俪回道：“……我实在是厌倦了我现在的生活。你带我走吧，走得越远越好。我现在受不了了。再这样下去，我真的是受不了了。”说罢，一个翻身趴到庞为然身上，吻着庞为然的耳朵轻声说道：“我还想要。你要吗？我还要……你来啊，我要你欢喜我，疼我，亲我，爱我，把我搂在怀里要我，把我抱紧了要我！我现在要了……你来，你来，你来啊……你带我走……我要死了，我要死了。”这是金俪性高潮到来的时候从心里发出来的呻吟；这个呻吟断断续续，伴随着她的人体起伏、蠕动，也将与她伴作一体的男人推向最后的猛烈进攻……

激动人的做爱之后，庞为然说："……现在带你走，还不行。要带你走，我得做了那笔生意，拿到钱，才可以脱身。"金俪偎在庞为然身边，抚摸着他的胸脯，说："你这里放心好了。钱，我有……"庞为然听了，一个挺身从床上坐起来，一把将金俪抱到面前，亲了一阵子，说道："像我这样的男人可以光着身子跟女人上床，但是不能光着屁股把女人带走。"金俪听了，好生激动，两腿骑跨坐在庞为然身上把自己的两个奶子轮流挺到庞为然嘴巴上，任其舔吸……庞为然要留金俪过夜。金俪娇声说道："我在外面过夜不行的，我要回家的。"说罢，她从床上下来，穿好衣服，转身问道："我穿这身衣服好看么？"庞为然一哂："唔，好看。不过，要我说，你骑在我身上，那个样子最好看。"金俪走到床边，搂住庞为然亲了又亲。庞为然依依不舍，说道："好了，我起来穿好衣服送送你……"

庞为然打开房门要把金俪送出旅馆；金俪拦住他，说："给人看见不好。"庞为然说："那最起码我也要把你送到楼梯口。"

这时候韩进带了一个漂亮的小女人来到大光明旅馆开房间；到楼上，一转眼看见少奶奶在这里跟一个陌生男人幽会——金俪毫无察觉。

朱红晚上回到家里，一听自己太太被人绑架，一屁股瘫在椅子上，眼睛干瞪着不知道说什么好，也不知道做什么好。家里用人急得团团转，问大少爷想想有什么办法？朱红眉头一皱道："我有卵个办法？!"

一会儿，文秀丽拉沈明达过来帮朱红想办法。沈明达责怪自己太太。文秀丽面孔一红，把责任推到沈明达头上："我说就是你……就是你沈明达，今天回来花头精多。一回来，就把朱红拉出去跟什么桥老爷河老爷搭桥做字画生意，根本不来管自己家里女人。"说着，两个人吵起来。朱红便责怪自己，说好话劝了沈明达夫妻俩。几个人一商量，最后报警。

金俪回到家里，警察刚走。

眼看自己太太好好地走进客堂，朱红吁出一口气，眉头一皱，说道："我真的唬得不得了，唬出一身冷汗。……哎，到底是怎么一回事情？"

"我也不晓得——"金俪一转眼避开朱红眼睛，坐下来，伸手接过用人端上来的茶碗，淡定说道，"我刚出去，被人强拉到车里用衣服蒙住脸……到了什么地方……不晓得。后来把我放了。出来一看，包里皮夹子没了，我戴的首饰也没了，今天倒霉。"

"哦，"朱红眉头松开，头颈一伸说道，"东西没了以后买。"

寻访笔记 20

趁吴有箴先生健在的时候，我们来做一部纪录片……

有一天，我去看望吴有箴先生，说了这个想法。他听了一笑，指着我鼻子说："你想叫我把吴天泽写的日记拿出来，让你用镜头一搭刮子扫了去是吧？"

我想是的，但是未能如愿。

这是一个遗憾。其中缘由不便细说。这里有一点可以说，吴有箴先生之所以还能接受我的专访，并且认可我的一种叙述方式，那是因为我尊重他个人的选择和自由。他不愿意在电视上露脸，他觉得他没有必要；他固执起来是相当的不可逆转，尽管我自以为很有办法，好像使出了浑身本事。我从吴有箴先生身上看到了一种非常老人的可爱。那种可爱有时候像个孩子；他高兴起来跟你有说有笑；要是不高兴起来，便将你拒之门外。将一个人拒之于门外是不需要很多理由的。他说的最没有变化最单一的理由就是："我今天不想看见你。要来，重新约个时间。"

时间过得快，一晃十年。

在过去的十年里，有一次他约我吃酒，我很吃惊。我说："我跟先生是'君子之交淡如水'，从来没有吃过酒。"他说："君子之交，有时候也是要个杯子的。"

这次交谈，吴有箴先生说了更多我想寻访的人和事。"至于那本日记，"他说，"你现在就不要想了。也许我死了以后你可以看，到时候再说。"

第二十章

那天吴天泽回到家里一头扎进书房，连续一个礼拜不出去，除了吃饭睡觉就是写字画画。生活看样子有了规律：早上起来到园子里溜达一圈，完了伏案写几张字；吃过早饭以后开始画画，一直画到中午。开头几天，他就画得不出来吃饭了，到了中午吃饭时间要人进来喊；多喊了两次他嫌烦，回头说："去，你们先吃，别来管我吃不吃。"有时候说："我这会儿不想吃，肚皮不饿。"到了晚上吃饭时间，仍不离笔墨，叫用人盛了饭菜端到书房里，自己一个人边吃边瞅着画桌上画的东西。有时候他吃了几口放下饭碗，拿起笔来动几笔，完了再吃；一会儿动了笔，把饭菜搁在一边不吃了。

吴太太心疼儿子，说："天泽这么个画法会弄坏身体的。"吴元厚听夫人、女儿、阿仲、明香说这个事儿，冷眼看着，心里高兴，自顾吃了饭上楼，画他自己的东西，回头关照每个人："不要去打扰天泽，让他埋头画就是了。要是看见他忙的时候，不要去说他；说多了嫌烦的，我晓得。"潘道延看吴天泽如此拼命用功，自个儿也不懈怠，愈加勤奋，从早到晚也闷在画室里画个没完没了。两个人待在一个屋里，各自占一张画桌，你画你的，我画我的，一句话也不说。

潘道延本来就不会主动开口，吴天泽要是不撩他说话，他可以闷一天连个屁也不放。两个人出去撒尿也罢，换水也罢，有时候前后进出，吴天泽的眼珠子好像生在额骨上，朝天虚看；潘道延好像也存心跟着学样，一个人走出走进，眼皮半合着看地上，只当没看见吴天泽人影子。

这种腔调把人憋得难受。到了第三天傍晚，潘道延终于忍不住了，他像疯了似的盯着吴天泽，说道："你，跟我说句话吧。你总要说句话吧，要的。"吴天泽瞟他一眼，"哈"一声回道："哦，你还有一张嘴巴会说话？我还以为你的嘴巴除了吃饭打喷嚏，连话都不会说了。"说罢，吴天泽继续埋头画画。潘道延一时闷掉，嘴巴翕动了半天，喘一口气说道："天泽，你不跟我说话，我怎么办 ?!"

"那就凉拌了。"吴天泽说，手背朝外一挥，"一边去！"

这天晚上吴天玉到书房来喊他们俩去吃晚饭，潘道延搁下毛笔，"刷"立起来，绕到对面伸手拉吴天泽，苦着脸说："天泽，我跟你一道去吃饭，走。"吴天泽觑了他一

眼，冷冰冰回道："你先去吃，我等一会儿再说。"

吴天玉脸一转，说道："阿延去吃，不去管他！"

潘道延到饭桌上低着头显得沉闷不开心。吴太太问情况。潘道延说："我叫天泽出来一道吃饭，他就是不肯。"吴太太听了，叫阿仲去把少爷喊过来。阿仲说："还是叫明香去喊。我这两天喊过好几次了，被少爷冲了几句。"明香叫潘道延再去喊。潘道延摇摇头说："我去喊他，他不睬我的。"吴天玉在一边也跟着说道："我不去喊。我看他现在是不想跟我们一道吃饭……"吴太太一听，感觉女儿话里有话，因此问道："怎么回事儿？"吴天玉伸手捂住嘴巴，头摇得像拨浪鼓似的回道："我也不晓得。"吴元厚手一招，说："哎，我们吃我们的，让天泽画就是了。"完了又说："哎呀，看你们烦的。有时候我画画也是这样的，画到感觉好了，手停不下来……"

吴太太看老爷有点得意，跟着说道："天泽这几天蛮好，有进步。老爷说是不是？我说么，人总是要进步的。你看，他现在进步得可以哦，一门心思写字画画，差不多要废寝忘食了是不是？"说到高兴头上便对潘道延说："阿延哪，老爷要的就是你跟天泽把全部的心思用在传统字画上，潜心于笔墨，你们以后就肯定有出息，肯定出名！要是这样的话老爷就开心了，我也跟着开心。"说罢，一转脸对阿仲说："拿酒，我看老爷今天晚上肯定想吃酒——开心哦。"阿仲应声去拿酒过来。吴元厚一笑，说："我今儿开心，吃酒。阿仲来，你也坐下陪我一道吃点酒。"阿仲一听满脸堆笑，两只手搓个不停。明香立在一边说话了："哎，阿仲，老爷叫你吃酒，你就好意思坐下来吃？"吴元厚笑道："我说明香，你以后要管好阿仲哦。"吴太太瞪了吴元厚一眼，一转眼说："明香你过来，给阿延也倒点酒——"然后对潘道延说："阿延你呢，今天晚上也陪老爷咪一口。老爷想着你好，以后啊帮你找个好媳妇。"吴天玉一听，把饭碗往桌上一"碰"说道："你们说什么啊！"潘道延一怔，看了吴天玉一眼，嗫嚅道："我，我不吃酒。要是吃了酒，夜里睡不着觉，要坐到半夜三更的——要的。"大家听了，笑出来。阿仲一哂道："哎不对吧，人家吃了酒是帮助睡觉，你怎么反而说睡不着了呢？这就奇怪了。你阿延特别啊，没听说过这个，让你吃晚饭的时候吃点酒，到了床上睡不着觉，要坐到半夜里？"吴元厚将手一让，说："阿延吃酒。""嗯，"潘道延瞟了吴天玉一眼，见她没有反对的表示，随即端起杯子吃了一口酒，脸一红，接着阿仲的话，说："那天过生日，我吃了酒就是的，晚上不要睡觉，跟天泽说话一直说到半夜三更——再说下去，外面的公鸡要叫了，要的。"吴天玉忍不住"扑哧"一笑，一口饭差一点喷出来。

一家人吃饭，说说笑笑。吴太太一看吴元厚吃酒过量了，端了他酒杯，自个儿一口吃了下去，放下酒杯，说道："哎，阿延说的有点像，——老爷要是晚上吃了酒，也是不要睡觉的；待会儿吃好了他又要说：'哦，我现在兴奋了，我到楼上去画画。'他呀，说不定会画到半夜三更——要是再画下去，外面的公鸡要叫了，要的。"吴元厚听了，"呵呵"笑起来，一边说道："嗳，哪里有这么一回事儿？说得夸张了。其实，我还是习惯早睡早起，白天写字画画。看书啊，写信啊，夜里摸索还是有的。像天泽现在这个样子，连晚饭也不出来吃了，连续挑灯夜战，我是吃不消的。我小时候见过我父亲有过几次，那是他有一年出去游了名山大川回来，把自个儿关在画室里头，画个没完没了。记得我母亲当时是这样说我父亲的，——她说：‘哎，绍庭啊，你这是创作画画，不是挑灯苦读为了科举考进士吧？何苦熬到半夜里不到床上去睡觉？再画下去外面的公鸡要叫了。’”

说着，吴元厚还想吃酒，手指指杯子，叫阿仲倒酒。吴太太不让，使了一个眼神给阿仲。吴元厚接着说道：“……第二天早上，我起来吃早饭，听用人问我母亲，说要不要喊老爷起来一道吃早饭？只听我母亲说：‘喊什么喊，老爷他昨天晚上吃了点酒，在楼上画室里画到公鸡叫。这会儿他刚睡下去。你要么到中午去喊，学公鸡叫，他马上就会从床上爬起来。’”说得众人笑起来。

说笑的时候，吴天玉心里掠过一个心思；她想家里人恐怕现在没人晓得吴天泽有心思。吴天玉起先还以为潘道延知道一点情况，瞒着不说；今天中午她单独问了潘道延，潘道延摇头说：“我不晓得。”吴天玉说：“阿延，你可能被蒙在鼓里了。”潘道延一听，十分诧异，说道：“没有什么事情。天泽用功了。天泽现在真的是用功了。”说罢，拔脚就走，回到书房里埋头于字画作业，好像他分分钟不用功，就会落在吴天泽后面。

吴天玉这会儿想起来，昨天晚上吴天泽一个人坐在在园子里发呆，她开头还以为吴天泽正在想唐小姐——书上读过“恋爱相思”；一问，她感觉好像不完全是。多问一句，吴天泽嫌烦，头一掉走了。

这天吃晚饭吴天玉吃到一半，去书房叫吴天泽吃饭；进去一看，人不在，就到园子里去寻他，看见他坐在池塘边石头上发呆。吴天玉走过去，说：“你待在这里做什么？去吃饭。”吴天泽一怔，说：“我不想吃，不要来烦我——”

“又在想唐小姐了是吧？”

“啊？——是。”

“哦——”吴天玉一哂，说道，“哥，这几天我看你不想出去，一直待在家里边，要不要给唐小姐写封信？哎，前些日子你不是跟我说好的，要么你写，要么还是我来写？”“过几天再说。”吴天泽回道。吴天玉看他面无表情捡起一粒石子儿扔到池塘水里。

“还要过几天再说啊？看样子这个事儿你不在心上了是吧？”

“在心上——”吴天泽“哈”一声道，“谁说我不在心上？我现在，我在想那个事儿，现在正在想那个事儿。”

“别一个人想么。”吴天玉说，“要是你不好意思，我来帮你写信叫唐小姐来就是了。——哎，天泽，跟你说话呢，你听见没有？你怎么了？我说话你没听见啊？你好像有什么别的心思是吧？”

“啊，什么？——哦，没有。”吴天泽咕噜道，“怎么说呢。”吴天泽嘴唇翕动半天，欲言又止；双手捂住脸搓了一把，脸一扬，一转脸盯着吴天玉看，突然问道：“天玉，你手上有钱吗？”“没有。”吴天玉说，“反正到时候唐小姐来，你请客，我不用花钱。家里有不少好吃的东西。今天上午我看见明香跟妈妈一道出去，她们回来的时候大包小包的买了不少吃的东西。妈说，是给你，给阿延我们几个吃的……”吴天玉说着，一转眼，吴天泽已经走了。

吴天泽刚才坐在池塘边发呆，表面上像池塘里的水平静得很，但是心里头焦虑，惶恐得很。那天离开博古斋时，他跟纪学览说好的：“一个礼拜之后我肯定还钱，说话算数！”今天是最后一天。明天必须还钱。

吴天泽这会儿急得身上一阵一阵出冷汗，心纠结起来像一团废纸。他心里闪过一个念头，但是立刻打消了这个念头。方才在池塘边扔石子的时候，他就想好了，他实在是不敢，也不愿意把家里的字画拿出去抵债。再说这样做，是非常荒唐的，也不见得容易。他知道家里传下来的历代名家字画都藏在楼上明阁里，上着锁。

吴元厚画室里有两幅隔一段日子轮换挂的元四家、明四家字画；吴天泽跟潘道延合用的书房里也有一幅，也是轮换挂的，那是潘道延临摹学习专用，完了以后直接还到吴元厚手上。吴天泽要是拿这几幅字画，立马就知道。他想再有，就是他爷爷吴绍庭和父亲吴元厚的字画——

那也不行：吴家有规矩，家里的字画不允许随便拿出去。吴元厚叫阿仲出去裱字画，每张要过目，写了清单出去。这一点吴天泽从小就知道，根本不可能乱来。吴天泽记得他七岁那年爷爷吴绍庭去世前跟他说过：“家里收藏的前朝名家字画，只许在家里看，别玩别乱动，那是要打断手的。”吴元厚在这方面看得更严，明阁钥匙，家里人谁也不让接触，就像楼上画室里的那个清朝雍正年间的官窑笔洗，谁也碰不得。平常日子阿仲去明阁开窗透气，打扫，是跟在老爷屁股后面进屋，从来没有一个人进去。吴天泽曾经看到过家里存的一本志录，里面记着历年来他爷爷吴绍庭和父亲吴元厚的作品；记的条目细得很，有标题、尺寸、年份，往后有人买了哪幅，便用笔勾出来注明哪个年份卖出去的，买主是谁。

吴天玉看她哥哥没去吃晚饭，也没到书房去，便寻到他房间里。这时候吴天泽躺在床上发呆。吴天玉走到床边上，说：“我有点零用钱你要不要？要，我现在去拿给你。”“你那点钱不够。”吴天泽忡怔了一会儿，骨碌爬起来坐在床边看了吴天玉一眼，头一低，说，“算了。”

“那唐小姐的事儿，你来写信还是我来写？”吴天玉问。吴天泽抬头吁了一口气，眼睛一眨说道：“要么这样吧，天玉，你这两天到城里去一趟，去唐小姐家看看她，跟唐小姐说，我最近忙得很，等手上的东西画好了，我去看她。”

“这样也好。”吴天玉点头道，“那你就待在家里好好画，不要出去。等你画好了再说。对了，我明天上午正好要到城里去买衣服，顺便去看唐小姐。”吴天泽“哈”一声道：“见了唐小姐，帮我说点好话。”吴天玉还想说话，吴天泽有点不耐烦，眉头一皱说道：“我想一个人待一会儿。”说罢，身子一仰倒在床上。

吴天玉从吴天泽房间里出来，到厢房边看见明香手上拿着两件衣服从潘道延房间里出来，便走过去问道：“明香，你做什么？”明香回道：“太太关照我帮阿延熨烫两件出去穿的衣服，说是明后天老爷要带少爷阿延到东山去，去看看阿延家里，要在那里住几天，画点东西。刚才我听老爷说，还要带小姐一道去。”“蛮好，”吴天玉眼波一闪道，“我正想着出去散散心，在家里闷死掉了。”

吴天玉说罢，偏着头看明香，瞟了一眼她手上拿的衣服，一把拿过来转身就走，一边说道：“阿延的衣服我来烫，不要你烫。”明香抿嘴儿一笑，跟着走上去说道：“好，小姐抢着要帮阿延烫衣服，我就乐得不烫了。待会儿，要是太太问起来，我就说，是小姐自己要做的，不是我偷懒不肯做。”

吴天玉把潘道延的衣服烫得妥妥帖帖，把自己出客穿的衣服也烫了，心里想着明天上午到城里去看唐小姐，便到楼上去问父亲，去东山是明天去，还是后天走？吴元厚说：“还没说定哪天走，反正就在这两天，你要去就跟着去。不过你妈妈不同意你去。你怎么说？”吴天玉一想，嬉笑道：“不跟妈妈讲。到时候不声不响走。”说罢，“嘿”一笑，拔脚便走。

吴天玉从楼上下来去书房找潘道延说话，一看，人不在，随即往后院去；走到过道里，一眼看见过道转角处明香拎着水桶往里边走，便喊住她，问道：“阿延人呢？”明香手一指，说：“他在后边屋里忙。”

这会儿潘道延跟阿仲正在收拾一间屋子搬东西。这间屋子原来是做客房用的，后来没人住，堆放了东西一直关着。吴天玉跟着明香过来，一看，说：“吃了晚饭，这会儿瞎忙什么呢？”阿仲回道：“先头老爷关照了，说是把这间腾出来做阿延的书房画室——”吴天玉“啊”了一声，问道：“阿延不是跟天泽一直合用一间书房画室吗？怎么现在分开了用这里呀？”明香回道：“老爷说了，一人一间舒服点……这间屋子，比少爷那间好，朝南的。”只见潘道延搂着袖子正在擦搬进来的画桌，嘴巴里咕噜道：“这桌子好，老红木的，老红木的……”吴天玉侧身偏头瞅了他一眼，说：“阿延，我看你偷笑，开心死了是吧？”说着便挽袖子，摆了摆手说：“阿延你歇吧，把抹布给我，我来帮你收拾擦桌子。”明香一转眼，马上上来抢了抹布，一边说道：“小姐你不要做，我来。太太刚才关照过的，叫我过来帮阿延——”“哎，”吴天玉挡住明香，嘴巴一努道，“你去帮阿仲……他一个人在搬东西，你去帮他。”阿仲一听，立马说道：“明香，过来帮个手，跟我把门边上的那些东西一道搬出去……我们赶紧收拾，待会儿老爷要过来看的，要的。”话音刚落，几个人跟着笑起来。潘道延一转脸，对阿仲说：“以后你不要说。这是我说的。”

几个人忙出忙进。吴天玉擦好桌子，帮着潘道延铺上毡垫，摆放好笔墨、纸张、笔洗，一边嘀咕道："我爹也是的，这个事儿不能放在明天做么，非要今天晚上急抢抢地做……"阿仲听见了，"嘿"一声道："老爷说了，就是要今天晚上把这间屋子弄好。从明天开始，阿延跟少爷一人单独一间，有个画家的气派，像个样子。老爷说，明天是一个新的开始了。"潘道延接着阿仲的话，说："哦，明天是新的开始了，我说要的。"吴天玉给笔洗里盛了清水，手蘸了水泼到潘道延脸上，嬉笑着说："阿延，我看你开心得一直在偷笑，这会儿才开口说要的。我说你要吧，傻兮兮的——没看见你身上的衣服脏了吧，都是灰尘。哟，你头上也脏了。待会儿这里弄好了去洗个澡，把里里外外的衣服换下来，明天我来帮你洗……"明香正在帮阿仲收拾杂物，"嘿嘿"一笑，说："阿延，你的衣服是不可以让小姐帮你洗的，知道啵？小姐是千金。我说，要么你明天自己洗，要么我来帮你洗。"吴天玉立马回道："阿延的衣服不要你管，我来管。""哟，"明香一哂道，"小姐两只手细器哦，十指尖尖漂亮得很，洗衣服，一双手浸在冷水里，时间长了，吃不消哦。"

"我乐意。"吴天玉嘴巴一努道。

"哦，小姐乐意。"明香朝门外张了张，一转脸说道，"小姐，这话要是给太太听见了，太太肯定要说，我们家小姐怎么可以做用人做的事情？我说小姐要是洗了，外头雇的洗衣服阿姨就轻松了是啵？那洗衣服阿姨做什么呀？吃什么呀？""哎，什么意思？"吴天玉脸一扬说，"我帮阿延洗几件衣服，洗衣服的阿姨轻松点有什么不好？还说人家阿姨做什么呀，吃什么呀，原来说好的工钱，照给就是了，有什么不好？"明香听了脸上微笑倏然消失，瞟了潘道延一眼，怏声怏气回道："小姐既然这么说了，我要去跟太太说一声的。到了月底，跟洗衣服的阿姨结工钱，要扣掉一点。"说罢，走了出去。

明香一走，潘道延一转脸吐一下舌头，对吴天玉说："明香坏吧？"吴天玉瞪他一眼，说："阿延，背后不许说人家坏话！"

"我没有背后说人家坏话。"潘道延立马回道，"我只是问你，明香坏吧？这是个问句，不算说坏话的。"

"好你个阿延！"吴天玉上前一步道，"现在会说话了是啵？你怎么不问明香我坏不坏？"潘道延听了一怔，随即低头摆弄笔筒、笔架，死不开口。

"我坏么？"吴天玉盯着问道。

"坏，"潘道延嗫嚅道，"你小时候就坏，把我挡在门外淋雨……"

"好啊阿延，"吴天玉嗔道，"你怎么不记我对你好？哼，给你吃九十九粒糖你不记得好；给你吃一次拳头，你就忘了人家对所有你的好……"

这时候阿仲到楼上去交差；吴元厚搁下毛笔，说："哦，那间屋子你们已经弄好了？这么快。走，下去看看……"说着，人已经走出画室，往楼下去。

阿仲亦步亦趋紧跟着走，一边说道："老爷，那间屋子真的不错。现在做了阿延的书房画室好得很。窗子外头有凌霄花，紫竹，有芭蕉，哪天要是落雨，人往里边一坐，雨打芭蕉画兴浓。"

吴元厚听了，停住脚步，一转脸微笑道："我说阿仲啊，你现在也跟着诗雾腾腾了。"阿仲"嘿"一笑，回道："这是跟在老爷身边，目濡耳染，时间久了学的。刚才上楼，还在老爷画室里看了一眼墙上两幅字，是老爷旧年写的，我看得熟了，现在可以背出来——"

"哦？你给我背背看——"吴元厚笑眯眯地看着阿仲。

"好。"阿仲搓一把手，眼睛一亮说道，"一幅行书是杜牧的芭蕉诗。还有一幅草书，写的是韦应物的七绝。老爷，我没说错吧？"吴元厚点头微笑道："阿仲，诗你背背看——"阿仲略一沉吟，先背杜牧的芭蕉诗：

芭蕉为雨移，故向窗前种。
怜渠点滴声，留得归乡梦。
梦远莫归乡，觉来一翻动。

"嗯，不错。"吴元厚抚掌称道，随即兴致上来，接着自个儿背诵韦应物的《闲居寄诸弟》：

秋草生庭白露时，故园诸弟益相思。
尽日高斋无一事，芭蕉叶上独题诗。

主仆两人缓步走来，轻声说话，兴致少见得好；只听吴元厚问道："阿延这会儿在那间书房画室里吧？""在。"阿仲回道，"刚才我们手脚快，一会儿工夫就全部布置好了。我看阿延他开心的样子……嘿，像个小孩子蹲在里边不想出来了。""好，我们进去坐一会儿。"说着，吴元厚已经走到那间屋子门口。

门半开着，吴元厚往里头一张，只见潘道延立在画桌正面写字，吴天玉坐在边上，一边研墨，一边说笑……

吴元厚立马转身，拉了一下阿仲，压低声音说道："这会儿小姐跟阿延在里边，我们就不进去了。"

"哦。"阿仲一个大转身，溜得比老爷快。

第二天上午，吴天玉打扮得漂漂亮亮出去，吴太太在客厅看见了，问道："天玉，你到哪边去啊？"吴天玉回道："我今天去一趟城里买布料买衣服。"吴太太眉头一皱，

问道："哎，你一个人去啊？"看女儿头一点，吴太太随即说道："改天还是妈带你一道去城里帮你买。你一个小姑娘，单独出去我不让，不行。"

"妈，"吴天玉急了撒娇道，"我又不是小孩子。我过了年十七岁了。"

"是虚岁。"吴太太一转眼叫明香拿点水果来，接着说道，"别看你个子长得高，这个年龄就是个小孩子小丫头小姑娘——"

"不是吧，"吴天玉嬉道，"是大姑娘了。妈，你昨天不是跟我说了么？惟亭曹中医的女儿十七岁，今年年头上就出嫁了。十七岁不是大姑娘啊？不是大姑娘怎么出嫁呢？没听说过小孩子出嫁的。嘿，没话说了吧？"因见母亲一时哑了接不上话，吴天玉嘴巴一努，转身跑出去。吴太太立起来跟出去，走到客厅外台阶上关照道："出去当心点，早点回来哦，回来得晚了我要急的！"只见女儿已经跑到园子门口，回头道："晓得了。"

明香给吴太太端来水果。吴太太说："……现在的姑娘家，哪里像我们那个时候做小姐，整天躲在家里不出去的。"明香一笑回道："太太这话要是让小姐听见了，肯定又要说太太封建了。""谁说的？"吴太太剥了一个香蕉给明香吃，一边说道，"要么你在说。我封建吗？在封建社会哪里见过主人家太太亲手剥了香蕉皮给丫头吃的？生在福中不知福。等到有一天我里外帮你张罗婚事，你就知道我欢喜小姐，也欢喜你！"说着，自个儿捏肩膀。明香放下手上的香蕉，绕到吴太太身后，一边说道："我来捏，太太就舒服了。"

"嗯，"吴太太活动了一下头颈，偏着头说，"哎明香，你还别说，我这肩膀啊，就你捏得我舒服，别人呢还真的不行。那天老爷说，我来帮你捏一下。你说老爷他拿笔杆子的，只晓得写字啊画画啊，他哪里会什么推拿啊捏肩膀？你没看见他那个捏法哦，你看见了要笑的——两只手，就这么三来两下子的，就算是好了。还问我是不是舒服了？我只好跟他说，好了，舒服了，你不要捏了。以后要捏的话，我还是叫明香，别人我不要。"明香一笑，说："太太还是要我吧，少不了我吧。那我就一直待在太太身边，服侍太太一辈子。"

"那怎么行呢。"吴太太伸手到肩膀上拍拍明香的手，侧脸说道，"你到时候总归要嫁人的。要是待在我身边一辈子，这不误了你一辈子吗？"

"我不嫁人。"明香回道，"再说了，我一个丫头，用人，嫁给谁好啊？"吴太太一听，叫明香坐下来，凝视这个漂亮的丫头，沉吟道："明香，你说，你觉着阿延怎么样？"明香脱口而出："阿延人不错，就是有点——我不说，太太要骂我的。""我现在不会骂你，"吴太太柔声说道，"我欢喜你。"顿了一下，吴太太接着说道："哎，明香，我问你——阿延，你中意么？"

"太太说什么呀，呀，太太在瞎说了。我不跟太太说了。"

"怎么，阿延不好？"

“太太说哪里去了。阿延好得很。”明香一边说，一边思量着，“我想太太也晓得，小姐她跟阿延……太太，阿延他将来有出息，他将来是个大画家，我一个下人，是够不着的，想都不敢想。”吴太太一想，小声问道：“哎，明香，要是阿延他肯呢？”明香发急道：“太太，哎呀太太！你怎么寻我开心。”

……

吴天玉进城，路上想好了，先买点东西去看唐小姐，然后拉唐小姐一道出去逛街，自己买布料，买衣服，也好请唐小姐帮着出个主意。吴天玉看见路上走的太太、小姐，有人脖子上系着丝绸围巾，她想待会儿出来逛商店，买一条丝绸围巾送给唐小姐，自己也买一条。

吴天玉照着唐小姐来信的地址，问路，寻到唐小姐家。

唐家周妈开门说：“我家小姐不在，到杭州去了。”吴天玉吐气道：“喔唷不巧。”接着问道：“几时回来？”周妈回道：“哪天回来不晓得。大概要过一个礼拜。”吴天玉说了自己的名字，递上拎来的礼盒，含笑说道：“我是唐小姐要好的朋友，今天来看她，带了一盒她欢喜吃的点心送给她……”

周妈犹豫了一下，收下来，客气道：“吴小姐跑个空趟不好意思，要不要进来坐一会儿？”吴天玉说：“不了，阿姨，这会儿还要去办点别的事情，不打搅了。等唐小姐回来，再来看她。”周妈说：“也好。”完了，想起来说：“吴小姐等等。我们府上前些日子装了电话，给你个号码，下次来先电话里说一声，省得再跑空趟。”吴天玉记了电话号码，道谢告辞，一个人逛街去了。

这天上午吴天泽起来得比较晚，吃过早饭，到潘道延画室里看了一眼，随口说道：“昨天晚上弄的？怎么不喊我一声帮忙弄。”潘道延正在写字，还没来得及抬起头来跟吴天泽说话，吴天泽已经走出去了。

潘道延放下毛笔，跑出去拦住他，说：“天泽，进去坐一会儿，我跟你说几句话。”吴天泽摇头回道：“这会儿我要去写字。下午有事情要出去一趟。有什么话晚上说。”说罢，一怔，便去了自己书房。

吴天泽刚坐下来写字，庚子来了。这一次阿仲没有把庚子挡在门外，直接把他领到少爷书房。庚子一进门就说：“哎呀，吴天泽，今天外头天气好得很，你躲在家里写什么鸟字。不要写了，跟我一道出去——”吴天泽头也不抬，继续写字，一边说道：“出去，到哪里去？”庚子走到画桌边上，看这位公子哥儿正在写“剪不断，理还乱，别是一番滋味在心头”，便挡住毛笔，说道：“不要发神经了，写什么滋味！出去玩玩，开心就是滋味，闷在家里就是没有滋味。走，我们出去，到城里去。银子、韩进他们在等你。韩进说今天中午我们几个一道吃个饭——吃过饭以后，我们玩一会儿。”看吴天泽理都不理自己，庚子用手指头点点画桌，说道：“哎，走啊，还愣在这里做什么？还想剪什么断、理什么乱啊，什么东西，这几个字谁写的？狗屁。”

“放你个狗屁！”吴天泽转脸冲庚子道，“这几个字我写的——”

“哎，吴天泽，”庚子一哂，突然眼珠子一转，说道，“你误会了。我说的是这句话是谁写的？狗屁！”

“你狗屁，”吴天泽随即回道，“没文化。这是南唐李煜写的——李煜，你知道不知道？”

“我知道——”庚子晃了晃头，挤眉弄眼道，“我怎么不知道？那个李煜不就是‘问君能有几多愁’吗？你吴天泽现在他妈的大少爷一个，衣来伸手，饭来张口，日子好过得叫我眼红眼热，你愁个屁啊，还‘恰是一江春水向东流’那狗日的李煜，天生就是一副没出息的腔调。他怎么不写‘鲤鱼跳龙门’跟着‘一江春水向东流’呢？那个鸟人，就他妈的有文化，没有水平。”

“哈，哈哈！”

“啊呀吴天泽，不要哈了哈的，走，我们走，我们去玩……”庚子说着，把吴天泽从椅子上拉起来。

“我不去。”吴天泽一屁股又坐下来，援笔濡墨，一边说道，“我现在口袋里头空空如也，怎么去玩？”

“借。”

吴天泽一听，身子一斜，偏着脸看庚子，说道：“你借给我？”“哎，”庚子立马摆手回道，“我苦啊。”

“去你的，”吴天泽冲道，“你没有钱借给我，在这里跟我说什么屁话？你小子生着两只眼睛是不是出气的，没看见我正忙着写字画画吗？”吴天泽说着，一边将毛笔在砚台边舔尖了笔锋，随即便在纸上画一条线，眉间一跳，说道：“哎呀，这条线没画好，不就是屁画么。”庚子眼睛一瞟，凑近吴天泽耳朵，说：“你今天去，问纪老板借……”

“又是屁话。”吴天泽把毛笔一搁，“前面借的没还，怎么跟他借啊？”

“那么你问韩进借——”

“他？”吴天泽把毛笔拿起来，抬起头来盯着庚子看，“哈”一声说道，“我不问他借，也不问你表哥银子借。就跟你庚子借，一口咬定你。你不借，我就不去。不玩了。自个儿躲在家里写字画画。往后别的不指望，就指望着自个儿写的字，画的东西跟人家换银子。哈，我现在要待在家里了。不跟你玩了。不跟你们玩了。庚子，听明白了没有？你还愣在我这里做什么？你走吧，走啊。”

“我的妈也，”庚子一怔，随即急腔道，“我真的苦啊！你知道啵？我口袋里头只有一点钱，一点点。我今天回去，我妈还要叫我买米，买煤球，买菜，买吃的东西，买草纸，还有——还要买个夜壶。”

吴天泽“哈”了一声，援笔濡墨画画，一边说道：“你小子坏人。那几天赢了我那么多钱，今天屁儿颠颠跑过来明知我有难处，你见死不救，要我好看，假兮兮地跟我一通废话，你不是坏人吗？我现在不跟你说话了。我要画画了。你去吧。见了他们，跟他们说，我不跟他们玩了。再也不玩了。”庚子听了，脸上显出一副拉不出屎特别难受的样子，憋了一会儿才说道：“吴天泽，你别这个样子说话。你这么一说，说得我没脸做人了。我跟你是有交情的是不是？——同窗还是同窗。朋友还是朋友。弟兄还是弟兄——以后我们还是同窗，以后我们还是朋友，以后我们还是弟兄——以后，我们还是要一道玩的是啵？”

吴天泽“啪”搁下毛笔，“哈”一声，手指到门口，闷声说道：“走，我现在忙得很。”说罢，吴天泽将庚子推出去；到了园子里，看见阿仲，招手说道：“阿仲，把他送出去！”说罢转身就走，回到自己书房“砰”一声关上门。

中午，吴天泽没有出来吃饭。明香在外面敲门喊了。里边回音道：“别来烦我！”明香转回去对太太说了。

“我来……”吴太太说着自己动手盛了碗米饭，用盘子装了荤菜、素菜，叫明香端了排骨汤，跟着一道去。

吴太太走到儿子书房门口，在外面喊道：“天泽，开门！妈妈今天给你烧了好吃的东西，是你欢喜吃的，给你补补……要的。你开门呢，妈烧的酱汁肉好吃得不得了。”书房里没有回应。吴太太叫明香敲门；敲了几下，突然听见里边猛一声吼道：“你们烦死我了！——我不吃！”

门死活不开。吴太太没想到自个儿会把弄好的饭菜再端回来，心里有点不舒服，脸沉下来不想说话。吴元厚一边劝说道：“有什么好生气的。刚才我不是跟你说了么，你看他忙得很，一门心思在画画，你们偏要去打扰他做什么？没有必要。”吴太太说：“再忙，饭总是要吃的。吃好了再忙。小赤佬也真是的！”吴元厚说：“没事儿，待会儿他肚子饿了，自己会出来吃的。”

吴太太一想，吃饭；吃到一半，把肚皮里的气转移到女儿身上，说：“天玉也是的，一个人出去，到现在不回来吃饭。……儿子女儿，全是白养的，叫人操心死了。”接着又说：“老爷，你也叫我操心！你呢吃饭、睡觉，每天也是要人到楼上去喊你……我看家里就阿延比较好，不让我操心。他乖乖巧巧的听话，每天比较正常，明香你说是不是？”明香“嗯”了一声，不敢接吴太太的话，生怕太太这会儿说话绕到自己头上。

午饭后，吴太太习惯上床睡一个钟点；吴元厚精神好，一般不休息，到楼上去画画。潘道延跟往常一样，放下饭碗，直接去自己书房画画。现在他有了单独一间，把门关起来，安静得很，一直要待到晚上开饭的时候才出来。阿仲、明香吃过饭以后各做各的事情。

明香跟着吴太太去了房间，听太太唠叨：“……你说家里人也不算少，一天到晚冷清得很。天玉回来，才稍微有点热闹……”明香服侍吴太太上床，一边说道：“小姐从来没有一个人到城里去过，到现在还没回来，不会有什么事吧？”

“看你的嘴巴，乱说。”吴太太道，“小姐她怎么会有事情？大白天的，到城里去买点东西，马上就要回来的，不会有事儿。你别看天玉平时活泼鲜跳，其实人蛮稳的……我养的女儿我晓得。天玉没事儿。这会儿我心里倒是有点担心天泽——他怎么回事儿？看样子他情绪好像有点不对？……写字画画，我晓得，也不至于到这个程度吧。不想吃饭，不去说他；只是有点怪了，好像是老避着我，躲着我似的……我有几次要跟他说话，你没看见他那个腔调，说他没工夫说话，也不想说话。昨天晚上在园子里我看见他，他就绕着走开了。是不是有点怪？我跟老爷说吧，老爷手一挥，说没事的。又说，画画有时候就是这个样子。老爷还说自个儿年纪轻的时候，有一阵子跟家里人也是这样的，没有话说，也不想跟人说话，一门心思用在画画上。我现在想想，也是的——我跟老爷结婚以后，记得也有过这样的情况。只是天泽有一点不像老爷——老爷那个时候啊，还是让我进他的画室看看他在画什么东西。而现在，天泽一个人一个画室了，他把门关起来连我也不让进去，你说是不是有点奇怪？”“哦对了，”明香突然想起来说道，“太太，今天上午阿仲领了一个人去了少爷书房，说是少爷的同窗。两人关起门来说了一会儿话；过一会儿出来了。少爷叫阿仲把那个人送出去。我在园子西边花房那头看见的，少爷板着脸，一副很不开心的样子。不晓得什么事儿。后来我问阿仲，他说不晓得，还说我多事儿，瞎问——”“哦？”吴太太眉头一皱道，“你现在去把阿仲叫来，我来问问他——”明香立马摆手说：“太太不要问了，回头阿仲要骂我的，要的。他肯定要说我在太太面前多嘴，没事找事儿。本来这个事情不关我的事儿，只是这会儿太太说起，我随着太太说说罢了。”

“不就是问一下么，没事的。阿仲要是说你骂你，我来说他骂他。”

“哎，我想起来了。”明香眼睛忽闪，岔开话题说，“太太，你欢喜小姐，还是欢喜少爷？”“我当然欢喜女儿喽。”吴太太微笑道：“……你看天玉长得多漂亮。她个子好，模样也好，像我年纪轻的时候……”明香“咯咯”笑道：“太太是在夸自个儿吧。”

“是啊，我年纪轻的时候就是好看。婆婆那个时候就是欢喜看我，说：‘你以后生个女儿，像你就好看了。’”“小姐是好看。”明香接口道，“人家说儿子一般像母亲，女儿像父亲。我说小姐的个子高像老爷，身材模样像太太；眼睛、鼻子、嘴巴，反正老爷和太太的优点都在小姐身上了。”

“是啊，我们家天玉现在是越来越好看了，漂亮哦。”

“哎，太太这会儿说起小姐，怎么不说少爷了？太太是不欢喜儿子，是欢喜女儿——”

“谁说的？”吴太太瞟了一眼墙上挂的照片，说，“我还是欢喜儿子。你看天泽那张照片，拍得多好，人神气得很，像老爷年轻时那个样子。其实啊，我欢喜儿子。只是天泽从小到大，操我的心哦。明香你都知道，老爷对这个儿子也是操心哦，从小烦到大。现在天泽大了，怕是不用烦了。想想也是的，这会儿他不想吃饭，有什么烦的？老爷刚才跟我说了，儿子一天不吃饭不要紧，要是一天不学好，那就要命了。”明香说：“我看老爷这几天心情特别好。阿仲也说了，好像很久没有看到老爷这么开心。老爷说话也比以前多了好多，昨天晚上在楼上还跟阿仲说什么诗啊词的；后来写了两幅字送给阿仲。老爷跟阿仲说，以后要是需要钱用的话，把这两幅字拿出去卖也可以。阿仲开心死了。今天吃了早饭就拿出来显给我看，说老爷的字是宝贝，现在值钱得很。我跟他说，那你过几天就拿出去卖给人家。太太，你晓得阿仲怎么说？他说现在是不会卖的。还说老爷的字以后还要值钱；过不了几年，说不定要翻好几个倍！”

吴太太一听，心里明镜似的，估摸着吴元厚这一手，是做给明香看的。那个意思差不多就是阿仲以后过日子，不用怕没有钱。吴太太恨不得说“老爷现在明摆着传个音头给我”，看来吴元厚是存心变戏法跟自己唱对台戏，想把明香许配给阿仲，而自己心里还想着明香跟阿延呢。

这么一想，吴太太心里有点窝火了，因此说道：“明香，你去吧，我先睡一会儿。待会儿起来，我有话要跟老爷讲，趁老爷这几天心情好的时候，跟他好好地说一下。家里的有些事情，他也不来跟我商量，嘴巴一松，一路照着他的意思办，那就不好办了。”明香听了一怔，不晓得吴太太这话里是什么意思，心里猜想太太可能有点计较；不就是送了两幅字给阿仲么？一想，今天自己多嘴，说闲话把这个事儿说出来了。阿仲知道了肯定要骂，活见鬼。回头又想没事儿，阿仲也没关照她不说，自个儿多心了。

这天下午一点过后，吴天玉乘马车回到家里。

下了车，吴天玉一看，后面跟着一辆马车停下来；那车上下来一个男人，找上门来。吴天玉走到家门口敲门，只听那个男人咳了一声：“请问，吴先生住在这里是吧？”吴天玉一听，一个转身立在门口，眼瞅着这个陌生男人，四十几岁的样子，身穿长衫马褂，头发梳理得油光亮，心里想这个人大概是上门来买字画的，因此客气说道：“是的。先生是找我父亲？您是——”

“鄙人姓纪，是吴先生的朋友。”纪学览说着，双手递上名片，“我今儿来找吴公子，哦，找吴先生——”

“啊？”吴天玉一愣，随即微笑问道，“先生，你是找我哥哥呢，还是找我父亲？”

“哦，小姐是吴先生的千金，久仰久仰！”

“呵，”吴天玉心里想这个人怪里怪气的，一笑说道，“先生找我父亲，我父亲在。要是找我哥哥，他在不在，我刚回来，不晓得。我进去看一下，请先生稍等。”说罢，见阿仲出来开门，便一闪进门。

“小姐等一下，”纪学览眼睛一闪，跟着进来说道，“我不用找你哥哥。小姐进去，只管请家里当家的出来，我跟他说话，有要紧的事情。”吴天玉一听，觉得这个人奇怪得很，说话也跟着奇怪；印象里从来没有见过这种人，一会儿说找吴天泽吴先生，一会

儿又说找家里当家的，到底找谁呀？这么想着，一转脸对阿仲说："仲叔，有人找你。"说罢，便径直朝屋里边去。

阿仲出面跟客人说话，一问什么事情？感觉此人没什么屁事儿，只说是有几句话要跟少爷说一下，便挡住他，说："我家少爷这几天忙得很，不见人。先生有什么话跟我说，回头我进去传一下就是了。"

阿仲知道如今少爷大了，少爷的同窗、朋友、客人来，也不该挡了。照着府里的规矩，进去通报一声，准了就把客人领进去。这会儿阿仲不这么做，因为少爷刚才从书房出来碰见他，说了上午不该把那个叫庚子的狗东西直接领进来。阿仲心里想着以后要注意了，从现在开始，没什么屁事的人来，先挡在门外。

纪学览一看吴家出来这么一个人，管家不像管家，用人不像用人，把客人挡在门外，心里想忒不像话了，还不让直接进去见那个狗屎不如的吴家少爷，妈的什么东西，我又不是来跟你们做生意，求你个屌啊！老子今天来讨债的，不是来给你做孙子的。纪学览一来气，说话就没个好腔调了，脸一绷冲阿仲说道："我说你是吴家什么人哪，大管家是不是？别跟我摆什么架子。告诉你，我今儿来兹事体大，吴公子欠着我一大笔钱呢。……他妈的，他跟我讲好了还钱的日期是今天，他今天怎么了？讲好了不来还钱——他不来，我来了。我来拿了。"纪学览说着，从口袋里把字据拿出来，送到阿仲鼻子底下，手指着说道："瞅瞅，这个数字你给我看清楚了，你做得了主吗？——把我挡在门口，挡个屁啊，给我把大门让开，让我现在进去——我们进去说话。"

阿仲方才眼睛一瞄，已经变了脸色，因此说道："这个事情我做不了主。先生有话好好说，你等着，我进去跟老爷说——你在园子里等一会儿。"说罢，将手一让，请客人在园子里等，随即关上门，奔屋里去。

纪学览这才扬眉吐气，晃悠着看吴家园子，一眼扫过去，"哇"了一声，心里想什么叫有钱？你看了这眼前吴家的这个园子，那才叫真的有钱。都说城里做生意的有钱，屁！暗地里头有钱的是这里。门不大，进来一看，还得了？里边这么大一个园子，不是园林么？那房子、那假山、那池塘、那树——那两棵上了几百年岁数的老树，要值多少银子？纪学览眼睛闪亮了一会儿，便倏然黯淡下来一阵唏嘘，心里后悔不已，嘴巴里骂道："失娘的！那天，怎么不多借点银子给吴公子赌？叫他狗日的输了多好？把这吴家园子顶了债，那不是，就是天上掉下个月亮么，我操！这天下，还有哪个大洋比月亮大？"纪学览一拍脑袋，嘴巴里咕噜道："我是真的傻，一点不假。"他想自个儿平时精明得很，却糊涂一时，到命运的节骨眼上，居然死抠着钱不借给那个赌红了眼睛的吴公子——他喃喃自语道："……要是我那天不谨慎，不在乎，不想着回头请示少东家朱红，今儿是个什么局面？那是进来手一挥，说一句：这园子归我了。那是什么感觉？一辈子受用不说，咱子孙后代也跟着体面哪！哎呀呀，要是不想住这个园子，想着把它变成现大洋，要多少？不知道。只知道这园子的价钱，你妈的闭着眼睛喊吧，见了买主往死里喊，喊到天价怎么着？别嫌贵，多一句废话，不卖给你。”纪学览仰天“也”了一声，右拳猛击一下另一个巴掌，牙齿咬紧了骂自己：“我他妈的真是鸡窝里的笨蛋，河边码头上洗衣服的棒槌，马路边上的狗屎，吃豆子妈的吃多了，小屁三眼没出息，放着机会当流水，一把失策十年恨！”

就在纪学览在园子里吃后悔药的时候，阿仲到楼上画室里跟吴元厚说了外面有人急着要见老爷。阿仲不敢说实情，只说来的客人指定要见到老爷说话，说是有非常要紧的事情。吴元厚最烦自个儿画到兴头上有人来打搅，随口问道：“谁啊？”阿仲回道：“不认得。”吴元厚手里不停画画，一边问道：“什么事啊？”

“不不晓得……”阿仲心里一慌，说话也跟着抖了。吴元厚抬头一看，随将毛笔往笔架上一搁，盯着阿仲看：“什么事儿？看你紧张的样子。”阿仲嘴巴翕动了几下，眼睛直愣愣地看着吴元厚；看了一会儿，嗫嚅道：“老爷，是不是先叫那个人进来，到客厅等着，老爷过一会儿下来？”

“不用了。”吴元厚援笔濡墨继续作画，一边说道，“你去，带那个人到楼上来，到这里说话。这会儿我不想歇手到楼下去。哎，对了，顺便问一下那个人是做什么的？要是来叫我看什么字画的，说什么废话的，你就打发他走。”

这时候纪学览正在园子里摸那两棵老树的皱皮疙瘩，仰着脖子看树梢，一转眼，看见那个仲叔来了，纪学览嘴巴一龇道：“怎么样？”

“先生请。”阿仲面无表情，将手一让，领他进去见这个园子的主人，大名鼎鼎的吴元厚——吴老爷。

寻访笔记 21

这天跟吴有箴先生吃酒，听他说起吴天泽年纪轻的时候有一阵子跟人家赌。

我觉着有点不可思议。一般说来，官宦人家、商家富豪子弟，还有穷光蛋比较容易涉及赌。吴天泽出身于吴门书画世家，传统笔墨书香与“赌”字似乎相去甚远。

“他怎么会呢？”我问吴有箴先生。

“怎么不会？”吴有箴先生说，“这个跟家庭出身没有绝对关系，跟一个人的本性有关系。一个人要学好，好比爬泰山从山脚下往山顶上爬，一路上去吃力得很；下山就显得轻松多了。人学一点好，说不定要一辈子；学一点坏就一夜之间。”

“他就是这么一回事儿。”吴有箴先生说。

第二十一章

能够一脚踏进吴元厚画室，是纪学览没有想到的一件事儿，也是他后来逢人经常挂在嘴巴上炫耀吹牛皮的一件事儿。

听他的说法，朱红过去到吴府拜访是“登堂”，而他则是“入室”了。

这个有区别：前者是面子；后者是面子、里子全有了。那个时候在市面上做字画生意的商人，就说哪个字号门面的生意做得再大，老板做得再牛，也没人踏进过吴元厚画室。那些到吴元厚家里请教的，求字画的，最多走到吴家客厅。能够上楼到吴元厚画室里看一眼，坐一会儿，那是社会上很有身份的人。光有身份还不行，还要有交情，有感情。这一点纪学览在道上混久了听说过；他还听道上的老前辈说过，吴家收藏可观，历代有名头的字画数量最多，其次是明清两朝的家具，接着便是官窑瓷器。吴元厚的父亲吴绍庭用的画桌、椅子、书架是明朝的东西。吴元厚传他老头子代，手里有钱也欢喜寻觅前朝老东西。他用的笔洗就是雍正年代官窑里的东西，稀罕得很。纪学览做这一行见过的老货不算少了，进了吴元厚画室，还是大开眼界。眼瞅着墙上挂的“元四家”倪云林，“明四家”唐寅的字画，桌上的斗彩笔洗，纪学览眼红眼热得很，心里想以后有机会，便教吴公子把这个家输个干净两茫茫！

吴天玉先前进了屋子，直接去吴天泽书房。

吴天玉敲门，吴天泽不开门，便接着敲门，一边说道：“哥，外面有个姓纪的人来找你！”里边没有回应。吴天玉再敲门，又说了一遍，这时候听见里边“啪啦”一声什么东西掉在地上。

一会儿只见吴天泽把门打开一条缝，露出一半脸，神情慌里慌张地问了那个人的摸样，“哈”一声道：“我忙得很，不见！”随即把门关上。吴天玉一怔，也不想多问，转身就走。

纪学览一脚踏进吴元厚画室的时候，吴天泽正闷在自己书房里发呆。吴天玉一走，他神情恍惚，脸色煞白瘫坐在椅子上，眼珠子翻上去一动也不动，嘴巴朝天翕动，好像鱼儿浮在水面上呼吸氧气……就这样怔了一会儿，突然“哈”一声从椅子上跳起来蹿到书房门口，抬起脚猛一脚踹门；一拍脑袋想起来，这个门是往里边开的——急着把

门打开，跑了出去。

吴天泽在外头赌钱，欠了一屁股债，数目忒大了。债主找上门来，白纸黑字放在吴元厚画桌上。吴元厚一下子气得折断毛笔，两只手疯了似的把桌上刚画到一半的山水画抓起来撕掉了。大概是气昏了头，花了眼睛，吴元厚接下来一把抓起桌上的笔洗，举起来就要往地上掼，——幸亏阿仲刚才看老爷撕画的当口靠近了过去想阻拦，眼瞅着老爷要摔那个笔洗，一刹那间双手扑上去，救了老爷手上的那个官窑瓷器。这时候纪学览站在一边惊呆了，张开两只手，看着吴元厚头上、身上滴下来的水，倒吸一口冷气，吁出来说道："喔，这个东西传世的宝贝哦，要是摔破了作孽！"纪学览这会儿颇有历史感，心里想这个东西，是个东西，往后半个世纪以后便是特吗的天价！

阿仲赶紧把那笔洗放到靠墙书架空当里头，回头找了一条毛巾给老爷擦脸上头上的水。吴元厚手一摆挡开阿仲递上来的毛巾，自个儿撕了半张宣纸擦了手上的水。看吴元厚一屁股坐下来，牙齿咬紧了不说话，纪学览清了一下嗓子，开口说道："……我说，要是吴先生家里一时拿不出那么多现大洋，家里的字画也是可以拿来抵的。——要不，刚才吴先生要摔的那个笔洗也行啊，现在给我，不就结了？"

吴元厚头转过来，眼睛定定地看着纪学览——看了一会儿，身子仰了仰，干咳一声，闷闷地吐出两个字："送客。"阿仲一听，立马上去将手一让，眼睛一斜看着纪学览，下巴一抬，说："走吧。"纪学览嘴巴一呲，"也"一声微笑，掸了一下衣服袖口，脑袋一偏看着阿仲，说道："哎，这钱，是不是不给了？哦，是不想给了。——恐怕，没这个道理吧。"纪学览说着，转身到桌边上拿起那张字据，眼睛一瞟，面对着吴元厚，手指头指着字据，似笑非笑说道："自古借债还债，天经地义。吴先生，您不能坐在家里头凭着身份压我，不还钱吧？"纪学览顿了一下，一想接着说道："哦，不想还，也可以。跟我到城里走一趟，寻个讲道理的地方……如果说，那个讲道理的地方说，这个钱不还。那我就趴下，听那个讲道理的人一句话，我立马把牙齿打掉往肚皮里咽，不说一句屁话。吴先生是社会上有头有脸的人物，名气大得很，受人尊敬。您不至于跟鄙人来一个我不理你吧？"

吴元厚瞟了纪学览一眼，一手撑在画桌上，揉了一会儿眼睛，额头，深深吸了一口气，吐出一个字："还。"然后转脸对阿仲说："送客。"阿仲头一点，面孔一拉，开始对这位客人有点不客气了，手一挥，说："走吧！"话音一落，就推纪学览往外面走。

"不要推，"纪学览一个转身回头道，"我自个儿会走——马上走。不过走之前，也要把话说清楚了，要说个时间，什么时候还？"阿仲冷笑一声道："你说呢？"纪学览眼睛一斜，说："你是用人，我不跟你说。我跟吴先生说，——吴先生您这会儿不想说话也好，我来说，——我纪某人好说话，不为难人。我来说个时间，吴先生要是同意，我马上走。要是有难度，吴先生说一句话，我也是好商量的。请吴先生说个时间。吴先生不说？我来说——"

“说。”

“也，既然吴先生要我说，我就说，——再放宽两天；今天算一天。还有明天一天。到了后天上午，还钱。我过来拿，怎么样？”

吴元厚一直听得很专注，脸色愈来愈阴沉，铁青的脸绷得紧紧的，好像挂了一层神圣不可侵犯的严霜。纪学览说罢低头若无其事地活动一下手指，间或抬头瞟一眼画室里的摆设，嘴巴翕动，也不言语，等待吴元厚回音。

吴元厚轻蔑地吊了一下嘴角，眼睛透出犀利的光，扫了纪学览一眼，一转脸舔了舔嘴唇，随即咬紧牙根“呼——呼——呼——”胸口一起一伏喘气，像拉风箱似的。一会儿只见他闭上眼睛，长长地吁出一口气，点头“嗯”了一声，手背朝纪学览一挥：“走吧。”

“好，”纪学览龇牙咧嘴一笑，瞟了阿仲一眼，说，“吴先生点头了。我一句废话不说了。走，再会。”说罢，转身走出吴元厚画室——回头一看阿仲跟在屁股后面，纪学览突然停住脚步，阴着脸把阿仲从头看到脚，“也”一声说：“府上的人叫你什么来着？哦，仲叔。——哎，仲叔留步，不劳你仲叔送了。我知道怎么下楼梯，我也晓得怎么走出去。”

送走纪学览，阿仲转身回到楼上。吴元厚双手按在画桌上，猛一抬头见阿仲进来，揉了一下眼睛，说：“阿仲，去把天泽喊到楼上来。”

阿仲去了一会儿，回上来说：“少爷不在家里。明香说她看见少爷刚才跑出去了。”吴元厚一听，脸色惨白，耷下头坐在椅子上沉默不语。

阿仲悄悄地退出去；走到楼梯口，见太太上楼——吴太太问道：“阿仲，是不是有人来过？什么事儿？”阿仲急着往楼下走，示意跟太太到楼下去说。

到了客厅里，阿仲把刚才发生的事情跟吴太太说了个大概。吴太太听了，眼前一黑，昏倒在地上。

这时候吴天泽一个人坐在马车上直奔城里。

马车奔到半路上，吴天泽才想起来，自己口袋里空空如也，要一分钱玩玩也没有——想回头——是不可能的。

真的一分钱没有，心里也不急了。他想了一会儿打定主意，到了城里，叫车夫直接把他送到庚子家门口。

庚子原先读书的时候住在惟亭；自从他父亲生肺病去世以后，他跟母亲搬回到苏州城里原来的老房子住。

车到了庚子家门口，吴天泽下来，拍拍屁股对车夫说：“喂，你等着，我进去拿点东西马上就出来——还坐你的车；今天下午把你的车包了，别走开。”说着，悠然地掸了一下衣服下摆，抬头瞟了一眼门牌，便转身往门里边去。那个车夫起先听了一怔，

随即一口答应；这会儿眼瞅着这个公子哥儿模样的人一头走进这么一个破旧的老屋门档子，他起了一点疑心。但是一想，不要紧，这排老房子背后是一条河，人进去了后面是跑不了的。

一问庚子他娘，庚子在家，吴天泽"哈"一声走进屋里。

庚子在里屋听到吴天泽声音，吃了一惊；见他进来，庚子忙站起来嬉皮笑脸道："喔唷，吴天泽，你今天怎么来了？教我想死你了。"吴天泽一哂，上去拍了一下庚子肩膀，然后一屁股坐下来，说道："我现在肚皮饿死了。先给我弄点吃的过来——""好，"庚子立马回道，"吴天泽，我就是欢喜像你这样的朋友。你就是你，角别得很，跟其他人就是不一样。比如说，你到我家里来，不跟我说一句废话，也不跟我来虚了虚的。你现在肚皮饿了要吃饭是吧？那就吃！"

"蛮好，"吴天泽咽了一口口水，一笑，一边抚摸肚皮，说，"快，家里有什么吃的？先给我垫垫肚皮，再跟你说话——"

"哎，吴天泽，"庚子似乎有点意外，头一歪，眼瞅着吴天泽，说，"在我家里吃？"

"是。"

"哎呀，"庚子拍了一下大腿道，"你——你怎么不早点来呢。"

"怎么了？"

"唏，"庚子一副似笑非笑的面孔，"中饭早就吃过了。现在这个时辰我家里有什么吃的？你看一下时间，这会儿还有什么吃的？没有了，全吃光了。要么晚上烧饭吃；要么你现在跑到外头去吃……外头小店里，有什么吃什么，——你自己看。"说罢，若无其事立起来倒了一杯白开水，往吴天泽面前一放。吴天泽和庚子对视了一眼，推开杯子，瞟了门外一眼，嘴巴一努说："庚子你出去，把外面那个车夫的钱给了，就算你请我的——"

"啊？"庚子嘴巴一张，"哇，你来的车钱还要我来给啊？"看吴天泽突然变了脸色，庚子立马说："好好好，我来就我来……我说过么，我们同窗还是同窗。我们朋友还是朋友。以后我们还是同窗，以后我们还是朋友——这不，我是很够朋友的……你吴天泽到时候就是用得着我，是吧？嘿嘿……"

"嘿你个屁，"吴天泽立起来走到庚子面前，手指头指着庚子鼻子，皱紧眉头，眼睛凶狠说道，"我操你个庚子，跟我说了一通废话！你赶快给我出去，给人家车夫钱。要不，我揍你！去——！"庚子一怔，随即哈腰转身出去。

在正门外面等候的那个车夫，等得急了，便寻进去；回头又不放心停在外头的车，他到里头张了张就跑了出来——见庚子出来，上前问道："哎，刚才进去的那个少爷是住在这里头吧？他怎么不出来付车钱？还有我这个车他现在还要不要接着用啊？谢谢你帮我进去问一下那个少爷——"

"少爷？哼，"庚子眼睛一斜看了车夫一眼，向前跨了一步，说道，"谁是少爷？你是说刚才进去的那个小子？呸，什么狗屁少爷！是讨饭的，叫化子。我才是少爷。车钱是多少？给你——不用找钱——走吧！”

看庚子嗒然若丧回进来，吴天泽干笑一声，嘴巴一撇说：“钱给了？”

“给了。”庚子身子向前一倾，伸出两个手指头，换了一副嬉皮笑脸，“怎么样，爽气吧，够意思吧，够朋友吧。”吴天泽面无表情，将庚子从头看到脚，突然“哈”一声道：“还行。”

“不是还行——是行得很。”

“行，可以。”

“不是可以——而是可以得很。”

“好了，庚子。”吴天泽立起身来，上前一把将庚子摁到凳子上坐，凑近他脸，说道，“你行得很，也可以得很。我现在可以跟你说话了。我今天来，没别的事儿，就一个事儿要你帮个忙，行不行？”

“什么破事儿？”

“说出来，有点不好意思。”

“吴天泽，见外了不是？我庚子，你晓得，爽气得很。你的事儿就是我庚子的事儿——你吴天泽只要放一句话，我风里雨里跟着你，帮你忙，哪怕我跟你艰难跋涉在沙漠里，我马上要饿死了渴死了，那最后半个馒头最后一口水，我也让给你吴天泽吃。这就是帮你帮到根上，才是够他妈的意思，你说是不是？”

“好，庚子，我今天跟你开口……”

庚子一听吴天泽要借钱，马上立起身来，摇头摆手说：“哎，吴天泽，问我借钱，我没有。除了这个事儿，其他什么事情都行，都可以——比如说，你要叫我帮个忙，去把那个唐小姐喊出来，我立马去，不说一句废话。再有，比如说你跟外面哪个人有仇，叫我一声，我立马帮你一道去教训他——再比如说——”

“操你个庚子，”吴天泽面孔一拉，抬手拉起来一个头皮掴上去，“你不借就不借，跟我虚了虚的说什么屁话。我不问你借了。你别虚。过来，给我坐下！你说了那么多废话，没用。我现在就叫你帮我一个忙，把韩进给我约出来，我跟他说，马上！”

“好，”庚子眼睛一闪道，“我来帮你约。哎，要不要把我表哥银子也约出来玩一会儿？要不三缺一，不好玩。”

“去你的，”吴天泽回道，“我现在坐在你家里等你——你去，帮我把韩进约出来就没你的事了。”说罢，吴天泽将一杯白开水一口气喝下去。

“苦啊，”庚子尴尬一笑，立起身来活络了一下头颈，头一歪道，“哎呀，吴天泽，你这不是难死我了么，我现在到哪里去寻他？他住在哪里我不晓得，你叫我怎么去喊？再说了，大白天他怎么会待在家里？——你问我怎么待在家里；我是我，我又不是韩进。人家韩进二少爷有钱得很。我口袋瘪塌塌的，只好待在家里睡觉，我哪里都不想去。哎，吴天泽，你还是问韩进借……你问银子借，借不到。我那个表哥小气得很。那天我想买一双皮鞋，钱不够，我问他借点钱凑凑给我买，他就是捂住口袋一分钱都不肯借给我，怕我不还他似的。还表哥呢，表什么表？一代表，三代了。我看他是人家的一块手表。我是看穿他的。我这个表哥要你相信，狗眼乌子看人头，石头往山里背……人家韩进有钱，他就跟着拍韩进马屁，一天到晚请韩进又是吃又是玩的……暗地里还帮他找了一个小女子……是我看见的，不是瞎讲。我告诉你吴天泽，你今天就问韩进借，不怕他不借。他要是不肯借的话，你就提醒他一下，说你晓得他在外面做的什么好事儿，他心里就虚了。只要他一虚，你就乘虚而入……"

"庚子，你有完没完？"吴天泽眉头一跳，有点不耐烦，说道，"我叫你现在马上去找韩进，你磨磨蹭蹭地没完没了跟我说废话，有什么用？还是想想到哪里去找韩进，他在哪里？"

"哎，对了，吴天泽，"庚子眼睛骨碌一转，"我想起来了，要么我现在去纪老板店里看看？说不定韩进在那里？"说罢，一脸坏笑，拔脚就走。

庚子出去以后，吴天泽倒在庚子床上躺了一会儿，心里想着庚子约韩进，韩进不来？或者是他来了，但是跟他开口借钱，他不肯借，怎么办？

那就一点办法也没有了。吴天泽一闪念想到朱红；一想，觉着没理由叫朱红借钱给自己翻本，更没脸面叫朱红帮自己堵一个很大的窟窿。吴天泽躺在床上等到天黑，庚子总算回来了。

庚子一进来就说："韩进答应跟你碰头，他约的地方是阊门石码头。你现在就过去，估计他马上就到。你先到那里等他，不要让他等你。他跟我说了，他不愿意等人。要是他先到，不见你人影，他立马走。"吴天泽一听，骨碌从床上爬起来，一副心事重重的样子，也顾不上和庚子说话，快步走了出去。

这时候阊门石码头夜市热闹得很。吴天泽到了那里，立在一个显眼处，等了一会儿，看韩进来了，忙迎上去"哈"一声，说道："韩进，我跟你碰头不说废话——我肚皮饿了一天，我们先吃东西然后说话——我现在饿得前胸贴后背，等不及了。""哎，你怎么不吃点东西？"韩进扫了一眼夜市，嘴巴一努道："你看看，这边上吃的东西多的是，你怎么不吃？"吴天泽脸上抽搐了一下，似笑非笑回道："口袋里空空如也。"

"不至于吧。"

"有点至于。"吴天泽"哈"一声，一脸尴尬，随即避开韩进眼睛，一转脸看河面上的船；只听韩进一笑说道："吴公子，你是不是跟我寻开心？"吴天泽头一转，说："我现在没有胃口寻开心。肚皮饿得很，吃了东西再说。""好，"韩进眼睛一瞟，"那就先吃，你去吃。我到那边去溜一圈，等你——"

"你，不吃啊？"吴天泽喉结一动，肚子里头咕咕叫；韩进回头说道："你去吃。我吃过了。"吴天泽"我操"一声，说道："韩进，我刚才说的话你没听见啊？"吴天泽顿了一下，接着说道：“我兜里有钱，早就买了吃了，还跟你说什么废话。”“真的假的？”韩进眼睛一闪问道。

吴天泽一听，随即把两只手伸进自己口袋，掏了两只空手出来，伸到韩进面前，一哂道：“你不相信我？这会儿肚皮里饿得发慌发急，还有心思说这些屁话来骗你？你当我什么人？说假话，是骗子，想骗你一顿饭？告诉你韩进，我今天出来的时候走得急了点，忘了拿钱。否则我哪里会这样。我说你韩进好坏也是个有料的人，看得起你，我才约你过来一道吃个饭，说说话。要是看不起你，我吃饱了要跑到这里来跟你碰头。哈！”

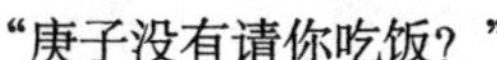

“庚子没有请你吃饭？”

“庚子？……庚子我操！”

韩进盯着吴天泽看了一会儿，轻咳一声说道：“我相信你吴公子。”说着，一把推吴天泽走，一边说道：“那边有个馆子我晓得，我请你吃饭……现在我要问一下，吴公子，你今天晚上约我出来，不会是单叫我请你吃饭吧？”

“一半是——”

“还有一半呢？”

“吃了再说——”

“现在你坐下来吃了，可以说了。”

“哦，还有一半，”吴天泽噎了一口，“怎么说呢，——说就说，省得你心神不定；除了吃一半，还有一半是问你借钱——”

“哦，晓得了。”韩进拍了一下桌子，眼睛一斜回道，“吴公子你吃吧，我还有事情，先走了。”“等等，”吴天泽放下饭碗，“刷”立起来一把拉住韩进，随即把他摁到凳子上，“哈”一声说道，“韩进，你这个人还是不够意思。前些日子你赢了我那么多钱，现在放一点出来不肯吗？何况是，我这是跟你借，要还的。你是怕我不还？虚了是不是？再说了，你口袋里头赢来的钱，本来就是我的。我要是身上有银子，绝对跟你不一样，绝对不是你这个鸟样。”

“吴公子说这样的鸟话我不要听——”韩进冷笑一声道，“你前些日子是输钱了。不错，我赢钱了。有输有赢，这来来去去的，好比下了雨出太阳，霉了今天，说不定好了明天。你过去没听人家说过吗？这白天有太阳，夜里有月亮。我说你吴公子，今天实在是没有一点道理跟我韩进说鸟话。再多说一句，我拍屁股走，把你一个人丢在这里，看你怎么走出去——”

“别，”吴天泽立马拉住韩进胳膊，嬉道：“你韩进大哥不是这样的人，你好意思走啊？你走了，这里吃饭的钱我怎么结账？”

“我哪里做得出来？”韩进一笑，“跟你开个玩笑罢了。你慢慢吃，有话慢慢说。我今天晚上既然出来了，就心甘情愿陪陪你吴公子，免得你以后人前人后说我韩进狗屁，不够意思。其实，我是很够意思的。时间长了，你吴公子就晓得我这个人很够意思。比如说现在，我就在琢磨着给你想个办法。”

韩进说到这里打住，眼睛里看吴天泽是嫩头，根本不是自己对手——就等着吴天泽急吼吼地说了“想什么办法？”便接着说道：“哎，吴公子不要急，有的是办法。我帮你出个主意——要是你真的想借银子，有个地方可以借给你。”

“你说哪里？问谁借？”

“到博古斋去，问纪老板借。”

“那不行，”吴天泽立马摇头摆手，说，“不不不，我跟纪老板前面的账还没了呢，怎么可以再去问他借？”

“这你就不懂了。”韩进说，“俗话讲，借熟，不借生。跟你这么说吧，你前些日子借了纪老板这么多钱，他现在怕你，不是你怕他。你换个脑子想想，纪老板现在只有再借钱给你，他才有机会把以前借给你的钱收回来。道理蛮简单，你借到钱可以翻本。翻不了本，死掉。你死了，他一分钱也拿不到，他什么也拿不到。这不是说笑话。他心里真的怕你死。所以你赶紧去问他借，就跟他说，我要借活命的钱，翻本的钱。不怕他不借。”吴天泽听了，“哈”一声道：“韩进，韩大哥，你这是自说自话。纪老板要是不肯借，怎么办？”

“他肯定借给你。”

“要是他死活不借呢？”

“不借？好办得很，那就死给他看……他就虚了。一定借给你。”

“韩大哥陪我一道去？”

“——可以。”

两人在老阊门坐上黄包车，沿古城西中市向东，到护龙街右转奔南面，一会儿工夫便到了老街博古斋。这时候博古斋准备打烊，伙计们上塞板门。

纪学览正在店堂里用放大镜看一件瓷器，见吴天泽一脚踏进来，忙立起身来迎上去，满脸堆笑说：“哎咿呀，这个时候是什么风把我们吴大公子吹到本小店来的？莫非是老天爷长眼，非要我纪某人今天晚上鸿运高照不可？吴大公子这个时候光临，有说法了，这叫‘夜来香’！”说罢，脸上的眉毛胡子都在笑，一转脸吆喝：“伙计！给吴公子上茶！”随即将手一让，请吴天泽坐。

吴天泽坐下来舔舔嘴唇干咳一声，瞟了一眼一道进来的韩进，只见韩进走到一边去看东西了，背对着自己；吴天泽沉吟一会儿说道：“纪老板，现在这里没有外人，我跟你说个事儿——”

“说——”纪学览眼睛贼亮，身子往前一倾，头几乎凑到吴天泽面前，“吴公子，有什么事儿只管讲——”

“纪老板，”吴天泽眼睛盯着纪学览眼睛看，嘴巴翕动了一会儿，突然清一下嗓子说道：“我是来问你借钱的。”说罢，使劲儿咬住牙根，不再言语。

“可以。”纪学览仰了仰身子，龇牙一笑，心里想，“这个棒槌又来了。这是你自个儿寻上门来的，不是我把你拽过来的。这一回我要出手了，别怪我老纪吃你！”因此问道：“吴公子这回要多少？”

“这个数，行不行？”吴天泽眉头一跳，伸出三个手指头。

“三百个大洋？行。”纪学览抚摸下巴，一口答应道，“什么时候要？”

“现在。”

“那不行。”纪学览“也”一声，觑了吴天泽一眼，“我说吴公子，现在恐怕不行……这样吧，我答应你明天下午——你明天下午过来拿钱——别说三百个大洋，三千个大洋，你吴公子要多少借多少。但是现在不行，今天晚上不行。”

“今天晚上非借不可。”吴天泽手按住桌子，立起身来说，“要不然，我就在你店里死给你看——”“哎，吴公子，”纪学览干笑一声，“怎么说这个话？怎么了？寻我开心？开玩笑？”吴天泽“哈”一声道：“我现在，是在跟你纪老板开玩笑吗？要是你纪老板今天晚上不把钱借给我，我没办法，我只有一条路只好死给你看，死在你店里，对不对？”“错，”纪学览“刷”立起来，嘴巴一撇，“吴公子你要死，请自便，立马出去我不拦你——”

“我现在怎么出去？”吴天泽一转脸，瞟了韩进一眼，好像询问似的。韩进只当没看见吴天泽，坐在一边觑着眼睛，翻阅一本书画册页。吴天泽咳嗽道：“我不出去，在这里死，死给你看。你博古斋纪老板，怕是脱不了干系。我死了，纪老板你一个大洋也拿不到，拿不到。我要死了，要的！”说罢，一个箭步到木架子操手拿起一只青花大瓷瓶举起来往自己脑袋上砸——纪学览眼睛一闪，霍地蹿上去拉住吴天泽手臂，猛一声说道：“我借！”吴天泽一听，嘴唇吊起来，睨视纪学览，两只手一松，“啪”一下那瓷瓶落地，八分四碎。纪学览眼看着地上的碎片顿时捶胸伤心道：“我的干爹哦，康熙年间的老东西也，你他妈的作孽！”吴天泽不屑一顾，“哈”一声道：“你干吗不早说呢。”

一看吴天泽拿到钱，韩进若无其事笃悠悠地踱到吴天泽身边，小声说：“怎么样，今天晚上我们几个玩玩？哦，我已经约了银子庚子，他们在里屋。”吴天泽一怔，立马回道：“不玩。我今天晚上还有事情。”说罢，拔脚就走。

吴天泽一走，纪学览一个转身猛然醒悟道：“操他妈的，我今天又做了一回棒槌。”眼睐着纪学览一面孔懊悔，韩进一笑说：“纪老板，钱借给吴公子，明天由他老头子来擦屁股——”

“不是这个意思。”纪学览“也”了一声，连连摇头不再言语。

吴天泽离开博古斋，坐黄包车直接去同春楼。

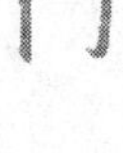

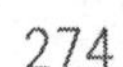

吴天泽到同春楼门口下车，盛宾如正好从同春楼里边出来；两个人迎面看了一眼。盛宾如今天晚上会了董碧韵小半个时辰，现在走了。

徐娘在前厅里，一眼看见上回来过的吴公子进来，便款步走过来，面带微笑轻声说道："吴公子今儿来是会董小姐吧？"

吴天泽稍一躬身，算是回礼，也算是回答。

徐娘颔首微笑道："好。"一转眼，招手阿奔过来，吩咐道："领吴公子到楼上去……"徐娘说罢略一欠身，看着吴天泽风度翩翩走上楼梯。

吴天泽这一回见到董碧韵，似故人相见恨别时，比头一回亲热了。

两情种先来诗文传递，坐在一起，靠近了说了些旧话；接着又把先前作的字画拿出来看，语言到情亦到，卿卿我我地进了一步。

董碧韵先前是出了名的，一直是卖艺不卖身，今晚不知怎的破例接受吴天泽将她相拥入怀；且说今晚女儿身甘愿倾身陪奉，是与朝思暮想的天下难得有情人入帐携云握雨……吴天泽胆大妄为进去了，一个瞬间脑子里回闪第一次到同春楼来的时候朱红在门口对他说的：曲径通幽，别有洞天……

……这当口，他只身入门，探幽一往深处去了。感觉道来如同行文：行到当行之处，止于不可不止。进进出出一会儿，逐渐走向顶峰；情到爆发时亢奋得直觉得天下山水如此美妙，云来雨去，日出日落眼前是一片霞光灿烂！这时候吴天泽晕了去，心头像点了彩的太湖洞庭山东山和西山，人在高处俯瞰眼下的吴中女子，那是天生的柔情似水……

完了说贴心话；董碧韵偎在吴天泽身边意犹未尽，情意绵绵问："天泽，读过《西厢记》没有？"吴天泽"哈"一声说："这本书以前在家里偷着读过。怎么了？"董碧韵接着问道："那本子里头，哪一折应了现在的你我？"

吴天泽摸摸脑门子，一时说不上来，伸手楼住董碧韵，一笑："哎，你说来听听——"董碧韵轻轻地推开吴天泽，说："元王实甫《西厢记》四本二折：'只着你夜去明来，倒有个天长地久，不争你握雨携云，常使提心在口。'"吴天泽听了，把董碧韵搂得紧紧的，喃喃自语道："我今晚住下。明天一大早出远门。"董碧韵感觉他突然反常，心里一怔，问道："天泽，是不是出了什么事情？"

吴天泽沉吟半天回道："这个事儿先别问，我跟你说别的……"两个人说了一宿，到拂晓前闭了一会儿眼睛。

天亮，两个人同时起床。吴天泽穿好衣服准备走，把钱拿出来。董碧韵脸一红，说："天泽不必给钱。"吴天泽一愣，说："这，恐怕不行。"

董碧韵眼睛烁然，一往情深凝视吴天泽眼睛，然后转过脸去，舒缓了一口气说道："天泽要是想表个心意，今天就写一幅字给我。"吴天泽一听，朗声道："笔墨伺候！"随即走到画桌前，取了宣纸铺开来，略一沉吟，落笔写道：

昨夜落难宿春楼，有劳知己伴含羞。

此去未知何日归，吴门道上不久留。

随着笔锋行书疾走，董碧韵轻轻念到最后一句；又重复念了。抬头问道："天泽，这最后一句怎么解释？"

吴天泽写好落款，"啪"扔掉毛笔，说："我是随便写的，随便怎样解释。"

寻访笔记 22

第一次见到银子的时候，他八十八岁。

在博古斋伙计里，银子是寿命最长的一个，他活到九十八岁。

银子，原名叫郭子银，老家在胥口。他十三岁跟纪学览学生意。纪学览顺口叫他“银子”，从此再也没有人叫他原来的名字。

我到吴地胥口寻问郭子银，没人知道。问银子，有这个人。

银子是我曾经见过的最健谈的老人，肚皮里好像有讲不完的故事。说从前，他兴奋得很，手舞足蹈想把他知道的全部告诉你。不过有一个条件，你要拿点“银子”出来，要不然他说个开头吊吊你胃口就不往下说了。

银子说纪学览好像没有踏进过吴元厚画室，那是不大可能的事。那年纪学览到吴家去讨债，走进吴家客厅是有的。吴元厚当时在客厅里听纪学览说了几句话就不理他了。吴元厚转身往楼上去，纪学览跟着要上去，被吴家阿仲挡住。后来纪学览跟外头人说他进了吴元厚画室，把吴元厚画室里的摆设说得跟真的一样，有不少人相信。

银子说纪学览吹这个牛，其实不要紧。要紧的是，纪学览确实到吴家去讨一笔数字很大的赌债；那天吴公子跑掉了。

第二十二章

吴太太心里郁闷得一点力气也没有；这天早上勉强从床上起来，只觉得头涨得厉害，浑身软绵绵的，好像骨架散了似的。明香进屋小心侍候，听太太咕了一句“到园子里透透空气”，便帮太太穿上外套，扶着她胳膊走出房间，往园子里去。这时候太阳已经升起来不露脸；飘云合而分离，天空一片灰白。只见一只大鸟儿在树上扑腾了几下，“呼”的一下朝园子外面飞去。

吴太太走到园子甬道上咳了几声；面对园子，心里茫然，眼睛黯淡没有精气神儿，就见得一夜过来，人也憔悴了很多，像生了一场大病。

明香看吴太太皱紧眉头想心事，也不言语；眼看着一会儿起风了，云头飘过来，把园子笼罩得一片灰暗。老天无趣得很，好像存心将一片愁云压得很低，把这儿的主人压得透不出气来。

“他人呢，啊？”

“少爷他——？”

“我问老爷，”吴太太心里憋着一口闷气，觑了明香一眼，“我不问少爷。我现在不问他，他有什么好问的？我问他做什么？他在外头做这种事情把老爷把我气死了，我现在还要问他？”吴太太顿了一下，喘口气接着说道：“去死吧，死了才好。人活专掉了！丢人。他不是人……人请他上轿他不上，鬼一拉他他就跑。跑掉拉倒，死掉拉倒！”明香不敢吭声，立在一边发懵；她从来没见过吴太太气得如此伤心透顶，说话如此恶狠狠。

吴太太一眼望过去，阿仲在池塘边喂鱼，转脸对明香说道：“你去把阿仲叫过来——”

明香头一点，转身往池塘那边去。

吴太太在甬道上来回走了几步，一阵咳嗽；停住脚步，看着园子发怔。抬头看天，天阴阳怪气的，看了教人心烦。一转脸看阿仲跟着明香来了，吴太太瞟了阿仲一眼，嘴巴翕动问阿仲，又像是喃喃自语道：“他人呢，啊？他夜里有没有回来？”吴太太神情恍惚，跟明香对视了一下，听阿仲回道：“没有。太太，昨天夜里我等到半夜里。少

爷没有回来。”

“今天一大清早他有没有回来，啊？”吴太太有气无力问道。

“不会吧，太太。今儿一大早，天蒙蒙亮我就起来了，到园子里，到园子门口，我看没有……”

“阿仲，你现在到少爷房间去看看，说不定他已经回来了。说不定他昨天半夜里爬墙头进来的。”

“不会吧？”阿仲脖子一转，扫了一眼围墙，“我们家墙头那么高，从外面爬不进来的——”

“谁说的？”吴太太斜睨了阿仲一眼，手一指，说道，“去看看，你现在过去看看。说不定你早上开门出去，在门外头张了张的时候，他趁你不注意从园子门口溜进来……回来了一会儿，又溜出去了？”

看阿仲眼睛眨发眨发，愣在那里，明香上去推了阿仲一下，嘴巴一努道：“太太叫你去看看，你就去看看。说不定呢？”阿仲答应一声，赶紧往屋里去。

“明香，他人呢，啊？”吴太太一转脸问道。

“老爷？哦，在楼上。”明香眼睛一闪回道。

“你说老爷在楼上？”吴太太眉头一皱，“他不是一早起来出去了吗？”吴太太眼神怪怪地盯着明香看，突然头一低连续咳嗽，身子向前一冲。明香马上扶住吴太太，用手轻抚她背心，一边说道：“太太到屋里去歇一会儿吧。昨天晚上一夜没睡好，今天一大早就起来，吃不消的……这会儿没什么事情，稍微吃点东西，睡觉。太太要么先到床上去？我去盛一碗粥端到房间里给太太吃——”

“不要。”吴太太一把抓住明香的手，明香这才感觉太太的手冰凉，方才出了不少虚汗，手心湿漉漉的。

“太太，”一会儿阿仲跑过来回话，“少爷没有回来。房间里没人，好像也没人动过——阿延书房里也去看过了。”吴太太一听，甩开明香手，说：“我到楼上去。明香，你去看看小姐起来了没有？”说着，转身往屋里边去。

明香跟进去，一边说道：“太太，先去吃点早饭。你昨天晚饭也没吃，这会儿要吃点东西的。”吴太太快步往楼上去，一边咕哝道：“气都气饱了，还要吃什么……”

这时候吴元厚在楼上画室里画图，听见夫人脚步声，他头也不抬，手上不停濡墨走笔。他神情好像也有点恍惚，手一抖，一朵儿浓墨滴在宣纸上；他眉头一皱，随即用毛笔上下一擦，须臾之间一块奇石跃然纸上。

吴太太走到画桌边上，眼瞅着吴元厚手里的毛笔离开宣纸的当口，一把摁住他手，说：“老爷这会儿还有心思画图啊，你也不想想儿子的事情？”吴太太一边说着，拉吴元厚坐下来，自己也就着画桌边上的凳子坐下来，接着说道：“儿子昨天一个夜里没有回来。这个，先不去说他；现在要命的是，明天人家就要来讨债，怎么办？”吴元厚立起来，援笔濡墨继续作画，一边说道："这种事情发生了，有什么办法。你一个夜里急到天亮也没有用。不去说他了。我现在不想说这个事儿，让我一个人安静点。"

"老爷看样子，心还是蛮定的嘛，所以还有心思跑到楼上来画图。"吴太太脸色煞白，两只手搁在桌上哆嗦，嘴唇也跟着哆嗦道，"可是我吃不消了。这会儿我心里堵得厉害，闷得要死，我要透不出气来了。老爷，这会儿你不要写字画画好不好？跟我说说话，这个儿子怎么办？明天人家到门上来怎么办？老爷，你不急啊？!"这时候吴元厚执笔之手微微颤抖；只见他一笔下去，枯笔皴出山石肌理，一边画一边摇头，沉吟半天，一句话也不说。

"总要想个办法呀，"吴太太脸上愁得好像外面的天已经塌下来，"明天人家要来讨债了，怎么个说法呢，这个事情要商量一下的，老爷！"

"跟谁商量？"

"老爷，我不是在跟你商量么。"

"没有什么好商量的。"吴元厚继续作画，一边说道，"昨天夜里，你不是跟我商量过了么。商量到公鸡叫了，天也亮了，也没商量出个结果。这会儿，还有什么好商量的？——你先下去睡觉休息，吃点东西到床上去睡觉，不去管他个屁事儿，随便他去。这个事情现在不去想他，再说吧。"

"老爷，我说你能不能把毛笔放下来，不要再画了好不好？"

"啊？你现在叫我把毛笔放下来不画，叫我做什么？哦，叫我坐下来跟着你气啊急啊商量啊，唉声叹气的，我不要死掉的啊？!"吴元厚继续作画，叹一口气接着说道，"这个事情我晓得了，再说吧。"吴太太听了"哼"一声回道："我现在跟你说你不说——你去再说吧，这个事情我不管了。儿子被你教育成现在这种样子，都是你。从小不好好教育，要么打啊要么罚的，一点方法也没有。现在好了吧，现在没有办法了吧？以后这个儿子不晓得会变成什么样子！'养不教，父之过'——全是你的责任。我早就说过了，这个儿子就是你管得不好，就是你的责任！你还说他，说他在外头不会轧坏道，不会学坏，你晓得？你晓得他不会学坏？现在他学坏了，不好收拾了吧？"

看吴元厚不接嘴，吴太太好像也没什么办法，"唉"了一声，呶呶不休继续说道："随便你，随便你！老爷现在不想跟我说话也罢。我不说了。这个儿子我不管了，省得我一天到晚头痛得要命不安逸。我不来问你了。我也不来跟你商量了。明天人家来，你去跟人家再说吧。等儿子回来，你去跟他再说吧！"吴太太说罢，立起来就走；突然转身回过来，一脚把刚才自己坐的凳子踹倒在地上。

明香在客厅里帮着阿仲摆放花草；阿仲一转眼，看吴太太板着脸气鼓恼恼从楼上下来回到客厅里，阿仲手一摆小声对明香说道："你别弄了，快点给太太弄点早饭过来，让太太吃点东西去歇一会儿。"明香搁下花盆就去。吴太太叫住明香，然后对阿仲说："你别走开，等一会儿，我有话要跟你们说。"接着问："阿延人呢？"随即对明香说

道：“你去喊阿延；先去看看小姐起来了没有？”

“小姐早就起来了。”明香站住脚步回道，“我刚才看见小姐吃了早饭往后院去了。这会儿大概正在阿延画室里跟阿延一道写字——我去喊。”

“叫小姐过来，把阿延也喊过来。”

“是，太太。”明香应了一声，赶紧往后院去。

这时候阿仲瞟了一眼墙上挂钟，转脸说道：“太太，我马上要出去。老爷昨天关照过，今儿上午要去魏师傅那里裱字画——”

“等一下！”吴太太干咳一声说道，“老爷裱字画这个事情不急。现在家里少爷的事情要紧！待会儿，我把事情跟你们几个交代了你再出去。”

“哦。”阿仲吓得应了一声，立在原地等候。

吴太太坐下来，手抚胸口喘气儿，头一转叫：“阿仲，给我弄杯茶；茶叶多一点，浓一点。”说罢，手按住额头合上眼睛。

自从潘道延有了单独一间画室，吴天玉每天早上吃过早饭要到潘道延那里去临字帖。这天早上吴天玉情绪不好，临了几个字就放下毛笔，说：“我心里烦得很，不想写了。阿延，你也不要写了，把笔放下来，我现在要问你话……”

潘道延好像没听见吴天玉在说话，他继续临唐寅的字。这是他每天早晨必须要做的功课，是他自己要做的作业，从不间断，否则他一天会六神无主，接下来不知道做什么好。

潘道延正伏案全神贯注临写；冷不防被吴天玉一把夺下毛笔，他头一抬，眼睛横起来嗔道：“你做什么啊！你烦不烦啊？！”吴天玉头一偏，撅嘴儿说道：“我在问你，你怎么不说话？”潘道延眼睛一眨，说道：“把毛笔给我。”一听吴天玉说“不给”，潘道延瞟了吴天玉一眼，重新从笔筒里拿一枝毛笔，头一耷，咕哝道：“明天早上你不要到这里来了。烦死掉了。我见你怕！”吴天玉“哼”一声将一张废纸头团起来扔到潘道延面前，说：“我又不是老虎会吃你。我是兔子，现在急了，咬你，我问你……”潘道延被吴天玉问得发急，面孔涨得通红，接下来说话突然比往常多起来：“天玉你现在问我，昨天也问我，问了好几遍了。我跟你说过了我真的不晓得。你怪我，我真是闷得说不出来。天泽他怎么会呢，把我扔到外头河里去，扔到一口井里去我也不相信，我不相信！”吴天玉盯着潘道延看，突然眼睛一闪，说道：“哎，阿延，我昨天晚上问你，你跟我说，过生日那天，天泽回到家里就给了你很多钱。——我昨天问你怎么回事儿？你就是不肯告诉我。现在我越想越不对，天泽一下子怎么会有那么多钱？你那天没有问他？他是怎么说的？——阿延，你不要一口一个我不晓得，好像不关你事儿，跟你不搭界。我就猜你晓得不说，你把话闷在心里，帮吴天泽保密，是不是？肯定是。你不肯说，你害他。”潘道延听了一怔，喃喃自语道：“怪我啊，怪我啊……”

“就怪你！”

潘道延吓了一跳，眼睛眨发眨发，只听吴天玉继续说道：“阿延，其实你晓得天泽在外面跟人家赌。要是你早些时候告诉我，我把天泽堵在家里，不就没事了吗？现在可好，闹出大事情了。你没看见我爹昨天气得要命？哦，对了，昨天夜里我到楼上去喊我爹睡觉，他还在画画；我看他脸色难看得不得了，画画的时候手一直在抖。阿延，你也晓得，我爹平常画画手从来不抖的。哦，还有，你晓得不晓得，我爹昨天夜里在楼上画室里待到什么时候？待到外面的公鸡叫了。”

“先生没睡觉？”潘道延怔了一下，问道。

“没有。”吴天玉头一摇，说道，“家里就你阿延一个人睡觉睡得香。你是只顾自己，不把家里的事情放在心上，自私得很。你这样对天泽，很不好。”潘道延“刷”立起来，眼睛直愣愣盯着吴天玉，嘴巴翕动咕哝道：“我对天泽，好得很。”这时候明香走到画室门外，听吴天玉继续说道：“你对天泽好什么？哦，你帮他把外面的事情瞒起来不跟家里说，不劝阻他乱来，好像他有什么事情跟你没关系，这叫对他好？这不叫好，这是坏，阿延你坏……”明香走在门口，一看吴天玉脸上生火，接着还要说下去，便小声说了一句：“小姐、阿延，太太现在叫你们过去——”只听潘道延大声说道：“吴天玉，你不要这样说我！”

“要的，”吴天玉上前一步道，“就是要说你。要不，你以后还会这样！”

“你凶，你说我……我不开心。”潘道延嗫嚅道。

吴天玉一转眼，对明香说“等一会儿”，接着冲潘道延说道：“我妈妈伤心死了。我也伤心死了。我这会儿难受，我想哭。人家都气死了，就你一个人心里还想着要开心。”吴天玉说罢转身就走。

看潘道延怔在那里不走，明香快步走过去推了他一下，说道：“阿延，我刚才说太太叫你跟小姐一道去，你耳朵聋啦，没听见啊?!”潘道延吓了一跳，转身跟着明香往客厅去。

“哦，你们来，我有话要说……”吴太太在客厅里把人叫齐了，开头就对潘道延说，“阿延，你今天不要写字画画了。今天帮着一道出去寻天泽。这个事情要紧得很。”

“到哪边去寻？”

“我也不晓得。”吴太太看潘道延眼睛眨发眨发，脸一沉，说道，“反正出去兜个大圈子，问问看，寻寻看……”

“太太，”明香瞟了潘道延一眼，说，“我跟阿延一道出去寻——”吴天玉一转脸打断道：“我跟阿延一道出去寻。你跟阿仲一道出去。”

“明香不出去，”吴太太手一摆，说道，“明香待在家里。要出去的话，就在附近，一会儿就回来。——天玉、阿延，你们先去吧。”

“太太，”阿仲瞟一眼墙上挂钟，“那我就一个人出去了。”

“你等等，”吴太太转脸说道，“阿仲，你不是说今天上午要进城到魏师傅店里去吗？把老爷关照的事情办了以后，你别急着赶回来，到城里去寻寻——天泽的什么同学啊朋友啊，你去找他们问问看，或许他们知道天泽人在哪里。”

“少爷的同学、朋友，我不认得。”阿仲轻声回道，“我也不晓得他们住在哪边？”“你不好问啊，四处去打听打听……”吴太太说着，好像突然想起来，说道：“哎，那天来的一个人，是不是天泽的同学？你认得他，去找他。苏州城里就那么大一个地方，六城门兜一圈。实在寻不到，也没有办法。快去吧！”

“是，太太。”

阿仲回进去拿了东西就走。明香跟着他走到园子门口，说：“这会儿，我到镇上去看看……”明香说着，一把拉住阿仲：“哎，阿仲，我现在想起来了，那天来看少爷的那个朋友，叫庚子是吧？是你说给我听的，你想不起来了？像他那种人，到苏州城里小巷里问问，说不定就能问到。哦，还有，我想起来了，你不是跟我说过么，那天听少爷露过一句，说一天夜里没回来，在城里大光明旅馆住了一晚。你要么到那里去打听一下？”

“哎，”阿仲拍一下脑袋，说道，“明香，还是你记性好。我是猪脑子。”说罢瞪了明香一眼；一转眼门外有马车经过，他赶紧奔出去。

吴天泽失踪，吴家的正常生活开始乱了套。

吴太太急着差人出去寻找儿子，一边还为儿子的赌债犯愁。这会儿家里人几乎都出去了，吴太太回到自己房间里，把家里所有的现钱凑起来，一数，还是不够数字；想着把自个儿一些首饰也拿出来，估摸着还是不够。心里慌得很，她在房间里踱步踱了半天，一想，还是要到楼上去跟吴元厚商量……

这天吴天玉、潘道延到天黑才回来。

吴天玉一进门就说：“……我们到城里寻遍了，寻不到天泽。”吴太太眼睬着潘道延鼻青眼肿的，问道：“怎么回事儿？上午出去好好的，怎么出去了一趟回来这个样子？在外头跟人家打架了？”吴天玉鼻子一抽，眼睛一眨眼泪汪汪抽泣道：“今天出去一趟，碰到鬼了。”

原来下午晚些时候，在城里小巷里碰到两个青头鬼缠住吴天玉；潘道延上来阻止，其中一个人动手打潘道延。潘道延不买账，立马还手。眼睬着一对一打不过潘道延，那两个人联合起来打，打得潘道延鼻子出血跌倒在地上；他们跟着上去用脚踢潘道延身体，踹他脸……当时在场看的人不少，没有一个人站出来劝打架，在一边说闲话：

“那个小姑娘长得漂亮，那两个小赤佬想吃豆腐，动坏脑筋……”

“俩吃一，不像腔！”

“两个小猢狲狠得不得了。乱打乱踢——忒过分。”

“要是一对一，地上那个小赤佬不见得吃亏。”

“这个说不定的。打相打嘛，狠的怕戆的，戆个怕——不怕死的。”

“你看哪！”

“喔唷不得了。”——只见潘道延在地上翻了几个滚，滚到路边人家门口拿起两块青砖，随即从地上爬起来，猛一记砸向一个人脑门。那个人一闷，捂住头往后退了几步，撒腿就跑；还有一个，急转身跟着跑掉了。

“我说阿延，”吴太太问了事情发生，转脸对潘道延说，“你跟人家两个人打做什么？你当时不好拉小姐快点跑掉吗？何必吃眼前亏？你看看，出去被人家打得像什么样子，脸上青一块紫一块的，嘴唇也破了。哦，你看，身上的衣服也被人家撕破了。蛮好的新衣服，穿了没几天。”

“我本来是要追上去的，”潘道延说，“叫他们赔我衣服。天玉说算了，我就算了。否则我非要跟他们算账！照道理他们要赔格——要格。”

潘道延小时候在乡下习惯说“要格”，后来进了吴家，改口说“要的”，眼下突然间又回到了从前的那个说法。吴太太觉着潘道延小时候第一次出现在吴家的样子就在眼前：瘦小，皮肤黑，不好看。这会儿再看，潘道延身体不胖不瘦，长得结实精干，个子高出吴天玉半个头；两个人如今站在一起，看起来倒是蛮像般配的一对。“唉，”吴太太心里想，“一个是吴家小姐，一个是吴门弟子，是吴元厚看中的学生，这个事情怎么说呢？”吴太太呆呆地想着，一转眼吴天玉已经拉着潘道延去洗手洗脸了。

“家里有没有紫药水？”吴天玉问明香。

“没有。”明香说，“用不着药水。我来弄点开水放点盐洗伤口。小姐你不要弄了，还是我来弄；我来帮阿延洗伤口——”

“不要你弄。”吴天玉瞟了明香一眼，“你一说，我晓得了。”

阿仲赶在吃晚饭前回来了。吴太太急着问情况；阿仲大致说了到城里寻，将近中午在得鲜楼门口看见少爷一个同学，叫庚子，跟几个人正好进去吃饭；问了庚子。他说不晓得。问另外两个人，也说不晓得，没看见。后来再到其他地方去寻寻看，——阿仲本来想说，到那个大光明旅馆去了一趟，话到嘴边，一口咽下去，改口说后来到玄妙观去寻了一大圈。

这天晚上吃饭比平常晚了半个时辰。

米饭、小菜都没有烧。吴太太叫厨房弄了一锅青菜烂糊面，说：“今天晚上将就一顿。”所有人没话说，肚皮饿了，烂糊面也好吃得很。

吴元厚从楼上下来，一看，说：“哎，这样吃不行。马上去炒几个小菜，我要吃点老酒。”吴太太说：“难得将就一顿算了。今天实在是没有一点心情，什么也不想弄。”“又不要叫你弄——”吴元厚说，“去关照厨房弄，炒几个菜快得很——阿仲，拿点花生米，先吃老酒。”

“这会儿还想吃老酒？”吴太太脸一板，说道，“我连饭都吃不下去。”吴元厚听了立马回道："哎，晚饭还是要吃的。酒也是要吃的。我白天不吃酒倒也罢了，今天晚上非吃不可。阿仲，去，把家里最好的酒拿出来，你跟我一道吃，吃醉了睡觉。"阿仲愣着不动；吴元厚眼睛一瞪，拍桌子道："阿仲！你愣在这里做什么？去拿！"阿仲瞟了吴太太一眼，转身去拿酒。吴天玉坐在潘道延边上，用手指头点了他一下。潘道延一点感觉也没有。吴天玉立起来，给父亲拿酒杯，又去拿了些花生米过来，一边想着怎样调和气氛。

眼瞅着老爷跟阿仲碰杯吃酒了，吴太太对明香说："你去，叫厨房里弄两个菜，快点！"吴天玉眼睛一闪，接口道："爹，你跟阿仲慢慢吃酒；今天晚上少吃一点酒你说呢？要是晚上老酒吃多了，怕是夜里不想睡觉，要坐到深更半夜；再坐下去——"吴天玉本来想说"再坐下去，外面的公鸡就要叫了"，一想，眼下说笑话不好，便改口说道："——再坐下去，不睡觉，身体吃不消的。"吴元厚听了，一笑，说："我身体没事的。"一转脸说："阿延，你也陪我吃点酒；待会儿吃点菜，别光吃这个烂糊面。"吴天玉立马阻止道："阿延不吃酒。他要是吃了酒也不要睡觉。今晚好好睡觉。"吴元厚瞟了女儿一眼，说道："我叫阿延吃，他就吃。"潘道延不响拿酒杯倒满酒，端起杯子脖子一仰一口干了。吴元厚先头已经注意到潘道延脸和脖子上的伤痕，这会儿看他吃了一杯酒，脸红起来，便问怎么回事儿？潘道延嘴巴翕动，闷哧闷哧总算说了一句："我不怕他们！"吴元厚听了一怔，弄不懂他在说什么；问女儿。吴天玉便说了个起因，没有说打架过程和细节。吴元厚叹一口气，摇摇头说道："这都是吴天泽造的孽，弄得一家人连吃饭也没个样子了。"

吴元厚向来对早饭中饭无所谓；他一天忙下来，到了晚上一顿晚饭是一定要吃好的。吴元厚显然不肯将就今天晚上一餐，眼瞅着刚端上来的两个菜：一个大蒜炒肉丝，一个大蒜炒鸡蛋，他把筷子往桌上一"碰"，闷声说道："我现在要吃河虾——家里有，水里养着呢，快去弄！不吃怎么可以？"吴太太一听，也没有脾气了，忙立起来说："好，我去给老爷弄！一个油爆虾，再弄个豆腐羹，再弄个香菇木耳金针菜炒素。哦，再给老爷弄个汤，可以了吧？"

当天夜里，潘道延在床上翻来翻去睡不着觉；后半夜他从床上爬起来，穿上衣服跑到园子花房那边撒一泡尿，然后到东头房间去看看吴天泽回来了没有。

他走到回廊过道口，看见转角处有灯光人影，一吓！赶紧一个闪身躲在暗地里看怎么一回事儿？只见吴元厚在前面走，阿仲拿着铁锹跟在老爷后面。

潘道延蹑手蹑脚跟上去看——

吴元厚走到客厅背后通向楼上画室的楼梯底部，教阿仲把楼梯底部的一块水磨大青砖撬开来；下面有个暗箱，里边藏有金砖、金条、龙洋。这是吴家的秘密家底，先前连吴太太也不知道。

潘道延悄悄地回到自个儿房间，爬到床上蒙上被子闷头睡觉。过一会儿，外面公鸡开始叫了。

这天上午，纪学览拿到吴家还的钱回到城里；先到博古斋店里把钱放进保险柜，跟伙计交代了一些事情，便出门叫了黄包车去朱红家吃饭。这是昨天朱红叫韩进到店里跟纪学览约好的。

纪学览见了朱红，简略说了前后两次去吴家的情况，事情办得大致如此，也是预料中的事儿。只是有一点纪学览觉着自己失策，前天晚上他把钱借给了吴天泽，却没有留住他，让他跑掉了。朱红听了不以为然，说这个没什么后悔的；眼下对付吴天泽，不必花太多心思，只要做到一点，就是"搅"一下吴家。现在看来这一点已经做到了。接下来，要在潘道延身上做文章。

两个人交头接耳说了一通；纪学览问道："老头子在不在？要不要跟他商量一下？"朱红回道："我爹今天不在家里，到乡下去了。这个事儿现在不用跟老头子商量，我就能做主，我跟你老纪商量就是了。"

中午，金俪亲自下厨房烧菜。纪学览过去只听说过朱家少奶奶待在家里欢喜看书，空闲时候难得打打麻将，没想到金俪还会做一手好菜。

纪学览吃了两杯酒，脸红红的，夸少奶奶贤惠，又说自个儿没这个福气。朱红听了，也不知今天自己哪根神经搭错了，居然当着金俪的面，信口说道："我哪里有你老纪福气？你女人先头头一胎就给你生了个儿子；去年，又给你生了个女儿——你才是有福气，哪里像我？""是啊，"金俪接口道，"这么一说老纪是蛮有福气的，有一个儿子有一个女儿，家里热闹得很。不像我们家里连个小猫小狗也没有，冷清得要你相信。结婚这么多年了，我现在说出来也不怕难为情。我恐怕是生不出来了。过些日子，我要叫朱红出去物色一个，娶个姨太太回来生孩子，给朱家续香火。要不然他老头子整天闹心病，嘴巴上不讲，暗地里说我肚皮不争气。"

"哎，阿俪，你怎么当着老纪的面说这种话。"

"有什么不可以说的？老纪又不是外人。"

"这……"

"这什么呀？——老纪，你说我是不是挺通情达理的？哪里像他？自个儿心里明明想着要娶姨太太回来，嘴巴上还假兮兮地说自己没有人家福气。其实朱红福气得很。他真的要娶姨太太，不用来跟我商量；他心里想好的事情，他做就是了。这样还不好吗？换了我是男人，巴不得。"

"哎，少奶奶，这个菜好吃得很。"纪学览见朱红夫妻俩说这个事儿，自己不便插嘴，瞅个空子说道，"我家那口子做菜就是不行，跟少奶奶比差远了。她什么菜都不会烧，就会三天两头跟你来一个白菜烧豆腐，吃得我整个脸像个大白菜，身子像豆腐。要不是白天在店里，叫附近小饭馆隔两天整几个菜过来稍微补一补，我怕是晚上回去

没力气跟女人打架——”纪学览突然意识到自己失言，赶紧夹一筷子菜塞到嘴里。

“朱红不像你，”金俪瞟了纪学览一眼，“他每天吃得比你好。只是他好像有点不吸收营养，吃得再好也不见得有气力。你看他一天到晚有气无力的样子，每天夜里回来就像散了骨架似的，一头倒在床上，连个翻身的力气也没有。”

金俪话里嵌骨刺朱红心里有数；他当着纪学览面又不便多说，心里想自个儿要是娶一个姨太太回来，说不定换个女人，自个儿也就争气了。

这些日子朱红回到家里，真的是有点怕跟太太同房；每回跟金俪见真着，条件反射虚得不成样子。心里越虚，那个根性就越赖；每每不举倒也罢了，要命的是难得一回硬起骨翘，明明是眼瞅着自己还是可以的，像甲鱼头颈伸出来，却一碰一吓缩了进去。为此苦恼得很。昨天上午他特地抽空去了一趟惟亭，跟曹中医说：“吃了几帖中药还是不见效。”曹兴仁沉吟半天说道：“不会吧？我开的方子管用。要不，恐怕是心病了。这心病我治不了。还是想想别的办法？”

曹兴仁跟朱家父子私交不错，说话像老弟兄，不见外，这一次关起门来跟朱红开玩笑，说道：“找个时间逛一趟青楼，找个婊子来试一下，看看到底是你的不是，还是女人的不是。”曹兴仁接着说道：“不举，坚持吃我开的药就可以。至于太太不孕，讨个姨太太回来不就解决了么？”朱红苦笑道：“现在家里一个女人已经够我受了。再弄一个女人回来，两个女人在屋里要把我搞死掉的。”面上的话是这么说，朱红这次还是把曹兴仁开玩笑说的话往心里边去了。

这顿中饭一直吃到下午两点钟。

送走纪学览，朱红到房间里脱衣服，对金俪说：“我休息一会儿。”金俪还以为男人暗示，便宽衣解带跟着上床。

到了被窝里金俪要……朱红琢磨着这会儿大白天不行；心理有障碍，怕是白起劲，又浪费一把精力。他想留着晚上出去找一个女人做，因此说道：“这几天我一直在吃中药。曹先生关照要养身，吃药期间不宜同房。要不，坏了气血以后治疗麻烦得很。”金俪听了也无话可说，平静下来跟朱红一道休息。

晚上，朱红在家里吃了晚饭，跟金俪说出去会一个朋友，先前已经跟那个人约好了，有一笔生意要谈，要晚些回来。

朱红换了一身簇新的衣服，头发抹了点油，穿戴整齐出门。

他从巷子里溜达出去，到街上叫了黄包车去同春楼。一路上想那个董碧韵姑娘现在“属于”吴公子，自个儿不好碰……虽说婊子像黄包车，给钱，人人可以上，但是朱红做事情有个原则，答应朋友的事儿，自己不占先。这是规矩，好比做生意不能见好抢了做，得有个先来后到。

其实，朱红心里也想会会那位董小姐。听说那女子实在是上流出色，教人神魂颠倒。有不少有钱人哭着喊着把钱送上去，欲求跟她一夜度春风。不料那女子就是卖艺不卖身；即便是卖艺，也讲究挑人；光有钱还不行，还得性情高雅，还要有点文化的共同点。这一来，气煞了那些有钱有势的草包。

朱红心里想自个儿还不算是草包，也有钱，肚皮里不是没有一点货色，只是跟那女子挑过的人相比，自个儿就不够她要的那个标准了。那董碧韵是同春楼头牌，朱红想自个儿充其量是个二不溜秋的男人，家里有金俪这样漂亮的女人，已经是自己的造化，是天老爷恩赐了。这会儿他嘀咕道："一个人啊，要明白自个儿。天下男女般配一说，好比什么名头的字画配什么档次的裱头……"因此想吴天泽小子够得着董碧韵小姐；撇开吴天泽年纪轻，相貌好，吴家有钱不说，单说吴天泽、董碧韵两人字画拿手，就合在一道去了。吴天泽现在在哪里？这会儿，他不会猫在同春楼吧？听老纪说吴公子前天夜里去他那里借了一笔款子，完了以后人不见了。昨天晚上韩进回来说吴家派人出来找，在得鲜楼碰见。这么说，吴天泽这两天人不在家里？他失踪了？这么一想，朱红情绪突然好起来。他断定吴家要乱了。他想，他老头子要的就是吴家一个"乱"字。

朱红走进同春楼，见了徐娘，开门见山说："徐娘，给我安排一个好的。今晚我不回去，住这儿了。"徐娘听了，一怔！印象里这位衣冠楚楚的红哥，有钱近女声，从来不近女色。他每趟带客人来，掏银子让别人销魂，自个儿往水榭里一坐，要一杯绿茶，听一段曲子。"声"是有的，而"色"皆无，好像坐怀不乱的正人君子。徐娘觉着意外，心里想今晚他像个人了，像个男人，像个新郎。

徐娘给朱红安排了一位刚来的扬州美女，叫上官秋吟。

那姑娘文静，害羞得像个中学生；朱红一看，有点下不了手。他越看，越是下不了手；越是觉着下不了手，他越是想下手——

那姑娘含羞草似的进了房间，越发避着客人，半推半就地教朱红感觉这一来像扒了她衣服强奸似的；那感觉不饶人……朱红到了红帐里，直取那小女子中天门……那小女子口含悄声，说自个儿还是处子，疼了……这时候朱红血气冲上来，好生有力气！管她个下面疼不疼，想着自个儿行了，便趁着势头一头进去。那姑娘一声惨叫，一口咬住他胳膊……

第二天上午，阿仲问了老爷允许，差潘道延到城里天赐庄魏师傅那里取已经裱好的字画。原来阿仲昨天到城里去找少爷，先去魏师傅店里把要裱的字画放了就走。魏师母叫阿仲把前面裱好的字画顺便带走。阿仲说这会儿要出去办别的事情，手里拿着字画不方便，回头下午晚一点走的时候过来拿。那天一个整天阿仲四处寻少爷寻得晕头转向，临走急着赶车，忘了返回老魏店里拿东西。

潘道延出门前，阿仲对他说："阿延，我这个记性不比从前了，想着少爷的事儿，忘了老爷的事儿。你今天跑一趟，到魏师傅店里拿了东西就回来。"潘道延眼睛一眨，说："要不，顺便寻一下天泽？我想要的。"

"不要，"阿仲身子一倾，眼睛瞪起来说道，"我叫你今天去拿东西，你就拿东西，别的不用管。再说了，少爷去了哪里，你晓得吗？眼下，你急着到哪边去寻？你不要去寻他，把自个儿给丢了。你丢了，小事情；把老爷的字画丢掉我就死掉了。去，挑要紧的事情先做！"

"啊？"潘道延一怔，回道，"把天泽寻回来，不是最要紧的事吗？太太早上跟我说过了，天泽到今天没回来，这两天要是出去，要留心寻一下天泽。这会儿太太急死了，你知道啵？你去问天玉，太太刚才还在流眼泪呢。"

"唉——"阿仲怔了一会儿，回过神来说道，"我昨天也劝太太了，说少爷出去没事的。我小时候在乡下听我娘说过，儿子过了十六岁，哪天出去了，人不见了，家里人不用寻。出去了回不来的儿子是个没用的儿子。有用的儿子，他出去了要回来的。"

……

朱红在同春楼一夜无话可说。

搂着小女子睡到阳光从花窗里射进来；朱红感觉好，又要了一个回马，把那姑娘整得瘫在床上。朱红走的时候对她说："过些日子我再来看你。"

"嗯。"

朱红亲了她，说道："这几天有点要紧事儿，忙好了就过来。"

"嗯，"她点点头，"我等你。"说罢，她搂住朱红，接着轻声细语道："我昨天晚上给你了。……都给你了。"朱红听了浑身一颤，一屁股坐下来又把她抱在怀里，贴着她耳朵说道："我晓得……"朱红说罢，送给她一个玉佩。

这天上午晚些时候，朱红离开同春楼，坐黄包车到唐楼去吃茶。

见到唐楼老成，朱红顺口问了唐六梓情况。老成说："唐老板昨天下午打电话过来，说这次在杭州玩得不是很开心，要提前回来，明天就回来。"朱红敷衍了几句，便叫老成去照应别的客人。

老成一走开，朱红一个人坐在临河窗口，皱着眉头想心事。

吃了两开茶，吃了点心，朱红突然想趁今天上午空闲，去一趟天赐庄。随即下楼，到门外一看，先前拉他来的那辆黄包车还在——上车，手一挥说道："天赐庄。"

潘道延从魏记裱画店出来，已经接近中午。

他走到街上迎面碰到朱红。朱红看见潘道延，立马下车，二话不说就拉他到附近馆子里吃饭。潘道延说："现在什么时辰，吃午饭还早。"

"哎，"朱红眼珠子一转，一个欠身说道，"我朱红请你吃饭，不在乎吃得早吃得晚，在乎吃个感情。我跟你是什么感情，知道啵？那是三天不见，我要想三年！这会儿碰见你，总算被我想着了。所以，你没有理由叫我不想你。所以，你没有理由叫我现在不请你吃个饭。你得让我过一把想你的念想。要不，我是觉着很没有意思，很没有面子的。你想啊，我这么想你，你不让我想你，我做人不是很失败么。"朱红说到这里顿了一下，眉头一跳，接着说道：“不管怎么讲，今天既然是碰巧碰头了，这顿饭非吃不可，要不然老天爷很不开心。别人不开心，不要紧。这老天爷不好不开心。要是老天爷不开心，我们一道吃个饭，他老天爷就开心了。怎么样？”潘道延被朱红说得一愣一愣的；眼瞅着潘道延犹豫不决，朱红一把拉住他走进饭馆。

一顿饭吃下来，朱红便摸到了吴家一些情况。

潘道延生性谨慎，嘴巴还是紧的，吴家一些要紧的事情他不会说；他跟朱红说了几句面上的事情——

吴天泽出去三天了没回来。家里人也出去寻过了，一时寻不到。吴太太有点心急。别的没什么。自个儿现在有了单独一间画室。

这些面上的事情对于朱红来说，就是他心里想的大事了。朱红敏感得很，就凭潘道延说的芝麻豆儿，他就逮着西瓜了。

这天下午朱红回到家里，跟金俪编了一个故事，说是昨天晚上被朋友拉住打麻将，打了个连底通宵。今天上午去了一趟天赐庄。

“哦，是么。”金俪微微一笑，一想说道，“朱红，你编的故事后半段看来不会假；前半段恐怕不是真的。你从来不打麻将，几时学会打麻将的？”

“哎，就是昨天，是昨天学的。”

“哦，学得快。你输，还是赢？”

“我学东西快，要么不学，要学，一学就会，快得很。”朱红一哂，眼睛骨碌一转说道，“至于这个输赢嘛，你也晓得，我这个人哪里在乎打牌输赢。我是借个机会跟做生意的人打牌，输点钱给他们。这样一来，我以后跟他们做字画生意就好做了。”

“做字画生意的事情不要跟我讲，”金俪一边翻书，说道，“你爹今天上午回来了。你去跟他说。”朱红一听，转身去老头子书房。

朱子藏听朱红大概说了吴家最近情况，沉吟半天，不说一句话。朱红干咳一声，舔了舔嘴唇一笑，问道：“爹，在想什么呢？”朱子藏这才“唔”了一声说道：“红儿，我琢磨着这一步开始有点意思了。”

“爹，这有点意思，是什么意思？”

朱子藏瞟了儿子一眼，吃一口茶，恬然自若往椅背上一靠，垂下眼皮，喃喃自语道：“唔，这个有点意思，就是有点意思。”

朱红一怔，……？

只见老头子手一摆，说道：“不要问我，自个儿去琢磨。”

寻访笔记 23

唐六梓，有人叫他小六子。他母亲生了六个孩子，三个女儿三个儿子；前头两个儿子先后夭折，只留住最后生的儿子小六子。

唐六梓是苏州东渚唐家三代单传。到唐六梓这一代，他没有生儿子，只有一个独生女儿唐宓宓，就是唐小姐。

听东渚的老人说，当年唐六子娶了一个苏州城里的漂亮姑娘，叫袁毓秀。

唐太太袁毓秀娘家人，上个世纪三十年代初从苏州搬到南京居住，做丝绸生意。不幸得很，他们全部死于中国抗日战争初期南京大屠杀。

唐六梓的父母一直抱怨袁毓秀没有给唐家生儿子，曾经多次劝说唐六梓再娶个姨太太生儿子传宗接代。唐六梓不同意。唐六梓说他跟袁毓秀感情好，他做不出来。

唐六梓后来瞒着唐太太，到东渚乡下找了个女人生儿子，结果生出来又是女儿。唐六梓不要这个女儿，出了一笔钱了事。那个女人把女婴丢给了苏州育婴堂。

有人讲故事，那个女婴是沈明达、文秀丽后来领养的女儿沈文媛，她长得跟唐六梓的女儿唐小姐像得很。这个事情我问过吴有箴先生，他说："那个时候我也听别人说过，只是听说而已，天晓得到底是怎么一回事儿。"

在外面跑了一个大圈子回来，楚雄来看我。

这是他第二次来看我，有点意料之外；更令我感到意外是，楚雄说起唐小姐，使我的想象基于寻访的意料之中——

第二十三章

这天下午黄昏时分，京杭大运河里从杭州过来的一艘客轮到达苏州。唐小姐下了船，随着行走匆匆的旅客人流走出轮船码头。

唐小姐穿一身春装，色泽鲜亮，在人堆里显得光彩照人。这时候码头外面热闹得很，有本地人、外地人、来来往往的旅客；挑担运货的、歇脚的、吆喝卖茶叶蛋五香豆腐干的、敲梆子卖酒酿小圆子卖豆腐花的、摆摊位卖水果的、挑担头现做现卖小馄饨的、卖各种小吃的，有些人的眼睛欢喜看漂亮女人，这会儿眼前一亮——唐小姐走到码头外面叫黄包车——眼睐着这位苗条、出挑的姑娘，便是人们经常挂在嘴巴上说的特别标致的苏杭美女。

有一个车夫，眼睛一直盯着这位款款走过来的小姐，看她要自己的车，嘴巴一龇迷花眼笑，一边点头哈腰招呼客人上车，一边用苏北话说道："哎，小姐是杭州人，还是苏州人？"唐小姐轻轻一声回道："苏州人。"那个车夫拉了车先是慢步跑，回头说道："哦，怪不得人好看，讲话客气。"一会儿又说："其实苏州姑娘比杭州的好看……"唐小姐坐了一天船，有点累了，懒得说话，但见这个车夫年纪轻，看上去二十几岁，一副憨厚的样子，便接口说道："杭州姑娘也好看的。"车夫"哦"了一声，加快脚步，一边说道："我在轮船码头经常拉从杭州来的太太、小姐。她们人看上去还是蛮好看的，蛮漂亮的，就是一开口讲起话来生硬得很。上车前，我习惯要问她们去什么地方？她们嘴巴一张就说：'走，坐到车子上再讲！'"车夫学的是一口杭州官话，唐小姐听了捂住嘴巴笑起来。

这个轮船码头在苏州古城南门，离唐小姐家有很长一段路。唐小姐坐在车上想自己的心事：这一回不该去杭州的……

唐小姐原来是不想去。唐太太一定要拉女儿去。走之前就不顺，母女俩在家里为这个事情争吵起来。到了杭州以后，唐小姐跟她母亲又闹得不轻。说起来也不是非要争吵非要闹的事儿，起因还是为了那个婚约的事儿。唐太太口口声声说女儿的婚姻大事父母做主，唐小姐就是不接受。唐太太平常穿着打扮，生活方式跟得上时髦；唐六梓对女儿说："你母亲不算是老式女人，作风有时候还是学点民主的。"唐太太被女儿气得不轻；回过头来想想，毕竟是女儿嫁人，最后一关还是要女儿中意才是，要不然硬把两个人扭在一道也不合情理。这一点唐六梓也顺着太太同样的想法。照道理，唐小姐的父母除了坚持父母做主这一条，别的很有商量余地。唐六梓劝女儿："你不要现在没去之前跟你妈妈争吵，气得她流眼泪不欢喜你这个女儿。依我看，这次杭州还是要去的。怎么说呢？我们是答应了人家要去的。不去，实在是不好，说话不算数了。你听爸爸一句话：去，去了再说。要是这一次你跟楚家二少爷接触下来，你觉得不中意，我们也不强求，做父母的也不会逼你。现在这个时代我们也是文明的，不会做封建的事情。"

唐小姐跟父亲有时候还能说到一块儿去，跟她母亲有时候就有点犯冲。母女俩说话，要么不说这门婚事，要说，唐小姐首先就要驳了头一条父母做主。这就难了。所以这母女之间说话，说急了就要吵。

不过这一次杭州之行唐小姐一个人提前回来，主要问题不是出在父母与女儿之间，而是出在唐小姐跟楚家二少爷楚怀咏之间。开头唐小姐不想跟她父母到杭州去玩，一是她不欢喜跟父母出去，说不自由；二是这次安排是楚家二少爷的主意，算是他们楚家请客，唐小姐不想先吃这个人情。那楚怀咏本意是想主动先行一步让唐先生唐太太先见个情，也借个机会到外头去跟唐小姐接触，看看唐小姐的内在。唐小姐人，楚怀咏看见过了，当然是十二分的满意——这是外表；楚怀咏跟家里人说："人样子固然要紧，但也不能不看内秀。"

楚二的母亲待在家里抱一个封建死脑筋，说："女子无才便是德。"楚二不接受，跟他父亲说："我要娶的是现代女性，她以后要出去帮我做事情。我是不要人样子漂亮、没有什么内秀的女人。"

楚通里在外面做生意，思想开通得很，一口认定儿子这个想法是好的，是没话说的。不过，他对这个老二娶媳妇，有一点不大明白，因此说道："苏州唐楼老板的千金，唐六梓的独养女儿唐家小姐，是熟人做媒，情况清楚。唐小姐读过教会学堂，知书达理不用说，有文化，有知识，肚皮里还有不少洋墨水。这些内在内秀还不够吗？"

"按照我的意思，"楚通里看儿子不接嘴，接着说道，"这种事情，看一个回合就可以敲定了。人，是不是中意了？要是中意，就抓紧办了。这个用不着费心思费时间，通过一趟又一趟接触看看什么内在。讨女人嘛，简单得很，双方大人碰个头，讲好一个日子，到时候喇叭一吹，鞭炮一放，用轿子把唐小姐抬进来拜堂就是了。省得多花头。"

"什么叫多花头？"楚二眼睛一觑，说道，"爹，你好像是不大情愿请他们一家人到杭州去玩一趟吧？又花不了多少钱。"

听儿子话里音头，楚通里朗声说道："哎，错了。我不是这个意思。出去一趟用点钱，毛毛雨小意思。我不是不肯用钱。再说他们唐家，人家也是有钱人家不在乎钱。我也不在乎；不要说请他们到杭州去玩一个礼拜，就是请他们到天南海北去玩一年，也是玩得起的。我说的意思你不要听错了。我说的意思是，像这样的安排弄好了蛮好的，弄得不好，是吃力不讨好。”

……

唐小姐到了家里，周妈一开门，吃惊道：“怎么小姐一个人先回来了？先生跟太太呢？他们怎么没一道回来？”说着，帮小姐拿包，回进来。

唐小姐进了门放东西，一边说道：“我一个人提前回来了。爸爸妈妈还要过两天回来……买不到船票。”

“那小姐为啥不跟先生太太一道回来？”

“我觉着没劲就先回来了。爸爸妈妈还要待个两天，他们觉得蛮有劲儿，就让他们去有劲吧。”

眼瞅着唐小姐嘴巴一撅好像不开心，周妈想问，又不敢多问；回头烧热水给唐小姐先洗澡……“前两天有个姓吴的姑娘来看你，”周妈趁唐小姐叫她帮着洗头的时候说道，“还给你带了一盒黄天源点心，说是你欢喜吃的。她倒是知道小姐欢喜吃黄天源糕点哦。那吴小姐说，等你回来了，要来看你——”

“她叫吴天玉。”唐小姐说；一会儿叫周妈拿木梳，拿毛巾；一转脸又叫周妈拿一块大毛巾；完了，又要重新换一双拖鞋……把用人差个不停。

“我听她说了名字，过后有点忘记了。”周妈不厌其烦侍候唐小姐，一边说道，“……小姐这么一说，我想起来了，好像是叫吴什么天雨。那姑娘年纪看样子比你小个一两岁；人长得跟小姐差不多高，面孔秀气得很，鼻头稍微有一点点翘，一双眼睛生得水灵灵……”“哎，周妈，”唐小姐梳头，一边问道，“吴小姐一个人来的，还是有人陪她一道来的？有没有和一个男的一起来？”

“就她一个人。”周妈回道，“还给你带了一盒黄天源糕点。哎，黄天源糕点小姐欢喜吃的，蛮好吃的。喔唷，这个刚才已经讲过了，我怎么又讲了。真的是蛮好吃的……吴小姐说是你欢喜吃的……那吴小姐跟小姐还是蛮熟悉的，以前我怎么没有看见吴小姐到我们家里来过？她要是来过一趟，我有印象的。我从来没有见过她——第一次看见，喔唷，她漂亮得很。但是，我看她还是没有小姐长得好看、漂亮……她皮肤没有小姐白；嘴巴也生得没有小姐好——吴小姐的鼻头倒是生得蛮有味道，稍微有点往上翘……”

唐小姐听了忍不住笑出来，走到周妈面前，头一歪嬉道：“周妈，我看你现在要么不说话，一说起来不停，好像坏掉的自来水龙头。你现在说话开始有点啰嗦了，跟我妈妈差不多，年纪大了，说话说开了头，尽量说得下去，啰嗦得要你相信！”

“我说话哪里啰嗦，”周妈脸假装一板，“我现在年纪也不大——太太年纪也不大——我们跟小姐说话一点也不啰嗦，恐怕是小姐自己不想听我们说话就嫌我们啰嗦。其实，我们一点也不啰嗦。小姐要是不想听，嫌烦，我就闭上嘴巴不说话了，看小姐

一个人闷在屋里试试看，没有人跟你说话有劲没有劲?!”

“好，周妈，”唐小姐随即双手搭住周妈肩膀，含笑说道，“我又没有说你啰嗦；我是说我妈妈啰嗦……”

唐小姐到楼上房间，叫周妈把吴天玉送的点心拿来吃。

周妈拿了点心盒子上来，一屁股坐下来想跟唐小姐说话。唐小姐嘴巴一撅摇摇头说道：“周妈，我现在不想说话，想一个人安静一歇。”

看周妈面孔一冷，立起来要走，唐小姐忙立起来赔笑道：“哎，周妈，我说你不要不开心哦，我这是心情有一点不大好，心里烦；我不是跟你不开心。”

“没有关系，我知道小姐脾气。”周妈一笑回道。

“周妈，”唐小姐拿了一块糕递上去，嗲声说道，“你也吃一块哦。”接着又说道：“周妈，我现在想给吴小姐打个电话，我想约她明天过来。哎，吴小姐家里的电话号码呢？”

“我给了吴小姐我们家电话号码，”周妈想起来回道，“没听说她家里也有电话。要是有的话，她会告诉我的。上次她来，跑个了空趟。我叫她下次来，预先在电话里讲一声，先说好了再来，不要白跑一趟。说不定吴小姐这两天就会打电话给你。”

“我还是先写封信给吴小姐，跟她说一声我回来了。”唐小姐随即坐到书桌边写信。完了，到楼下去吃晚饭，关照周妈明天上街的时候顺便寄了。

第二天早上，唐小姐醒了觉着乏力，懒在床上睡了个回笼觉。忽然间听见楼下客厅里电话铃声响，她喊周妈接电话；一想，周妈这会儿出去了，便让电话响去。那电话铃声断了一会儿，又重新响起来……唐小姐勉强从床上起来到楼下去接电话；一听，是吴天玉声音，开心得一屁股坐下来说话……

周妈到街上去一趟回来，一进门看见唐小姐打电话，忙放下手里东西，去拿衣服给小姐披上，一边嘀咕道：“……穿个睡衣坐在那里，也不怕着凉感冒，生了病就好了。”

唐小姐在电话里跟吴天玉说个不停……

吴天玉说：“……本来估计你大概还要过几天回来；你家阿姨那天说，要过一个礼拜……这会儿，我在镇上邮政所里用他们的电话——我好奇，打了你家的电话试试看，真的方便哦。没想到唐小姐，是你接的电话……你回来啦！几时回来的？几时有空约你出来？”唐小姐一边理着头发，说道：“我刚回来，不想出去。要么吴小姐明天到我家里来玩玩，陪陪我，好不好？”

听吴天玉一口答应，唐小姐心里想说“叫你哥哥吴天泽也一道来，我们明天出去看电影——”一想，不好意思说，便改口说道：“吴小姐是一个人来呢，还是有人陪你一道来？”吴天玉“唔——”了一声，回道：“电话里说不清楚，等见了面再说吧。”随即又补了一句：“明天来的时候再说吧。”

唐小姐放下电话打喷嚏，接着说话声音有点沙哑，鼻子堵塞嗡了嗡的。

“我说过了是不是？小姐受凉了吧？”周妈说着，赶紧给唐小姐倒了杯白开水，“要不要到天赐庄博习医院去看看？配点西药吃？”

“我不吃药，”唐小姐说，“有点感冒不要紧的，吃碗姜汤睡一觉，明天就会好的。”又说：“这几天出去在外面吃力了，回来又在家里洗了澡，一不小心就有点伤风打喷嚏。”说着，捂住嘴巴“啊且”一声。

周妈拿手帕给她，脸一沉，说道：“我看，就是我出去的时候你到楼下来打电话着凉的……电话响，让他去。不接又不要紧的，总归人最要紧。不见得电话一响就要接，让它去响个不停好了。不接它，就不响了。”周妈说罢，转身去烧姜汤；一会儿好了端到楼上给唐小姐吃，接着啰嗦道：“小姐，我看你还是像个小孩子，一点也不听话……那个电话里有什么要紧的事情？我听了半天就是你好我好的，嘻嘻哈哈——你看，生病了吧？以后要听话……我估计小姐这次到杭州去玩，不听话，什么事情由着自己的性子，任性得很。”

“我一点也不任性。”唐小姐喝了半碗姜汤，说道，“周妈你坐下来，我跟你说吧，这一次到杭州去，周妈你也晓得，走之前我还是蛮听话的，说爸爸妈妈既然已经答应人家了，我只好同意跟你们去——爸爸妈妈也开心了——那么我们说好了这一趟开开心心出去，不说烦人的事情。结果你不晓得，爸爸还好，妈妈在外头，一有空就跟我说烦人的事情，尽量说得下去——跟你一样，啰嗦得要你相信。哦，周妈，我不是说你，是说我妈妈——她说楚家好，说那个楚家二少爷好——反正她说起来不停……哦，还急着说，这次从杭州回去，就把这门婚事定下来。我反正不听，妈妈啰嗦也就算了。哼，最让我气不过的是那个楚二，他那种腔调算什么呀？”

“小姐，还有半碗姜汤趁热一口吃下去。”周妈道，“我就猜想，小姐这次恐怕是跟人家闹别扭，要小姐脾气，一倔，说走就走，是不是？”

楚怀咏这次陪唐家三人到杭州去，路上稳稳地应对。开头还顺，到了杭州先安排住下；那西子饭店是楚家在杭州经营的，一切方便妥帖。掌管西子饭店的是楚怀咏的大哥楚怀顺跟他妻子萧沁园，接风的时候，开心得很。大嫂萧沁园是杭州人，场面上礼数周到，说话给人感觉温馨，宾至如归。萧沁园第一面见了唐小姐，欠身施礼，说唐小姐是当下蛮少见的文雅、漂亮。听楚怀顺介绍唐小姐在苏州读的是洋人办的学堂，那西洋文好得很，萧沁园羡慕，接着抱怨自个儿没唐小姐的好福气，说自个儿只是读了几年师范而已就出来做事了。又说唐先生唐太太生了个独养女儿，如此优秀，人见人爱……唐太太听了，自然满心欢喜，也顺着夸了大嫂人样子好看、能干……

楚怀咏微笑，得意在心里；眼睐着唐小姐跟大嫂坐在一起一比，唐小姐真的把嫂子比下去了。楚怀咏以前老是羡慕他大哥娶了个外美内秀的浙江女人，这会儿轮到大

哥倒过来羡慕自己了。

楚怀顺连着敬唐六梓吃酒，一边谈笑风生说道：“……我二弟怀咏这回把我羞死了。先前我还以为我在杭州西子湖畔娶了个西施；昨天夜里做梦二弟把西施的妹妹带来了。今天一看啊，那西施的妹妹把她姐姐比了下去。旧书上说女子‘闭月羞花之貌，沉鱼落雁之容’——这一说，更贴切唐小姐才是。”完了，又隔着桌子对楚怀咏说：“二弟，我说你嫂子现在不能排名西施了。那个位置要留给唐小姐。”唐六梓端起酒杯敬酒，满面红光说道：“哪里哪里，我看萧女士才是女中排名第一，沉鱼之美那是稳拿的。我女儿宓宓当然也是可以的，只是脾气恐怕骄了点，有点任性，有时候不见得好说话哦。”唐小姐一听自己父亲当着人家面这么说，心里有点不开心，恨不得说道：“我就是骄气了任性了怎么样？”

第二天楚怀咏安排在自家饭店里吃了早饭，说好一道出去，到花港观鱼。半道上，唐太太不知怎么想起来跟楚怀咏说，她要跟唐六梓先去灵隐寺烧香；唐太太给唐六梓使了个眼色，接着说道：“二少爷陪小姐到花港观鱼，完了随便你们去哪里……我们中午下午不碰头了，晚上回到饭店里一道吃饭。”

看唐六梓拎得清，点头说“是”，唐太太对女儿说：“你们俩玩到下午早点回去。今天晚上要回请怀咏的大哥大嫂。”唐小姐听了，随口回道：“随便。”楚怀咏看上去乐意得很，说：“蛮好。”

楚怀咏陪唐小姐先去花港观鱼……

头一次单独在一起，两个人谁也不主动说话，似乎有心在等对方先开口。最后还是唐小姐先开口说道：“今天天气好得很。”楚怀咏这才跟着说了一句：“今天好得很。”

在花港观鱼时楚二连个声音也没有，除了观鱼就是观鱼……

唐小姐觉着一点劲也没有；这时候楚怀咏突然冒出来一句：“今朝我怎么变成哑巴了？”唐小姐总算抿嘴儿一笑，头一转看了他一眼。

到了吃午饭时间，楚二问唐小姐：“……想吃什么？”唐小姐随口回道：“随便。”

“那就去城里的宁波馆子。”楚二将手一让，说，“上午出来的时候我已经订了。这会儿坐车去，正好。”

唐小姐听了，似乎有点迟疑，沉吟道：“我不大欢喜吃宁波菜……要么去吃个西餐吧？”楚二一怔，一本正经说：“唐小姐，这恐怕不行——”

眼瞅着唐小姐抿着嘴儿不说话，楚二接着说道：“那家宁波馆子好得很，我已经订好了，我们不好不去的……”说着，人已经走到马路边上招手黄包车，回头又说：“订好了，不去不好。”将手一让，请唐小姐上车，接着又说：“我们是做生意的，讲好的事情不好说变就变，我们要讲信用。要不然，以后人家不相信你，那外面的事情就不好办了。”

本来楚怀咏这么一说也没什么，唐小姐只是觉得他说话啰嗦了点，口气有点生硬，但是心里也认可他说的在理上。问题出在唐小姐已经想上车了，那楚二有点拎不清，

最后还要啰嗦一句："唐小姐，你一开始不是跟我说随便么？哎，怎么一会儿又不随便了。"说罢，不觉"哼"一声，随手掸了一下衣服下摆。唐小姐眼睛一闪，立马回道："我是说过随便。但是我不欢喜吃宁波汤团。改别的馆子不行吗？滑稽得了。"

"我没叫你吃宁波汤团，是吃宁波馆子。"

"宁波馆子我不要吃。要吃，你自个儿去吃——没人拦着你。"

"哎，唐小姐，你怎么这样讲话？让人家边上看了笑话……"

"先生小姐还要不要上车？"在路边等候的车夫说话了，"如果要的话，那就走嘞，不要再啰嗦了。"

"没跟你啰嗦，"唐小姐瞥了车夫一眼，说，"对不起，你先去吧，我们不用车了，不用了。"

"等等，"楚怀咏伸手拦住车夫，"我讲好了要车的，怎么不要呢？"回头对唐小姐说道："怎么了？寻人家开心？不可以的，还是上车吧。"

"呵，"唐小姐立马回道，"我好好地出来寻人家什么开心？是你在外面寻人家开心。"唐小姐说着，从包里拿出钱塞给车夫，一面说道："对不起，这会儿耽搁你时间了，你去吧。"一转脸对楚怀咏说道："要去你自个儿去，我不去，就是不去。"说罢，一个掉头走了。

楚怀咏也不追，立在马路边上，看着唐小姐走远了，嘴巴里咕哝道："我也是有脾气的。唐小姐怎么这个样子，连个道理都不讲，连个面子也不给我，说走就这么一走。知什么书，达什么理？耍小姐脾气，今后要是娶回来做女人，不是要我命吗？还是早一点晓得好！"

当天晚上唐六梓、唐太太回请楚二的大哥大嫂。

唐小姐待在房间里不肯出来吃饭。唐太太说了女儿的不是；为此，母女俩话说不到一块儿去，便争吵起来。唐六梓好说歹说，唐小姐最后算是给足了父亲面子，换了一身衣服出来应付一个场面。唐小姐坐下来不理睬楚二，楚怀顺、萧沁园看出来了。萧沁园坐在唐小姐边上，用眼神示意楚二主动一点。楚二也是个傲气人，迟疑了一会儿，总算还是立起来，将清炒虾仁拨了一勺子送到唐小姐面前的碟子里。唐小姐不说一句客气话，把碟子挪到萧沁园手边，说道："大嫂你吃虾仁。我这会儿想吃点清淡的蔬菜……"说着，自己动手用筷子夹了青菜香菇，吃了一口，便搁下筷子不吃了，干坐在那里看着大家边吃边谈；一会儿立起来，打招呼说道："今天我有点不舒服，想回房间休息。你们慢慢吃——"

"蛮好，"楚二接口道，"那就随便了。"说罢，掸了一下衣服下摆。唐小姐瞟了他一眼，转身走了。所有的人一下子没反应过来；萧沁园忙立起来想拉住唐小姐，一转眼示意楚二；楚二嘴巴一撇，闷声说道："人已经走了。"

……

唐小姐断断续续跟周妈说了这次杭州之行的不愉快；完了，连续打喷嚏。周妈看她脸有点红，以为她有寒热；摸她额头，还好，便叫她卧床休息；一想，说道："小姐要不要吃点豆浆、点心？"

唐小姐摇摇头，说道："我现在什么也不想吃，就想躺在床上看看书，一个人安静一歇。"

吴天玉给唐小姐打了电话之后，在惟亭镇上兜了一圈，到顺康南货店买了两斤核桃肉，叫伙计分开装了两包。回到家里，明香看见她手里拿了两包东西，随口问道："哟，小姐买了什么好吃的东西回来？"吴天玉径直往后院去，一边说道："买的核桃肉，一包给我爹吃，还有一包给阿延吃，给他补补脑子。"明香听了，冲吴天玉背影说道："小姐对阿延好的哦。"

"是啊，"吴天玉一个转身，眼睛一闪回道，"我对阿延好的哦，你对阿仲也好的哦。"明香脸一红，屁股一撅就走。

吴太太在房间里，见明香进来，眉头一皱，说道："哎，我叫你去拿点桂圆过来，你怎么空着两只手又回过来了？"

"哦，"明香一怔，"刚才跟小姐说话，忘了。我马上去拿。"

"小姐人呢？"吴太太突然想起来问道，"她现在是不是在阿延画室里？"明香回道："小姐出去了一趟刚回来，这会儿在后院里。哦，太太，小姐到街上去买了核桃肉，说是给阿延吃的，给阿延补补脑子。"

吴太太眉头一皱道："她怎么不买点核桃肉给老爷吃？就晓得出去买了给阿延吃。这个丫头也真是的。"……

吴天玉到潘道延画室里，把一包核桃肉往桌上一放，说道："我刚才出去买的核桃肉，这一包给你吃……明天跟你一道出去，到城里去散散心。"潘道延听了一怔，说道："要的，顺便出去寻寻天泽。"吴天玉"嗯"了一声，脸上笑容倏然消失，心里想明天去唐小姐家，到时候唐小姐问起吴天泽，怎么说？

潘道延这会儿一门心思埋头临摹唐寅的字。吴天玉看他不想跟自己说话，就不打搅他了，手指头点点画桌，说："你忙吧，我去看书了。"

吴天玉走到画室外头，一想，转身又进来，说："阿延，明天你陪我去一个人家里，在人家面前，家里的事情不要说哦，听我怎么说就是了。我现在关照过你了，不要忘记。"

"要的。"潘道延闷声回道，一边继续临摹唐寅字画。

"什么要的？"吴天玉觉得又好气又好笑，"我刚才还关照你不要呢，你怎么又说要的？是不要，不是要的！"

"啊？"潘道延被吴天玉的声音吓了一抖，放下毛笔，盯着吴天玉看，"什么不要啊？你说明天跟你一道出去，顺便寻一下天泽。现在怎么了？一会儿说要的，一会儿

又说不要。要了不要，全是你在说，我又没说。这会儿我说要的，你说不要。弄不懂你。好，我现在听你说。”

“哦，你现在听我说了。”吴天玉头一偏，“哼”了一声，“刚才我进来的时候关照你，你怎么没听见啊？我这会儿不想说了。明天出去的时候，到外头再跟你讲。”

第二天潘道延起来得早，没吃早饭就去画室练字。吴天玉吃了早饭，回到房间打扮好，去叫潘道延。

一进门，见他埋头写字，吴天玉敲敲门说：“阿延你怎么还在写字？现在走了。”潘道延不停手，继续写字，好像没听见。

吴天玉走到画桌边上，又说了一遍，潘道延这才抬起头来；一怔，眼睛眨发眨发看着吴天玉，仿佛不认识她似的，说：“你叫我做什么？”

“啊呀，”吴天玉伸手拿下他手里的毛笔，往笔架上一搁，“昨天我过来不是跟你说了吗？今天跟你一道出去，到城里去散散心，陪我去一个人家里。哎，跟你说过了，你怎么忘记了？我昨天不是跟你说好的吗？”

“没有啊，你不是说明天出去么？又没跟我说今天……”潘道延说着，从吴天玉手上拿回毛笔，蘸墨又要写字。“哎，”吴天玉一把夺下他的笔——那笔夺得急了，一笔涂在潘道延脸上——潘道延用手一抹，只见手上黑乎乎的。吴天玉一看，哭笑不得，随手撕了一张宣纸，一边说道：“哎，你别用手擦了，看你什么样子！我来帮你擦——马上出去洗一洗，换件衣服走。”

“到哪边去？”

眼瞅着他好像还没有回过神来，吴天玉气得跺脚，提高了声音说：“走，走到你头上去！——没听见啊？我昨天就跟你讲好了，你也答应了。这会儿，你又说‘走？——走到哪边去？’好像你什么也不晓得，真的假的？哼，你不把我跟你说的话放在心上好了。走，先去换衣服。”潘道延盯着吴天玉看了半天，憋出来一句：“天玉，你今天真的好看哦。”

“哦，好看。”吴天玉眼波一送，“刚才我进来时，你怎么不说我好看？这会儿想起来说我好看了，唏……”说着，吴天玉拉潘道延去换衣服：“你今天出去也要好看一点，赶紧去换一身出去穿的衣服，别老是穿这身衣服——这是在家里穿的，不是出去穿的。”

潘道延走到画室门口，身子挨在门框上不动了，嘴巴里咕噜道：“今天我不想出去了。你还是一个人出去吧。”吴天玉一听，手一甩，说道：“你这个人说话怎么不算数？不行，今天非要你陪我出去不可！要不，你别想安静写字。我看你一天到晚闷在屋子里临摹唐寅的字画，脑子里只想着笔墨线条。你没看见我现在生气啊，啊？”“不是的，”潘道延身子一仰，接口道，“我这会儿不待在家里写字画画，跟你出去，先生知道了不好，要说的。”吴天玉听了心里一动，眼神会了潘道延眼神，一笑说道：“没事的，回来再跟我爹说。再说了，你整天一个人闷在屋里写字画画，难得出去一趟不过分的。我们走——"

"不行的。"潘道延眼睛一眨，回道，"出去，回来以后说不好。要么你现在到楼上去说一声，要的。先生要是准了，我就跟你一道走。要不，你怎么说也没用！"吴天玉犟不过潘道延，只好到楼上去跟父亲说。吴元厚一听，点头道："可以啊，有什么不可以。是要叫阿延休息一下，不要老是待在家里。——用功是要的，出去玩玩也是要的。我这两天还在想，本来说好要带你们几个到东山去；天泽出了事情，也就没有去成。唉，这个事情不去说他了。今天你跟阿延出去散散心，蛮好。玩得开心点。小心点，不要出什么事情。早些回来，要不然你妈妈要急的。哦，去跟你妈妈说一声——"

"我不跟妈妈说。"吴天玉嘴巴一撅道，"一说，她就不让我们出去了。"

"也好。"吴元厚手一摆，"不说就不说。你们去吧，我晓得了。"

"要是妈妈待会儿问起来呢？"吴天玉一歪，看着父亲问道，"妈妈要是说话呢？""说什么，"吴元厚一边画画，一边说道，"有什么好说的？你们现在又不是小孩子，是大人了，出去玩玩有什么不可以？再说这也是难得出去一趟，没有关系的——去吧。"

"蛮好。"吴天玉开心一笑，转身就走。

吴天玉从楼上下来，把父亲的意思对潘道延说了一遍，潘道延这才换了衣服跟吴天玉走。

两个人走到客厅门口，阿仲正在客厅门廊下给花草浇水，头一抬道："小姐早。"一转眼，说："咹？阿延，今天出去啊？"

"是。"

眼睐着潘道延摸了一下新衣服，阿仲"喔哈"一笑说道："阿延，你看你的脸……还能跟小姐一道出去？"

潘道延瞪了阿仲一眼，说："我脸怎么了？不好出去啊？"突然一想，急走几步上去拦住吴天玉，说："我今天不好出去了。"吴天玉吃惊道："怎么了？你怎么又变了？"

"我没变。"潘道延指指自己的脸，说："脸变了。阿仲说我的脸……"吴天玉听了一笑说道："你不是昨天也出去的？哎呀，阿仲跟你说了玩的。你脸上那天被人家打的已经好多了，看不大出来了。你昨天出去不在乎脸上的样子，今天怎么在乎起来了？"

"嗯，昨天不一样。"潘道延道，"昨天我出去，是去拿字画的，是要紧的事情。今天你叫我出去，不是要紧的事情，不去也罢。"

"阿延！你听着，我生气了。"

"哦，"潘道延一看吴天玉生气的样子，嗫嚅道，"你生气了我就听你的。这样，你就不会生气了是啵？"

"是，"吴天玉拉了潘道延就走，"嘿"一声说道，"以后你听我的，我就不会生气。我不生气，我开心了，你也跟着开心。"

寻访笔记 24

楚红藻先生比较关心我的寻访，每次跟他碰头，他问的第一话是："怎么样，你最近的寻访有没有什么新的进展？" 如果我说"有"，他就叫我说给他听听；如果我说"新的进展还不够"，他就会说："我能帮你做点什么？"

那天下大雨。楚红藻先生约我出去吃茶，地点选在艺圃。

艺圃，是苏州古典园林，现在是世界文化遗产。"我比较喜欢艺圃旧气。"楚先生说，"对于刷新的老地方，我有点找不到过去的感觉——"

"为什么？"

"因为新了，你会觉得你很难寻访历史古旧。比如说你的寻访'新的进展还不够'，是不是有这么一个问题，你寻访所到之处，处处新新向往？"

"到处新得很。"我想。

当下一股"新"字当头，好像"破"字当头。所以你会感觉到存"旧"的要紧，又无可奈何新得很。

这是一个小插曲。

我的寻访是想于新旧之间重新找到我以为"旧"可以刷新的东西，比如说人的一种依旧情感——"旧"情复发？不禁自问。

这一问，其实不作为一个提问。因为这公认的"泛论"早已"推陈出新"了。历史上的陈词滥调我们可以在历史上找到鲜活的影像，而今天的存"旧"则举步维艰。于是我在苏州艺圃里对楚先生说了唐小姐吴天玉潘道延的故事发展；接下来说了同春楼董碧韵。这一说恐怕惊动了旧时代楚家的一个人物——

第二十四章

吴天玉、潘道延的到来使一向冷清的唐小姐家热闹起来。

唐小姐见了吴天玉特别开心，那个样子好像中学里的女生，下课铃声一响马上从课堂里跑出来踢毽子。这会儿唐小姐全然没了平日的斯文，一上来就拥抱吴天玉，好像久别重逢的亲姐妹。吴天玉开始有点拘谨；接着一问，唐小姐的爸爸妈妈不在，家里没有大人，只有一个用人周妈，便放开来说笑……两人互相问候嘻嘻哈哈了一通之后，这才想起来边上还有一个人。

唐小姐用眼神问吴天玉“这位是——？”随即将手一让，请潘道延坐；一转脸嗲嗲的，叫周妈给客人拿些水果、小吃过来。唐小姐亲自动手给潘道延泡了一杯茶；眼瞅着吴天玉还在不停地跟自己说话，她嘴巴一努，说：“你呀，光顾着自己抢着说话，也不跟我介绍一下这位书生是谁？我怎么称呼他？”吴天玉这才安静下来，跟唐小姐介绍道：“哦，他叫潘道延——我叫他陪我来的，是我父亲的学生。”唐小姐一听，欠身道：“潘先生，请用茶……”话没落音，潘道延就接口道：“我不是潘先生——我是先生的学生。”唐小姐一怔，忍不住想笑出来，总算忍住不笑；心里嘀咕这个人不说话还好，看样子稳重得很，但是一开口，就觉着有点怪怪的……唐小姐瞟了吴天玉一眼，心里想他会不会是吴天玉的那个？看样子有点像——回头要问个明白——唐小姐接下来有意把话题引到这上面，问吴天玉：“他这个名字哪两个字？”——自己先说道：“姓潘，应该是别有一番天地的那个‘番’加三点水——那后面二字？”吴天玉回答：“道路的道，延续下来的延。”

“名字挺好的。”唐小姐不禁怦然心动，心里想吴天玉的哥哥吴天泽的名字也是挺好的，接着问道，“是后来改的吗？还是小时候就取了这个名字？”潘道延眼睛一眨，清了一下嗓子回道：“小时候就是这个名字。那个时候——”潘道延说到这里打住，眼睛一扫，唐小姐还想听自己说下去；吴天玉颔首微笑也没有阻止的暗示，便接着说道：“那个时候是小时候，原来名字读音一样，只是名字的书写后来被私塾里的范童先生改了。我爹原先取的是‘稻沿’，水稻的稻，沿着河边走的沿。意思说了，叫我长大以后沿着河边走，走到田里种水稻。记得范先生开始教我写毛笔字，拿起毛笔写了‘道延’二字。他说：‘我来把你的名字改一改，改成这两个字好不好？’”说到这里，潘道延眼神悠远了。

唐小姐一时无语，眼眸子闪烁看着潘道延。吴天玉头一回看到潘道延这个神态，脱口而出：“哎，阿延，以前怎么没听你说起过？”这一声“阿延”，唐小姐一听，心里有数了，一转脸说道：“天玉，那我就跟着你叫他阿延——哎，阿延你吃茶呢。”潘道延这才从回想中回过神来，瞟了吴天玉一眼，接着说道：“那位范先生是我的书法启蒙老师。后来，我跟了吴先生学字画……”

说起国画、书法、写毛笔字，唐小姐说：“天玉，我最欢喜读你写的信。你写的毛笔字好看，漂亮！”潘道延听了，不觉“哼”了一声，嘴巴一撇道：“天玉的字还不够好，按先生对天泽和我的要求，还差得远，还欠着功力火候。”吴天玉一听，气不打一处来，便冲他说道：“你的字写得好看，就你好，稀奇，没有人比你写得好，是不是？稀稀稀稀，你不要一副得意的样子。这会儿当着唐小姐面我跟你说，我哥哥的毛笔字就比你阿延写得好。我爹曾经说过，天泽的书法比你好。”吴天玉本来想这么说，一是压一下潘道延，把自己哥哥抬一下；二是想提醒他接下来不要多说话。没想到这一说，把话题自然引到吴天泽身上，正好中了唐小姐的心思。

唐小姐本来就想问吴天玉，心里想吴天泽今天怎么不陪吴天玉一道来？因此自然问道：“哎，天玉，你哥哥最近好吗？他，是不是一直忙得很，在家里写字画画？”“哦，”吴天玉瞟了潘道延一眼，一转脸回道，“我哥哥，他前些日子出去了。他到外面去写生了。大概，要过些日子回来——”“哦——”唐小姐眼睛里倏然掠过一丝不易察觉的失望。吴天玉一想，接着说道：“唐小姐，我哥哥出去前跟我说过，回来要写信给你……他说回来以后要来看你——他一回来就要来看你……”唐小姐听了，脸一红，心里边扑扑跳。

唐小姐自第一次跟吴天泽见面就对吴天泽颇有好感；或许，还说不上是一见钟情，至少当时在那家点心店里——她坐在吴天泽对面，心里想这个人还是可以的；现在听吴天玉说起吴天泽，唐小姐剥开一只橘子递给吴天玉——眼瞅着吴天玉分了几瓤给潘道延，唐小姐随即拿了一只给潘道延，自己也剥了一只，随将橘子皮往茶几上一扔，好像把前几天自己在杭州不愉快的事情当做皮儿扔掉了。这会儿倾听吴天玉说吴天泽惦记自己，唐小姐心里边微酸而甜美，好比吃了太湖洞庭山橘子。唐小姐皮肤本来就白嫩，这会儿脸颊微红，更见美丽动人。潘道延坐在一边吃橘子，不时地头一低，一转眼偷看唐小姐，间或瞟吴天玉一眼，嘴巴里咕噜道：“好看，漂亮！”

“哎，唐小姐，”吴天玉见唐小姐鼻子有点塞，一会儿咳嗽，关心问道，“你是不是有点感冒了？”

“稍微有一点儿，”唐小姐用手背遮住嘴唇，咳了一声道，“今天好多了。你看我现在不是蛮好吗？”

唐小姐随即换了话题，说是要请教书法。“你们等着，我去拿前些日子我练的毛笔字。”唐小姐立起来说道，“先讲好了，回头给你们俩看，不许取笑我写得不灵，指点我今后怎样把毛笔字写好就是了。”

唐小姐前脚往楼上去，吴天玉凑近潘道延耳朵说道：“你怎么说我的字写得不好！”潘道延一听，一转脸回道：“我说的是真的。你说的是假的。”那声音穿过客厅传到楼梯上，“你说天泽出去写生，跟唐小姐说谎！”

“你说话轻一点，”吴天玉做了一个“嘘”的手势，压低声音说道，“唐小姐要听见了，你说话轻一点好不好？”

“你在瞎讲，”潘道延好像没听见吴天玉说的话，愣是一口说道，“你跟唐小姐说的，是假的……”

“嘘——”吴天玉伸手捂住潘道延嘴巴，“轻点儿，你不要说了。我昨天在家里，还有今天出来的时候跟你说的话，你忘了？不许你乱说了。”

“天玉，”潘道延拨开吴天玉手，喘一口气，眉头一皱说道，“你不好跟唐小姐这样说的。天泽不在家里，是的。天泽出去，也是的。但是他不是出去写生。他是出去了，不晓得到哪边去了，也不晓得做什么——”

“这个我晓得。所以我叫你不要说了——不要说了，阿延！”

“我又没说什么，全是你在跟唐小姐说。我一句也没说。我刚才一直在听你跟唐小姐说……哼，骗人。”

说话间，唐小姐已经从楼梯上下来，吴天玉、潘道延这才闭上嘴巴。

“嗯，蛮好的。”吴天玉看了唐小姐的毛笔字，头一抬说道。

“咹？”潘道延瞟了一眼，嘴巴一撇咕哝道，“又是瞎讲。”这话是嘴巴里含着橄榄说的，唐小姐没有听清楚，因此说道：“阿延你看，我写得不灵吧？”

“不是不灵。”潘道延瞟了吴天玉一眼，一转眼对唐小姐说，“你去拿笔墨宣纸过来，我来写个样子给你看——你一看就晓得，写字要像个写字……”唐小姐一听，立刻说：“走，到楼上去写——省得把笔墨宣纸拿下来麻烦——我房间里的桌子上有毡垫，写起来舒服得很。”说着，把吴天玉从沙发上拉起来，一边对潘道延说：“阿延，走，到楼上去。”

到了楼上房间里，唐小姐铺好宣纸；潘道延坐下来，照着唐小姐平时练字的字帖写了几个大字，一边对唐小姐说怎样落笔、运笔、走笔、收笔。吴天玉立在边上看了一会儿，不觉一哂，似乎有点愠怒，又好像在开玩笑说道：“好你个阿延！哎，你平时在家里头怎么不这样教我写字？今天跑到外面来显本事了。唐小姐，他是在你面前充当先生，还说自己不是潘先生呢。我看他现在就是个扮先生了。哼，自以为是，想做老师？岂不知古人云‘人之患在好为人师’！”

“这是谁说的？”潘道延头一偏，问道。

“孟子说的。”眼瞅着潘道延一怔，吴天玉对唐小姐说，“来，我来写一幅字给他，就写孟子的这句话。唐小姐，拿一张宣纸给我。阿延，你让开，把毛笔给我，先把字写好了，回头再跟你说这个意思。”

“我晓得。”潘道延嘴巴一撇道，“我刚才问你，是考考你。嘿，还是我来写吧。唐小姐，你不晓得，天玉一手小楷字，好得很，但是写大字就没有什么力道了。大字还是吴天泽写得好，比我好。天玉，你说是啵？”

“天泽就是比你写得好！”吴天玉一条气似乎顺了一点，含笑说道，“我写得也不比你差——这幅字我来写！”

“你写就你写。”潘道延“嘿”一声道，“我不跟你比。我跟吴天泽比。”

“你们跟我比——”唐小姐头一歪，对吴天玉嬉道，“等吴天泽回来，我去跟他比。”吴天玉一听，嘻嘻哈哈笑起来。

不知不觉将近中午。唐小姐留吴天玉、潘道延吃午饭。“哦，唐小姐，”吴天玉说，“吃饭我们就不了。我们要走了。”周妈听了唐小姐吩咐转身去准备，吴天玉立起来说道：“阿姨不要忙了。我们回去吃饭，不麻烦了。”唐小姐一阵咳嗽，吴天玉一转脸说：“唐小姐，你要不要去医院看看，吃点药？”周妈赶紧倒了一杯白开水端给唐小姐，一边对吴天玉说：“吴小姐，你们不在这里吃饭也好，我叫小姐到床上去休息。小姐昨天回来大概受凉了，伤风了。我怕待会儿会不会发寒热？这会儿最好是卧床休息——”

“唐小姐，我陪你到医院去看看吧。”吴天玉摸了摸唐小姐额头，说道，“现在寒热是没有。不过，最好是吃点药。”“不要紧的。”唐小姐微笑道，“你们来了说说笑笑，我好了很多，现在没事儿。我怕去医院，怕吃药。”

“我也怕吃药。”潘道延说，“我感冒就吃一碗姜汤——唐小姐吃过姜汤了没有？要吃的——要的。”

“你不懂，”吴天玉瞥了他一眼，“吃药好得快。”“不见得。”唐小姐说，“在学堂里读书的时候听洋人说过西药如何好，见效快。我听了，总觉得那西药是外国人的，不见得比我们中药好……我妈妈有一阵子肚子痛，听人家说，吃西药管用，就去配了吃；吃了以后还是没用。后来连续吃一个月中药，慢慢好了。”

“我是不相信那些西药的。”周妈道，“小姐昨天吃了姜汤，好了不少。要么待会儿我再来弄一碗姜汤给小姐吃？”

“嗯。”

“哎，”吴天玉临走时突然想起来，从包里拿出一条丝绸围巾，“唐小姐，这是给你的。——第一次来你家，在路上看见人家围在头颈里好看，我就给你买了一条。颜色好看吗？我自己也买了一条，颜色跟你一样。”说着，吴天玉叫潘道延到一边去，然后贴着唐小姐耳朵说道：“是我哥哥叫我买了送给你的。”

“真的啊？”

“是。”

“不好意思的。”

“嘿。”

“那就谢谢哦。”

“你不用谢我。要谢，等吴天泽回来，你去谢他就是了。”

“天玉，”唐小姐脸一红，“你送给我我不要。他送给我，我要。嘿嘿。等他回来，我来跟他说谢谢……这条丝绸围巾我欢喜……”说着，双手搂住吴天玉温馨了一会儿，依依不舍。

从唐小姐家里出来，吴天玉在路上就开始责怪潘道延：“……今天早上出来的时候我跟你说好的，不要在人家面前说家里的事情……”潘道延一哂：“我没说，是你说了。”

“还没说？!”吴天玉站住脚，“哼”一声说道，“……我叫你听我说的，你倒是好，说天泽不是出去写生……还说我跟唐小姐瞎讲——在人家家里，有你这样说话的吗？”

“你说的不是真的——”

“真你个头！谁要你这么说了？唐小姐怕是听见了，真是的！”

“我说错了吗？”

“就是错了。你不懂啊？我跟唐小姐说，天泽出去写生了。这个写生，你懂不懂？天泽出去就是写生。阿延你是画画的，你不懂啊？我说给你听，你想，一个画家出去，到外头去，到陌生的地方去，就是写生。这是我爹说的——”

“我回去问。”

“我说你不听——你去问吧！”吴天玉脸涨得通红，转身快步走了。

“天玉，”潘道延跟在吴天玉后面走了一会儿，突然撒腿追上去，拦住吴天玉，急着喘气说道，“是我不好。我跟你开开心心出来，开开心心回去。”

吴天玉一听，脸色稍微有点温和了，因此说道：“谁不开心了？是你把我说得不开心的，我有什么不开心？我不好说你几句啊。”眼瞅着潘道延一副委屈的样子，吴天玉忍住不笑，拉了他一下，说：“哎，你不是叫道延么？你沿着道走啊，又没叫你沿着河边走，走到田里种水稻。”说罢，忍不住一笑。潘道延这才拖着脚步往前走，一边咕噜道：“你笑了。你开心了。就算我跟你认错了。”

“哎，这个话我要听。”

“走。”潘道延一转脸看见一辆马车过来，招手喊道，“等等！”

“哎，阿延，”吴天玉头一偏，问道，“你现在喊车做什么？”

“回家吃饭。”

“我不回去吃。”吴天玉瞄了一眼附近店面，“阿延，今天我们在外头吃，我们到那边去……”

“我没有钱。”潘道延摸了一下口袋，头一抬，眼睛里掠过一丝慌张，“出来时带了点钱，来的时候付了车钱——”

“我有，”吴天玉一笑，“你慌什么？我请你吃哦，不要你请我哦。你说我好不好？你说我好，我就开心！”

“天玉，”潘道延跟着吴天玉一路挑选饭馆，一边咕噜道，“其实我心里边一直在说你好。只是，你硬要我说出来，我不想说。”

“哦，晓得了。”

“你不晓得。你只晓得你自己。”

“哎，阿延，”吴天玉指着一家饭店，说，“就吃这家，好不好？我看里边蛮清爽的。”

“你说这家就这家，”潘道延瞟了一眼招牌，“听你的——不过，这招牌上的字写得不算好。你看‘近水斋’三个字，隶书写得像萝卜，忒粗了。”吴天玉“扑哧”一声笑出来，说：“我们进去吃饭，又不吃他牌子。”

“瞎讲！”潘道延抬头又看了一眼招牌，“先生说饭店吃的就是牌子。要是这块牌子我来写，这个饭店就好吃了。”说罢，头一低，跟着吴天玉走进店堂。

午饭后，吴天玉说：“时辰还早，我们到玄妙观去玩一会儿……上次跟天泽到城里来就是到那里去玩的——那里好玩得很。”潘道延立马回道：“不去。出来大半天了，我要回去。”“哎，阿延，”吴天玉嘴巴一撅道，“你不是说过，想顺便寻找天泽吗？”

“不用寻了。”潘道延狡黠一笑，“你不是说天泽出去写生了吗？现在，我们到哪里去寻他？——他现在到外面去了，到陌生地方去写生了，我跟你到哪边去寻？要寻，你一个人去。我一个人先回去。回去后，我就跟先生师母说，天玉也出去写生了。”

两个人说着说着又开始斗嘴了。潘道延一口咬定非要立马回去。吴天玉最后依了他。但是上了马车不知怎么的，吴天玉一会儿嫌这辆马车不好，坐得很不舒服，一路咕哝要是不急着走的话，可以等一辆好一点舒服一点的马车；一会儿又说这道路坑坑洼洼，颠得厉害，教人吃不消。总之，小姐一条气有点不顺，借着马车颠簸的时候，便将心里一口气出在潘道延身上。潘道延坐在马车上不让吴天玉了，硬着头颈，面孔一板，将吴天玉先前说他的不是顶了回去。完了，还奚落了吴天玉几句，说吴天玉把真的说成假的，把假的说成真的，没有唐小姐好！气得吴天玉鼻子一酸，眼泪汪汪说不出话来……

到了家门口，吴天玉下了马车，三步并作两步走到门口使劲敲门，突然转身面对潘道延，发狠说道：“潘道延你听着，我不理你了！”潘道延一怔，脸色煞白立在门外，两只眼睛定怏怏地盯着吴天玉看，一直到阿仲出来开门，还没有回过神来。

墙上日历撕掉一页。

连续两天吴天玉不去潘道延画室；见了也不说话，只当没看见。潘道延情绪一低落，倔头倔脑起来也是个死不开口。他本来就不主动跟吴天玉说话；这一来更见原来的

不主动说话，变成了故意不跟吴天玉说话。吴天玉把气闷在心里也没个地方发泄，时间短还行；时间一长，吴天玉首先受不了。

到了第三天，吴天玉想跟潘道延和解：早上先去潘道延画室，一声不吭把画桌上的笔洗拿出去换了清水；中午吃饭，看潘道延不出来吃，便端了饭菜送到画室里；下午晚些时候，又瞅个机会拿了两根香蕉放到潘道延面前。完了，又给他磨了一砚墨。潘道延这小子做得出来，一切照常接受，就是闷声不响，不跟吴天玉说一句话，把吴天玉气闷了拉倒。

这天傍晚，吴天玉实在是忍不住了，跑到楼上父亲画室里发泄出来，几句话一说，眼泪流下来，哽咽着跟父亲说道："阿延现在不理我了。那天他跟我一道出去，看见别的小姐，阿延他变心了，不把我放在心上了。"吴元厚一听，一边画画，一边说道："看你现在这么大了，有时候还像个小孩子——"

"阿延家里来信了。"吴元厚一转脸，一看女儿眼眶里还有眼泪水，便放下毛笔叫她坐下来，接着说道，"那封信上说，叫阿延自个儿挑个日子回到乡下去娶媳妇——"

"啊？"吴天玉立起来要往外走，一边说道，"我去问他！"

"等等，"吴元厚"嘿"一笑，"玉儿，跟你开个玩笑的。"

"爹……"

"哎，你现在不要去问他。"吴元厚拿起笔来勾勒山石，一边说道，"我会跟阿延讲的。两个人好好的，不要闹别扭。我看，多半是你的原因。阿延人老实得很，他是不会像你说的，看见别的小姐就变心了。我不相信。你这么说，也是在开玩笑说说罢了。其他人我不敢讲，阿延我还是了解的。他除了写字画画，不会动其他脑筋的。我想跟你说的意思是，你要对阿延好一点。他将来必定是个很有成就的书法家、画家，你不要把他不当做一回事儿，啊？"

"嗯，我晓得了。"

"蛮好，这样我就放心了。去吧，我要画图，不跟你多讲了。"说罢，吴元厚摆了摆手；看女儿点点头转身离开画室，他舒了一口气，继续画画。

吴元厚跟女儿开玩笑说潘道延要回去娶媳妇，没有的事儿；说潘道延家里来信是有的。那天吴天玉跟潘道延去看望唐小姐，阿仲上午收了信，到楼上去交给老爷。吴元厚一看信封：潘道延收启，是潘道延家里来的信，便叫阿仲把这封信放到潘道延画室桌上。当天潘道延回来之后看了信，把画室门关起来一个人闷在里头流了一会儿眼泪，随即把信藏起来。吴天玉看潘道延晚饭没有出来吃，也不去喊他；因为赌气，也不让明香去喊。吴太太那天下午见女儿回来，出奇的是没有说女儿一句不是，只是在吃晚饭的时候，因为潘道延没有出来吃饭，就随口问了一句："怎么了，天玉？今天出去玩得不开心啊？"吴天玉回道："没有什么不开心。"吴天玉吃好饭，回自己房间看书。吴元厚吃过晚饭以后，踱步到潘道延画室里看看，问了潘道延家里来信说了些什么？潘道延嗫嚅了半天只说了一件事情："先生上次写信，说起要到乡下去玩几天。我爹来信说了怎么不来玩？叫先生过些日子有空去玩玩。其他没有说什么。"吴元厚说："我是要去的。要不是天泽出了点事情，早就去了。"吴元厚说罢心里一沉，转了出去。

这几天吴元厚心里老想着儿子出去到现在还没有回来，就把乡下来信的事情丢开了，又忙于创作，也没注意潘道延这几天的情绪变化。潘道延向来沉闷，家里所有人已经习以为常了，不会在意；今天听女儿上来一讲，吴元厚想原来是天玉跟阿延闹点别扭而已。吴太太的心病是儿子吴天泽，平日也没有什么心思去关心潘道延。阿仲、明香把这一切看在眼里，两个人私下有点议论和猜想。阿仲趁没人的时候对潘道延说："阿延，你要对小姐好一点。"潘道延眼睛一横，说："关你屁事！"明香原来兼管着收拾潘道延画室和房间，后来这个活儿被吴天玉揽了过去，她就不管了——这两天看小姐也不管这个事儿，便主动帮着收拾，没想到被潘道延请了出去。潘道延冲明香说："我画室里的东西你不要碰！"明香看他一副紧张兮兮的样子，生怕什么东西被别人发现似的，脸一板，说道："阿延，你不要对我这种腔调。你以为我高兴来帮你弄啊？是太太叫我弄的。要不是太太关照，我吃饱了要来帮你收拾整理——关我屁事儿。"

这天夜里睡觉前，吴太太跟吴元厚在屋里说儿子的事情，顺便问起女儿这几天怎么回事儿？吴元厚简单说了一下情况。吴太太一听，说："睡觉。天玉跟阿延两个人闹别扭没事的，猫三天狗三天的，不去管他们。"

转眼间一个月过去了。

一天夜里，董碧韵坐在灯下写字，窗外的劲风疾雨急促地响成一片。忽然有两记"嘟嘟"敲门声，那声音很轻，好像是从天上落下来的——"谁？"董碧韵放下毛笔；没人应声，门外没有一点动静，只听见满院的雨水哗哗地流淌……心想耳误，又在想吴天泽了。

董碧韵从青花大盆缸里取出字画轴头展开来，重温了吴天泽作的书画，轻轻读吴天泽作的那首《夜宿偶记》："昨夜落难宿春楼，有劳知已伴含羞。此去未知何日归，吴门道上不久留。"那缓慢、感伤的声音动人之处，便是今夜有情人。

董碧韵眼睛里回闪她和吴天泽的前后两次相会；这时候闻天雨，心里念叨天泽，想起李商隐的《夜雨寄北》，取了宣纸，援笔濡墨书写道：

君问归期未有期，巴山夜雨涨秋池。何当共剪西窗烛，却话巴山夜雨时。

写完，她轻轻地读出声音来；随将视线移到窗外，脸色苍白神情恍惚，一时间眼眶里滚动热泪，止不住流落下来。

那天吴天泽离开同春楼之后，董碧韵就闭门不接待客人了。在长达一个多月的时间里，只有一位客人算是得到格外的照顾，会了董碧韵半个小时。那人就是盛宾如。徐娘之所以准了盛宾如，不完全是因为盛先生出手阔绰，这里边还有董小姐的意思。

盛宾如跟董碧韵前后会了三次。这三次，盛宾如都没有做一个男人到了青楼里边想找女人做的那个事儿。

第一次，盛宾如见了董碧韵，说他只是慕名拜访而已，听说董小姐字画比较拿手，想上来见个"真"。接着说自己痴迷收藏历代有名头的字画，过去吃了不少假的——眼下求真是为至上。至于一个男人想做的那个事儿，想也是想的，但是今儿会董小姐，本意不是为了那个事儿，因为晓得董小姐只卖艺。完了，说他这次来，带了两件字画给董小姐看看，想听董小姐说个道道。还有，想请董小姐赏他一个面子，当场写一幅字，再画一幅画。说字，一会儿就可以写。画，一时半会儿不一定画得好，可以留着慢慢画，等下次来董小姐画好了再来看。若是董小姐写的字，画的画，看了觉着好，到时候一并拿下收藏……

盛宾如第二次会董碧韵，上楼吃一杯茶，跟董碧韵说了一会儿外面字画收藏趣事。完了给钱，把董碧韵上次写的一幅字、一幅画收了。那幅字隶书，录的是晚唐黄滔的《赠友人》：

超然陶子性，留琴不设弦。觅句朝忘食，倾怀夜废眠。爱月影为伴，吟风声自连。听此莺飞谷，心怀迷远川。

一幅水墨画，题为《隔窗知夜雨》，画意取自白居易的诗《夜雨》，董碧韵用行书题写：

早蛩啼复歇，残灯灭又明。隔窗知夜雨，芭蕉先有声。

董碧韵当时不肯收这个钱，说这是应了盛先生要求，以笔墨会友，拙笔字画权当做回报求真一说；自己只是一个青楼女子，也不是名家，拙作是换不来这么多钱的。更何况盛先生到此，已经是破费了许多。

盛宾如听了感叹不已！说董小姐可谓当下罕见，往后做个知己便是求之不得了。董碧韵如此回话，说先生几时空了，可以随时过来品茶，听曲，说字画；人生若逢一二知己，也是难得的，往后随缘就是了。

盛宾如第三次会董碧韵，就是今天夜里早些时候冒着风雨来的。他给董碧韵送来一刀民国初期上好的徽州宣纸，一锭清朝的墨，一盒高档湖州笔。来了才知道董碧韵近来身体欠佳。盛宾如知趣得很，吃了一杯茶，说了一会儿字画闲话就离开同春楼。

董碧韵这一夜未眠；听雨，作画，直到天边破晓。

第二天，天不见好；老天爷天亮以后只歇息了片刻，这会儿眼睛一眨，又呼风唤雨了。

阿奔赶在这个时辰要出去办事，一打开门，一阵疾雨狂扫进来，激得他打了一个寒战；闪出门外，又退了回来，仰着脖子看天空闪电，嘀咕道："这个天怎么出去啊。"外头一片昏暗，电闪一个接连着一个。街上四周铺天盖地的风雨翻江倒海似的，搅得眼前混沌不清。忽然打雷电闪，闷闷的远在天外，一会儿只听惊天动地的霹雳"啪——"的一声自上而下，忽闪到街对面的老房子顶上，把他吓得浑身一抖。这时候阿奔想起小时候在乡下看落暴雨打雷，听大人说过："一个人缺德做坏事儿，要招雷劈的。"这会儿他见了外头的光景，头一缩回了进去。

几下轻轻的敲门声在雷响间隔时惊动了董碧韵。

董碧韵歪在床上听，敲门声没了，只听见外头徐娘跟女佣轻声说话的声音……董碧韵又躺下来闭了一会儿眼睛，心里想着昨晚的风雨教她彻夜难寐，这会儿眼睛酸涩，头痛得厉害，有点起不来。

一会儿徐娘进来，问候姑娘这两天好些了没有？徐娘心里有数，董姑娘连日埋头于书画累的；还想着吴公子，弄得好些日子失眠，人也显得虚弱憔悴了。

徐娘叫人端来水盆，给董姑娘洗脸、漱口，又吩咐送来早点，端到床边给董姑娘吃。董碧韵要起来，徐娘说："不要起来。这会儿你就坐在床上吃了，回头再睡一个半天，觉着精神好些了，再起来晃晃。今儿不准写字画画，歇个几天再摆弄你那些字画笔墨，——哪里可以不顾身体拼命写字作画？要是把自个儿身体弄坏了，没人疼你。"

"徐娘疼我……"

"就是啊，就我疼你，百依百顺地依着你性子。"徐娘说到这里，伸手掖被子，看着董碧韵眼睛，接着道："唉……！还有啊，你要想着照顾自己。我看你面色不好，人消瘦了不少——是不是心里老想着他？"

"想谁呀？"

"还问我？我不晓得你心里想谁——是不是想着那个书生吴公子？"

"徐娘……"

"真的别这样用心想了，姑娘。你听我说，……我问你，你说那些个男的到我们这里来……你说，他，或者是他，有真心吗？姑娘，把眼泪擦了。你这么流眼泪我看了心里不是个滋味儿。这种事情我见得比较多了。你啊忒痴情了。"徐娘说罢，叫董碧韵躺下来。董碧韵身子往床头一歪，随手在枕头边拿起一本书看了。徐娘见了便拿下，说："这会儿休息睡觉，不看书！"董碧韵听了，乖乖孩似的埋到被子里。

徐娘下楼，自个儿也觉着有些伤感；想起自个儿做姑娘时，那个时候在北京也碰到过一个书生相好，跟他连着好了三个晚上以后，他人不见了。从此不打照面。只是隔了很久来了一封书信。二十年过去了。徐娘记得那年自己十七岁，那书生年纪，当时听他说了二十七八岁吧，人样子很像来过的那个吴公子。听口音是从江南来的，具体是哪里，他没说；问名字，他也没说。他写了个雅号："吴中闲人"。那书生一手漂亮的字画当场挥就令人绝倒！徐娘从小学过书画，被他迷了去……

徐娘这会儿恍然想起，刚才在董碧韵屋里画桌上看到有两幅字，一幅是董姑娘昨晚写的《夜雨寄北》——董姑娘的字她一看就知道；还有一幅裱了轴的字半打开着放在画桌一边，貌一眼看上去眼熟得很，似曾相识……

阿奔迎面过来。徐娘这才从回想中回过神来瞥了一眼墙上的挂钟，说道："这么快就回来了，我交代的那个事情出去办了没有？"

"没呢。"阿奔回道，"这会儿外头风雨大得一塌糊涂，一出去就浑身是个落汤鸡。这不，刚换了一身衣服，等外头雨停了再出去……"

徐娘"嗯"了一声，走开去吩咐别人做事情。阿奔跟在徐娘后面，一边走着说道："姑妈，……楼上董姑娘有些日子没有接客了。这个样子怕是不行吧？前几天，我早些时候认识的几位客人，是常客，有钱得很，约着要董姑娘呢。怕是要得罪人了。我没有办法。那个仙婊子不肯见人家——"

"住嘴，"徐娘站住，一个转身道，"以后嘴巴里不许说这两个字。要是再说的话，我废了你下面的那个东西。"徐娘说话的声音是轻轻的一勺子，却有罕见的威慑，阿奔吓得低头控腰连个气也不敢喘。

"我晓得你想说什么。"徐娘款步走到一张圆桌边坐下；看阿奔哈着腰跟过来，徐娘含笑说道："你这会儿想跟我说是么？别这个样子站着，人站直了。你刚才前面说的不错，来的那几个人是常客，是有钱，而且是有钱有势，大尾巴洋洋骄狂得很。我晓得，这是生意，生怕得罪了人家没饭吃是啵？"阿奔瞅着他姑妈的脸色，不敢回话，心里想哪有放掉大生意不做的……只听他姑妈"哼"了一声，接着说道："我今儿叫你趁早去一趟钱专员办公室，把他预约董姑娘的定洋退回去，就是想客客气气地得罪他一回。你现在说外头风大雨大，你这会儿去不成，怕是被大雨淋湿了。——我看不是；你恐怕是心里不想丢了这档生意，变着法子想等到今儿下午或者晚上他来了，你好上去跟董姑娘两手一摊，说人家客人来也来了，不能让客人空跑一趟，往后我们的牌子砸了怪谁，是吗？——哦，不是。你摇头了。其实呢，我说的不错吧。前几天晚上我有事出去了一趟，回来就听说你到楼上去逼董姑娘了。没有？——撒谎。楼上那些姑娘会乱说你？她们敢乱说你吗？——告诉你，董姑娘不见那个姓钱的专员，是我的安排，跟董姑娘不搭界——阿奔，你听好了，董姑娘是我女儿，她的事儿我安排，你一边去管你该管的事儿。要是我哪天不在的时候，回来再听到你为难她，你就给我回到老家去逼你媳妇去吧。听明白了回话，别像个阉了老二的太监，夯个脑袋哈个腰裤裆里撒尿……"

“那——那钱专员要是不肯，非要今晚来，怎么回话？”

“这回话，还要我来教你？怎么说，是你的事儿。”徐娘立起来，脸上略带微笑，突然问道，“阿奔，你真的不会跟钱专员回话？”

“这——”

“那我就不问了。随你怎么跟他说吧。”徐娘转身走开了。阿奔慌了神快步走上去，绕到他姑妈面前，苦着脸哀求道：“我说姑妈，——这回你，你就饶了我吧。哪怕说一句给我提个醒也好。要不，我这一出去，横竖横往外头河浜里跳了，溺死了拉倒。要知道我真的不知道待会儿怎么回那个钱专员。他那个蛮横样子，我吃酸哪。你就教我一回，去打发那个户头。”

“嗯，”徐娘伸出左手轻轻拨开阿奔别挡道，阿奔往边上一让；徐娘款款向前走去，悠然地说了一句：“好啊，你跟他说，董姑娘坐月子了。”

“啊？!”

“啊你个头，脑子坏了是啵？还要我来教你。”

这天上午阿奔从外头办了事回来，在门口收了邮差送来的一封信，进去交给徐娘。徐娘看了信封，一怔！手突然颤抖，随即把信捂到自个儿胸口；要不是这信封上写明了董碧韵亲启，徐娘还以为这封信是寄给她的——那信封上的一笔漂亮的行书她忒熟悉了。她想起二十年前，那会儿她在北京的潇湘楼，有一天妈妈拿了一封信过来给她，说：“这是你的信。”那信封上的字就是现在眼前的这个样子。徐娘心里霎时万绪涌来，难道他出来了？显山露水了？——这个曾经教她思念、牵挂、发疯、耿耿于怀的人，这个曾经教她一见钟情，而后恨得死去活来的书生，这个曾经教她往死里爱的、有指望托付自己终身的那个人，跟她死去活来地好了三个夜晚之后就人去楼空的那个男人，从此以后不打照面的男人，就用一封书信打发了一个十七岁的姑娘，而这个姑娘在那个第一天夜晚便把自个儿处子红连同一个真心全部给了他，都给了他，而他后来仅仅用一首狗屁的、不通人性的、假兮兮的诗来跟她做一个了断。徐娘直到今天还记得他写的那首诗，她忘不了那封信拆开来只有一张宣纸，四行字：

素来平生遇天娇，
相见恨晚在天桥。
云来雨作梦醒后，
自咏分别劝新交。

徐娘原名叫楚天娇，当时读到后面两句，哭得泪人似的。她想一个十七岁姑娘的感情，就这样被一个梦醒后的书生才子给做掉了。

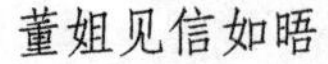
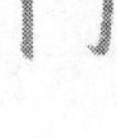

徐娘用手绢擦了一下湿润的眼睛，到楼上去，轻轻地推开门，走到床边把那封信放在董碧韵的枕头边上。看董姑娘睡得好香甜，徐娘不忍心叫醒她，悄悄退了出去。

董碧韵这一觉睡到下午晚些时候才醒过来，发现枕头边上的信，一看信封是吴天泽的笔迹，急着拆开来看：

董姐见信如晤：

……出去一趟，日见心情有所好转，没人管了，像个野人自由自在……期间，去了浙江雁荡山、严子陵，沿着富春江行走，呼吸新鲜空气，饱览山水，便将过去心中郁积的烦恼一扫而光。

……大致行程先是浙北，而后是浙江东部，后来行到浙西……本来想去湖南，听我父亲说，那边的山水奇好。倒霉的是，随身带的钱在路上被人打劫了去。还好，他们要钱，不要我的命。哈，他们说我的命不值几个钱。……没办法，找人家打了两周短工，一是船上搬运货；二是到河里帮着捕鱼……上岸，到一个镇上；寻个机会显示自个儿本事，耍弄笔墨给几处商家写招牌。又给一位阔佬画了一幅山水，换来一笔盘缠。钱拿到手，开心得像个小狗似的乱叫乱跑，心里想没钱也饿不死我。

从离开的那天算起，在外有一个月加上七天。我记着日子，想着回来看你。

返回，途经杭州；前天到了上海，即书信一封给你，告诉你我过两天回来。

回来后，我想先回家，跟父亲认错，之后跟父亲谈。上海十里洋场给我刺激，给我印象深刻。现在我冷静下来。我要想我的事，还有前途。问候你。再次相见与你有话长谈。

天泽写于沪上

到了吃晚饭时辰，董碧韵在楼上不下来。徐娘上去看她，推开门，见姑娘已经起来，正坐在窗口，看着窗外。

“小韵，吃饭了。”徐娘轻声说。董碧韵转过身来，手指背贴着鼻子，抽泣道：“吴公子来信了。”董碧韵一声颤音叫“徐娘……”不禁潸然泪下。

徐娘心头一紧，快走几步上去把董碧韵搂到怀里，眼圈一红，一句话也说不出来，心里想这姑娘啊，恐怕也是这个命，一片真心痴情到头来换一张宣纸。

寻访笔记 25

现在，有两幅《吴中山水图》放在你面前：

同样的山水、同样的宣纸、同样的尺寸、同样的裱头、同样的标题、同样的题字、同样的笔墨，总之一个样，没两样，没有任何一丝差别，最细微的细节也完全是同样的，只是落款有别：一幅是吴元厚，另一幅是潘道延。

这两幅画收藏了七十几年之后拿出来看，第一眼就是这个感觉。我想最初的时候，这两幅画应该还是有一点区别的。现在有人说："这不是吴元厚的原作，是假的。这幅潘道延的，是真的。"还有人说："这不是潘道延的作品。这幅吴元厚的，也是临摹仿作的。"

那么吴元厚的《吴中山水图》真迹在哪里？

吴有箴先生说："这个，是不是有点意思？"我听了，有一点感慨，心里想如果我们把这两幅画上面的作者落款闷掉呢？他们是不是还看得出来，哪幅是吴元厚的？哪幅是潘道延的？哪张是真的？哪张是假的？看不出来了吧？目前的情况大致如此。当然，我们中国地那么大，山那么高，河那么长，水那么深，历史那么悠久，人那么多，真有本事的人，想来避世隐居一方，还是有的。

但是，我现在暂时有一个理由相信，吴有箴先生，还有我，知道这个底细；至少到目前为止，我们没碰到过哪个人有这个本事。即便是吴有箴先生闷了落款也分不清楚彼此。我跟他说笑话："这一对双胞胎，不做记号，还真的搞不清楚谁是谁。"有人不服气。我跟其中一个人开玩笑说："要是您不服气，不信邪，觉着好玩，跟我来打个赌。机会均等，就两幅画，要么对，要么错。"现在既然说到"赌"一把，就要有个筹码。接受这个筹码，愿赌服输者，不妨可以来试一下看？若是不花血本说话，那个话我只能当他说说而已了。

历史，以将人为在。

从寻访过去的笔墨回到今天，我想象吴元厚先生那个时候亲眼看到自己的学生潘道延如此做来的情景，这个情景挥之不去——

第二十五章

吴太太一声“天泽……”已是满脸泪痕。

眼瞅着儿子又黑又瘦，走到自己面前“扑通”一声跪下，吴太太用手捂住嘴巴哭泣，一开始“嗬、嗬、嗬、嗬”，接下来便是“呜……呜……呜……”她的哭声像憋了很久的气流，就等着这个时辰全部释放出来。想起这个儿子失踪一个多月来自己的伤心、焦虑、惶惶不可终日的担忧，她愈加哭得抽心挞肺。吴天泽眼瞅着母亲憔悴得很，好像一下子见老十岁模样，心里边一阵酸楚。这时候明香立在一边流眼泪，嘴巴翕动半天，啜泣道：“少爷，你出去，跟家里说也不说一声。这么多天连一点音讯也没有，把老爷太太急死了。”吴天泽听了，不禁悚然而悟，浑身一个颤抖，长长吐出一口气，仿佛要泄尽胸中所有的愧疚，随即把头低到胸口，默然无语任凭母亲发话……

吴天泽长跪在母亲脚下；这会儿抬头，他眼圈红红的，鼻子嘴巴翕动了几下愣瞅着哭得上气不接下气的母亲，他突然“哈”一声，“呜嗬、呜嗬……”哭起来，一边磕头说道：“是儿子不孝啊……儿子不孝啊，……全是我不好啊，是我昏了头了，叫母亲操心我哦……叫母亲急哦，叫母亲伤心哦。我现在回来了……呜嗬呜嗬……我回来了。我现在晓得错了……呜嗬呜嗬……我向母亲认错，我向父亲认错……嗬嗬嗬……呜嗬呜嗬呜嗬……”

阿仲在园子里摆弄盆景，这会儿走进客厅，劝说道：“少爷，起来吧，不要跪在那里了。刚回来，人也累的，要么先去洗洗弄弄？吃点东西。”说着，俯身把吴天泽从地上拉起来，一边给明香使了个眼神。明香随即上前一步，扶住吴太太肩膀，说道：“太太，不要哭了。这么哭伤精神伤身体。少爷回来了应该开心才是。”

“太太，”阿仲搓了搓手，咧开嘴巴一笑说道，“少爷刚才进园子的时候还开开心心的呢。今天园子门开着运些泥土进来，我刚才在园子里给那棵石榴翻盆换土加点肥料。那老树桩那盆子大，这个活要有人帮手；去年翻的时候是叫阿延帮手的。这一回明香过来搭把手。明香不行。哎，巧了，要人帮的时候，少爷回来了。少爷从门口进来的时候我正在翻盆，没看见；明香也没看见吧？我那会儿蹲在地上跟明香说，少爷这几天要回来了。明香不相信，说我自说自话。这话还没说到一半，就听见身后边‘哈’的一声，回头一看，哎，少爷回来了。明香嘴巴一张，还没来得及说一句话，只见少爷他就把肩上的包‘啪’一下扔到一边地上，袖子卷起来就帮我翻盆。嘿，我啊赶紧挡住少爷的手，叫明香赶紧进去喊一声，少爷回来了！跟太太说一声。这不，嘿，今天少爷真的回来了。我说的吧，明香是不是？这不是自说自话。这是我的感觉。我觉着这两天有感觉。明香不相信我说的话。嘿，嘿嘿。”

“就你有感觉，人家没感觉。”明香瞟了阿仲一眼；一转脸，见吴太太自个儿捏肩膀，便上去帮吴太太捏。明香还想说话，阿仲使了个眼神；只见吴太太看着坐在一边的儿子，长长叹出一口气，说道：“天泽，你啊，你叫我怎么说你好哦。回来了就好。我和你爹这一个多月也不晓得是怎么过的。真是饭也吃不下去，觉也睡不好，一天到晚提心吊胆的，生怕你在外头出事情。儿子你自己看，唉，明香你过来帮我看看，我头上怕是有白头发了——‘父行千里儿不愁，儿行千里母担忧’——何止是担忧哦，那是把心急得像荡秋千一样荡出来了。”

“嘿，太太说错了。”明香抿嘴儿一笑，“是‘母行千里儿不愁，儿行千里母担忧’——太太没有白头发；好像里边有几根，我来拔掉。”

“不要拔，”吴太太嗔道，“留着给儿子看！——就你个丫头多嘴，我哪里说错了？我哪里行过千里要儿子担忧的？家里只有老爷出去行过千里万里，几时见过做儿子的为父亲担忧的？我说天泽，你这回躲也躲不了，回来一定要向你爹认错！要不，我死也不会放过你，哪怕是你跑到天边去，你终究要回来是啵？”

“嗯。”吴天泽头一点，瞟一眼墙上日历。

阿仲一转脸对明香说：“你陪太太说说话。我先去准备热水给少爷洗澡。待会儿你给少爷拿换身衣服。哦，还有，把少爷的房间收拾一下……”

“就你现在会关照。”明香说着，瞥了阿仲一眼；吴太太示意肩膀捏得可以了，明香转到吴太太面前接着说道：“太太，阿仲现在也啰嗦了是啵？太太关照我天天收拾少爷房间。——少爷，你房间现在干净得很。这会儿要你阿仲来关照了。哼，当着少爷回来的时候当面讨少爷的好，把太太和我撇一边去，以为家里就你阿仲好，好到天上去，地上没有。回头老爷知道了，又要跟我寻开心说‘阿仲好的哦’——说得我没话讲了，也只好跟着老爷说‘阿仲好的哦’。”吴太太听了“扑哧”一笑；一想，这会儿不跟丫头多说什么，一转脸问儿子：“这一个多月你到什么地方去了？出去的时候身上又没带钱，怎么过的日子？”

吴天泽看了一下明香阿仲，略微迟疑了一下，说道：“现在，我不想说这个事儿。哎，天玉呢？”

“小姐今天上午到城里去了。”明香回道，“小姐出去的时候跟我说，她去看唐小姐。”吴天泽“哦”了一声，又问：“阿延呢？”

“阿延在楼上——”

“哎，天泽，”吴太太打断明香，说道，“你一回来就问你妹妹，问阿延，怎么不问问你爹？”“老爷在，”阿仲脱口而出，“这会儿在明阁，阿延也在。”吴天泽立起来说道：“那我先到楼上去看看爹，看看阿延。”

吴太太一口气松了下来，说道：“这会儿你到楼上去，什么也别说，先跟你爹认个错，马上就下来洗澡换衣服。”

“晓得了。”

“你不晓得。”吴太太嘴角抽搐了一下，说道，“还是你爹出面帮你把外面的屁股擦了。唉，不说了。这事情也过去了，现在跟你也没什么好说的。”

“老爷真的气哦。”

“就你多嘴！”阿仲斜了明香一眼，嘴巴一努，说道，“跟我一道去，帮我弄水。”阿仲说罢，转身走开客厅。明香跟着阿仲后头出去。

两个人走到通向厨房间的过道里，明香顺手在墙根边上拿起一根竹竿子捅一下阿仲腰背，接着连续捅，一边说道：“你不是个东西，刚才在里边说，叫我陪太太说说话，你给少爷准备洗澡水，怎么一会儿又派到我头上来了？哦，面上你讨了太太少爷的好，这下来就喊我做了。你倒是好，蛮会人前人后的么。怪不得都说你阿仲好，‘阿仲好的哦！’我说你好个屁！我就晓得你蛮刁的，人样子看上去蛮老实，好的哦，其实坏得很。”

“你好，”阿仲一个憨笑应对过去，“太太向着你好。那天在园子里头，太太问我：‘哎，你说明香长得好看啵？’我一愣，回太太话，说：‘明香好看哦。她某些地方比小姐还好看。’你晓得接下来太太怎么说的？我不告诉你——”

“阿仲你不要坏，想说就说，不说拉倒！我不要听——”

“你不要听，我就偏要说给你听。”眼瞅着明香一副无所谓的样子，阿仲嘴巴一牵似笑非笑说道，“太太问我：‘阿仲你说，明香要是跟阿延好不好？’我一听，立马道喜，立马说：‘那感情好哦。’我当时跟太太说，‘太太对明香真的是好哦。叫明香以后啊有福气做潘夫人、潘太太——’”

阿仲话还没说完，明香手里的竹竿子已经朝阿仲劈头打上去，板脸说道：“叫你说，叫你说，打你个头，打你个脸，打你个嘴……”阿仲认打，也不逃离，只是用手稍微挡挡；一会儿一把抓住明香的手，小声说道：“打够了没有？要是还没打够，晚上吃了晚饭过来接着打。”说罢，便往园子里去。

“阿仲，你回来！”明香扔下竹竿子，快步跟上去，一边说道，“你现在到园子里去做什么？还不快来帮我一道去弄水，叫我一个人怎么弄？”

“我才不帮你弄呢。”阿仲头也不回说道。

“你——”明香嘴一撅，眼瞅着阿仲走到园子里蹲下来弄盆景，便跟过去帮他一道换土，装盆子；两人手脚忙着，也不说话。一会儿工夫，阿仲把那棵半人高的石榴老树桩种植妥当，拿水桶准备浇稳根水，这时候明香开口说道："我来浇水。你累了，歇一会儿。"

"还是我来吧，你去洗洗手。"阿仲说罢，抢了水桶走到池塘边打水；只见他蹲下来，不知怎么的身子往前一冲，"扑通"一声一头栽进池塘里。

吴天泽到楼上，轻轻地推开明阁门，立在门口头一探，见父亲正在里头跟潘道延看画说画。吴天泽眼睛里一回闪，便是自个儿小时候在这里头听父亲说道那些名家字画。那个时候他从不懂开始到似懂非懂；接下来看多了听多了好像懂了一点；到后来父亲教他再来一个巡回看，又听父亲层层深入讲解……家里藏的历代名家字画，特别是收藏比较多的"元四家"和"明四家"的作品，一幅一幅过眼；那个时候父亲就是像眼前这样子对潘道延娓娓道来……说得很细，说得很耐心，说得旁若无人似的，这个情景恍若昨天。这时候潘道延一转眼，惊讶地叫了声："天泽！"吴天泽立马做了一个手势"嘘"，只见父亲一转脸凝视自己，面孔温和，头一点轻声说道："唔，天泽来得正好，一道过来看看……"

吴元厚打开柜子，又拿出来不少收藏的字画，一边说道："今天我让你们多看一些东西……"吴天泽一怔；他晓得那柜子里头藏的字画，以前父亲好像从来没有拿出来给他看过；他那会儿就晓得那些藏品是家里的好东西，全是很有名头很有价钱的字画。他记得自己十二岁那年，有一天跟父亲到明阁里，问父亲，家里收藏的所有的名家字画都是真的吗？父亲当时说'有真的也有假的'。这会儿他一下子弄不懂父亲是什么意思？心里想以前没看过的东西既然有的看，那就看。"阿延，"吴天泽双手接过父亲递上来的一幅旧画，下巴一抬说道，"我拿着轴头，你小心帮着打开来，慢一点，这幅东西好得很。"吴天泽说着，看了一眼刚打开来的画，脱口而出："是沈周的东西……"

"等等，"吴元厚一转眼，说道，"天泽，这回教你看东西，一幅、一幅地给我看。完了，就说两个字：真的、假的。别的话不用说。"

"嗯。"

"好，"吴元厚手一抬，说道，"阿延，再拿一幅过来；帮着打开来，让天泽看。这幅是唐寅的——"

吴天泽一看，抬头说道："真的。"接下来吴天泽再看一幅，说："真的。"

接下来再看一幅，说："假的。"接下去再看，说："真的。""再来一本沈石田的山水册页——"吴元厚说。吴天泽看了一眼，便抬头说道："假的。"

"天泽，要不要再看一眼？"吴元厚看着儿子的眼睛问道。

"爹，不用再看。"吴天泽眉头一跳，看着父亲的眼睛，说道，"这本沈石田的山水册页假的。"眼睐着父亲沉吟不语，吴天泽"哈"一声道："这件东西我刚才一看，第一眼感觉不对。"

“嗯，”吴元厚点点头，一转脸对潘道延说道，“这个看字画，最要紧的是开门的第一感觉；那第一眼感觉不对，十有八九有问题……刚才天泽看的那些字画说了真，说了假，前面的说对了，最后一件说得不对——”

“啊 ?!”

“啊什么？——用不着大惊小怪。”眼瞅着儿子吃惊疑惑的神情，吴元厚满不在乎地接着说道，“看漏了一件，有什么奇怪？这叫看走眼了。如果你觉着奇怪，那就是奇怪你还用功得不够。”这话不全是说给吴天泽听的；吴元厚眼光炯炯扫了一眼儿子和弟子潘道延，一会儿语气平和说道：“阿延啊，你今天在边上也看见了。我跟你讲，天泽现在看到这个程度，已经不错了。他有自信，看东西不拖泥带水；说话果断，不含糊，不受人家干扰。看来啊，天泽小时候还是用功的，用心的。他那个眼睛，是看了不少东西，有很好的基础和底子。现在，你们俩总算是看了一些前人留下来的好东西。”吴元厚顿了一下，接着说道：“看了以后怎么想啊？——其实不用多想，就想一个事儿，你们俩有这个条件，也就更应该追比前贤，好好学，好好练，好好画，将来拿本事出来超过前人。”

“要的。”潘道延点头道。

“爹，”吴天泽几次要张口说话，被他父亲的手势压住。吴元厚一通谆谆教诲之后，才转了话头说道：“当然啦，一个画家要画得好，也不能光在家里头看前人的东西；有机会有空的时候是要出去走走，看看外面的世界，看看外面的山水。哎，对了，天泽这次出去一个多月，你都去了哪些地方？”

“哦，”吴天泽一边想着，回道，“……去了趟雁荡山、严子陵、富春江；还有，去了浙西，到了那边才知道那一带是浙江、安徽、福建三省交界的地方，四处看了，都是山。”

“蛮好。”吴元厚接口说道，“这个阿延你听听，是要出去看的，要的。还有啊，刚才你们俩都看了唐寅的画。说到唐寅，他就曾经遍览名山大川。你们要晓得，明四家唐寅与一般吴门画家的不同，他笔下经常画胸中山水。唐寅画得最多也最有成就的是山水画。他的足迹遍及山山水水，胸中充满了千山万壑，这使他的诗画具有吴中书画家所没有的雄浑之气，并化浑厚为潇洒。这里有几幅唐寅的山水画，再拿出来看看，——你们看，多半是表现雄伟险峻的重山复岭，楼阁溪桥，四时朝暮的江山胜景。还有的呢，比如说这一幅，描写的是亭榭园林，文人雅士悠闲的生活。看唐寅的山水人物画，大幅的，气势磅礴；小幅的，清隽潇洒得很，这个题材面貌丰富。唐伯虎名堂多，他是多样多变的——”

说到这里，吴元厚突然话锋一转，说道：“天泽这次出去一趟回来，依我看，是可以画一些胸中的山水了。咹？”

“不。”吴天泽一听父亲把话绕到这个事上，仰起脸说道，“爹，我这一次出去错了一半，对了一半——”

“这话怎么讲？”

“爹，”吴天泽舔了舔嘴唇，牙齿咬住下嘴唇，瞟了潘道延一眼；一转眼正视父亲，毫无畏惧说道：“我刚才说我这一次出去错了一半，对了一半。这前面的错，我先跟爹认个错。这后头一半，我这次出去，开头不是有意要游览什么名山大川，而是心情不好，一路乱跑，跑到哪里算哪里。到了一些地方，才知道什么山啊什么川的。后来听人家说哪个方向哪个地方，觉得好玩就去了。”吴天泽顿了一下，轻咳一声，眼睛一眨似乎想了一下，接着说道：“我这次回来，爹要我待在家里画什么胸中的山水，我现在还不想画。”

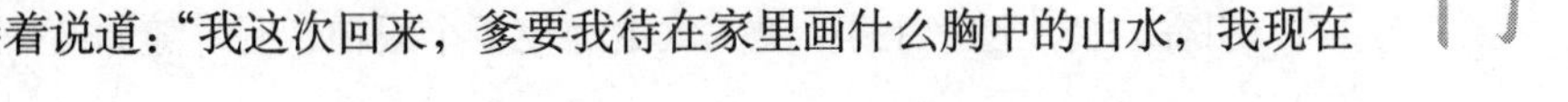

“那你想做什么？”吴元厚一怔，问道。

“这个，我还没想好。”吴天泽咬住嘴唇，似乎不想说下去了；随即眼睛眨发眨发一想，还是把心里话说出来，接着说道：“爹，我坦白地讲，我想做我想做的事情，而不是爹这会儿要我做的事情。”

“你说了半天，还没有说清楚你想做什么。”吴元厚脸色突然一沉，只觉着一股冷意侵入心肺，眉头一皱，冷冷说道，“你现在，你今后想做什么？说出来给我听听看，说——”

“爹要我说，我就说，本来这次回来，想待在家里冷静几天想想，等到想好了以后再说。这会儿，我——”

“我了我的，我了半天，我什么？”吴元厚面色发青，怒视儿子，突然提高嗓门说道，“有话快说！我没工夫听你唔哩嘛哩的，说！”

“爹不要逼我说话，逼我画画。”

“哦？”吴元厚不禁一怔，一时无话可说。这时候“啪啦”一声，桌上的一枝毛笔滚到地上。

明阁里安静得有点可怕；潘道延坐在桌子一边沉默不语，心里突突跳；那枝毛笔一直横在桌上，他不知怎么用手碰了一下，手缩回来，那枝毛笔似乎存心教他难堪，一霎滚了下去。潘道延瞟了一眼地上的那枝毛笔；这当口，又不好去捡，一转脸嗫嚅道：“天泽，画还是要画的，要的。”

“要你个屁！”吴天泽猛一声吼道，“你说要的，我就是不要！要画，你阿延去画，不要来跟我说要的。”

“那你到底要什么？”吴元厚勃然大怒道，“你说！你到底想做什么?! 我现在问你，你现在到底要什么？你今后到、到底想做什么，啊?!”

“好，”吴天泽怔了一下，随即正色直言道，“我说，我现在，我今后，我将来，我不想被人逼着去写什么字，画什么画。我要去上海，我要去谋生；我想走我想走的道，是我的道！不是潘道延的道！”这个声音从楼上传到楼下。

吴元厚一听，仰天大笑；只一会儿便收住笑，眼神凶狠逼视儿子。这时候潘道延脸色煞白，嘴唇哆嗦，吓得低头不敢出声。只听见吴元厚一口气爆出来，大声说道：“吴天泽你生下来，就只有一条道，就是吴门道！”

刚从上海来的傅家佑教授踏进吴家客厅就听到楼上的声音……

吴太太请傅先生坐，心里慌着想这时候楼上的动静。“允之呢？”傅家佑指指楼上，问道，“在楼上？”

“嗯。”吴太太点头道，一边叫明香上茶。

明香一会儿过来上茶；吴太太给她使了个眼神，明香随即做一个手势叫阿仲出来一下。

阿仲跟着明香走到客厅后面的一进院子，凑到明香身边听她说：“阿仲，太太的意思是，这会儿叫你马上到楼上去劝一下，把老爷请下来，就说上海的傅先生来了。”阿仲一听，立马摆手回道：“我不去。要去，你上去喊老爷。我这会儿要到园子里头浇水，有些东西干了。”说着，人已经转身走开。

“哎，阿仲，”明香快走几步上前一把拉住他，“我说你现在怎么了？人家叫你，你倒是搭架子，我不睬你了。”

“谁叫我了？”阿仲“嘿”一声道，“你又没叫我。要是你叫我一次，我就马上去。”明香一个眼波闪过去，面带愠色说道：“你不要稀奇，我不叫你。以后你要是再落到池塘里，也不要叫我拉你一把。哼，一会儿就忘掉了我刚才对你的好。帮着你换衣服不说，还烧好了姜汤端到你手上。这会儿，叫你上去喊一声老爷下来，你就躲了去。蛮好，这会儿家里乱得很，你还有心思寻开心？不是个东西！”明香说完扭头就走，一边咕道：“你不去，我去。我去了，回头你就没指望了。”阿仲急走几步上去绕到明香面前，“嘿嘿”道：“我去，我现在马上去。”看明香还是板着脸，阿仲“唉”了一声说道：“我说明香，你现在哪里是府上的丫头，差不多成府上的姑奶奶了。”说罢转身就走。

“去你的！”明香三步并作两步走上去，伸手朝他身背打一巴掌，随即又推一把。阿仲一个踉跄，向前快走几步拐进楼梯口。

吴元厚从楼上下来，身心疲惫得两条腿似乎抬不起来，见了老朋友傅家佑先生，叹一口气，苦笑道：“傅先生，儿子大了不听话，我家教不好啊，有什么办法。”“允之，”傅家佑立起来欠身道，然后坐下来身子往椅背上一靠，仿佛不胜感慨，“我说，现在像我们这一辈人，对儿子是不是要放手啊？哎，先不说你儿子，我现在跟你说说我那个儿子。刚才，我还在跟你夫人说起这个事情；我刚说了个开头，这会儿接着说，我跟你一样，你一个儿子，我呢也是一个儿子。你也晓得，先前呢，我儿子在上海洋人开的银行做事。这份工作好好的，也体面；不知后来怎么搞的，他一个转身跟人家听昆曲入迷了。昆曲入迷了，倒也罢了。这个后来，居然不去银行上班，把那份工作辞掉了，整天待在家里，一门心思迷那个昆曲。好了，从此以后，早上眼睛睁开来就是戏，就是曲，弄得我们家里像个戏园子。我跟我太太劝他没用。有一次把他劝得发急了，小赤佬把杯子往地上一掼，跟我们说，他早已经想好了，要跟一个戏班子到外头去，到北京去。他要跟着戏子学戏了。这下不得了。我太太宋美玉，允之你也晓得，她也是个不容儿子到外头去胡闹的人。这个事情大了。她呢以死相逼儿子回头；我呢，也帮着拼命劝。这后来的结果么你也晓得，还是没用。我们最后还是跟他妥协了。这个没有办法，只好随儿子的心愿。这叫‘随缘’——听其自然。”

“不行，”吴元厚脸色发青，把茶碗往桌上一蹾，手一摆说道，“我没你家佑兄这么好说话。儿子的事情不能松口。你要是一松口，听他的，由着他自个儿出去乱来，这就等于我们管不了他了，收不拢他了。他呢就可以随心所欲，像条野狗似的窜出去不回来；天晓得他会在外头交什么人，做出什么荒唐事情，这个到时候无法收拾。我想儿子的有些事儿，是前途的事儿，要给他指一条道的。有时候要逼一下的；在人生的节骨眼上，就是要逼一逼。”

“要的，”吴太太坐在一边听了一会儿，憋不住，接口说道，“有些事情恐怕还是要逼一下的，傅先生。要是听其自然，挡不住他的任性，到时候他昏了头迷了道，大人再要管他就晚了，到头来酿个懊悔果子跟着他一道吃。”

“这话说得不错。”傅家佑淡然一笑道，“不过，听允之刚才在楼上说话，跟儿子大动肝火，硬逼孩子不成啊。本来的想法是好的，但是硬逼他做他现在还不想做的事，其结果未必如愿，相反结果更糟。我在学校里也看得不少；我自家儿子呢，也领教过了。哎，忘了问了，天泽他现在想做什么？——哦，他想到上海去谋生，蛮好么。依我现在的想法，倒不如给他个机会出去闯一下，让他到外头吃点苦。说不定他将来有变化，回头想啊，又回到你的路子上来了。”

感觉吴元厚还是不通，傅家佑就跟吴太太说闲话：“有一回，一个学生的父亲从乡下上来看我。那个老头子是个乡绅，有几个儿子；他把几个儿子一个一个赶出去。他跟我说：‘儿子啊，要像条野狗一样放出去，让他凶，让他厉害；不要他们待在家里嘴里啃肉骨头看门。’他有个宝贝闺女留在家里，他说‘女儿要在家里富养，不好放出去乱来’。”说到这里傅家佑一转眼，吴天泽走进来，欠身道了一声：“傅先生好！”傅家佑点点头，叫吴天泽坐，然后对吴元厚说道：“允之，我这么跟你说好不好，如果你儿子真的要去上海，我倒是可以帮忙介绍他到一家美国人开的银行做事。洋人做事有规矩；我呢在上海，帮着照应点。你说行不行啊？吴太太你说呢？”吴元厚听了，一时无语，端起茶碗吃茶。吴太太想了一会儿，说道：“这个事儿恐怕不行吧。老爷你说呢？要不，回头商量一下？”

“我去！”吴天泽“啪”立起来说道，“我要去。要是商量了不准我——”吴天泽突然刹住话头，盯着父亲看。吴元厚抚摸额头深深吁了一口气，抬头瞟了儿子一眼，

说道:“有话，回头再说。你先回书房去。”

吴天泽应了一声，跟傅先生行了礼就走。吴元厚又叫住他，说道:“到书房里去好好想想。想好了，有话要说，就写在宣纸上给我看。要把那些字给我写好了。”吴元厚顿了一下，突然眼睛一瞪，“哼”了一声接着说道:“你要是把传统笔墨丢了，我看今后做什么?!”

吴天泽听了，一怔，点点头，微弱地“哈”一声，说道:“我是不会随便丢掉笔墨的，只不过是我现在想出去——”打住，似乎还想说下去，眼瞅着父亲眼锋扫过来，吴天泽嘴巴嚅动，把冒到嘴边上的话一口咽下去，身子一晃，转身就走。吴元厚跟吴太太面面相觑，一会儿又接着跟傅家佑说话;这时候吴元厚表面上好像平静得很，心里头翻腾得厉害。吴太太的焦虑写在脸上;傅家佑坐在那里一副满不在乎没有心思的样子，吴太太看在眼里，脸上露出些许不愉快。

其实吴太太早就坐不住了，碍于傅家佑是老朋友，陪着说些话也是要的;眼瞅着傅家佑不紧不慢地说一些上海的事情，吴太太听了一会儿，觉着自己插不上嘴，便借个因头想离开——“哦，傅先生，你先坐着跟允之攀谈。”吴太太立起来说道，“我离开一歇，去跟儿子说几句话，我怕他这会儿眼睛一眨要出去。”

“吴太太请便。”傅家佑将手一让，突然想起来说道，“哎，吴太太，现在跟儿子说话，说点别的;说点其他开心的事情。不要盯着他屁股后头拽尾巴;牛还没过河呢，不要紧的。”这话说得吴太太心里有点佩服。

吴太太从客厅里出来，脑子里回了一遍吴元厚刚才对儿子说的，“到书房里好好想想。想好了，有话要说，就写在宣纸上给我看。”心里直犯嘀咕:老爷说的这个话是什么意思?准呢，还是不准?待会儿自个儿怎么跟儿子说?先不说，不妨跟儿子说点别的。吴太太想着心事，往屋子里边走，迎面见明香过来慌里慌张说道:“太太，我看见少爷从后门出去了。”“不要盯着他屁股后头拽尾巴，”吴太太一边走着，对明香说道，“牛还没过河呢，不要紧的。”

吴太太离开客厅，傅家佑向吴元厚打听一个人，问道:“苏州有没有一个画家叫潘道延?”

“啊?”吴元厚有点心不在焉，问道，“你说的那个人叫什么名字?”

“叫潘道延。允之，你跟他认识吗?”

“怎么了，有什么事儿?”

“哦，是这么回事儿。”傅家佑打开皮包，拿出来一张画心，说道:“这个事情我要麻烦托你了。这个前些日子，我在上海一个朋友那里弄到潘道延画的一幅山水，好得很。这次我到苏州来，顺便跟你打听一下，如果你认识潘先生，有机会帮我介绍一下，我想求他画一幅山水。”眼瞅着吴元厚有点惊讶，傅家佑轻咳一声说道:“这个不瞒你讲，不是我要;我要的话，直接问你买一幅画。这一回是我们校长简先生要。那天他看了我手上的这件东西，指定要一张大的，说是要挂在大客厅里，好得很。”说着，傅家佑把那幅画打开来，一边说道：“还没有托裱，请你看看，也想拜托你请人帮我托裱一下。在上海听说苏州有个非常好的裱画师傅，在天赐庄，姓魏，叫魏一裱。”

“是。”吴元厚点头道，接过那幅画一看，倒吸一口冷气，脸色刹那间变得跟香灰一样，仿佛一下子被人抽干了自己的血。吴元厚惊讶得眼睛突出来，嘴巴一龇舔了舔嘴唇，想说什么，一口又咽了下去，牙齿咬住下边嘴唇，沉吟半天说不出一句话来。“怎么了允之？”傅家佑一看吴元厚脸色，一怔问道，“是不是有点不舒服？”“还好。”吴元厚觉得头一阵发麻，颓然靠在椅背上，语气像结了冰似的回道，“把这个东西放这儿，我来叫魏知良帮你裱。”

“没事吧？”傅家佑伸手碰碰吴元厚的手，感觉冰凉一点热气也没有，吃惊道，“你现在不要紧吧？”吴元厚手一摆，长长地吁出一口气，摇摇头说道：“刚才心里一阵堵得难受，胸口闷得很，歇一会儿就好了。”

“嗳，允之，想开点。”傅家佑还以为吴元厚心里放不下自己儿子，一时闷堵，感觉像心里绞痛似的，便安慰道，“人啊，要想得穿。我说孩子大了，不该管的不要管；该管的也不要管。说句狠心的话，他们活也罢，死也罢，反正我们是不会跟他们过一辈子的；我们乐得省心，过我们的日子。”

“话是这么说，”吴元厚叹道，“要是真的做起来，也是不容易的。唉，现在的子女难弄得很，也不晓得怎么来教育了。想想没意思，有什么意思？”

“允之，你说这个话，我就要说你几句了。”傅家佑刚想接着说下去，看吴元厚头一低，摆摆手，便打住不说了。随即立起来告辞，说道：“有些话我今天就不说了。允之，你要注意身体。有空到上海来玩玩。”

吴元厚送傅家佑出来的时候，在门口看见女儿坐马车回来。吴天玉下了车迎面过来甜甜地喊了一声“爹”。吴元厚点头道：“回来啦。”接着手一抬，说：“这是你傅伯伯。”吴天玉又嗲嗲地叫了一声“傅伯伯”。

“哎呀，”傅家佑吃惊道，“这几年不见，允之的女儿长这么大了，是大小姐了。还认得我吗？”“认得，”吴天玉头一点，含笑道，“傅伯伯怎么不认得，阿拉上海人，嘿。”

傅家佑听了“呵呵”笑道：“侬认得我，我认不出来侬了。”一转脸对吴元厚说道：“允之，要是在外头看见你女儿，我真的认不出来了。哦，现在女儿长得焐心，我眼热哦。哎，对了，我太太一直想认个干女儿。我看有了，我们就认你允之的女儿了好不好？”吴元厚微笑道：“这个，你不要问我，问她。”傅家佑随即一转脸，问道：“天玉你说呢，好不好啊？”

“嗯，蛮好哦。”吴天玉微笑点头道。

“那就这样说定了。”傅家佑笑容可掬，双手一抬对吴元厚说道，“过些日子叫你

女儿到上海来一趟，到我家里来。我太太保证欢喜得不得了。允之，你也晓得我太太，她就是欢喜要个女儿在身边。唉，我们没有你允之的福气哦。我跟我太太以前一直想生个女儿；她就是生不出来有啥办法？我们生了个儿子是吧，成人以后野出去了，又不在身边。我说啊，儿子是不会在身边的，让他们去。我们就要个女儿吧，还是女儿好。我们有个女儿在身边就可以了。"

傅家佑借个因头劝吴元厚，吴元厚心里明白得很；只是眼下他一下子还不能接受自己儿子似乎要放弃书画，要自个儿出去，到上海去混，因此说道："傅先生，你的意思我晓得。你是好意。不过让天泽到十里洋场去做洋人的伙计吃洋人的饭，我还是觉着有点不可思议。"吴元厚心里感慨得很，吴家名门，到了吴天泽这一代，怎么搞的？傅家佑一笑说道："我讲女儿要在家里富养是不错的。至于儿子嘛，天南海北的让他去。话说到这个份上我就多说一句了。我想，你吴元厚的儿子毕竟出身于吴门世家，你担心他什么？担心他以后不画画？不像话？不会的。退个几步讲，即便是你儿子吴天泽将来不走你吴允之的路子，也没什么大不了的。这社会上，除了书画，还有别的可以做嘛，哪里像你允之兄说的，他生下来就只有一条吴门道，更何况这条道上，不见得人人可行。"

吴元厚听了不言语，送傅家佑上车，拱手道别。看那马车跑了，吴元厚心里一沉，返身回进去。

回到客厅里，吴元厚脸色阴沉，在方砖地上来回走动；抬头时一转眼，看见阿仲一脚踏进客厅，两只手上拿着花草准备进来轮换客厅里原来的布置。

"阿仲！"吴元厚突然冒出来的声音闷响、凶狠，把阿仲吓了一跳。阿仲赶紧把手上的东西放到地上，一边接口道："老爷……"

"去！把阿延叫过来！"吴元厚手臂一抬指着阿仲，恶狠狠道，嘴角挂着一丝狞笑。阿仲愣在原地不动，好像惊魂未定。

吴元厚脚一跺，猛一声吼道："去——！"阿仲吓得浑身一颤，开口说话有点口吃："老，老爷，叫阿阿延到客，客厅里来？"

"咹？"吴元厚脸上泛出青白的光，冷冷地扫一眼阿仲，咳一声说道，"叫他到楼上去，到我画室里。"说罢，拿了傅家佑留在桌上的那张画心，转身往楼上去。

"是，老爷。"阿仲嘴巴嚅动应道，愣在那里似乎余惊未消；看老爷走了他才用手拍拍自己胸口，嘴巴一张一合"喔"了一声吁出一口气，心里想出什么事情了？从来没见过老爷这样的腔调。

这时候潘道延正在自己画室里临摹唐寅的一幅山水画。阿仲推门进来，神色紧张地说道："阿延，老爷叫你快去。"潘道延好像没听见似的，埋头于案上继续作业。阿仲快走几步上前，一把夺下他的毛笔，狠狠地说道："我叫你，你没听见啊，耳朵聋啦？!”“做什么啊，”潘道延抬头眉头一皱，咬住下嘴唇，眼睛死盯着阿仲，恨恨地透出一口气，说道，“抢我的笔做什么？给我！”

“哎，阿延，你凶什么凶啊？”阿仲竖手假装一个头皮拍上去，嘴巴一龇说道，“把你当少爷了是不是？现在对我凶了。今天掴你头皮；你要是再冲我这个腔调，我就要对你不客气了。快去，是老爷叫你，不是我叫你。老爷叫你现在马上到楼上去。要是耽搁了，待会儿老爷骂，不关我屁事儿！”说罢，阿仲将手里的毛笔“啪”扔到地上，嘴巴里叽叽歪歪，晃了出去。

吴天玉刚才回到家里，奔母亲房间，到门口碰见明香。

明香微微一笑说：“小姐，少爷回来了。”吴天玉一怔，嬉道：“骗人，真的假的啊？”“不信，你问太太。”明香说罢转身回进去，一边嚷嚷道：“太太，小姐回来了。”回头对跟进来的吴天玉说道：“骗你的，嘿。”

“好啊，明香——”吴天玉上前用身子拱一下明香，嘴里“嘟嘟”道，“明香你现在坏了，跟我寻开心是吧，看我打你屁股。”说着，一手拍上去，随即凑近明香耳朵，轻声说道：“明香，你的屁股生得好看哦。”明香一听，顿时脸一红回道：“小姐你说什么呀，看你不正经了，当心给太太听见骂死你。”

“要么骂你，”吴天玉头一歪道，“我妈欢喜我还来及呢。”说着，嘻嘻哈哈走进内房间。吴太太正在里边开箱子拿几件衣服出来，见女儿进来，抬头道：“野出去回来了？进门的时候有没有看钟啊，现在几点了？一大早出去到这个时候才回来，也不晓得时间。你呀，只要一出去，就像个风筝断了线似的，没人拉你的线，你就尽管飘远了去。我说别人家小姐不会像你这个样子。今天上海的傅先生来了。他说女儿要富养，要待在家里，不好出去野的。”

“妈，天泽回来啦？”吴天玉这会儿心里想着唐小姐的事儿，刚才听明香有假没真地说，便急于想知道。

“嗯。”吴太太一边拿了件旗袍试在身上看样子，说道，“哎，玉啊，你看妈妈穿这件旗袍怎么样？”

“哦，我有话要跟他说。”吴天玉说着便转身走。吴太太拦住女儿，一边喊明香进来，说道：“玉啊你急什么，等等去，帮妈妈看看旗袍。”明香在外屋收拾东西，这时候进来，一看那件旗袍，说道：“好看，太太穿了好看。就是面料花色显了点，给小姐穿倒是蛮好的。”吴天玉听了，双手往后一背，在她母亲和明香身边绕个圈子，一边走着说道：“哎，这件旗袍给明香穿好看。哦，对了，今天我在城里看见一个少奶奶，人样子长得跟明香蛮像的，穿着花色旗袍，走起路来一扭一扭；那个腰和下面的屁股好看得很。我说啊，明香穿上这件旗袍呢，肯定要比那个少奶奶还要好看。真的，不骗你。”说罢，冲明香“嘿嘿嘿”笑，完了一个急转身跑出去。

“这么说我有点老了。”吴太太叹一口气，放下那件显眼的旗袍，又从箱子里挑出一件稍微深色的旗袍。“太太一点不老。”明香道，“太太看上去好像一直没变，一直是这个样子，看不出来年纪。”明香眼睛一闪，接着说道：“太太脸上一点皱纹也没有，还是跟以前一样，皮肤紧紧的。”“谁说的，要么你说的。”吴太太道，“你过来看看，我这眼角边上有点皱纹了，细细的有一点了，凑近了细看，就能看出来。”

“没有啊，太太。”明香凑近一看，摇头说道，“我是看不出来，真的看不出来。外面人家见了太太，都说太太保养得好，一点不见老。”

“还不老啊，儿子女儿都这么大了。要是天泽马上讨女人，玉儿嫁人，眼睛一眨我就要做奶奶了。”明香听了一笑：“太太做少奶奶的时候还在眼前呢。我记得那时候我九岁，刚到府上来，那时候太太看样子年轻漂亮哦。后来一直是这个样子，身材好像一直到现在没变。”

“就你这个丫头嘴巴会说话。”吴太太说着，一边照大镜子，眼瞅着镜子里的明香，说道，“哎，明香，我看你苗条得很，打扮打扮蛮好看的。你啊天生就是个美人坯子，从小就漂亮，讨人欢喜。”“是太太待我好。”明香立在吴太太身边，人在镜子里，说道，“我吃得好，穿得好；做丫头的事情，过的是小姐的日子，全是因了太太欢喜我。所以啊，我跟着太太，侍候太太一辈子。”

“哎，那不行。”吴太太顺手拿了件缎子旗袍递给明香，一边说道，“这是我以前穿的，只穿了一两次。那时候胖了瘦跟你现在差不多，合你的身。待会儿你穿上这件试试。我呢，说好了要帮你张罗那个事的。哦，你这会儿不想说，就不说。唉，你这个丫头不急，倒是我着急了。儿子还没娶媳妇，女儿还没嫁人，先操心丫头。明香你说是不是？——笑，说起来好笑是么？”

明香试穿旗袍，一边跟吴太太说闲话；吴太太叫明香转过身子，让她看看样子，说道：“嗯，明香，这件旗袍就你穿了合身，蛮好看的。给你穿了。回头再给你挑一件，轮着替换。过些日子，等空了些，我到城里去给你剪些好看的绸缎料子回来，帮你再做两身好看的，把你打扮得漂漂亮亮的，我看了舒服。”

“太太，别——”明香慌了摆手说道，“太太说笑了。我是丫头。哪里见过人家府上丫头穿旗袍的？给人家看见了要说话的，一个用人丫头，昏了头了，穿了旗袍怎么做事情？怕羞煞我了。”

“没事的。”吴太太一笑说道，“丫头怎么了？哦，丫头就不是姑娘，就不是女人？女人要穿得好，要的。明香你穿好了，有什么大不了的？哎，以前你不是听小姐说我封建么？其实啊我封建得很。按我说呢，我叫自个儿家里的丫头穿旗袍，就是要逼着你给我穿，穿给我看。你说封建啵？”

吴太太叫明香穿着旗袍走几步看看，点头道：“嗯，不错。”手一抬说道：“我们啊，关起门来在家里自由，人家外面管不着！”明香听了，一股暖流瞬间通过全身，心里有说不出的焐心。一会儿她跟吴太太说起小时候在乡下，家里穷，一年到头吃不饱，没有什么衣裳穿，到了天寒地冻自个儿就像外头树上的叶子冷得发抖，赶着家里灶头上生火取暖……说到伤心处，明香忍不住哭起来。吴太太哄她不哭，安慰了一番之后，叫她把房门关起来，关照她出去打听一个人……

吴天玉到吴天泽书房，推门进去喊“哥”，一看，里边没人，心里想他大概在阿延那里，便转身往潘道延画室去。进门一看，天泽不在，阿延也不在。

吴天玉心里嘀咕他们俩人呢？回头往园子里跑，看见阿仲在花房外头修剪植物，问道：“阿仲，天泽回来了是吧？”阿仲转脸回道：“是啊，少爷回来了。”

“他现在人呢？”

阿仲回道：“少爷到外头去洗澡了。他跟我讲，不想在家里洗澡，要去镇上的澡堂子泡一把。他出去一会儿了。就要回来的。”

“那阿延呢？他也跟着一道去了？”

“没有。阿延在楼上，在老爷画室里。老爷他——”

吴天玉一看阿仲说话神色不对，问道：“什么事情？我爹怎么了？”“这个我不晓得。”阿仲摇头道，随即嘴巴一努，头一摆给天玉一个眼神：“小姐要么到楼上去看看。”吴天玉一听，回头快步往楼上去。

走到画室门口，见画室门虚掩着，里边的声音传出来，吴天玉听了，不禁骇然一怔，倒吸一口冷气，心里突突跳，因此在门外头迟疑一会儿。她刚想推门进去，这时候只听见里边“啪”一下掼杯子，父亲突然咆哮道：“混账东西！你这样做，不配做我的学生，不配待在我家里，更不配留在吴门！”顿了一下，父亲接着说道：“你，你给我走，走——！”

吴天玉轻轻推门，那扇门臼头好像紧得很，发出“吱嘎吱嘎”声。吴元厚一转眼，见女儿立在门口，不觉伸手抹一下额头上的虚汗，颤声问道：“你来做什么，啊？……”说着，身子一晃几乎跌倒，踉跄几步扶住画桌。吴天玉赶紧上去把父亲扶到椅子上坐。见潘道延跪在地上，吴天玉心里边一阵难过，止不住眼泪滴下来，泣声说道：“阿延，你怎么这个样子哦。我听了心里闷。你怎么不说话呢。我爹问你话，你说呀，怎么回事儿啊，现在跟我爹认错么，啊？”完了，吴天玉转过身来，眼泪汪汪看着父亲，说道：“爹，你也别发那么大脾气么。你对阿延从来没有发过脾气的。你有话跟他慢慢说么……”

“还要说什么，啊？”吴元厚脸色铁青，嘴唇翕动道，“我现在一句也不想多说了。我现在就想问一句，阿延，你为什么要这样做？!”

潘道延跪在那里死不开口。吴天玉发急道：“阿延，你说啊，你为什么要这样做呢！你不说，我爹不会原谅你的！你说啊，我帮你求情了。”吴天玉哽咽说着，眼泪滚珠似的落下来。

“我……”潘道延欲言又止，这会儿总算把头抬起来了，眼瞅着吴天玉伤心欲绝的样子，心里边一阵酸楚，泣不成声，“是我。先生的吴中山水、水——我临、临摹了。落款，我。那次，上次，我爹来，说，说我娘病病得厉害。抓药，要的。我，没办法。憋在心里头，没一点办法。我……家里来信，来信说，说我娘的病不不见好，病重了。我——不是人，不是人，是混账！先生说了，是混混账。”潘道延说到这里，失声痛哭，伏地磕头，泪如雨下。

这时候吴元厚才想起来，前些日子潘道延有点不正常，原来不完全是因为跟天玉闹别扭，其中隐情被忽略了。吴天玉听了已是泪流满面，回头看父亲，轻轻地叫了声“爹”，心里想为潘道延说话求情，一时不晓得说什么好。吴元厚一脸木讷，瘫坐在椅子上沉吟半天，一转脸对潘道延说道：“唉，这个事情你怎么不早说呢。你娘身体不大好，我晓得。我当时叫你回去一趟看看，给你钱，你为什么不拿呢！”

说罢，吴元厚长长吁了一口气，手一抬说道：“天玉，把阿延拉起来。我说阿延，你明天早点起来，坐车赶回去看看你母亲。”

“嗯。”吴天玉替潘道延点头道。

“你们先下去吧。”吴元厚摆了摆手“唉”了一声。眼瞅着女儿把潘道延拉起来一道走了，吴元厚立起来在画室里踱步踱了一个来回，然后坐下来，身子仰靠在椅背上闭了一会儿眼睛，渐渐恢复到平常状态。

这天晚上吃晚饭，一家人无话可说。

吴天泽匆匆扒了一碗饭，立起来就走，说：“我回书房。”潘道延没有出来吃饭，吴太太催女儿去叫他来吃饭。吴天玉说：“阿延睡了，好像有点不舒服。”吴太太不清楚潘道延的事儿，饭桌上也没人提起，她也不多问，便由着他去了。吴元厚一个人吃闷酒，觉着没劲儿，把阿仲喊过来一道吃酒；两个人说了些园子里的植物，盆景。明香晚饭之前出去办一点事情，还没回来。阿仲看天色晚了有点担心。吴太太说：“没事儿，明香一会儿就要回来的。”

吴天泽听说潘道延有点不舒服，先去潘道延房间看看。门没关，吴天泽推门进去喊了两声“阿延，阿延”，见他没反应，走到床边一看，这小子睡着了。吴天泽心里有点纳闷，嘀咕道：“阿延早睡，从来没有过的事儿，除非生病。”吴天泽伸手摸一下潘道延额头，没事儿，就悄悄地离开了。

吴天泽到外面伸了个懒腰，觉着自己也乏了，也想早点睡觉，随即走到自己房间，脱了衣服；一想不对，赶紧穿上，奔自个儿书房去。

他到了书房里，铺开宣纸；眼下要写的东西在外头澡堂子泡在大水池里已经想好了，这会儿不用多想，便挥毫疾书：

> 本应传承家道，然心不情愿，硬逼从之，非当下民主倡导也。离家月余，见识渐长。长思以为，吾等非等闲之辈，当以外出自谋

生路为己任，而非家教云云生来必吴门道行之。今叛道而驰，不可定说不孝、不遵，实乃求索独立人之道。祈父母大人准儿放行，叩谢。天泽即日顿首

吴天泽一气呵成写完，把笔一扔，看一遍，觉着自己心里要说的话就是这个意思。他想明天一早起来把这篇东西塞到父亲的画室里，让父亲看了，回头给个说法。这时候吴天玉进来，叫了一声“哥”，走到画桌边一看，“哇”一声道：“这幅字写得漂亮哦。”被妹妹这么一说，吴天泽突然间觉得：“哎，这幅字，你还别说，真的写得可以哦。布局自然，行书笔墨浓淡相宜，通篇贯气，力透纸背。哎咿呀，哈！天玉，你看这幅字，内容写得好坏狗屁不通，先不去说他，就说这书法怎么样？不错吧？”

“嗯，不错。”吴天玉头一点，跷起大拇指。

“何止不错，那是很不错的。”吴天泽坐下来跷起二郎腿，头一歪“哈”一声道，“不是吹，你看这幅字，阿延就写不出来。不信？明天叫他写一幅，拿出来比比看？”“你就自己吹吧。”吴天玉嬉道，一边又看这幅字；这一看细读内容。完了头一抬说道：“哥，你要出去谋生？你到外面去做什么事儿？不会再去跟人家赌吧？”

“瞎说什么，”吴天泽面孔一拉，说道，“那个我不玩了。跟人家打牌是偶尔闹了玩的，不是谋生。谋生是什么，你晓得啵？你晓得个屁！天玉，我今天告诉你吧，这谋生，就是笼子里的鸟自个儿飞出去，懂了吧？哦，你听不懂。”吴天泽“哈”一声，接着说道：“我跟你再说一个事儿，你就懂了。天玉，你还记得从前我们家里的那只鹩哥吗？”

“记得哦，它从笼子里飞掉了。怎么了？”

“我现在告诉你，天玉，它，不是自个儿飞掉的，是我打开笼子门把它放跑的。它开始的时候，待在笼子里头不肯出来；后来我哈一声，把它给惊吓了，在笼子里撞来撞去的，突然它撞到笼子门口，一看，没东西拦住它，它就一个扑腾飞出来，飞掉了。没了。现在，是死是活，不晓得。反正它再也没有回来。这就是谋生，知道啵？”

“好啊，天泽！你知道那鹩哥是我们家的心肝宝贝，原来是你那天夜里把它放跑的。为这个事儿我哭了几次。阿延出去找，淋了雨，回来生病。你现在跟我说谋生？说你谋杀鹩哥还差不多。你要知道人家家里养的鹩哥一飞出去，断水断食，就活不成！”

“它可以自己找，这就是谋生……”

“我不跟你说鸟了。”吴天玉眼圈一红，手一摆说道，“你别谋生谋生。刚才爹跟我说了，说你不想画画，说你不想当画家，要去上海。哥，这不行。你还记得顾大猷么？他那个时候到我们家里来，他说过，你将来是个书画家，是个大书画家。爹说了，这是顾大猷的吉言，就指望你呢！”

"不要指望我——"

"要的。"

吴天泽眼睛一瞪，"哈"一声道："你去跟阿延说要的，不要来跟我说。跟我说没用。我已经想好了，就等着笼子门口没东西拦住我；明天早上爹看了我写的东西，把门一打开，我就飞掉喽。"

"吴天泽，你想得美！我跟爹说了，不准！"

"你说不准？——你说有什么用？脚长在我腿上，你拦不住。别说你，家里谁都拦不住。"

"那唐小姐呢？我叫唐小姐拦住你，除非你不在乎她，不欢喜她。"

"唐小姐怎么了？她还好吗？"

"好，人家惦记你，就等着你回来碰头呢。今天我去，她还在问，你哥哥几时回来？我跟她说，出去一个多月了，该回来了。他一回来就会来看你的。"

"哦，是要找个时间去看看她。哎，你跟她说起我出去了怎么说的？说我坏话了，是吧？完了。"

"我怎么会说你坏话。我跟唐小姐说，你出去写生了。"

"哎——这个说法好，比说谋生好。"

吴天玉听了，嘴巴一撅道："人家唐小姐在等着你哎——哥，我告诉你，唐小姐真的不错，是很不错，好得很。唐小姐心里中意你，我看出来了。但是你对唐小姐是不是中意，我现在看不出来。你自己想好了，别到时候后悔来不及。我说唐小姐真的是蛮好了，换了别的小姐早就不睬你了。"

吴天泽不觉一笑："好了，你要是急着给唐小姐回话，就跟她这么说吧，就说，哦，不用说，就把我现在写的这幅字送给她；等明天爹看了以后，就把这幅字送给唐小姐，一是表示歉意；这个二就是，她看了上面写的也就明白了我的意思，回头见面也好说话。你说这个主意好不好？就这么说了，不为难你吧？"

吴天玉一想，回道："你想出去谋生，爹不会准。没人给你打开鸟笼门，我看你去撞吧，撞来撞去的有什么好处？"吴天玉说罢，转身就走。

这一天吴家人似乎都有点累了，睡觉比平日早了些。

吴太太睡觉前看见阿仲在客厅门廊外头，便走过去问道："阿仲，你在这里走来走去的做什么啊？还不去睡觉？""哦，太太，"阿仲转过身来回道，"我在等明香回来，给她开门。"

"不用等，"吴太太手一摆说道，"她带了后门钥匙。"阿仲听了一愣，脸上发讪说道："太太你们先睡吧，我再等一会儿。"眼瞅着吴太太往里头去了，阿仲心里嘀咕道："这么多年，明香从未有过一个人出去，到这么晚还不回来；也没听说过家里丫头出去带后门钥匙。”一看时间已经过了晚上九点半，阿仲到后院去转一圈。

这时候一辆马车把明香送到吴家后门。

那个车夫年纪不大，头一歪，眼睐着这个年轻漂亮的女人下了车，从一个大宅子的后门进去，心里猜想大概不是什么好事儿。一路上他就在想，自己以前从来没有碰到过这样的怪事儿；在同春楼外头看见这个小女人从里边出来，当时就觉着奇怪。同春楼进进出出的一般全是男人；虽说里边的姑娘也有晚上出客的，被一些有钱的大客人包了送过去接过去唱堂会，但是看这个小女人不像是做这一行的，说话走路的样子蛮像大户人家的小姐、少奶奶，或者是姨太太。那个车夫怔了一歇，吹一声口哨，将马车掉头返回；马蹄声嗒嗒嗒的由近而远，给寂静的夜晚平添了一种恍如隔世的意境。

阿仲在后院里突然看见一个女人闪进来，月光下一看，眼睛一跳；他晃了晃头，好像眩晕得像个傻瓜似的翕动嘴巴，一时间连话也不会说了。

明香径直往自己房间去，阿仲神使鬼差地跟过去。到了房间里头，阿仲这才回过神来，问道："你吃过了没有？"明香走到镜子前照镜子，一边说道："还没吃呢。"这时候阿仲站在明香身后隔着好几步，眼眸子在明香的后背上上下移动看她身上穿的旗袍，看她的头发，看她的腰，最后盯着明香的屁股看。明香突然转过身来眼波一送，轻声说道："我这会儿要换衣服了。你帮我去热点吃的端过来。"阿仲答应做了。之后，便回到自个儿房间睡觉去。

这天夜里，明香躺在床上翻来覆去睡不着，心里想着女人青春难受，便想着自我安慰。待到把那个东西拿出来，又觉着那个做的东西没有血肉。这会儿不知怎么的，她像中了邪似的从床上爬起来，穿上衣服，往阿仲房间去。

园子里黑黝黝的，半个玻璃片似的月亮盯着一个身影飘忽的女人。她蹑手蹑脚穿过通向后院的过道，一眼望见那一尊太湖石假山泛着青光，背后的屋子黑白笼统的。忽见一只野猫踅摸到屋子顶上，"喵儿"一声蹿到围墙上，她吓得身子一抖，快走几步贴到那屋子门上。

阿仲睡的房间从不上锁，推开门进去便是；她轻轻地摸到里头，脱下衣服就往阿仲的被窝里钻。这是明香长到二十一岁头一次光着身子抱住男人；这会儿心里骚动、复杂、义无反顾的忘我放肆可想而知。阿仲被这突如其来的女人惊醒得不知所措。阿仲活到三十六岁头一次被女人碰。这是他头一次碰女人。在过去的日子里阿仲心里想女人，偷偷去过城里的堂子。但是到了那里他心里往往又虚得慌，生怕自己染上那些犯忌的毛病，要是回来出丑了，在主人家里没脸，不好交代；再就是，到头来还是手捂着口袋不舍得花钱。

阿仲一会儿手忙脚乱，像个什么也不懂的大笨蛋，惹得明香只好主动先用两只手来暗示他。阿仲跟着做，先亲嘴；接着慢慢地轻轻地把奶子揉了。完了，手一路哆嗦下去，摸索到下面的小门口；阿仲心里紧张，忒急，被明香暗示得血管爆了，一个对口就发急了往里边去。

阿仲先前没碰过别的女人，没比过；他想旧书上说的那个“无与伦比”大概就是眼下的这个意思。这个意思，就这么意思到了。明香也从来没有受用过一个活生生的男人。这个男人不是个东西。这个男人，不是她孤独、寂寞难耐一个人用来做的那个东西。那个东西不是一个男人活生生的东西，看样子虚伪得很，没有感情，没有体温，没有人性，没有根子，而现在与自个儿融为一体的这个男人的根子，教她不知天高地厚忘乎所以。这时候明香浑身颤抖，咬住嘴唇忍不住呻吟……这时候阿仲好像控制不住了。他想，自个儿便是吾家老爷写字作画用的那枝毛笔杆子，到了该写字该画画的时候，就会毫不迟疑地听从主人的意思挥毫疾书，以将积蓄了太久的想法发泄到好比从天上飘下来的宣纸上。

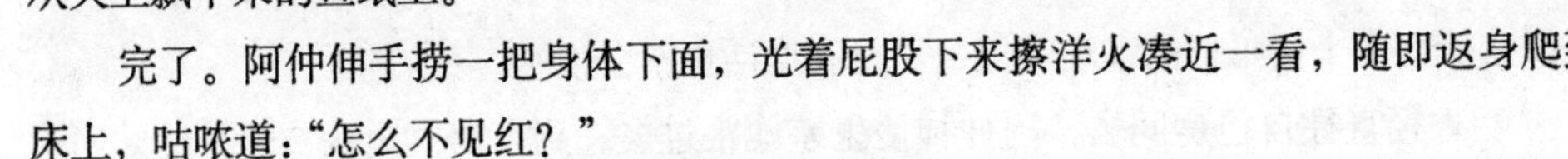

完了。阿仲伸手捞一把身体下面，光着屁股下来擦洋火凑近一看，随即返身爬到床上，咕哝道：“怎么不见红？”

“你要红做什么？”明香拍掉阿仲的手，嗔道，“我是黄花闺女，就像园子里的海棠花，还不够你红啊？”

“那，红呢？”

“大概是拿东西做掉了。”

“嘿，我原来心里想着见红呢。”

“我咬你一口就有了。”

两人披着被子坐在床上说悄悄话。“明香，你今天晚上到哪边去的？”阿仲突然问道。明香一听，掀掉被子穿衣服，一边说道：“我要过去了。今天晚上的事情我是不会讲的。”

寻访笔记 26

我的想象有时候受到一定限制……

那天吴有箴先生问我：“你到底是想纪实写呢，还是想写一个编出来的故事？”

“故事。”

“那好，”吴有箴先生说，“我问你，故事是不是小说？小说是不是在事实的基础上加以想象虚构？”他突然笑起来说：“这不是废话么。”

“是的。”我说，“不过我的问题是，事实已经不完全是我想象的事实了。我在寻访中的记录是今天的我很难想象的。我琢磨着我寻访的有些东西是真的吗？假如是，我为什么要想象呢？假如不是，我为什么不可以想象？”

“哈，”吴有箴先生说，“如果你寻访记录的东西是真的，那么你的想象就是假的。反过来说，如果你寻访记录的东西是假的，那么你想象的东西就是真的。”

我想……

我在寻访中获得的每一个故事桥段和人物细节都自然重组于我的想象系统；我在这个看似不着边际的空间里，叙述我已经受到一定限制的自由想象。故事，还是过去的故事，而我已经从过去返回到现实——

第二十六章

唐小姐一早起来就心情不好；吃早饭时一会儿嫌豆浆里的糖放多了，撅起嘴巴说：“以后糖我自己来放，不要你们放；你们放得甜死掉了吃不下去。”一会儿对周妈说：“早上我欢喜吃粥，吃油条，要么吃黄天源的糕……”周妈说：“每天吃的要换换的，不好一直吃这几样东西——”唐小姐把筷子往桌上一扔：“我就是要吃，你怎么不买？”唐太太看不下去，只好吩咐周妈马上出去买。唐小姐见周妈要出去买，又说：“算了，不吃了。”“你这个丫头倒是蛮难伺候的。”唐太太说，“昨天买了，你不吃，说每天吃这个东西都吃腻了，要换个口味。今天一大早周妈特地出去买了你欢喜吃的小笼包子，你又嫌了，不吃了，叽里哇啦地又要吃油条了。那油炸的油条有什么好吃的？就是你欢喜吃，也不能天天吃啊。再说了，这粥端到你面前，你说这是泡饭，你要吃米烧粥，你叫人怎么伺候你这个大小姐？幸亏周妈脾气好，换了别的用人，你把人拨得不晓得做什么好，就等着受你的气！”

“我有什么难伺候的？”唐小姐说，“不就是要吃点我欢喜的么？又不是什么好东西——不想给我吃，拉倒！我不吃了。”说着，便伸手一撸把豆浆碗碰翻了。唐太太“喔唷”一声，一看自己身上，嗔道：“你看你！我刚穿上去的旗袍就给你豆浆弄的。待会儿我要出去，真是的，早上就没个安逸。我说你还是早点嫁出去，待在家里烦死人了。”

唐六梓开头一直不响，看报纸，吃豆浆，这会儿有点忍不住了，说道：“宓宓这几天你有点不像话了。一点点小事情弄得不开心有什么意思呢？”唐小姐立马回道：“是你们把我弄得不开心，不是我把你们弄得不开心……”一边拿筷子拨弄面前碗里的粥，嘴巴里不时发出“嗯、唏、唔、去、不要”的声音，听了叫人心烦。唐六梓摇摇头，不想跟女儿多说了。他知道女儿从杭州回来心情坏得像个马蜂窝似的不能碰，一碰，她就跟你乱来不讲道理。唐太太气不过，说道：“我女儿现在怎么变得这种腔调，人家外头看你一副斯斯文文的样子，在家里作得要命！你这个腔调，以后谁讨了你做女人，人家吃不消。”唐小姐一听，伸手把饭桌上的碗撸到地上；没完，又将筷子、碟子一并撸到地上，恨恨说道：“我不要人家来讨我做女人——你们不要一回来就寻我出气，好像我在外头丢你们面子似的。哼，妈妈你，从来也不问问我心里是怎么想的，就一直在我耳朵边上不停地说那个楚二好啊好的——好什么好啊，好个屁。他们家，不就是开一个得鲜楼开一个饭店旅店么？有什么稀奇，我才不稀奇呢。那个楚二，一副什么腔调？在外头把我当一个丫头了。他说什么，我就要跟着他屁颠颠的？还不允许人家跟他商量，把我当什么啊？我们家好坏也是体面人家，他凭什么颐指气使，要我听他的安排。你们一回来我跟你们说了，我不欢喜这样的腔调。你们怎么就是一口认定他好？说我的不是，气死我了！”

“人家也是好意，”唐太太道，“你啊，真的误会了。昨天楚家二少爷还到唐楼去看你爸爸呢，说改日要在得鲜楼摆一桌给你赔不是——”

“是啊，”唐六梓放下报纸，又拿了另外一份报纸，说道，“楚家二少爷还是蛮有诚意的。你看他跟我们不来虚的，一碰头就说自己的不是，说得罪你了，他错了。这是什么原因，宓宓你说？就是因为你们俩来往交际少，不熟悉，不了解嘛。这个慢慢交际，就彼此彼此了。”

唐小姐霍的一下立起来，一脚把脚底下的一只小碟子踢开去，一边说道：“谁要跟他交际彼此彼此？我现在跟你们说，不要再提他了，算了。”

“什么算了？”唐太太一怔，伸手把唐六梓正在看的报纸拿下来，“我说你现在不要看报纸了好不好？你听见了没有？你女儿说算了。”一转脸，看着女儿说道：“宓宓，你这么说不就是跟他断了么？我说你跟他不好断的。现在还不要紧，就算是你们闹个别扭，他主动提出来跟你赔不是，还不好么？更何况我听下来未必是人家楚二的不是。我自己养的女儿我晓得，不好弄，不好伺候。周妈晓得你脾气，是吧？”周妈正弯腰收拾地上的东西，慌忙说道：“太太不要这样说小姐。我说小姐蛮好的。倒是外面的人不好弄，想着你的时候就来花言巧语；要是有一天想不着你了，拉起来屁股上一脚，眉头也不会皱的。”

唐太太听了，觉着又好气又好笑，盯着周妈看了一会儿，说道：“周妈，你待会儿再收拾。要么，现在先去买点黄天源糕回来，让小姐吃了不发脾气，开心一点。”唐六梓一听，摆手说道：“早饭吃都吃好了，还要去买什么。”唐太太一转眼，说道：“今天吃好了，明天就不好吃啦？”唐小姐随即说道：“周妈你不要去买，我不要吃了。要吃，我自己去买！”说罢，转身往楼上去。

“你是不用买，”唐太太看周妈把收拾的碎片装进一个空盒子，突然想起来什么，说道，“有人会买给你吃。哦，现在有人开始给你送点心吃了。说不定啊点心吃过了，跟着还要送围巾；接下来我看人家就要送戒指给你了。哼，我告诉你宓宓，你别瞒着我跟人家来往，我不答应的。”唐小姐一听，立刻从楼梯口转身回过来，走到周妈面前，咳了一声，说道：“周妈，你在背后跟我妈妈瞎讲什么？谁给我送点心了？谁给我送围巾了？”随即一转脸说道：“妈，你不要听周妈瞎讲。哦，对了，周妈是不会瞎讲的，是你乱猜的。蛮好，现在当着周妈的面问，是不是一个女的来送的？”

“那天，不是来一个男的？”唐太太一转脸看周妈，一转眼看女儿，“是不是？哼，你现在大了，想自由恋爱，我跟你爸爸不反对。但是，必须要经过我们准许，答应了才可以。要不然我是不会答应的，除非我死在你前头。我现在跟你摆一句话，宓宓你这样做，背着我们偷偷地做，有什么好结果？这种背地里的自由恋爱将来会有什么好结果？”

“周妈，你在背后乱讲些什么呀！”唐小姐猛地一跺脚，气得脸色煞白。周妈慌着摆手说道：“我没有乱讲什么，小姐。”

“还没乱讲？你不乱讲，怎么会传出这样的话？”唐小姐眼睛一眨，泪水落下来，“真是的！妈，我跟你说，你不要听周妈乱讲。是的，那天是有个女的有个男的来我们家。告诉你吧，那个女的是吴小姐吴天玉，爸爸你知道的，吴天玉是吴天泽的妹妹，是吴先生的女儿。”“哦？”唐六梓一听，放下手里的报纸，两眼放光，问道：“那个男的是不是她哥哥吴天泽？”

“不是吴天泽，”唐小姐揩掉眼泪，嘴巴一撅，说道，“是吴先生的学生，是吴先生未来的女婿，是他们家的姑爷。这么一说现在晓得了吧。瞎猜乱讲，气死人了！”唐小姐说罢，两只手把椅子拿起来往地板上“咚”一下，回头就往楼上去。唐太太摇头道：“唐六梓，你看见了哦，你生的女儿就是这个腔调。她这个脾气以后怎么得了。今后要是谁娶了她做少奶奶做太太怎么吃得消哦。”

“哎，”唐六梓一哂，“你说我的女儿，啊，不是你生的女儿？啊，女儿不就像你那个时候吗？……我说像你，你那个时候也是这个腔调，脾气大得很，谁都吃不消，只有我唐六梓吃得消你。哦，不过后来，你不是也蛮好嘛，哎呀，没事的，以后她嫁了人，结了婚会好的，跟你一个样子。”

“我哪里像她这个样子？我做姑娘的时候文嘟嘟的……”

“哪里，你是在外面文嘟嘟，在家里要小姐脾气。还说女儿像我，我看一点不像，就像你。哎，对了，宓宓刚才说起吴先生的女儿来过，我想是不是宓宓跟她要好，有来往啊？我说你什么时候趁女儿心情好的时候问问她怎么回事儿？以前朱子藏的儿子，哦，是朱红，他曾经跟我寻过开心，说吴先生的儿子吴天泽跟宓宓是同年……看样子，他们俩会不会啊？”

“你是说宓宓跟吴先生的儿子吴天泽暗地里在恋爱？不会吧？”

“哎，有这个可能啊，怎么不会？现在的年轻人不比从前我们。我说，要是真的有这个因头的话，蛮好的，我倒是巴不得呢。那个时候我就跟朱家大少爷朱红说‘不敢高攀哪’！”

“那楚家二少爷呢，怎么说？就算了？”

“嗳，我说你们女人的脑筋就是不灵，转不开。楚家的事也不叫算了，先吊着再说——我们呢，既没有答应，也不回了。昨天我们不是跟楚通里说了么，现在我们两家大人都没意见，就看他们两个了。现在我们时髦得很，不封建，不包办，由孩子他们自己看；满意了，他们觉着好了，也就好了。免得我们说好，他们说不好，两头不是一个方向。知道啵，好比一个要吃茶，一个要吃咖啡，各奔东西，我们到时候有什么办法？这个没有办法。哎，你不要说我有办法，我是有办法教一个茶杯跟茶壶碰头，但是，我是没有办法叫咖啡混在茶叶里一道吃。这个，我是没有办法的。”说罢，唐六梓立起来，拿了包准备走；一想，对唐太太说道：“我今天先到店里去看看，然后出去办点事情；晚上有个应酬，不回来吃饭。”唐太太一听，说道：“你昨天晚上有应酬，怎么今天晚上又有应酬？我看你忙得很，最近几乎三日两头要出去，在家里待不住。”

“你不是也三日两头出去打麻将么。你在屋里又坐不牢，是不是？我马上一走，你一会儿又要出去跟人家打牌了，比我忙哎！”

“我出去打麻将是没有花头的。”唐太太瞟了唐六梓一眼，说，“男人出去就说不定了。晚上应酬，跟谁应酬？我说你不会是外头有什么花头吧？”

“嗳，看你说的，我都一把年纪了。”

“是啊，一把年纪了，不要在外头老不着调的，知道了，不饶你！”

这天，吴天泽等到下午晚些时候不见父亲有回音，心里边有点发毛了，在自个儿书房里发脾气：一会儿将画桌上的笔架推翻了；完了，又把好好的宣纸揉得乱七八糟的；到后来索性把笔洗里的污水泼到窗户上，把本来明亮的玻璃窗弄得白一块花一块。这时候吴太太进来找儿子说话，一看，书房里弄得这个样子，按住心头不快，眉头一皱，说道：“天泽，做什么呢，你好好地待在书房里撒什么气？你看看，你看看这里，弄得像个什么样子？这桌子、这地上、这窗子、这书房里的东西碍你什么事了？你也真是的，越大越不像话！”吴天泽听了，端个凳子往墙壁前“咚”一放，一屁股往上面一坐，面对墙壁。

“做什么？”吴太太走到他身边推了他一下，“不想跟我说话是不是？是不是不睬我？天泽，跟你说话呢，你没听见是不是？”

“我耳朵好得很。”吴天泽对着墙壁“哈”一声说道，“我在听，两只耳朵都在听；我一面听，一面‘面壁思过’。”“嚯，”吴太太一哂，“你还算好，现在还晓得思过。我还以为你一根筋，要撞南墙呢！”

“我这是在书房里头面壁思过，”吴天泽一转脸说道，“又不是从大门口走出去撞南墙。”“哎，天泽，听你的口气，你这面壁思过，不是过去的‘过’，而是过不去的‘过’吧？”吴太太一顿，接着说道，“是不是接下来要有个说法？昨天你爹叫你写的东西，你写了没有？”

“昨天晚上就写好了。”吴天泽“刷”立起来说道，“我今天一大早就送到楼上去了。

到现在还没个说法。”

“天泽，你急什么？这个事情先让你爹想想。完了，我们商量一下再说，也不迟，又不急着这几天作决定。”

“这个事情不是很简单么，有什么要商量的？又不是什么大事儿。”

“什么？”吴太太眼睛一瞥道，“你说得轻巧。这个事不是大事儿，那么你说，什么事情是家里的大事儿？照我说，你这个事儿已经够大的了，眼下家里没什么比这个事情更大了。”

“不行，我要到楼上去问问……”

吴太太一把拉住儿子，说道：“你现在不要去。你爹正在画画。刚才我到楼上去看了一眼，捞不到说话我才下来的。你这会儿上去，不是自讨无趣么，他会睬你？跟你来讨论你要出去的事儿？想都别想。你爹，你又不是不晓得，他画画的时候，根本就没心思听你说话。哦，他一边画，你一边跟他说话，你不是白讲么？你嘴巴里说的是话，他在宣纸上画的是画。这话跟画的搞在一道，就变成他的墨是黑的，你说的话是白的……”

说话间，吴天玉悠悠哉晃进来，见她母亲在，对吴天泽挤了个眼睛，一转脸说道：“妈，邻居陈家太太过来看你，她在前面客厅里等着呢。她说有事儿要找你，叫我过来喊你一声。”说着，半推半拉地把母亲哄了出去。

吴天玉一回进来，就对吴天泽说：“哥，昨天晚上跟你说的事情你现在想好了没有？我等着你快点给唐小姐回音呢。要不然真的不好，你说呢？人家唐小姐也要面子的。你老是迟迟地不给人家说法，又不去看人家，叫人家怎么想？她会有不好的想法的。”

“我这会儿不想想这个事儿。”吴天泽眼睛一瞪，“你不要来跟我烦，我心里烦着呢！迟迟地不给说法，我现在就到楼上去，问爹讨个说法。”吴天玉一听嬉道：“吴天泽，我跟你说哦，爹是不会准的。我今天早上看见爹就跟他说了，我说爹，天泽不动好脑筋，不想走正道，拦住他，不准！我还跟爹出了个主意，说天泽要出去自谋生路可以哦，但是有一个条件。我跟爹说，叫你把我们家飞掉的那只鹩哥找回来。”吴天泽一怔，“哈”一声道：“你！”吴天玉“嘿”一笑，一个急转身从书房里跑出去。

明香进来收拾书房；眼瞅着吴天泽板着脸在书房里团团转，唉声叹气，一会儿坐下来，一会儿立起来，明香问道：“少爷，你怎么了？不开心啊？”吴天泽瞅了明香一眼，不说话，走了几步又坐下来，“哈”了一声又立起来；一转脸眼瞅着画桌上的东西，这会儿他觉着自个儿被拉长了，变方了，像个砚台，一口气憋在胸口闷得很，好像有人在自己胸口使劲研墨。明香收拾的时候间或瞟了他一眼，只见他整个面孔僵硬，好比石膏人像。吴天泽突然伸手用力捏了一把面孔两腮，随即嘴巴左右开弓一努一歪，紧接着收腹，张大嘴巴一个深呼吸，长长地吁出一口气，一转脸面对墙壁，恨恨地

“哈”一声道：“死吧！”明香吓了一跳说道：“少爷，你做什么哦，吓死我了！”吴天泽转身走了几步，自言自语道：“怕什么，今天伸头一刀，缩头一刀。没有办法。要不，闷在家里就要死掉了。”他心里想今天还是要跟父亲见个底，便直奔楼上去。

这天，楼上画室门敞开着。

吴天泽走到门口，探身往里边一张，父亲正埋头作画。吴天泽迟疑片刻，轻咳了一声，抽了几下鼻子小声说道：“爹，我写的东西看了没有？”

“嗯。”

眼瞅着父亲只是哼了一声，连个头也没有抬，继续画他的画，吴天泽慢慢地移动脚步走近那张硕大的画桌，探头看他父亲画的水墨山水；憋了一会儿忍不住说道：“爹，你现在忙，也不想停下来跟我说话，我，我现在也不想跟你多讲什么。你就给我一句话，一个说法，两个字‘准了’，我就可以早些做准备。”这时候吴元厚一笔下去一条线出来，一边说道：“等一会儿，我这里还有一点点就要画好了。坐一会儿，完了，我跟你说说你写的那个东西。”

吴天泽坐不下来，转身往画室窗口去，一转眼，看见书架上晾着父亲写的一幅字，录的是：

不飞则已，一飞冲天，不鸣则已，一鸣惊人。

吴天泽盯着那个“一”字看；看了半天，嘀咕道：“爹这个‘一’字，写得好！这个‘一’字，不大好写……”吴天泽一边嘀咕，一边用手指头在空中写了一笔，心里琢磨着用笔；一会儿，回头说道：“爹，这个‘一’字，我平时就是写得不好。不知怎么搞的，要是单个儿写吧，还可以看；一连到整章里头就显得不好看了。”

“嗯，”吴元厚放下毛笔，活动一下手腕，干咳了一声，说道，“你说的这个字是不大好写。你说对了。什么道理呢？‘一’这个字，看起来简单得很，其实最不好写。比如说一个‘人’字，看起来也简单得很，你觉着好写么？”

“‘人’字还行。”吴天泽“哈”一声回道，“比较起来要比那个‘一’字好写多了。”“不见得。”吴元厚摇摇头，沉吟说道，“‘人’这个字，看起来好像多了一个笔画，有个架子，你以为就好写？”

“人，比一好写。”

“不见得。”吴元厚深深透出一口气，“依我看，这天下‘人’字，是最难写的。——不信？你过来写几个给我看看——我看人，就不好写——这个，你不要犟，我说的不会错到哪里去，信不信由你。”吴元厚说着，已经取了一张宣纸铺开，招手说道：“来，天泽，过来，你来写一张给我看看——”

“好啊，写什么？”

“随便你写什么，只要带个‘一’字，和‘人’字。”

“哦，”吴天泽想了一想，“哈”一声道，“写李贺的一句。”挥笔写道：

我有迷魂招不得，雄鸡一声天下白。

“哎，有一，没人。”吴元厚用手指指点点，说道，“再写一幅。”“哦，”吴天泽瞟了父亲一眼，一哂道，“要带个一字、人字？”

“是。”吴元厚眼神温和，嘴角挂着微笑道，“一字、人字都带进去，要连在一道。听好了，要有出处，要有讲究，不要随便写一句什么‘一人不喝酒，两人不赌钱’——这个，上不了台面上的宣纸。”

“爹，你刚才还说‘随便你写什么，只要带个一字和人字’，怎么现在又不随便了？”吴天泽嘴巴一撇道，“要有出处要有讲究，这不难死我么？哦，我有了。”吴天泽一拍脑袋，大笔一挥写道：

一人得道，鸡犬升天。

“哈，”吴天泽写好了，猛一抬头嬉道，“哎，这句话的出处我不晓得，说这个说那个也忘了，记不得了。——反正意思我晓得。爹，你看，一有了，人也有了，还把鸡啊狗的一道拉进来了。哈。”

“你晓得什么？说说看——”吴元厚看了儿子一眼，转过身去，背着手在画室里踱步。

“说就说——”吴天泽做一个深呼吸，鼓足勇气说道，“打个比方，爹，你是画家、书法家，你一个人写字画画创作，一个人做了这个事儿，就想着要家里所有的人也跟着做这个事儿，幸亏家里没有狗啊猫的，要不然它们也得跟着练书法，学画画了。”

“错！”吴元厚一个转身，说道，“‘一人得道，鸡犬升天’不是像你这样打比方说的。我来讲给你听——这个故事，说的是汉武帝时，淮南王刘安笃信修道炼丹，有一次遇到八个鹤发童颜的老翁，拜他们为师，学习修道炼丹。丹药炼成后，汉武帝派人来抓他，他情急之下喝了丹药，成仙升天。他的亲友也赶紧喝药成仙。刘家的鸡狗因吃了炼丹锅里的丹药也成仙了。这个故事通常用来比喻一个人做了官，一个人得道成仙，和他有关系的人也都跟着得势，全家连鸡、狗也都随之升天。这一说跟我们家道传承千年笔墨不是一回事儿。”吴天泽瞟了父亲一眼，咕哝道：“好像我说的，更贴近眼下的事情。”“先不说这个。再写一幅。”吴元厚说罢，重新取了一张宣纸铺开来。

“还要带个一字、人字？”吴天泽一转眼问道，一边从紫檀笔筒里取了一枝特大毛笔，饱蘸墨汁，收齐笔锋。

“是，”吴元厚说，“有个一，有个人。”吴天泽一听，“哈”一声道：“小时候背唐诗宋词，记得有一句——”随即落笔写道：

我心一片磁针石，不指南方不肯休。

“哎，一有了，人呢？”

“我不是人吗？”吴天泽指指自己鼻子说。

“错！”吴元厚点点桌子道，“这是文天祥的诗句‘臣心一片磁针石，不指南方不肯休’。”

“我跟臣一个意思。爹是家里的皇帝，儿子我就是臣子。”

“这话我要听，”吴元厚笑道，“你说你是做臣子的，那就应该听我的。天泽你也读过不少书，知道啵？皇上说的话就是圣旨哦。”“书上是这么说的。”吴天泽小声回道，“但是，书上也有做臣子的上折子启奏皇上收回成命的，更有做臣子的死谏不是么？儿臣昨天晚上写的那个折子皇阿玛看了，得朱批哦。我这会儿就到门外跪下，等。”吴元厚一笑说道：“家里没朱砂，怎么批？”吴天泽指指画桌道：“小碟子里不是有红的颜色么？”

“那是画图用的色彩，批不得折子的。哦，批折子，非用朱砂不可。”

“那好，”吴天泽眼见画桌上有个干净的小碟子，伸手拿了过来，往自己面前一放，一边说道，“我有朱砂……”说着，已经咬破了自己手指，把血滴在小碟子里，将手一让，说道：“爹，用这个批我的折子。”

“你！”吴元厚没有料到儿子跟他来这么一手，一惊一怔，“怎么，破指血书了？活见鬼，有你这么个做法么？快拿纸擦了。”

“爹，折子呢？”

“好，现在说你的折子……”吴元厚说着，便在画桌上角一本册页底下把儿子昨天晚上写的那幅字拿出来，铺在画桌上，一边指着说道：“你写的这个东西我今天早上看了。你知道我看了是个什么感觉？好！”

“这么说，爹准了。太好了。哈。”

“我说你这幅字写得太好了。”吴元厚手背轻轻拂了一下宣纸，“照我看，这幅字是你目前写得最好的一幅字。你看，你最拿手的行书，写得酣畅淋漓，笔锋透出骨气，谋篇布局浑然天成。更令人叫绝的是，这幅字有感情，有力量，看得出来是有感而发之作，是难得的一幅精品哦，为父看了心里高兴，高兴啊！今天晚上吃酒……”说了半天，吴元厚是在夸奖儿子书法；吴天泽心里一急，便打断他父亲的话，说道：“爹，那我写的意思怎么说？”吴元厚手一摆，回道：“那个事情我们回头再说。”看儿子嘴巴张了张要说话，吴元厚随即说道：“哎，我说天泽，你呢，天赋好；还有呢，这个感觉

也好，从小练过童子功，基本功扎实，底子好。要是照这个路子走下去，我看，出不了几年就会有大的成就，叫人刮目相看哦。哦，现在已经，已经叫我刮目相看了。”顿了一下，吴元厚接着说道：“我觉着这一回你出去了一趟，坏事变好事了。你看，你现在的书法，好得很，跟以前比，更见生气和奔放。不像以前写的，还显得拘谨，放不开来。哎呀，看来一个人出去走走，再回来，人，还是有长进。古人说‘行万里路，读万卷书’就是这个意思哦。”吴天泽一听，两只拳头握紧了“砰、砰”两声打击画桌，一双黑深深的瞳仁闪烁，嘴巴一龇“哈”一声道：“放我出去喽，放我出去喽！”随即一转脸冲他父亲“嘿嘿”做了一个鬼脸，一个急转身往画室外走，一边说道：“我去做准备，明天一早起来去上海！”

吴元厚一怔，立马招手叫道：“天泽，回来！不是去上海。我的意思是，你最近先在家里好好地写字画画。过些日子我准你，我会放你出去写生，走得远一点，多看看大自然。”吴天泽听了，心里一沉，面孔煞白，转过身来走到父亲面前，嘴唇一吊说道：“爹这么说，是不准我出去了？”吴元厚微笑道：“哎，我刚才不是跟你说过了么？那个事情我们回头再说——”

“不，”吴天泽头一甩道，“我就是要现在说。昨天晚上我想过了，我心里要说的话，全写在这张宣纸上了，恳求父母大人放行。”

“天泽，你坐下来听我讲——”眼睐着儿子似乎很不情愿的样子一屁股坐下来，吴元厚拍了拍儿子肩膀，清了一下嗓子，缓缓说道：

“天泽，你听着，你看这纸上开头写的‘本应传承家道’，这开头就开得有道理。本应就是本来就应该如此。你不要跟我说心不情愿，又说是我来逼你，家里来逼你——为父之道，逼，从何谈起？《论语》里有一句话‘己所不欲，勿施于人’，我像你这个年纪的时候，也是不要别人来逼我的。靠人逼，能逼出你写的这幅字么？咹？这种气势，这种风骨的书法作品可传之于后人了。不是我现在说一句夸奖你的话，阿延就未必写得出来像你现在写的东西。这幅字里边的精神不是靠逼出来的，是你自个儿自然而然出来的东西，是好东西。你说你不是等闲之辈。说得好啊，像我的儿子。既然像我儿子，是我的儿子，那就顺其道而行之，并非家教云云生来必吴门道行之。至于这个叛道而驰，不可定说不孝、不遵，我至今从没说过你不孝、不遵；我只是推你一把走一条继往开来之道。古人说得好，‘非学无以广才，非志无以成学。’这句话，是诸葛亮说的吧？你说当下民主要倡导什么来着？我这么说这么做，落后么？不民主吗？”眼睐着儿子默然无语，吴元厚一想，继续说道：

“……我没逼你；要说有一点逼的话，最多是唠叨几句励志。你想，天泽你自己想，你天赋是好，人聪明，悟性不错，不是一般的不错，是很不错。有才有料，就是那个志向有点叫人担忧。苏东坡说：‘古之成大事者，不惟有超士之才，亦有坚忍不拔之志。’这个道理不是我来跟你说教，而是自古名理。所谓‘求索独立人之道’，那个道，说的就是这个道，就是这个道和理。你不要跟我说‘叩谢’二字。爹不是皇上，你也不是我的臣子。民国初期新文化运动不是倡导平等自由么？好，就算我吴元厚是生在大清朝的，不过，我现在活到民国，思想也跟得上吧？傅先生来劝我开明也罢，放行也罢，我都不去跟他理论个子丑寅卯；我接受好的建议做了。比如说，放你和阿延出去到学堂。比如说，现在又准你可以出去自由于自然山水之间，为父自以为我不封建、不固执、不霸道。相反，你这个做儿子的，跟我说这个事儿倒是有点咄咄逼人的腔调，你说是不是？你现在放着‘天生我材必有用’的路子你不走，偏偏要走你不懂的路子；偏偏要走你不在行的道，你说，你要去上海，去傅先生说的那个什么洋人的银行做事儿，——那个事儿你欢喜做吗？那个事儿你做得了吗？咹？我说你就听我一句，走你该走的道。你现在要是听得进去，想个几天，想好了自己通了，不是你叩谢我，而是我要叩谢你了。”

“爹说的话，是有道理——”吴天泽眼睛闪闪说道，“但是我现在，想出去闯一下。”吴元厚声音提高一格说：“你这是瞎闯，不在道上！”

“我自己要走的道，我自己看——”

“你这是跟我抬杠。去，我没工夫跟你说什么废话了。”吴元厚说罢，立起来执笔作画。吴天泽向后退一步说：“我要自个儿出去挣钱。”吴元厚一听，瞟了儿子一眼，说道：“你今后要是成为一个有名的书法家、画家，难道你的字画挣不了钱吗？”

“爹，我不想靠你出什么名，成什么家……”吴天泽说着，这会儿脑子里突然间回闪小时候他父亲买朱红的一幅假画。吴元厚一声长叹道：“这是一个做父亲的苦心。”

吴天泽突然立起来，说道：“爹，我今天跟你说，我就是要出去，我现在就是不想待在家里。”

“那你想做什么，咹？”吴元厚“啪”一下放下毛笔，“我现在不画了，听你说！”“爹，重复说，有意思吗？”吴天泽嘴巴一牵说道，“我已经说得黑白分明了。我要出去自个儿挣钱。”吴元厚一转脸，“咹？”一声，说道：“家里没钱给你用，给你花？这个家不是你的？以后这个家不全是你的？笑话！”

“爹，跟你说不清楚。”

“说不清楚就闭嘴，待在家里写字画画创作。”

“不，我这一回一定要出去！”

“你敢！”吴元厚手一抬指着儿子，说，“天泽我告诉你，你这一回要是够胆自说自话不辞而别，我就花大价钱叫警察局派人把你捉拿回来。回来，我就一杠子打断你两条腿，教你残废了待在家里别动，除了写字画画寸步难行！不信，你试试看？我说真的，就从来没假过！”吴元厚说罢，拿起笔来在宣纸上泼墨。

“爹，你狠！”

吴天泽说罢，转身走到门口，踢一脚门“哈”一声说道：“我走。”吴元厚猛地拍

一下桌子道：“你哪里去?!”

“肚皮饿了，下去吃晚饭。”吴天泽头一转回道。

吴天泽不等家里人到齐，自己先坐下来吃晚饭。一会儿他吃完了，把饭碗搁桌上一推，立起来说道：“我现在要出去一趟。”吴太太一听，“啊”了一声，放下筷子，眉头一皱说道：“外面天黑了，你这个时候到哪边去？”这时候吴元厚板着脸吃酒，一句话也不说。吴天玉看气氛一下子紧张起来，便说道：“哥，今天你就别往外面跑了。要出去的话，明天出去不行么？爹，你说呢？”

说话间潘道延正好赶回来吃晚饭。吴元厚问道：“你母亲情况怎么样？你怎么当天就回来了？”潘道延回道：“我娘说她不要紧，叫我放心走，叫我安心跟先生写字画画。我回来了。”

“蛮好，”吴元厚舒了一口气，说，“回去看一下也就放心了。”吴太太看着潘道延，说道：“你娘是不用担心你。你在这里好好的她也不用操心。她不像我一天到晚操心得很。还是你娘有福气。”说罢，瞟了儿子一眼。

“阿延，快坐下来吃饭。”吴天玉赶紧帮潘道延盛饭，一边说道，“哥，阿延回来了，你也别出去了，一道坐下来说说话……”

阿仲跟老爷碰杯，应和道：“少爷别出去了。来，吃点酒。刚才我到楼上去叫老爷吃饭，我听老爷还在夸你那幅字写得好呢，说明天就去天赐庄把少爷这幅字裱了。哦，还有傅先生托老爷裱的那幅画——”

“阿仲吃酒。”吴元厚用杯子碰一下桌子，眼睛对了一下阿仲眼睛。阿仲随即下巴一抬，吃一口酒，夹一筷子菜送到嘴巴里不说话了。

吴天泽站在一边怔了一会儿，开口说道：“我出去时间不会长。”稍微顿了一下，接着说道：“心里闷，到外头去走走，——你们不用这样看着我；我今天晚上要回来的。”

“不行，”吴太太看了吴元厚一眼，“天泽，听妈的话，今晚待在家里。天玉刚才不是说了么，即便是要出去走走，明天白天出去走走，不行么？非要这个时候外头天黑了出去？”“嗳，”吴元厚这会儿语气平和道，“吃过晚饭他要出去转转就让他转转嘛，这点自由还是有的。”吴天泽一听，舔一下嘴唇说道：“你们慢慢吃。”说罢就走。

吴天泽前脚一走，吴天玉凑到父亲跟前，问道：“爹，天泽要出去的事情你准了没有啊？”吴元厚吃鱼，不当心一根小刺咽到喉咙口“喔”了一声，赶紧“嗬嗬嗬”想吐出来，一边含糊说道：“没，没准……”

“那你刚才怎么准了他出去？”吴太太吃惊道，“老爷没事吧？咳，用力咳出来就没事了。”一转脸嗔道：“天玉也是的，赶着吃鱼的时候说话，叫鱼刺儿哽住了吧。我早就跟你们说过了，吃鱼的时候，叫你们不要多说话，你们就是不肯听！你看，真是的。”吴元厚连续干咳，说道：“好了咳出来了。不要紧。”吴元厚吃一口米饭咽下去，接着说道：“他要出去，我怎么可以准他？一准，就没个栏规了。孟子说过‘不以规矩，无以成方圆’，我这一回——”

“唏，”吴太太瞥了吴元厚一眼，说道，“老爷还说没准。他现在不是出去了么？你说不准，有什么用？”

“嘿，”吴天玉一笑，“妈，我刚才说的这个出去，跟你现在说的出去是两回事儿。我说的是哥哥要去上海。”“哦，”吴太太拍一下桌子，说道，“我还以为说那个事情呢，慌得我心里头像翻跟头似的。哎，这个出去当然不准。我是不会准的。阿延，你回头劝劝天泽；你跟他说，说不定他听得进去，天玉你说呢？”

“阿延才不会劝他呢。”吴天玉嬉道，“阿延现在是，两耳不闻家里事，一心只画唐伯虎。”吴元厚吃了一口酒，似笑非笑说道：“天玉，你这么说，是刺阿延呢，还是在夸他，啊？”

“我没刺他哦，”吴天玉头左右摆来摆去，含笑道，“也不是夸他哦。我是帮他哦，帮他做个好学生，让爹满意，我就开心了，阿延你说是不是？——要是我开心了，你也就跟着开心了是啵？”潘道延不接嘴，“嗯”了一声算是回答。吴太太瞪了女儿一眼，低声说道：“看你这个丫头说话，尽想起来说。你爹说刺啊夸的，就你会说话，想起来说帮。——阿延要你帮啊？你不帮他，我看他已经用功得不要命了。要是你再帮他，他真的不要命了。”潘道延一怔，突然间冒出来一句：“命要的。”大家一听，忍不住笑出来。

明香最后一个来吃晚饭。吴太太说：“哎，你不是说翻一床被子么，怎么磨蹭到这个时候？”明香回道：“要翻两床被子，我一齐翻好就是了，省得停手吃过饭再弄——”眼瞅着阿仲吃酒，明香说：“哎，阿仲，老爷吃酒，你也跟着吃酒？”阿仲一听，立马用手指着自己嘴巴——嘴里嚼着一口菜——回道：“我少吃点，一点点。”吴元厚一哂，端起酒杯跟阿仲碰杯，一边说道：“明香，阿仲今天晚上吃酒，是我叫他吃的。俗话说‘两人不赌钱，一人不喝酒’。今天你就不要管了。要管你以后管……”吴太太瞟明香一眼，在桌子底下踢吴元厚一脚。

吴天泽换了一身出去穿的衣服，心情稍微好了一些。出门叫了马车直奔城里去；到同春楼下来，抬头看同春楼匾额；看了一会儿，觉着这三个瘦金体好像比前两次看的时候瘦了些许，愈看愈瘦，排骨伶仃的，可见少了人的血肉。

吴天泽一脚踏进同春楼，一眼没看见徐娘。阿奔眼尖，见吴公子来了，刚想上去打招呼，只见吴公子熟门熟路直接往楼上去，便跟上去，拦住他，小声赔笑道：“吴公子请稍等片刻，随我下面来坐一会儿。”吴天泽看了阿奔一眼，径直往董碧韵房间走。阿奔立马挡住道，压低声音说：“吴公子，请借一步说话。”阿奔说着，拉一下吴天泽，往楼梯口那边去。吴天泽跟着走，一边说道：“哎，怎么了？你现在说就是了，何必再到楼下去？”

到了楼下花厅，阿奔哈腰，将手一让，请吴天泽圆桌一边坐下，随即招手女佣上茶，说道："吴公子请用茶，请在这里稍等。"

吴天泽推开茶碗，立起来说道："我这会儿就要上去见董小姐，怎么了？不可以吗？"说罢，转身就走。阿奔快走几步，到吴天泽身边凑近他耳朵说："董姑娘这会儿有客人，不方便。"吴天泽一听，拨开阿奔，直奔楼上去。阿奔眉头一皱，紧跟上去拦住吴天泽，哈腰说道："吴公子，这不行啊，坏了规矩我不好交代。您总得体谅小的难处，吃这碗饭是不容易的知道啵？您这么一来，我不好办。好，我不多说，说多了您不开心。这么着，我来给吴公子安排一位姑娘，一等标致，保证你满意了去。"

"不要，"吴天泽面孔一板，说道，"我现在来就是要上去会董小姐，其他人我不要——""那也好，"阿奔鼻子一嗅，满脸堆笑道："那就只好耽搁吴公子一点时间。您这边坐，等一会儿。哦，有客人来了。怠慢，失陪一会儿。"

阿奔刚离开，一转眼，看吴天泽又往楼上去，便急忙上去拦他，似笑非笑说道："哎，吴公子，你今天这么硬来就是不给我面子了。刚才已经跟你吴公子说了，董姑娘现在有客人，先来后到的，我们是谁也不好得罪。再说了，向来是两个女人可以对一个男人，我们这里还没有过一个婊子同时接两个客人……"话没落音，阿奔脸上就挨了一记耳光。

"你你怎么打人？"阿奔摸了一下脸，眼睛突出来说道，"你吴公子凭什么打我？这个屄跟那个屄不是一样的么？哼，好声好气让你，怎么着，想吃我，你找错地方了。告诉你，我不还手。我要是还手把你拉出去一对一，就是对不住你了。我在这儿是要脸面的，你凭什么打我脸?!"

"就打你这副嘴脸，"吴天泽反唇相讥过来，"别的地方我还不想打。今天晚上我就请你吃一记耳光，教你以后别在我面前骂人。要是再让我听见你骂她两个字，我就不请你吃一记耳光了，索性把你两个门牙撬了。不信？试试看？两个门牙换两个字，换不换？"

这时候徐娘从董碧韵房间里出来，眼睛往楼下一扫，款款走下来。

徐娘走到阿奔跟前轻轻地说了一句："忙你的去。"阿奔应声走开。徐娘转脸说道："没事了，吴公子，上去吧。"吴天泽觉着有点意外了，一怔，说道："徐娘，这不是有点不，不方便么。"徐娘不冷不热道："没事儿，上去吧。"吴天泽瞅着徐娘一双悠悠的眼睛，疑惑道："真的假的？"徐娘微微一笑回道："我说真的，就从来没假过。"吴天泽听了一愣，点头说了"谢徐娘"便往楼上去，心里想这句话怎么跟自己父亲说的一个样，一个口气，一字不差。

吴天泽一头闯进董碧韵房间，只听见里头传来："上面的字题得好，'东边日出西边雨，道是无晴却有晴。'这是刘禹锡的。"吴天泽一看，一个中年男人坐在窗口面对画桌，正在说道桌上的一幅画；抬头间，认出来彼此好像打过照面。

董碧韵见吴天泽来了，惊喜地迎上来喊了一声“天泽！”这一回吴天泽反应稍显迟缓有点不冷不热，嘴巴一努道：“他是谁？”看盛宾如坐在那里不动，董碧韵将手一让请吴天泽坐，介绍道：“这位是盛先生。这位是吴公子——”她本来想介绍说“吴天泽”，一瞬间改口了。

“哦，吴先生，久仰久仰！”盛宾如起身拱手道，一副和蔼可亲的面目，“吴先生这边请坐，哦，我跟董姑娘正在看字画，刚才徐娘也在这里看……”

“不打搅吧？”

“哦，没关系。”盛宾如见这位吴公子坐了自己原先坐的位子，便换了位子坐到董碧韵边上。吴天泽眼睛里闪出明显的不快；趁董碧韵转身去泡茶，吴天泽“哈”一声道：“盛先生，我不是什么吴先生。‘先生’这两个字，眼下我还够不着。我叫吴天泽，还没有字号。你要是高兴，叫我天泽好了。”

“鄙人盛宾如，”盛宾如略一欠身说道，“也没有字号，随吴公子怎么叫，觉着怎么顺口怎么叫。不过我看吴公子年轻我许多，那我就依老卖个岁数大吧，叫我一声老盛也可以。”盛宾如说罢，朗声笑起来，接下来说道：“这可不是倚老卖老哦。这个时代年纪轻才是值得称道的，不像我们的字画，愈老愈值得称道，董小姐你说是不是？”董碧韵走过来朝盛宾如微笑，一边将茶碗递给吴天泽，回道：“人，也不一定是愈年轻愈好，好比字画也不见得是愈老愈好哦。”“这话说得好。”盛宾如接口道，“我看字画，求的是一个真，不刻意追求一个‘老’字。你比如说这幅画……”盛宾如说着，一边将桌上的那幅画移动个方向，画的正面朝向吴天泽；吴天泽眼睛一瞄桌上一边还有几幅轴头，抬起头来看了盛宾如一眼，口气混混道：“哦？你还懂字画？”

“说不上懂，只是痴迷罢了。”

“痴迷？这么说盛先生很懂了。要是不懂的话，有什么好痴迷的？”

“吴公子，这话可以商榷。”盛宾如含笑道，“痴迷，是欢喜而着迷，有时候不见得非要懂了往深里去。外行也可以痴迷某一行的。比如说戏迷，一种是真的懂戏，还有一种就不怎么内行懂，只是着了迷似的欢喜。而欢喜一旦过了头，便是痴迷了，欲罢而不能。所以说，这‘痴迷’二字，不分内行外行。”

“听盛先生这么说，字画很内行了。真的假的？别头头是道说话说得像真的一样，到头来却是个什么也不懂的草包狗屎，那就笑死我了。”吴天泽说罢，跷起二郎腿，显出一脸鄙夷的样子。董碧韵看吴天泽有点过分，忍不住说道：“天泽，不许这个样子，对盛先生要有礼貌。盛先生今天来，带来几幅字画给我饱饱眼福，你来了正好，一道看看么……”董碧韵说着，眼神示意盛宾如把还有几幅字画打开来。盛宾如应声做了。吴天泽眼睛一幅一幅扫过来，完了，冷冷地说出两个字：“假的。”盛宾如一听，笑起来。

“你，笑什么？”吴天泽“哈”一声道，“好笑吗？有什么好笑的？一堆假的，还笑！我要是你，真笑不出来，转个身子面壁流眼泪还差不多，亏你还呵呵呵笑得出来，可见真的是草了包了。我说的没错是吧？嘿，嘿嘿。”说罢，盯着董碧韵看。董碧韵愕然，一时无语。

“嗬，”盛宾如突然收住笑，上下打量了吴天泽一番，缓缓地起身说道，“我说吴公子到底是年纪轻，眼力不行倒也罢了，怎么说话不托住下巴，像个小孩子似的赌气乱说——知道吗？这是在鉴赏名家字画，不是你玩小家家的时候裤裆里头尿急了，出去往墙根一站，拉出来撒尿……”吴天泽一听，脸一红，脖子梗起来回道：“这不是废话么。尿急了，憋死啊！”说着，也立起来，像个斗公鸡似的走到盛宾如跟前，接着说道：“我现在跟你这个鸟人没什么话好说的，因为你啊拿了几张假画来倒也罢了，还尽说些屁话。——我告诉你，我说假的，就从来没真过。不信？我们来打个赌？”

“我不跟你赌。”盛宾如一屁股坐下来淡然回道，“看字画凭的是眼力。真的就是真的，假的就是假的，跟赌不相干。吴公子要赌，跟你自个儿去赌。我吃饱了还有事情做，不像你吃饱了没事做，无聊得很，一碰就要跟人赌。老实讲，要赌，你恐怕还不够资格。”

“𡰾了吧，”吴天泽嘘“哈”一声，嘲笑盛宾如，“你算什么东西？你有什么本事和资格来跟我说道什么字画鉴赏？——别像个真的一样说屁话了。不敢跟我赌，可见你不懂，没料，虚了。要是这样的话，就把嘴巴闭上，回家吃茶去，最好不要在这里丢人，没人听你说屁话。”

“赌一回看看，盛先生。”董碧韵突然说道。

“嗯，”盛宾如眉毛一扬立马应道，“好，既然董小姐说赌一回，我就情愿赌一回了。”“赌就赌——”吴天泽眼光一闪，看着董碧韵，换一副笑脸道，“我跟这个姓盛的赌，你最好不要参与进来。要不，我就不赌了。”董碧韵一听，点头道：“好吧，你们俩赌。我要看真的假的。”吴天泽随即“哈”一声道：“好，盛先生你说吧，赌什么？怎么个赌法？”盛宾如回应道：“吴公子你说，是你要赌的，应该是你先说话——”

“那好，”吴天泽沉吟片刻道，“我说你这些字画是假的，而你自以为是说真的。这是非此即彼。如果我赢，你就离董小姐远一点，我不想再看见你——说到输，我现在告诉你，我没的输。我可以肯定，不会输给你。”

“不，”盛宾如立马回道，“如果吴公子错了，输了，那么从今往后就不可以干涉我跟董小姐有来往。我也告诉你，我到同春楼来，是慕名来听昆曲，是慕名前来跟董小姐一道切磋字画，欣赏字画，请问吴公子，有什么不可以吗？即便是我想董小姐了，若是你情我愿，请问吴公子，有什么不可以吗？我把话跟你说白了，这一赌，如果吴公子对，我输了，那么我就当着董小姐面给你跪下磕头，拜你吴先生为老师，敬重你，跟你学……”

“学个屁！”吴天泽突然打断道，“我先头已经跟你说过了，我不是什么吴先生。

你现在不要再说什么屁话了。就一句话，告诉你——你，肯定错！硬要死活不信，你可以去问我父亲……”

“啊？你是吴元厚先生的儿子？”盛宾如怔了一会儿回过神来，仿佛惊魂未定略一沉吟，赶紧换了一副肃然起敬的面孔轻声说道，“得罪得罪。吴公子的父亲是大名鼎鼎的吴元厚，在下盛某敬重得很。”盛宾如顿了一下，轻咳一声，接着说道：“不过，这话说回来，吴公子听了不要生气；你，说话不算。如果有你父亲吴先生看一眼，说一句话，我就认。”吴天泽“哈”一声回道：“好，就这么说了。你叫我父亲看一眼，他说真的，就从来没假过。”

“天泽、盛先生，”董碧韵双眼熠熠闪光，顾盼两人，说道，“这一赌，说不定留下佳话。只是我在想，接下来，怎么来请吴天泽的父亲吴元厚先生看呢？要不，叫天泽回去说一声？请——”

“请吴元厚先生，我来办。”盛宾如吃了一口茶，放下茶碗说道，“吴公子你在这里坐，陪陪董小姐。我马上走，去唐楼找唐先生。我请他出面把令尊大人请出来，我们约个地方。”说罢，盛宾如立起来告辞。

吴天泽坐着不动，略欠个身算是应付了。董碧韵起身施礼，送盛宾如到房间门口，背着吴天泽，轻声说道：“盛先生，最好把吴元厚先生请到唐楼去，我也好去。”“晓得了。”盛宾如点头道。

这天晚上唐六梓在得鲜楼请钱专员、马科长吃饭。唐六梓跟钱专员原来不熟悉，经过马科长介绍认识，今天是头一回请他吃饭。那钱专员叫钱文宾，人看上去滋润，中等个子，穿一身灰色中山服，朴素又不失为正气、庄重。马科长前些日子升了副局长，一个“喜”字还写在脸上，今晚出来吃饭，说话自然而然提到钱专员对自己的提携，便想着法子要向钱专员敬酒。

钱专员说：“我不吃酒，吃点饭吃点菜。”钱专员说不吃酒，就是不吃酒，一边还规劝道：“我说马老弟，你最好也不要吃酒，即便是场面上应酬，你也尽量不要吃。”饭刚开始吃，钱专员就开始说“新生活”了。他要了一杯白开水，干咳一声说道：“……蒋委员长倡导的新生活，从委员长自己做起。这是我等国民政府官员之榜样。当然了，像唐先生这样的民间人士，老百姓，啊，你们有这个嗜好，这个平时在家里、在外头吃一点老酒，我就不好多讲了。但是，马老弟你不同哦。你是民国政府地方上的公务员，大小是个副局长嘛，恐怕就要克己律己了。”钱专员一口浙江官话，一通开场白，便扫了马雨森吃酒的兴致，但脸上不敢露出来，应合着钱专员，唯唯诺诺道：“这个，少吃一点；最好不吃……”

唐六梓一看，酒也开了，杯子里也满上了，心里想要是自己一个人吃酒多没意思；自己平时多少好这么一口，便委婉地说道：“我想今天这个日子说起来比较特别，一来呢是第一次很荣幸能够认识钱专员……这二来呢，也想借这个机会私下里小小地祝贺

一下雨森高升。钱专员就看在这两点上，准了马局长跟我吃一点酒，就一点点。”钱专员看唐六梓人不错，初次见面印象蛮好，说话感觉也算诚恳，便说道：“那就来一点意思意思。不过，我是肯定不吃的。”

吃好饭出来，马局长提出找个地方休息一下；唐六梓心里有数，说道：“现在去同春楼吃茶，听戏，怎么样？”钱专员一听，立刻把脸拉下来说道：“唐先生，要吃茶，改天到唐楼去吃么。你们说的那个地方我是不会去的。我是政府官员，去那种地方成何体统？像什么样子。”说罢，钱专员一头钻进自己车子。

唐六梓一转脸对马局长说：“哎，他不去，我们去。”马局长会心一笑，头一点，说：“走。”两个人各坐一辆黄包车去同春楼。

到了同春楼门口，马局长下来先行一步；唐六梓下来给前后俩车夫车钱，一转眼，看见吴天泽从同春楼里走出来，唐六梓一怔，脸转过去避开。吴天泽没有看见唐六梓，上了前面一辆黄包车。眼瞅着那辆黄包车跑远了，唐六梓吁出一口气；转身一看马局长已经进门了，便赶紧跟进去。

寻访笔记 27

听说当年吴天泽和盛宾如为了争夺董碧韵，私下说好赌一把，输的人退出。结果吴天泽输了。吴天泽出钱叫人把盛宾如打成重伤，差一点残废。董碧韵嫁给了吴天泽。盛宾如伤愈出院后，出了更大的价钱叫人报复，打断了吴天泽两条腿不算，还废了吴天泽右手。吴天泽后来只好用左手写字画画。

吴有箴先生看了以上的寻访记录，“哈”一声说道：“这段东西如果编到电视剧里，或许比较好玩，但不是真的。”

“什么是真的？”我看着吴有箴先生的眼睛，问道。

“真的，就是真迹。”吴有箴先生说，“真的，比假的有价值。这是废话。假的东西脱不了做假的一般套路，就是大同小异不断重复、雷同。你想复制吗？”

“不，”我说，“我不想复制编假成灾的套路。事实上，我还是遵循历史上的影像。当然我也遵循创作的一般规律。”

“这么说，还可以理解。”

“您，真的能理解吗？”

“当然，只要你尊重一个人的历史，虽然这个人有不少污点。”

“这么说，您允许我如实道来？”

“哈，丰子，你现在说这个话，是不是晚了点？现在看来，恐怕我已经拦不住你了。算了，你写吧，我还等着往下看呢！”

第二十七章

吴天泽夜里回来，一进门直奔厨房间。

潘道延跟着他到厨房里，看他端剩下来的冷饭冷菜吃，便阻止道："冷的东西不好吃，要吃，吃热的，要的。"吴天泽回头扫了潘道延一眼，冷冰冰地说了一句："你怎么又来了？我要你说个屁。"潘道延听了，一把夺下他饭碗，闷声说道："我就是想说要的。"吴天泽一怔，嘴唇皮一吊，"哈"一声道："阿延，我说你今天怎么了？吃饱了没事情做啊，像个跟屁虫似的跟在我后头，连我现在回来肚皮饿了吃点东西你也要管？"

"为你好。"

"你是什么？"吴天泽把手里的筷子"砰"一声搁在碗上，提高嗓门道，"阿延我告诉你，家里谁都可以来管我，就你阿延不好来管我。你是什么，你是我哥啊，你是我们家姑爷啊，你是我妹夫啊。你，现在还不是。我要是给你管了我成了什么人了？这家里我还要不要待了，啊？去，别来管我，别来烦我。我现在烦都烦死了。在外头烦，到家里还是烦；他来烦你来烦，你们合起来想把我烦死掉啊！你要是再跟我说'要的'，你妈的，我就把你扔到外面的河里。——你盯着我看做什么？不信？你试试看，我说真的，就从来没假过。"

潘道延翘起嘴巴，眉头一皱，一手拿起筷子，另一手一把拉住吴天泽往厨房外头走。潘道延手劲大，吴天泽挣脱不了，叽叽歪歪道："操你个阿延，你干吗啊，发神经啊，拉我到哪边去？松手啊，唏。"潘道延闷头不理吴天泽，一直把吴天泽拉到自己房间里。

潘道延到了房间里才松手，把吴天泽一推，关上门，走到自己床前，伸手到被子里一摸，回头说道："热的。"随即把焐在被窝里的饭菜端出来，送到吴天泽面前，鼻子向上一皱，抽一下鼻子说道："吃。"

吴天泽一愣，盯着潘道延看了一会儿，一句话不说，接过潘道延递上来的筷子，坐下来闷头吃了。潘道延在吴天泽对面坐下来，看吴天泽吃得香，想趁这个时候跟他说话，但一时不知道说什么好，嘴巴嚅动了半天，总算开口说道："天泽，今天你回来得不晚。"

“嗯。”

“天泽，你怎么不说话？”

“呼——”

“跟你说吃热的，要的。”潘道延觉着今晚吴天泽好像变了一个人似的，便主动引话说；眼瞅着吴天泽嘴巴嚼着，一面呆呆地盯着饭菜出神，潘道延接着说道：“从来没见你这样闷的。天泽，你在想什么啊？”

“吃。”吴天泽咽了一口下去，舔一下嘴唇，说道，“她今天对我不热。她今天对人家热。前两次我去看她，她对我好。这一次，她好像有点变了，好像对我不怎么好。她好像对那个人好了。还有她……”吴天泽差一点说出她名字；这会儿一想，要是说出她的名字，怕是要引出同春楼，引出更多的话。这个事情现在不能跟潘道延讲，便改口说道：“她也怪了，我跟人家赌，她起劲个屁啊，我有点弄不懂她。”潘道延听不出来这个“她”是个女的，这会儿听吴天泽说到一个“赌”字，脸色大变，“啪”立起来，说道：“天泽，你昏啊你！还要出去跟人家赌？上次你跟人家赌的事情还在眼前呢。这个要是让先生跟太太知道了，要他们命，要的。”“你又来了。”吴天泽一笑说道，“我说阿延，你，能不能不要跟我说那两个要命的字，啊？我现在一听你说这个要的，我就生气，我就难受，我就不要，我，很不要的。求你别说了好不好？要说，我来说要的……哎，阿延，你慌什么？你不要慌，不要虚。我现在跟你说的这个赌，不是先前的那回事儿。我现在不是跟人家赌钱，是赌人——”

“啊?!”潘道延张大嘴巴，眼睛突出来盯着吴天泽看。潘道延突然觉着忒恐怖了，因为吴天泽跟人家“赌钱”已经把家里边搅得六缸水浑，完了，这会儿又跟着要“赌人”，那不是“要命”么，这还了得?!潘道延的嘴巴张大了，一时半会儿还真的合不起来。“哈，看你的嘴巴，”吴天泽用筷子点点潘道延牙齿，“把嘴巴合起来。”潘道延一口咬住筷子头，咕哝道：“赌人？人，怎么可以赌？”

吴天泽用力把筷子从潘道延嘴巴里拔出来，说道：“今天不跟你说这个事儿阿延，我现在跟你说点别的。我跟你说，我打定主意肯定要出去自己谋生。我到上海去，要的。——唏，都是你，一天到晚跟我说要的，我也跟着学了，见你个鬼。要的，我要走，我不想待在家里。哎，我问你，我要出去了，你呢？你心里怎么想？你以后有什么打算？”潘道延眼睛忽闪，摇头说道：“我不晓得。我只想现在写字画画，挣——挣钱。”

“蛮好。”吴天泽吃好了，立起来挺挺腰，摸摸肚皮说道，“反正一样。你在家里挣钱。我出去谋生。”潘道延随即立起来把吴天泽拉下来坐，眉头紧蹙看着吴天泽眼睛，说道：“天泽，你听我讲，你说一样就是不一样。先头等你回来的时候我就在想，你的字写得好，画也画得好。你要写的，你要画的。要的。我要拉住你，不放你走。”说罢，拽住吴天泽的手。吴天泽掰开他手，一面说道：“阿延，我说你在家里算老几？”

潘道延换一只手又拽住吴天泽，一面咕噜道："反正我要拉住你，除非你跟我扳手劲，赢我。"吴天泽一笑："我不跟你扳。你手劲大。我走，睡觉去。"说罢，转身离开潘道延房间。潘道延压低声音说道："吃热的，还没谢我。"吴天泽走到房门口，回头一脸坏笑，伸出一个手指道：

"谢你个屎啫！"

吴天泽回到自己房间里，爬到床上想睡，睡不着；一会儿在床上翻来覆去像滚钉板似的，脑子里头昏昏沉沉把董碧韵想了一遍：

"……今天晚上那个盛先生先走了。——他是应该先走；他，待在那里不走干吗？他不走，我怎么跟董小姐说话？怎么跟她……本来蛮好，已经想好了，先跟董小姐说这一次出远门路上发生的有趣事儿。完了，我再说自己要去上海的打算。——没想到董小姐先开口说话，说我不该对盛先生如此不客气，不尊重；还说以后不许这个样子！要是再这样的话，不饶你，要罚你！完了又说……反正她一面倒，说我的不是，没有一句说那个姓盛的家伙。"

想到这里，吴天泽一个鱼挺身坐起来，掀掉被子"哈"一声说道："怎么全是我的不是？你这样说我，你怎么不说他一句?!"吴天泽突然光火，拿起枕头掼出去，只听"哐啷"一声那枕头打着靠板壁放的条桌上面的花瓶，"啪"一声那花瓶落地。吴天泽吓出一身冷汗，从床上跳下来摸到地上的碎片；一看，一屁股坐到地上长长地舒出一口气，伸手揩额头上的汗："哦，还好。"他想起来这花瓶不是前朝老货，是民国的东西。

坐在地上觉着冷，他打了一个哆嗦。回到床上，他稍微平静了一点；靠床头歪了一会儿，躺下来睡。但是人一躺下来，心里又搅动起来。

"……今天不该跟那个姓盛的家伙打赌。我是怎么搞的？怎么会跟他赌这一把呢？万一，这万一要是我错了，这不，自己找事么。话，说得满了一点。'我说假的，就从来没真过。'这万一，那几张字画里头，要是有一张真的，我不就掉沟里去了么？哎，当时没看错吧？第一眼就是第一眼感觉，不会错的。……不对，好像有一张是真的……这回急得很，看得急了。"吴天泽心里边一虚，肚子一阵发胀，在被子里放了一个闷屁；赶紧掀开被子把臭气释放出来……"怎么全是我的不是？你这样说我，你怎么不说他一句?!"吴天泽想；这次真的是冲董碧韵发火了。"发火就发火，怎么的？……哎，还是不对。我立起来要走，她怎么不拉住我？她要是拉住我，或者说一句话叫我留下，我真的不会马上走。她为什么不拉我？看着我走，不说话呢？"

这么一想，吴天泽难以入睡了。他几乎是眼睁睁地熬到外头公鸡叫，这才把被子蒙了头睡觉。

第二天上午盛宾如去唐楼找唐六梓，先见到老成。老成一嘴巴客气话："哟盛先生，您昨天来今天来，感情是照顾我们生意。我伸长脖子盼着您来，巴不得三日两头伺候您呢。您一来，我们生意就好。瞧，客人来了，里边请！”盛宾如一笑，问道：“哎，唐先生呢？”“哦，老板刚来。”老成将手一让，说道，“盛先生您来得早，不如来得巧。老板今儿上午要出去，这会儿正在账房里关照一些事情。哎，我马上去叫老板过来——”

“不用。”盛宾如将手一让请老成前面走，一面说道，“我自个儿进去。”

唐六梓在账房里跟俩会计说话，见盛宾如进来，马上立起来伸出双臂上前呵呵哈哈迎接，一面示意其他人回避。盛宾如看唐六梓气色好，精神好，一副心满意足的样子，便开玩笑说道：“唐老兄最近在吃什么东西补啊？把你补得那么红润、年轻！”随即压低声音说道：“哎，不对，光吃补品还不够……跟你有些日子不见了，是不是娶了个姨太太？看样子有点像……”

“宾如说笑了。请坐！”唐六梓将手一让，微笑道，“我，哪里敢？我这个年纪要安稳了。不像你，比我年轻得多，有本钱折腾……别说娶一房姨太太，再娶一两个也顶得过来……我是不行了，断了这个念头。现在女儿都那么大了，还想姨太太？这不是好好的自寻麻烦么！宾如，我跟你说啊，这个人啊，你要是想几天不安稳，那你就找房子搬家；要是想半年不安稳，自己造房子；要是想一辈子不安稳，讨个小老婆。我是一个太太就够了。不像你盛宾如，把自己太太晾在家里，一个人晃在外头风花雪夜，想怎么来就怎么来，活络得很，快活得很。”

两个人一通“呵呵哈哈”完了以后，唐六梓问了盛宾如近来一些情况；听盛宾如粗粗简略地说了，接着听他说道：“哎，唐兄，你昨天夜里到哪边去了？我昨天晚上到这里来找你，不见人影子。老成跟我说，估计那个时候你已经到家里。我赶紧又到你府上。你太太说你晚上有应酬……我本来想等你，看时间晚了，怕在你家里等，不方便，就今天来，到这里来找你——”

“哦。”唐六梓若无其事应了一声，眼瞅着盛宾如嘴巴张了张欲言又止，便问道，“什么事儿？看你好像蛮急的么。”

“嗯，”盛宾如稍微皱一下眉头，一笑，说道，“其实也没有要紧的事情。这次来老腔调，就是想请吴元厚先生看几张字画。哎，唐兄，你别推托，我这一次来求你，你非要帮我出面请。为什么，你先别问，我以后一定告诉你唐兄。但是现在不能说给你听。你听了没意思。——你还是要问，这么跟你说吧，等吴先生来看字画的那天，我就是不说，到时候你也明白了。”

盛宾如本来以为这一次请唐六梓帮忙，唐六梓会像上次那样回绝他，没想到唐六梓爽气答应，还跟进说道：“……把吴先生请到这里吃茶看字画；完了以后晚上我请吴先生到得鲜楼吃饭。哎，我今天正好要去惟亭办一件事情，顺便去吴先生家，就这么说定了。”

盛宾如心里有点担心，便提醒道：“吴家那个用人他会不会像我们前两次去的时候

挡住客人，不让你进去？吴先生也有可能不想见你。”唐六梓一想，摆手道：“这个你就不用管了。我今天既然答应你盛宾如，就包在我身上。不过有句话我要跟你讲在前头，我有办法进吴家门，但未必一定能把吴先生请出来。这个我不打包票。讲好了，别到时候责怪我，行不行？”

“行！”盛宾如兴头起来眼睛闪亮，一边搓手道，“这一次能把吴先生请出来当然最好。要是请不出来也罢，无所谓，我只要对朋友有一个如实的交代就可以了。对朋友嘛，我求一个‘真’字。我是真的请了，吴先生不出来，这个，我有什么办法？那个事情也就这么过去了。”

唐六梓听了这番话，一时有点弄不懂盛宾如到底是个什么意思？心里想不去管他，便一笑说道：“宾如，我跟你是蛮够意思的，怎么样？帮你帮到底了。没话讲了。”盛宾如拱手回道：“唐兄我有数，这个忙你帮我，我记在心里，嘴巴上就不说一个‘谢’字了。”说罢，盛宾如掏出怀表看时间，一个欠身说道：“那就说好了我们今天去，我跟你一道去——”

“算了吧你！”唐六梓笑吟吟道，“你还是不要去，我一个人去。”

“这回我跟你去不碍事，”盛宾如说，“我在外头等你。我不进去。你一个人进去。”“不行。”唐六梓摇头回道，“你要跟着去，我就不去了。头一次我们俩一道去你忘了？我知道你这个人，你到时候要忍不住说话的。你一开口这一趟就完了。——还笑，亏你还笑得出来！我是笑不出来的。上次还记得么？就因为你说话说出纰漏来了，弄得白跑一趟不去说他，还差一点脸面扫地。就此一趟，绝无第二趟了。要是再来这么一趟，我的面子里子都没了。这个我是吃不消的。我跟你不一样，我以后还要到吴先生家里去跑跑，跟他有个来往。”唐六梓说到这里刹车；一想，差一点跟盛宾如说漏嘴了，便改口道：“朋友来往，要个面子，要识相，不好由着性子乱来的。那次你就乱来，我开始劝你，你还不听，非要再敲人家的门——还笑，好笑么？那次要不是我掼纱帽了你还真的没落场势！你现在想想看，当时你要是不听我的，按你的性子来，连人家用人都会对你不客气。人家就把门‘砰’关上，怎么的？他就是不给你开门，就是不给你进去，你有什么办法，啊？——我们总不见得硬来吧？总不见得求那个开门的用人吧？所以，这次你是不能去的。没别的意思，就这个意思。”“这个意思我明白，”盛宾如赔笑道，“这回听你的，我就不去了。省得你叽叽咕咕，说我是什么来着？哎，你怎么说的？忘了，上次你怎么说我的？”唐六梓“唉”一声，说道：“我当时说你自个儿要闷头扎进水里，我拉得动你吗？你说呢？好了，你现在吃饱了又要来看什么字画了。又上当了？又被人家骗了？唉，这种事情要你自个儿回头，要你自个儿脑子清醒——我是没办法，不关我屁事儿。”

“别这么说，”盛宾如“呵呵”笑道，“你说的话到最后我还是听了嘛。我当时怎么跟你说的？我说我改——”唐六梓笑容满面，手一挥说道：“你改？我不相信。我看你大概是改不了了。怎么说你呢，一根筋，往人家裤裆里钻，一年到头死活抱着那些字画不放，——我说你能不能把那些字画放一放，腾出两个手臂来抱点别的？比如说抱个把自己欢喜的人多好？抱点活的东西，新的东西，不要老想着把那些老字画抱在怀里；这样时间长了，眼睛里除了字画就是字画，到头来眼睛里就没人了。连人的感情也没了。什么都不要了。就要那些字画，跟那些字画过一辈子是不是？”

“没啊，”盛宾如一笑，两手一摊，说道，“我眼睛里有人啊，有朋友啊，比如说，跟你有感情啊，我跟别人也有感情啊！告诉你，这一次请吴先生看几张字画，我不完全是为了这个字画而字画。那是为一个朋友，为一段交情。什么叫知己？我说你唐老兄，千万别以为我盛宾如现在眼睛里就只有那些名家字画。现在这里就我跟你，没有第三个人——我现在跟你说心里话——哎，我看时间耽搁得差不多了。你要走了。我也要走了。”说罢，立起身来。

唐六梓倒是颇有兴趣听盛宾如说下去，见盛宾如把说到嘴边的话掐断了，也就一笑算了，便起身送客。

两人从账房里出来，走到楼面上，盛宾如见客人满座，顺口说道：“现在白天生意不错；我昨天晚上来，生意也不错。”“马马虎虎，”唐六梓回道，“今天是礼拜天，比平常日好一点。现在我这里晚上也做——原来晚上是不做的，前些日子开始加了说书、评弹夜场，看来还可以。”说着，两人已经走到门外，拱手说道“再会”。盛宾如上黄包车，说一个去向走了。

唐六梓转身回进去，吩咐老成马上包一斤龙井茶叶；完了拿皮包说走。这时候老成突然想起来说道：“老板，你太太刚才打电话过来，问你今天晚上是不是要回家吃饭？我跟太太说，回头我来问一下，叫老板回个电话——”唐六梓眉头一皱，说道：“早上出来的时候我不是跟她说过了么，晚上要回去的。你帮我回个电话就是了。”说罢，出去雇车去惟亭。

唐六梓本来心情蛮好，被老成刚才一说自己太太来电话，脸色一下子难看起来；坐在马车上一路想，昨天夜里自己回到家里，太太闻他身上气味，说他身上好像有女人的味道，追问他到底去了哪边？他当时回道请钱专员马局长吃过饭以后去吃咖啡了，所以身上可能有点咖啡香吧。——该死的不会说话，怎么跟太太说自己去吃咖啡呢。自己从来不吃那个东西，她怎么会相信？……烦了一通，好不容易总算平息了。幸亏自己留神，一回到家里赶紧洗一把脸，搽了雪花膏，要不然肯定通不过太太的鼻子。一想到自己昨天夜里死硬着说自己吃咖啡，唐六梓又觉得自己有本事沉着应对太太的盘问，理直气壮得很，不信？马局长那边可以打电话去问个清爽。那马局长肯定说一道吃饭，是的。接下来的故事，马局长就不会如实说了，除非他自个儿家里不想安稳。唐六梓半闭着眼睛心想自己编的故事，前半段真的；这后半段吃咖啡假的。有什么不可以？“我一个人去吃的，醒酒去了。……马局长，他酒量好，不用在外头醒酒。我们跟钱专员分手后，马局长直接回家去了。”没有问题吧，唐六梓想到这里颇有一点得意，嘴巴里哼出一声评弹腔：“我……说……”那个“我”字转了两个弯，心里想跟自己太太编故事要编得有真有假；要是全真了，就不是男人；要是全假的，自己也就不丈夫了。像自己昨天夜里回去跟太太来个有真有假，她信了前头，后头也就过了。要是自己前一段不讲老实话，那就整个儿去你娘个蛋！

——自己太太的事情想过了，唐六梓接着开始想同春楼那个年轻、妩媚的姑娘。那姑娘，昨天夜里的感觉好，还有什么话讲呢……倒过来趴在自个儿身上把那二爷含进小嘴巴里吮咂……眼瞅着她娇声滴滴的媚态，又将女阴送到自个儿嘴巴上……唐六梓脑子里忽闪“吸阴”二字；听说男人舌奸小女子补阳……如此做来，唐六梓是经不住那姑娘变着法子跟他颠来倒去地乐极呻吟较长时间，临到坚挺已久迫不及待上去，自己却像中途断了后劲勃发似的败阵下来。唐六梓平时穿了衣服看不出来，脱光了衣服就让人感觉像个煎好的中药里的红枣子虚胖；气喘吁吁地还想再来，只觉得自己有点力不从心；看来是要滋补一下身子骨，要不然脑子里想着雄性勃勃，但是下面的二爷银样子蜡枪头，对阵了半截儿没戏，岂能尽兴？唐六梓早就听说惟亭曹中医有一套，便直奔曹家去。

唐六梓见了曹中医说那个意思，刚说了一个起头，曹兴仁明白了。

曹兴仁说：“……肾，是要补的。这个人的肾脏有先天之精，为脏腑阴阳之本，生命之源，所以中医说，肾乃先天之本。”曹兴仁身边有个女助手，看年纪十六七岁模样，鲜姿诱人。唐六梓坐在那里忍不住瞟上几眼，一边听曹中医继续说道：“不过，光补肾不够，唐先生还要补肝。因为肾脏跟肝脏之间关系极为密切，所以中医又说，肝藏血，肾藏精，精能生血，血能化精，精血同源，故有肝肾同源之说，也就是说，肝和肾是相辅相成的……所以，只有肝血充盛，才能养好肾精，肾精才能充盈，而人的肝血，也同样需要依靠于肾精滋养，因此先生要补肾，必须肝肾同补。”

“同补，”唐六梓心领神会道，“听曹先生的。这一回先补一下看。要是有疗效，我就经常补。”

唐六梓接了方子，顺便在曹中医家里抓了药。出来，他到惟亭老镇上走了半条街；走到顺康南货店进去，一看这里的桂圆、核桃不错，各买了一包，心里想送给吴先生吴太太。

到吴家敲门，阿仲开门；唐六梓刚要打招呼，就听阿仲先说：“老爷不见客人。”阿仲说罢立刻关门。唐六梓预先想好一招，先将自己一只脚伸进开门的空当里；阿仲关门，那门被唐六梓那只脚抵住。唐六梓“喔唷”一声皱起眉头，跟着咬紧牙根把头歪斜了好像闷掉说不出话来。阿仲赶紧拉开门，连声说道：“喔唷，对不起！压痛脚没有？”一会儿，见唐六梓脚痛稍有缓解，阿仲便哈腰赔笑道：“嗨，我真的没看见下面，不是故意的，不好意思。”唐六梓立直了，活络一下脚，回一个微笑道：“不怪你，是我自己不好，没把脚快一点抽回来。”唐六梓说着，从包里拿出茶叶送给阿仲，一面说道：“这是新到的杭州龙井。哎，这是我的一点小意思，是个心意。你不要跟我客气，一定要收下的。”因见唐六梓诚心诚意，阿仲也不好意思再推了，跟着道谢。吴太太跟明香正好上街回来，见唐六梓跟阿仲立在门口说话，便跟唐六梓打招呼。唐六梓赶紧问候吴太太。吴太太对阿仲说：“怎么不请唐先生进去坐，立在门口像什么样子？”阿仲一听，随即将手一让：“请！”吴太太说：“跟唐先生好久不见了。那天我还听我女儿说起你女儿唐小姐……”唐六梓满脸堆笑上来，接着吴太太的话说道：“我女儿也经常在家里说起你家小姐，她跟你家小姐要好得很。”“哦，”吴太太往园子里走，一边说道，“唐先生，我听说你女儿一直待在家里，这样蛮好……”阿仲跟在吴太太唐六梓后面走，被明香拉住。明香把手上拎的东西叫阿仲接了，说道：“你别跟着太太。太太那里有我。去跟老爷说一声，有客人来了。”阿仲应声道：“听你的。”明香瞥了他一眼，小声说道：“不是听你的，是听太太的。”

“是。”

阿仲到楼上去，一看老爷不在画室里，便回下来；去后院，在过道转角处碰见小姐，问道：“看见老爷没？”吴天玉回道：“在阿延书房里，什么事儿？”

“唐先生来了。”

“啊？”吴天玉一怔，“是唐小姐的爸爸——唐小姐来了没有？——我去看看她……”说着，拔脚往客厅跑。

阿仲到潘道延书房，见潘道延一个人在写字，问：“老爷呢？”潘道延头也不抬回道：“不晓得。”阿仲“哼”一声说道：“问你，你就来个不晓得。我看你啊，现在除了衣来伸手，饭来张口，什么都不晓得，就晓得自己躲在这里倒弄你的字画，好像你不是家里人似的，什么也不用问，什么也不用管。我看你阿延现在这个腔调，不像是老爷的学生了。操你的，好像是二少爷了。”说罢，阿仲眉头一皱，扫了潘道延一眼，转身出去“砰”一声关上门。这一声响把潘道延吓得一抖，手上一笔走歪，气得搁下毛笔，快步走到门口开门，冲着阿仲身背狠狠骂道：“你神经病啊！”阿仲回头道：“我看你才是神经病呢！”潘道延眼睛一瞪，朝地上啐了一口唾沫。阿仲见了，火气上来：“哎，你什么腔调！”上前一步想教训潘道延，潘道延“砰”把门关上。阿仲隔着门板骂道：“操，你吃昏掉了！神经病！”这时候吴元厚正在儿子书房里看儿子写字……

吴元厚刚才从潘道延那边出来，本想直接回到楼上去，半道上改主意，走到儿子这边来看看，想跟儿子说几句话。吴元厚听潘道延说吴天泽昨天夜里回来得不晚；又说他还劝说了天泽几句。吴元厚联想昨天自己跟儿子的谈话，今天早上又听女儿说天泽吃了早饭就钻进自己书房，觉着还是有点效果。这会儿吴元厚看儿子写完一幅字，说一声“好”！吴天泽不说话，接着铺开宣纸开始画画；几笔下来，便见山石近景；吴元厚刚想开口，只听儿子闷头说道：“爹，我画画的时候不欢喜有人在边上看——”吴元厚一听，立马说道："蛮好，我马上走，不影响你。"说罢，在书房里来回踱几步，便走出去。吴天泽抬头一转眼，看见门外阿仲半个身影，只听见阿仲轻声说道："老爷，唐先生来了，在客厅里……"吴天泽一怔，心里想那个姓盛的家伙果然叫唐先生出马了。这么一想，吴天泽没有心思画画了——眼睐着一笔下去是个败笔，索性搁笔，往客厅里去。

唐六梓坐在客厅里跟吴太太聊天，吴天玉也在。唐六梓说自己宝贝女儿说到兴头上，见吴元厚走进来，便立起来拱手说道："……吴先生，我今天来登门拜访，不耽搁你时间，就一个事情，说完就走。"吴元厚将手一让，说："唐先生也是难得过来的，吃杯茶，不急的。"明香给老爷上茶。眼睐着吴元厚悠悠哉哉的心情不错，唐六梓一面吃茶，心里想今天来得算是时候，趁这个时候赶紧把盛宾如托办的那个事儿说了好，便放下茶碗，微笑说道："吴先生，我还是开门见山说话，我想请吴先生和夫人，哦，还有小姐，还有少爷，明天一道进城，到唐楼吃茶，然后我和我太太在得鲜楼摆一桌请你们吃饭，如何？"随即一转脸对吴天玉说："我家宓宓也来，她惦记你呢！"吴天玉一听，拍手道："蛮好！"吴太太见吴元厚眼睐着自己，便说道："老爷，要去，你跟天玉、天泽一道去——"接着对唐六梓说："唐先生，不好意思，让允之去，这一次我就不去了。你的心意我领了。你看，你这次来，还送了桂圆、核桃，我是真的不好意思哦。哎，我说还是找个时间，带你女儿到我们家里来玩玩，我来烧几个拿手菜请你们尝尝，不比得鲜楼退倍的。"吴元厚这会儿刚想开口说话，见儿子进来，便介绍道："这是唐先生。这是我儿子吴天泽。"吴天泽一个欠身道："唐先生好！"唐六梓虽说以前见过吴天泽，但这次见面，好像初次见面似的，以赞许的眼光看着吴天泽，微笑说道："吴公子长得一表人才！"然后一转脸说道："吴先生、吴太太，我在外头早就听人家说吴公子少年得道，醉心于传统笔墨……吴公子现在肯定是笔墨出手不凡，更上一层楼了吧？"

吴天泽一听那个"楼"字，眼睛里掠过一丝紧张，心里想自己几次进出同春楼会不会被熟人看见？一想，好像没有过，便淡定回道："叔叔过奖了。我现在写得不好，画得也不好。"吴元厚马上摆手道："哎，也不要这样谦虚么，还是可以的，不错的。刚才我看你那幅字写得很不错！接着画得也很好——唐先生，看来长江后浪推前浪哦，历来如此。天泽现在蛮好，还有我的那个学生阿延也是不错的。我在他们这个年纪的时候还没有他们现在好。"唐六梓应道："是……"说话时唐六梓看钟点，便起身告辞；临走时说道："明天这个事儿我们就这么说定了。"这时候吴元厚突然想起来说道："稍等，唐先生——"唐六梓似乎有点意外地一怔，只见吴元厚眼光忽然一闪，微笑道："我看唐先生今天来，不会只是为了请我出去吃茶请我吃饭吧？是不是还有别的什么事情？"

"哦，对了。"唐六梓含笑回道，心里想这个事情还是说在前头好，别到时候弄僵了不好，因此说道："吴先生，实不相瞒，还记得那个盛先生么？他呢又来了，说有几幅字画想请吴先生看看——"吴元厚一听，马上转了脸色，沉吟说道："唐先生——这，我就不去了。……请客是请客，看字画是看字画。这是两码事儿，不混在一道。不好意思唐先生，不是我不给你面子；我跟你讲，这种事情就一回，不能有第二回了。那年顾院长、朱子藏先生，还有我一道看东西差一点出事情！哦，还是出事了。子藏先生不是跌断了腿？要是那次跌得不巧，从楼上摔下去出了人命，那就不得了了。——你说什么？哦，就算是只叫我一个人去看什么字画，我也不会去了。就这么说了。唐先生，你不要多说了。请客的事儿改日吧。以后我们有的是机会碰头吃茶、吃饭。这一回还是免了。"

"哎，老爷，"吴太太说道，"怎么刚才说好了去，一会儿又不去了？你说吃茶吃饭跟看字画是两回事儿——你去，不看字画就是了。"

"爹，"吴天玉嘴巴一撅，说道，"去嘛，我们要去的……"

吴天泽在一边忍不住说道："爹，你就出面看看那个盛先生的几张字画真的假的。回头我跟人家也好说话……"

话没说完，吴天泽就后悔自己说漏嘴了。吴元厚面孔一板，说道："哎，这个事情跟你有什么关系？你起劲什么，咹？"

一看这样的情况，唐六梓想，算了，别为了盛宾如的那个事情跟吴元厚弄得不开心。再说，盛宾如也说过，实在请不动吴先生，也没关系。唐六梓赶紧赔笑道："吴先生，字画不看就不看；我们明天聚一下吃饭照旧，怎么样？"

"改日吧。"吴元厚一笑回道，"到时候再说，再约时间。"完了，吴元厚和女儿把唐六梓送到大门口。

吴天泽闷闷不乐回到自己书房里，拿起毛笔继续作画；画了几笔停下来，在书房里走来走去。一会儿出去，两只手插在兜里溜达到潘道延那边。进门见潘道延正在用功，便上前说道："阿延别画了，歇一会儿，跟你说说话。"潘道延头也不抬，继续作业，一边回道："你说，我听着。"吴天泽凑近画桌一看，"哈"一声说道："阿延，看你老是临摹唐伯虎的画，有意思吗？"潘道延抬起头来眼睛眨了几下，嘴巴一龇道："我欢喜。"说罢，接着动笔。吴天泽阻止道："我叫你别画了，停下来吧。我这会儿闷得很，跟你说几句话……"潘道延这才歇手吐一口气，说道："好，依你。"

吴天泽一屁股坐下来，拿一枝毛笔玩弄，一边说道："我想来想去，我还是要出去。你待在家里，待在我爹身边——我爹指望你将来有出息，成为大书法家大画家——我是不想。"潘道延摇摇头，眼睛忽闪忽闪地看着吴天泽，苦笑一声道："天泽，你这样说，先生要不开心的。"

"我不管。"吴天泽将毛笔往桌上一扔，立起来说道，"他怎么不让我开心一点？——哎，跟你说一件事情：刚才我到客厅里去，看见唐先生来叫我爹出去看几幅字画——我爹就是不肯，弄得人家一点面子也没有。人家当然不会开心。我跟着受气。这叫什么事儿！”潘道延只当没听见，拿起毛笔，眼瞅着画稿。吴天泽用手指头敲敲画桌，说道：“你怎么又要画了？跟你说话呢！”

“哦，”潘道延眼睛不离画稿，“你说，我听着。”

“哥——”这时候吴天玉来了，声音先到，“你在这里啊，我找你呢！你怎么一会儿人不见了，跑到阿延这边来了。跟阿延在说什么悄悄话是吧？”

吴天玉一来，潘道延马上埋头作业。吴天玉把手上拿的一包东西往潘道延面前一放，解开纸包，拿一粒核桃肉塞到潘道延嘴巴里，自己也跟着吃。吴天泽眼睛一瞪，说道：“天玉，不给我吃啊？”说着，伸手抢了吃。吴天玉嗔道：“你的那份我放在你书房里了。这个，是我跟阿延的。”

“是你买给我们吃的？”吴天泽瞟了潘道延一眼。吴天玉头一歪，瞅着吴天泽一笑，说道：“是唐先生买的——唐小姐——”吴天玉突然刹住话头，吐一下舌头。吴天泽朝她使一个眼色，一转脸说道：“阿延要吃点核桃肉补补脑子。要不，我看你脑子要坏掉了。天玉你说是啵？你看他，一天到晚不想别的，老想着那个唐伯虎，把我仙女般的妹妹不放在眼里，丢在脑后——哎，我说阿延，你把毛笔放下来好不好？我现在是难得跟你说话了。说一次，少一次。我出去了，就没工夫跟你说话了。到时候你要跟我说话难得很。”吴天玉吃惊道：“哥，你还不死心，还想着出去啊？——爹不是跟你说了么？家里不准你出去——阿延，你没劝劝他啊，——你别画了，跟你说话呢，阿延！”

潘道延不接话，吴天泽拿下他手里的笔，说道：“来，我来帮你画，你歇一会儿，跟天玉说说话——让开来……”说着，把潘道延从椅子上拉起来。

“我不要你画——”潘道延很不愿意离开位子，想发作；吴天玉把核桃肉塞到他嘴巴里。潘道延吃了，一面说道：“哦，这核桃肉是唐小姐的爸爸送的。天玉，几时我跟你一道再去看看唐小姐。唐小姐人蛮好的。”

“哎，阿延，”吴天玉伸手摸住潘道延额头，说道，“你是不是发寒热说胡话了。你去看唐小姐做什么？她是吴天泽的！”吴天泽放下笔，抬起头瞪了吴天玉一眼，说道：“天玉，爹不准我出去，是不是你在背后乱说，跟爹说我们家以前的鹩哥是我放出去的？”“没有。”吴天玉摇摇头回道，“不信，你去问。我从来不乱说的，你问阿延——”

“我不晓得。”

“什么？”吴天玉转过来盯住潘道延，“你什么都不晓得，就晓得两耳不闻家里事，一心只画唐伯虎——天泽现在问我，我现在要问你，昨天叫你等天泽回来劝劝他，劝他不要出去，不要到上海去，要待在家里写字画画，要的。你晓得吗？你说了吗？你劝了吗？你别吃着核桃不说话，问你呢！”

“不晓得。”潘道延嘴巴里嚼着，咕噜道，“我不晓得。”

吴天泽立起来岔开说道：“我现在跟爹是没话说了。他现在就是死板，不给人家面子。我帮唐先生说了几句话，他就板面孔了，眼睛瞪起来问我：‘这事情跟你有什么关系？你起劲什么，咹？’废话。”吴天玉坐在潘道延边上，一边吃核桃肉，含笑道：“哥，听你这么说，这个事情跟你有关系喽？”

“怎么没关系？”吴天泽急腔道，“关系大了！”

吴天玉眼睛一闪，说道：“吴天泽，你心里话总算说出来了。说，跟你有什么关系？说不定我会帮你。我跟爹说，肯定行！”

“废话。”吴天泽“哈”一声道。

吴天玉随即回道：“事情过了，你才说，有什么用？阿延你说是不是？”

“我不晓得。”

“那你怎么不早说？”吴天泽用拳头捶了一下吴天玉肩膀，“现在到这里来说现成话，我不会谢你；唐先生也听不见，也不会谢你。”吴天泽思维跳跃，转而说道：“天玉，求你跟爹说说看，让他准我出去。要是你肯帮我说话，我就帮你说话，把阿延招进来做女婿，做我们家姑爷。”说罢，一脸坏笑“嘿嘿”笑起来。潘道延听了愕然无语。

吴天玉脸一红，将手里的核桃扔到吴天泽身上，嗔道：“你乱说……看我打你……”吴天泽一面躲闪，嬉笑道：“说到你心里去了……”吴天泽说着，趁机溜掉。潘道延自言自语道：“你们去打吧，闹吧。”说罢，拿起笔来做功课。吴天玉“哼”一声，将手里剩下的最后一粒核桃肉丢到潘道延面前的宣纸上：“就你用功！”说罢，头发一甩，转身就走。“哎，”潘道延立起来想上去拦住她，吴天玉已经快步走掉了。潘道延回头一看宣纸上的那粒核桃肉，伸手拿起来丢进自己嘴巴里。

吴元厚不肯出来。唐六梓没有办法，回去跟盛宾如碰头说了。盛宾如说：“吴先生既然不肯出来，就算了。”盛宾如本来就不想跟吴天泽赌，这个事情就让它顺其自然不了了之。唐六梓一哂，说道：“早晓得吴先生不肯出来看字画，昨天直接拿了去，兴许就看成了。”盛宾如嘴巴一撇，说：“不见得。要是你拿着字画去，恐怕连门都进不了。”

过了一天，盛宾如写了一封信给董碧韵，如实说了情况，这一赌作罢；又说这个事情本来就是无端生出来的，也是无所谓的。

董碧韵收到信后，心里想这个事情还是要有个说法；因上次吴天泽来对盛宾如的态度，董碧韵觉着现在也不可以就让这个事情随便不了了之。盛宾如在信里透出无所谓的说法，她觉着不妥，但一时又拿不定主意，跟徐娘商量。徐娘听了事情原委，沉吟半天说道：“这件事，怕是不能草率处理；最好是想个办法两面光，就当他们现在是客人，谁也不得罪。”徐娘出了一个主意。董碧韵听了觉着合适。

董碧韵写了两封信，一封给盛宾如，一封给吴天泽，约定一个日子时间请他们到她这里来一趟；信里没有说明将他们二位同时约过来，给人的感觉是“单独预约”一见，一定要来的。盛宾如收信的地址照抄，是“本埠惠馨客栈”；吴天泽的地址不知道。

徐娘见董姑娘有点犯难，漫不经心说道：“你啊，脑子里除了诗文字画，还有跟相好的有情有义，别的就什么也不懂了。这，还不容易？叫阿奔跑一趟，把这封信给吴公子送过去。”董碧韵一听，说：“蛮好。”一想，不对，眼睛眨发眨发道：“叫阿奔去，他也不晓得吴公子住在什么地方？”徐娘微笑道：“这就是他的事情了。”说罢，从桌上拿了信，便往楼下去。

徐娘到楼下，招手阿奔过来，吩咐送信的事儿：“这封信一定要亲手送到吴公子手上。记住了，别人转手不行。”阿奔一怔，接过信，“哼”一声说道：“给那个坏蛋送信，我怎么送哦，鬼知道他住在什么地方。”徐娘微微一笑，语气淡淡说道：“他坏蛋。你呢，笨蛋。平时自己不留个心眼，到时候只会眼睛一傻跟我两手一摊。”

“姑妈，我不是不肯去，我是真的不晓得吴公子住在哪边。”

“哦。”徐娘瞟了阿奔一眼，手一摆，说道，“到惟亭去一趟，打听一下吴家公子，不就行了么？要不，我来带你去？”

“我马上去！”阿奔朝徐娘一个点头哈腰便转身走，——走了几步，回过来问道：“姑妈，你怎么晓得吴公子住在惟亭？”

徐娘手一摆，说道：“办你的差事去！”

寻访笔记 28

吴有箴先生住进医院，我在北京。那天夜里接到电话，第二天早上我驾车一路狂奔，当天晚上回到苏州。

到医院去看望他，他说的第一句话是："哈，你安全回来就好。"他舒了一口气，接着说道："听说你在外头遇车祸了，我心里急得很。"我一笑，说："没事儿，我命大。"

"你，还要出去吗？"

"要的。"

"这是阿延说的，你怎么也跟着说了？"

"哦，这是人物台词。"

"哎，丰子，我问你，你估计你什么时候可以写好这个故事？"

"快了。"

"看样子，我恐怕是等不到看你全部写完了。"

"先生没事儿，您好好休息一段日子就好了。"

"但愿如此。但由不得我。这会儿，你先跟我说说接下来怎么写？"

第二十八章

阿奔到外头叫马车去惟亭。

车夫搭讪说道："先生到惟亭去看曹中医是吧。"阿奔一听，开口骂道："你妈的，触我霉头啊，我好好的，去看什么草中医！"

"哟，对不起，我说错了。"那车夫赶紧打招呼，眼看这位客人骂过了也就算了，便接着说闲话，"先生，我跟你说，前一段日子我几乎是三日两头载客人去惟亭看曹中医。那个曹中医很有名，前两天我还载过一位先生去过哎。所以我今天呢，还以为先生也是去看曹中医的。真的不好意思，我跟你赔个不是，先生不要生气。"阿奔眼睛一斜，脸腮抽搐了几下，手一摆道："去去去，别跟我再啰嗦，把好你的车驾，帮我快去快回！"这时候阿奔心里实在是有点窝塞，皱紧眉头想自个儿前两天吃过吴公子一记耳光，今天还要屁颠颠地跑去给他送信，这叫什么差事儿，恨不得把那封信拿出来撕掉！一想到吴公子在自己面前那副腔调阿奔就想啐一口。车经过路边集市，阿奔连续吸动鼻腔，咳了几声，便将含在嘴巴里的淤痰"噗"一口啐出去——有一个行人躲闪不及，用手擦脸，一边骂道："眼乌子戳瞎掉了！狗戳的！不像腔！"

这辆车跑到城门口，被一个姑娘拦住，她想搭车去惟亭。那车夫回道："不搭！这是专趟，不载其他人的。"

"你凶什么，"那姑娘说道，"有话好好讲，我又不是不给钱，唏。"

"唔？"阿奔头一探，一看是个漂亮姑娘，手一招说道，"上来吧。"完了对车夫大声说道："快点走！"那车夫回头看了一眼，对那姑娘说道："既然这位先生让你上来，我没话讲。不过，我要跟你先讲好，这个要加钱的。"那姑娘瞥了他一眼，说："加就加，有什么稀奇？"

"那就先讲好多少钱，"车夫咳嗽道，"我要……"

"哎，你啰嗦什么？"阿奔眉头一皱，不耐烦地手一挥，"快点走！我今天包你个来回，再给你加一点钱不就好了么？"说罢，转脸对那姑娘说道："你不要给钱了，我给了。不就是顺便么，一个人也是跑，两个人也是跑。"待到马车一出城门，阿奔头一歪问道："小姐也去惟亭？"

“是。”

“小姐，你住在惟亭什么地方？”

“镇上。”

“哎，正好跟你打听一个人，姓吴，人家叫他吴公子——”

“啊？——哦，是胡公子，他家是开南货店的，镇上顺康南货店。”

“恐怕不对，”阿奔一想，说道，“吴公子不像是做生意的。他年轻得很，看上去像个书生……有人托我给他送一封信。”

“哦。”明香一转脸看车外野景，不想跟这个人说话了。先头在城门口拦车时，明香一眼就认出来，这个人就是那天晚上她去同春楼在那里见过的那个人。明香心里嘀咕道：“他怎么会给少爷送信？”

阿奔见这位小姐不跟自己说闲话，知趣得很，眯起眼睛想心事。

过了一会儿他从口袋里把那封信摸出来，眼瞅着信封，一边咕噜道：“这个婊子两个毛笔字写得倒是蛮漂亮，不简单。”明香瞟了一眼那信封，心里边“咯噔”一下，却不露声色低头看自己手指甲。

一路无话。车到惟亭，明香给车夫指路，说：“送到我家门口。”一会儿工夫便到了。

马车停稳。明香先下车，快步走到门口敲门；见阿仲开门，便闪了进去，小声对阿仲说道：“不要让后面那个人进来。”说罢，径直往里边去了。

阿仲在门口堵住来人，说道：“老爷不见客人。”阿奔手一摆道：“我不见老爷，我要见少爷——”

“少爷也不见客人。”阿仲嘴唇一吊回道，随即关门。

“哎——”阿奔眼明手快，一只手臂伸进去——被门夹住了。还好，这次阿仲关门用力不大。

“你有什么事儿！”阿仲索性把门打开了。

“你，说话客气一点好不好？”阿奔一边揉着手臂，说道，“你刚才把我手弄疼了我连一句屁话都没有说。现在，请你进去跟你家少爷说一声，就说外头有个人给他送一封信，——不，我不要你帮我转交，我要亲手把这封信交给他。完了我就走。——哎，你用不着堵在门口，我是不会自说自话闯进去的，你放心好了。我在门口等，麻烦你进去喊一下吴公子出来，好不好？”说罢，阿奔退到门外，对那车夫说：“稍等一歇，我还是坐你的车回去。”

这时候吴天泽正在自己书房里跟吴天玉说唐小姐的事情，见阿仲进来说外头有人来给自己送信，“哈”一声道：“谁给我送信，是邮差？”阿仲回道：“不是邮差，有一个人要见少爷，要把一封信交给少爷。”

“是庚子吗？”

“不是。那个小子我认得。这个人我不认得，从来没见过。”

“那你进来烦什么，把信接过来拿进来就是了。”吴天泽说罢，接着跟吴天玉说话。阿仲脸一沉，干咳一声，说道：“少爷，不是我不接那封信，是那个人指定了说，要把信亲手交到少爷手上——少爷，你还是出去一趟吧，人家在门外等着呢。”吴天泽一听，对吴天玉说：“你等着，我去一下就来。”随即跟阿仲走出去。

吴天泽开门，一看是阿奔，心里一慌；回头看阿仲有没有跟出来，见后头没人，舒一口气。

阿奔一转脸，见吴天泽出来，满脸堆笑迎上去——心里恨不得冲上去朝吴天泽裤裆狠狠地踹一脚——抱拳拱手道：“见过吴公子。”“你来做什么？”吴天泽压低声音问道，心里想这家伙来有什么事儿？来找麻烦？

“吴公子问得好。”阿奔一个欠身回道，“吴公子问我到这里来做什么，我能做什么？我什么也不会做。我只会做你欢喜的事情，帮你跑跑腿。这不，我今天来给你送情书……”说着，他已经从口袋里摸出信，双手递给吴天泽，“哎，吴公子，我可是专程送过来的——董小姐惦记你。”说罢就走。吴天泽一怔，一时没有反应过来；眼瞅着阿奔走到马车旁一个转身道：“吴公子，改日有空来，回头见！”因见吴公子不理自己，阿奔咧嘴“嘿”一笑，对车夫说：“走，回去！”

看着马车离去，吴天泽心里想阿奔这个人不坏，大老远跑过来送信，以后还是要对他稍微客气一点。

吴天泽转身回进去，关上门，低头走到园子里，一边拆信看了。明香从花房那边走过来，问道：“少爷，你看见阿仲没有？”吴天泽吓了一跳，抬头时赶紧把信收起来塞进裤袋里。明香眼波一闪，说：“少爷，在看谁的来信？神秘兮兮的——”“有什么神秘兮兮的，”吴天泽嘴角一牵，说，“是同学来信，约我明天出去玩。”“不是吧，”明香含笑道，“我来猜，是不是唐小姐来的信？哟，少爷脸都红了，肯定是的。”

“哦，是的，”吴天泽做个鬼脸，回道，“是两封信。一封是同学的。另一封是，是唐小姐的，嘿。”

“哦……”

“哎，明香，你这哦，什么意思啊？”

“没什么意思啊，”明香眼睛一眨，“我是顺口接少爷的话哦的。哦，我想起来了，小姐昨天晚上跟我说起唐小姐，说唐小姐知书达理，人漂亮得很。哎，少爷，改日把唐小姐约过来给我们看看，看看她是不是比我们家小姐漂亮。”

“漂亮？哦，她没，没有天玉漂亮——没有。”吴天泽有点心不在焉。

明香一笑，说道：“可小姐跟太太讲，唐小姐比她漂亮。——你不信？问太太去。哦，太太也不信，叫小姐过两天把唐小姐请到我们家里来——”

“啊？”吴天泽急腔道，“做什么啊！这，这是谁出的主意？谁要请的？请唐小姐，也是应该我来请，你们跟着起劲做什么？都是天玉，我去问她。哦，还有你明香，我说你也跟着起劲是吧？我的事情不要你来问，不要你来管。我看你们都想来问我，管我，我算什么？——我现在，还算不算少爷了？哈你个笑！你笑，一边去！”说着，吴天泽手一甩转身走了，一边咕道：“我去问天玉，关她个屁事儿！”

回到书房里，吴天泽像变掉一个人似的，板着脸一声不吭，闷头坐下来，眼瞅着画桌上的空白宣纸喘气。吴天玉正在翻书，抬头见他这个样子，问道：“怎么了？是谁的信？是不是唐小姐来的信？——不会吧？”

“就你话多！”吴天泽突然间猛敲了一下桌子嚷道，“唐小姐、唐小姐，你就知道个唐小姐！哈，你知道，也就算了。现在好了，弄得家里人现在都知道唐小姐了，连明香也跟着在我面前说，说什么……说啊，你们说啊！天玉我问你，是不是你跟家里说的，说是过几天，你们要把唐小姐请到我们家里来？是不是你出的主意？”吴天玉一怔，眼睛一眨道：“你怎么了？你发毛病啊，什么事情一会儿惹你这么不开心的？——哦，你说唐小姐，唐小姐怎么了？她惹你了？唏，真是的！唐小姐惹你，我又没惹你。——哎，是的，是我出的主意，是我想请唐小姐来我们家，关你什么事儿？唏，早就叫你去看唐小姐了，你去了没有？你赖到今天也不去看她。现在我就是要把她请过来，怎么样？有什么不好吗？你，不情愿啊？”“什么叫情愿不情愿？”吴天泽眼睛一瞪，“天玉我跟你说，我的事情今后不要你管，——你去管好你的阿延。我跟唐小姐是我跟她的事儿，你们谁也别来管，别来问！”

“谁来管你了？谁来问你了？”

“你——！还有明香——！还有，就是你们……天玉我告诉你，我会去看唐小姐的——要去，我自己会去的，用不着你来叫我去！你越是叫我去看她，我就是不去！”

“你不去拉倒！”吴天玉立起来说道，“你这个样子，人家看了讨厌得很。没看见过你这个腔调的，一点道理也不讲，怪不得阿延要说你要赖——”

“我就要赖了怎么的？”

“哥，你这个腔调我不跟你说话了。你这样做，害得我前头跟唐小姐说话是在骗她了。”吴天玉说罢转身走，把手上的书扔到画桌上，“啪”一下把笔架打翻了。吴天泽“啪”立起来吼道：“你回来给我弄好！”

“好啊，”吴天玉一个转身说道，“你现在把唐小姐的信拿出来给我看看，她在信里到底跟你说了些什么？”

“去你的！”吴天泽手一甩，“你不是说不理我了么？不给你看。”

“蛮好。”吴天玉头发一甩，掉头就走。

盛宾如按董碧韵来信约定的时间准时到同春楼，这天晚上他先到；他来了之后才知道董碧韵同时约了吴天泽。

这会儿吴天泽还没来，盛宾如跟董碧韵已经说了一会儿话了。董碧韵给盛宾如续茶。盛宾如掏出怀表看时间，一面说道："董小姐，你说吴公子今天会不会不来？要是他不来的话，我也该走了。我今天在外头忙了一天，觉着有点累，想早点回去。"董碧韵一怔问道："盛先生是不是身体有点不舒服？"盛宾如轻咳一声回道："稍微有一点。不要紧。刚才吃了点热茶，好些了。"说罢，把茶碗往桌上轻轻一放，又咳了一声道："哎，董小姐，他会不会没收到你的信？"盛宾如眼睛里流露出不爽。董碧韵摇摇头回道："不会的。给他的信不是邮寄的，是叫人送去的。送信的人回来说，他亲手把那封信交到吴公子手上了。"

"哦。"

"盛先生，"董碧韵随手从画桌上拿起一本字帖，一边翻阅说道，"待会儿吴公子来了，我就当着你们俩的面说几句话，不用多少时间。这一次是我约你们来的，你们俩说话，最好不要像上次那样斗嘴，好么？"

"这一趟我不会跟他斗嘴的，"盛宾如一笑回道，"董小姐尽管放心好了。上次你也看见了，不是我先挑斗，是吴公子有点出言不逊吧。你想，我们欢喜名家字画，这本来是件愉快的事儿，硬要赌气有什么意思呢？看字画就是看字画，真的也罢，假的也罢，反正真真假假的也是个乐趣，不见得非要争个明白。我这几天就在琢磨这个事儿：我从过去到现在，吃了不少假的，但也得了几件真的；我也学了东西，自己觉着有一点收获，那意思就有了。至于上一次说赌，我本来是不想跟吴公子赌的，他一定要跟我赌。再说董小姐你，也觉着这一赌好玩，也能借此机会辨个真假，于字画鉴赏有好处，长个见识，所以我就跟着答应了。话说到这个份上，我是无所谓输赢的。当然，赢最好，说明我的东西有真的，不全是假的。要是我输了，也好，说明我的东西全是假的，有什么话可说？服气。往后跟着行家学着点，总有一天学得会吧？当然了，我还是不想输给吴公子的，因为他提出来的条件，我是不能接受的。说白了，我来看你董小姐，他是不可以阻挡我的，除非吴公子娶了董小姐——"

"盛先生——"

"哎，董小姐不要误会，我就是随口这么一说罢了。"

这时候吴天泽已经到了同春楼。阿奔在里边，一眼看见吴天泽来了，赶紧跑出去，到车旁边虚扶一下，满脸堆笑说道："哎呀吴公子，你今天来就是给我很大的面子了。你这一来，就是说我昨天那趟差事办得好！"

"我要你扶什么，"吴天泽哂道，"我又不是七老八十的。""哎，"阿奔立马回道，"七老八十的怎么会到我们这里来？说句笑话，那些老杆子心里头想来恐怕也来不动了是不是？"说罢"嘿"一笑，引吴天泽往里边去。

"就你会说话，"吴天泽"哈"一声道，"你昨天特地跑一趟，没谢你。今天先谢了你再说……"说着，已经拿出两块大洋往阿奔口袋里一塞。

“哎，”阿奔随即从口袋里拿出那两块大洋，捏在手心里返回到吴天泽口袋里，一面低声说道，“这不行，——吴公子不要说怎么不行，换了别的客人给我赏钱我照收，但是吴公子的我是不可以收的，——吴公子不要说怎么不可以，上面关照的，我不好乱来的。”

“哪个上面？是董小姐？”

“这个，吴公子就不要问了。”阿奔突然收住话头。吴天泽一转眼，看见徐娘从前厅拐角处走过来，便迎上去，一个欠身说道：“徐娘，不好意思，我今天又来打搅了。”

“吴公子说这个话见外了。”徐娘含笑道，“吴公子来，是应该的，自个儿上楼就是了。董姑娘在等你呢。”说罢，瞟了阿奔一眼。阿奔将手一让：“吴公子随我来——”“阿奔，”徐娘眉头略微一皱，轻声说道，“吴公子自己会上去。你去忙你的。”

吴天泽走进董碧韵房间，见盛宾如在，一怔，面孔一冷问董碧韵：“哎，他怎么来了？”随即一转脸问盛宾如：“你来做什么？”

“天泽——”董碧韵刚要说话，盛宾如抢先说道：“听吴公子的口气，我好像不可以来，是么？看来，吴公子今天还是有火气——”

“我有火气怎么了？”吴天泽逼视盛宾如，“哼”一声道，“上次不是跟你说好了，你输了，就离开，不要让我再看见你——你怎么又来了？唏。”

“唏什么，”盛宾如一笑道，“你别唏，有话坐下来慢慢说。你说我输了，我输了么？董小姐，吴公子说我输了，我输了吗？”

“你已经输了。”吴天泽抢着说话，“那天唐先生到我家里来过了。我现在告诉你，我父亲不想出来看你的那些字画，意思明摆着，你的那些字画狗屁，不值得看，全是假的有什么好看的？你今天来做什么？我说你还是走吧——走吧。”

“天泽，”董碧韵将手一让，“你先坐下来，听我说，——盛先生今天是我请他过来的……”“哎，你叫他来做什么？”吴天泽打断董碧韵的话，冷笑一声说道，“我不晓得你叫他来；你信里也没说。你只说是要给上次打赌的事儿做个评判了结。我要是早知道他今天也要来，我就不来了。”说罢“哼”一声坐下来。

吴天泽本以为自己这么一将，盛宾如就会觉着无趣要走，没想到盛宾如一笑说道：“我本来想等你吴公子来了，我们听董小姐说几句话，完了，我就早点走了。现在我不想马上走了，索性费点时间把话讲清楚……吴公子，你听着，令尊大人不想出来看我那几张字画，唐先生已经跟我说了。我跟他说这个没关系，算了。但是要说到你挑我赌这个事儿，我想眼下没有输赢。既然是双方现在没有输赢，那么你吴公子就得懂一个规矩，你我，我们起码暂时可以握手言和吧？是平局嘛，客客气气地说再会，是吧。没想到你如此不讲道理，先声夺人似的硬着头颈指定我输了，完了还想把我赶走，有这个道理么？没有吧。我想你吴公子出身于名门世家，也读了不少书，这点道理也是应该懂的，哪里可以像你现在这个样子对待一个朋友，对待董小姐——”

“说完了没有？”吴天泽冷笑道，“我——”

“我还没说完呢。”盛宾如冷峻地看着对手，不急不慢继续说道，“董小姐把你我同时约过来，是好意，——是为我好，也是为你好。你好我好，不好么？你非要来个大家都不好，有意思吗？你吴公子刚才问我今天来做什么？那么现在轮到我来问你了，你今天来做什么？——哦，你可以来，我不可以来，这是什么道理？你讲给我听听看？——退一步说，就算是你有道理，你也应该，起码是应该先让董小姐说句话吧。你今天迟到，一进来，连个招呼也不打，先不说；怎么可以一见面，面孔拉出来就是？”

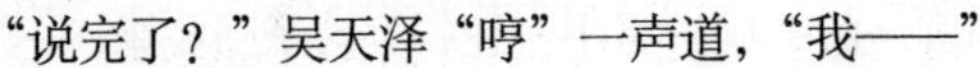

“说完了？”吴天泽“哼”一声道，“我——”

“我的话还没说完呢！”

“盛先生，”董碧韵见盛宾如要发火了，赶紧说道，“你先等一下，这个事情还是我来说——”

“要你说什么，”吴天泽一转脸，“哈”一声道，“这个事情是我跟这位姓盛的事儿，不用你来说，你别插手！——他说了半天，轮到我说话了。赌，就是要个输赢，到头来没言和的事儿，除非他不赌，滚蛋！”随即看着盛宾如说道：“姓盛的，我今天客气地叫你一声盛先生，你这回就是输了，我就是赢了。我，没有你那么多废话。废话少说，就一句话，你根本不懂字画，狗屁，一边去！盯着我看做什么？看那边，——喏，门在那边，走吧！”

“吴公子，”董碧韵眉头一紧，说道，“你不可以这样跟盛先生说话。这回赌本来是好玩的，现在没法评判也就算了。你怎么非要咬住盛先生不放呢。你说你赢了，盛先生输了，我觉着没道理。若是真的要辩个说法，依我看这回赌你们俩是暂时的不输不赢——”

“暂时？”吴天泽眼睛一眨，说道，“哎，这两个字用得好！那么是盛先生暂时输了。我暂时赢了。就这么说了。盛先生，你走吧。”

“是你吴公子暂时输了。”盛宾如微微一笑回道，“我呢也暂时输了。这么说不就完了么？还想说什么，还有什么要说的？”

“我没输。”吴天泽略一沉吟，冷笑道，“盛先生，你输了就输了，以后有机会再赌，何必要硬撑？死要面子变着法子说废话？我要是你，嘿，赶紧拍屁股走了，不要赖在这里出洋相，有失风度。”

“吴天泽——”董碧韵“刷”立起来，脸色煞白嘴唇微微有点哆嗦，“你说的才是废话呢！”

“啊？”吴天泽抬头盯着董碧韵看——只见她胸口起伏，语音稍有颤抖，轻轻说道：“盛先生说自己暂时输了，说你也暂时输了，这么说有什么要紧？不就是暂时输么？有什么必要如此认真？何况以后有的是机会，看到底是真的还是假的。今天说真的，我不支持你。我觉着你吴天泽，你，今天有失风度了而不是盛先生。”

董碧韵话音刚落，吴天泽“哈”一声立起来，拂袖而去。

吴天泽从楼上下来，阿奔见他气鼓恼恼地往外走，便跟上去问道：“哎，吴公子，这么早就走啦？”吴天泽回头道：“出去透透气——里边闷死了。”

“啊？”阿奔一怔，“扑哧”一声笑道，“吴公子说笑了。这楼上的空气好得很——”吴天泽瞟了阿奔一眼，快步走出去了。

吴天泽到了外头，往同春楼附近夜市逛了一个圈子，东看看西看看之后便返回来，心里犹豫是不是再回进去？走到离同春楼不远处，一眼望见唐六梓从黄包车上下来直奔同春楼门里边去，吴天泽停住脚步愣在原地，心里想幸亏自己走得慢，要不然就撞见了。傻了片刻，便叫了车赶紧离开，一路上他心里嘀咕道：“唐先生他一个人今天晚上到这里来做什么？我到这里来，会不会被他看见了？他会不会知道了？”这么一想，吴天泽心里慌得很，一会儿手心里全是汗，便使劲往身上擦。

徐娘见唐六梓进来，微笑迎过来……唐六梓凑近徐娘，轻声说道：“我还是要那个……”徐娘含笑点头道：“我知道，我来给你安排。”唐六梓一哂跟着徐娘往楼上去。到了楼上过道，唐六梓快走几步跟徐娘并肩走，徐娘轻声说道：“唐先生，你今天来不想换个别的姑娘么？”“不要，”唐六梓摆手回道，“我还是要那个……跟她有些熟了。还是熟的比较好，彼此有点了解。”

这天晚上吴天泽回家早了些。阿仲开门，见他脸色铁青，一进门，便直接往厨房去。阿仲跟过去，一边说道：“少爷，太太给你留了些吃的。”

吴天泽走进厨房间，回头见阿仲跟进来，问道：“阿仲，你吃的老酒放在哪边？”阿仲一怔，眼睛一眨问：“少爷想吃什么酒？黄的，还是白的？”

“白的。”

“那就吃洋河大曲？”

“好，……你也吃，跟我一道吃一点——吃！”

“好好好……”阿仲见少爷说话的腔调，识相得很，赶紧拿了杯子，在他对面坐下来一道吃了，一边说道，“少爷，你多吃一点。我呢，少吃一点，这会儿陪你意思意思……”

三杯酒吃下去吴天泽脸红了，说话开始多起来：“……阿延呢？他怎么不过来陪我吃酒？……阿仲，你过去，把他叫过来……什么啊？你说阿延他在书房里头画画……这么晚了，还要画啊？你去叫，……叫阿延过来，跟我们一道，吃吃酒……阿仲，你说天玉对阿延，好不好？——你说什么？……哦，是。你说我们家小姐对阿延好，是吧。……是的，我也说是的。可是，人家怎么，不不对我好——好呢？啊？我对她好，她呢，对人家好……好个屁啊！要对我好，哎，对我好，才是好！……阿仲，你说什么？你，说得大声一点，我听不清楚——你别拦我……我要吃，跟你阿仲吃酒——我干，你也干——干了！——没了。再来，给我再来一点——啊？你不来了？——来！你不来，我就拿酒瓶砸你的头！哎，给我倒，……对了，倒满了——还是阿仲最好——比阿延好！……阿延，他要知道天玉对他好，……阿仲，你知道啵？我，我跟家里说了，叫阿延招女婿……你说什么？阿延不肯？……不会的，他肯的……你别听明香跟你们瞎讲，——阿延他死不开口？没事儿，阿延就是那个鸟样子！——哦？你说什么？你说我爹今天晚上问过阿延了？阿延他怎么说？……你说什么？阿延没说什么话。哦，我妈——她？……你说我妈她，她不同意？——哈，天玉知道了不开心？唏——天玉很生气？——要的，要生气的，我也很生气。阿仲你知道啵，她对我不好！她，就是对我不好。她对那个，对那个人好，好得很……天玉不要紧。我，我来跟阿延说，说……”说到这里，吴天泽拿起酒杯满满的一杯一口干了。完了把杯子倒过来放在桌上，抬起头来眼睛直愣愣地盯着阿仲看——“少爷，”阿仲两只手按在桌上，正要凑近他说话，只见他打了个嗝，突然上身一歪趴在桌上。

“少爷，少爷……”

“阿仲……”这时候明香过来找阿仲，一看阿仲跟少爷躲在厨房里吃酒吃成这个样子，指着阿仲脑袋说道：“我看你是吃昏掉了。要是让太太知道了，骂死你！——快，快点把少爷扶起来，扶到他房间去。”阿仲酒量好，这会儿清醒得很，“哦”了一声，立起来搀扶吴天泽站起来往外面走；明香跟在一边，扶住少爷胳膊。

走到门外，风一吹，吴天泽头一甩，好像清醒了些，大舌头说道：“你们走走开，放，放开我，我自己走……”完了“哈”一声，甩开明香的手，接着一把将阿仲推开——自己先是站稳，然后稳步走了几步；随即踉跄向前走了，突然向前一冲栽倒下去……

第二天早上吴天泽的右手腕肿起来不能动了，吃早饭用左手拿筷子。那左手不听使唤；吴太太见了，叫明香拿调匙给少爷吃粥，问道：“怎么回事儿？你的手——”吴天泽闷头回道：“昨天晚上不当心跌了一跤，手腕撑地别筋了，没事儿。”吴太太眉头一皱，说道：“不像是别筋，怕是骨折了。”回头吩咐阿仲：“待会儿带少爷先到镇上曹中医那儿去看看——”

“是，太太。”阿仲答应道，瞟了明香一眼，生怕明香这会儿多嘴。吴天泽给明香递了一个眼神；明香会心一瞅，摇摇头算作回应。

吃过早饭，阿仲陪吴天泽去看曹中医。曹中医门上的小女子说：“先生还没起来，请二位坐一歇稍等——”说罢，便往门堂里头去了。吴天泽瞟了一眼那个小女子背影，一转脸悄声说道：“哎，阿仲，你看那个姑娘漂亮得很，你把她娶了做女人，怎么样？”“嘘——”阿仲凑近吴天泽耳朵，说道，“那个小女子是曹先生的……你别跟我胡说八道。”“哦。”吴天泽咧嘴一笑。

等了一会儿曹中医从里头出来。吴天泽说了情况；曹兴仁一看，说道：“吴公子，你家老爷太太是知道的，我家是祖传中医内科，这跌打损伤的，我这边看不了。你要到城里去看中医伤科，或者去看西医骨科。”说罢，手一抬，立在边上的小女子送客。

离开曹中医家，吴天泽跟阿仲一路上说闲话……吴天泽说：“阿仲，以前曹中医到我们家里来过。我看他一直蛮年轻的，你知道他今年多大岁数了？”

“哦，”阿仲嘴唇一抽回道，“他啊，今年有六十几岁了，看不出来哦。”

“他怎么不见老？那个女的今年多大了？”

“十七岁。”

“这么年纪轻，跟这个老头子？”吴天泽惊讶道。

“是啊，”阿仲咽了一下口水，说道，“那姑娘年纪那么轻，跟曹中医一道过日子，曹中医当然也跟着年纪轻了是不是？”

说话间，两人已经到了家门口。

阿仲回到屋里对吴太太说：“少爷的手曹中医不看，要么今天我陪少爷到城里去一趟，到博习医院去看西医骨科。”“蛮好，去吧。”吴太太点头道，“天玉今天正好也要到城里去，说是要去看看唐小姐——你们一道去。”这时候吴天玉已经打扮好了出来，悄悄地跟阿仲说：“你不要去了。今天我陪他去看医生。”

“蛮好。”阿仲会心一笑，转身离开客厅。吴天玉随即叫吴天泽换一身衣服出去。

这天上午唐小姐坐黄包车到博习医院给她母亲配药。

唐小姐在医院门诊处碰见魏可欣的大哥魏金晨。魏金晨见了唐小姐，嘴巴一张：“Hello,Miss Tang，I haven't seen you for a long time. You're so pretty!”唐小姐听了，一笑说道：“可欣最近有消息吗？”魏金晨一怔，扫兴得很，肩膀一耸，两手一摊说道：“You speak English，d'not speak Chinese，OK?”

“不要说欧开了，”唐小姐立马回道，“你说的美国话我听懂了，已经跟你很欧开了。哎，魏金晨，你现在不说中国话了？”

“跟谁说啊，”魏金晨嘴巴一撇道，“要么跟你说……哎，唐小姐，最近我们医院要举办个Dance party，到时候invite you，OK?”

“可以啊，”唐小姐眼睛闪烁，甜甜地回道，“什么时候？哦，到时候打电话给我。”随即说了电话号码。魏金晨忙用笔写在手心里，一面说道：“OK，call you and see you again!”

魏金晨一走，唐小姐去配药，一眼看见吴天玉在配药处，走上去，拍一下吴天玉肩膀，“嗨”一声——吴天玉吓了一跳，一回头，惊讶道：“哎，唐小姐是你啊！”唐小姐嬉道：“吴天玉，怎么巧了，在这里碰见你！你怎么来配药？”

“哦，是给我哥哥配药——”

“怎么了？他生病啦？”

“没生病，是手腕有点受挫伤，大惊小怪的。医生一看，说不要紧。——你呢，配药？”

“给我妈妈配点西药，治头痛的，嘿。”

“哎，唐小姐，我哥哥在那边！走，跟我过去——”

“好啊！”唐小姐微笑，跟着吴天玉走，一边说道，“有意思，头一回跟吴天泽见面的时候，他睬了我同学魏可欣的脚，说是要去医院看的——没想到别人的脚没到医院来看，这回他的手倒是来看了。”话音一落，两个人同时笑起来。

说笑间她们来到吴天泽面前，吴天泽一怔，忙从椅子上立起来，“哈”一声道：“是，是唐小姐！”

“你好吴天泽！”唐小姐含笑，眼睛水灵灵的看着吴天泽，伸出右手；吴天泽立刻伸出右手跟唐小姐握手——“喔唷”一声嘴巴一歪，这才意识到自己的右手腕上绷着纱布。唐小姐脸霎时绯红，赶紧赔笑说道：“哎呀，弄疼你了！你看我，真是的！”“哎，”吴天泽立马回道，“不要紧，不怪你，是我见到你，高，高兴！”这话唐小姐听了，眼睛一亮，问道：“还疼么？”“唔，”吴天泽似乎有点忍痛说道，“稍微有一点痛，不要紧。”吴天玉站在边上用手托住下巴微笑道：“唐小姐，你跟他再握一次手，要用点力跟他握，他就好了。”一转脸，见吴天泽嘴巴一龇，好像手痛得很，便说道：“哥，没那么严重吧，不至于疼死你吧？你这次算什么，不就是一只手么？你脚没事吧，可以走路是不是？——走，我们去看唐小姐——哦，唐小姐就在你面前，你好好看看哦，要不，我走开？让你们俩说说悄悄话？”说罢“嘿”一声，转身走，被唐小姐一把拉住：“天玉，有你这样寻我们开心的吗？看我不饶你！”

“吴天泽你听见了没有？”吴天玉头发一甩，嬉笑道，“唐小姐现在说我们了——这就是说你们了——你们，就是你跟她。所以呢我还是要先回去，把你们留下来；先去吃饭，然后看电影，再吃点心——总而言之这是你们的事情，我就不跟着你们了。唐小姐，我不做你们的跟屁虫哦。”

“蛮好，”吴天泽看了唐小姐一眼，说道，“天玉要么这样，我们三个人一道出去吃个饭——吃好饭，你先回去；我晚一点回去，陪唐小姐说说话。”

“嗯，”吴天玉眼睛一闪，说道，“好的。唐小姐，你说呢？”

“唔……”唐小姐犹豫了一会儿，微笑道，“这样，当然也是好的。不过今天好像有点不方便——”唐小姐心里蛮乐意接受这个邀请——吴天玉主动，吴天泽也主动——她已经很开心了，只是她突然间觉着这一次有点碰巧遇见，不如免了这一次，等待下一次吴天泽正式邀请。这么一想，唐小姐从容说道：“我今天恐怕不好在外头跟你们一道吃饭。因为我配了药，急着要回去，我妈妈一个人在家里。我家周妈到乡下去还没回来。我妈妈有点不舒服，我要早点回去的。”吴天泽一听，点头道：“唐小姐，那你就先回去吧。家里妈妈要紧。我们是不要紧的。我们反正有时间，改日我再约你也好。天玉，你说呢？”

“唔，也好。”吴天玉一转脸说道，“唐小姐，我哥这么说了，你觉着呢？那就按你说的做？”“好的。”唐小姐点头道。

“那就听你的。”吴天玉说罢，挽住唐小姐胳膊往医院外面走。吴天泽抢在前头走出去，给唐小姐喊了黄包车，把车钱先付了。吴天泽、吴天玉等唐小姐上了车，目送车走远了，方才离开——唐小姐回头看在眼里，心头一热，摸一下脖子上的丝绸围巾，这才想起来刚才忘了跟吴天泽说谢谢。

眼看将近中午，吴天泽跟吴天玉就近找个馆子吃饭。吴天玉说唐小姐，一会儿又说到潘道延。吴天玉说唐小姐的时候还嘻嘻哈哈的，一说到潘道延，眼睛里便流露出闷闷不乐的神情。吴天泽“哼哈”一笑，问道：“怎么了？”吴天玉的脸色一下子就变得异常苍白，尴尬一笑，说道：“这几天阿延跟我闹不开心。他老是临摹唐伯虎的画——这也是要的；他说要的。昨天爹跟他说临摹是要的，没错，但是也要想着自己画点东西了。——阿延也是这么想的，但是他有时候跟我说，他要画自己的东西，就是不行……昨天晚上你不在，你不知道他疯了……我到他书房里去，看见他发泄，掼东西，把画桌上的砚台、笔洗还有所有的东西全都掼到地上，弄得地上一塌糊涂。我帮他收拾，他吼叫，不要我收拾……我看他脸发青发紫，真的害怕……后来，他坐在地上流眼泪了，我也跟着哭了。我看他那个样子，心里难过……我要哭了……哥，你说，阿延他是怎么回事儿？我跟爹说了。爹说，不要紧的，一个画家心里苦闷，想发泄出来没事的。我不晓得怎样安慰他……”吴天玉说着，眼泪止不住流下来。

吴天泽开头听的时候，好像还有点心不在焉，这会儿见自个儿妹妹眼泪珠串儿似的落下来，心里一阵难受，不时咬一下嘴唇；怔了一会儿他拿起调匙给天玉勺菜，一边说道：“吃吧，天玉，你看，菜都冷了。要不，我叫他们热一下，吃热的，啊？”吴天泽想起那天夜里他回去，潘道延给他焐着热的饭菜，舒了一口气，说道：“天玉，我跟你说，其实阿延人还是蛮好的。他就是有点，有点死啃闷劲。没事的，以后会好的。真的，——我说真的，就从来没假过。”吴天玉听了，破涕一笑：“这句话是爹说的，你怎么也跟着说了？”

“哎，”吴天泽见热好的汤端上来后，搓手说道，“天玉，吃吧——我就这么跟着一说罢了。”

“那么爹叫你待在家里写字画画，你怎么不听呢？你怎么一门心思，死啃闷劲想着要出去？”

“天玉，这是两回事儿。现在跟你一时半会儿说不清爽——先吃饭，完了再说——不管怎么说，我还是要出去的。”

“天泽，你今天在外头跟我说老实话，唐小姐好不好？”

“好啊，好得很。”

“那就娶唐小姐——我要她做嫂子。”

“现在说，恐怕不好。让我想想，过些日子再说——”吴天泽突然打住，心里又想董碧韵。昨天晚上跟董碧韵碰头，碰到那个家伙，这个事情纠结在心里头像一块一块和僵了的面团似的他觉着心堵。那个姓盛的，他可以不计较。但是他只要一想到董碧韵跟他说的话，就气恼，恨不得也像潘道延那样把桌上的东西拿起来掼到地上。这么一想，吴天泽脸一沉，饭吃到一半便丢下调匙，说道：“我吃饱了。天玉，我们回去吧。”

吴太太看见儿子回来，听说那右手没有骨折，说道：“还算好。”但是一会儿就被这个儿子弄得心情坏起来。吴天泽一回来就板着脸，口口声声说这个家他一天也不想待下去了！他跑到自己书房里发脾气，掼东西，好像在外头憋了一肚皮气，就等着回到家里发泄。吴太太听明香过来说了，也不想过去看；眼不见，心不烦，由他发作，便叫明香现在不用去帮着收拾，让他去！

明香憋了两天，最后还是忍不住开口说道：“太太，——有件事情，我想来想去的，想想还是要跟太太说的——唔——”

“什么事儿？”吴太太脸一板，“看你吞吞吐吐的，是不是阿仲的事儿？他已经跟我说过了。我晓得了。这个事儿不怪他，要怪就怪天泽自己不好——谁叫他自己吃那么多酒？年纪轻轻，别的没学会，先把吃酒学会了。平时难得吃点老酒倒也罢了，怎么可以拼了命乱吃？这样不好，我要说的。哎，明香，阿仲你也要说说的……”

“阿仲是不好，是要说的。太太——”明香嗫嚅道，“不过，我现在要跟太太说的，是少爷的事儿。少爷他——”明香轻咳一声，小声说道：“我想告诉太太，前天有个人来给少爷送一封信。那个人是城里同春楼的。……那天我去的时候，在同春楼里头见过那个人，前天就是他来给少爷送信的。”

“哦？”

“是的。那天我到同春楼里问一个姑娘，这里的妈妈是不是叫阿娇？那个姑娘说妈妈是徐娘。这个，我回来已经跟太太说过了。那个人见我打听人，就跑过来赶我走。我跟他说，我到这里来寻自个儿男人。他说：‘你寻错地方了。男人到这里来找女人，没听说过女人到这里来找男人。’——那个人就是他。”

“哦？那个人来给少爷送信，他没有认出你？”吴太太问道。

“没有。”明香摇头，一笑说道，“太太，我那天晚上到同春楼去，我头发变了，还穿了旗袍——那天晚上的打扮跟前天白天到城里去的打扮不一样——我买了东西回来，就是跟那个人同坐一辆马车——他没有认出我。哦，对了，说起那封信，太太要我说，我就说了——唔——那封信，我知道是同春楼的一个姑娘写给少爷的——”

“你怎么知道的？”

“我在车上听那个人说的，他说那个婊子毛笔字写得漂亮。”

“我的天哪！”

当天晚上吃过晚饭吴太太把儿子叫到自己房间里问话，劈头第一句便是：“现在关起门来你跟妈说实话——你，是不是暗地里跟一个婊子有来往？”

吴天泽一怔，两手一摊说道：“没有啊！这个话是从哪边冒出来的？根本没有的事儿，胡说八道！”说罢头一低，看自己受伤的右手，咕噜道：“哦，还是有点痛……”

“哦，”吴太太冷笑道，“你现在有一只手痛，但是两只脚不痛吧？——你现在去，把那天人家给你送来的那封信拿过来给我看看——”

“哦，原来这个事儿。”吴天泽舒了一口气，嬉笑道：“那封信我看了，撕了。人家要，要买爹的字画——瞎搞，求到我头上来了——我怕爹知道了会生气，就随手把它撕掉了。”

“你在瞎说！人家求你爹字画，怎么会求到你头上来？”

“是啊，奇怪，我也不晓得。”

“哦？真的假的？”

“真的。我说真的，就从来没假过。”

“那好，你待在这里别动！”吴太太起身走到门口开门，朝外头喊明香。明香应声过来。吴太太说：“你去少爷书房里给我找找看，看有没有那封信。如果找出来，拿过来给我——”“好的，太太。”明香应道。吴天泽一听，从椅子上跳起来大声喝道：“明香站住！你要做什么？要拿，也是我去拿。”明香一怔，立在原地不动。吴太太转过身来，“哼”一声说道：“你去拿，我看就是假的了。你刚才不是说那封信撕掉了吗？怎么一会儿又可以去拿了呢？——分明是撒谎！明香去拿！不要理他！”说罢，关上门，任凭儿子跺脚、吼叫，像疯了似的要开门出去，吴太太就是堵在房间门口死活不让。

“你，别想从我屋里出去！”吴太太恨恨说道，“除非你把我掀到地上爬不起来！告诉你，天泽，我今天非要跟你见个底朝天！要是你现在说实话，我还可以帮你瞒着不让你爹知道。要不然待会儿就由不得你了，叫你撕了皮见人！我倒要看看你爹怎么说？!”

“妈，你怎么不相信我？”吴天泽死咬住说道，“这是没有的事儿！你说的那个事儿就是没有的事儿。我……”吴天泽拍腿甩手一副急腔：“你说这个事儿怎么跟你说呢！我现在跟你说不清爽了。”随即“嗷嗷嗷嗷”干吼起来，好像受了天大的冤枉。

一会儿明香过来，把那封信递给吴太太。

吴太太拨开信封，一边问道：“在哪里找到的？”明香瞟了少爷一眼，小声回道：“在书桌的抽屉里。”

“里边的信呢？”吴太太一看那信封里头空的，抬头问道，眼锋从明香扫到瘫坐在椅子上的儿子。明香回道：“我不晓得。”这时候吴天泽想起来，这里边的信纸他夹在一本书里了，便松了一口气，神气起来“哈”一声说道：“刚才我不是说了么，那封信我看完之后撕掉了。真的。妈，你就是不相信我说的。”

“放你个屁！”吴太太将信封往桌上一碰，提高嗓门说道，“你说的，我看就是假的！这信封上的字，一看就是女人写的，你以为我看不出来啊？天泽我告诉你，我现在就吃准你一定是暗地里不学好，跟哪个婊子勾搭上了。这一点是可以肯定的。我早就怀疑你了，要不然我不会教人出去打听……家里头没人有这个本事编故事冤枉你，说你在外头跟哪个楼里的哪个小婊子胡闹。你说，这信封上面的字，谁写的？——你说不说？——你不说，蛮好！好，明香，到楼上去，把老爷叫来——！”

见明香嘴巴翕动，立在那边不动，吴太太眉头一紧，眼睛凶狠起来，猛一声说道：“去——！”明香吓了一抖，转身去了。

“说——”吴太太看着颓然坐在椅子上的儿子，连续“哼”道，“你说，这几个字是不是哪个婊子写的，啊？写得不错嘛，很漂亮嘛，啊？她是谁？她是不是城里同春楼里的婊子？说！好，你闷头不说，等你爹来了，叫他来问你，我看你说不说……”说话间，明香来了，回太太话：“老爷说，太太有什么事情，到楼上去讲——”吴太太一听，霍地起身拿了桌上的那个信封，快步走出房间，一面说道：“明香，你不要跟着我到楼上去——给我看住少爷——跟阿仲说，叫他把外头的门关起来，不要让少爷跑出去！”

吴元厚没想到夫人上来跟他说儿子的事儿，又因儿子的这个事儿跟他重提过去的事情……

吴太太这一回说话难听了：“……允之，我现在跟你说什么好？要我说，儿子就是传你的代！你想想看，你当年暗地里也是这个样子，跟一个小丫头小婊子勾搭，背着家里瞒住你爹你娘。到后来，你寻死作活的还想把那个青楼女子娶回来……要不是你娘以死相逼，逼你回头，你就要做了是不是？后来我嫁给你，嫁到你们吴家，那是你们家那个时候没办法，也没脸反悔先前你爹跟我爹说好的这门婚约！那个叫阿娇的小婊子后来一直埋在你心里是吧，别以为我不晓得！后来儿子女儿大了，我不跟你计较了。我真的是不想跟你翻二十年前的旧账。但是现在我要跟你急了。不急不行。现在好了，儿子，他也跟着你的路子来了，暗地里跟城里同春楼里的婊子来往，成何体统？要是传出去还得了。这不是有辱我们家门么，啊？允之，你说这个事儿怎么办？你还要画？我跟你在说话，你现在不要画了。我在跟你说话！”

吴元厚听了，脸色阴沉得可怕，总算搁笔，坐下来，长长地叹出一口气。他一手搁在画桌上，一手反复抚摸脸庞、下巴，沉吟半天，说道：“兰馨啊，”——吴元厚有很多年不叫他太太的名字了——这会儿，他叫了一声久违的“兰馨”之后，便哽咽了，一时说不出话来。这一叫勾起了吴元厚抽心挞肺的往事：

吴太太叫叶兰馨，她是浙江嘉兴大收藏家叶根培先生的女儿。吴元厚的父亲吴绍庭和叶根培是老朋友。当年两家大人指定包办婚姻。吴元厚当时不从，想躲婚，一个人跑到北方去了。后来回到家里，说自己要娶一个叫阿娇的姑娘。吴绍庭便叫人去打听，搞清楚了那个叫阿娇的姑娘是北京城里的一个青楼女子。吴元厚的母亲一气之下撞墙头几乎半死；吴绍庭因此大病一场，发狠，非断了儿子这个念想不可！吴元厚那个时候无奈得很，看看家里，看看父母，自己又做不出来离家出走，一走了事；前思后想，最后还是在父母面前跪下来，含泪答应回到他父亲指定的道上来。

“兰馨，”吴元厚回过神来，这时候显得筋疲力尽，喃喃说道，“过去的那个事情已经过去了，不要提了。眼下，还是说儿子的事儿。如果确有此事，那就想个办法把儿子跟那个女子隔开来。”

“你说怎么隔开来？在一个地方，来往容易得很，不像你那个时候，一个在苏州，一个在北京，想来往也不容易！”

“唉，你又来了。说好了过去的事情不提了，怎么一会儿又说了。你想把我的那个事儿说到我死啊！”

“好，那就说儿子的事儿——你说，现在有什么办法叫天泽收住，不跟那个婊子来往？”

“唉，你别一口一个婊子好不好？说不定，她也是个有情有义的姑娘。”

“屁个有情有义！老爷当年也是……”

“怎么又说当年了。不是跟你说好了么？我们不提当年了好不好？要是你再提当年，我就把自己舌头割掉，从此哑巴再也不说话了，随你的便！你爱怎么说就怎么说吧，我不管了。反正老子混蛋儿子也是混蛋——好了吧？”

“那好，我不说当年了，就说现在儿子怎么办？”

“这——”

“你怎么不说话？允之，说呀！”

“这个哦，”吴元厚沉吟半天，抬头眼睛一闪，说道，“你看，天泽这些日子一直闹着要出去。我原来是不准他出去的。现在看来，是不是就准许他出去，到上海去？这样一来，不就隔开了？”

“上海又不远，又不是北京。”

“你看，你又来了！”

“我没说什么，——说上海北京，说的是地名，又没说人……好啊，老爷你这么说自有老爷的道理。那就准了天泽去？允之，这个事儿要推敲一下，这一放出去，要收回来就难了。”

“要不，还有一个办法——没办法的办法，就是给天泽说门亲，叫他趁早结婚，不就可以了么？像我当年那个样子——”

“这个话是老爷自己说的哦，我可没说像你当年那个样子。”

……

寻访笔记 29

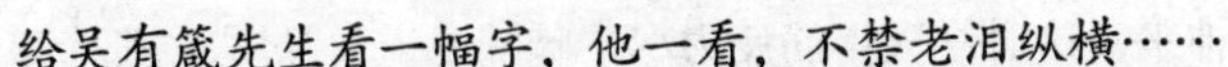

给吴有箴先生看一幅字，他一看，不禁老泪纵横……

我突然意识到我不应该把这幅字拿给他看，至少是不应该在医院里给他看。

这幅字，我在北京潘家园闲逛的时候发现的，当时一看，以为是假的；一会儿回过来再看，感觉是亦假亦真。一问价钱，卖家说："一个字五十块。要，立马拿走！"我一听，心里怦怦跳，面上迟疑了一会儿，蹲下来数多少字：

> 本应传承家道，然心不情愿，硬逼从之，非当下民主倡导也。
>
> 离家月余，见识渐长。长思以为，吾等非等闲之辈，当以外出自谋生路为己任，而非家教云云生来必吴门道行之。今叛道而驰，不可定说不孝、不遵，实乃求索独立人之道。祈父母大人准儿放行，叩谢。天泽即日顿首

原作没有标点符号，106个字。

我心里想"拿下"！对卖家说："我不还你价，凑个整数。这最后的'天泽即日顿首'不要算进去了，行啵？"

"不行！"卖家一口回道，"值钱，就值在这最后六个字上。要是您把作者落款抠掉，我咋卖？"

吴有箴先生听了以上这段叙述，平静下来说："有意思，这幅字现在到你手上了。你这趟出去还是蛮有收获的，人家心里是当假的卖给你了。"

"据说这幅字是吴天泽送给唐小姐的，怎么会流到外头去了？"

第二十九章

唐太太最近为女儿的事情头痛得很。

这头痛，中医看来没有什么办法治疗；西医大概也没有什么办法。唐太太自己也晓得，这头痛有的药治还不如人治，女儿要是听话就好了。但是这个宝贝女儿偏偏就是不听话。

唐小姐到博习医院配了阿司匹林回来，给母亲吃，也不安慰母亲几句就往楼上去。这天上午唐小姐出去的时候，周妈正好从乡下回来。周妈烧好午饭，叫太太小姐吃饭。

唐小姐从楼上下来，说道："周妈，早知道你今天上午回来，我就在外头跟人家一道吃中饭了。"唐太太一听，问道："你在外头要跟谁一道吃饭？"唐小姐坐下来回了一句："跟吴小姐他们。"

"他们？"唐太太抬头盯着女儿看，"除了吴小姐，还有谁啊？"

"还有吴小姐的哥哥。"唐小姐夹了一块清蒸鱼放到碗里，一边挑鱼刺一边说道，"我本来想今天中午不回来吃的；后来一想，还是回来吃。我现在不想在外头吃饭，连吴天玉请我，我都不想，不要说其他人了。"唐太太一听这话，头又开始痛了，嘴巴一张想说女儿几句；一想，吃饭的时候还是不要说，等吃过饭以后再说。

这天上午楚怀咏离开唐家的时候，心里对唐小姐今晚是否肯出来吃饭不抱希望，因为从杭州回来以后，他对唐小姐就不抱希望了。但是他家里人，他父亲他哥哥嫂嫂似乎还想努力一把促成此事，他也就勉强而为之。为此，前几天他跑到唐楼去请唐六梓唐太太唐小姐到得鲜楼吃饭，结果唐小姐没来。

其实楚家那次请客，不是特地请唐家三人，而是楚二的父亲楚通里宴请钱专员、马局长；宴请作陪名单里有唐六梓、乔冠东乔老爷、沈明达偕夫人。楚通里派人把请帖送出去，留下唐六梓的请帖给楚二，叫他跑一趟送到唐家门上。楚通里跟儿子说唐家小姐楚家是要娶的，虽说这门亲事唐家到现在还没有正式给楚家一个回音，但是要想做毛脚女婿，儿子就要巴结一点，要主动上门。在所有发出的请帖里，只有给唐六梓的那张请帖上写明了偕夫人、小姐。"这次请客，格子算是高的。"楚通里对儿子说，"钱专员的秘书已经回话了，说钱专员带夫人到场。那是给我们面子。估计唐小姐不会不赏脸。”楚怀咏听了也觉得这是很体面的宴请。不过他当时嘴巴上答应去唐小姐家，人到了外头却改了主意，直接去唐楼，把请帖送到唐六梓手上。唐六梓当时对楚二说：“二少爷，我跟太太一道来是没有问题的。但是我女儿，不好说。我回去跟她说说看。她要是肯来当然是最好；要是她不肯，恐怕也是勉强不来的。”

那次宴请，唐小姐推掉了，理由是她不欢喜那种场合，觉着不合适。唐六梓跟太太琢磨了半天，觉着女儿说的也是。至于说到这会不会有点不给钱专员、马局长他们面子，唐六梓对太太说：“这倒不会。女儿不去，最多是有点不给楚家面子，其他人是说不上的，也谈不上是得罪人。”此事便作罢。这一回唐小姐觉着父母还是通情达理的，不强求自己到外头去吃那个不三不四的饭。唐六梓礼数做在路子上，提前打电话给楚家，说女儿不来，自己和太太肯定来。

唐小姐不来，楚怀咏也不肯陪他父亲出席宴请了。楚通里问：“为啥？”楚怀咏回道：“头痛。”楚通里听了，一怔，说道：“这次请的几位都是官场商界有头有脸的人。我现在帮你在外头铺点路子，这个对你今后是有好处的。”楚二瞥了父亲一眼，板着脸不说话，憋了一会儿，还是说：“这顿饭我就不吃了。我头痛得很。”这么一说，楚通里也就不勉强儿子了。

请客那天，楚通里见了唐六梓，借一步说话问唐小姐怎么不来？唐六梓顺口回道：“我女儿说头痛……”楚通里一听，脸上露出一丝苦笑，一手搭住唐六梓背心，轻声说道：“唐先生，看来我家老二跟你家大小姐都叫我们头痛哦。现在的年轻人，不好弄，真的教人头痛！”唐六梓微笑道：“也不见得。楚先生，依我看，现在的年轻人好弄起来也是蛮好弄的，就看我们做大人的是不是也把他们当做大人看。要是给他们点民主、自由，让他们自己做点主，有些个事情恐怕也就不难弄了，你说是吧？”楚通里听了，抬手拍了拍自己脑门，好像突然间豁然明白似的，“呵呵”笑起来，一面跷大拇指说：“还是唐先生有道理，这个话说得好比一杯龙井茶——没话讲。”

第二次想请唐小姐吃饭，楚怀咏总算听了父亲的话，直接去唐家。

这次上门请，楚怀咏见到唐太太，开门见山说：“我父亲叫我今天来，请唐先生唐太太今天晚上吃饭，在得鲜楼——正好我大哥大嫂到苏州来了，碰碰头叙叙。”完了，补一句：“我嫂子牵记唐小姐，她叫我一定要请唐小姐来。”唐太太一听，心里想这次机会蛮好；请楚少爷坐，叫周妈上茶，客气说道：“二少爷先坐一会儿吃口茶。宓宓出去配药了，时间不会长，一会儿就要回来的。二少爷自己跟她说，不是蛮好么？”楚怀咏想了一会儿，回道：“我想，还是阿姨跟她说比较好。我怕当面跟小姐说，被她一口回绝没商量余地，到时候尴尬得很。”说罢，便起身告辞。

唐太太觉着楚家二少爷这个人还是很不错的，一口答应道：“这回我一定叫宓宓一道来！”楚怀咏眼睛闪闪，一个欠身道谢。唐太太送他到大门外。楚家包车在外头等着，楚怀咏说了“晚上见！”上车走了。

这天吃过午饭，唐太太跟女儿说了这个事儿。唐小姐一听母亲要她今天晚上非去不可，眼波一闪立马回道："要去你们去，我不去！"唐太太一怔，刚想开口劝说，只听女儿接着说道："上午我出去的时候楚家二少爷来过了是吧，他要请客吃饭，关我什么事儿？我是肯定不会去的。……我早就说过了，我不欢喜到外头去吃不三不四的饭，见不三不四的人——你们起劲，跟我没关系，不要拉我一道去——我是没有胃口跟你们出去应酬的。再说了，那个楚家二少爷，我看也真是的，除了请吃饭，好像没别的事情做了。他们家开饭店的，就晓得吃！那得鲜楼再有名，再好吃，也不见得每次都要到那里去吃吧？也不怕人家吃腻的。"

"宓宓，"唐太太瞟了周妈一眼，说道，"什么叫出去见不三不四的人，吃不三不四的饭？——这一回不是的；楚怀咏来的时候说了，他大哥楚怀顺、大嫂萧沁园他们来了——他们是不三不四的人吗？人家也有身份，也受过教育，又不是社会上的鸡头鸡脚，茶叶末子。再说了，他们楚家上上下下都把你当回事儿，你也应该觉着你面子够大的了。要是换了我年轻的时候，有这样体面的人家把我当上上客，我心里头高兴还来不及呢，哪里会像你这个样子！还说人家真是的，我看你才是真是的。我就弄不懂你为什么就看不上楚怀咏？哦，我想起来了，你大概是看中别人了，是不是？怪不得这几天老在我耳朵边上说起那个吴什么公子——他，人长得比楚怀咏好，是吧？他家里比楚家好，是不是？"

"哎，"唐小姐含笑说道，"就是比他好，就是比他们家好——"周妈忍不住插嘴道："小姐比比看，哪个好就跟哪个好——"

"周妈，"唐太太瞪了她一眼，脸一拉，说道，"你又跟着瞎起劲，说什么比比看——比什么比？看什么看？"周妈一吓，退一边去做自己的事情了。唐太太一转脸，看女儿立起来要走，手一招说道："你坐下来，我还有话要讲——"唐小姐显得有点不耐烦："妈，你有话要说，不要跟我说，我现在不想听。我还有事情——我现在要到楼上去写毛笔字。"说罢，往楼上去。

"你刚吃过午饭，写什么字哦。"唐太太立起来跟上去，一边说道，"现在我跟你说正经事儿，你就避开我……"唐太太走进女儿房间，接着说道："我跟你说宓宓，你不要太任性。这个事情我已经跟你爸爸商量过了，我们做父母的也讲道理，不为难你。我现在也想通了，跟女儿弩气没意思。女儿要嫁人，你也是可以挑选的。……周妈刚才说的也是，比比看，哪个好跟哪个。不过，这个事儿不管怎么说，今天晚上这顿饭你还是要跟我们一道出去吃的。我先头已经答应人家了，说你一定去。你现在不好叫妈妈难做人的！"

"我不去！"唐小姐一边写字，一边说道，"我今天晚上要出去看电影，票已经买好了。"

"你这个丫头真是的，"唐太太叹一口气，说道，"早不看电影，晚不看电影，偏偏

人家要请你吃个饭，人家大哥大嫂来了，你就名堂多！我下去给你爸爸打电话，叫他回来跟你说。”

唐太太到楼下，刚要拨打电话，唐六梓回来了。

唐六梓一进门就说：“我今天没有什么事情，早点回来。楚通里中午打电话给我，说晚上请我们去吃饭……”

唐太太接过先生的皮包，叫周妈泡茶，接着说道：“上午楚怀咏来请过我们了。我已经答应他我们要去的，但是宓宓不肯去，怎么办？”

“宓宓她怎么说？”唐六梓一转脸，摆手对周妈说，“不用泡茶。我在外头吃了不少茶，回到家里不吃。——你先到楼上去把小姐喊下来，就说我有话跟她说——”周妈答应了一声便往楼上去。唐太太说：“哎，这一回你无论如何要说服女儿去。要不，忒不像话了。你想啊，我们一家到杭州去玩的时候，人家大哥大嫂对我们客气得很。这次他们来，又是他们主动请我们吃饭，弄得很不好意思了。楚怀咏说了，他大嫂特别想跟宓宓碰碰头。说好了，不好不去的。”

说话间，唐小姐从楼上下来了，唐六梓招手道：“宓宓过来坐，我有事儿要跟你商量。”唐六梓一转眼给太太使了个眼神。唐太太脸一沉，咕噜道：“你跟女儿讲，我不开口。”见女儿坐下来，唐六梓微笑道：“宓宓，我说话向来是不欢喜转弯抹角的。你现在跟爸爸妈妈说心里话，——吴先生的儿子吴天泽，他人怎么样？你中意吗？”唐小姐听了一怔，脸上泛起红晕，看了母亲一眼，说道：“爸爸，今天怎么想起来问这个事儿？”

“关心女儿嘛。”唐六梓坐在沙发上一个欠身，说道，“宓宓，我觉着这是个好事儿，不要瞒着我，——哎，有什么不好意思说的？我呢，现在当着你妈妈的面，跟你表个态，我对吴家还是比较了解的，吴天泽人呢，也是蛮好的，不错的。有一点明显得很，吴天泽人样子比楚怀咏好。这么说吧，要是我女儿真的看中吴天泽，他也看中你，我们跟吴家攀亲，我看好得很！”

“我是觉着楚家蛮好，”唐太太上身一晃，抚摸着沙发扶手，说道，“我们现在要讲点实惠对吧。那个吴家，我在外头也听说了，也是大人家。但是他们吴家总没有城里头做生意的有钱吧？”

“这个你不懂。”唐六梓淡淡一笑，会了一下太太眼睛，跷大拇指说道，“吴家有底子，有名气，有文化，知道啵？名气就是钱，文化也是钱——”

“人家楚家没有文化吗？”唐太太瞟了女儿一眼，“他们楚家得鲜楼是吃的文化，到什么时候都吃得开！”“这话不错。”唐六梓点头道，“但是，我现在晓得我女儿偏向于吴家的文化和名气，而不是楚家的吃……哎，我晓得，宓宓现在一有空就写毛笔字，我就晓得了。其实啊，只有我晓得女儿心思——”

“你晓得女儿心思，有什么用？她又不听你的话。”

“嗳，”唐六梓瞟了太太一眼，接着说道，“宓宓，我今天要跟你商量的事儿就是这个事儿。要么这样吧，你看好不好？你先两头交往；看谁合适，你自己拿个主意，跟爸爸妈妈说一声，不就行了么？怎么样？”

唐小姐本来坐下来打定主意不开口，不说话，她心里想父母这会儿无非是想说楚家请客吃饭的事儿，反正自己认定不去吃，随便怎么说怎么商量，她就是不去。这会儿听下来，觉着父亲说话还是蛮好商量的，便点头“嗯”了一声，眼睛一闪回道：“好啊，那我就自已看，我自己来决定，不要爸爸妈妈来左右我，把我弄得心神不定，没劲。”

“就这么说定了。”唐六梓手一摆，说道，“这样蛮好。说到吴天泽，我是见过他好几次了。但是宓宓，你妈妈还没见过他，是吧？改日约一下他，请他到我们家里来吃个饭，给你妈妈看看，让你妈妈作个比较。哎，我保证你妈妈见了他就欢喜，不会错的，你信不信？”

“好啊，让我看看他人样子。别说得好，一看，不过如此。”

“唏——”唐小姐头一歪，朝母亲做个鬼脸，说道，“到时候你看吧。我现在不说他好。好，是不用我来说的。今天我去博习医院配药碰见他，他就是给我印象好，比那个楚家二少爷体贴人，——我说什么，他就顺着我说的做了。我欢喜他。我不欢喜楚家二少爷那个样子。再说了，吴天泽的妹妹好得很，我欢喜他妹妹，她向着我——”

“人家楚二的大嫂不也向着你？”唐太太似笑似嗔，“你啊，就要人家一个一个向着你，你怎么不向着点人家？不为人家想想？就说今晚，——哦，人家请你吃饭，你呢，一点面子也不给人家，有你这么做人的吗？”

“哦，对了。”唐六梓好像突然想起来，说道，“我看这样吧，宓宓，今天晚上楚怀咏的大哥大嫂请我们吃饭，我们还是去，你也一道去……又没关系的。我们跟人家吃个饭，也是做人的礼节，不要给人家说闲话，说唐六梓的女儿受教会学校洋人的教育，却不懂中国人的规矩，多难听，是不是？这样一说，弄得大家在外头没面子……人家要面子，你爸爸在外头也是要面子的，你说是吧？”

大概是因为先前的一通话说得比较顺了，唐小姐这会儿静下来想想，也觉着父亲这一说还是在道理上，犹豫了片刻，便答应今天晚上出去吃饭；接下来才说电影票其实还没买，是跟妈妈说了玩的。唐太太一听，故作生气，说道：“你这个丫头，就会在家里气我，拿我寻开心！”说着，母女俩开心起来。

说笑了一通之后，唐小姐到楼上去写毛笔字；到了傍晚时分，换了衣服打扮好，跟父母一道出去……

第二天上午，邮差来到吴家送信。

阿仲在门口接了信件，转身回进去，走到客厅里碰见明香。明香眼睛一瞟阿仲手

上有一封信，问道：“是谁的信？”阿仲回道：“少爷的。”明香一把拉住阿仲，一看信封上的毛笔字，眼睛一闪说道：“这封信给我，我来交给太太。你先不要跟少爷说，让太太跟少爷说——”

“这……”阿仲吃惊道，“这是少爷的信，你拿去给太太做什么？你这不是没事找事么！回头要是让少爷晓得了骂死我不说，还要连带你，犯不着的。再说了，你暗地里管我还差不多，这少爷的信你也要管？我弄不懂了，你这么做有意思吗？”“去你的！”明香瞪了阿仲一眼，一手拍过去，说道，“你别在这里大声嚷嚷好不好？这个事情你不晓得，你不要管，也不要问，没你的事儿。你呢只当什么也不晓得就是了。”说罢，径直往吴太太房间去。

“这叫什么事儿！”阿仲看着明香背影，叹了一口气，“多事儿，吃饱了没事做。”回头往园子里去，忙自己的事情去了。

吴太太一看那封信，脸色阴沉下来，冷笑道：“好啊，那个婊子又把信写到我们家里来了，看我撕掉它——”明香手快阻止道：“太太，这封信撕不得。要不，先拆开来看看再说？”

“这种信我要看什么，”吴太太眉头一皱，恨恨说道，“我不看就晓得这里头是什么名堂！……好，我不撕，我也不拆。明香，你去把少爷喊过来，我要叫他当着我的面把这封信拆开来，今天我倒要看他怎么跟我说，气死我了！家里出了这种事情，传出去丢脸！明香你愣在这里做什么？快去——！”这时候吴天玉进来，一看气氛不对，问道：“出了什么事？”

“什么事情你先别问，”吴太太气恼恼地说道，“跟我到客厅去；你到楼上去把你爹叫下来，就说我要他问你哥哥话！”说罢往客厅走，一边对明香说道：“把少爷喊到客厅里，我在那儿等他！”

“是，太太。”明香应了一声，快步走到吴天泽书房；到了门口不进去，往里头张了张，说：“少爷，太太叫你过去，到客厅里——”

“站在门口做什么，有话不好进来说？”吴天泽正在写字，一边说道，“叫我有什么事？”明香回道：“不晓得。”转身就走。

吴天泽继续写字；完了以后，又磨蹭了一会儿，直到吴天玉过来喊他，这才跟着妹妹往客厅去。

吴天泽走进客厅，一看父母都在，脸色不对，便一笑说道：“哎，这时候把我喊过来，有什么要紧事？”

“什么要紧事正要问你！”吴太太“哼”了一声，把那封信往桌上一碰，“做的好事，就这个事儿！……你过来自己看！什么东西，一个小婊子居然又把信写到我们家里来了……不得了了！天泽，你愣在那里做什么，过来看！你看我做什么？看这封信……自己把它拆开来，当着你爹的面，说！这封信谁写的？信里跟你说了些什么？

你在外头做的事情，通通说出来！要不我今天就死给你看！我看你造孽，我就不想活了，跟你奶奶一样，早点气死了拉倒！……”说着，眼圈一红，眼泪滴下来。

阿仲在园子里听见从客厅里传过来的声音，想过去看看；他一只脚刚踏进客厅门槛，见明香一个眼神，立刻退出去。

吴天泽起先看见那信封上的字，心里慌乱得眼神不定；现在听母亲这么一通说，反而镇定下来，心里想今天就这么一回事了，自己跟董碧韵的事情朝了天也就没什么可怕的，大不了把这个事情摊出来说，见了底也就到底了。完了，打也好，骂也好，羞也罢，死也罢，自个儿敢作敢当，反正这个家是待不下去了。他想自个儿迟早要走，那么今天就做好思想准备，被父母赶出家门……想到这里吴天泽“哈”一声说道：“天玉，你帮我把那封信拆开来，里头写的什么，一看就知道，用不着我来说——”

“我不拆，”吴天玉嘴一撇说——眼瞅着母亲哭泣，父亲的脸色由通红突然间铁青，不停地咬牙齿，胸口起伏，喘气跟着粗起来——“要拆，你自己拆。这是人家写给你的信，我怎么可以拆？”

“天玉说得好！”吴天泽接口道，“既然是人家写给我的信，那我就按照我的想法处理——我不看——撕掉它！”说着，从桌上拿了信就要撕。

“住手！”吴太太霍地站起来一把夺回信，随即一个耳光扇过去，怒不可遏道，“你吃昏掉了！想得好，——想把里边文字撕了好让我不知道？——你，想都别想！”吴太太说着，回过身坐下来，把信往桌上一碰，一转脸说道：“明香你来拆！拆开来读给老爷听——”“我……不，”明香吓得后退几步，瞅着太太，两只手颤抖摆动，一边摇头，说道：“我——我不拆，我不拆。”

“玉，”这时候吴元厚开口道，声音微微颤抖，突然间猛烈咳嗽，一口气有点接不上来，“拆——天玉你来拆。”抬头见女儿不动，他猛一声吼道：“我叫你拆——！”

“好——我来拆。”吴天玉撅起嘴巴，朝父亲瞪了一眼，随即从椅子上立起来，走到桌边把信封拆开来；那里边的宣纸一抖开，吴天玉“哇”一声：“好漂亮的一笔行书！”回头看父亲，说道：“爹，你看——”便递过去。

“信上说了些什么？”吴太太眉头紧蹙，一个欠身道：“念出来听听——今天我倒要看看那个婊子到底说了些什么勾引人的话——念！”

“哎呀，你不要一口一个婊子好不好？”吴元厚接过那张宣纸，过一眼，抬头看儿子——父子俩对视了片刻——吴天泽从父亲眼神里看出来，心里边也大致有了底，脑子一转“哈”道：“这个事儿无非是跟人家有点笔墨来往，没什么见不得人。”

“跟婊子来往，你还有脸？”吴太太指着儿子说道。

“天玉，”吴元厚舒了一口气说道，一边把那张宣纸递给女儿，“拿过去，给你母亲看——这里头有什么呀，有什么私庇隔障见不得人的，啊？人家，不就是写一封信来，说那天看几幅字画的事情……这是什么事情？有什么屁个事情？大惊小怪的……”吴

元厚这时候才想起来，那天唐六梓来请他出去看字画跟自己儿子有点关系。

吴天泽长长地吐出一口气，眉头一展，“哈”一声立起来，在客厅里晃来晃去走了一个圈子，只听他母亲说道：“……哼，看字画，在哪里看的？跑到妓院里去看字画，啊？”

“妈，”吴天泽一个转身道，“不是妓院，是同春楼。”

“同春楼不就是妓院吗？”

“同春楼不是妓院，是青楼，是卖艺的。”

“什么——？”吴太太冷笑一声道，“你这个话说给谁听？我不要听。这是鬼话。哼，假兮兮的来个卖艺不卖身，用字画往来骗人，你当我不懂你们这套把戏？想当初你爹，老爷你——”

“哎——”吴元厚一听苗头不对，给夫人递眼神，一面做手势阻止她不要说下去，生怕她当着儿子女儿的面，还有丫头在场，把过去的事情抖出来；眼瞅着夫人突然收住话头，便松了一口气尴尬一笑，随即脸一板说道：“天泽，我看你现在是过分了。不像话！你怎么可以跟一个青楼女子来往？”

吴太太揪住这封信不放，非要儿子说清楚！吴元厚心里一沉，抬起头来眼睛一横，说道：“够了吧？还有完没完？……这只不过是字画往来……我觉着现在已经摊开来说了，也就罢了。还要没完没了地说，有意思吗？啊？”说罢，吴元厚立起来就走，一边道：“你们去说吧，我不要听了。”吴太太接口讥讽道：“老爷现在是不要听了。这种事情老爷心里最清爽——开头，先来个字画，接下来就是男的女的搞不清爽了。儿子跟你活脱活像！”吴元厚一听闷掉，拂袖而去。

吃过午饭，吴元厚把儿子叫到楼上画室，关起门来说道：“我想好了，我准你到上海去。条件是，你要跟那个青楼女子断绝来往。答应这一条，我马上给傅先生写信——”吴天泽听了一怔，“哈”一声问道：“真的假的？”

“我说真的，就从来没假过。”

“好，爹，我答应……”

“是嘴巴上答应，还是心里答应？”

“爹，你这么问我，我就跟你学一句话——我说真的，就从来没假过。”

“嗯，”吴元厚瞄了儿子一眼，眼睛里掠过一丝怀疑，沉吟说道，“这个事情到此为止。……有些话我现在也不想多讲。头一个条件，我已经说了，再加一个条件——到了上海，不管你想做什么事情谋生——有一条，就是不要荒废了你的笔墨。这是你的根本。”

“我晓得。”

“好吧，”吴元厚手一摆，说道，“要走，你明天就走——立刻走——回头我来跟你母亲说。我本来是不想放你出去的，想把你留在家里写字画画。看来，硬要把你留在我身边也留不住。你去吧，好自为之。”

“是。”

“就这样。”吴元厚干咳一声，说道，“你先下去，叫阿仲上来，我有事情要关照。”

“嗯。”吴天泽点头答应一声，转身跑出画室。

吴元厚坐下来沉吟片刻，拿起毛笔给傅家佑写信。

一会儿见阿仲进来，吴元厚吩咐道：“阿仲，你现在马上到魏师傅那里去一趟，看傅先生的那幅画，要是裱好了就取回来。哦，还有天泽写的那幅字。”

“是，老爷。”阿仲瞟了一眼墙上日历，转身就走。

吴元厚写好信以后，铺了一张宣纸开始画画。他画了几笔就走神了，似乎现在没有心思作画；这时候他脑子里头乱糟糟的，搁笔，稍坐了一歇，方才理出一点头绪。他凭直觉判断，儿子现在只是面上点头答应从今以后不跟那个青楼女子董碧韵来往，但是心里未必这么想。这一点他刚才不想跟儿子点穿，姑且以为当真，心里想以后的事情以后再说，眼下家里先求个安稳，不要闹出事情来。他最怕的是二十年前家里的那一幕如今重演……

这么一想，吴元厚忧心忡忡，瘫坐在椅子上发怔，直到天黑阿仲到楼上来叫他下去吃晚饭，他才从怔怔中回过神来。

这天晚上吴天泽偷偷溜了出去。吃晚饭之前他就想好了，去上海之前无论如何要跟董碧韵碰个头。

董碧韵见吴天泽进来，有点吃惊，问他今天有没有收到自己的信？没想到吴天泽坐下来，一开口就说：“你今天晚上跟我走，住到外头旅馆去，明天一早我们一道去上海。——董姐，你不要打断我，先听我讲——你从今天晚上开始，给我离开这里，离开同春楼，为了我，也为了你。其他话，我也不会说，就这个意思，清爽得很。我们俩到上海去开始我们的生活……你马上做点准备，我说完了就走。我还要回去准备东西。这会儿先帮你出去安顿好旅馆。明天早上我到旅馆来接你。你现在什么也不要说，就去跟徐娘说一声，对她有个交代，也算是跟她有个了断，不要让她说我把你带走，是偷着走的。”

吴天泽一口气说完，一个深呼吸长长吐出一口气，眼睛直盯着董碧韵，似乎就等着她点头说一个“好”字，立刻行动！但见董碧韵反应异常冷静，吴天泽欠身道：“哎，我刚才说的话，你听清楚了没有？”

“嗯，”董碧韵淡定地回了一句，“我听清楚了。”“那好，”吴天泽“啪”立起来说道，“现在要不要我去把徐娘喊进来你跟她说？”没等董碧韵开口，吴天泽就往门外跑，被董碧韵一把拉住。

“天泽，”董碧韵悄声说道，“你，先坐下来。哎，对了，我现在想，求你画一幅山水——”

“什么？”吴天泽“哈”了一声，“这会儿哪有心思哪有工夫画画？亏你想得出来。我心里边急得很，不画。再说，我的右手虽然好些了，但还是有点不活络，现在画也不一定画得好。”“画得好不好，不要紧。”董碧韵接口道，“来，现在时间还早，你随意画一幅山水，就当随手写意了。”说着，董碧韵已经扯了一张宣纸铺在画桌上，压好镇纸，从笔筒里取了枝大号毛笔，递给吴天泽。

吴天泽略一迟疑，接过毛笔；沉吟片刻，便落笔画山，一边说道：“这会儿写一幅字不好吗？为什么偏要画画？”

“字，我来写。”董碧韵瞟了他一眼，“画，你来画——我一边看你画，一边想题字。”就此打住，两个人都不说话了。

董碧韵研墨；只见吴天泽灯下走笔，时而笔墨草疾，时而笔墨舒缓……

起先看得出来他想快一点画完了事；画着画着，但见心定气闲，似乎忘了时间。大约用了一顿饭工夫，一幅纯水墨写意山水差不多画好了。

吴天泽收笔歇手，董碧韵颔首微笑道：“要不要我来题字？”“要啊，”吴天泽嬉道：“你先头不是说，字你来写么？你写吧！写好了，我们还有事情。”

董碧韵随即从笔筒里取了一枝中号毛笔，蘸了墨，——似乎要题写的字已经有了，从容运笔写道：

山水自然便是天下山水
人间真情可谓天上人间

写好了，手略微颤了一下——搁笔，坐下来默然无语；突然间眼圈一红，眼泪落下来。吴天泽一怔，眼瞅着董碧韵流泪，一时不晓得说什么好。

沉默了一会儿，吴天泽“哈”一声说道：“你的字写得好。——哦，这题字写得好！”“是你画得好。”董碧韵用手抹了一下脸颊上的泪水。

“不，是你的字写得好。”吴天泽吁了一口气。

“我的字是跟徐娘学的。”董碧韵抽泣道，“我七岁的时候，记得被人贩子卖给徐娘……从此我就跟了她……她把我抚养长大，把我当亲生女儿对待；教我读书，学字画……后来她还给我请了书法、国画名师指点……徐娘对别的姑娘，我不好说，但是对我，恩重如山。我卖艺不卖身全靠徐娘把握。所以我，我不能说走就走。”

“啊？——啊。”吴天泽像哑巴似的张了张嘴巴，一时无语；只听董碧韵喃喃自语道：“这样，动静就大了。麻烦，也大了。”

“是因为钱么？”吴天泽突然想起来问道。董碧韵摇摇头；怔了一会儿，她似乎想了这个问题，说道：“我现在还不能离开这里——我，还没有想好。”

"我要娶你。"

董碧韵抬起头来看着吴天泽眼睛，说道："天泽，我们先不说这个事情，说点别的——我说……我现在问你，你为什么要到上海去？"

"离开家里，离开吴门——自己出去谋生。怎么了？"

"到上海去，做什么事情谋生？"

"随便做什么，自己养活自己。当然，我也能养活你。"

"为什么要离开吴门呢？难道你真的要从此放弃笔墨书画？"

"这话怎么说呢？"吴天泽立起来，走到窗口，一个转身说道，"是也。非也。——先说'是'，我是不想走我父亲逼我走他指定的道；我不愿意待在家里在我父亲鼻子底下写字作画。——说'非'也，我的字画从小就开始学了，想丢一时半会儿也丢不了。这一点，请董姐留意。"

"天泽！"

董碧韵眼睛晶莹闪烁看着吴天泽；吴天泽一怔，随即上前几步伸手想搀董碧韵的手，但见她没有把手伸出来，却听见她喃喃背诵道："昨夜落难宿春楼，有劳知己伴含羞；此去未知何日归，吴门道上不久留。"

完了董碧韵凄然微微一笑，仍旧是喃喃自语道："这最一句，好像有了一个解释——"

"董姐，你现在有什么解释？说出来听听——"

"现在不说。"

"那么，我跟你说的这个事情怎么说？"

"什么？——哦。……以后再说。"董碧韵脸色煞白，欲言又止。

……

吴天泽实在是没想到先头自己兴冲冲地来，这会儿灰溜溜地回去。

耷着脑袋坐在回家的马车上，他前思后想，弄不懂董碧韵是怎么回事儿？什么叫"现在不说"，什么叫"以后再说"？他突然想到会不会是那个姓盛的家伙暗地里偷了董姐的心？一想，不会；又想，说不定有可能……

这时候天上的月亮像一把弯刀；他觉着那个姓盛的家伙操了那把该死的月牙刀走到自己面前颔首微笑，而手里边却用寒光闪闪的刀"割我的心"！他感觉一阵剧痛，他突然用力"哈——"一声——那个声音像一声惨叫，在城外夜里恐怖得很，车夫吓得半死赶紧勒住马车！吴天泽总算想到说一声"对不起"，而他绝对想不到这时候董碧韵正在跟徐娘倾诉衷肠……

徐娘先前在楼上过道转弯处看见吴天泽从董碧韵房间里出来；本来想喊住吴公子打个照面，但见他脸色不对匆匆走了，也就算了。徐娘缓缓地走到楼梯口似乎有了什么感觉，便转身去董碧韵房间。

这会儿董碧韵已经把话说开了。徐娘听明白了，几乎不假思索说道：“你也真是的，怎么不早一点来跟我讲呢？……既然吴公子有这样的想法，那就按照他的意思做就是了。这是好事儿。好事儿不过夜，——你应该当机立断跟他走，毫不犹豫！要不然夜长梦多，第二天太阳一出来情况可能就变了。姑娘你想，今天晚上吴公子他来跟你说这个事儿，他不是心血来潮，他是想好了这么做的，而且非做不可。你要跟他走，就走成了一个铁打的事实。任何人都改变不了今晚这个既成的事实。——想象一下，如果你跟他走了，就是一个非常漂亮的私奔。我心里头巴不得你这样做。当年我就是犹豫了一下，错失了一个我最中意的人，结果就演变成一个‘人去楼空’的结果……想起来我就懊悔。但是我现在懊悔有什么用？——恐怕以后你也会像我一样。难道你，也要因你的优柔寡断而失去一个你中意的人吗？”

“徐娘，”董碧韵眼泪汪汪看着徐娘，嗫嚅道，“我舍不得离开你——”

“你这是屁话。”徐娘“刷”立起来，说道，“又不是生离死别的，你好糊涂！况且，你跟他去上海，近得很，想我，分分钟都可以回来看我。要紧的，是你自己的事儿，怎么本末倒置呢？!”

“徐娘，我有点害怕——”

“你怕什么？”

“我怕——我怕万一他家里晓得，坚决反对呢？”

“你想得太多了，姑娘。”徐娘淡然一笑，“虽然这个问题是个问题，但是我想，如果我现在是你，我就把这个问题丢到脑后，管他三七二十一，先跟了他再说，——这就是我刚才说的既成事实，由他家里寻死作活反对也好，不让你进门也罢，反正你们俩成了恩爱夫妻，到时候在外头生个小宝宝，不就可以了么？怕什么，有什么好怕的？现在是民国，你还怕他们吃了你？”

“可我毕竟是个青楼女子。”

“离开这里，就不是了。”

“可我现在毕竟是——”

“是，又怎么样？不是，又怎么样？姑娘，你不要想得太多太复杂，把事情想得简单点反而好。其实蛮简单——”

“怎么简单呢？”

“哎呀你这个丫头，说起来聪明得很，其实笨哦，只晓得一天到晚读书、写字画画，书呆子！这个事情，还不简单么？一走了事，到上海去租个房子，两个人住在一道过小日子——什么都不用管，就管个嘴巴——吃得好一点得了。”说罢，徐娘“扑哧”一声笑出来。

“徐娘取笑我。”

“我哪里是取笑你，”徐娘收起笑容，正色直言道，“我说的是心里话。我刚才已经

跟你说了，如果我现在是你，我就会这样做！遗憾得很，一个人不可能倒过来回到从前去……”

“那我现在怎么办？”

“怎么办？你问我？我要是说了怎么办，你肯做吗？你会做吗？现在你要是听我的，我就教你明天一早到他家门口候着他，等他出来一道走。”

“要被他家里人看见的。”

“我说你是个笨丫头吧，哎，你不好躲得远一点的地方啊？”

“我做不出来，徐娘，——我真的做不出来。”

“你要是做不出来，我有什么办法？该说的话我已经说了。该怎么做，你自己看着办——反正你怎么做，我都帮你——没办法，就是要帮你，欢喜你。”

“徐娘，你说吴公子他会不会还要来？”

“这个，要问你，我怎么晓得？你说呢？”

“我觉着他还会来的——”

“哦？——哦。——那你就等等看吧。不过，我把伤心话先说在前头，这么一等，恐怕就难说了。”徐娘不觉喟然一叹，随即立起来走到画桌边上，一转脸说道：“小韵，我来写一幅字给你看看——”说着，扯了一张宣纸。董碧韵起身走过去，只见徐娘略一沉吟，落笔写道：

> 一夜东风，枕边吹散愁多少！数声啼鸟，梦转纱窗晓。来是春初，去是春将老。长亭道，一般芳草，只有归时好。

徐娘写好了，舒一口气，搁笔，轻轻说道：“这是曾舜卿的……”

吴天泽回到家里，一看家里人都在等他回来，说了一句“不好意思”就往自己书房里去；一会儿他又被阿仲拉到客厅里来。

其实，家里人也没有什么要紧的话要讲；吴太太说了几句到了上海，生活要注意之类的话。吴元厚交代儿子一封信、一幅画带给傅先生；关照阿仲明天送少爷到火车站。阿仲回道：“车已经雇好了，明天一早走。”吴天玉、潘道延跟着说要去送行。吴天泽回头道：“明天我自己一个人走，你们谁也不要送。”

“要的。”潘道延说。

吴天泽“哈”一声回道：“要你送个屁！”潘道延眉头一皱，盯着吴天泽看了一会儿，便不声不响离开客厅。吴天玉先头跟明香商量好了想说一下唐小姐的事情，这会儿眼瞅着吴天泽一副沮丧的样子，也懒得跟他说话了。倒是吴天泽不知怎么地瞟了阿仲一眼，突然想起来说道：“天玉，你帮我办一件事情，我写的那幅字你帮我送给唐小

姐。阿仲刚才跟我说了那幅字已经裱好拿回来了，你问阿仲拿，不要忘记。”说罢，立起来就走。

吴元厚和太太正在小声说话，好像也听见了儿子说要送一幅字给唐小姐。吴太太先前从女儿和明香嘴巴里多少听到了一些唐小姐的情况，并不惊讶；这个事情吴元厚不晓得，便问女儿。

吴天玉说了个大概。吴元厚一听，说：“蛮好。”

“我看也蛮好。”吴太太接口道，“不管他们以后成不成，天泽现在跟唐小姐来往，我是不会反对的。虽说唐小姐人我还没见过，但是听天玉这么一说，我相信是不会差到哪里去的——”

“妈，你说什么呀你！”吴天玉头一歪，说道，“怎么说她是不会差到哪里去的，是不会错到哪里去的。——唐小姐好得很，我看她是不会让你们失望到哪里去的。不信？我请她来，给你们看看？”

“好啊，”明香接口说道，“小姐明天就去送那幅字，——趁这个机会跟唐小姐说，约她来一趟，让老爷太太看看，我也看看。”

说话间，不知不觉已经过了夜里十一点，各自睡觉去。

第二天，天蒙蒙亮吴天泽就动身走了。阿仲起得早，把他送到大门外。

临走前，吴天泽一手搭住阿仲肩膀，说道：“阿仲，帮着照应点家里。阿延不大会照顾人，天玉也是。——全靠你了，还有明香。拜托了。”说着，眼圈一红，用拳头轻轻地点了阿仲胸脯几下，一转脸，看了一眼自家老宅高墙。

阿仲刚才听少爷关照，连连点头，似乎连话也不会说了。这会儿眼瞅着少爷坐上马车走了，这才想起来说了一句：

“少爷有空就回来看看，上海近得很。”这句话说到半当中他就哽咽了，低头揩一把眼泪；抬头时，只见马车奔跑远去。

寻访笔记 30

这次专访吴有箴先生，他说吴天泽在日记里记录了他去上海之前的行动和心情。

有一段文字，说他那天晚上跟董碧韵碰了头回到家里，原先想好了要跟潘道延聊聊，想问潘道延两件事情：一是说他明天就要离开家里到上海去，问潘道延今后有什么打算？二是问一下潘道延跟吴天玉的事情怎么个说法？

吴天泽先前已经知道他父亲有“招女婿”的想法；母亲对这个事情起先是反对的，后来感觉好像不置可否。潘道延对此一直没有一个明确的回应。吴天泽觉着只有自己当面问潘道延比较合适，因此把这个事情当做一件要紧的事情放在他走之前跟潘道延说——

后来没说。那天晚上他回来，心情实在是糟糕透了，不想跟家里任何人说话，只想把自己关在书房里写日记平静下来。他想潘道延不会像自己那么心烦，吴天玉也不会像董碧韵那样，跟潘道延来个“现在不说”，“以后再说”——潘道延好像轻松得很，只要点个头，就可以娶自己妹妹。这个事情现在不问，以后再问——

第三十章

潘道延昨天夜里一个夜里没睡好，躺在床上心神不定胡思乱想……

他想到后来头昏了，先前想的什么，一团糨糊！只觉得眼皮跳来跳去，脑子里头好像只有一件事情他还记得清爽，就是吴天泽已经说过不要他送。他想第二天早上还是要起来送一下吴天泽，就算是把吴天泽送到门外也是要的。他躺在床上自言自语：“要的。”不知怎么的，到天亮前他迷迷糊糊睡着了。等到吴天玉叫他起床，太阳已经升起来了。

吴天玉早上起来，吴天泽已经走了。

她到潘道延画室去，看潘道延不在，还以为他去送吴天泽了。一问阿仲，阿仲说：“没有。阿延还没有起来。”吴天玉随即去潘道延房间；敲门，里边没有声音。推门进去一看，潘道延还在睡觉。吴天玉一怔，因为潘道延向来早起，从来不睡懒觉，除非他生病。

吴天玉走到床边摸了一下他额头，没有寒热，就喊醒他，问他身体是不是有点不舒服？潘道延睡眼惺忪一问时间，骨碌爬起来说：“不好，睡过头了。”他赶紧穿衣服，一边说道：“我昨天夜里睡得很晚，本来想到天泽书房里跟天泽说说话的。但是天泽板着脸，不想跟我说话。我看他心情很不好，就算了。回到房间里我怎么也睡不着；想来想去，不晓得什么地方得罪天泽了。好像我没有什么得罪他——什么也没有。天泽这一回是不理我，不让我送他；走之前，也不跟我说话，我闷得很。”吴天玉一听，说道：“没事的，天泽大概是有点情绪。他昨天晚上回来，我就觉着他不开心。估计是，突然要离开家里一个人到上海去，他心里头有些说不出来的滋味儿。”“我觉着好像有点不大对头。”潘道延咕噜道，“记得天泽上次出去，好像不是这个样子——”

“哦？”吴天玉一笑，说道，“我倒是没有你这样细心。天泽这次出去跟上次出去不一样。上次，他是闯了祸出去躲避，瞒着家里偷偷出去，也不晓得到哪里去。这一回是明明白白到上海去……”

吃早饭的时候吴天玉突然想起来说：“阿延，我今天下午要去看唐小姐，送一幅字给她——你陪我一道去。”潘道延问：“送什么字？”吴天玉回头把那幅字拿过来给潘道延看。潘道延一看，说：“这幅字好得很，留下来。待会儿我来照这个样子写一幅送给唐小姐——”

“你来写一幅送给唐小姐，算什么意思？”

“我可以写得跟吴天泽一模一样。”

“什么意思？”

“不可以啊，”潘道延眼睛闪烁道，“就是照样子写一幅比比看——”

“不要。”吴天玉脸一板，说，“这幅字是天泽写了送给唐小姐的。你跟着瞎起劲做什么？”“不是瞎起劲，”潘道延眉头一蹙，说，“我这会儿想，天泽这次到上海去，对我触动大得很。我想，我也要出去谋生——”

“啊？”吴天玉一怔，“你说什么？天泽刚走，你就想跟着要走？你想做什么呀？我不准你出去！”

“为什么哦？”

“不为什么，”吴天玉嘴巴一撅道，“我不晓得。”

“天玉，”潘道延眼睛眨发眨发说，“我现在眼皮跳。昨天半夜里我眼皮就跳了。刚才起来的时候眼皮也跳，这会儿又跳了。”

“眼皮跳怎么了？”吴天玉眼睛一眨，问道。

“眼皮跳不好。”潘道延指着自己眼睛，说，“小时候在乡下听老人讲，眼皮跳，怕是有什么不好的事情……天玉，你知道啵？”

“我不懂。”吴天玉摇头道，一转脸，见明香过来，问明香。明香说：“我也不懂。”就把阿仲喊过来问。阿仲忙了一个早上，刚端起饭碗吃早饭，一边吃一边问道：“是左眼皮跳还是右眼皮跳？”潘道延指指左右两只眼睛，说：“左眼皮右眼皮都跳。”阿仲像煞有介事说：“左眼皮跳，一般是你家里有什么事情。要是右眼皮跳，就是你爹你娘想你了。你什么时候跳的？”潘道延一想，说：“是昨天夜里开始跳的，大概是一二点钟时候跳的。”说着，指指自己眼睛，“这会儿左眼皮又跳了。”

“恐怕你家里有事情了。”

“阿仲，”吴天玉头一歪，嬉笑道，“你瞎说什么呀，迷信。书上，哪里有这个说法？阿延，你不要胡思乱想，眼皮跳跳，一会儿就不跳了。”“小姐，这个说法是有点道理的。”阿仲一本正经说。

“你说什么？”吴天玉一笑反诘道，“有什么道理？——这个道理是从哪里来的？哦，是人家年纪大的人讲的……就是有道理？照你这么说，我现在左眼皮也跳了，你说说看是怎么一回事儿？瞎说八说的，就是随便说了玩的，还以为是真的？——说得像真的一样。”阿仲闷掉不说话，赶紧吃完早饭，往园子里去摆弄花草。

阿仲在园子里忙了一会儿，有人敲门。

开门，一看是庚子。阿仲没等到庚子开口，就说：“哟，是你啊，你今天来得不巧！少爷不在家，他出去了。现在你要找我们家少爷，恐怕得乘火车到上海去找了。”说着便关门。

庚子上前一步挡住阿仲关门，嘴巴作成一个圈，左右歪了一歪说道：“你估计得不对。我今天不是来找吴天泽，知道啵？我今天是特地来找你们家老爷吴先生的学生潘道延——哎，是找他，不是找他。”

阿仲伸手挡住庚子，说：“你别进来，立在外头说话，——你来找阿延做什么？他跟你不搭界，他又不认识你。”

“这个你不要问。”庚子头颈一仰，说道，“你不要拦住我。我今天是不会进去的。你把他喊出来，我有要紧的事情跟他说——不要你进去传话——这个事情我必须当面跟他说——”

“什么事儿？”

“要紧得很，我不会跟你说——你问来问去做什么？关你什么事儿？”庚子突然急腔道，“快进去叫潘道延出来吧，他家里出事情了！”

“哦？!”阿仲一愣。

“你以为我骗你啊？”庚子指着自己鼻子道，“哦，我吃饱了没事情做，跑到这里来跟你寻开心？”

阿仲把庚子从头看到脚，突然想起来潘道延说的眼皮跳，一惊：“你在门外等着，我去叫——”随即把门关上，奔里边去喊潘道延。

一会儿潘道延跟着阿仲出来。庚子见了潘道延，手一招，说：“走，你现在跟我出去一趟，有人要见你，有要紧的事情跟你说——快走！”潘道延一听，立在门口不动身，问道：“到哪边去？你找我，有什么事情？”

“不是我找你，”庚子瞟了阿仲一眼，“是人家找你。你现在不要多问，跟我走。去了，你就知道了。——哎呀，这个事情急得很，快走！”说着，一把拉了潘道延就走。

潘道延跟着庚子到镇上一家茶馆。

进去，一眼看见朱红坐在靠河边的窗口，边上还有一个人，他不认识。见潘道延来了，朱红将手一让请他坐下，随即一转脸对边上那个人说：“韩进，你跟他说——”韩进头一点，看着潘道延，不紧不慢说道：“我晓得你叫阿延。你母亲昨天半夜里去世了。我这会儿赶过来给你报个信。你今天赶快赶回去，你们家里人在等你……”

潘道延听了一愣，扫了一眼眼前这三个人，“啪”立起来说：“瞎讲！”眼睛一瞪，转身就走。朱红下巴颏稍微向上一抬，庚子眼睛一闪，立马起身把潘道延拉回来坐下，一边说道：“阿延，话还没有说完呢，你急着走做什么？这种事情怎么会瞎讲？”韩进瞟了朱红一眼，接口说道：“我说你不相信？这种事情我哪里可以胡说八道骗人？不信，你回去看看就知道了。——怎么？你要我怎么跟你说？你父亲是不是叫潘新侬？你母亲是不是叫刘春花？这么跟你说吧，前几天我正好到东山去写生，正好是住到你们家里……我看你娘身体不好躺在床上，我还跟你爹说：‘要不要写封信，或者是我回去帮你报个信，叫阿延回来一趟？’你娘说：‘不用，不要紧的。’这不，没想到昨天夜里出事了。我就跟你爹说：‘我认得惟亭吴先生家，我来帮你去报个信。’所以今天一大早天还没有亮，我就从乡下上来了，赶过来给你报信。要不，你爹就要叫你弟弟来给你报信了。哦，我赶到城里的时候正好碰上红哥。红哥你也认识，他正好要到惟亭来办事情，就一道搭车过来了。就这么回事儿，不会跟你瞎讲的。”

“绝对不会瞎讲的。”朱红接口道，“阿延，这会儿你赶紧动身去吧，家里人都等着你回去……快走吧，一刻都不能耽搁！”说着，朱红已经从皮包里拿出三个纸包卷儿——每卷儿五十个大洋——放在桌上推给潘道延，一边说道：“这些钱回去办事情是用得着的。事情来得急，你先拿着用——哎，你们俩先到外头去等我一下，我跟阿延说几句话马上走——”

韩进、庚子一走，朱红对潘道延说道：“怎么，你还愣着做什么，拿了钱快点动身吧！”

“不要，”潘道延眼圈一红，说，“我不可以拿你这个钱的。”

“这当口还跟我说什么要了不要！”朱红说着，把钱拿起来分别塞进潘道延裤子的两个口袋里，“我晓得你，你拿这个钱心里不着落。这么跟你说吧，这个钱，三分之一算是我吊唁出的钱，行啵？还有，就算是我借给你的。不过，你放心，这个钱不用还，以后再说——如果你非要说个‘还’字——也可以。但是你不用还钱，到时候你记得画几张画给我就是了。这样说，不就可以了么？你是画画的，字画是你本作里的本事，没一点问题的。哎呀，不要再说什么废话耽搁时间了。你快去吧！你是家里长子，家里正需要你。——哦，对了，回去赶紧叫你爹把借人家的那些债立马还掉，这个也是要紧得很。你要尽孝道，绝对不能把自己父亲拖垮了。钱要是不够的话，你回来跟我说一声。”朱红说完，立起来就往外头走，和韩进庚子坐上马车回城里去了。

原来朱红先前已经叫韩进、银子、庚子分头把潘道延家里的情况打听过了。前天韩进按朱红的吩咐到东山去。韩进跟潘新侬说自己是吴天泽、潘道延的朋友，这几天到太湖边上来画画，顺便来看看潘大伯潘大娘，捎点东西过来，说是阿延关照的。韩进借宿潘家。昨天晚上他买了老酒回来跟潘新侬吃酒，完了，一个人先去睡觉；半夜三更他听到哭声，爬起来一看，潘道延的母亲咽气了。韩进跟着潘家大大小小忙到天蒙蒙亮，便叫了马车赶紧回到城里。

韩进先回到专诸巷家里，朱红刚起来准备吃早饭。

朱红听韩进一说这个事情，连早饭也不想吃了，便叫韩进跟他出去，把庚子也叫了一道去。韩进以为自己的事情办好了，可以睡觉了，推说道：“我一个夜里折腾，累得很，眼皮都睁不开了。这会儿吃点东西就想爬到床上去。”朱红眼睛一眯，说道：“你年纪轻轻一个夜里不睡觉有什么关系？今天再累你也要跟我走，要派你用场。庚子也去，叫他把潘道延给我喊出来。这个事情不能在吴家门口说；要找个地方，把潘道延拉出来说。道理不用多问，照着做就是了。”眼瞅着韩进还想吃早饭，朱红一把将他从凳子上拉起来，说道：“吃什么早饭！现在出去办事情要紧，跟我走！”

金俪正在吃早饭，瞟了朱红一眼，说道：“人家家里有人死了，关你们什么事儿？要这么急？就算是要去吊唁，也要吃了早饭去吧，哪里有一大早空着肚皮去报丧吊唁的？只有你想得出来，还要拉韩进一道去。——韩进，你不要去，吃你的早饭。”朱红眼睛一横，说道：“你在家里晓得个屁！这种事情这种机会是晚不得一步的！”说罢，拔脚就走。韩进瞟了少奶奶一眼，只好跟着朱红走。

韩进多少有点知道少奶奶的心思；他本来不想跟朱红出去，想待在家里头陪陪少奶奶，哄她开心一点。在过去的一段日子里韩进看在眼里，少奶奶一个人闷在家里头没劲，好像无聊得很。她不知怎么地偷偷地抽鸦片，说是解闷；难得看她一个人出去，便是到邻居沈太太家里打牌，或者跟沈太太去唐太太家打牌。金俪当然是不会把自己心里的苦闷跟韩进说的。韩进也只是自己猜想少奶奶的情绪会不会跟那个男人有关系？以前他在大光明旅馆看见少奶奶跟一个男人幽会，他一直把这个秘密藏在心里，不对任何人说。韩进嘴巴紧得很，他恪守朱子藏定的规矩：朱家的事情永不外传。这个事情沈太太文秀丽有点晓得。那个男人叫庞为然，一去又杳无音讯了。金俪私下里对文秀丽说：“男人不是个东西，就会想着变戏法把女人哄到床上去，完了就完了。”文秀丽一笑说道：“天地良心，人就是不懂满足。你家朱红对你不好吗？我看他对你蛮好的。他在外头能干得很，又会赚钱，还给你买了这么大一个翡翠挂件，换了我开心死了。还是你阿俪福气。我哪有你的福气哦。”金俪有苦说不出来，心里想那个姓庞的狗东西吃到肉了，就再也听不到他叫了。

金俪独自一人在家里头把庞为然恨得咬牙切齿，把他骂得狗血喷头，但是她心里边还是想着庞为然，总是幻想着哪一天那个狗东西突然出现，摇着尾巴冲过来亲她一口，舔她一口。

这么一想金俪便弄来一条宠物狗做伴。她对这条狗是爱有有，恨有有。爱起来，她叫狗 Come，恨起来，她就叫它 Go！搞得家里人不晓得这条小狗到底叫什么名字。家里没有小孩，养一条小狗玩玩，朱红也觉着蛮好。有一天，朱红问金俪：“这狗取个什么名字？”金俪没个好声气回道：“叫 Pang！”

这天早上庚子在家里睡懒觉，见韩进一头闯进来，一听韩进说“起来，跟红哥一道去惟亭办事情”，起先不肯；韩进扔给他一块大洋，他骨碌爬起来，穿好衣服跟着韩进走了。韩进突然想起家里的那条狗，一脸鄙夷说道：“庚子，早知道你是这个腔调，我就扔一块肉骨头给你了。”

庚子嘴巴一龇骂道：“操！我现在跟着你跑还不好吗？一块大洋有什么稀奇地？我又不是没见过。你以为我是叫花子啊？拿你一块大洋，好像捞了天上一个月亮似的？

再说一句鸟话，我就回去睡觉，不跟你走了。怎么地？”韩进一笑说道：“走吧，狗腿子——”

“你才是狗腿子！”庚子“哼”一声回道，“走狗，红哥的走狗！”

这会儿坐在回去的马车上，朱红心情好得很，眼瞅着韩进、庚子还是像先头来的路上那样，时而你一句我一句的嘴巴上不饶人，便开口制止道：“现在事情已经办好了，你们两个安静一点好不好？”

马车颠了几下，韩进不说话，一会儿打瞌睡了。

朱红眯着眼睛，歪着头想了半天，拍拍自己肚皮，说道：“庚子，待会儿回到城里我请你们俩好好吃一顿——你们今天想吃什么，我就请你们吃什么。”庚子一听，两个手指头捻捻道：“吃，有什么稀奇的？来点这个——是真的。”

……

吴天玉见潘道延回来眼睛通红，忙问：“怎么了？”潘道延说了情况，急着要动身走。吴天玉说：“阿延，你等一下，我到楼上去跟我爹说一声，我跟你一道去。”吴天玉原来打算今天吃过午饭到城里去看唐小姐，这会儿她决定陪潘道延到乡下去奔丧。

吴元厚听女儿上来说潘道延母亲去世，一怔，说：“赶紧叫阿延回去，不要耽搁时间了。”吴天玉嘴巴张了张，似乎想说什么；一想，还是不说的好，跟父亲对视了一眼，就往楼下去。吴元厚心里突然冒出来一个想法，今天跟潘道延一道去乡下吊唁，便跟着女儿下楼，想跟夫人商量一下。

就一会儿，家里人都知道了潘家的坏消息。

吴太太今天一早醒来感觉身体不舒服，没有起床。这会儿她靠在床上喝参汤，听明香说潘道延母亲昨天夜里走了，吃惊得张大了嘴，眼圈一红，说道：“阿延他娘岁数也不大，跟我差不多年纪。一个人有什么意思？说走就这么走了。”说着，眼泪淌下来。吴元厚一看夫人精神状况不好，好像要生病的样子，就不想说到乡下去一趟的事情了。

吴元厚昨天夜里心情不好，一直在想夫人说的那些话，说儿子跟自己活脱活像！……这一说使他很受刺激；他想起楚天娇，一个夜里没合眼。这时候他心里空落落的，耳朵嗡嗡直响，浑身一点力气也没有，两条腿好像一下子绑了铁砣似的拖着脚步走出房间，叫女儿把潘道延叫到客厅里，说道：“……阿延，我今天很不舒服，我就不跟你一道去了。你回去代我吊唁一下你母亲。”说罢，吴元厚给潘道延一些钱。

潘道延含着眼泪不肯拿。吴元厚把钱塞到他手里，说：“这是规矩。你回去办事情要用的。”随即摆了摆手，说：“马上要中午了你抓紧时间去吧。”吴天玉说：“我出去送阿延上车。”吴元厚点点头，一转眼对阿仲明香说：“你们一起出去送一下阿延。”阿仲明香同时答应了一声。

阿仲到外头去雇车，一时找不到车，耽搁了一点时间。

潘道延急得脸色发青，在门口团团转。吴天玉也跟着着急，咕哝道："平时要车方便得很，这会儿等着用车，连个车影子也没有！"

大约过了半个钟头，阿仲总算在镇上雇到车来了。

阿仲、明香没想到吴天玉瞒住老爷太太，上了马车一道走了。明香一下子怔住了，喊了一声"小姐！"回头对阿仲说："你看，小姐跟阿延走了。哟，这个事情要去跟太太讲的——"阿仲忙拦住她，小声说道："你现在不要讲。待会儿看情况，先告诉老爷，让老爷跟太太讲比较好——"

"为什么哦？"明香眼睛一闪，问道。

"你问我为什么，我一时也讲不大清爽。"阿仲干咳一声，说道，"我觉着现在跟太太讲这个事情肯定不好。我觉着还是等到晚上吃过饭以后再说比较好。你想想看，要是这会儿去跟太太讲，太太立马叫我追上去，把小姐立马追回来，我怎么办？我真的去追啊，啊？先不说追得上追不上，就说追上那辆马车，那又怎么样？小姐的脾气你又不是不晓得。"

明香一想，点头道："好的，那就听你的。"

这天吴天泽到上海，已经将近中午。

他拎着箱子从火车站出来，叫了黄包车，说了地址。车夫对路熟悉得很，不费多少时间就把他拉到傅家佑住的地方。

上海复旦大学教授傅家佑先生每天上午有课，午饭是一定要回来吃的。这是傅太太宋美玉定的规矩。宋美玉跟北京大学校长蒋梦麟先生的夫人陶曾穀是好朋友，每天中午接先生回来吃饭是跟陶曾穀学的。

这会儿傅家佑跟太太正要吃午饭，见吴天泽来，忙招呼一道吃饭。吴天泽放下箱子，叫了"傅先生傅太太"，把一封信递给傅先生。用人叫吴天泽先到卫生间去洗手。

傅家佑看了吴元厚的信，点头说道："天泽，这个事情我晓得了。我下午就来联系。……其实，这个事情我已经问过了，没有问题的。"

傅太太见了吴天泽，是一半开心，一半伤心，微笑说道："我一直听说吴元厚先生的儿子人长得很不错，今天一看，果然是一表人才哦。一晃多少年你现在长成这么大一个小伙子了。记得那年我们到苏州去的时候，到你们家去玩，那个时候你才几岁？……你妹妹刚刚会走路——哎，你妹妹吴天玉怎么不跟你一道来玩玩？——我要见见天玉，我要她做我干女儿。"说到这里傅太太眼圈一红，一转脸，看了一眼放在柜子上的照片，说道："傅同彧比吴天泽大两岁是吧？他现在要是在上海，在家里多好……"傅家佑知道他太太一说到自家儿子就没好心情了，忙打岔说道："天泽你吃过饭，先休息一下。这几天你先住在我家里，等上班的事情安排好了，我帮你到外头租个房子。跟你讲好，这次你出来，要独立生活。"傅太太听了，手一摆说道："天泽先吃饭，有什么话吃过饭再说——”

傅家佑将手一让，说：“天泽，来，吃！我们边吃边说……上次我就跟你父亲说过，让你到上海来蛮好。这一回他总算是同意了。这说明你父亲还是可以商量的，脑筋不是转不过弯来的。”

吃了一会儿，傅家佑接着说道：“前些日子我已经跟那个朋友说过了。我跟他说，我可能要介绍一个老朋友的儿子来。那个朋友是花旗银行襄理，他可以安排你到花旗银行做事。他说没问题。”

“你就这么有把握？”傅太太给吴天泽夹菜，一边说道，“上次我们儿子的事情已经叫人家弄得难堪了。这次再去麻烦他，行不行哦？”

“傅同彧是他自己不想做，”傅家佑手一摆，说道，“又不是不好被人家开除的。这个有什么给人家难堪？”一想，接着说道：“天泽，有一句话我要跟你先讲清爽，这次我是介绍你进美国人开的花旗银行，是先做 office boy——”

“Office boy，是什么意思？”吴天泽眼睛一眨，问道。

“这个意思就是，先在办公室里做打杂——”

“打杂就打杂，”吴天泽头一点，回道，“我不在乎。我只是想从家里出来到外头来闯一下——”

“哎，吴天泽，”傅太太一脸疑惑道，“我就有点弄不懂你了。你好好的一个苏州大人家出身的少爷，为什么要跑到上海来做打杂？那些底层的事情不是你这样的人做的，你恐怕也做不来。——老傅，你也真是的，亏你想得出来。天泽又不是少爷落难，去做那个 office boy 做什么？”

“伯母，”吴天泽稳稳地微笑道，似乎一下子成熟了不少，“我愿意做。再说了，我前一阵子一个人出了一趟远门，也做过一些力气活，帮人家装船卸货搬运东西，还有到河里去捕鱼。我是吃得了苦的，不要紧的。”

“那好，”傅家佑轻轻地拍了一下桌子，说道，“既然吴家少爷不嫌屈就，到上海滩不妨先从底层做起，一步一步做上去——以后的事情以后再说。总之，这次你是真的踏上社会了，自己工作自己生活。当然，你生活上要是有什么困难可以随时来找我们，没有问题。”

吃过午饭傅家佑给乔冠东打电话……

电话那头传来乔老爷热心的声音：“傅先生，侬迭个事体没有问题。侬直接跟我联系就是了。侬傅先生的事体就是我的事体。今后有啥事体，用不着跟我姐夫讲，直接跟我讲……”傅家佑接口道：“简先生是我们的校长，我跟他天天要碰头的，这个事情我总归要跟他说起一声。”乔老爷回道：“简培远伊是倷校长，不是我校长。我跟侬是朋友，跟伊不搭界。阿拉阿姐讲，傅先生格点面子够了，不要简培远打招呼的。就格能，叫倷朋友的儿子下个礼拜一来上班！”

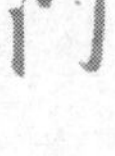

“蛮好，谢谢侬！”

傅家佑打好电话，心情好得很，请吴天泽吃咖啡。

说闲话的时候他问吴天泽：“苏州有没有一个叫潘道延的画家？上次我问你父亲，他当时没有说，我也不好多问——”

“有，”吴天泽随口回道，“他是我父亲的学生。”

“哦，原来是允之的学生，他画得好！”说罢，傅家佑把吴天泽这次给他带来的那幅画打开来欣赏——

吴天泽先前没有看过那幅画，现在一看《吴中山水图》——这是他父亲创作的精品——以前他断断续续看他父亲画的，一看落款潘道延，吴天泽一怔，不禁失声道：“啊？!”

不知怎么的，吴天泽嘴巴张了张，将冒到嘴边的话咽了下去；他突然觉着一阵肚皮痛，要上卫生间……等到他蹲了半天马桶从卫生间里出来，傅家佑已经吃好咖啡，正准备跟太太一道出去。

“天泽，”傅家佑整了一下衣领，说，“我们下午出去有一个应酬。你呢待在家里，想看看书也行，我书房里有的是书。你要是想出去走走，也可以。”傅太太说：“我们不回来吃晚饭。你就在家里吃。我关照过阿姨了。她会给你弄好晚饭的。你睡的房间她也会给你弄好的。”“好。”吴天泽点头道。

傅家佑和太太一走，吴天泽就跟傅家用人说：“阿姨，我也出去走走，晚上不回来吃饭。”那阿姨说话慢声细语：“蛮好——你是第一趟来上海？”

“不是第一趟。”吴天泽微笑道，“上次我到浙江去，回来路过上海……这次是第二次到上海——我对上海还是陌生得很。”

“那么你还是出去逛逛有劲。大上海，花花绿绿的，还是蛮好看的——当心不认得回来。要记得路，跟门牌号头。”

“我晓得。”

那阿姨看吴天泽走出去了，咕哝道：“晓得个屁。小赤佬，连抽水马桶也不晓得怎么用——乡下人。”

吴天泽出门一逛，一直逛到天黑才回来。那阿姨问他：“你到现在回来，吃过了没有？”他回道：“在外头吃过了。”

那阿姨接着又问：“你出去了大半天怎么认得回来的？”他一笑，说：“这个简单得很。我一路逛到黄浦江边上去。回来时叫黄包车，跟车夫说把我拉到这个门牌号头。”那阿姨听了，嘴巴一撇，说：“侬少爷派头大！”“嘿。”吴天泽瞥了她一眼。

吴天泽洗了一把澡，换了衣服，坐下来要写日记，问阿姨要笔墨。

那阿姨眉头一紧问道：“你要毛笔、墨——做什么？”吴天泽怔了一下，突然一笑，说：“写字。”

“写字有钢笔——”

“我写字从来不用那个东西。”吴天泽手一摆说道。

“家里没有毛笔、墨——”

“真的啊？”

“是。”

“这是不可能的。”吴天泽“哈”一声道，“我不相信傅家佑先生家里没有笔墨。麻烦你帮我拿一下，要不，我自己去书房里找——”

“好好好——我帮给你拿。”那阿姨随即到书房去拿了笔墨过来，往吴天泽面前一放，说，“当心一点，不要把桌上弄脏了。”

“我晓得。”

那阿姨走出房间咕哝道：“晓得个屁。小赤佬，汤个浴自己连毛巾也不晓得挂好——乡下人。”

这天，吴天泽在日记里写道：

今日下午，去江西路、南京路、外滩。

路上，买了一份《申报》看看……

报纸上说上海是远东经济贸易中心。今见上海有中央银行、中国银行、交通银行、中国农业银行。外滩附近，有英国汇丰银行、德国德华银行、日本横滨正金银行、俄国华俄道胜银行、法国东方汇理、美国花旗银行等。所谓“东方华尔街”可见不虚。

路上所见行人，富，有的；穷，有的。更多的人，看样子不穷也不富。这些人好像匆忙得很，没有我们苏州人悠闲。大概是因为上海这个地方大，人就如此匆忙？

上海滩夜里有电灯好看，高楼洋房花里巴拉。

苏州城白天有光线好看，粉墙黛瓦清清白白。

上海姑娘夜里比白天好看，海派洋气弹眼落睛。苏州姑娘白天比夜里好看，天生丽质素面朝天。

上海姑娘今天领教了一位。那姑娘说我踩了她皮鞋。她从一家店里走出来，我好好地走在马路上，我怎么会踩她皮鞋？她说我“没生眼睛？”我对她笑笑。她说：“我脚上的皮鞋是英国货，踩坏了你赔得起吗？”我跟她说了一声“对不起”。我一摸口袋里有钱，说：“不管是英国货还是美国货，我给你买一双。”

其实那双皮鞋根本没有被踩坏表皮，只是，大概是我的脚不小心稍微碰了一下，有什么大惊小怪的？她有两个同伴，一男一女。男的立在边上没有说话。那个年纪比她稍微大一点的小姐说："算了。"这件事情也就算了。

那姑娘时髦得很，有点像唐小姐的同学魏可欣。魏小姐我踩了她的脚，我在苏州可以请她看电影吃点心。这位上海小姐我不敢开口请她。

傅先生的儿子傅同或原来在花旗银行做职员。听傅太太说，他早就跟一个昆剧戏班子到北京去了。看了他几张照片，有一张他穿西装，面目清秀；有一张穿戏服，男扮女装描眉画眼，扮相好得很。同一个人在照片上，判若两人。

傅家用人背后说我是"乡下人"。她以为我没听见，哈！

我照镜子看看自己，横看竖看我是乡下人吗？瞎讲！用人的话，不好去计较。她人还是蛮好的，帮我把床铺弄得清清爽爽，还给我准备了一套睡衣。

吴天泽写好日记，换上睡衣睡觉。他困倦得很，一会儿就睡着了。这时候吴天玉正在为潘道延的母亲守灵。

潘道延、吴天玉是这天下午晚些时候赶到东山的。

到了村头下车，两人撒腿直奔家里。潘道延跑在前头，一进门直趋母亲遗体旁跪下，猛一声"娘——！"泪水夺眶而出。

潘道延的弟弟妹妹见大哥回来，跟着哭泣；潘道延的弟弟喘一口气，想起来给大哥披麻戴孝。潘新侬正在张罗丧事，忽然听到大儿子的哭声，从另一间屋子里拖着脚步走出来；一转眼，看见吴家小姐出现在门口，意外地一怔，便赶紧招呼小姐坐——

吴天玉从来没有经历过这种场面，不知怎么的，果断得很，自己拿了白布条系在腰间，随即跪在潘道延身边，"哇"一声哭出来，霎时间泪流满面。

吴天玉哭泣的时候，也不知道该喊死者什么来着，只听她一边哭，一边抽泣道："阿延妈妈，阿延妈妈……"

聚在潘家的亲戚和本村的一些人看见潘道延赶回来，还带回来一个漂亮的姑娘，本来就好奇，这会儿看这个姑娘哭得伤心欲绝，又听见她嘴巴里喊"阿延妈妈"——那个哭喊"阿延妈妈"头上"阿延"二字好像含糊得很，听上去似乎就变成"妈妈"了。潘道延原名叫潘稻沿，是长子。潘家老二弟弟潘稻存、老三妹妹潘稻秋、老四小丫头潘稻青，先后停止哭泣，眼瞅着跟大哥一道回来的这位小姐，心里猜想她是大哥的娘子。

潘新侬叫老二把老大从地上拉起来歇一会儿，叫三妹把吴小姐扶起来。那老四见她爹没有关照自己做事情，就去倒了一杯开水端给吴天玉。潘新侬似乎还顾不上跟大

儿子坐下来说话。潘新侬惶恐得很，连叫了几次吴小姐洗手洗洗脸，坐到里屋去歇歇，生怕吴小姐累了。

就一会儿工夫全村的人都知道潘家大儿子这一趟回来奔丧，带回来一个如花似玉的姑娘，便三三两两结伴川流不息跑过来看；这当口潘家是办丧事，却有点变成了看“新娘子”的热闹。眼下悲情仍在延续，但是村里乡亲们指指道道议论的却是潘家大儿子跟这位从来没有见过的小姐——

“这个姑娘，一看就是城里的姑娘，皮肤白了嫩——人，生得漂亮！”

“看样子，那个姑娘是城里有钱人家的小姐，不是一般人家出来的。”

“潘新侬的女人没有福气；大儿子还没有结婚，人就走了。唉！”

“刘春花苦命，孙子也没有抱着。”

“新侬第三个女儿也蛮漂亮的，但是一比，不好比，还是这个姑娘好看！”

“乡下姑娘怎么跟城里姑娘比？一个天，一个地。”

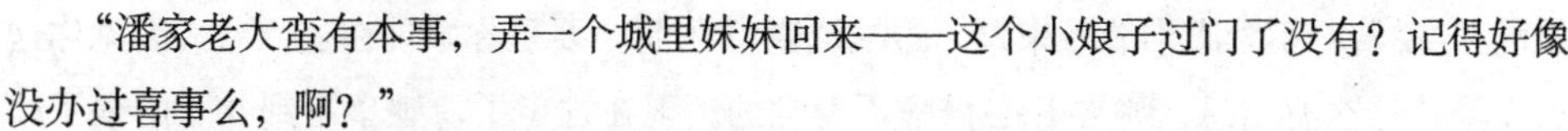

“潘家老大蛮有本事，弄一个城里妹妹回来——这个小娘子过门了没有？记得好像没办过喜事么，啊？”

“不晓得。大概还没有过门。说不定他们在城里已经结过婚了。要不是，怎么会一道回来？你看，一看就是一对小夫妻。”

……

潘稻存帮着父亲料理招呼来吊唁的人，耳朵里听到的就是那些议论。潘稻存比潘道延小两岁，但见他老成得多，人样子长得粗大，皮肤黑黝黝的，看上去显得他是老大似的。他瞅个空子把潘道延拉到一边，悄声问道：“大哥，她是你娘子？”潘道延不接嘴，不说是，也不说不是——那个样子好像是默认，又好像没听见。潘稻存想当然以为是了，随即跑到外头去跟三妹潘稻秋悄悄说话。潘稻秋点头道：“我一看就晓得了。”那个最小的妹子潘稻青跟出来听见了，咬住手指头对潘稻秋说：“那个姐姐比你漂亮！”

潘稻青今年十岁。潘道延当年离开家里，这个小妹妹三岁。她对这个大哥没有什么印象。后来潘道延回来过两次，每次都是匆忙得很，回来看看就走了。小妹妹觉着这个大哥好像不是自己父母亲生的，又好像是从小送给人家的，因此生分得很。

这会儿潘稻青对吴天玉倒是一见就欢喜，只见她撅着屁股在吴天玉身边绕来绕去，一会儿凑到吴天玉面前说话；一会儿拿了几个橘子塞给吴天玉吃，“姐姐姐姐”的挂在嘴边叫——吴天玉到哪儿她跟着到哪儿，像个小跟屁虫。

到了晚上，稍微安静了一些；轮流吃过晚饭以后，接着守灵。

潘道延跟家里人说今晚由他守夜，所有人休息。潘稻存不肯，一定要跟大哥一道守夜。潘新侬说两个儿子一个守上半夜，一个守下半夜。吴天玉也要跟着潘道延守夜，反正潘道延不睡觉，她也不睡觉。

潘道延晓得吴天玉的脾气，一想，说道："稻存陪我。稻秋陪吴小姐。我们几个一道守夜。爹去睡觉。小青也去睡觉。"潘稻青一听，满脸恳求的神态嘴巴一撅道："我不睡觉。我要跟姐姐一道给娘守夜！"说着，"哇"哭起来。

"小青妹妹你还小，"吴天玉搂住她，说，"你不好守夜的。"潘道延看了吴天玉一眼，说："随便她。她到时候困了就会去睡觉的。"

把一切安排妥了，潘道延拉他父亲到里屋，关起门来单独说话。

潘道延从布包里把钱拿出来放到他父亲手上，悄声说道："爹，这里一共是一百个大洋，你先收起来——爹，你先不要问，听我讲——这些钱是现在办事情用的。还有，我们家是不是借了人家的钱？——赶紧还掉！以后我们不要欠人家钱。还有，那口薄皮棺材换掉。明天一早想办法去买一口好的，要的！我不晓得钱够不够。不够的话，跟我讲。这个，不要跟其他人说，不要说。"

潘新依连连点头道："钱是肯定够了。我们这样的人家办一个丧事，用不了那么多钱的。"说着，不禁眼泪淌下来，一边抽泣道："阿延，要是你娘现在还活着，看见你这么孝顺，这么有出息，她要开心得睡不着觉的。现在她走了，她享不到儿子的福了。"潘道延本来想劝父亲节哀，这会儿不觉自己鼻子一酸，手捂住嘴巴闷声哭起来。父子俩在里屋闷哭了一会儿。

潘新依憋到最后还是忍不住，嘴巴张了张，问道："阿延，我从来没见过那么多钱。这些钱，你是从哪里弄来的？这个你现在要告诉爹，要不我用起来，心里头慌得要命！"

"爹，这个你就不要问了。"

"大儿子，这个不问清爽，我睡得着觉的啊？!"

潘道延揩了一把眼泪，抬头说："这里头一部分是先生师母出的。还有就是我卖字画得来的。爹，你放心用。以后还有……这次办了事情回去，我要多一点写字画画，有人要，要的。"潘道延停顿了一下，身子一挺，咳了一声，接着说道："爹不用担心，家里，我来！"说着，胸脯一挺，右手拍一下胸脯。

当夜守灵，潘道延眼瞅着拂晓前吴天玉和潘稻秋有点困了，叫她们俩赶紧去睡一会儿。吴天玉本来不想睡觉了，似乎有点嫌乡下不干净；再说自己从来没有在外头人家住过，感觉不习惯。

吴天玉被潘稻秋拉着走进稻秋稻青的小房间，她在烛光下一看，屋里边虽然破旧，弄得还是蛮清爽的，不像她原来想象的乡下农家睡觉的床铺差得很。稻青突然惊醒，揉揉眼睛，叫了一声"姐姐"又睡了。

到了床上，吴天玉想跟潘稻秋说说话……

潘稻秋内向寡言，吴天玉觉着说话说不起来，便合上眼睛；恍惚中听到外头公鸡叫了。

寻访笔记 31

美村，在苏州吴县东山镇北边乡下。

东山镇是江南古镇，位于太湖东南岸。这里说的“东山”，指的是太湖东洞庭山，与西洞庭山相对，在苏州城西南方向，距离苏州城大约有四十公里。

东山是延伸于太湖中的一个半岛，三面环水。这里自古以来，春天有名茶碧螺春；夏天有枇杷、杨梅；秋天漫山遍野是橘子。

这个地方面积大概有九十平方公里，稻田九千多亩，果园一万五千多亩。听说现在这里有人口七万左右；民国时代这里没有那么多人。

在东山寻访的老人，年龄最大的是生于民国六年的潘稻存。

潘稻存是潘道延的弟弟。顺便说一下，抗日战争爆发后潘稻存参加国军，历经 1937 年淞沪会战、南京保卫战、长沙会战、1944 年滇西大反攻。抗战胜利后他因左臂伤残退役回到家乡，从此种果园为生。

我是为潘道延的故事而来……

看望潘稻存，我好像又回到了我想象的那个时候——

第三十一章

按本地传统规矩，三天之后出殡。

潘道延的母亲安葬在村头附近的山坡下，那地方面对太湖。

落葬完了以后，潘道延叫他爹、弟弟妹妹，和一些送葬的人先回去。吴天玉留下来陪潘道延。众人离开后，潘道延跪在母亲坟前低头默然无语。吴天玉跟着跪下来，一会儿忍不住哭泣，一边说道：

"……阿延妈妈，我跟阿延本来应该早点来一趟的。我们本来，应该早点成亲的——让你开心，开心……现在，你走了，看不到我跟阿延成亲了……阿延妈妈，你要是不走多好，你要是活着多好，你现在活过来多好，你要是能够看见我跟阿延来了多好，我要是把你接到我们家里去住些日子多好！你要是跟我跟阿延住在一起多好，你要是不生病多好，你要是看见我跟阿延开开心心多好！阿延妈妈，我要是早点来，喊你一声多好！"

吴天玉愈哭愈伤心，轻轻地呼唤："阿延妈妈……"潘道延呆呆地盯着坟堆看，似乎在听吴天玉一边哭一边说，又像是正在想什么心事。吴天玉说的头两句话他听清楚了。他痴痴地思量半天；吴天玉接下来说的什么，他没有听进去，脑子里头就想着"成亲"二字。这会儿他嘴巴张了张，不禁浑身一颤，突然双手捂住嘴巴闷声哭起来。他没想到吴天玉会在这个时候把这个事情提出来。吴天玉刚才说这些话的时候，他想起来吴元厚单独跟自己说起过这个事情，当时自己没有回话，心里想什么都好，就是"招女婿"他觉着不好，一时拿不定主意。

潘道延这次回来私下跟他父亲说了这个事情。潘新依想了半天说道："像我们这样的乡下人家要娶吴家小姐有点头昏，不切实际，这是一说。还有另外一说就是我潘家第一个儿子，大儿子寻女人做老婆，做'招女婿'要被村里人看不起的，没有面子。再有，要是结了婚住在丈母家，今后你会吃瘪，日子不好过，头也抬不起来——"

"嗯。"

"叫我讲，你还是在外头挣了钱回到乡下来讨女人。"潘新依看儿子点头应了一声，接着说道，"我猜想吴家小姐是肯定不肯嫁到我们乡下来的。阿延，还是听我一句话，等有了钱，在乡下造间房子娶个村上的姑娘，或者是娶个附近村里的姑娘。这样比较相配，也比较靠得住。”潘道延听了，摇头说道：“我不想回到村里寻个乡下女人。我欢喜吴天玉。但是，我不做‘招女婿’。我想靠自己写字画图挣钱，娶吴天玉做女人，以后在城里结婚成家。”

“这样蛮好。”潘新侬接口道，“既然你自己有主张，就拿定主意。到城里去做城里人，当然是最好。反正我看你现在本事也蛮大，你自己看，该怎么办就怎么办，只要不做‘招女婿’就好。”

想到这里潘道延从地上爬起来，把吴天玉搀起来。

吴天玉怔了一会儿，拉拉潘道延衣服，说道：“阿延，我刚才跪在你妈妈坟前，跟你妈妈说了我要说的话——你，怎么不说话？”

“说什么哦。”

“我说的什么你晓得。”

“我晓得什么？”

“阿延你不要这样。”吴天玉嘴巴一撅道，“今天我在这里跟你说，这个事情我已经想好了。这个事情我也跟我爹说好了。我爹的意思你也晓得——”

“啊？——哦。”潘道延看了吴天玉一眼，转身走了。

“阿延，走得慢一点好不好？我们说说话……”吴天玉跟着走上去，一边走一边说；看他闷声不响，便寻话说道：“你妹妹稻秋跟你蛮像的，我跟她在一起说话有点说不起来。我说一句她应一句，我要是不说，她连一点声音也没有。你也是的。不过，你有时候好像比她稍微好一点。”吴天玉顿了一下，转到潘道延面前，接着说道：“我们的事情我现在也不晓得怎么跟你说了。刚才，我只好跟你妈妈说。我说的，就是这个意思。”

“哦——我晓得。”潘道延回过神来总算开口了。说话间，两人已经走到村口，潘道延突然停住脚步，说：“天玉，我的意思你晓得不晓得？”

“你心里怎么想？”吴天玉眼睛一闪问道。

“我——”潘道延怔了一会儿，似乎憋足了气，轻咳一声，说道，“我一时跟你说不清爽。反正我不做‘招女婿’——我要画图挣钱，娶你。”

“嗯，”吴天玉脸转过去，轻声说道，“反正是一样，是一个意思。”

潘道延听了，胸脯一阵起伏，似乎内心激动，语气却平静得很：“反正是一个意思，但是不一样。”

“阿延——”吴天玉跟潘道延对视了一会儿，不禁脸一红，头一转，便不再言语，只听潘道延清咕噜一声，说：“天玉，我们回去吧。”

办完丧事，潘新侬关照潘道延：“你先带吴小姐回去，按规矩过‘五七’的时候回来一趟就是了。”

“要的。”潘道延点点头。

“姐姐也要来的。”潘稻青拉拉吴天玉的手，说，“姐姐再来，我还是跟姐姐睡一个床上——”“好的。”吴天玉头一点答应，随即亲吻稻青，一边说道，“姐姐欢喜你，下次来跟你睡在一个被头里。”

吃过中饭，一家人把潘道延、吴天玉送到村口。

潘道延看了一眼村口的土墩子，想起当年母亲冒雨把自己送到这里，不禁长长地吁了一口气，自言自语道：“要格。”他记得当时自己拿下斗笠，在母亲面前跪下来，给母亲磕了一个头，爬起来转身就走——走出十几步远，转身冲到母亲面前，双手抱住母亲……

这会儿他看了父亲一眼，对潘稻存说：“阿存，爹的身子不如从前。从现在起田里的有些活不要让爹做了。农忙的时候人手不够，雇短工做。”然后转脸对父亲说道：“爹，以后过日子不要省，多吃一点。”完了，看着潘稻秋，说：“三妹，照顾好家里，带好小青。”说罢，带着吴天玉走了。

马车奔到岔道口，潘道延叫车夫往右边方向跑。吴天玉一怔，说：“往苏州去是那个方向，怎么往这边去？”潘道延点了点头，透一口气，没有说话。吴天玉又问了一遍他才说：“我去看看我小时候的老师。”潘道延的声音有点嘶哑，语气沉稳得很。吴天玉突然觉得潘道延有些事情闷在心里不说，其实他还是蛮有主张的。

马车很快到东山镇西边的山坡下。

潘道延小时候的私塾老师是洞庭山范童先生。吴天玉有一次和潘道延到唐小姐家里玩的时候听潘道延说起过；这次来了一看，范先生一个人，住的是一间土坯草房子。

潘道延进门喊老师，接着报自己名字。范先生竟认不出这个学生了。他记得潘道延从前是个瘦小的乡下孩子；这会儿一看潘道延像个城里书生，个头比自己还高，感叹道：“哦，是潘道延……你的变化是大了。要是在外头碰见你，我哪里认得出来？”说罢，将手一让，请潘道延、吴天玉坐。

潘道延扫了一眼范先生住的屋子，二话不说，从布包里拿出一个纸包卷儿双手捧给范先生。范先生吃惊道：“这，这是什么意思？”

“请先生收下。”潘道延眼圈一红，欠身说道，“我热孝在身。我爹说规矩现在是不便到人家门上来的。今天我破个规矩，登门来看一下先生，不坐就走，这是要的。这五十个大洋不算多，以谢先生早年书法启蒙之恩！”说着，眼泪滚珠似的落下来。

“哎，”范先生双手摆手推道，“你来看看我，我已经很开心了。这钱，我是不可以收的。你的心意我领了。这钱你自己用。不要这样——我不收。”

“要的。”潘道延见范先生不肯收钱，“扑通”跪下，抬头便说，“先生要是不收，那我就请先生写一幅字给我，这钱就算是求先生一幅字。”吴天玉觉着这一说蛮好，接口道：“范先生，就算我们特地来看你，求一幅字吧。”

“这……”范先生扶潘道延起来，沉吟半天，说道，“好吧，我来写两个字给你。”说罢，走到书桌边铺开宣纸，援笔濡墨，头一仰，似乎从草房子屋顶上寻觅了两个大字下来，随即大笔一挥写就：

慎独

范先生写好了，坐下来吃一口茶，清了一下嗓子，说道：“简单一点。你今天来，我就给你写这两个字了。”看潘道延欢喜这幅字，范先生眼睛一亮，随即合上眼睑，喃喃自语道：“‘慎独’二字出自《礼记·中庸》，道也者，不可须臾离也；可离，非道也。是故君子戒慎乎其所不睹，恐惧乎其所不闻。莫见乎隐，莫显乎微，故君子慎其独也。——这个意思晓得啵？”

“嗯，”吴天玉头一歪，抢先回答，“道，是不可分离的。分离开来的东西就不是道了。接下来说的是，君子在别人看不见的时候，在别人听不到的时候，也要谨慎自己的言行。”

“唔。”范先生点点头。

“以前在学堂里老师讲过。”潘道延说着，瞟了吴天玉一眼，回头跟范先生道了一声：“先生保重！”便告辞。

这次回乡吴天玉知道潘道延给了家里钱；具体给了多少不清楚。但是这趟来看范先生，给了五十个大洋，是明的。

马车奔出东山镇，吴天玉小声问道：“阿延，我们来的那天，我爹好像没有给你那么多钱。你，哪来那么多钱的？”潘道延一听，方才意识到自己去看范先生，把吴天玉在场忽略了。他不禁浑身一震，嘴巴翕动了几下说道：“天玉，回去路远得很，我们在车上打个瞌睡。这两天你累了。”说着，便耷下脑袋，合上眼睛。这时候吴天玉被马车一颠，似乎也有些困意，一会儿靠在他身上，打瞌睡了。

当天下午晚些时候车到惟亭，吴天玉精神好起来，又问了钱的事情。潘道延听了，有点生气，显得很不耐烦，说：“这个事情你就不要问了。”

“要的！”

“你烦得很！”潘道延看吴天玉盯着问，眉头一皱咕噜道，“问人家借的。”

“问谁借的？”吴天玉下了车，一脸疑惑看着潘道延，说道，“你跟别人好像没有来往——要是我哥哥问人家借钱我还相信——你怎么会问人家借钱？”

“问一个朋友借的。”这话一说出来潘道延就后悔。

“是哪个朋友借给你的？”吴天玉觉着潘道延越说越离奇了，“哎，我从来没听你说过你在外头有什么朋友——你一直待在家里写字画画，也没见你跑到外头去——你有哪个朋友跟你这么好啊？”

“我有朋友一定要告诉你？”

“阿延，”吴天玉紧盯着问道，“我不是问你有什么朋友，也不是要你告诉我你有哪些朋友。我现在是问你，你怎么会有那么多钱？——我是问你这个，我是问你，你怎么会一下子有那么多钱的？你告诉我好不好？嘿，讲给我听，又不要紧的，你紧张什么？”

“我紧张什么——”

“我看你有点紧张。”

“我没有紧张。”

“是吗？”

“天玉，”潘道延脸色一下子白得像宣纸一样，怔怔地看着吴天玉，突然眼睛一凶，说道，“这个事情你已经问过几遍了，我现在不想跟你说。你这样盯着问，我不欢喜，我不开心！”“你不开心？”吴天玉不觉一笑，“你不告诉我，我才不开心呢！”

“是你让我先不开心的，不是我让你先不开心的。”潘道延脸拉得老长，眼瞅着吴天玉走到门口敲门，咕哝道，“我不开心，对你有什么好？”

“哎，阿延——”

“有什么好问的？!”……潘道延见阿仲开门，应了一声阿仲的问话，便闷头往屋里去了。眼瞅着潘道延气咻咻的样子，阿仲小声问道：“小姐，阿延他怎么了？”“什么？”吴天玉眼睛一眨，说，“我也不晓得。”

回到家里，正赶上吃晚饭时间。

吴太太见女儿回来劈头就说：“天玉，我说你这样忒不像话了！这么大一件事情，你也不跟家里说一声，就跟着阿延到乡下去？……传出去算什么？”吴元厚手一摆，说：“他们现在回来了，就不要说了。”

“要的！”吴太太一转脸，看着潘道延说道，“阿延你也不对！你妈妈去世我们也是难过的。但是师母今天要说你几句，你不该带天玉一道去——不是这个意思，我说错了——我说的意思是，即便是天玉要一道去，也是可以的。但是最起码，你要跟我们讲一声，是不是？——怎么可以不声不响就一道去了呢？你师母也是讲道理的。那天晚上老爷跟我说起这个事情，我还说，我不怪阿延；要说就说自家女儿……是天玉胆子大，自做主张跟阿延去的。我想，阿延你是不会自说自话叫天玉跟你去的。我说的不会错到哪里去。阿仲明香也是的，小姐走了，到了晚上才说！不是我说你们，你们一个个也是昏了头！”

“阿延，吃饭！”吴天玉看了母亲一眼，嘴巴一撅道，“爹刚才已经说了，现在我们回来了，就不要说了。人家吃力死了，还要听你唠叨。”

“我唠叨吗？”吴太太眉棱间一跳，说，“我这样说你几句，说阿延几句算是唠叨吗？啊？”

“嘮叨！”

“我不好说你们几句啊？”

“要说就说我，”吴天玉把筷子往地上一扔，“不要说阿延，不要怪阿延！要怪怪我。这是我自己的主意。我要跟阿延一道去，给阿延他妈妈吊唁，错到哪里去了？再说了，我现在好好地跟阿延一道回来了。以后我晓得了。有什么事情先跟家里讲一声，不就好了吗？有什么要说的？说来说去的，就是封建！”

“哦，说了半天，还是我封建？”吴太太嘴角挂着一丝苦笑，瞟了潘道延一眼，怔了一会儿，说道，“天玉，你自己想想，你毕竟是小姐，一个大家闺秀是不好这样做的……要被外人耻笑的！”

“有什么好耻笑的？现在是封建社会啊？”

“不是这个意思！”吴太太眉头一皱，“这个跟封建不封建不搭界。我说的意思是，就是去吊唁，最多是去一天，当天就回来——”

“我怎么回来？”吴天玉霍地立起来，“哦，叫我当天夜里一个人坐马车回来？从东山到惟亭？——这么远的路，阿延他们家里会放心让我一个人回来吗？我一个人，夜里坐车回来你们会放心吗？这是不可能的。再说了，我一个人回来路上害怕。——没话说了吧？我也是讲道理的。”

“阿延这样做，是不好的。”吴太太觉着跟自己女儿没什么讲头，一转脸对潘道延说道，“天玉不讲，你也闷着不讲？——你应该跟我讲，跟老爷讲！你怎么也不懂事，随着自己的意思做？你们这样做，眼睛里还有没有我们长辈？”

潘道延坐在那里低着头，死不开口。

这次吴天玉跟他一道去，他本来是不同意的。但是去的那天，他说服不了吴天玉，总不见得叫马车停下来，把她赶下车？他当时问过吴天玉“有没有跟家里讲一声”，吴天玉回道：“跟我爹说过了，没事的。”现在回来一听，吴天玉事先没有跟家里说。这些话，他这会儿只好咽到肚皮里，是不好摊出来说的。他心里想，师母说自己几句是应该的——要的。

吴元厚摆了摆手，说道：“好了好了。这个事情不要说了。我们吃饭。天玉以后也晓得了，有什么事情还是要先跟家里讲，不可以先斩后奏。”吴元厚说到这里停顿了一下，跟女儿对视了一会儿，接着说道：“不过话说回来，这一趟天玉到乡下去吊唁，也是应当的——阿延，家里怎么样？你爹身体还好吧？”

“嗯。”潘道延点点头。

“哦，身体好就好。——阿仲，来，稍微吃点酒。”

“是，老爷。”阿仲赶紧斟酒。

“老爷，你这两天不舒服，不要吃酒了。”吴太太说，“我一讲阿延，你就把话岔开来——我说你少吃一点酒！”

“我晓得。”吴元厚指指酒盅，说道，“我吃一点点，今天夜里早点睡觉。女儿跟阿延回来了，我也放心了。”

“阿延，给小姐重新拿一双筷子。”明香说着，拉吴天玉坐下来，“小姐吃饭吧。其实，太太也没说你什么。这两天你不在家里，太太夸你呢！阿仲，你也听见的是不是？”

“是。”

“我们都说小姐良心好，真心对人家……不晓得人家以后会不会真心对小姐好。”明香说着，瞟了潘道延一眼。

吴太太一转眼，说：“明香，你也是的，话多——坐下来吃饭！”

这天是礼拜天，唐小姐应魏金晨邀请去参加舞会。

这次舞会是天赐庄博习医院洋人举办的，还邀请了东吴大学的一些老师和学生。晚上，魏金晨见唐小姐如约而来，满心欢喜。有人私下问他：“那位小姐是不是你的girlfriend？”魏金晨看唐小姐不在身边的时候就说：“Yes.”唐小姐在边上，他就来个点头微笑。唐小姐已经注意到了，便悄声说道：“哎，魏金晨，你是魏可欣的哥哥。我是魏可欣的同学——我不是你的女朋友。”

“So,”魏金晨嘴巴一撇，说，“Would you willing to be my girlfriend?”唐小姐一听，立马回道：“哎，魏金晨，你不要说外国话好不好？——你不好说中国话吗？我又不是听不懂你说中国话，唏。”魏金晨肩膀一耸，说：“你看这里边很多人都在说英语，你为什么不说呢？你的英文程度好得很。”

唐小姐一笑，回道：“我的中文好得很，比英文好。我们说我们的话。我们不说人家的话，至少在我们家乡不说，在我们自己的国家不说洋人的话。”

“唐小姐在教会学校里，不是一直说英语吗？”魏金晨给唐小姐拿了一杯葡萄酒，轻声说道，“怎么从学校里出来，现在不说了？”

“那是读书的时候没办法，只好跟着他们说——”唐小姐接过酒杯，颔首微笑说道，“现在我们中国人跟中国人说话，不说自己的话，说人家洋人的话，算什么？魏金晨，我现在跟你说好了，你要是再跟我说一句外国话，我马上就走！”“好好好，不说不说。”魏金晨赶紧赔笑道，将手一让请唐小姐坐。这时候有一个洋人走过来跟魏金晨打招呼。魏金晨介绍道：“美国医生范思特先生，我的同事。”范思特眼瞅着唐小姐，很有礼貌地说了几句。魏金晨一笑，说：“唐小姐，你自己跟他说话吧。”

“不，”唐小姐微笑道，“你来翻译。”

“啊？什么？”魏金晨一怔，只好硬着头皮说，“范思特先生说这位小姐漂亮得很，介绍我认识一下好吗？她会说英语吗？”唐小姐回道：“你跟他说，我现在不说英语，问他会不会说中国话？”魏金晨翻译过去。范思特肩膀一耸说了几句。魏金晨随即翻译道："他说中国话忒难了，很不好学。"

唐小姐看了范思特一眼，一转脸对魏金晨说："那就跟他说，既然到我们中国来了，就好好学一下中国话，写写中国字。——哎，你跟他说用毛笔写我们中国字，好得很，舒服得很，开心得很。——哦，对了，要从小练字哦，从小练到大，练出功夫来。"魏金晨随即翻译过去。范思特听了，"呵呵"笑起来。

完了，范思特叽里咕噜说了一通。魏金晨脸一转，说："唐小姐，这家伙刚才说的话，还要我再给你翻译吗？"唐小姐瞥了他一眼，说："不用了，你直接跟他说，我是不会教他写毛笔字的。"

"为什么？"

"因为我还没有这个本事和资格教他中国书法。"

说话间舞曲起来，魏金晨请唐小姐跳舞，小心翼翼说"我们的语言"，似乎再也不敢在唐小姐面前吐一个英文单词。

跳舞的时候唐小姐轻声说道："魏金晨，你以后跟外国人在一起工作，聊天说外国话；魏可欣要是回来的话，你跟她说外国话，不要跟我说——"

"Why?"

"唏，你怎么又来了？"

"哦，习惯。以后我在你面前再也不说一句洋文了——我保证！"

"这样就好。"

"哎，唐小姐，你为什么说这样就好？"

"你想知道？"

"是。"

"那我就讲给你听……我不欢喜你在自己同胞面前说外国话的腔调，好像高人一等似的。你跟美国医生在一起工作的时候说，还别去说他。听说你跟病人也说英语。那些来看病的人，他们中的大部分人能听懂你说的美国话吗？你不是存心要人家好看？是不是来你们博习医院看病还要请个翻译？"

"哟，尖锐得很。"

"不是尖锐，是没有必要。"

"对对对，唐小姐说得对。"魏金晨赔笑道，"唐小姐今天说的一席话，如醍醐灌顶，我记住就是了。怎么样？我对你的话如此重视。"

"还可以。就是有点——"

"有点什么？"

"唔……有点说不出来。"

"这就是唐小姐不够坦率了。"魏金晨微笑道，"有什么看法，不可以用语言表达出来？你我都受过西方人的教育，坦率地说，不是很好吗？就像你刚才批评我似的，这

种表达好得很，我乐意接受，也愿意改正。”

“那好，我就跟你直说——”

“但说无妨。”

“说了你不要生气，不要不开心——”

“不会的。”

“好，这是你说的，不要怪我——我说，我觉着你有点不像中国人了。”

“我不是中国人吗？”

“外表是，骨子里恐怕已经不是了。这是我爸爸说的。”

“Oh，My God!”

“所以我说吧，你已经改不了了。”

舞会结束后魏金晨要送唐小姐回家。唐小姐说：“不用。我自己回去。”魏金晨将手一让，说：“那我把你送到外头，帮你叫辆车，还是要的。”说着，陪唐小姐走到马路边，一边说道：“唐小姐，以后我可以再邀请你吗？”

“可以啊。”唐小姐点头道，“不过，有个要求——”

“哦？什么要求？”

“其实也没有什么要求。”见黄包车来了，唐小姐转身说道，“就是你以后在公开场合跟别人介绍我，要说我是你妹妹魏可欣的同学。”

……

唐六梓和太太在客厅里等女儿回来。周妈看了一眼钟点说：“太太，你们先去睡觉，我来等小姐回来。”唐太太摇头道：“不，我要等的。这么晚她还没有回来，我不放心的。”唐六梓看报，一边说道：“日本人不像腔，在东北三省乱来，什么‘满洲国’……狗屁！……南边江西也是的，不太平，乱得很。自己人一直打来打去的弄不清爽——”

“关你什么事情？”唐太太瞟了一眼报纸，说道，“管好你的生意，管好家里女儿。外头那些事情我们管不了，只要不乱到苏州来。再说也乱不到我们这里来。”

说话间，见女儿回来了，唐太太问道：“宓宓，你今天晚上打扮得这么漂亮到哪里去的？是不是出去约会啊？”唐六梓放下报纸紧接着问道：“哎，是不是跟吴天泽碰头？”“没有，”唐小姐往楼上去，一边说道，“是出去跳舞的。”

“宓宓，”唐太太招手道，“你现在过来坐一会儿，别急着到楼上去……今天晚上，是谁请你跳舞？”

“是魏可欣的哥哥魏金晨。”唐小姐回过来说。

“哎，宓宓，你现在名堂还是蛮多的嘛，一会儿是吴天泽，一会儿又跟魏可欣的哥哥去跳舞……你到底要跟哪个啊？”

唐小姐一听，脸一拉，说道：“妈，你说什么呀，人家魏可欣的哥哥邀请我去跳一次舞，有什么大惊小怪的？我本来是不想出去的，心里闷得很，我出去解解闷，不可以啊？真是的。”

唐太太嘴一张，刚想问女儿，唐六梓摆手道：“好了，让她休息，有话明天再讲。”唐太太见女儿上楼去了，一转脸说道：“我要问问她怎么回事儿——”

唐六梓一看时间晚了，立起来说道：“睡觉吧。你不睡，我要睡了。这几天被你烦得睡不好觉，头都痛了。”

“我也头痛得要命！”唐太太跟着唐六梓往房间去，一边说道，“楚家吴家……哎，我还是觉着楚家好。你说，到底哪家好啊？”

“让女儿自己看。她欢喜哪家就是哪家——”唐六梓换上拖鞋说。

“我是欢喜盯住一家的。”唐太太说，“就你花头经多，跟女儿一样，想着两头来……这，不是脚踏两只船吗？弄不好，一只船也不牢靠。……现在，好像苗头又有点不对了，又多出来一个魏可欣的哥哥，也不晓得是什么名堂。女儿就是烦人，养个儿子多好！”唐六梓一听，一句话顶过去：“儿子，你怎么不养个儿子呢？”说着，人已经坐到床上。唐太太嗔道：“我没有福气，生不出儿子，怪我一个人啊？男人没有责任？女儿都这么大了，还说这种话，像什么腔调。”

……

这天晚上朱红和纪学览在得鲜楼吃酒吃到夜里九点钟还在吃。

朱红连续三天这样吃酒，是从来没有过的。纪学览开头觉着朱红有点一反常态；后来朱红吃了酒，话多，纪学览大致了解了朱红最近的喜怒哀乐。

说“喜”，朱红确实一直有乐子；这会儿他大谈做字画买卖这一行，要有眼力，更要有运气。“这运气，”朱红说，“好比老天爷给你关了一扇门，就必定给你开一扇窗……”

纪学览晓得朱红做字画生意的运气一直好得很，老天爷好像特别关照他，给他开的那扇窗便是朱家的字画生意仿佛因为有了这扇窗而十分“透气”——外头清风徐来便是白花花的银子。说老天爷“关了一扇门”——朱红至今无子，纪学览觉着这是朱红自己不想开这扇门。纪学览已经劝了朱红几次，教他娶一房姨太太生孩子。朱红一再摇头道：“老纪理解差矣！”

这天朱红吃了不少酒，又说：“我无子，现在看来，是老天爷给我关了一扇门。但是老天爷又给我开一扇天窗——不是娶姨太太生孩子，而是给我运气，给我发大财的运气。这个运气难得，好比整个元代就出了四位大家，他们是‘元四家’黄公望、倪瓒、吴镇、王蒙；好比整个明代就出了四位大家，他们是‘明四家’沈周、文徵明、唐寅、仇英……”纪学览猜他肯定又吃到了一个宝贝。朱红说：“老纪吃酒，慢慢跟你说——”这一说，朱红“怒形于色”了。

“老纪，我告诉你……”朱红给纪学览斟酒，一边说道，“我在同春楼有个相好，那姑娘叫上官秋吟，人，漂亮得很。我本来答应她，要把她讨回去做姨太太。但是，

后来一想，要是把她弄回去，我太太金俪会答应吗？……我家里头可能要乱。这后院要是乱了，外头的生意怎么做？后来，我就跟那姑娘说：‘要么这样，我给你在外头弄个房子让你住……我可以随时过来。’没想到那姑娘脾气倔得很，非要我正儿八经正式娶她做姨太太……她说：‘做姨太太可以，就是不做偷偷摸摸。’我操他妈的，有什么办法？心里想算了。于是就想，把她介绍给另外一个人，他是小伙子，没结过婚，那姑娘肯定愿意。老纪，你知道啵？我说的那个人就是潘道延……他现在已经拽在我手里了。他拿了我的钱，我吃定他往后跑不了了。还有，我想给他弄个女人，把他拖住，教他更见我情，死心塌地给我们仿作字画……他有这个本事，这就是老天爷给我开的一扇天窗。但是，今天下午我把那姑娘约出来，带她到豆粉园我买的那个房子去看，跟她说了这个想法。你晓得那姑娘怎么跟我说？——气得我闷掉！”

“哦，怎么回事儿？”纪学览眼睛虚了虚，欠身问道。

“她说：‘你介绍那个姓潘的，我不认识。我等你等到今天，你叫我跑到这里来跟别人，我不高兴。’她说：‘因为我已经跟你讲好了，我要么跟定你红哥。要不，就算了。’……这同春楼还有这样的女子，教我真的有点弄不懂。”

“也，给她钱，不就可以了吗？”纪学览眉毛一扬说道。

“给钱？”朱红一哂，脖子一仰干了一盅酒，悻悻然说道，“这个女子少见得很。她要是认钱，我就好办了。我当然会说‘我给你钱’。你知道她最后怎么跟我说？她瞟了我一眼，说：‘我在同春楼不能挣钱吗？’说罢，她从头颈里取下我上次送给她的玉佩扔给我，拂袖而去！”

……

朱红回到家里，见太太金俪靠在床头吃鸦片，似醉非醉说：“哎，阿俪，你怎么又在吃这个东西了？这个东西不是个东西，要把人吃死掉的！跟你已经说过几遍了，你又不听！”金俪歪着头，吁了一口气，似乎懒得说话。朱红一个踉跄走到床边，拿下烟枪，咳了一声，说道：“阿俪，你不要闷在家里不开心。我摸摸自己良心讲，我没有亏待你。我今天跟你说句老实话，我不娶姨太太。我今天晚上跟老纪吃酒的时候我还在说，我没有那个心思。你也晓得，我把心思放在做生意上了。我没有孩子，但是我有运气，我赚大钱，我有赚钱的本事！”金俪睨了他一眼，说：“你有本事，不要来跟我说，去跟你爹说，他在等你。我要睡觉了。”说着，金俪已经脱了衣服躺下来。朱红一听父亲这么晚还在等自己，酒醒了大半。

朱子藏在书房里靠在椅子上闭目养神，听见儿子的声气，睁开眼睛，坐直了说道：“红儿，你坐下来听我说……这两天，我们一直在说潘道延的事儿。我想来想去，你说的那个路子恐怕不行。我琢磨着，像潘道延这样的人，你还记得我以前跟你说过，他是一个鬼，是五十年出一个的仿作奇才。我们要明白，你可以给他钱，但是不能让他搞女人。他一搞女人，马上漏气，就达不到那个高度。没办法，就是要让他清心寡欲，如痴如醉地给我临摹。否则他临摹仿作出来的东西是瞒不过顾大献的，想都别想！”

“不要女人，光用钱够不够？”一说这个事儿，朱红脑子完全清醒了，好像没有吃酒似的，眼睛一亮。

“光用钱还不够。”朱子藏摇摇头说。

“那还能用什么？”朱红眉头一紧，说道，“这天底下惟银子女人管用。双管齐下，对他不行；光用银子还不够，还能用什么？——用名？他妈的，这种人根本就不能让他出名，只能让他猫在暗地里头。”

“红儿，”朱子藏“嘿”一笑，随即语气像结了冰似的说道，“要让他慢慢地死掉——”

“唏，”朱红脸腮一抽，说，“这话，我听不懂了。”

“你当然听不懂。”朱子藏抚摸额头，沉吟了一会儿，说道，“我说的意思不是叫你弄死他，而是让他爬到明朝的棺材里头给我们仿作——这么跟你说吧，你下个礼拜叫人把豆粉园的那个房子布置一下，把里边的东西全部换掉，用明式家具，要布置得跟明朝那个时候一模一样，让潘道延生活在明朝，而不是民国。所有的事情安排妥了，你约潘道延，带他到那里去，跟他说那房子归他用了，以后就是他的。条件，先不用跟他说；就说请他来，住到这里临摹一幅画；吃喝拉撒的他不用管，有用人伺候，叫韩进盯在那里……”

“万一他不肯呢？”

“屁话！”

“这不是屁话。”朱红眉头一蹙，说道，“我们这是想当然，是一厢情愿。这个万一他理都不理我，一口拒绝呢？”

“办法总比问题多。”朱子藏手一摆，说道，“这，就要看你的本事了。”

寻访笔记 32

这次到东山，听潘稻存说了一个细节：

潘道延回来为母亲过“五七”，这次吴家小姐吴天玉没有跟他一道来。具体什么原因潘道延没有说。那天潘道延回来住了一个晚上，跟家里人说起改名字。

潘道延的名字是小时候范先生改的，把原来的“稻沿”改成“道延”。潘道延提出现在把弟弟妹妹“稻存、稻秋、稻青”改成“道存、道秋、道青”。潘道延用毛笔写出来，说这样一改比原来的名字好，写出来有味道，不像乡下人的名字。潘稻存不愿意改。为这个事情兄弟俩争论起来，最后不了了之。

潘稻存当时对潘道延说：“你要做城里人，你去做。我还是用原来的名字。我在乡下种一辈子田，一辈子太太平平。”

潘新侬那个时候觉着大儿子潘道延将来有出息……

潘稻存说潘道延要不是碰上吴元厚，恐怕也是待在乡下种田。那天晚上一家人吃饭的时候说起吴家，潘新侬因为自己儿子跟吴天泽一道学书画，是吴门师兄弟，问潘道延：“你现在跟吴天泽比，两个人谁的字画好？”潘道延当时没有说谁的字画好，转个了弯，说：“吴天泽大手大脚花家里的钱。我用学来的本事画图挣钱了。”接下来说道：“吴天泽人聪明，但是不学好。他不在家里好好地写字画画，跑到上海去混了。”

潘稻存后来见过吴天泽，他对吴天泽的印象一直停留在过去。他说吴天泽是有钱人家的公子哥儿，年纪轻的时候风流倜傥——

第三十二章

吴天泽每天坐黄包车上下班，开头两天没有引起同事注意；一个年轻人早上坐黄包车到银行，傍晚银行打烊他坐黄包车走，像顾客似的，没人注意。几天下来银行的有些职员认识他了，便觉着奇怪：一个做打杂的小赤佬，天天坐黄包车来来去去，他到底是个什么角色？吴天泽后来才知道，他第一天来上班就有几个人私下议论他了。

这天是礼拜一，吴天泽第一天上班。

他踏进花旗银行，问询以后往电梯口走，迎面碰上一个女职员，两人对视了一眼，吴天泽想起来上个礼拜五晚上在南京路踩过她的皮鞋；她一怔，似乎也想起来就是这个人——两人先后走进电梯往楼上去。

到了三楼，两人先后走出电梯。这时候吴天泽开口问道："小姐，乔冠东先生办公室在哪边？"那个女职员抬手指示道："在前面顶头那间办公室。"吴天泽说了"谢谢"便往那头去了。

吴天泽见了乔老爷，把傅家佑写的一封信递上去。傅家佑本来想这天上午亲自陪吴天泽到花旗银行去一趟，因礼拜一上午学校有课，恐怕来不及；再说吴天泽坚持要自己一个人去，傅家佑隔天写了这封信叫他带给乔老爷。

吴天泽刚才进来的时候，乔老爷一看就觉着傅家佑介绍来的人，人样子呱呱叫，一副少爷派头；乔老爷接过信，将手一让，请吴天泽坐。乔老爷挪动一下身子说道："傅先生瞎搞！哎，侬迭个样子哪能是做office boy？开玩笑了。我开头不晓得，到上个礼拜六夜里跟傅先生一道吃饭我才晓得侬是吴公子，吴元厚先生的儿子。侬晓得，我也蛮欢喜字画的，以前我到苏州去问人家买过字画……我老早就听说过倷爷，老有名气。侬不在屋里跟倷爷画图，跑到上海来做打杂？是傅先生开玩笑，还是侬在开玩笑？"

"乔先生，是我自己要做的。"吴天泽微笑道。

"哦，侬自己要做——"乔老爷点了一支雪茄，抽一口，说道，"格能我就没啥闲话讲了。蛮好，侬先做起来再讲……"

内勤部门的人接到乔老爷的电话，过来把吴天泽带出去安排工作。那个人见了吴天泽，一眼认出来，从乔老爷办公室一出来就说："哎，那天就是你！"吴天泽一笑："那天晚上我踩了一位小姐的皮鞋。哈，原来你们是一起的？"

"是啊，怎么，今天来上班你看见她了？"

"是，刚才到楼上来的时候看见的。"

"哦，蛮有意思，有这么巧？……哦，对了，那天还有一个女的也是我们银行的……有空，碰碰头，笑煞人了。"说罢，便自我介绍，"我姓王，行里的人叫我约翰王——"

"哦，王先生——"

"哎，不要叫我王先生——叫我约翰王——你叫什么名字？"

"吴天泽。"

"哦，吴先生——"

"哎，不要叫我吴先生，"吴天泽摆手道，"叫我吴天泽。王先——哦，约翰王，我年纪轻，刚来，什么也不懂，你多关照我——""这个没有问题。"约翰王将手一让，把吴天泽请进自己办公室，一边给吴天泽泡茶，一边说道："你是乔老爷面上的人，我当然要照应。我是好讲话的，不过我们内勤的顶头上司是美国人乔治，他不像我跟你之间好讲话。你要拎得清，要勤快，做事情当心点，不要给他机会挑你毛病。记牢，他说什么，你就点头说 Yes,——你会不会讲英语？"

"不会。"

"不会？——稍微有点麻烦，不过也不要紧。有什么事情他一般不会直接跟你讲，他会关照我的，我会跟你讲的。"约翰王接下来交代了文件信件收发，清洁卫生杂务等工作，然后带吴天泽到楼面一个工作间，又关照了几句日常工作要注意的事项，就走了。

吴天泽开头三天对这个环境感觉新鲜得很。

他准时上下班，逢人叫先生、小姐。办公室里的职员一看这个新来的小伙子人长得神气，做事情勤快，随叫随应，蛮喜欢他。三天下来有人觉着他说话、举止不像是一般人家出来的孩子，心生好奇。很快有话传过来，说这个小伙子是苏州一个大人家的少爷，他怎么跑到上海来做打杂？那些注意吴天泽的人便私下议论。到了第三天下班就有人要请他吃饭。

第一顿晚饭是约翰王请的。吴天泽不知道约翰王还请了两位同事，到了饭店一看四个人的座位，坐下来问道："还有谁啊？"约翰王一笑，说："还有两位女士，来了你就知道了。"说话时，二位女士来了。吴天泽一怔！约翰王立起来请二位坐，一边说道："吴天泽，这两位不比其他人……这位是巩娴小姐，那天晚上她一句话'算了'帮了你的忙。——这位梅娜小姐就不用我说了。你一不留神踩了她的英国进口皮鞋，随便到哪天也忘记不掉了。"说罢一笑。

四个人边吃边说，彼此不陌生，在过去的三天里他们见过面，点过头，打过招呼。约翰王跟吴天泽接触比较多。巩娴叫吴天泽办过事情。梅娜在吴天泽第一天来的时候打过照面；后来两人在行里碰见过几次，吴天泽跟她点个头，虽然没有说话，也算有点熟悉了。约翰王跟梅娜开玩笑说："其实我们三个人当中你是最先认识吴天泽的，——他踏了你一脚，这是缘分。"梅娜手一摆，说："那个事情已经过去了，不要再摆在嘴巴上讲了，一直讲难为情的。"巩娴心里边对吴天泽感觉好得很，这会儿她眼睛跟吴天泽一碰，嗲声嗲气说："吴天泽，你那一脚怎么就没有踏到我脚上？要是踏到我脚上，把我的皮鞋弄坏了，我肯定要叫你帮我买一双新皮鞋，我要的。你那天晚上说过'不管是英国货还是美国货，我给你买一双'——我要是叫你买，你买不买？"

"啊？——哦，——买。"吴天泽尴尬一笑，"我既然说了，我肯定买！"随即避开她的眼睛。

"巩小姐，这句话你倒记得蛮牢的嘛！"约翰王欠身道，"我要给你买一双皮鞋，你怎么就不记得了？"

"你？喔唷，算了。"巩娴一转脸，说，"吴天泽，你刚来不晓得，他是嘴巴上大方，其实小气得很。今天就算不容易了，千年难得请我们吃饭，我们还是沾了你的光！"

"哎，巩小姐，你怎么臭我？"

"我哪里是臭你？"巩娴含笑道，"你约翰王谁不晓得？刚才来的时候在路上我还在跟梅娜说：'今天西边出太阳了，约翰王怎么会请我们吃饭？他大概是高升了？'来了一看，原来你是请吴少爷吃饭，把我们拉来作陪的。"

"哟，巩小姐这句话说得我难为情！"约翰王赶紧赔笑道，"不好意思，改天单独请——我单独请巩小姐……"

梅娜见巩娴跟约翰王说笑，一转脸跟吴天泽说话："哎，你怎么光听他们说话，不吃啊？吃呢，这家西餐馆蛮好吃的。"

"是，"吴天泽摆弄着刀叉，一边说道，"以前没吃过。今天是第一次吃，有点不习惯。我还是欢喜吃家里烧的菜。"

"我们银行里的人经常出来吃西餐的。"梅娜瞟了一眼约翰王正在跟巩娴说悄悄话，便侧身跟吴天泽悄悄说话……

"哎，人家背后叫你吴公子吴少爷，我怎么叫你呢？"

"叫我吴天泽。"

"哦。听说你跟乔老爷关系蛮好，是吧。"

"不是，我父亲的朋友跟他认识。"

"梅娜，你们俩在说什么呢？"巩娴突然插进来说道，"有什么悄悄话说出来让我们听听，是不是在说男朋友女朋友？"梅娜抿嘴儿一笑，说道："你们讲你们的。我们讲什么跟你们不搭界，你们讲什么跟我们也不搭界——各归各。"

"喔唷，"巩娴眼睛一瞄，嘴唇微微一翘道，"一歇工夫就我们我们了。热得是不是忒快了？——吴天泽，你蛮有女人缘的嘛，刚来没几天，梅娜小姐就看中你了。——她那天就讲了，她第一次看见你，心就跳了。看样子你们两个是一见钟情哦。"见梅娜不接嘴，巩娴接着说道："梅娜小姐嗲来，皮肤白，身材好，人漂亮！吴天泽你说是不是？"

"是，漂亮得很。"

"哎，吴天泽，"约翰王用手指头点点桌子，一本正经问道，"这两天有件事情忘记问你了。"吴天泽一怔，以为是工作上有什么差错。

"你不要紧张，"约翰王欠身道，"现在我问你，你结婚了没有？"

"啊？——没有。"吴天泽摇摇头。

"哟，蛮好。"约翰王瞟了梅娜一眼，"我们梅小姐也没有——"

"哎，怎么一会儿叫梅小姐了？"吴天泽打岔道，"我觉着还是叫梅娜小姐好。""我们平常都是这么叫的，"约翰王两手一摊，说，"巩小姐，是吧。"

"不，"吴天泽立马回道，"我觉着还是叫梅娜小姐比叫梅小姐好听。不信的话，两种叫法比较一下，哪个好听？"说着，嘴巴里念叨了几声两种不同的叫法和语调，"哈"一声道："还是'美那'小姐好听！"约翰王、巩娴跟着一学，拍手道："好！"吴天泽转脸看着梅娜："你觉得呢？"梅娜颔首微笑，嘴巴张了张刚要说话，这时候巩娴一笑说道："照我看，吴天泽你以后不要叫梅娜小姐，就叫她'娜娜'——这样叫，嗲来！"

梅娜瞟了巩娴一眼，一想，回敬道："我说巩小姐，你以后就叫王先生 John，My John!——你这样叫，他一听，骨头都要酥掉了，出去路也不会走了，要你扶着他走。这样一来，侬就嗲来！"巩娴随即反讥道："我不算嗲，没有你嗲。我要是有你一半嗲，吴天泽就踏我一脚了。……你恐怕已经忘记了，那天晚上我在你边上，其实人家根本没有踏你的脚，是你自己一看见白马王子，头昏了，连走路也走不稳了，往人家身上一靠……还说我嗲！"说罢，莞尔一笑。

一顿饭吃得开心；吃到即将结束时，约翰王说："哎，吴天泽，听说你父亲是大画家吴元厚，什么时候要一幅你父亲的字画行不行？"

"唔——"吴天泽沉吟一会儿，说道，"要我父亲的字画恐怕难。但是我可以画一幅给你，或者写一幅字送给你——"

"蛮好。"约翰王用餐巾揩了一下嘴唇，"我也听说了，说你的字画也是非常拿手的，是不是？"

"还可以。"

"那我就先问你要一幅字？"

"可以。

“哎，吴公子，”巩娴倾身道，“我要一幅画，好不好？”

“好。”

约翰王接着跟巩娴说闲话：“我要叫吴天泽写四个字‘步步高升’——”巩娴一听，悄声说道：“不好。还是写‘步步登高’比较好……”

这时候梅娜左手托住脸颊，右手指抚摸着高脚玻璃酒杯，似乎在听约翰王和巩娴说话，又像在想什么心事。吴天泽看了一眼窗外的夜色，立起来说道：“我去一趟洗手间。”

吴天泽一走开，梅娜嘴巴一撅说道：“你们两个人真是好意思的。你要一幅字，你要一幅画，弄得我现在都不好意思跟他开口了。”

“你要什么，”约翰王“嘿”了一声，“你要是想他做男朋友，就好了，你什么都有了，到时候我们来求你了。”

“看你瞎说，我是不想……”

“哟，梅娜又发嗲了。”巩娴眼睛里闪过一丝嫉妒，半真半假说道，“你要是心里真的不想，我要想了，到时候你可不要后悔哦。”

“亏你讲得出来，”梅娜嗔道，“也不怕难为情！约翰王，你听见了没有？你答应不答应？巩小姐今天见异思迁。”

“我当然不会答应。”约翰王一笑，轻咳一声，凑近梅娜，说道，“只要你梅娜小姐一口咬定不答应，绝对不答应，巩小姐有什么办法？总不见得跟你抢？她好意思吗？不好意思的。”

“梅娜，听说乔老爷对你有点意思，是吧？”

“巩小姐，你又在瞎讲了。跟我过不去，是不是？”

“哟，不要动气哦，我们说说笑笑，寻寻开心……”

说话间，吴天泽回过来。约翰王一看手表，说：“吃得差不多了。走吧！”巩娴想起来提醒道：“约翰王，你还没有结账呢！”

“账我已经结过了。”吴天泽说。

“哎，吴天泽，”约翰王霍地立起身来，说道，“怎么你来呢？说好今天晚上是我请客的，这样一来，我不好意思了。”

“你有什么不好意思，”巩娴说，“下一趟你再请呗，不是蛮好吗？”约翰王一听，将手一让，说道：“要么这样，现在时间还早，我请你们去跳舞——”

“哦，今天算了，不要了。”吴天泽摇摇头说，“下次吧。再说，我也不会跳舞——”

“不会跳，我来教你！”巩娴显得很想去跳舞，说，“梅娜也欢喜跳舞，我们一道去……今天是礼拜三，跳舞的人蛮多的。”说着，人已经走到外头。

“吴天泽不去，我也不想去了。”梅娜到了外头看了吴天泽一眼，说，“要是你去，

我就去——”“我不去了。”吴天泽接口道，“要去，你们去吧，我先回去了。”说着，招手黄包车。

“哎，吴天泽你不能先走！”约翰王眼神示意吴天泽，“你不去跳舞，梅娜小姐也不去，那么我们就把她交给你，你送她回家好不好？”说罢，便和巩娴坐黄包车先走了。

“梅娜小姐——”吴天泽一看又来一辆黄包车，一转眼看了一眼梅娜穿的高跟皮鞋，因此说道，“我叫这辆车送你回去。”梅娜朝车夫摆摆手，一转脸看着吴天泽，说：“我家离这里不远，我走回去。”吴天泽刚想说“明天见”话到嘴边改口说道：“那我陪你一道走走，送你回去。”

“嗯，”梅娜点头道，“今天天气蛮好，我们荡马路荡回去。”说着，转身往前走，吴天泽随即跟她并肩走，一路看看夜景，时而说几句闲话……

“喜欢上海吗？”梅娜问。

“第一趟来的时候，很喜欢。”吴天泽漫不经心回道，“这一趟来，几天下来觉着也不过如此。”

“怎么会呢？上海是大城市，是最好的城市。”

“不见得吧。我前几天到处去逛了一下，上海好的地方就几条马路，还有外滩那边。其他有些地方还不如我们苏州好。”

“苏州我去过几趟，是个小地方——”

“地方是小了点，但是味道好得很。”

“上海味道不好？”

“哎，我不是这个意思。”吴天泽手一摆道，“上海有上海的味道，苏州有苏州的味道。上个礼拜五夜里我想起来几句闲话，说给你听听——上海滩夜里有电灯好看，高楼洋房花里巴拉。苏州城白天有光线好看，粉墙黛瓦清清白白。上海姑娘夜里比白天好看，海派洋气弹眼落睛。苏州姑娘白天比夜里好看，天生丽质素面朝天。——味道是不是不一样？”

“嘿，你倒是蛮会编的……”

“哈！”

半个时辰到了一条弄堂口，梅娜叫吴天泽不要送了，说了声“明早会”便往弄堂里去。

唐小姐本来以为吴天泽会很快主动约自己，等了一个多礼拜没有声音，因此心里窝塞得很，在家里也没个好腔调了。起先她发点小脾气，一会儿嫌她母亲一天到晚盯着她啰嗦，一会儿嫌饭菜不合胃口。唐太太说她几句，她就顶嘴。唐太太继续说，她就离开饭桌不吃饭了，往楼上去，一个人闷在房间里，谁上去叫她也没用。唐太太跟唐六梓说："我看这个女儿真是少有少见！别人家的女儿是不是也是这个样子？早知道她现在是这种腔调，还要把她养出来做什么？我真是前世作孽，养了这么个气块来气我！"唐六梓赔笑两头劝说，一劝太太不要自寻烦恼；二劝女儿不要跟母亲弄僵，有什么话好好讲……

唐太太对女儿就没有这个耐心，气头上来非说不可："宓宓，我现在是真的怕了你。我说你早一天嫁出去，我早一天安逸。"唐小姐听了火气更大："你就巴不得我早一点嫁出去！我就是偏偏不嫁出去，就待在家里，一辈子不嫁人！"

唐太太拿女儿没办法，对唐六梓说："我跟这个女儿不知怎么地犯冲，跟她也没有什么话好讲。以后我不讲了，你去讲她，不关我屁事！""不要这样，"唐六梓耐着性子说，"女儿总归是女儿，有话还是可以讲的。但是你最好不要一直盯着她屁股后头讲。你要是讲多了，连我都嫌烦，吃不消。女儿心情不大好的时候有点脾气，安慰安慰她，稍微让点她，不就可以了么？"唐太太一听，更加来气说道："这世道是不是变了，啊？天下世界，哪里有做父母的低头哈腰一味让子女的？要么我们家里是这种腔调，别人家里我看是不会这样的。……想起来就要怪你！以前吃饱了要把女儿送到洋人的教会学校上学，受他们什么教育？别的没学会，就学会了跟大人平起平坐，还要爬到大人头上！要是女儿到我们中国人自己办的学堂去读书，指定是规规矩矩听长辈的话，安安稳稳做小辈，在家里孝顺听话，以后嫁人做个贤妻良母……"唐六梓听了，摇头说道："话，是不可以这样说的。这样说，就说得不在理上了。"

唐太太冷笑道："我说的句句在理上。我年轻的时候就不像她这种腔调。父母那个时候说我，我是连一句嘴都不敢顶的，哪里像她现在这个样子？……现在好了，你说她一句，她就顶你三句。反正我的话，她一句也听不进去。"

唐小姐觉着自己待在家里被她母亲烦得不快活，心里积郁得说不出来又按不下去。她想出去散散心；到外头逛了一圈，又觉得无聊得很，没意思，怏怏不乐回到家里，把自己关在房间里写毛笔字。周妈看在眼里，琢磨着一个办法，见唐小姐怄了一肚子气，躲在楼上不肯下来吃饭，就顺着唐小姐的爱好，说："我看小姐现在的毛笔字写得愈来愈漂亮了。"这一说便有效果。

这天中午周妈到楼上去喊唐小姐下来吃饭，唐小姐正在写字，周妈说："小姐，写了一个上午的字了，这会儿歇歇，吃过饭睡个午觉，下午起来再写。"唐小姐头一歪，说："好的。"随即搁笔，立起来就走。

走到楼梯口，她突然停住脚步，回头看着周妈，手指头指指楼下。周妈点头会意，说："太太吃过中饭出去打牌了。"唐小姐一听，"噔噔噔"往楼下去，一边说道："我妈妈一出去，家里就安静了。她在家里就烦，烦得要命！她最好天天出去打牌，不要待在家里。"周妈不接嘴，等唐小姐坐下来，赶紧把热好的汤端上来——

"小姐，"周妈舀了一小碗汤，说道，"我看你这几天瘦了。今天我烧了你欢喜吃的鲫鱼汤给你补补……”说着，把碗端到唐小姐面前。

唐小姐看了周妈一眼，一脸开心的样子说：“周妈好的哦，比我妈妈好。我妈妈只会板着脸说我这个不是，那个不是。周妈就不会说我。”“小姐，”周妈接口道，“我哪里敢说你。我一看小姐不开心，就吓得不敢讲话了。再说了，小姐也没有什么这个不是，那个不是……我是觉着我们家小姐蛮好的，文文静静地待在家里看看书，写写毛笔字……就是有时候稍微有点心情不好，一会儿也就过去了。”“嗯，就是。”唐小姐点头道，“其实我根本不想跟妈妈顶嘴，只是她一烦起来就说个没完没了，我实在吃不消。要是她不盯着我烦，我才不会跟她反嘴。这几天我心里烦得很，本来想安静下来不去想那些事情，但是妈妈就是欢喜盯着说那些我不想听的事情，说得我神经紧张一刻也不得安静。还说她怕了我，是我真的怕了她，不是她怕了我。”

“哎，小姐，你有什么事情不开心？”周妈坐下来问道，“是不是还在想楚家二少爷的事情？”

“不是。”唐小姐手一摆回道，“那个事情我已经跟爸爸讲过了，算了，今后不要再提了。我这几天——”唐小姐想说“我这几天正在想吴天泽他……”话到嘴边，看了周妈一眼，改口说道：“我这几天——心里有点不开心，想跟吴小姐说说话。吴小姐也不来看我，我闷得很。不晓得吴小姐在忙什么？我倒是一直惦记她，不晓得她是不是也惦记我？”

周妈竖起耳朵还想听唐小姐说下去；唐小姐吃了一碗汤，头一抬说：“我不想吃饭了。我现在头有点痛，想到楼上去睡觉——昨天一个夜里没睡好，今天没胃口。”周妈怔了一下，看着唐小姐无精打采地立起来离开饭桌。

这天下午吴天玉来看望唐小姐。

周妈开门一看，笑眯眯说：“喔唷，是吴小姐来了！我们家小姐刚才还在说起你呢！你快进来坐，我到楼上喊小姐下来，她在睡觉——”

“怎么了？”吴天玉一怔，“唐小姐身体不舒服？”

“不是身体不舒服，”周妈摇头道，“她这几天好像有点不开心。你来了，她就开心了。”说罢，快步往楼上去。

一会儿就听见唐小姐的声音从楼梯上传下来：“天玉，你来啦！”吴天玉忙立起来迎上去，一边说道：“我想你哦，本来想早点来看你的，不巧，前两天我生病。今天好些了，我就赶紧来了。”说着，跟唐小姐坐下来。

唐小姐眼瞅着吴天玉脸色苍白，精神状态不好，便问道：“怎么了？你生的是什么病？”随即头一歪，开玩笑说道：“是不是跟我一样，生相思病？”吴天泽“扑哧”一笑：“我生什么相思病？要么你生相思病了。”

“我没有。”

“哦，那么是吴天泽单相思了。”吴天玉说着，把她带来的一个锦盒拿给唐小姐，嘴巴一撅说道，“你打开看看，里边是什么东西——”

“是什么啊？”唐小姐问，一边伸手接过锦盒，盯着吴天玉看。

“别盯着我看，把它拿出来解开来看……”吴天玉微笑道，“这幅字是吴天泽写的。上个礼拜五他到上海去了。走之前，他叫我把这幅字送给你。他说唐小姐看了这幅字就明白了。”唐小姐突然心里一沉，拉开轴头一看，怔了一会儿说道：“天玉，他走的时候怎么也不来跟我说一声？”

“他走的时候急了点。”吴天玉回道，“本来他想自己来送给你的。那天晚上他决定第二天一早走，来不及走之前约你见面，只好先去了再说……”

“哦。”

“唐小姐，”吴天玉眼瞅着唐小姐好像有点不开心，一想，赶紧解释道，“本来我应该早点过来跟你说的。是我的不是。唐小姐不要怪我……”吴天玉接下来便将上个礼拜潘道延母亲去世，她跟潘道延到乡下去奔丧的事情说了一遍。唐小姐一听，忙安慰吴天玉，说：“天玉，我不怪你。这幅字的内容我看了。我觉着吴天泽到上海去也蛮好，独立做自己想做的事情，我是佩服得很。反正上海比较近，说回来就可以回来的。这幅字我非常欢喜！”

“这幅字我爹看过了。”吴天玉接口道，“我爹说这幅字好得很，是天泽现在写得最好的一幅字。”

“你爸爸说好，那肯定是好了。”唐小姐眼睛一亮，说，“我一看就觉着这幅字写得漂亮！……我不大懂字画，但是这幅字是吴天泽写的，我欢喜。我欢喜的就是好。我不欢喜的，他再好，我也不欢喜！”说罢抿嘴儿一笑，接着说道：“天玉，改天我跟你到上海去看他。”吴天玉一听，嬉道：“叫他回来看你……”

“那倒不一定非要他回来看我。”唐小姐说，“其实没关系的，我也可以到上海去看他，跟你一道去。……天玉，说起来我还是蛮想去的。上海，我还是小时候跟我爸爸妈妈去过一趟——”

“哦，你还去过一趟。”吴天玉说，“我是一直待在家里，从来没去过。听说上海洋气得很，我们说好一道去上海，顺便去看看吴天泽，好不好？”

“好的！”

“哎，唐小姐，我想明天请你到我们家去玩一趟，好不好？”

“到你家里去？”

“是，我爹我妈想见见你——”

“这，唔……我现在不去。”唐小姐脸一红，沉吟半天，说道，“等去了上海以后，回来再说好不好？”

“嗯，”吴天玉眼睛烁然一闪，点头道，“这样也好。”

这天晚上朱子藏算了一下日子，把儿子朱红、弟子韩进叫到书房里，开头第一句话就说："这一回你们做得不错！"……朱红似乎并不在意老头子夸奖，一转眼眉头一紧看着韩进，冷冷说道："韩子，你前些日子离得我远远的，有些事情也不来跟我讲，在忙什么？"韩进略觉意外，心里"咯噔"一下，瞟了朱子藏一眼，随即从容说道："我在外头忙什么其实你也知道。比如说我前些日子在外头跑，踅摸一些老的明式家具；还有一些事情，是老爷前头关照的——"

"唼？"朱红眼睛一斜，"老爷关照你做什么事情？"韩进刚想回话，朱子藏咳了一声，说道："红儿，韩进这一回不声不响把事情办得漂亮！"

"什么事情——啊？"朱红脸一拉，说，"我怎么不知道？"

"有些事情是我安排的，不说，你恐怕还不晓得。"朱子藏得意一笑，"今天告诉你，韩进上个礼拜到东山去，你以为是你安排的？——屁！是我的主意。韩进，你现在可以讲了。"

韩进会了一下朱子藏眼神，一转脸看着朱红，淡定说道："大少爷，事情是这样的，老爷最早关照我出去打听潘道延是什么地方人。我想起来庚子是吴天泽的同学，这是听银子说的。这个事儿大少爷也知道，博古斋老纪曾经跟大少爷说起过，大少爷应该记得。不过那个时候大少爷忙，可能忽略了庚子那小子。我后来问庚子：'你知道不知道吴天泽的父亲有个学生叫潘道延？'庚子当时随口说了一句'潘道延是我同学，是东山人'。有一天我听少奶奶说，少奶奶家有个远房亲戚在东山，说起他们村里有个姓潘的人家，有个儿子到苏州来学书画，随便问问是不是在我们家里学……回头我就跟老爷说了这些消息——"

"咦，"朱红打断韩进说话，眼睛一眨道，"这个事情，阿俪怎么没有跟我说起过呢？"

"你哪里会留意这些闲话？"朱子藏瞟了朱红一眼，咽了一口唾液，嘴唇一牵，说道，"再说了，这些闲话阿俪也懒得跟你讲。"

"阿俪不跟我讲，倒也罢了。"朱红眼睛朝韩进一瞪，"哎，韩子，这么要紧的情况事先你怎么不跟我讲？——唼？"

"我跟老爷说了。"韩进含笑道，"老爷关照我先把情况摸清楚再跟你说。后来我不是跟你说了么，我说我要到东山去打听潘道延。你说蛮好，叫银子庚子也出去打听打听。……后来的情况我跟老爷也说了。"

"潘道延家里的情况你也跟老爷说了？"

"是。"

"我给了潘道延多少钱，你也说了？"

"是。"

"操你妈的！"朱红嘴巴一歪骂了一声，说道，"这些事情我本来想晚一点告诉老爷的。我是想让老爷看看我们办事情办得怎么样？我还没有说，你就抢先了告诉老爷，弄得我好像外头什么事情都瞒着老爷自做主张似的。你，以后不许这样！有什么事情先要跟我说一声，听见没有？我看你现在有点不像腔，眼睛里只有老爷，没有我！”

“红儿，”朱子藏手往下一压，正色说道，“你别用这样的口气说话。有些事情是我关照韩进做的。他来给我回话也是必须的。废话少说，接下来有一点你们要做足了。知道这一点是什么吗？”

“什么啊？”

“其实这一点你们已经做了，而且做得不错，就是一个‘情’字。”

“对，”朱红眼睛一亮，似乎恍然大悟，“爹说的这个‘情’字，我现在有感觉了。这一回我给潘道延一百五十个大洋回去办丧事，钱是小意思，这份情是最要紧的。这个也就是说，在他最需要尽孝的时候，我们给了他最需要的东西。这个他吃进去，吐不出来……”

“哎，大少爷，”韩进突然插话道，“我这几天一直在想，我们给了潘道延那么多钱——接下来恐怕还要给——会不会打水漂啊？”

“不会的。”朱红手一摆，以不容置疑的口气说道，“我们到现在为止，给了潘道延多少钱？那点钱算个屁！潘道延这个人价值连城，这个问题不用我说。老爷刚才说的话你没听见？那个‘情’字金不换！懂了吧？哦，我想起来了。我们已经给了潘道延一笔钱让他尽孝。接下来，要留意他成家立业——要是他看中哪个姑娘，我们就给他机会让他挣钱让他去爱……我操！”

“前几天我又去了一趟东山。”韩进眉棱骨抖了一下，狡黠一笑，“听说潘道延这次回去奔丧，带了一个姑娘回去。大少爷，你猜那个姑娘是谁？”韩进说到这里有意顿了一下，眼瞅着朱红身子一倾，头一偏，眼睛一眨一转，韩进接着说道：“我到村里一打听，是吴小姐。村里人说那个吴小姐是潘道延的娘子。我接下来再出去打听，我现在晓得了，她是吴天泽的妹妹——吴天玉。”

“哦？”

“大少爷没想到吧？”

“哎，韩子，这个事情你怎么到今天才说？”

“老爷关照的。”

“唔，”朱子藏眼睛一眯，摇头晃脑道，“办法总比问题多。接下来就要看你的本事了。”

从乡下回来，潘道延心里想着尽快把朱红的人情补上。

将近一个月潘道延闷在画室里临摹一幅画，除了吃饭睡觉，那儿也不去。这期间吴天玉好像也有了一些微妙的变化，难得去潘道延画室转转。

吴太太私下跟女儿说：“你是小姐，现在大了，不比从前小时候，不要一有空就到阿延画室里去……两个人经常单独在一起不大好。再说你一去，多多少少会影响他写字画画。”吴天玉听了，有点不以为然；后来听父亲一说，也是这个意思，便接受了父母的劝告。

这天吃过晚饭，吴元厚跟太太说：“天玉跟阿延，是早晚的事情，你看怎么样？”吴太太怔了半天，才开口说道：“老爷今天算是征询我的意见？这个事情你叫我现在怎么说呢？……说心里话，我原来是不同意的。理由不用说了。但是眼下，我看天玉是拿定主意要跟他，有什么办法？只好顺着女儿的心思？”吴太太顿了一下，似乎觉着为难，沉思说道：“不过这个事情现在说，我觉着是不是早了点？允之，我看这个事情还是先搁一搁，再看看，你说呢？”

“唔，也好。”吴元厚点头道，“反正就是这么一回事儿，无非是早一点定下来，晚一点定下来。”吴太太迟疑了一下，好像在斟酌一个说法，似乎有一点顾虑，说道：“把天玉许配给阿延，是不是有点不合适？”

“怎么不合适？”

“我一时也说不大清爽。”吴太太叹了一口气，“现在不说这个事情，反正老爷现在已经把他当做儿子看待了。他以后做你的女婿也罢，不做也罢，反正就是这么一回事儿。”“哎，你这么说是什么意思？”吴元厚抚摸着下巴，问道。

“没什么意思，”吴太太摇摇头，“我只是随便一说罢了。”吴元厚一笑，立起来说道：“我不跟你说了。跟你说了半天也没说出个名堂。我到楼上去给顾大献写封回信，他约我到南京去一趟，我答应他。”说罢便去了。

这时候潘道延正在灯下聚精会神临摹唐寅的《落霞孤鹜图》。

潘道延不会创作，临摹唐寅的画，倒是心定气闲，用笔如神；临摹到最佳状态时，心静如游丝，人恍如隔世……

这幅画他已经临摹了二十八天。这天吃了晚饭丢下饭碗，他就跑到画室里把门关起来继续临摹，这会儿快要完成了。

这是一幅山水人物画，是唐寅山水画苍秀一路的代表作。只见画面上高岭耸峙，几株茂密的柳树掩映着水阁台榭，下临大江。阁中一人独坐眺望，有一个童子侍立。远处落霞孤鹜，烟水微茫，景物十分辽阔。

画法工整，山石轮廓用较干笔皴擦点染，线条变幻流畅，风格潇洒苍秀，构图不落俗套。画上有唐寅自题诗：“画栋珠帘烟水中，落霞孤鹜渺无踪。千年想见王南海，曾借龙王一阵风。”这幅画近于南宋院体，和唐寅以往借鉴北宋、元代的作品风格不同，是唐寅盛年时的得意之作。潘道延听吴元厚说过唐寅除绘画外，兼长诗文、书法，堪称“二绝”。吴元厚把家里收藏的精品拿出来给潘道延学习借鉴，真的把潘道延当做儿子看待了。

三天之后，朱红叫庚子把潘道延约到城里吃饭。

潘道延见了朱红，二话不说，把临摹好的唐寅名作给了朱红。朱红把画心打开来一看，眼睛一亮，随即收起画，从皮包里拿出钱塞到潘道延手上。潘道延不禁浑身一颤，神色变得有点不安，嘴巴张了张，憋了一会儿，嗫嚅道："上次我已经拿过你的钱了。这个钱，我不好拿了。"朱红见他没有推让的动作，眉头一跳，欠身说道："你画得好，这个钱是你应该拿的——"

"我已经拿过钱了。"潘道延看了一眼手上的钱，头一抬说道。

"嗳，上次给的不算。"朱红手一摆。

"我……"

"哎呀，这个有什么不好意思？"朱红手一抬，"我们现在吃饭——把钱收起来——这钱你用得着。今后你还要成家立业，要用钱地方多了。"说着，朱红给潘道延夹菜，两个人边吃边聊……

潘道延这一次跟朱红吃饭，似乎比上一次跟朱红吃饭显得放松多了。他自以为使出了浑身的本事，忙了整整一个月，总算临摹完成了一幅画，给了朱红一个交代，也算是还了朱红的一个人情。他舒了一口气，胃口奇好，便将桌上的菜吃了个精光。

吃了午饭后，朱红带潘道延到观前街买东西。

朱红买了桂圆、白木耳、天麻、红枣送给潘道延，哼哈着说道："把这些补品带给你母亲吃！"潘道延听了，一怔，说："我娘已经去世了。"

"喔唷，你看我记性！"朱红拍了一下脑门，眼睛一转，一个欠身说，"那就带给你父亲吃，让他补补身子。"

离开观前街，朱红把潘道延带到豆粉园。

朱红开门，让潘道延看一下房子，把钥匙塞到潘道延手上，说："这房子带个小院子，现在归你用……以后讨女人结婚要用钱，到时候另外给。"

"啊？——啊。"潘道延听傻了，瞪大眼睛嘴巴张了张，说不出话来。朱红拍拍他肩膀，说："不过有一个条件——"朱红顿了一下，眼瞅着潘道延竖起耳朵在听，不禁暗喜，接下来漫不经心说道："这个，也说不上什么条件，就是你住在这里闭门画画，画好了给我……日常生活你不用管，有人伺候。"

潘道延一时没有回话，把手上拎的东西放在桌上，一屁股坐下来，低头喘了一口气，然后抬起头来，眼睛直直地盯着朱红看。

朱红坐下来补了一句："自己开始谋生了。"

潘道延呆坐着不言语；沉默了半天，才吞吞吐吐道："那，……那吴先生那里……"

"吴先生那里好办，"朱红嘴角吊起来微微一笑，"我想，你回去跟吴先生这么说，——唔，先说你到乡下去看父亲……哎，对了，我算了一下日子，你不是要到乡下去给你母亲过'五七'吗？正好，就跟吴先生这么说，你要到乡下去住一段日子。

至于回来以后怎么讲？到时候你再说，你已经在城里找了份工作，在外头租了房子，自己写字画画养活自己——自己谋生，怎么样？”

潘道延一听“谋生”二字，不禁怦然心动，手心里沁出汗来，下意识地往衣服上擦，一时紧张得脸色煞白，嘴巴翕动了半天，呆滞地点了点头。

朱红含笑不语；沉吟一歇眼睛一闪，说道：“哎，我说唐伯虎那幅《落霞孤鹜图》你拿过来让我看一眼，饱饱眼福好不好？你晓得我是欢喜字画的人，这个要求不算过分吧？”话一出口朱红就后悔，心里想他妈的急了点！

朱红以为这个要求会遭到潘道延拒绝，没想到潘道延脱口而出：“我画的跟唐伯虎一模一样，你要是不相信，我拿给你看！”

朱红心里一阵狂喜，脸上却毫无表情，偏着头说道：“那就让我看一眼唐伯虎原作——比比看？”

“比。”

“几时？”

“你讲——”

“好，”朱红头一点，似笑非笑说道，“明天怎么样？明天这个时间你到这里来，我等你——哎，你的东西别忘了。”眼瞅着潘道延点头“嗯”了一声就往外头走，朱红赶紧把搁在桌上的补品拎给他。

送走潘道延，朱红兴冲冲地回到家里，把潘道延临摹的唐寅名作《落霞孤鹜图》拿给老头子看。朱子藏一看，倒吸一口气，怔了半天没有说一句话；忽然听见朱红在边上轻轻地咳了一声，朱子藏这才回过神来，浑身一颤，略一倾身又扫了一眼这幅画，慢悠悠地将右手伸出来，跷起大拇指，随即用力连续抖动跷着大拇指的右手，还是默然无语。朱红会心一笑，深深舒了一口气。

这天下午晚些时候，潘道延乘马车回到惟亭。

吴太太和吴元厚正在客厅里说儿子的事情；吴天玉坐在一边听，一看潘道延回来，手上拎着东西，问道：“阿延，你出去买了什么东西？”

“是补品，”潘道延脸颊一牵，说，“买给先生的，买给师母的。”说着趋步上前，略一躬身送上补品，嘴巴翕动，似乎有点紧张，突然间他结结巴巴轻声说道：“先、先生，师——师母，补——补补身体。”说罢便离开客厅。

吴元厚一转脸对夫人说：“我们养的儿子要是像阿延这样懂事就好了。”吴太太一听，脸沉下来，说道：“总算还有半个儿子。”吴太太本来也想说几句潘道延好，这会儿想起自己儿子，心里边有说不出的窝塞。

吴天泽到上海去了一个多月，今天总算来了一封信，一看只有三句话：

第一句说他在傅先生家里住了三天，自己租了房子搬出去住了。第二句说上海生活费用大，这是之前没有想到的。最后一句说工资拿到了，恐怕不够用，最好快一点汇点钱。这封信除了抬头“父母大人”和落款“天泽”及日期，连一个多余的字也没有。吴太太抱怨儿子既不问家里情况，也不说一下他在上海工作和生活的情况，就知道问家里要钱——

“这三句话合在一道，不就是一个意思么？”吴太太气恼恼地说，“他走的时候我给他带了半年的钱，这会儿已经用光了。不晓得他是怎么花的。这封信不写也罢，索性快一点打个电报要钱就是了。”吴元厚见夫人还在生气，便开玩笑说：“嗳，这叫惜墨如金！”“屁话，”吴太太冷笑一声，“在外头给家里写信，又不是写文章，要惜墨如金做什么？”吴元厚沉吟了片刻，思量着说道：“刚才我说了阿延好。天泽也有他好的地方，比如说——”吴元厚把桌上那张宣纸又抖开来，接着说道：“你要留意——这封信，天泽是写在宣纸上的，不是写在一般的信笺上——这说明什么？”

“这有什么稀奇，说明什么啊？”

“嗳，夫人有所不知，——其实你也知道，”吴元厚低头一想，不紧不慢说道，“这说明，——我第一眼看这封信的时候我就想说，天泽总算还好，没有把笔墨丢掉，他不像现在有些年轻人拉起来就用钢笔写字——”

“你这不是没话找话说么？”吴太太神色黯然，苦笑一声，说道，“现在有很多人写字，不都是用毛笔写么？这有什么与众不同？”

“唔，”吴元厚头一摇，手指头指到那张宣纸，说道，“你没有留意天泽写的这封信是一幅字。我告诉你，我现在发现天泽随意写的字好得很。”一转脸对女儿说：“天玉，上次天泽写的那幅字你去拿过来——”

吴天玉先前一直坐着不言语，听父母说话，一边在想自己心事，这会儿听见父亲叫她，回过神来应了一声，说道：“那幅字我已经送给唐小姐了。”

“是吗，”吴太太一转脸，看着女儿说道，“蛮好！——哎，天玉，唐小姐收了那幅字怎么说？”

“她当然开心了。”吴天玉头一歪，微笑道，“爹刚才说天泽写得好，我也觉着好。那幅字裱好了我给阿延看过，阿延也说好。——爹，你说天泽写的这封信——哦，是一幅字，好在哪里？为什么说好？”吴元厚抚摸着下巴，略一沉吟说道：“天泽的笔墨功夫先不说，有笔墨功夫的人也不少；他的好，这一笔行草细看笔意，毫无矫饰，好在有感而发……这封信跟上次写的‘求索独立人之道’那幅字有一个共同感觉，性情所致，随意写来自然得很，似有浑然天成之趣。”

吴太太听了，只一味摇头；舒了一口气，心情似乎好了些，问女儿：“你有没有跟唐小姐说，请她到我们家来一趟？”

“请过了。”吴天玉似乎因这一问才想起来说道，“唐小姐说她要到上海去一趟，回来以后再说。——妈，我想去一趟上海，跟唐小姐一道去。”

“你去做什么？”

“去看看，玩玩——”

“哎，你去一趟蛮好。”吴元厚跟女儿对视了一眼，一转脸对夫人说，“这样一来，钱不用汇了，叫天玉带给他。天玉这一趟去，见了天泽，问问情况。顺便去看看傅先生……”

“唔……”吴太太目光流动，略一想，点头说道，“去就去。到了上海，叫天泽请唐小姐吃个饭，陪唐小姐逛逛街……”

“这个还要关照？”吴天玉不觉一笑，说，“我晓得。我已经跟唐小姐说好了。我们这次去上海，看看玩玩不是要紧的，主要是看看吴天泽——这是唐小姐的意思，不是我的意思哦，嘿。”

“几时去？”吴太太轻咳了一声，问道。

吴天玉瞟了一眼墙上日历，说：“哪天去，还没有跟唐小姐说好。我想这个礼拜天去。”

寻访笔记 33

吴天泽早期的字画，现在我看到的有十几件，包括书信。

我比较重视吴天泽早期的书画作品，是因为每一件有故事；这些作品对他来说，还不算是所谓的“专业创作”。

潘道延早期的字画我也看到了几幅。比较下来，——这里先说书法，吴天泽、潘道延的书法功力好像不分上下，但是有一点区别：吴天泽的书法学赵孟頫，学他父亲吴元厚，而后自成一家。潘道延的书法开头学赵孟頫，学他老师吴元厚，后来专攻唐寅，临摹得跟唐寅一模一样。从我个人偏爱来说，我比较喜欢吴天泽的书法。理由是，在吴天泽的书法作品里可见他的性情。到目前为止，我还没有看到吴天泽的书法大作《吴天泽日记》。

吴有箴先生说《吴天泽日记》是吴天泽早期最好的书法作品。

想象一下，大约有三万字的日记，字量大是一个方面；从形式上说，有小楷、行书、行草；更重要的是里边的内容。我的评价是，《吴天泽日记》应该是吴天泽早期最有价值的书法作品。吴有箴先生听了，自然明白我说的意思。

能够阅读《吴天泽日记》原件对我来说，是一个奢望，或者说是一个幻想。对此，今天我已经不抱希望了。或许，今后仍有希望?

吴有箴先生说吴天泽年轻的时候在日记里记得比较详细的，除了董碧韵、唐小姐，还有他在上海那段经历——

第三十三章

这天礼拜五，乔治决定叫吴天泽滚蛋！

在这之前，上个礼拜乔治已经找吴天泽谈过一次。那天乔治用生硬的中国话对吴天泽说："吴，听着，工作时间就是认真工作。你的工作 office boy。你在那边写字画画，不可以。这是偷懒！如果再这样，我，dismiss 你！"吴天泽当时一副无所谓腔调，回了一声："Yes."

谈话过之后，吴天泽私下跟约翰王说："乔治说的'敌视灭死'你，什么意思啊？他'敌视'我，'灭死'我，做什么？我好好的，又没招他惹他。"

"啊？"约翰王听了一怔，"dismiss 你？哦，这是解雇你的意思。接下来你做事情要当心点。"吴天泽一听，"哈"了一声，说道："解雇就解雇，有什么大不了的？"吴天泽嘴巴上这么说，心里也是这么想了。在花旗银行做打杂，时间一长，他觉着好像没有什么意思，每天老花头；聊以自慰的是上班时间可以忙里偷闲，躲在自己工作间里写写字，画画图。

在过去的一个月里，乔治注意到吴天泽开头几天上班干活还是好的；一个礼拜过后他就对吴天泽看不顺眼了。最初的起因是吴天泽在内勤工作间里搭了一块台板，铺上毡垫，一有空闲时间就写字画画。吴天泽利用上班时间给约翰王写了一幅字，给巩小姐画了一幅水墨画。有些职员瞅个空子跑到那个工作间里看吴天泽写字作画，一个接一个要吴天泽的字画。

那天，约翰王讨好乔治，叫吴天泽当场作一幅画送给乔治，拍拍马屁。乔治开始有点好奇，站在一边看吴天泽画；只见吴天泽拿一枝毛笔轻轻松松简简单单画了一会儿，就算是完成了一幅画，乔治肩膀一耸，叽里咕噜说了一通。吴天泽问约翰王："他说什么？"约翰王翻译道："他说，这看上去哪里是一幅已经完成的画？这不是作品，是一张草稿。他说你拿着中国的刷子画这幅画，怎么画到一半就不画了？留这些空白为什么不画下去？这是偷懒，正如你上班时间要做正事儿，却躲在这里边偷懒！"

其实乔治的话音刚落，约翰王就已经后悔自己多事。这会儿吴天泽瞟了乔治一眼，说："你懂个屁！"约翰王一怔，心里想吴天泽上班有点"不务正业"，乔治追究下来，自己也是有责任的。约翰王当时脑子一转，顺着势头讨好到底，接着用英语跟乔治说了一通，完了一转脸对吴天泽说："我刚才跟他说了。我说你父亲吴元厚是很有名的中国画家，画山水人物的。吴天泽小时候五岁就开始跟他父亲学书画。现在他书法很好，画得很好。还有，我说中国字画讲究的是笔墨功夫，好比唱京戏的'台上一分钟，台下十年功'。有时候看一个中国书画家写一幅字，画一幅画，用的时间不是很长，好比洋人在台上打拳击，有时候高手只要出击几下就击败对手，结束一场比赛。但是他们在台下训练，学习技巧，积累经验要花费多少时间和精力？再说，还要有创作灵感。你明白吗？"

乔治一时半会儿弄不懂中国字画，不过有一点他明白得很，他想接近的梅娜小姐，这个 office boy 吴，正在接近她……

眼瞅着乔治已经走出去了，约翰王转身跟出去，回头说了一句："看来，有麻烦了。"

今天是礼拜五，十三号，是吴天泽倒霉的日子。

他下班后稀里糊涂离开花旗银行，回到住处，天色已晚。他进了屋子坐定下来，方才意识到自己已经被解雇了，明天不用上班了。现在回想起来，今天下午晚些时候乔治跑到 office boy 工作间里，不知怎么的，自己跟乔治吵起来……

"一开始乔治是怎么说的？他说我偷懒，到现在没有改正！"吴天泽嘴巴张了张，心里想"我是怎说的？我说：'我没有偷懒。我一般是做好了事情，才过来歇一会儿画几笔的。'……后来我，怎么发火了？"

"——是他先发火。他面孔一勒，说：'现在解雇你，开除你了。'我当时把毛笔一扔，……后来我，怎么会把台板掀掉了？"

"——哦，我火了。我说：'你开除我？我先开除你！'乔治眼睛一瞪冲我大声说道：'你，立刻离开这里！'我'哗啦'一下掀掉台板，拔脚就走。"

吴天泽就这么痴痴呆呆地想着，脑子里在搭积木，上一块下一块，左一块右一块，前一块后一块……他觉着自己像那个积木瞎七搭八。

吴天泽到上海来第一个礼拜学会了跳舞。巩小姐教了他一次他就会了。"你学得蛮快的。"那天晚上巩小姐说。吴天泽搂住巩小姐腰，头一甩，带着她转过去，"哈"一声，说道："跳这种舞又不难的，我看一眼就会了。"

"我欢喜跟你跳。"两个人转到舞池边上，巩小姐悄悄说道，"我看你现在跳得好……"说着，巩小姐瞟了一眼梅娜正在跟约翰王跳舞。

巩小姐一有机会就黏着吴天泽，梅娜已经感觉到了。梅娜本来跟巩小姐的关系不错，吴天泽的出现，使她俩的关系出现了微妙的变化；表面上看不出来，还是一副客气的样子。这会儿梅娜眼睛一瞄巩小姐跟吴天泽跳舞发嗲的样子，一转脸对约翰王说道：

“看来，你要盯牢点巩小姐，要不然她会从你怀里跑掉的，到时候你白欢喜一场！”

约翰王摇摇头，说道：“不会的，巩小姐跟我已经敲定了。我们今年冷天结婚，到时候你和吴天泽做伴娘伴郎怎么样？”眼睐着梅娜一睨，一哂，约翰王含笑问道：“你，什么意思啊？”这时候一支舞曲结束，梅娜小声说道：“下个曲子你请巩小姐跳，我不想跳了。”说罢，往座位那边去。

等到舞曲再次起来，巩小姐忙立起来请吴天泽跳，一面说道：“这支舞曲我来教你蹦嚓嚓！”

“哎，”梅娜略一迟疑，眼睛朝吴天泽一闪，转脸说道，“约翰王，我想歇一会儿，跟吴天泽说说话——你跟巩小姐跳，好不好？”

约翰王应了一声“好”——没想到巩小姐一屁股坐下来，一笑说道：“我也要休息一下了。我不跳了，等等再跳。”约翰王跟着坐下来，说：“蛮好，大家坐下来歇歇，讲讲闲话。”见没人接口说话，约翰王也不言语了，转脸望了望舞池里跳舞的人。

四个人这会儿坐在一起，似乎各怀心事，一时不知道说什么好，也许是今天晚上吃饭的时候，已经把闲话说光了。吴天泽一看有点尴尬，立起身来，稍一个欠身说道：“梅娜小姐，我来请你跳——这支舞曲快要过半了——我跟你跳半个舞曲。”吴天泽的话还没落音，梅娜已经立起来把手伸给吴天泽了。巩小姐看在眼里，似笑非笑咕哝道：“算什么意思，哼！”

“怎么了？”约翰王一轧苗头有点不对，凑近她，问道，“你跟梅娜这两天好像有点不开心是不是？……我已经看出来了。今天吃晚饭的时候我就发现你有点爱理不理她……”

“是她爱理不理我，”巩小姐眼睛一瞥，嘴巴微微一翘，说道，“不是我爱理不理她——你刚才没看见吗？她那种样子，好像是……”说着，一转眼，望了望梅娜一边跳舞一边跟吴天泽说话……

“哎，吴天泽，”梅娜嗲声嗲气问道，“你刚才说‘我跟你跳半个舞曲’是什么意思啊？”

“没什么意思，”吴天泽赔笑道，“我是随便一说，不动脑筋的。”

“你说话是不动脑筋。”梅娜突然转了话题，说道，“但是巩小姐说话，你要动动脑筋。她是蛮有心计的，不像我脑子简单，人家说什么话我都相信。”

“巩小姐怎么了？”

“你来的时间短，还不了解。我跟你说，约翰王是表面上假客气，每次都是他说请客，到最后全是别人结账……今天晚上吃饭，又是你结账不是么？巩小姐是……是盯着人家皮夹子看的人……谁有钱，她就黏住谁。我最看不起像她那种腔调了。哦，对了，听说她跟乔先生暗地里好得很。”

“哪个乔先生？——是乔治，还是乔老爷？”

“是乔治，你不知道？我们都知道的，只是不说罢了，给她留点面子。刚才我还听约翰王说巩小姐跟他敲定了，今年冷天结婚。哼，只怕是巩小姐哄他，把他卖掉，他还要为人家数钱——谁晓得？”

“哎，梅娜小姐——”

“叫我娜娜……”

“叫，叫你娜娜？”

“是，我家里就是这样叫我的。”

“蛮好，”吴天泽“哈”一声道，“娜娜，我随便问问你……是随便问问；我这个人，说话不动脑筋——我随便问一下，刚才我听巩小姐说，你跟那个美国人乔治……是不是？哎，说了玩玩的，你不要这样看着我——”梅娜一听，瞟了一眼，这时候巩小姐正在跟约翰王说话，梅娜一转脸看着吴天泽，头一偏贴在吴天泽脸部，悄声说道：“巩小姐瞎说，没有的事儿。”

“真的假的？”

“你想知道？”

“你说，我就听。”吴天泽淡然一笑道，“你不说，我无所谓。”

“那好，”梅娜身子稍微一仰，眼睛闪闪盯着吴天泽看，嗲声细语说道，“那个乔治献殷勤，在追求我，是有的。但是我不想跟外国人……我……我现在不想说，以后跟你说……”

吴天泽想到这里，透了一口气，望了望窗外。

这会儿他想起来上个礼拜乔治找他谈过话以后的那天晚上，巩小姐单独约他吃咖啡，说起乔治警告他，巩小姐寻思着说道：“乔治寻你麻烦，我看，不完全是因为你工作上的原因，有一点肯定是为了你跟梅娜……”

“不至于吧？”

“怎么不至于？”巩小姐冷笑一声，说道，“吴天泽，你还记得你来的第一个礼拜五晚上你约梅娜出去吃饭？那个礼拜的礼拜五下班之前，你不晓得，乔治约梅娜当天晚上出去吃饭，梅娜说她已经有了预约。乔治又约礼拜六，梅娜说礼拜六恐怕没时间。于是乔治再约礼拜天。梅娜说她也有了预约。好了，连着三天晚上她跟你在一起。……巧了，礼拜天那天你跟梅娜在一家西餐馆吃饭，正好被乔治碰上……好笑吧？你吴天泽还当着乔治的面，问梅娜‘你欢喜中国人，还是欢喜外国人？’哼，有你这么傻的吗？梅娜当着你的面，当然会说‘我还是欢喜我们自己中国人’……人家乔治还是蛮有绅士风度的，自然是尊重梅娜小姐的自由选择。不过，你吴天泽被他捉到了上班违反规定的事儿，他警告你，也在情理中。……还有一个事儿，你恐怕还不晓得，梅娜私下跟乔老爷打听过你家里情况……你家里有底子，有钱，她就想策划策跟你约会，跟你谈情说爱……还当人家不晓得？”

……

房东屋里传来自鸣钟敲了七下。

吴天泽浑身一震：今天是礼拜五晚上，梅娜跟他约好吃饭，是梅娜请。这个约会他刚才忘记得干干净净。

吴天泽出门叫了黄包车匆匆赶到约好的饭店。

梅娜正坐在临街窗边的桌子等他。吴天泽坐下来，梅娜一看他脸色不对，柔声问道："你怎么了？一副不开心的样子。"

"哈，"吴天泽手一摆，说，"我不做了。"

"怎么了？"梅娜似乎感到有点意外，"做得蛮好的，怎么做了一个多月你就不做了呢？……是他们叫你不要做了，还是你自己不想做了？"说罢，盯着吴天泽眼睛看；眼瞅着吴天泽不吭声，眼睛移到窗外，梅娜接着问道："乔治今天是不是找你了？哦，对了，"梅娜眼睛一闪，突然想起来说道："今天下午我在楼上碰见巩小姐，她跟我说乔治要找你。我问她乔治找吴天泽做什么？他是不是要吴天泽的字画？巩小姐说她不晓得，她是听约翰王说的……"

"走的时候我跟约翰王说了。"吴天泽看着梅娜，清了一下嗓子，说道，"今天下班之前乔治跑过来找我，把我解雇了。"

"真的假的？"

"我说真的，就从来没假过。"

"那怎么办？"

"有什么办法。"

"哎，吴天泽，这个事情你去跟乔老爷说说看，他——"

"跟乔老爷说？——我不说。让他为难的事我不开口。再说了，我去求乔老爷，再去求乔治，有意思吗？我怕没有饭吃？求他们？我不干！"

"银行是金饭碗——"

"有什么稀奇。"

"那接下来你怎么办？"

"接下来？……回去。"

"你回去？……我怎么办？"

"你怎么了？我被解雇了，滚蛋，跟你有什么关系？"

"怎么跟我没关系？"梅娜脸一红，娇声嗔道，"我跟你好上了，人家都知道了，我家里也知道了。……你这么说，算什么意思啊？"

"啊？——啊。"吴天泽这才意识到对方认真了，心里一慌，额头上沁出细细的汗来，不觉用手擦汗，一边支支吾吾说道："我……我……没那个意思我跟你，只是——只是……是同——同事。"

“你，你说什么？”

“啊？——啊。”

“你什么意思啊？”梅娜脸色突然煞白，一时间呼吸急促起来，眼睛直直地盯着吴天泽看，半天说不出话来。

“好，”吴天泽怔了一会儿，说道，“梅娜，你听我说，我随便说说的……是随便说说；我这个人，说话不动脑筋——我随便说一下，刚才你说，你跟我，我跟你，好上了是不是？哎，你说了玩玩的是不是？你不要这样看着我……我这么跟你说——你——我，我不晓得怎么跟你说了。”

“你说话，不动脑筋是不是？”

“有点。”

“跟我寻开心，开玩笑是不是？”

“不是开玩笑，是真的，我们是同——同事。”

“谁跟你同事？”

“你。”

“我是谁啊？”

“你是梅……梅娜小姐……哈，看来今天晚上这顿饭，吃吃不成了。我不好吃了。不敢吃了。”

“为什么？我不可以跟你好吗？我配不上你？……你不欢喜我？”

“不，不是这个意思。”

“那是什么意思？”

“好，”吴天泽不禁一叹，沉吟一会儿，说道，“梅娜小姐——我跟你这么说吧，你，人蛮好的，我欢喜你。这，这是真的。但是，我家里，已经有了一个那个——我……我就不好跟你——那个了。就是这个意思。没——没办法。”

说罢，吴天泽一脸无辜无奈的样子看着梅娜；只见梅娜眉毛一跳，“啪”立起来就走。吴天泽一时没有反应过来。等他回过神来，赶紧跟出去，梅娜已经坐黄包车走了。

这天晚上吴天泽一个人在外头吃闷酒；回到住处，牙也不刷，脸也不洗，拖着脚步走到床边，一头倒在床上。

这一觉，他一直睡到第二天日上三竿。

这天上午吴元厚动身去南京。

潘道延跟吴元厚说他明天要回乡下一趟给他母亲过“五七”，完了，想在乡下住些日子。吴元厚一听，点头道：“蛮好，是应该回去住些日子陪陪你爹，帮家里料理点事情。”吴太太说：“阿延，这次你就一个人回去，天玉就不跟你一道去了。你要在乡下住些日子，天玉跟着去不大合适。再说了，老爷这一趟到南京去，恐怕要待个把月回来。

天玉在家里陪陪我，也是要的。”“嗯，”潘道延点点头，说，“天玉还是不去好。”

吴天玉本来想跟潘道延到乡下去一天就回来，这会儿一想，自己明天礼拜天要到上海去，这是昨天她到镇上打电话跟唐小姐说好的，因此说道：“这趟我只好不去了。阿延你也真是的，怎么不提前讲？”潘道延不接嘴。吴天玉瞟了一眼墙上日历，说道：“也怪我，没有算一下给你妈妈过‘五七’的日子。这一回你妹妹小青要不开心了。上次我跟她说好我要来的。阿延，你这次回去要跟小青说一声，就说是我不好。”潘道延瞥了吴天玉一眼，板着脸说道：“小丫头跟她说什么？不去理她。”

“要的！”吴天玉心里发急，声音大得连自己都吓了一跳。潘道延吃惊地抬起头，一转眼，看见阿仲进来——阿仲说：“老爷，马车正在外头等。”

潘道延、吴天玉跟着阿仲把老爷送到门外。

回进来，吴天玉又叮嘱了潘道延一句：“你要跟小青说的，要的。”潘道延好像正在想什么心事，稍一愣，咬了一下嘴唇，回道：“我晓得了。”

吴太太一看吃中饭时间还早，把明香喊过来，吩咐道：“明香，这会儿没什么事情，你陪小姐到镇上买点东西，明天带到上海去。小姐不大会买东西，我关照你，不要瞎买……买点枣泥麻饼、卤汁豆腐干、麻酥糖、肉松、核桃肉、松子儿……买两个份子，一份带给天泽吃，还有一份送给傅先生——第一次到傅先生门上去，不好空着手去的。”明香应了一声。吴天玉在一边嬉道：“妈，看你！这种事情还要关照？好像我什么也不懂，像个小孩子，唏。”说罢，跟明香嘻嘻哈哈往外头去了。

潘道延回到自己画室里用油布把唐寅的《落霞孤鹜图》包好，装进布袋，心里想着把这幅画带到城里去给朱红看。

阿仲送走老爷，回到屋里吃一口茶，就到园子里去修剪花草，一转眼，看见潘道延拎着布袋匆匆忙忙出门，随口问道：“阿延，你到哪边去？”潘道延头也不回，一边走着说道：“到城里去一趟。”

……

这个礼拜天唐小姐跟吴天玉一大早坐火车去上海看吴天泽。

当天晚上唐小姐回到家里，家里人已经吃过晚饭了。唐六梓一看女儿一副无精打采的样子，问道：“怎么了？到上海去了一趟回来好像有点不开心么。”唐太太不想多问，生怕女儿一不开心发脾气，叫周妈给小姐弄晚饭吃。唐小姐说：“周妈，不要弄了，我不饿，不想吃。”说着，往楼上去。

唐六梓一怔，一转脸问太太：“女儿怎么回事儿？”唐太太摇头道：“我不晓得。昨天就听她说了一句礼拜天跟吴小姐去一趟上海。……她的事情我现在不想多问了，随便她，她想怎么样就怎么样。我要是多问一句，她就嫌我烦，我自讨没趣有什么意思？”

“女儿的事情，问还是要问一下的。”唐六梓拿起报纸看报，一边说道，“不过今天算了。等她心情好的时候我来问问她。”

吴天玉跟唐小姐在苏州火车站分手后，坐马车奔惟亭。

吴天玉到了家里，跟她母亲一五一十地说了去上海的情况：“我跟唐小姐到了上海，在火车站外头叫了黄包车直接去吴天泽住处，扑了个空！……信上写的地址没有错。我问房东，那个房东说她昨天下午看见吴天泽出去了，到现在没有回来。我把带去的东西交给那个房东，请她转交给吴天泽。然后我拉唐小姐到傅先生家里去……”

“我把钱给了傅先生，请他转交给吴天泽。”吴天玉一边吃饭，一边说，“傅太太客气得很，亲自烧菜请我跟唐小姐吃饭……她说我是她的干女儿，这是以前跟傅先生说好的……这次傅太太说笑话了，说，要是我做她的儿媳妇就好了。我跟傅太太说我已经有人了。她问我是谁？我说，他是我父亲的学生……吃饭的时候傅太太夸唐小姐好，说唐小姐漂亮，人看上去焐心得很。后来，她跟唐小姐寻开心说，要唐小姐做她儿媳妇。我一听，赶紧说唐小姐是我嫂子。这一说，把唐小姐说得脸都红了。傅太太失望得很。好笑吧？傅先生对傅太太说：‘你呀，就是看中苏州姑娘，梦里都想找个苏州姑娘做儿媳妇……’”

吴天玉自顾自己说话，并没有注意她母亲脸色。吴太太听女儿说完，一句话不说，立起来就走。

吴天玉一怔，眼瞅着明香，问道：“哎，我妈妈怎么了？”明香瞟了一眼吴太太背影，凑近吴天玉，轻声说道：“少爷今天回来过了。”“啊？”吴天玉惊讶道：“他今天回来过了？现在人呢？”

“走了。”明香说罢，转身走开。

“明香！”吴天玉突然仰脸喊了一声，问道，“什么事情啊？你怎么不说？天泽他回来做什么？是不是出了什么事情？”

“我不晓得。”明香停住脚步，回过来说道，“你去问太太。少爷今天中午回来，不知怎么的，跟太太吵了起来。……太太气得饭也没吃，说等老爷从南京回来再说……”

吴天玉和唐小姐从上海回来，吴天泽正好从苏州返回上海。

在上海火车站，吴天泽远远地看见吴天玉和唐小姐，有意回避掉，叫了黄包车回到自己住处。房东告诉他：“你妹妹来找过你。”吴天泽随口应了一声：“知道了。”

原来礼拜六晚上吴天泽从上海回到苏州，直接去同春楼了。

那天阿奔见吴天泽绷着脸出现在前厅里，忙迎上去打招呼：“哟，吴公子今天来了。吴公子有些日子没来了。我们想你哦，天天想你！”

吴天泽本来心里边闷得要死，听阿奔这么一说，顿时觉着亲切。他吁了一口气，脸一松，问道：“她有空吗？”“有——”阿奔满脸赔笑道：“董姑娘她天天有空。她不见其他人，一个人也不见，就等着你吴公子来，天天在等你……”吴天泽轻咳一声，喉结一动，说：“我现在上去？”

"上！"阿奔略一躬身，将手一让。

"这回不拦住我了？"

"嗨，"阿奔下意识地摸了摸脸颊，挤眉弄眼说道，"我几时拦过你？没有的事儿。你吴公子现在借我一百个胆子，我也不敢拦你。我晓得你脾气。要是我昏了头拦你，你火气上来，不管三七二十一，拉起来朝我裤裆里一脚，踢得不巧把我卵蛋踢坏了，——我，下半身的日子怎么过？"阿奔心里想着吴天泽曾经掴过自己一记耳光，这会儿他脸上堆笑，心里恨不得上前一步，用膝盖骨狠狠地顶一下吴天泽裤裆。

吴天泽忍不住"哼哈"一笑说道："你这个人，有时候看你的嘴脸，恨不得拉起来给你一记耳光。有些日子不见你吧，又想你！"说罢，拍拍阿奔身背，便快步往楼上去。

董碧韵正在屋里写字，一转眼，见吴天泽推门进来，惊愕得一阵头晕，突然脸色煞白，微弱一声"天泽——"仿佛梦呓；一会儿回过神来，只见吴天泽已经立在自己面前。这时候吴天泽嘴唇翕动，痴痴地盯着董碧韵看，全然不知说什么好。他怔了一会儿，愣愣地说了一句："我想你了。"

"嗯。"董碧韵心头一颤，应了一声，两只眼睛在灯光下熠熠闪烁，跟吴天泽眼神交会了。她放下毛笔，问道："你今天怎么回来了？"

"今天礼拜六。"吴天泽避开董碧韵眼睛，瞄了一眼董碧韵写的字，"我过来住一个晚上，明天走。"董碧韵抿嘴儿暗自一笑，问道："明天是回家，还是回上海？"吴天泽不假思索回道："回上海。"

吴天泽没有说自己已经丢了上海的工作，给董碧韵的感觉是他回来过一个礼拜天。"我这次回来有一件事情要跟家里说——"吴天泽坐下来，接过董碧韵端上来的茶碗，揭开盖子，拨了拨浮在面上的茶叶，头一抬，说道："我，我要娶你……跟家里说之前，我先来跟你商量……"说着，不觉手一抖，茶水溅到手上一烫，他嘴巴抽搐了一下，随即把茶碗蹾在桌上。这一说突兀得很，董碧韵开头一怔，听吴天泽把话说完，她平静得几乎没有一点反应，也不接口说话，只是呆呆地看着吴天泽出神。吴天泽惊异地注视董碧韵，这回一个多月不见，眼前董碧韵仿佛是另外一个女子，似乎生分了。吴天泽心里猛地一揪，头皮发麻，浑身冒出冷汗，怔了半天，才晃了晃头轻轻地"哈"一声，身子向前一探道："我刚才说的话，你听见了没有？"

"嗯，"董碧韵恍恍惚惚似乎还没有回过神来，喃喃自语道，"最好跟徐娘商量……"

"好，"吴天泽"啪"立起来，在屋子里来回走了几步，回过来坐到董碧韵对面，点头道，"我的意思也是要跟徐娘商量的……上次已经跟你说过了，我不想偷偷摸摸带你走……这次我想好了，我要正正当当娶你，跟徐娘商量之后我回去跟家里说……"

一会儿，吴天泽把徐娘请到董碧韵房间里。

徐娘听了吴天泽说的意思，不紧不慢回道：“你们俩问我的意思，我的意思很简单，你们听我的……你们要走，明天就走，吴公子不要跟家里说——”

“为什么不跟家里说？”

“吴公子，你不要问我为什么。”徐娘立起来走到窗口，望了望窗外，转身回过来，慢声细语说道，“你问为什么，我怎么跟你说呢？没什么好说的，就是不能回去说。因为你回去一说，这个事情就不好办了。”

“徐娘，”董碧韵偏着头想了一会儿，直了直身子，说道，“我觉着，吴公子还是要回去说的，否则——”

“否则什么？”徐娘摆摆手，示意董碧韵不要说话，“姑娘你不懂……上次我已经跟你说得很清楚了。你如果决定跟吴公子，只有一条路，就是偷偷走，没有什么要说的，也没有什么好说的。该说的话，我早就跟你说过了，今天不要再重复说了。我年轻的时候有过这样的经历。我那个时候也不想偷偷摸摸跟一个人走……我们商量了，他回去跟家里说……到头来，结果呢？我跟他的结果是，最后没有结果。从此，我再也没有见到他。吴公子，听我的，你现在绝对不能回去跟你父母说。你要相信我的话，我敢肯定，你家里肯定不会同意的——你，现在不要问我为什么——我来问你——要是你回去说了，你父母死也不同意，你到时候怎么办？你怎么说？”

“我……”

“废话。”徐娘瞟了吴天泽一眼，转脸对董碧韵说道：“吴公子刚才说他要正正当当娶你……为什么不可以跟家里说？他们家里就他一个儿子，他的终身大事一定要跟家里说的——不说就是不孝，就是逆子——这是什么话？这些话，要说跑到外头去说，跑到我这里来说，就是废话！而姑娘你，不动脑筋，你直到今天还以为这个事情吴公子一定要跟家里说……不错，吴公子你想明着娶董姑娘，吹喇叭放鞭炮，用轿子把董姑娘抬到你家里做新娘子，做吴家少奶奶，那当然是最好了。我以前也这样想过；这样做有什么不好？名正言顺，体体面面。但是我现在可以告诉你，这是不可能的。你不相信？可以试一下。你一定要回去说，我怎么拦得住你？但是我劝你不要说。要么你带着董姑娘远走高飞，一走了事。这样一来，你家里拿你一点办法也没有。只有这一条路，才可以成全你们。”

“我们走到哪里去？”吴天泽略一沉吟，抬头问道。

“这个随便你们——”徐娘舒了一口气，微微一笑，说，“到上海去，或者到别的地方去……”董碧韵听得心里突突跳，一阵紧张，神色显得有点不安，嗫嚅道：“那么以后呢？”

“以后？”徐娘迟疑了一下，好像在斟酌一个说法，一时没想好，摇摇头沉吟道，“以后的事情，现在不要多想——以后再说。”

“我想来想去还是要说的。”吴天泽心神不安地立起来，又坐下来，手按住茶碗，

咳了一声，说道，“别的事情可以不说，做了再说。但是这个事情我自说自话恐怕说不过去——摆到台面上讲，于情于理都说不过去，对不住董姐，也对不住我父母，以后我怎么做人？”

“天泽，”董碧韵眼圈一红，哽咽道，“你，还是要回去说的。忤逆不孝终究是不合天理。”话一落音，一声抽泣，不禁眼泪落下来。

徐娘看着董碧韵揩眼泪，心里一阵酸楚；一转脸，看吴天泽正在发呆，徐娘无奈地摇摇头，轻轻叹息一声：“你们两个哦，书呆子……”说着，立起来，款步走出去，一边摆手说道：“罢了，罢了。”

吴天泽礼拜天中午回家一本正经跟他母亲说了这个事情。

吴太太一听，劈头骂道：“我怎么养了你这么个混账儿子？！我以为你今天回来是看看家里，没想到你一回来，嘴巴一张就跟我说这个事情……你说的那个姑娘，是不是同春楼的那个？……还说她是卖艺不卖身，是干干净净的，你相信她说的那些鬼话？好好的一个少爷，要娶一个婊子回来，你还要不要脸？我们家还要不要脸？我看你是脑子在外头烧坏掉了，放着正经人家的唐小姐不理睬，偏要跑到青楼里看中一个什么知己，知你个头啊！有你这么不知好坏，心血来潮如此乱来的吗？——不要跟我说什么古人，说什么苏东坡白居易的，那是人家吃饱了没事做编出来的风流故事。你是宋朝人，还是唐朝人？你跟在他们屁股后头看见的啊？——你说的这些没头没脑的话，我不要听！等你爹从南京回来，你去跟他讲，不要来跟我说，我是死也不会答应的，你死了这条心！”

吴天泽跟他母亲无法说话，拔脚就走。他出去叫了马车，直奔苏州火车站买了票回到上海。

这会儿他一个人闷在上海的住处，一时茫然。

他在屋子里坐到天黑，出去买了酒回来吃；空腹吃了一瓶白酒，似醉非醉铺开宣纸，略一沉吟，有了诗句，随即援笔濡墨，用行草疾书：

世间本无自由道，人却求索天外高；自嘲不痛应声咽，想来吴门笑今朝。

写好了，猛地“哈”了一声，随手“啪”把毛笔扔到地上，一屁股瘫坐在椅子上，耷下脑袋——突然身子一歪，人倒在地上。

傅家佑到了第二天礼拜一中午才知道吴天泽被解雇了。

傅家佑在电话里问乔老爷：“……是什么原因？”乔老爷一笑，回道：“是小赤佬自己不好，上班不好好较做事体……”

当天晚上傅家佑到吴天泽住处看吴天泽，把吴天玉带来的钱给了他。傅家佑问道：“天泽，接下来你有什么打算？”

“没什么打算。”吴天泽回道。傅家佑听了，沉思着说道：“我看你，还是回到苏州去；要么在上海重新再找一份工作？”

“我现在暂时不想回去，”吴天泽已经想过这个问题了，轻咳一声说道，“也不想在上海再找一份工作。我先在上海待一段日子，一个人安静下来写写字画画图，到时候再说。”这么一说，傅家佑觉着没什么话好说了。第二天他写信给吴元厚，说了吴天泽在上海的情况。

这时候吴元厚正在南京……

这次吴元厚应顾大猷邀请到金陵博物院鉴定国宝字画，碰到盛宾如。民国十六年夏天，盛宾如在苏州唐楼见过吴元厚，当时唐楼老板唐六梓没有正式介绍他认识这位大名鼎鼎的吴元厚。后来，盛宾如曾有两次到惟亭去拜访吴元厚，连吴家的大门都没有踏进去。这会儿他在金陵博物院走廊里跟吴元厚迎面碰上，经顾大猷的助手王坤元介绍，就算是头一次拜见吴元厚先生了。

吴元厚知道盛宾如这个人，记得当年“唐楼看画”看的就是盛宾如带来的一幅唐寅名作。这会儿吴元厚跟盛宾如点个头就想走，没想到盛宾如说了客气话“久仰吴先生……”之后，提起“唐楼看画……”吴元厚一笑，手一摆，打断道：“过去的事情不要再提了。”

王坤元把盛宾如带到会客室里等顾大猷，便回过来看吴元厚。

坐下来吃茶，王坤元说：“吴先生，那个盛宾如盛先生以前来过这里，找过顾院长。这次他又来了，请顾院长看一眼他带来的几张字画。顾院长这几天忙得很，昨天叫我接待他，看一眼。我一看，他这次带来的几件东西跟上次带来的几件东西一样，全是假的，没有一件真的，天晓得。他不服气。他今天来请顾院长看。”吴元厚听了，微笑说：“坤元你看，不是一样么。”

“嗳，吴先生，”王坤元欠身道，“我王坤元算老几？差得远！吴先生看一眼怎么样？那位盛先生刚才盯着我说，请吴先生看看——”

“不，”吴元厚摆手道，“他拿来的东西我不看，还是请顾院长看比较好。顾院长一言九鼎。我们这次来的几个人，谁都比不了顾大仙。”

这天晚上盛宾如邀请顾大猷、吴元厚等书画名家吃饭。吴元厚推脱自己身体不舒服，有点头痛，不想去。顾大猷一把拉住吴元厚，说：“允之，今天晚上这个酒席你还是要到场的。别人我不管，你不好不去的，就算是给我面子。”吴元厚回道：“今天晚上又不是你顾院长请客，是那个盛宾如请客。如果是你顾院长请客，我不去，是不给你面子。他请客，我不去，是不给他面子，跟你有什么关系？我不去。”

“嗳，允之，”顾大猷拉住吴元厚手不放，下巴颏一抬，说道，“那位盛先生虽说是

个商人，但是我看，也不讨厌。既然人家盛先生盛情邀请，我们就给他一个面子。今天说好了我们几个人都去——大家都去——你一个人不去，岂不扫了大家兴致？”眼瞅着顾大猷非拉住自己不可，吴元厚一笑，说道：“好吧，就算看在你面上。不过，我话说在前头，吃人家的嘴巴软——你要是叫我看他拿过来的什么乱七八糟的东西，我不看。这一点我现在跟你先说清楚，别到时候弄得尴尬。你晓得我脾气，我说不看，就不看。”“好，”顾大猷一口答应道，“我们今天晚上吃酒、聊天，不看那些狗屁字画。”

盛宾如这次到南京来，最使他感到兴奋的就是今晚的宴请。他开场白说了两句话：“今晚能够见到在座的几位中国一流名家，盛某荣幸得很。我想借这个机会拜诸位先生为师，学点东西。”说罢，躬身向每一位先生敬酒……

顾大猷一杯酒干下去，开始夸盛宾如：“……人，爽气，做事情有胆量，说话不啰嗦。”接着眼睛一扫众人，朗声说道，“盛先生这个人我第一次看见他，印象不是很好。那次他来南京，是苏州唐楼老板唐先生陪他来的，叫我帮他看几幅字画……我一看，没有一张真的。这次他又来了，又带来几件东西。结果王坤元看下来，没有一张是真的。坤元说盛先生不服气，要我看一眼。有什么办法？看就看吧。今天下午我抽个空子看了那几件东西，全是假的。有什么话讲呢？想想好笑得很。不过现在一想，我觉着这位盛先生倒也执著，脑子里头一根筋，痴迷名家字画，心甘情愿把大把的钱往水里边扔，不管有水花还是没水花，反正想扔他就扔了，也不见他后悔。——单凭这一点，你们说是不是蛮可爱的？”顾大猷顿了一下，转脸看着盛宾如，接着说道：“盛先生买了那么多假的字画，血本花了不少哦。看来，你是真的痴迷字画，不是假的。”说罢，“呵呵”笑起来。

盛宾如听了，一笑说道：“我是不怕诸位先生笑话我的。我是看走眼……其实，也不能说看走眼……看走眼，指的是内行人偶尔把东西看走眼了。我，哪里可以说是看走眼？我是睁眼瞎子，两只眼睛是摆样子。我是真的不懂，是假的内行，不是真的。所以，我只好拿白花花的银子把自己眼睛擦擦亮，因此付点学费也是免不了的。还望诸位先生今天赐教，让我学着点，今后少花点冤枉钱，不求别的，今后凭学问，凭眼力弄一两件真的，我也就心满意足了。”说罢，盛宾如拱手作揖请教。在座的几位名家见他如此诚恳，自然愿意随便讲几句。

“看字画看气息。老的字画，打开来一看，它的气息是老的。别的东西似乎都可以摹仿，惟独气息不可摹仿。气息，好比一个人的脚步声。你可以把一个人的说话、动作摹仿得惟妙惟肖，但是一个人的脚步声摹仿不出来。看字画，好比你听出那个人的脚步声。如果一个做假的人，能把原作的脚步声摹仿出来，他就是那个原作作者的鬼出现……”

“我一般是看笔意。这个意思跟赵先生说的‘气息’二字似有接近之处。所谓‘笔意’，有些假的东西，笔意形似，而神似就说不上了。比如说张大千仿作的石涛画，外表的样子是石涛的，但是笔意是他张大千的，不是石涛的。”

“老字画，历代名家字画，一打开来，开门！第一眼感觉相当要紧。第一眼感觉不对，就有问题。我们平时看字画，有点像看人……第一眼，他这个人是装出来的样子，还是他本来就是这个样子？……阅人无数，一望而知。”

“刘勰《文心雕龙·知音》里头，有一句话说得好，‘操千曲而后晓声，观千剑而后识器。’”

“旧气。这个看字画，要看旧气。真的旧气跟假的做旧，没法比。这个东西有点说不大清爽，要多看，慢慢积累感觉、经验……”

“孙先生刚才说的这个‘旧气’是历史的旧气。这个历史的旧气，有它特别的气息，是历史到了这个年份上，自然而然呈现出来的气息。假的，一看就感觉出来。有不少高仿的字画也把那个历史的旧气做了出来。不过，用心看，那个旧气的气息还是不对。为什么呢？还是没有那个年份感——”

“这个年份感，好比一个人的年纪，你可以化装，一貌眼，像真的一样，但是经不住用心看，用力气看！”

盛宾如听了，连连点头，但是心里边还是觉着有点不知所以然。

眼瞅着吴元厚一直沉默不语，王坤元手一抬，微笑说道：“吴先生，您是吴门大家，您说说看呢？”吴元厚看了他一眼，摇摇头，微笑道：“还是请顾院长说比较好。”

顾大献这时候酒已经吃到七成，放下酒杯，手一摆，说道：“字画鉴定废话少说，也就是一句话：要知道什么是真的，就要知道什么是假的；要知道什么是假的，就要知道什么是真的。”

吴元厚一听，跷起大拇指，说：“顾大献此话乃金针度人！”

……

寻访笔记 34

直到今天，我才看到王坤元的两份手稿:《国宝整理之检讨》、《金陵补白》。

这两份手稿是用毛笔写的。王坤元是顾大献的学生，他学的是字画鉴定。王坤元不是以书法留名，不过他的一笔钟王小楷写得实在好。

有一点很遗憾，《国宝整理之检讨》不全，页码显示全文九页，每页大约三百字；这篇东西有头有尾，中间缺几页。《金陵补白》一文同样也不完整，有不少缺页。收藏者张开祺说1966年“文革”那个时候“斯文扫地”，他孩子用那些写了毛笔字的“废纸头”擦屁股，要不是他发现了抢下来，那些发黄的纸头恐怕早就没了。

现在看来，王坤元写的《国宝整理之检讨》不像是为了公开发表的“论文”，应该是一份内部的“备忘录”。《金陵补白》是随笔，写了当时几位字画鉴定名家应邀到南京来鉴定整理国宝的事。文中特别提到吴元厚，说吴先生这次对金陵博物院有很大贡献。当时的金陵博物院字画藏品有不少是赝品，参与鉴定的诸位名家看法有分歧。顾大献最后以他的眼力和吴元厚的眼力为准，确定真假。这次顾大献和吴元厚，除了对几件东西有各自不同的看法，其他的看法完全一致。对此，顾大献颇感欣慰。

吴元厚在南京待了一个多月，天天忙得很，协助顾大献把金陵博物院所有的国宝级字画藏品过了一遍；期间查阅文献资料，对照研究，核实认定有疑的东西。

王坤元说有一天吴元厚耳鸣头昏得厉害，顾大献亲自陪他去医院。医生检查下来，说他患有高血压。吴元厚原来不知道自己有高血压。吴元厚不肯吃西药，说自己不要紧，回去吃中药调理。关于顾大献和吴元厚“对几件东西有各自不同的看法”，有一件是金陵博物院收藏的唐寅名作《落霞孤鹜图》，吴元厚说:“这张是假的。真的，在我家里。”顾大献以前听说过吴元厚的父亲吴绍庭收藏这幅画。顾大献以不容置疑的口气说道:“允之，你家里的那件，纸本，假的。”

我现在想这个事：不久前，江南拍卖行有人私底下收了一幅唐寅作品；消息传出来，说是唐寅的《落霞孤鹜图》，要公开拍卖。

今查阅:“唐寅的《落霞孤鹜图》现藏于上海博物馆，绢本，水墨，设色，长189.1厘米，宽105.4厘米。来源：私人收藏。”

谁收藏的？哪张是真的？哪张是假的？天晓得——

第三十四章

吴元厚离开南京那天下雨。

顾大猷劝他在南京多住两天，等天好了走。吴元厚不肯，说事情办好了，回去。吴元厚有点不放心家里。前些日子他埋头于鉴定整理国宝字画，忙的时候没有分心。这会儿手头上的事忙完了，他在南京一天也不想多待，心里想着赶紧回家。顾大猷和王坤元送他到火车站。

顾大猷说："这回有劳允之了，我们心里实在是过意不去，感激得很。"吴元厚听了，平静地摆摆手，说："说到这个事情，还是你顾院长功劳最大。如果没有你身体力行带头认真做，这个事情恐怕是很难做得起来的，也很难做好。你是当之无愧的主角；我们几个是配角，跟着你打打边鼓罢了。"眼瞅着吴元厚有点疲倦、苍白的脸，王坤元感叹道："吴先生这次辛苦了，帮国家，帮我们金陵博物院作了很大的贡献。"吴元厚淡然一笑说道："谈不上很大贡献，我只是用心看了点东西而已。再说了，这次来，我也开了眼界。这要感谢顾院长给了我一次难得的机会，让我看了那么多好东西，学了不少东西——这种机会哪里来？我说坤元，你年纪轻，在顾院长身边是福气，学得到东西哦。"王坤元听了点点头。

这时候顾大猷神情烁然，朗声说道："哎，不管怎么讲，我还是要谢谢你允之的。这会儿没有外人，我说句老实话，现在全国看字画让我佩服的人，没有几个。允之你，我还是佩服的。苏州的朱子藏，说起来也是可以的。不过，我觉得他还是不够，没有你允之学问好，眼力好——""其实，他的学问、眼力还是好的。"吴元厚一想，接着说道，"这次如果请他也一起过来，就好了。"

吴元厚好像一直想找个机会调解顾大猷跟朱子藏的关系。这个事顾大猷心里有数，因此说道："允之，你这次回去要是碰到朱子藏，跟他这么说，民国十六年那次在唐楼看画，我不是有意跟他过不去。现在看来，我那个时候也是有点过分。你也晓得，那个时候我是有点看不起他。我这个人，怎么说呢，脾气也有点问题，场面上讲话不给人家面子。有意思吗？如今，我也有反省，有时候上半天想想人家的不是，下半天想想自己的不是。就这个意思。"吴元厚一听，连连点头道："顾院长这么说，我觉着蛮好。过去的事情我们不提了。过些日子等你空下来，你到苏州来，到时候我来约朱子藏——我们三个人坐下来吃杯茶，什么事情都没有了。”

说话间，听说火车晚点，三人接着闲聊……

王坤元转了一个话题说道：“顾院长、吴先生，这一回有一个事儿我印象很深——你们二位在一起看字画，有一次我在边上，你们把各自的看法分别写在纸头上，结果拿出来一对，看法一致。难得也有看法不一致的——有点意思；我这么想，要是当面谁先开口说了一个看法，那接下来要说话的人，是不是会受到前面一个人说的影响？”

“哎，这么一说，是会有一点影响。”吴元厚颔首道，“比如说吧，那幅画顾院长说了‘假的’，我看了，一般就不会说相反的看法了。顾院长一言九鼎。”说罢，吴元厚嘴角上带着微笑，面色似乎比先前好多了。

“那你这回怎么跟我有几个相反看法呢？”顾大献微笑道，“有好几件东西我说‘真的’，你说‘假的’——这个怎么说？”

“这回不同嘛，”吴元厚对顾大献略一个欠身道，“我们这是帮国家看，不是帮私人看。再说，这一回我跟你顾院长多半是单独交换我们之间的看法，除了坤元在边上，没有其他人。要是在大庭广众之下你顾院长说了你的看法，我肯定把嘴巴闭起来，什么话也不会说，也不敢说，闷在肚皮里拉倒。什么是权威？这就是权威。哎，我是从心里边佩服你顾大仙的。”

“这个我相信。”顾大献点头道，“这一回跟你合作，我很有收获。别的不去说了，就说这一回交心，你我坦诚相见，我心满意足了。”

“其实，这一回心满意足的是我。”吴元厚略一沉吟，说道，“这个话我主要想说给坤元听——坤元你想啊，就拿我来说，虽说我从小到大跟我父亲看了不少历代名家字画，现在家里收藏的字画也有不少，但毕竟有限得很。金陵博物院是国家博物院，里边有这么多藏品，才是真正的收藏。先头我讲了，顾院长给我们这个难得的机会，真是大开眼界。这是我们一辈子要感谢顾院长的。坤元，你说是不是？”

“是。”王坤元略一躬身，应了一声。

“所以我说，要不是我们跟顾院长有这层关系，想都别想。”吴元厚一转脸看着顾大献，接着说道，“刚才，在来的路上我在想一个事儿，现在随便跟你说说——我在想，顾院长你现在身体好，精力充沛，不妨趁早多培养几个学生，让他们跟着你好好地学点东西，将来国家用得着哦。”

“哎，”顾大献眼睛一亮，说，“你怎么不多培养几个学生？”

“我跟你顾院长不好比。”吴元厚手一摆，说道，“你是国眼，是中国字画大鉴赏家，你顾大献不培养学生，谁来培养？昨天我还在跟坤元说，顾院长只带你一个学生，怎么可以？他为什么不多带几个学生？”

“我带一个学生够了。”顾大献恬然一笑，说，“带多了，恐怕没这个时间和精力。

依我看，还是你吴元厚要多带几个学生。你是吴门画派大家，你既可以教学生写字画画，又可以带他们学习字画鉴赏，这样多好！”

“我？”吴元厚摇摇头，说，“我现在的身体和精力好像不如以前。我有一个学生，这个你知道；还有一个学生，是我儿子，够了。”这会儿一想到自己儿子在上海，吴元厚还是有点担心，也不知道吴天泽现在怎么样？吴元厚一走神便沉默不语了。

跟顾大猷、王坤元道别后，吴元厚上了火车寻到座位，感觉一身轻松，好像卸下一副重担似的。他坐下来长长地舒了一口气，随手翻阅一份报纸，心里想回去好好休息几天。因隔夜没睡好，这会儿觉着有点困懒，火车一动他便眯上眼睛养神；后来迷迷糊糊睡着了。一忽醒来，火车已经过了无锡。他望了望窗外田野碧绿生青，顿时眼目清亮，精神好起来。

他想自己身体没有什么问题。这趟到南京出差，被顾大猷硬紧逼着去了一趟医院，这会儿他觉着好笑得很。他想自己以前从来没有到医院去看过病检查过身体。“我哪里有什么毛病？”他喉咙里咕噜道，“平时胃口蛮好，吃得下；就是前一阵子有点吃力，欠睏；最近睡觉好像差了一点。”

他想“最近睡觉好像差了一点”，是因为自己心思重，想得忒多。这个不要紧。这次回去调整一下，晚上吃点老酒，早些睡觉，脑子里头不去多想那些烦心的事情。一想，自己烦心的事情，说到根上，无非就是儿子怎么办？还有那个“过去的事情”老是被夫人拿来戳心境……

吴元厚这会儿想二十年前他爱上的那个楚天娇虽说还活在自己心里边，但是那个女人毕竟在他现在的生活中已经不存在了。儿子吴天泽的问题，现在不必多想——吴天泽目前在上海，不管他现在做什么，只要小赤佬他不丢掉笔墨，以后重新回到吴门道上来，也未必不可能。学生潘道延是不用担心的；阿延他好好地写字作画，将来肯定有成就。只是有一点这次回去要提醒他，他自己要有意识开始创作。女儿天玉没有问题。她聪明、漂亮、可爱，人乖乖巧巧的。她就是有点任性，有点小孩子脾气。把她许配给阿延，一个内向一个外向般配得很。夫人身体状况看来有点问题。其实她也没有什么病，主要是因为儿子让她一天到晚瞎操心。要是儿子好了，她也就好了。眼下恐怕最让人担心的还是吴天泽。他是个问题，是一个主要问题。如果把他的问题处理好了，家里一切太平。吴天泽现在最主要的问题是什么？说穿了，就四个字：“成家立业”……教他在外头不要多花头，赶快找个好一点的女人结婚成家。他要是听话，走正道，将来成为一代很有名的画家，有什么问题？只要他用功、努力，没有问题。

想到这里，吴元厚心情开始舒畅起来。他直了直身子，轻咳一声，拉开车窗呼吸新鲜空气。

外面雨停了。苏州虎丘塔——宋代留下来的斜塔，即在眼前。

远望这水墨一般的苏州郊外画面，吴元厚不禁一叹，颔首沉吟道：“唔，还是我们苏州好，外头总归不及家里。”这时候吴元厚怎么也想不到自己家里情况糟糕得很，夫人心情差到极点。

这天下午，吴太太又叫阿仲去把曹中医请到家里来。

儿子吴天泽的事情先丢在一边不说，反正等吴元厚回来再说；女儿吴天玉的事情倒是摆在眼面前。吴太太这会儿心里难过，说不出来。想起来，起因还是要怪到潘道延头上——

潘道延到乡下去了一个多月，到今天还没有回来。

前几天，吴天玉觉着身体不大舒服，叫阿仲到乡下去把潘道延叫回来。阿仲去了，回来说："阿延人不在。碰到他家里人。他家里人说阿延回来过一天，住了一个晚上，第二天就走了。"吴天玉一听，几乎不相信自己耳朵，还以为阿仲开玩笑，寻开心，一笑问道："真的假的？"明香当时在边上劈头骂道："死你个阿仲！吃饱了，回来有真没假的，跟小姐开这种玩笑！"

"开什么玩笑，"阿仲顿时面孔一板，冲明香道，"开玩笑要看事情的。这个事情我怎么可以随便开玩笑？你以为我真的吃饱了没事做，从惟亭奔到东山一个来回，跑回来跟小姐瞎说八说？要是让太太知道了，骂死我！"

"那么阿延他人呢？"吴天玉这才意识到这一说不是寻开心，是真的，突然一阵头晕，急着问道，"他现在人在哪里？"阿仲眼睛眨发眨发，摇头道："这个我不晓得。"

"阿仲，你有没有问一声阿延到哪边去了？"明香跟着吴天玉着急，眼瞅着吴天玉脸色煞白，赶紧倒了一杯水端给她，一边问阿仲，"你有没有问清爽阿延他到底回来了没有？""你这不是废话么，"阿仲瞟了明香一眼，说，"他要是回来了，还用得着我活吃力冲那么远的路过去问？反而是他们要问我，问阿延到哪里去了？我说我不晓得，反正他没有回来，人不在惟亭。"

……

这会儿曹兴仁看了吴天玉，接着又开三帖中药，完了小声对吴太太说："叫小姐再服三天中药试试看，我看不碍事的。前几天我就跟你说过了，你家小姐腹部痛，她不是肚子里边有什么毛病，是有点痛经，当然不舒服……那个东西憋在里边，一下子下不来，吃点药调理一下……还有，这个事儿跟体质、情绪有点关系；情绪蛮要紧的。不要吃冷的东西。休息要好，睡觉要好。叫她开心一点，情绪好一点，没事的。"说罢便告辞。

吴元厚坐马车到家门口，看见阿仲送曹兴仁出来。

吴元厚下了马车，问道："哎，阿仲，曹先生怎么来了？怎么了？家里边谁身体不好，谁生病了？"

"哦，老爷回来了。"阿仲上前接了吴元厚拎的皮箱，一边说道，"是小姐身体不舒服——”

“小姐怎么了？”吴元厚看着阿仲眼睛，问道。

阿仲略一迟疑，回道：“小姐怎么了，我也不晓得。这个事情是这样的，阿延他，他到乡下去了一趟……没有回来，人不见了。小姐急死了，连着几天饭吃不下，晚上觉也睡不好，这几天生病了，躺在床上。”

“什么？阿延他没有回来？人不见了？”

“是。”

“哎，怎么不去找？你们找过了没有？”

“到哪边去找？”

“这——”吴元厚进门，耳朵“嗡”的一下，头一昏差点儿跌倒。阿仲赶紧扶住他，慌着说道：“老爷，你怎么了？不要紧吧？我……”

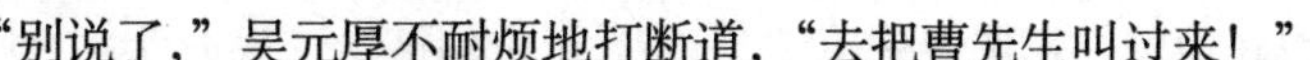

“别说了，”吴元厚不耐烦地打断道，“去把曹先生叫过来！”

说话间，明香已经迎了出来，眼瞅着吴元厚脸色难看，猜想肯定是阿仲嘀嘀咕咕跟老爷说了家里不顺心的事。明香道了一声：“老爷，你回来了。”随即一转脸朝阿仲眼睛一瞪，说：“你还愣在这里做什么！”阿仲“啊”了一声，把皮箱传给明香，转身跑出去叫曹先生。

曹兴仁走到半路上被阿仲远远地喊住，曹兴仁一怔，一个急转身赶紧回过来问道：“怎么了？看你急急腔腔的样子！”阿仲急着喘气，一边说道：“请曹先生回过去，看一下老爷！”曹兴仁一听，跟着阿仲快步往吴家去。

吴太太看着曹兴仁给吴元厚诊了脉，完了，听曹兴仁笃悠悠说道：“……吴先生，你有点耳鸣，头昏，按照西医说起来，可能是血压高引起的。哦，他们说是‘高血压’——中医没这个说法。照我看，你这个症状不用吃什么西药。这样吧，我来跟吴太太说——吃点黑木耳，用清水将黑木耳浸泡一个夜里，第二天放到蒸笼里蒸一两个钟头，稍微加点冰糖，每天吃一小碗。还有弄点海蜇头，把盐分洗掉，和荸荠放在一道煮汤，每天吃个两三次。平常吃得清淡一点，多吃点鱼虾、蔬菜。绿豆、芹菜多吃一点；用芹菜根煎汤吃，蛮好。要是不怕麻烦，把鲜葫芦捣烂了取汁，用一点蜂蜜调了吃，每天吃个两次；每次吃半杯，吃一小杯也可以。老酒戒掉，最好不要吃了。”说罢，又关照了几句不要急躁发火，生活要有规律，不要熬夜之类的话，便告辞。

吴元厚一回到家里，就觉着不开心。当天晚上吃饭，他想吃酒，叫阿仲把老酒拿出来。吴太太阻止道：“我说老爷你也真是的，不要身体了？说好了从现在开始不好吃酒了，你还要吃？人家曹先生今天是怎么跟你说的？说你血压高，最好把老酒戒掉。”吴元厚听了脸一沉，闷声说道：“我晚上吃饭吃点老酒，对睡眠是有好处的。”说罢，叫阿仲倒酒。阿仲看了吴太太一眼，不敢倒。吴元厚眉头一皱，说：“倒！——我吃点老酒活活血，对身体只有好！什么都听医生的，你日子就不好过了。我在南京，医生叫我吃西药；回到家里请教中医，叫我不要吃老酒——中啊西的，弄不清爽，我听谁的好？”

这会儿吴天玉眼瞅着父亲非要吃老酒，嘴巴撅起来说道：“爹，白酒你还是不要吃了。你实在要吃，你就稍微吃一点黄酒。你现在要是吃白酒，我就不吃饭了，不跟你说话了。”说罢，立起来想走。——吴天玉本来待在自己房间里不想出来吃饭，因为今天父亲回来了，先头听父亲过来问询，安慰了几句，她心里边稍微舒服了一些，便出来陪她父亲吃饭，说说话。——吴元厚一听女儿说她不吃饭了，一怔，随即手一摆，说：“好好好，我今天不吃酒了，吃饭！”说着，吴元厚面带微笑拿起筷子指指桌面，对女儿说：“天玉，你今天要多吃一点。这些菜比较清淡，全是配你胃口的，是你欢喜吃的。你妈妈今天特为烧给你吃的。”吴天玉听了，怅然说道：“这些菜全是妈妈为了你烧的；你问明香阿仲，你去南京出差到现在，我们在家里几时吃过这么好的菜？要是现在天泽在家里，阿延也在他们肯定要馋死掉了。”吴天玉说到这里，瞥了母亲一眼，眼圈一红，把话题绕到潘道延身上……

吴太太忍不住开口说道：“老爷，阿延的事情你也晓得了，这会儿先不去说他——他不声不响走也好，什么时候回来也好，随便他，我管不了。这会儿先跟你说说儿子……阿仲，你到楼上画室把傅先生写给老爷的一封信拿下来。那封信到现在还没拆开来，不晓得里边写的什么，让老爷拆了看。哦，还有少爷写的那封信，在我房间里，明香你去拿。”说罢，吴太太转脸看着吴元厚，眼睛里流出如泣如诉的怨恨，一时无语，似乎一肚子要说的话不知从何说起。刚才开头说潘道延，好像引子；其实吴太太眼下最关心的还是自己儿子吴天泽，心里边想说这个儿子，恨不得这会儿立马把儿子从上海拽回来，当着他老子吴元厚的面把他骂个狗血喷头！

儿子的来信是写给母亲大人收阅，吴太太已经拆开来看过了。信里内容简单得很，几句话集中在一个要点上：吴天泽要正大光明明媒正娶董碧韵，要是家里不同意，他就待在上海不回来。傅家佑的信是写给吴元厚先生收的，吴太太一直放着不动，等吴元厚回来拆了看。吴太太先头看了儿子的来信，大概猜想了傅家佑在信里边说些什么；她有预感，有一点是可以肯定的，不会是什么好事情。如果是好事情，她心里想儿子上次从上海回来，多多少少会流露一点出来。从这次吴天泽的来信看，儿子正在走极端……这说明什么？说明吴天泽在上海不在做正当事情。一个年纪轻的男人在社会上如果有正当事情做，像像腔腔做人，他的脑子就不会专在一个婊子身上。吴天泽现在死活把那个婊子当回事儿，他好像不顾一切跟家里翻脸，这是一件非同小可的事！

对吴元厚来说，眼下两件大事情摆在面前：傅家佑来信说吴天泽丢了上海花旗银行工作，那么现在要决定是否马上写信叫儿子回来？这个事看起来似乎不算是个大事，但是作这个决定牵扯到吴天泽已经用白纸黑字表明要娶董碧韵。吴元厚一想这个事情就头昏：“这是大事，怎么办？”二是潘道延“不见”了。这也是个大事，牵扯到女儿吴天玉。

吃过晚饭，吴太太跟吴元厚到楼上画室里商量。吴太太说：“阿延这个事情应该没有天泽的那个事情来得要紧。”吴元厚不假思索回道：“错！”吴元厚先前当着女儿的面已经把话说白了：“阿延的事，眼下是我们家里最要紧的事儿，最令人担忧！因为，如果找不到他人，我们无法给潘家交代，更无法给我们自己交代，给天玉一个交代。”吴元厚回到家里一看自己女儿的状况，就掂出这件事的分量。吴元厚心里明白得很，要是潘道延万一有个什么不好的说法，吴天玉是受不了的。吴元厚就此这么一说，吴太太一听，浑身冒出冷汗。先前吴太太没有想那么多，不过这几天她看到女儿痴痴的恍恍惚惚的，她生怕女儿出事情。吴太太这会儿心里“咯噔”一下，咬住嘴唇寻思了半天，颤声说道：“照道理，女孩子有点痛经也是蛮正常的，这个不是什么大不了的事情，但是这一回发生在女儿身上，好像严重得很，不正常。”

“原因在阿延身上。”吴元厚手指头点点桌子，说，“除了这个原因，好像说不出别的原因把女儿弄得如此精神不振，像一朵鲜花蔫了似的。”

“阿延会不会跑到外地去了？”吴太太突然想起来，说道，“跟天泽上次出去一样——出去看看，出去晃晃溜溜？”

“不会的。”吴元厚手一摆，摇头说道，“阿延不是这个性格。他也没有这个胆子。吴天泽胆子大。两个人不一样。不可能。”

“阿延这个事儿，怎么办？”吴太太眉头一紧，问道。

“有——有什么办法？”吴元厚无可奈何地摇摇头，焦虑地看了一眼墙上日历，叹息一声，说道：“没什么办法，只好找——明天叫阿仲先出去寻寻看，这两天再看看。要么报案，叫警察帮忙寻找。或者在报纸上登寻人启事。寻人只有这样了，还有什么办法，你说？”

“说什么，只能这样了。”吴太太不安地挪动了一下身子，干咳一声说，“那么儿子呢？他的事情怎么办？”

“天泽的那个事情反而好办。”吴元厚似乎已经想好了一个说法，略一沉吟说道，“先给天泽写封信；信里边不给任何说法，就说现在你回来吧，有什么事情你回来再讲。反正你个人的婚姻大事也不急，也要慎重；我们做父母的是通情达理的，有什么事情不好商量？什么事情都可以商量——”

“商量个屁！”吴太太脸色一变，打断道，“这种事情有什么好商量？照我说起来，没什么好啰嗦，拉起来一刀斩断他那根搭错的神经，不给他任何想头，就像当年你娘宁可死，也要断了你那个荒唐的念头！”

“嗳，”吴元厚的脸一下子变得哭笑不得，头皮一阵发麻，略一欠身低声说道，“这种事情最好不要硬来……我的意思是，先把天泽拉回来再说；到时候慢慢地拖这个事儿，拖到什么时候是什么时候，到时候再说。也许这么一拖，拖到后来他没劲了，冷

静下来一想，没意思，犯不着跟家里闹，也就算了。”

“他要是像你年纪轻的时候一根筋别不过来呢？”

“现在说儿子，怎么又说到我了。——有什么别不过来，总不见得我们死给他看？——还是有办法的，上次说起的那个唐小姐，不是蛮好吗？等吴天泽回到苏州来，让他跟唐小姐多接触，他们两个可能会成功。”

“小赤佬要是不肯回来，有什么办法？”吴太太倾身问道。

“他暂时不肯回来，也不要紧。”吴元厚一想，说道，“傅先生不是在信上说了么，说吴天泽想暂时在上海待一段日子，一个人安静下来写写字画画图，到时候再说——”

“老爷，这个你相信啊？会不会是瞎说的？”

“这个，不会吧。这个你要相信，傅先生不会瞎讲的。就算是我儿子跟傅先生瞎讲，我们也当他真的。”

“行，”吴太太这会儿总算透出一口气，说道，“要么先这样试试看。”

这段日子潘道延闷在豆粉园那个老房子里似乎与世隔绝了。

这天外头风大雨大，老房子顶上噼里啪啦声音连续不断呵成一气。老天爷似乎存心想搅得那些年份已久的瓦片片刻不得安宁，却不曾料到这个屋顶下面还有这么一个人，他面无血色，心静似水；他浑然不知自己处于当下动静之间，任凭天下雨水顺着瓦槽、屋檐“哗啦啦”地流下来。

这是民国的雨，跟他潘道延不搭界；他现在好像活在几百年前的明朝，呼吸的是明代的空气，过的是明代的日子；明代这个时候应当是春风烟柳……

他忘了时间，忘了空间，忘了世道；什么气候节气，什么刮风落雨；什么人情世故，什么东南西北统统忘了。他忘了上上下下里里外外的一切，他忘了外头现在是民国。一天二十四个钟头，他除了吃饭，拉屎，倒在床上囫囵睡两三个时辰，便是趴在画桌上临摹唐寅的《仕女吹箫图》——这是唐寅的传世杰作，潘道延欢喜得比欢喜吴天玉还要欢喜；他痴迷得比唐伯虎还要唐伯虎。唐伯虎要是现在活过来，从苏州桃花坞踱方步踱到豆粉园，不看见便罢，要是看见潘道延正在临摹这幅画，一准开腔道：

“喔唷，潘道延，你现在不得了，结棍格。我是没有办法，写字画图混口饭吃吃，你抢我饭碗？”

唐寅的《仕女吹箫图》沿袭了唐寅早年人物画工细艳丽的特点，继承了五代和宋人工笔重彩传统，兼用写意笔法。画上人物面容姣好，体态优美。画仕女衣服用笔粗简，劲力流畅，顿挫宛转。这幅画敷色浓艳鲜明，技法特别精工，对细部的刻画一丝不苟。

潘道延临摹的时候脑子里边万籁俱寂，就一根筋，一条线。他眼睛里边全是唐寅笔墨；他整个身心钻进去了，好像一个人掉进明代的沟里再也出不来了。

一个月前，那天他从乡下回上来，到豆粉园。朱红把他安顿下来，把唐寅的这幅《仕女吹箫图》原作拿过来叫他临摹一张。他第一眼看见这幅画两只眼睛发直；突然间他抬起头来眼睛向上一翻，脸色一下子变得跟香灰似的又青又白，好像一个死人活过来吁了一口气。完了他一头扎进去临摹了。一发不可收，到后来他木知木觉忘了自己是潘道延。

这会儿他想还有最后一笔。这最后一笔便是“点睛”，他想；这一笔他预先已经在其他稿纸上面不知道“试点”了多少遍。今天他觉着有把握了。他觉着有把握，就是有把握跟唐寅一模一样。

潘道延像鬼一样贴在唐寅身上，唐寅怎样运笔他就怎样运笔；唐寅怎样走路他就怎样走路。这时候他的灵魂，他的气息，他的眼睛，他的那只右手，他的那枝得了仙气的毛笔已经不属于他了。他像一个即将升天的疯子“回光返照”似的眼睛一亮，异常兴奋道：“我就是唐寅！我就是唐伯虎！”

随即一个深呼吸，气入丹田，人安静下来，血液开始倒流；他屏住一口气落笔——

这一笔“点睛”从天而降，仿佛神来之笔，点到那个侍立吹箫吹不尽幽怨的吴中仕女眼眶里。

潘道延慢慢地将毛笔搁在笔架上，倾身朝眼前已经完工的画面微微地吹拂了一口气，然后他缓缓地把头抬起来。只见他面如土色，目光呆滞，嘴角边连续牵了几下，嘴唇翕动了半天，喃喃自语道：“我是唐寅，我是唐伯虎。”

……

第二天天晴。一大早，朱红坐黄包车过来看潘道延。

朱红进屋，看见画桌上摊着潘道延完成的画心，他喘了一口气，闷声不响坐下来，似乎克制住了震惊、激动、兴奋、狂喜！

这幅仿作刚才他一貌眼，差点厥倒！他还算是有点心理准备；他知道潘道延有这个本事以假乱真，但是先头他没料到潘道延这次仿作比上次仿作《落霞孤鹜图》还要好，还要传神。这会儿，一真一假放在一起看，眼下只能看出一幅是原作，一幅是还没有托裱的画心，如此而已。其他没什么话讲了，完全一样。回头把这幅画心按照原作的材料、样式裱好了，那就天晓得了。

朱红透了一口气，盯着画面再看，还是这个感觉：不是假的，就是真的。

完了，他再仔细看，对照着看，用心看，用力气看，感觉还是这个感觉。这时候朱红气有点接不上来，脸色突然发青发紫，两只手莫名其妙哆嗦；他下巴稍微一抬，嘴巴张了张，嘴唇也跟着哆嗦了。他闭上眼睛，坐了一会儿。

一会儿朱红就冷静下来，立起来扫一眼画桌，小心翼翼把潘道延仿作折起来放进皮包里，好像他昨天夜里做梦回到明朝宪宗成化年间，有一天到唐寅家里溜了一趟，走的时候眼睛往画桌上一瞄，顺手捞了一幅唐寅刚画好的仕女图。

这时候潘道延在床上一个翻身醒过来……

朱红把唐寅原作《仕女吹箫图》收起来准备走，转身一看潘道延坐在床边上两只眼睛盯着自己看；眼瞅着潘道延衣服没穿好，光着脚踏在地板上，朱红头一点，说道：“哦，你起来了。”潘道延没有反应，仍旧盯着朱红看，看得朱红心里直犯嘀咕：“他是不是有毛病？脑子有问题？”

朱红手一抬，说：“时间还早，你再睡一会儿。刚才我进来的时候，看你还在睡，不想叫醒你，让你多睡一会儿。”

潘道延愣在那里不接嘴。朱红一怔，随即手一招，说：“既然起来了，过来坐一会儿，我有话跟你说——你先坐过来吃早饭——”朱红嘴巴一努，指指桌上的大饼油条、生煎馒头，“这是我带过来给你吃的。”

“我先头拿过来给你看的画呢？”潘道延呆着脸，怔了半天问道。

“哦，那幅画我今天带来了。”朱红指指放在桌上的一件东西，说：“你今天可以回去一趟，顺便把这件东西送回去，没事的。”

“我应当想起来早一点送回去的。”潘道延吃了一口早点，好像吃了人间烟火食回过神来，嘴巴里嚼着东西，含糊不清说道：“那幅画拿出来时间长了，吴先生要是知道了，要说话的。”

这时候潘道延脑子似乎比刚才起来的时候清醒多了。

昨天夜里他完成临摹后，整个人瘫掉了，爬到床上眼睛一闭睡觉，什么也不知道。他现在想起来了，从吴家拿出来给朱红看的那幅《落霞孤鹜图》也是唐寅的。那天拿过来的时候他对朱红说：“看一眼就要拿回去的。”朱红当时说：“这幅画最好是留些日子，因为那个仿作的画心要照着原来的样子托裱，是要点时间的。”他开头有点犹豫，心里边有点怕。后来朱红把唐寅的《仕女吹箫图》拿过来交给他临摹，他放心了。

“你有什么不放心的，”他想起来朱红当时说，“我又不会拿了这幅《落霞孤鹜图》跑掉的。……跟你这么说吧，阿延，你拿过来给我看的这幅画，不就是唐伯虎的一幅画么。我朱红现在交给你的一幅画，也是唐伯虎的，是真的，不是跟你开玩笑的。你不相信我？”

“不是不相信你红哥，”他想起来自己当时对朱红说，“我是有点怕——”

“你怕什么？”朱红说，“我的一幅唐寅的画现在在你手上了。我给你住的房子也在你手上了。我朱红有家，在城里边有门面，有店铺，你怕什么？”

想到这里，潘道延心里边嘀咕道：“我开头记得这个事儿，怎么到后来忘记得干干净净？”这会儿他想起来了，因此说道：“红哥，你——我是相信的。这个事情现在不好怪你，是我不好。”

“你有什么不好，”看着潘道延吃得噎了，朱红干咳一声，说道，“我刚才已经跟你讲了，没事的。你今天把这幅画不声不响拿回去，一点事情也没有。”

"嗯。"潘道延喝了一口水，点头道。

"你回去歇几天过来。"朱红脸上一抽，稍微一顿，立起来说道："钱，我过几天给你，不急吧？——好，有的用，那就这么说了。回头见。我先走了。你慢慢吃。走的时候把门锁好。"

朱红一走，潘道延赶紧穿衣服，上街买东西。

他不懂要买些什么东西带回去比较好，突然想起来上次朱红带他出来买的东西：桂圆、白木耳、天麻、红枣，照旧买了，想着吴先生、师母、吴天玉，还有阿仲明香每人一份。他特地买了一包冰糖给吴天玉吃。完了，再一想吴先生欢喜吃老酒，挑好的，买两瓶洋河大曲。想想还不够，眼睛一扫，最后拎了一只金华火腿。

当天中午，潘道延坐马车赶到惟亭。

阿仲从外头回来，到门口看见潘道延从马车上下来，手里拎着大包小包，阿仲嘴巴一张道："噢哟，阿延，你总算冒出来了！"说着，赶紧迎上去，想帮潘道延拎东西。潘道延侧身避开，斜了阿仲一眼，嘴巴一翘，说："我买的东西我自己拎，不要你拎——又不是你买的。"说罢，嘴巴一努示意阿仲开门。

阿仲掏钥匙开门，一边说道："你啊，真是活见鬼，天晓得！这些日子不晓得你死到哪边去了，把家里人急死了。"潘道延不接嘴，朝阿仲看看。

阿仲开了门，转身还想说什么来着，只见潘道延闷头往里边去了，便喊了一声："哎，阿延——"看他睬都不睬自己，阿仲想想不爽，低声骂道："操，什么相貌卵子，小姐稀奇你，我又不稀奇你——我睬你个鸡巴虫！"

阿仲这会儿把门一关，自己想想又好气又好笑，摇摇头，咕哝道："你不找他，他冒来了。你活吃力找，还找不到他，就是找不到。"

原来今天一早阿仲跑出去继续寻找潘道延；阿仲已经连着找了两天了。

其实，前两天阿仲根本没找，他一个人晃来晃去的晃到镇上茶馆店里吃茶去了，蹲在那里听人家吹牛，讲山海经……

这两天找下来没结果，吴太太昨天晚上对阿仲说："找不到没有办法。要么明天报案，或者是在报上登寻人启事。"吴元厚说："还是先登寻人启事，报案先缓一缓。"阿仲听了，琢磨着说道："报案，登报寻人，我想总归有点不大好。要么明天我再出去寻寻看？"吴元厚一听，会了一下夫人眼神，说："这个不要问我了，随便你。"吴太太出了一会儿神，说："也好，再寻寻看。实在寻不着，到时候再说。"

阿仲回头私底下跟明香说："其实根本就不用找，也不用报案，也不用登寻人启事。照我说起来，阿延人活着，总归要回来的。他要是死掉了，把他找回来做什么？办丧事啊？"明香做了一个掌嘴手势道："你这个话，要是传到老爷太太耳朵里，骂死你！"阿仲一吓，小声说道："哎，你不要说哦，我是跟你说说寻寻开心的。如果这个话传出

去，就是你。”

“这个你不用关照。”明香和阿仲对视了一眼，回道，“这个话我是不会跟老爷太太说的。小姐那儿我就更不敢随便说了。”

“不过我说的是老实话。”阿仲清了一下嗓子，说道，“你想啊，我说得不对吗？我小时候在乡下，听人家老人说，男小团长到十六岁出去，不用找，总归要回来的。如果他认不得回来，就是没有用的，寻回来也没有用。所以说，我不出去找的——出去也不找——”

“啊？”明香一怔，问道，“你出去没找啊？”

“没找。”阿仲摇了一下头，“嘘”一声道，“我是出去找了，但是我没有去找他。再说了，怎么找？跑出去东窜窜，西问问？照我说起来，寻一个人比寻一条狗难。狗不见了，在外头乱跑，还容易找；人是躲起来的，不好找。”

潘道延回来，进了屋子，先跑到自己画室里把唐寅的《落霞孤鹜图》从布袋里拿出来放回到书柜里，然后出来见人。

吴天玉从房间里出来，到客厅里看见潘道延，惊愕得用手捂住嘴巴，随即眼泪汪汪；一个多月不见，怎料是心里边失落，凄楚！眼瞅着潘道延消瘦、苍白的脸，吴天玉想想要哭，不禁哽咽、微颤、泣声低语道：“阿延，阿延……”

吴太太总算松了一口气，一时不知道说什么好；她木然地看着女儿跟潘道延说悄悄话，直到女儿嘻嘻一笑，方才回过神来。

阿仲、明香各自收了潘道延送的东西，开心得很。明香说：“哟，阿延还想得着我，我是真的没想到哦。”阿仲嘴巴一龇跟着说道：“我是没话讲了，只好说一声谢谢阿延了。”潘道延一听，瞟了阿仲一眼，似乎想起来什么，喉结一动咕哝道：“谁要你谢。你不在背后骂我就好了。”

“哟，阿延，”阿仲哼哈一哂道，“你耳朵蛮尖的嘛。我在背后骂你？骂你什么了？不要瞎讲。我哪里会骂你，瞎讲八讲的。你这样讲，太太回头要骂我了。你问老爷，你问太太，你问小姐，你问明香，我在背后一直说你好，真的，不是假的。”接着问道：“哎，阿延，这么多天不见你人影，你又不在乡下，到什么地方去了？”

这个问题吴天玉先头私底下已经问过潘道延了，这会儿阿仲当着老爷太太的面又问，潘道延面无表情朝他看看。明香在边上看在眼睛里，一句也不敢问，生怕自讨没趣。

潘道延向来不主动跟别人说话；他不会去问这个那个，更不欢喜别人问他这个问他那个。别说是阿仲，就是吴太太问他什么话，恐怕也问不出个一二三。他是个“三拳打不出闷屁”的人，从小就是这么个腔调，吴太太已经习惯了，什么事儿懒得问他。而吴元厚向来不欢喜多问，跟这个学生除了说字画，平时闲话也不多。在吴家，潘道延跟吴天玉还能说几句；再有，就是跟吴天泽了。不过他跟吴天泽说话也少，他们两人要是在一起，多半是吴天泽说话。

但是不管怎么说，这一个多月不见他人影，他到底去了什么地方？他去做什么了？总要有个交代。这个话吴天玉替他说了：“阿延在城里找了份工作，在外头租了一间房子，画画，自己谋生——他要自己谋生，跟天泽一样。”

“哦，蛮好。”吴元厚点头道。见老爷高兴，其他人也跟着高兴，合着老爷你一句我一句说道：

“自己出去挣钱，蛮好。”

“怪不得今天阿延买了那么多东西回来！”

“阿延好的哦，我在背后一直说阿延好的哦。”

“阿延是蛮好，但是阿延有一点不大好——不是师母说你，这是好事情，怎么不回来讲一声？写个信回来说一声也可以啊，怎么闷声不响呢？”

“就在本地，写什么信——”

“本地就不好写信啊？”

“阿延是做了再说……”

“不声不响做，会捉老鼠的猫，就是不叫，嘿。”

“阿仲，你不说话，没人说你哑巴——什么猫啊老鼠的——”

“哎，明香，你不要说阿仲。你这么一说，说得阿仲不敢讲话了。让他说好了，又不要紧的。今天开心，说说笑笑寻寻开心。”

“还是小姐好！”

“还是我来说吧，”吴元厚微笑道，“换一个说法，这叫‘君子讷于言而敏于行’——回头我来写幅字——哎，阿延，这幅字还是你来写！”“爹，待会儿再说吧，”吴天玉一脸高兴道，“现在吃中饭！”

这会儿最高兴的好像还是吴元厚，他一屁股坐下来要吃酒。吴太太不准。吴元厚略一俯身，手指头点点桌子，一本正经说道：“今天开心。今天这个老酒一定要吃的。这个老酒不是别的老酒，是阿延买给我吃的，我要吃的。”说罢，瞟了女儿一眼，一转脸对潘道延说：“阿延，你今天陪我吃一点酒——阿仲坐下来也一道吃一点——吃！”

吴太太多说了一句“不许吃”！一看吴元厚板脸，拿了酒盅敲敲桌子，非要吃，怎么也拦不住，便对女儿说道：“天玉，你说话……你爹不好吃酒！”

吴天玉迟疑了一会儿，说：“今天就吃吧。今天开心！吃一点就吃一点。要是不吃，弄得不开心，我要跟着不开心的。”

吴太太听女儿这么一说，也就认了，面带愠色说道：“老爷，阿延阿仲他们吃酒我不管。你要有数，少吃一点，最好不要吃。”随即一转脸说：“阿延，回来买别的东西不好么？偏要买什么老酒！老爷现在不好吃老酒……”吴太太话还没有落音，吴元厚已经用酒盅碰了一下桌面，自个儿先干一杯。

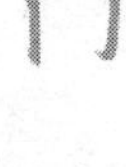

吴元厚这一顿老酒吃得快活，竟控制不住自己！

他一个劲儿吃，还要潘道延和阿仲多吃一点；必定要吃，不吃板面孔。吴元厚吃到兴头上贪杯，随便他夫人在边上时而劝说，时而抱怨；你说你的，他吃他的。他一边吃，一边跟潘道延说字画，说传统笔墨……说到创作，吴元厚想起来给潘道延提个醒："……阿延，我说你现在可以搞点创作了。一个画家，弄到后来还是要有自己的创作，画自己的东西——"

"要的。"

"不好老是跟在人家屁股后头学嘴学样。"

"嗯。"

"我知道'明四家'里头，你最欢喜唐寅是不是？"

"唐寅的东西，好。"

"但是有一点你要清爽，"吴元厚略一沉吟，接下来说道，"学习传统，向绘画历史上的名家大家学习，我们钻进去以后，到后来还是要走出来。唐寅年纪轻的时候学人家的东西，也是这样的。先学，把人家的东西慢慢地吸收了，后来逐渐进化为自己的东西，融会贯通到自己创作里头。这是总经，不好忘记掉。唐伯虎就是这样做的——"稍一停顿，吴元厚一想，清了清嗓子继续说道："唐寅早期绘画'远攻李唐，近交沈周'——这个大家都晓得。唐寅早期在苏州拜吴门画派创始人沈周为师。沈石田和周臣，我以前跟天泽讲过，跟你好像也讲过，他们两位是当时苏州很有名的画家。沈周以元人画为宗，周臣呢，他以南宋院画为师，这是明代两大画派。——这个你也知道哦。我现在跟你要说的是，唐寅师从周臣，学得周臣长处，又在南宋风格中融入元人笔法，所以唐寅的创作一时突飞猛进……"

"哦。"潘道延点点头应了一声。

"为什么？"吴元厚顿了一下，接着说道，"因为他用心学习继承了传统笔墨，在这个基础上有创新，有突破。唐寅到后来不得了，超越他老师周臣。"

吴元厚吃酒吃得起劲；闲话从学习继承传统、绘画创作说到字画鉴赏，吴元厚不知怎么地突然想起来说这次到南京去，他看到金陵博物院收藏的一幅唐寅的《落霞孤鹜图》，"那件东西假的。"吴元厚对潘道延说，"真的，在我家里。但是那个顾大献顾院长狂得很，忒自以为是，一口咬定，说他收藏的那件是真的。没错，顾大仙他是有本事，他在中国字画鉴赏这一块，名头大，是权威。我不跟他争论。以后，把真的拿给他看看——他一看，我断定他一口血吐出来！"

说罢，吴元厚端起酒盅，脖子一仰，一口干下去，把酒盅往桌上一蹾，脸微微扬起，神情冷峻傲然，瞟了潘道延一眼。

潘道延被吴元厚的神气威慑得有点心虚气短，他心里一荡！随即一想，今天那幅画已经拿回来了，要不然吴元厚心血来潮问起那幅画，叫他把那幅画拿出来看看，他就死定了。怔怔中，只听见吴元厚冷笑一声，说道：

“哼，顾大猷，你以为你那件东西真的？”吴元厚醉眼迷离一笑，一转眼对潘道延说：“阿延，《落霞孤鹜图》还在你画室里是不是？你现在去，把那幅画拿过来，我来教你看——我一讲，你就晓得了。”

眼瞅着潘道延坐在那里没反应，吴元厚身子一仰，手指头点点桌子，干咳一声道：“哎，去拿啊，拿过来！”潘道延一怔，“嗯”了一声，慢吞吞立起来，往自己画室去。

这会儿他从书柜里把那幅画拿出来，心里边直犯嘀咕：“吃酒吃饭，吃得蛮起劲，怎么想起来要看这幅画？”

潘道延觉着唐寅的《落霞孤鹜图》自己看得够可以了，他已经全部吃到自己脑子里头了，不久前他还临摹过一张，跟原作一模一样。那天在豆粉园让朱红看了原作，跟自己仿作的画心作一个对比，朱红没话讲……潘道延这么想着，人已经走到吴元厚面前。

这时候吴元厚吃酒吃到酣畅淋漓，将最后一杯酒干了，叫阿仲帮潘道延把画打开来，一边对夫人和女儿说道：“我今天吃酒你们不要管我。我这个时候状态最好，感觉也最好，看东西，一看一个准。”

说话间，那幅画已经打开来。

吴元厚眼睛一瞄，突然倒吸一口气，浑身的血液一下子全部涌到脸上；抬头间，只见他眼光一闪，倏然黯淡，脸部抽搐了几下，讷讷自语道：“假的。怎么会假的？”话音刚落，吴元厚头微微向上一抬“呃儿”一声，一口气突然接不上来，嘴唇发紫，人一歪……

阿仲赶紧把老爷从地上扶起来。待到家人惊魂未定，乱作一团急着呼喊，阿仲已经飞快跑到镇上去叫曹中医了。

一会儿，曹兴仁急匆匆地跟着阿仲过来；他伸手探了一下吴元厚鼻孔，一摸颈部脉搏——

吴元厚已经气绝身亡。

寻访笔记 35

写到吴元厚气绝身亡，似乎有点写不下去了。

想想吴天泽的父亲，潘道延的老师吴元厚这个人物，心里边不是个滋味。不想写了，想就此打住，让这个故事到此结束算了。

今天休闲，把过去寻访记录下来的一些影像素材倒过来看看，恍兮惚兮的时候看到十年前的一段专访：

明香，她是我曾经见过的一位非常漂亮的老太太。

这是我第一次跟她碰头。那年她已经八十九岁了，看上去像七十几岁。她说话走路的样子不见老。我说："你年纪真的看轻，到了这个年纪还这么精神漂亮！"她听了，开心得笑起来，说："我啊，就是给人家说我看上去年轻、漂亮，说得我开心长寿的。"

明香是吴家惟一的丫头。她一直跟吴家生活在一起。吴元厚去世以后，她跟阿仲在吴家结婚。

"我那个时候嫁给阿仲，是太太做的主。"明香说，"当时太太说家里不顺，冲冲喜，在老爷的'五七'里，把我跟阿仲的婚事办了。那会儿新房就用阿仲原来住的那间，点两支红蜡烛，我和阿仲拜了天地，给太太磕了头。"

明香对吴太太的感情深，一说到吴太太，她开始流眼泪，哭得伤心。我想我们现在还是避开说吴太太。但是我对明香的专访，实在是难以避开吴太太这个人物。接下来的访谈，我注意到一个细节：我问吴天泽年轻时候的事，明香说："少爷……"

明香一直叫吴天泽"少爷"，后来她才慢慢地改口叫吴天泽"先生"。我问明香："吴元厚先生去世以后，你在家里不叫吴天泽'老爷'么？"

"不叫的。"明香说，"那个时候阿仲也不叫的。老爷去世以后，我们还是跟从前一样叫他'少爷'——这是太太关照的。"

明香对潘道延非常痛恨。她说："老爷是死在潘道延手上。"

第三十五章

潘道延在第一时间从惊恐中突然回过神来。

就在吴元厚倒下去，吴家所有的人扑向老爷的时候，只有潘道延一个人不顾老爷死活，转身把那幅画摊开来放到地上。

潘道延俯身看了一眼那幅画；第一眼，他脑子“轰”的一下，顿时浑身痉挛发抖。刹那间他第一感觉是这幅画好像有点不对，不是原来他从吴家拿出去给朱红看的那幅原作。这一瞬间他脑子里一闪而过：朱红暗地里调了个包？他随即趴到地上看；这一看，他脑子再次“轰”的一下，好像五雷轰顶把他吓得半死！他的感觉像闪电一样倏然又回到先头的第一眼感觉上。

这时候潘道延已经断定：眼前这幅画不是自己先头临摹出来的那张。他曾经在自己的仿作上做了一个非常暗的记号；他没有跟朱红说，没有跟任何人说。其他人凭肉眼寻找那个记号，好比大海捞针。唐寅的《落霞孤鹜图》原作他忒熟悉了。眼前这幅画是假的。他感觉这幅画有那么一种感觉有点不对；究竟是什么不对？他一时说不出来。

其实，在吴元厚当时看这幅画的时候，潘道延已经瞟了一眼。不过，他当时跟阿仲一人一头拿着画轴，他站的位置是反方向，人立在画面的顶头，第一眼直觉似乎没有什么明显的感觉。再说，他那个时候好像有点走神，有点漫不经心心不在焉，心里想是吴先生看，听吴先生说说怎么看而已。吴元厚说：“假的。怎么会假的？”这个话，潘道延听见的，当时他一怔，没有反应过来；吴太太、吴天玉、阿仲、明香也听见的。随后情况突变，他们注意力集中在老爷身上，这时候没人注意潘道延，只有明香无意中一个转身，看了他一眼。

灵堂布置好，吴太太从悲痛中回过神来；明香、阿仲扶她到外头一间坐下来喘口气。这时候吴太太首先想到的是，吩咐阿仲打电报给少爷；接下来想到的是老爷临终前说的那句话：“假的。怎么会假的？”

吴太太不懂字画什么真的假的，问女儿，吴天玉也不大懂；阿仲明香是更加不懂了。吴太太说：“待会儿问问阿延，是怎么回事儿？”这时候潘道延已经魂不附体，像个精神失常的病人坐在灵堂里，木呆呆地盯着吴元厚脚跟前的长明灯看，任你怎么问他，他面无表情没有任何反应。

明香把阿仲拉到外头，小声说道："不去理他，让他去。"

阿仲跟着明香走，一边轻声说道："老爷有一句话我记得清爽，说他这次到南京去，看到金陵博物院收藏的一幅唐寅的《落霞孤鹜图》，老爷说'那件东西假的。真的，在我家里。'"明香一怔，说道："我也想起来了。老爷当时问'阿延，《落霞孤鹜图》还在你画室里是不是？'——哎，会不会是阿延暗地里鬼虚鬼虚的出了一个什么花头？"阿仲这会儿也起了一点疑心，说道："记得老爷到南京去出差那天，我在园子里看见阿延拎了一个布袋匆匆忙忙出去，里边装的什么东西，我不晓得。我当时随口问了一句：'阿延，你到哪边去？'他说'到城里去一趟'。当天阿延他回来，是我开的门，他好像是空着手回来的。——第二天他就到乡下去了。这次阿延回来，他又把那个布袋装了东西带回来了。"明香听了，回头把阿仲说的这些话传给吴太太听。吴太太一听，眉头皱起来说道："阿仲也是的，没话寻话说。把阿仲叫过来，我来问问他。"

吴太太回头一想，有点纳闷，跟阿仲说："老爷先头说那幅画真的；后来他一看，又说假的。这个弄不懂了。会不会是老爷自己弄错了？"阿仲回道："别的我不敢讲，老爷看唐伯虎字画，真的假的怎么会错？不可能的。"

"老爷看东西就这么准？比南京的顾大仙还要仙，还要厉害？"

"顾大仙本事大我晓得，反正老爷不会错——"

"是人，总归会有错的。阿仲，你就这么肯定？"

"太太，我还是有点怀疑阿延，……家里，除了他，没有人碰字画。"

"这……"

"这个事情，要么少爷回来，问问少爷看？"

"天泽又不在家里，他怎么会碰那幅画？"

"不是这个意思，太太。——我说的意思是，少爷懂字画，问问他是怎么回事儿，兴许少爷搞得清爽……"

"等他回来我来问，你们不要问。"

"是，太太。"

"这些嘀嘀咕咕的闲话现在不能跟小姐说。"吴太太关照道，"家里有些事情是不好瞎讲的。再说了，现在也不能瞎猜疑。这个事情等天泽回来再说。"

"嗯，"阿仲点头道，"太太放心好了。我是绝对不会在小姐面前瞎讲的。倒是明香你，嘴巴要紧一点。"说着，看了明香一眼。

"这个不用你阿仲关照。"明香一嗔，说道，"有些话我是跟太太说的，跟小姐是不会说的——你放心好了。我这会儿就把嘴巴闭上，一句话也不讲。"

"千万不要在小姐面前说阿延，听见了没有？"

"晓得了，太太。"

“现在你们也不好把阿延想得那么鬼……”吴太太说。“嗯，”阿仲身子向前一躬，头一点回道，“不去乱想……也不敢想。”

如果吴天玉听到背后这些闲话，这会儿她是不能接受的。

吴天玉觉着她父亲是猝死，是一个意外，跟潘道延没有关系；眼下要自责的首先是她自己。在她看来，父亲的死她是有责任的。如果她不让父亲吃酒，父亲肯定会听她的，只要她撒点小姐脾气。一想到这一点，吴天玉不能原谅自己。她心里想，她最多这么想：“如果阿延这次回来，不买两瓶老酒就好了，什么事情也不会发生。但是这个不能怪阿延，要怪，只能怪我……”

内疚、悔恨挥之不去，加上极度悲伤，这时候吴天玉已经哭得一点力气也没有了。她昏昏沉沉地待在她父亲遗体边上。她要陪陪父亲，她心里想；这会儿她心里边空落落的，像一张空白宣纸。

吴家在惟亭不是一般人家，外头人好奇，觉着吴家一天到晚关着门，有点神秘兮兮，弄不大清爽这老宅子门里头，这高墙后面的人和事情。有人看见这几天曹中医从吴家进进出出，这会儿外头闲话随之而来：

“听说吴先生坏掉了。有人讲他血压高，不好吃老酒的。吃得多，闯祸。他是吃老酒吃死掉的——”

“瞎讲！吃老酒不会的……这个，跟吃老酒没有关系。我也吃老酒，天天要吃的。我已经奔七十岁了，身体不是蛮好么。”

“可能是别的原因，生什么疾病？”

“曹中医讲，有可能是脑溢血引起的，头上充血，血管一下子爆掉。也有可能是心脏不灵，血管不通，心肌梗塞，骨碌一记去掉。”

“我问过曹中医，还是曹中医的讲法比较可信一点。”

“吴先生年纪也不大，今年大概五十岁模样；这么大的名气，没想到寿命短哦，蛮可惜的，可惜哦。”

“家里人肯定难过得不得了。家里一棵大树倒了。想想人没有意思，真的没有意思，说走就走。”

“前一阵子看他身体不是蛮好，怎么回事啊？听说吴先生平常一直有点不大开心，闷闷不乐……”

“也有可能是被儿子气的。他儿子，我听隔壁邻居讲，老早有点不学好。吴先生吴太太弄不过那个儿子，心里不开心。”

“儿子女儿好，蛮要紧的。要不然，做爷娘的被他们气煞掉！”

“吴先生有个学生子一直在吴家，一天到晚看不见他人影子，不声不响躲在屋里跟吴先生学写字画图。吴先生的女儿也一直躲在家里，不大看见出来。难得看见她到街上来走走，人长得漂亮哦。”

“哦，吴家小姐，讨人欢喜，人蛮好的。吴先生吴太太欢喜那个女儿，当宝贝。听他们家里丫头讲，他们家少爷不在家里，在上海……”

第二天上午，吴天泽正在屋里画画。

他一边画，一边跟约翰王聊天。这天是礼拜天，约翰王休息，一个人跑过来看看吴天泽。说话时，突然听见房东阿姨在外头喊道：“吴天泽电报！”

吴天泽到门口收了电报，回进来，也不马上拆开来看，随手把电报往画桌上一扔，对约翰王说：“前天我父亲写信来，叫我回苏州去……”说着，他拿起毛笔继续作画，“我这两天帮人家画一幅山水，没有空，还没有给家里回信。这会儿好了，家里打电报了，肯定是催我回去。我现在不想回去，一个人待在上海蛮好，写写字画画图；有空跟朋友吃吃茶，吹吹牛。家里有什么要紧事情？还要给我打电报，弄得像真的一样——”

“哎，吴天泽，”约翰王瞟了一眼桌上的电报，说，“你还是先看一下电报再讲。如果没有什么急的事情，一般来说是不大会打电报的。”吴天泽一听，这才放下毛笔，把电报拆开来，一看：

父去世，速回！

吴天泽手一抖，嘴巴张了张：“啊？啊，啊！”随即猛地“哈”一声道：“怎么可能？!”约翰王吓了一跳，从凳子上弹起来，一步跨到吴天泽面前，问道：“出了什么事情？”头凑上去一看，“喔唷”一声。

吴天泽头一晃，眼睛眨巴了一下，盯着手上的电文看。约翰王急着说道：“就五个字，有啥看头？快点回去！”

“我父亲，他怎么会突然去世呢，啊？”说罢，吴天泽手忙脚乱拿东西准备走。约翰王要了吴天泽苏州家里的地址，说：“你先回去，我到时候看，抽得出空，我就到苏州去一趟。实在抽不出空，我写信给你……”

两人一道出门，约翰王执意要把吴天泽送到上海火车站。

“太太，少爷回来了！”明香的一声哭泣叫唤从门外头传到里边。这一声揪心得很，吴天泽顿时觉着天塌下来了。就在这一瞬间他意识到：对这个家他是有责任的。现在他回来了，而他父亲却离他而去。

“如果我提前几天回来……”吴天泽心里想，“如果一接到父亲的信，马上回来，能见到父亲，什么事情都好商量，都可以商量……”这会儿吴天泽脑子里忽然闪过先头在路上自己的胡思乱想，其中有一条，他觉着他父亲是被他气坏掉的。他突然想到自己曾经差一点把母亲气坏掉。

"老爷，天泽回来了。"母亲一声怆然泪下，教他无地自容，欲哭无泪！

"啊，啊，啊……"吴天泽"扑通"一声跪在他父亲遗体边上；他伤心，难过到极致，嘴巴张了张，连续发出短促、粗重、高低起伏的声音；他母亲、他妹妹，用人阿仲、明香在边上看了，一齐失声痛哭……

"阿延呢？"待到阿仲明香止住哭泣，分别劝住了太太、小姐，吴天泽从地上爬起来问道："哎，阿延呢？"

"阿延，——他不在。"阿仲看了吴太太一眼，回道。

"怎么不在？"吴天泽一怔，坐下来接过明香端上来的茶碗，一转眼接着问道："他人呢？我回来到现在还没看见他——"

"阿延他——"明香嗫嚅道："他今天一大早就跑出去了。"

"到哪边去了？"

"我不晓得。"明香看吴太太脸一沉，吓得不敢说话；憋了半天才说："这个你要问小姐。他跟小姐说过一句，他要出去一趟。"

"不要问我。"这时候吴天玉憔悴得很，脸色煞白，回道，"阿延他今天到哪边去我也不晓得。他什么也没说，就说了一句：'我出去一趟，要的！"

"嗯。"吴天泽吃一口茶，略一沉吟，头一抬，说，"妈，我现在跟你商量一下……"吴太太觉着儿子好像突然变了一个人，他嘴巴上说是跟自己"商量办事情"，实际上他在安排，在关照家里人——

"上海的傅家佑先生要通知的，"吴天泽看了妹妹一眼，说道，"这个电话天玉去打，我有傅先生家里的电话号码——待会儿就去打。傅先生是爹在上海最好的朋友，他一定要来的。第二个要通知的，是南京的顾大猷先生。打电报，金陵博物院顾院长收。这个，阿仲去办。阿仲，你现在知道怎么拟电文？"

"知道，少爷。"阿仲头一点，回道，"写六个字'老爷去世快来'！"

"不这样写，"吴天泽手一摆，说道，"你现在照我说的写'吴元厚先生不幸去世'九个字——这是讣告。讣告的'讣'字，知道啵？"

"知道，少爷。"

"我们本地，"吴天泽轻咳了一声，似乎已经想好了，说道，"唐楼的唐先生要通知。这个电话天玉你来打，打给唐小姐。还有一些亲戚……最后就是叫阿延写封信跟他家里说一声。他家里别的人，来不来随便。但是阿延他爹潘新侬，照我的意思一定要来的。……好了，就通知这些人。明香，你待在家里陪太太，有人来，张罗照应一下。吃饭，家里不要忙了。待会儿阿仲跟镇上馆子说一声，订好了，叫他们把饭菜送过来……"

"那么你呢，吴天泽？"这会儿吴天玉脸上稍微有了点血色，问道，"你关照这个，

关照那个，你做什么？”

“我，”吴天泽端起茶碗吃一口茶，慢慢地把茶碗往桌上一放，看了一眼墙上日历，淡定说道，“我坐镇家里，有什么事情你们来跟我讲，我来处理。”

略一停顿，吴天泽接着说道：“哦，还有，我们家向来不欢喜外头人随便进来。这个，阿仲你要盯着点，有其他人来，要跟我讲一声。”说罢，吴天泽一转脸，对他母亲说：“就这样。妈，你看呢？”

听到儿子这会儿在问自己了，吴太太舒了一口气，稍微怔一下，点头道：“就这样。”随即一转眼，说道：“阿仲、明香，你们就照少爷说的做。眼下也难为少爷了，长到这么大，头一回经历这种事情，现在这样把事情安排好，已经是不容易了。”吴太太看了女儿一眼，一想，接着说道：“天玉，打电话跟唐小姐说，就说吴天泽回来了。叫她有空过来，一来是陪陪你；二来是我们家里现在也需要帮忙，请她过来帮帮忙，不知道唐小姐肯不肯？”说罢，吴太太眼圈一红，看了儿子一眼，随即手捂住嘴巴，声泪俱下：“老爷，天泽回来了，他回来了……”

过了一会儿平静下来。吴天玉、阿仲出去办事，吴太太单独跟儿子说话。吴太太说：“天泽，你没有回来之前，家里边就阿仲一个用人，一个男人里里外外忙出忙进。我，你妹妹，还有一个丫头明香，全是女人，哭得昏头六冲，六神无主。本来还指望着阿延担当一点，没想到这当口，他昏头昏脑木知木觉的，一点用场也派不上。这会儿，不知道他一个人跑到哪边去了。你说他没良心吧，不见得；你说他不懂吧，我看他也蛮懂事的，就是不知道他这次从外头回来，人神经兮兮的，真的弄不懂他。哦，对了，有一个事还没来得及跟你讲，阿延他娘两个多月前去世了。……还有，你爹上个月到南京去了一趟，待了一个多月。回来那天，人好好的……过了几天……就是那天，阿延从外头回来的那天，吃饭的时候出事情的……”

吴天泽听母亲这么前后一说，沉吟半天，说道：“阿延的事情现在先不去管他，那幅画回头再说。眼下要紧的是阿延人在哪里？把他找回来——”

“到哪边去找？”

“哎，妈，你刚才不是说阿延现在在城里谋生，住在人家家里么？——他住在什么地方？这个很简单，叫阿仲去找一下。”

“不知道他住在哪里，只知道他住在城里边。”

“你们不知道，天玉应该知道。阿延总归要跟天玉说的——待会儿天玉回来我来问她——说不定她知道了，不告诉你们。”

“哎呀，问题是天玉也不知道。她要是知道，这个事还来跟你说什么，我早就叫阿仲把他找回来了，还用得着你讲？”

“这个事情先放在一边，回头再说。”吴天泽立起来走了几步，转身又坐下来说道，“妈，我看你乏得很，这会儿我在，没事，你到房间里去歇一会儿。”一转眼，见明香过来，吩咐道："明香，待会儿帮我拿一件干净衣服，我身上这件衣服要换一换。"

"是，少爷。"

"给我重新泡杯茶——我要吃茶。"

"嗯，少爷，我马上给你泡。"明香说罢就去做了。

唐小姐接到吴天玉电话后，当天下午晚些时候赶到惟亭。

这是唐小姐第一次去吴家。去之前，她在家里也是颇费思量的。有一点她没想到，人生安排她第一次到吴家去，是去吊唁——她本来期待的是"应邀前往做客"——她想她应该去，一个人先去，而不是改天跟她父母一道去。唐太太跟女儿说："你还是跟我们一道去。你一个人先去，好像有点不大妥，算什么呢？"

"怎么了？有什么说法吗？"唐小姐问道。

"说穿了是个身份问题。"唐六梓想了半天，对女儿说，"照老法规矩，没过门的媳妇是不好上门的。你还没有跟吴天泽定下来；这回是他们家办丧事，这个说起来总归有点不大好，我觉着。"

"哦，原来还有这个说法。"唐小姐一想，不以为然道，"我不懂。但是这有什么关系？现在又不是封建社会，还讲这一套，没有道理。"说罢便走。

"哎，宓宓，"唐太太拦住女儿，说，"你急什么！你听我把话说完你再走好不好？……我们不是不同意你去，而是要个说法，怎么个说法呢？到场面上，见了人，怎么说？蛮难的，你自己不想想？"

唐小姐眼睛忽闪，似乎想起来什么，说道："这个简单得很，如果有人问起来，我就说我是吴天玉的同学——或者说，我跟吴天玉是朋友，是小姐妹。这样说，不要紧了吧？身份明确得很。"

唐太太拿这个女儿也是没办法，摇摇头，叹一口气，对唐六梓说："总归弄不好了。随便她去吧。"

一脚踏进吴家大门以后，唐小姐这才意识到她父母说的话并非一点道理也没有。吴天玉见了她，一开头叫"唐小姐"，随即就开始叫她"嫂子"。没有外人倒也罢了，唐小姐脸一红，默认，没什么。但是往后就有问题了。吴太太娘家人从嘉兴赶过来，他们一听，开头还以为眼前这位漂亮女人是吴家少奶奶，私底下嗔怪吴家儿子办喜事不来通知吃喜酒，不声不响；现在办丧事倒来通知了。后来他们才搞清楚，别说是过门，连八字还没有一撇，她还不是少奶奶，便用异样的眼光看唐小姐，这让唐小姐觉着尴尬，非常难为情。唐小姐几次叫吴天玉改口，吴天玉嘴巴上答应了，一转身她仍旧时不时地叫唐小姐"嫂子"，弄得唐小姐有点哭笑不得。

吴太太见了唐小姐，欢喜在心里，叫吴天泽给唐小姐泡茶。吴天泽一转脸叫明香去。吴太太忙拦住明香，说："天泽，你来！"

吴天泽这回依着母亲说的做了，一会儿过来，把茶端到唐小姐手上。就冲这一点，唐小姐心里觉着舒服。明香、阿仲对唐小姐恭敬得很，吴太太先前关照过他们：“唐小姐第一趟上门，你们要拎得清……”

唐小姐叫吴太太“太太”，这是料想中的称呼。不过在吴家吃过晚饭后唐小姐决定今晚留下来陪吴天玉一道在灵堂里“陪夜”，随后唐小姐便改口叫吴太太“伯母”。这一改口有点讲究，或许别人觉着没有什么，平常得很，但是在唐小姐看来，自己跟吴天泽的关系“向前跨了一步”。

唐小姐在吴家留下来陪夜，事先唐小姐没有跟家里讲好。这是唐小姐自说自话，自做主张，一半为吴天玉，一半为自己。

这天晚上，吴天玉跟唐小姐说了自己和潘道延的情况。“……我爹去世，阿延又是这个样子，我心里难过得很。”吴天玉单独跟唐小姐说道，“我心里有话最好找个人说说。如果我有个姐姐妹妹，还可以跟她们说。有些话跟母亲说，觉着不大好讲；跟我哥哥吴天泽说，他又不懂我心思。明香，人蛮好，但是她一直是我妈妈身边的丫头，不是我的丫头。我有些话不好跟她讲；跟她讲，就等于直接跟我妈妈讲了。我爹在的时候我有些话倒是可以跟我爹说。现在你是我最好的朋友，我跟你说说心里话，解解心里苦闷。——唐小姐，你留下来陪陪我，夜里困了，你睡我房间里……”

唐小姐说：“其实我在家里也孤独得很，平时也没有人可以说知心话。以前我有个同学叫魏可欣，就是到美国去读书的那个魏小姐，我跟她最要好，几乎无话不谈。后来她走了，我们通通信。除了她，现在就是你。天玉，自从我跟你认识以后，我觉着跟你蛮有缘的。我现在把你当妹妹，我真的已经把你当做妹妹看了。要不然我今天也不会留下来陪你。我明天回去，我妈妈肯定要骂我！”

“唐小姐，我一直把你当姐姐看。”吴天玉说，“哦，我早就把你当做嫂子看了。刚才我妈妈跟我说‘唐小姐我要的’。我一看，就知道我妈妈欢喜你，脸上看不出来，她欢喜在心里边。”……

这天，吴天泽一夜没合眼。第二天天亮前他在日记里写道：

> 这次回来，看来今后恐怕很难离开家里到外地去，家里需要我。
>
> 母亲多了不少白头发。吴天玉精神状态不好。
>
> 潘道延出去一天，当夜没回来。阿仲说不用找，他自己会回来的。
>
> 吴天玉跟上海通过电话。听傅家阿姨说，傅家佑先生应邀到北京大学讲课，太太也跟着一道去了，借此机会到北京看看儿子傅同彧。
>
> 晚间上楼，走进父亲画室，关起门来一个人偷偷哭了一场。
>
> 唐小姐当日来我家吊唁，她是第一个来的人。她留下来陪夜守灵，母亲为此感动。

家里人都欢喜唐小姐。她好在哪里？

母亲说唐小姐好在让人怎么看都觉着舒服。吴天玉说唐小姐好，没完没了，意思集中起来一句话，叫我娶唐小姐，非娶不可！

阿仲、明香异口同声说唐小姐好。说不定这是家里预先串通好的说法。

吴天玉和唐小姐一夜没睡觉，好像有说不完的悄悄话。吴天玉几次把我赶走；唐小姐居然也不让我待在她们边上听她们俩说话。

今天，把家里收藏的唐寅名作《落霞孤鹜图》打开一看，第一感觉好像有点不对，是假的。再仔细看，反复细看画面上每个细节，又觉着这件东西是真的。

记得小时候我看过这幅画，是真的。那个时候听父亲讲过这幅画，不会错。眼下这个感觉好像还是有点不对。

“唐寅作画，用笔细劲，如纸上游丝。”那画面上的线，对，是真的。父亲曾经对我说过：“看字画，最要紧的是，开门的第一感觉。第一感觉不对，八成有问题。”

这是怎么回事儿？等顾大献先生来，问问他。

女儿一夜没回家，唐太太一夜没睡好。

天亮后，唐太太急着把唐六梓从床上拉起来，说：“今天去吴家吊唁。”两人急急匆匆梳洗完了，连早饭也顾不上吃，出门坐马车到惟亭去。

其实唐太太心里边惦记的主要还是女儿；这会儿牢骚是没的发了，但是脸上挂着不开心，一副隔夜面孔叫人看了不爽。

“有啥讲头？”眼瞅着那个马车夫鸟气的样子，唐太太上车咕哝道，“没啥讲头。现在的人，全是吃不掉剩下来的户头，大清早上没个好腔调，好像人家欠他多，还他少。”那个马车夫大概是昨天夜里受了家里老婆的气，早上出来没心想点头哈腰把客人当老爷太太；先头他看这位太太脸色，这会儿又听见她闲话里噌人，忍不住说道：“要是心里不适意，蹲在家里，不要出来拿人家出气。我也是人，隔夜饭吃得，隔夜气不受得！”

人生气倒也罢了。那匹马不知怎么的，也跟着人一道生气，开头已经好好地跑起来了，这会儿突然一个急停愣在原地不走了，闷头看着地面，马蹄子“吧嗒吧嗒”乱踢。唐太太看在眼里，轻轻地骂了一声：“畜牲！”马车夫一听，顿时气不打一处来，立马回敬道：“畜牲碍你的啊？你骂什么人！”

唐六梓总算是还有点涵养功夫，虽然心里边不适意，不过出了门，他一到外头，不管跟什么人说话，面上还是客客气气的，因此微笑说道：“好了，闲话越讲越多，现在不要讲了。我们坐我们的车，你赶你的车，大家开开心心，今天天气蛮好。”说罢，哼哼哈哈一笑。

这天上午唐小姐回到家里，周妈说："小姐，你爸爸妈妈到惟亭去了。"唐小姐一听，说："哦，蛮好。"随即往楼上去，一边说道："周妈，我已经吃过早饭了。这会儿有点困，先到楼上去睡一会儿，到吃中饭时间叫醒我——吃过中饭还要到惟亭去。"说罢，手捂住嘴巴打哈欠。周妈一怔，说："小姐，你今天还要去惟亭啊？不行的！太太昨天夜里气死了，说你不回来，她坐到天亮！要不是你爸爸拦住她，她差点半夜里坐马车到惟亭去把你拉回来。今天早上起来，她还在跟你爸爸发火呢，说你没规矩，以后不放你出去，一出去就没有栏规，哪里有人家小姐在外头过夜的？"周妈说着，跟着往楼上去，似乎还想说什么来着，唐小姐一个转身道："说什么呀，什么事情到了你们嘴巴里就变得难听了。什么人家小姐在外头过夜？什么叫没规矩，什么叫一出去就没有栏规？我好端端地跟人家吴小姐在一道，在她家里，有什么大惊小怪的，有什么不妥？不就是临时作了一个安排，陪陪吴小姐么？再说了，我又不是到外头去，到什么瞎七搭八的地方去。吴天泽的父亲吴元厚先生去世，人家心里边难过死了。你们倒好，在家里边说这个，说那个，有意思吗？"说罢，唐小姐走进自己房间"吧嗒"把门一关，只听见她在里边说道："我现在睡觉，不想说话！"

周妈一吓，对着门说道："喔唷，吃不消。小姐现在脾气大得来！又不是我在讲你，是太太讲的，怪我。我以后不说了，不讨好，自讨没趣。"说罢，转身往楼下去。

将近中午时分，唐六梓和唐太太回到家里。

周妈没想到唐太太早上出门气鼓恼恼，回来换了一副笑脸，对女儿的态度大转变。唐太太一进门就对周妈说："小姐这会儿在楼上睡觉是吧？现在不要去叫醒她，让小姐再睡一会儿，多睡一点时间。昨天夜里她跟吴小姐一道陪夜，一个夜里没合眼，吃力了。"接着吩咐周妈准备吃饭，一转脸对唐六梓说："我现在觉着肚皮有点饿了。今天早上没吃早饭，开头没觉着，回来路上在马车上一颠，颠得肚皮咕咕叫！"唐六梓赔笑道："我早就肚皮饿了。全是你，今天一早起来急吼吼地要走。我说吃了早饭走，你又不听，非要立马！有啥办法？害得我一路上肚皮贴牢背心。"说罢，一屁股坐下来，一边吃饭，接着回来路上说的话，继续往下说道："怎么样，丈母娘看女婿，越看越欢喜。今天去一看，蛮称心吧？"

"嗯，不错！"唐太太点头道，"吴家到底是大人家，条件好，底子厚，绝对不是一般人家。不过话说回来，我不是看重人家家里条件，我是看重人。吴家少爷吴天泽，人还是像腔的，个子比我女儿高大半个头，人样子长得好，走出来有派头，一双眼睛神气，鼻子生得笔挺，面孔、嘴巴像吴太太。哎，吴太太实际上蛮漂亮的，就是现在面色不大好，头上现在有不少白头发。我问她，她跟我年纪差不多，但是看样子比我见老。吴天泽的妹妹也是个美人坯子。吴家两个用人看上去不错，那个丫头叫明香，喔唷，也漂亮！我女儿唐宓宓也漂亮——漂亮女人弄到一个门里去了。……好了，还有什么话说？总的来说，我是满意的，非常满意！"说到这里，唐太太稍一停顿，一想，接着说道：“哎，就是有一个问题，吴元厚活着，没有问题。吴元厚去世以后，他家里怎么办？听你讲，以前他家里主要靠吴先生写字画画挣钱——接下来呢？”

“接下来，吴天泽会顶上去的。”唐六梓眼睛一亮，说，“你跟吴太太在攀谈的时候，我跟吴公子随便聊了几句。他跟我说，说他接下来，基本上是待在家里写字画画搞创作，像他父亲一样。”唐六梓夹了一块清蒸鱼放到太太碗里，一边说道：“这个生活来源你放心，根本用不着担心，——先不讲他家里现在吃不光用不光，就说眼下字画，——你不晓得；我有点晓得，吴家有不少收藏，全是历代名家字画；就说吴元厚去世，吴元厚的字画就不得了。你看好了，价钱一路上去，越来越值钱。再说吴天泽，从小基础打得好，人一看，有才气，将来肯定超过他父亲吴元厚。你试我这张嘴，不会瞎讲的。”

“真的啊？”

“当然真的，我怎么会瞎讲。”

天晓得唐六梓唐太太，今天去吴家吊唁，却相了一回亲。周妈在边上听了一会儿，说道：“那么这个事情可以定下来了，太太。”

“现在不急，”唐太太吃一口汤，放下调匙说道，“过些日子再说。眼下吴家正在办丧事，不好提这个事情……”

这时候唐小姐睡到自然醒，一看时间，赶紧起来。

唐小姐到楼下，一看父母已经回来正在吃饭，便埋怨周妈到了钟点不叫醒自己。周妈回道：“我要叫的，是太太不让我叫醒你，让小姐多睡一会儿。”唐太太说：“是我关照的，不要怪周妈。”说罢，招呼女儿坐下来吃饭。

唐小姐急着吃了几口饭，放下饭碗，立起来不声不响要走。

唐小姐原以为她母亲会因为昨天的事情说她，今天要阻拦她出去，没想到这会儿母亲和颜悦色说道：“宓宓，你现在到惟亭去，我没有意见。不过，我要跟你讲好了，白天去，晚上回来。就这一条，你要答应。我说的这个要求，不过分吧？”唐六梓跟着说道：“不过分，也不能过分，这样比较好。我女儿是明白这个道理的。宓宓，你说呢？”

唐小姐一听，觉着在理上，点头道：“这样说还差不多，我能接受。”说罢一笑，转身就走。

顾大猷收到电报后，带王坤元一道来苏州。

吴天泽不认识王坤元，听顾大猷介绍，方才知道他是顾大猷的学生，跟自己父亲也是非常熟悉要好的朋友。王坤元见了吴天泽，说：“你父亲吴允之先生也是我的老师。”说罢，王坤元一声叹息，含泪无语。

下午，吴天泽把王坤元安排到书房里休息一下，然后回过来把顾大猷请到楼上画

室，吩咐阿仲上茶。唐小姐走过来，对阿仲小声说道："我来吧。"阿仲点头应了一声"好"便退下去照应别的事情。

吴天泽跟顾大献介绍唐小姐，说："她是唐楼唐先生的女儿。"这样介绍，让顾大献觉着唐小姐是吴天泽的对象。顾大献点点头，对吴天泽说："这个姑娘看上去不错。"随即一转脸对唐小姐说："你父亲我认识，向他问个好，说我下次再来，一定到唐楼去吃茶。"唐小姐说："顾院长，您这次来可以去么，叫吴天泽陪您一道去。"顾大献摇摇头，说："这趟来恐怕没有工夫。这里完了以后，马上回南京。下次吧。"

顾大献到画室里坐下来，把手杖往椅子边上一靠。吴天泽开门见山说："顾院长，有个事情想请教……"吴天泽一边说着，一边把唐寅的《落霞孤鹜图》拿出来请顾大献看一眼。没想到顾大献干咳一声，手一摆说道："天泽，你家里收藏的这幅唐寅的《落霞孤鹜图》，我不用看，假的。"

吴天泽一怔，双眉一跳，说："不会吧，这件东西怎么会假的？我爹以前给我看过这幅画，我到现在还记得清清爽爽，他说'真的'。这幅画还是我爷爷吴绍庭当年在北京买下来的。以前听我爹说过，我外公叶根培也看过这幅画，他也说'真的'。顾院长，我爷爷我外公您也知道——"

"当然知道。"顾大献头一点，说道，"你爷爷吴绍庭我认识，有名的山水画家，字画鉴赏家。你外公我也认识，大收藏家。你父亲吴允之，不用说了，他字画一流，字画鉴赏眼力在全国也是数得上的。但是现在我们说这些话，并不能说明你家里这件东西是真的。你父亲到南京来的时候，我跟他说'唐寅的《落霞孤鹜图》真迹在我手里，在金陵博物院。你家里那张假的'。他听了，不相信，心里边可能不服气——"

顾大献说到这里，端起茶碗，揭开盖子一拨，吃了一口茶，放下茶碗接着说道："怎么会有两张真的，咹？这是不可能的。我说句不中听的话；照道理现在这个时候说这个话，有点不大合适——说到字画鉴定，我不管你爷爷还有你外公过去名头多大，我也不管你父亲吴允之多么厉害，说老实话，说真的，我只认真的，别的不认。我的脾气你父亲知道。今天没外人，在你面前，在我老朋友儿子面前，我说句大话——说到字画鉴定，别的我不说，'明四家'的字画，特别是唐伯虎的东西，我不会看错的。"

"那么，就请顾院长看一眼。"吴天泽恳求道，"哪怕是只看一眼，这一回给我一个说法。"说罢，吴天泽已经把系画轴的带子解开来。

"你要个说法，要什么说法？"顾大献看着吴天泽眼睛，说道，"我不是已经给了你说法了么？你家里这件东西假的，不用再看。"顾大献稍一停顿，接着说道："有一件事情我讲给你听听，民国十六年在苏州唐楼看画，当时你父亲也在场。苏州的朱子藏从盛宾如手上买了一幅唐寅的山水人物画。你父亲看了，没有说话。我一看，说'假的'。朱子藏不服气，他说'真的'。那幅画就是揭了皮的东西。这个事情你有没有听你父亲说起过？"

“没有。”

“现在知道了吧，那幅画假的。你家里这幅，也是假的。”

“那，万一是真的呢，顾院长。”

“你说什么？怎么可能。”顾大献瞟了吴天泽一眼，说道，“我不看，是这个说法。看，也是这个说法。要是你现在手上拿的这件东西是真的，把我两只眼睛挖给你。”

“顾院长不要吓我。”吴天泽脸部一牵，咽了一口唾液下去，随即嘴巴张了张，喘一口气，说道，“晚辈求你了，看一眼。”

眼瞅着吴天泽请求的眼神，顾大献瞥了一眼吴天泽手上拿的画轴，这时候吴天泽赶紧把画打开来放平在桌上。

“假的。”顾大献立起来看了一眼，一转脸看着吴天泽，说道，“跟你说这幅画是假的，你不相信。这会儿，你相信了吧。”话音刚落，顾大献好像突然间想起来什么，眼睛一闪，说：“慢，让我再看一眼。”吴天泽一怔，只见顾大献眼睛一瞄画面，稍一迟疑，“咹？”了一声，抬头说道：“不对，是真的。”

“哈，”吴天泽失声道，“真的。”

“真个屁！”顾大献冷笑一声，一转眼，说道，“你刚才哈什么，这件东西假的。但是，我现在告诉你，这件东西真的假的——”

“啊？”吴天泽用手抹了一下额头上沁出的细汗，吁了一口气，嗫嚅道，“真的还是假的，假的还是真的，真的假的？”

“真的假的。”顾大献清了一下嗓子，说道，“这件东西不是原作，被人家倒过‘棺材’了。‘倒棺材’知道吗？……哦，你不知道，头一次听说。现在我讲给你听，这件东西被人家揭过皮了，也就是说揭掉一层了。所以说是假的，不是真的。那么，为什么我又说真的？你想想看，什么意思——”

“这件东西现在外头还有一张，”吴天泽眼睛眨巴道，“跟这一张一样，两张一模一样，都是真的，一样。对了，还是原来的这张，只是——”

“唔，对了。”顾大献吐了一口气，点点头说道，“还是原来这张，只是第一层，第二层的区别。这个，你看不出来，我相信你父亲肯定看得出来。”说到这里，顾大献手一招：“天泽，你过来用心看，用力气看这张东西，上面一层被人揭走了。这是第二层，感觉有一种不易察觉的，一种非常自然的，微微弱显的淡隐隐的感觉，我一看就是揭过的东西。”

“照顾院长您的说法，我们家这件东西，被人家揭过一层皮了？”

“是，毋庸置疑。”

“那我就弄不懂了，这件东西原来就是假的？不是真的？”

“假的。”顾大献一口认定，说道，“当然，这是我个人的看法。但是你父亲不认同我对这幅画的看法。他在南京跟我说：‘唐寅的《落霞孤鹜图》，真的，在我家里。’他认定我们金陵博物院收藏的那件，假的。这是他的看法。我跟你父亲是多年的老朋友。对这个看法，我们不争论，留到今后再说。没想到你父亲会突然去世。”顾大献说到这里打住，似乎不想再说下去了。

“我想来想去，觉着还是有点不对。”吴天泽自言自语道。

“咹？不对？”顾大献头一歪，看着吴天泽。

“这幅画一直在我家里头，怎么会被人家揭掉上面一层皮？”

“也许这幅画买来之前已经被人家揭过皮了。”顾大献略一沉吟，似乎也觉着有点不可思议，因此说道，“不过，话说回来，这个有点不大可能。如果早就被人家揭过皮了，按理说你爷爷吴绍庭，你外公叶根培，你父亲吴允之，他们应该看得出来。他们三个人都看走眼了？”眼瞅着吴天泽将信将疑的眼神，顾大献接着说道：“或许，还有一种可能，这件东西后来被人动过了。”这时候顾大献、吴天泽恐怕做梦也不会想到，眼下这幅唐寅的《落霞孤鹜图》，潘道延先头还临摹出来一张假的。吴天泽在当天日记里写道：

现在有三张唐寅的《落霞孤鹜图》。

按照顾大献的说法，原作在金陵博物院；我家这件是假的，而且还被人揭走一层。这个说法可信可疑。这是顾大献“一家之言”。

这次回来，听家里人说了一些情况。阿仲私底下好像有点怀疑，说这幅画会不会是阿延动过？我起先不信。理由是，没有理由。

顾大献一席话提醒我，似乎有可疑点。家里这幅画只有潘道延碰过。但是我绝对不相信阿延把这幅画拿出去揭皮，倒一个什么棺材。他懂这一套？就算懂，他也不敢。假设是他瞒着家里把这幅画拿出去做的，他为什么要这样做？

潘道延已经三天没有回来了。

将近一个月，潘道延没有一点消息。这期间吴天玉病倒了。唐小姐几乎是三日两头去吴家陪伴吴天玉。唐太太在家里有时候有真没假地说女儿：“我看你现在比谁都忙，早出晚归的，好像在外头找了一份工作，跟出去上班似的。”唐小姐听了，也不计较她母亲时而热时而冷的闲话，仍旧我行我素。有时候唐太太闲话说得多了，唐小姐心里边嫌烦，便回头说一句：“哎，我高兴！”或者说：“这是我的事情，跟你们不搭界。”唐六梓看在眼睛里，私底下跟太太说：“女儿现在大了，不要多烦，让她去，不要紧的。她又不是没有头脑，又不是没有分寸。自己家里，如果一天到晚烦，有意思吗？她听你的还好，要是不听你的，你说了等于白说，好比墙头上刷白水。我们还是时髦点，所谓‘老要时髦，小要乖’。我看我女儿好好的，我就不说她。要说，就夸奖她几句，说得她开心，出去一天好心情，这样不是蛮好么？省得烦死了，嘴翘鼻头高，看见人，没个好腔调，肚皮饿了吃饭也没个好胃口。”唐太太听了，眼睛朝唐六梓一瞥，说道：“下来我不管了，女儿你来管，我出去打牌。”

吴天玉因心烦意乱、苦闷郁积而生病，吴太太心里比谁都清楚，这会儿看病吃药对女儿没什么大用，最好是把潘道延快点找回来。

这天吴太太单独跟儿子说：“天泽，妈知道天玉的心病，只要阿延回来，压在你妹妹心上的一块石头才会落地。要不然，吃曹先生的中药也好，唐小姐陪她到城里博习医院去看医生也好，都没有用。现在她成日成夜睡不着觉，这样下去时间长了，身体会垮掉，精神会出问题。我现在最担心的是，她会不会生那个毛病？万一得那个病，怎么办？”吴天泽听了，安慰母亲道：“不会的。天玉性格是开朗的，她不会想不开。她现在身体状况不好，多半是因为爹去世，她心里边特别难过。这个我知道，人一下子接受不了，短时间很难从悲痛中走出来。昨天吃中饭前她还跟我说‘爹去世，是我的错’……说了好几遍，唐小姐在边上也听见的——我跟天玉说：‘你没什么错，你不要太过自责，一个人闷在房间里头瞎想，把所有的不是都拉到自己头上。’唐小姐也跟着一再劝她，安慰她，教她别去多想，吃点东西，到园子里走走，然后回到房间里好好休息睡觉，一切都会过去的。这么一说，我看她情绪好点了。”

“好什么，”吴太太眉头紧蹙，说道，“这个样子反反复复的，你不懂，我是担心得要命，生怕出事情。唐小姐跟我说，看样子，天玉的情况不大好，问我要不要让她住医院？我听了，一时头上也拿不定主意，跟唐小姐说，回头我来问问天泽看，看天泽怎么说？唐小姐的意思是，家里要引起重视；她觉着你对妹妹不够重视，大心思不在妹妹身上，好像心里边在想别的什么事情。听唐小姐这么一讲，我也觉着是。要不然你妹妹几次求你快点把阿延找回来，你怎么到今天还磨煞磨煞地不着急？”

“妈，不是我不着急。”吴天泽怔了一下，咬一下嘴唇，说道，“其实，我回来的开头几天，看阿延没有回来，我心里边比谁都急。这个，你也知道。我几次叫阿仲出去找，一定要想办法把阿延给我找回来。因为什么？因为开头我听你们说了，说阿延自己会回来的，上次他出去一个多月，他不是回来了么？后来我一想，觉着不对。这一回阿延人‘不见’了，跟上次他人‘不见’了，我觉着不是一回事儿。接下来不知怎么地我跟你们想的一样，以为他会跟上次一样，我们不用找，到时候他自己会回来的。这么一想，就耐着性子等等看。结果一等，就等到今天。有些话——妈，我这会儿真的不想跟你说——说了，怕你吃不消，受不了。现在看来不说还不行——”“说，什么事？”吴太太眼睛一跳，问道。

“哈，”吴天泽低头稍微迟疑了一下，头一抬，说道，“有些话，现在怎么说呢，先说天玉……妈，你现在要知道，天玉有些话闷在心里边没有跟你说，但是她跟唐小姐说了。我怎么知道的？我问唐小姐了。唐小姐本来不肯告诉我，后来还是被我逼着说出来的。我想知道，所以我前几天把唐小姐拉到楼上画室，单独跟她说，我说：‘唐小姐，你要是不把吴天玉这些日子在私底下哭哭啼啼跟你说的话告诉我，我就不理你！’——唐小姐被我逼得没办法，只好悄悄地告诉我一个人。唐小姐说：‘天玉好像觉着家里人在怀疑阿延……’我一听，明白了。天玉现在你跟她说什么都没用。她现在觉着我们是在冤枉阿延。她这个感觉，不晓得从哪里来的？会不会是家里在议论阿延的事情，不当心被她听见了？她说：‘……在背后怀疑阿延，阿延会有心灵感应，所以阿延他不会回来。说不定他再也不回来了。’就这个意思。天玉把这个意思郁积在心里边，除了跟唐小姐说，她不跟家里任何人说，连自己母亲她也不说，更不要说，说给我这个哥哥听了。我现在晓得了，天玉在等阿延，等他回来把有些事情说清爽，比如说唐寅的那幅画；比如说阿延在外头究竟跟谁在一道？这些话唐小姐怎么知道的？天玉跟她说的。天玉还告诉唐小姐，说阿延他妈妈去世，她跟阿延到乡下去奔丧，回来的时候顺便去看一个老师，姓范，范先生。阿延给了范先生不少钱……当然，这是要的。天玉说，那天在回来的路上她问阿延：‘你，哪来那么多钱的？’阿延这个人我们家里知道，你问他，问不出什么东西的。阿延什么也没说，好像就跟天玉说了一句什么‘问朋友借的’。这些事家里知道不知道？不知道。——哦，对了，上次阿延回来的时候买了不少东西，天玉当时起了一点疑心。不过后来听阿延说他在外头画画，挣了一点钱，天玉也就把这个事情丢到脑后了。”

“哎，说到这个事情，我那个时候好像也有点疑心。”吴太太一想，恍然一醒说道，“我心里想阿延买东西回来，他的钱哪里来的？但是后来分心了，心里在想别的事情，就把这个事情丢一边去了。照理应该问问他，问问天玉，是怎么回事儿？”吴太太说到这里，叹一口气，接着说道：“天泽，现在说起来还要怪你——你的事情忒多，教人操心！那会儿我把心思都放在你头上了，总以为阿延也好，天玉也好，他们俩没事的，家里边就你这个儿子有事，心里老想着你，把其他事情不当回事儿，忽视了你妹妹和阿延——”

“是吴天玉忽视了阿延。”吴天泽接口道，“妈，天玉你也知道，她人天真得很，以前无忧无虑的，活泼得很。眼下，人突然变了。要不是这回唐小姐给我透了点一二三，我还蒙在鼓里，不晓得天玉到底是怎么回事儿，是什么原因把她弄得这个样子？饭不好好吃，觉不好好睡，要么一天到晚在自己房间里头发呆，要么就跟唐小姐东一句西一句的说什么事情。所以，我那天跟唐小姐说，我说：‘我现在什么都不怕，就怕阿延出什么事！至于天玉，说真的，虽然她现在状况不大好，不过不要紧，这个我不是特别担心。我担心的是他，是潘道延……’”

接下来几天，阿仲天天出去寻潘道延，吴天泽也跟着出去找。

这天吴天泽进城，到庚子家里去看看，心里想庚子经常在外头晃来晃去，说不定他会在什么地方碰到潘道延。

见吴天泽突然出现在面前，庚子一愣，随即龇牙咧嘴说道：“你怎么冒出来了？这些日子你跑到哪边去了，连个人影子也看不见，一点消息也没有。到你家里去看你，你家用人说，你到上海去了，真的假的？”

“真的。”吴天泽一屁股坐下来，说道，“庚子，我今天来，没工夫跟你说闲话，主要来问问你，这些日子你有没有看见潘道延，跟他碰过头——”

“谁？——潘道延？”庚子眼睛一眨，摇头回道，“没有。”

“庚子，”吴天泽轻咳一声道，“真人面前不说假话。跟你这么说吧，前几个月，有一天你到惟亭来，就是阿延他母亲去世那天，你到我家里来找过阿延，有没有？你现在跟我讲老实话——”

“我想想——”庚子眼珠子一转，好像突然间想起来了，说道，“哦，你这么一说，我想起来了，有过一趟——是你家那个用人跟你说的？”

“这就对了。”吴天泽立起来，拍拍庚子肩膀，说道，“好，现在我们废话少说，你告诉我，最近你有没有看见他？他在哪里，你知道不知道？”

“这个我不知道。”庚子头一摇，回道，“我也没看见过他，——我说的是真的，真的没看见他。说了，你又不相信，以为我在骗你……吴天泽，你不要用这种眼光看着我，操你的，你用这种眼光盯着我看，什么意思？不相信我？不相信我，就不要来问我，问个屁啊！”

“庚子还是庚子，”吴天泽又拍了一下庚子肩膀，说道，“我相信你。我相信你不说假话。好，现在我再问你，你原先跟阿延没有来往，你怎么会突然想起来到我家里来找他？是谁叫你来的？”

“这个你不要问我，”庚子立马回道，“要问，你去问韩进——”

“韩进现在在哪里？”

“老地方你不知道？纪老板那个地方，博古斋。”

“哈，”吴天泽一听，拔脚就走，一边说道，“庚子，谢了。”

“哎，等等！”庚子鼻子向上一皱，吸了一下，说道，“就这么走了？连个意思也没有？”吴天泽一个转身，问道：“什么意思？”

“没什么意思。”庚子脸一抬，嘴巴作成一个圆圈，随即伸出两个手指头捻捻道：“稍微弄点意思，意思意思，就这个意思。”

“问你几句话，还要意思意思……”吴天泽说着，已经掏出一块大洋，手掂了一下，扔给庚子。庚子接手，嘴巴一撇，说：“这年头给你提供消息，弄点意思也是应当的。”说罢，两个手指头捏着大洋放到嘴边一吹，随即拿到耳朵边上听，头一晃咕噜道：“真的。”

吴天泽到博古斋找韩进，一脚踏进博古斋，先看见银子；一问，银子劈口回道：“我不晓得。这个你要问纪老板。”

纪学览眼瞅着吴天泽进来问韩进，反问道：“哎，你有没有看见他？——操他妈

的韩进，大半个月前问我借了不少钱，现在人没了，不见了，失踪了，不知道跑到哪边去了。你吴公子跑了，不要紧，我还可以寻到你门上。他跑了，我到哪边去找他，啊？你还要来问我？我问谁？我怎么知道？”

“真的假的？”吴天泽看着纪学览眼睛，问道。

“也，骗你做什么，”纪学览嘴角一抽，瞟了吴天泽一眼，咕哝道，“我吃饱了要骗你。你要是不相信，去问朱红，问他家里上上下下。”

这一回纪学览说的，是真的。别说他不知道，就连朱子藏朱红现在也不知道韩进跑到哪边去了。这时候吴天泽还不知道朱红的太太金俪也跑掉了。

这是先前发生的事情……

朱红哪里会料到自己女人跟韩进私奔。开头几天，朱红把所有的可能性放到脑子里过了一遍，偏偏就是没想到这一点。

韩进出走之前，确实问纪学览预支了一笔钱。纪学览把钱给了他。韩进过去时常问店里拿钱。过后，他很快把钱还到店里；有时候不还，便记在账上，纪学览已经习惯了。反正韩进每次用钱派什么用场，朱红知道。这一回韩进借钱朱红事先不知道；回去一问，他父亲朱子藏也不知道。朱子藏后来知道情况后两只眼睛突出来，怔了半天，头摇来摇去，说了一句：“老纪杀猪本事大得很，没想到这回被韩进这个小赤佬杀一刀！”

韩进问纪学览借的这笔钱，韩进早就想好不还了。那天韩进对金俪说：“少奶奶，你欢喜我，我也欢喜你。我们走，家里一分钱不拿，一件东西不拿，少奶奶说‘净身出户’，我认了。但是那个纪学览我要弄他一把，就算弄个盘缠。以后不用怕，我有手艺，写字画画，我和少奶奶有吃饭。”

“你不要叫我少奶奶，叫我阿俪……”当金俪最后作出决定跟韩进私奔，她几乎是难以控制自己的激动、紧张、兴奋。她曾经犹豫过，但是她思前想后，没办法，还是要离开这个家，离开朱红这个男人。

那天夜里朱红没有回家……

在过去一段日子里朱红在外头做什么，只有老头子朱子藏知道，还有韩进知道。“我不知道，”金俪对韩进说，“我也不想知道……”这时候金俪已经跨出去了。她义无反顾。她实在是无法忍受，再也不能忍受她曾经过的那种日子。

“朱红他不是人。”金俪对韩进说，“跟他这种人过日子，我是在寻死。我要过我的日子，我要好好地过日子。”

金俪养的那条小狗，那天半夜里眼瞅着主人要走，不声不响跟随主人走到门口，头仰起来摇着尾巴，眼巴巴地看着主人，似乎想着主人带它一道走。金俪在回头看那条狗的一瞬间，突然俯身把那条狗抱起来轻轻地叫了一声：“Pang!”

韩进一怔小声说道：“少奶奶，狗不好带走，还是留在家里吧。”说罢，韩进把那条狗从金俪怀里抱下来放到门里边，随即关上门，拉着金俪的手，上了正在外头等候的马车。

……

这天下午吴天泽离开博古斋，一个人到观前街玄妙观逛了一大圈。

挨到天黑，他心里想今天既然出来了，到同春楼去看看董碧韵……一路想着抬头间，同春楼就在眼前。

吴天泽走进董碧韵房间，一看盛宾如在，他稍一犹豫；这时候董碧韵跟他打招呼，他点个头，随即对盛宾如说："今天不好意思，请盛先生回避一下，我想单独跟董小姐谈谈，时间不长。"吴天泽脑子里一闪念：如果这个请求被盛宾如拒绝，立马走。

"可以。"盛宾如头一点，说；随即立起来看了董碧韵一眼；一转眼看着吴天泽，将手一让，说道："吴公子请坐。"说罢，转身离开。

吴天泽这会儿出现，董碧韵感到既惊喜又伤感……

董碧韵轻轻地叫了一声："天泽。"接下来的话刚到嘴边，还没说出来，吴天泽便开门见山说道："董姐，你先听我说，我今天来看你，跟你说几句话，说完我就走——盛先生还在外头等着——先说头一件事情，我父亲去世了。接下来要说的是，我这次回来，要把家撑起来。最后要说的，还是先前我跟你说过的那个事情。过些日子，我要跟我母亲谈。我的话说完了，现在听你说——"

董碧韵怔了半天，才开口说道："你父亲去世了。我听了，这会儿，心里难过，不想说话。"话音刚落，董碧韵眼泪汪汪。

"现在不说我父亲。"吴天泽深深吸了一口气，说道，"说我们，说我们的事情，我跟你的事情——"

"天泽，"董碧韵擦了一下眼泪，说道，"我们，我们先不说这个事情你看好不好？先说点别的，……你接下来有什么打算？"

"在家里写字画画，像我父亲那样。"

"这样好。"

"你希望我这样？"

"是的，天泽。……我不仅希望你这样做，更希望吴门画派不久会出现一个与众不同的吴天泽。"说到这里，董碧韵沉吟了一会儿，突然立起来，走到画桌边上，扯了一张宣纸，铺平，放上镇纸，一面说道："天泽，我写一幅字，你看看——"随即援笔濡墨，用行书写道：

吴门俊才追比前贤有道
青楼女子超显后生在望

董碧韵写完搁笔，抬头一看，吴天泽默然无语立在自己边上。

寻访笔记 36

和吴有箴先生相识十几年；他去世后，我才看到他收藏的《吴天泽日记》。

对这个事，吴有箴先生的几个子女有不同意见；最后他们还是遵照吴有箴先生的遗嘱让我看了那本日记。吴有箴先生给我留了一封信：

丰子：

我允许你在我去世后看我的日记。

在这之前，没有任何外人看过这本日记。我活着的时候是没有勇气给你看的，那个时候你只好听我有选择地说一些里边的内容。眼下你的好奇心可以满足了吧。

预先讲好，这本日记不好带回去看，请当着我子女的面看。这本日记将随我一道火化。

我本来有个想法，我走的时候带一本《吴门道》走。你啊，没完没了的，磨到现在还没有写好这本书。算了，我不等了。你慢慢写吧。

我相信你会比较冷静、客观、平和地叙述你想叙述的这个故事。

……

第三十六章

又到了梅雨季节。这一年江南提前入梅，连续几天下雨。

这天上午吴天玉坐在客厅门廊下，精神恍惚轻轻自语道："……阿延今天要回来了。"明香陪在她边上，好像没听清楚，问道："小姐，你刚才说什么？"

吴天玉瞟了明香一眼，没有说话，转脸朝外头园子望了一会儿，突然立起来往园子门口去。明香一怔，随即跟过去。

吴天玉把门打开来，跨出门槛站到屋檐下；她伸出双手，接屋檐上落下来的雨水。这时候她好像看见一大一小两个乡下人，戴着斗笠，立在大人边上的那个小男孩两只眼睛闪亮，盯着自己看。她想起来，那年，那时候，也是这个时候外头下雨，她堵在家门口，不让他们进来……

这时候唐小姐坐马车来了。

唐小姐从车上下来，见明香正在门口劝说吴天玉进去，上去叫了一声："天玉！"吴天玉回头一看，颔首微笑道："阿延今天要回来了。"

"小姐，进去吧。"明香说着，搀住吴天玉的手。

"你们是坏人，"吴天玉手一甩，突然一个转身，朝门里边大声说道，"你们是坏人！——坏人。"说罢，她喘一口气，讷讷自语道："阿延是好人。你们是坏人，坏人……"

"我来吧。"唐小姐对明香说，随即挽住吴天玉手臂，慢慢地往里边走。

"伯母，"唐小姐挽着吴天玉走到客厅门廊下，吴太太和阿仲迎出来，唐小姐说，"我想把天玉接到我家里住几天——"吴太太一听，对明香说："你先把小姐扶到里边去。"明香点头应了一声："是，太太。"

唐小姐看了吴天玉一眼，刚想接着往下说，吴天泽从楼上下来，到客厅里，这时候只听见吴天玉大声说道："你们是坏人！坏人……"眼瞅着家里所有的人一时不知所措，唐小姐柔声说道："天玉，你先去里边换衣服，待会儿我过来陪你。"这会儿吴天玉好像就听唐小姐的，唐小姐一说，她突然间变得乖乖孩似的由明香搀着往里边去。她走了几步，回头看唐小姐，一笑说道："阿延今天要回来了。我没有骗你。我说的是真的，不是假的，是真的。”吴太太鼻子一酸，眼泪簌簌流下来。

“伯母，”看明香搀着吴天玉去了，唐小姐把方才要说的话接着说道，“我今天就把天玉接到我家里去，让她在我家里住些日子，换换环境，说不定情况有可能会好一些。”吴太太擦了眼泪，看着儿子，问道：“天泽，唐小姐这么说，你看呢？”吴天泽不假思索，点头道：“好的。”唐小姐看了吴天泽一眼，觉着吴天泽今天果断得很，不像昨天……

昨天唐小姐单独跟吴天泽商量这个想法的时候，吴天泽却是一副忧心忡忡的样子，犹豫不决，拿不定主意，闷在楼上画室里半天，连个声音也没有，把唐小姐急得脾气上来，忍不住说道：“这么一桩小事情，你就闷半天不说话，要是以后我们碰到什么大事，还能指望你当机立断，作一个决定？”吴天泽听了，当时脸一红，“哈”一声，说道：“你以为天玉的事情是小事情吗？”

“天玉的事情确实不是小事情，这我知道。”唐小姐跟吴天泽对视一下，说道，“但是现在我想把天玉接到我家里去住些日子，这个事情不是大事情。吴天泽，你不要偷换概念，以为我把大事看作小事。”这么一说，把吴天泽说得心里边觉着不舒服，他脸一沉，顶了回去：“唐小姐，我现在说不过你。这是我们家里的事，你别管！”吴天泽说完拿起毛笔画画，不理唐小姐。唐小姐一看，嘴巴撅起来，转身就走。

唐小姐今天来，打定主意非把吴天玉接走……

昨天晚上唐小姐回到家里跟她父母说了这个想法。唐太太一听，摇头，拉女儿坐下来，似乎想好好地劝说道：“你这样做不妥当。你想把吴天泽的妹妹接到我们家里来，她现在这个样子你弄得了吗？我们家里本来蛮安逸，她一来，我们家里就不安逸了。再说了，这个事情是吴天泽家里的事情，你去管这个事情做什么？还是不要管……”唐小姐当即回道：“我已经想好了，我一定要管！”

唐六梓知道情况后，意见倾向女儿，拨开折扇说道：“这个事情让女儿自己做主，她想怎么做，自有她的道理，我们就不要插在里头了。反正我女儿也是好心帮他们吴家，要是吴天泽的妹妹到我们家里来住些日子，换个环境，情况有所好转，岂不是一件好事？”

眼瞅着唐六梓支持女儿，再加上周妈在边上说道：“吴小姐这样叫人蛮伤心的。吴小姐来，我来服侍她，不麻烦的。”唐太太一想，觉着自己没戏唱，要是再反对，生怕弄得家里不开心。她迟疑了一会儿，点头说：“好，你们都是菩萨心肠，我只好依你们。”

吴天玉被唐小姐接到唐家，唐太太就待在家里不出去打牌了。

第二天吃过午饭，唐太太牌念头上来，把几个打麻将的老搭子约到自己家里来打牌。外头下雨，几个女人躲在家里打打牌，说说闲话，也是一乐。

这天下午唐家一桌牌刚开局，唐太太问文秀丽：“哎，沈太太，好些日子没看见朱太太了。她不来跟我们打牌啦，一直躲在家里边做什么？”

“喔唷，别去说她——”文秀丽一边洗牌，说道，“阿俪人跑掉了。听说跟一个男人私奔，不晓得跑到哪边去了，找也找不到。”

“真的啊？”范太太吃惊道，“不是在寻开心吧？她日子过得好好的，男人待她好得很，她要跟人家男人私奔做什么？想不通。”

“这个有什么想不通的。”文秀丽一笑，接着说道，“开头我在巷里听到一些风言风语，我不相信。前几天我到她家里去看她，没碰到；碰到她家老头子朱子藏，我私底下一问，老头子被我三花两花，到最后他像挤牙膏似的说了几句。我一听，明白了。原来阿俪跟她家里的一个小赤佬私奔了。……阿俪跟那个小赤佬厉害的，走的时候，一点风声也没有；走之前，外表上一点也看不出来。她家里上上下下全是木头人，都不晓得，连她男人朱红也蒙在鼓里。现在，他总算是睡觉睡醒了。这是真的，不是寻开心。”

唐太太一听，也生了一点好奇心，一边摸牌，随口说道：“沈太太，我看阿俪她平时跟你要好得很。以前听你讲过她跟你有时候要讲讲心里话。我猜想你事先肯定知道一点秘密，你嘴巴紧，不说罢了。”

“我倒不是嘴巴紧，”文秀丽“碰”一声，一边拿牌说道，“我是不想管人家屋里闲事。现在阿俪不在，说说不要紧；说起来还是她男人朱红不是个东西，骨子里不是个东西，蛮好的日子不会过，偏偏要神经搭错……自己把自己一根神经搭错，还要一天到夜挖空心思，动坏脑筋把人家神经也搭错。他家里前一段日子不晓得从什么地方弄了一个神经病回来，养在他家后院里……那天，我听他家里用人说……白板。”

“吃冲！”

“哟，唐太太今天手气好，头一把就和了。”文秀丽一笑，说道，“我老麻将今天怎么打这个牌？刚才跟你们讲话，分心了，否则我不会吃冲的。”

……

几天过后，唐小姐给吴天泽写了一封信，她用毛笔写道：

吴天泽：

天玉今天情况比前两天好。请你放心，请伯母放心。

本来白天想去一趟惟亭，当面说一下情况。一想，这会儿我不能走开，虽说家里有用人，我妈妈也在，但是我陪着天玉，还是最好。

昨天一个夜里她睡得很香。今天早上起来吃过早饭，我陪她出去散步。我们沿着一段老城墙走了一个来回，一路上说说开心事情；总算看到天玉脸上有了笑容，好像久违了的阳光，这时候我心里比什么都开心，我想老天不坏，会保佑天玉。

回来以后她觉着舒服，坐下来写字。她写了一幅字："天若有情天亦老，月如无恨月常圆。"我看了，夸她字写得好。她叫我写字，还教我写字，我很高兴！

我的毛笔字写得不好，你不要笑话我。天玉夸我写得好，我当然开心。不过，我跟她说："你说好，不算。如果吴天泽说我的字写得好，就是真的好。"

现在夜深人静，天玉已经睡着了，我趁这个时候写信。

今天给你写信，没别的要紧事情，主要是报个天玉平安；再就是有心在你面前出一回丑，让你看看我的毛笔字写得蹩脚。这样一来，我以后当着你的面就敢写字，反正先头已经出过丑了，就不怕人家批评。

还有一件事：前两天我妈妈约了几位太太到我家里打牌，我无意中听到她们在议论一个人，叫朱红，说他太太跟一个男人私奔了。还说他家里不知道从哪里弄来一个精神病人，会画画。我不敢想，只是心里猜想会不会是他？我没有跟天玉说。我关照我妈妈和用人，绝对不能跟天玉说。这个事情你留意。

又及：朱红住在专诸巷。听我爸爸说，你认识朱红。

宓于即日

第二天早上唐家用人周妈上街买点心，把这封信投进街区邮筒。

本地邮件当天下午到。吴天泽收到信一看，忙喊阿仲，说："跟我一道去城里接阿延。"阿仲一听，眼睛眨巴道："阿延有下落了？"

"阿延可能在他家里，我们去了就知道了。"吴天泽说着，一路半跑往外头去。阿仲跟着跑出去，一边问道："在哪个人家里啊？少爷——"

"朱红，"吴天泽一转眼看见不远处大树下停着一辆马车，手一指说道，"阿仲，赶紧去叫那辆马车，快！"阿仲一看，撒腿奔过去。

阿仲跑到马车跟前，喘一口气，说道："现在去一趟城里。"那车夫瞟了阿仲一眼，说："现在不好载你，我在等客人——"

"我不是客人吗？"阿仲指指自己说。

"你是客人，"那车夫嘴巴一歪道，"但是你不是我等的客人。人家说好马上要来的，叫我在这里等一会儿，我怎么可以走开？"说罢，他笃悠悠地掏出纸烟叼在嘴上，接着在身上东摸西摸寻火柴……人急，他不急。阿仲上去一把拉住他胳膊，说道："我现在跟你讲，我现在就要你走，你现在不走也要走。"那车夫脸一拉，说："哎，你不要动手动脚，有话嘴巴可以讲嘛！"

"讲什么，走！"

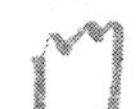

“我不走，怎么的？”

两人你一句我一句拌嘴舌，这时候有一辆空车过来。“哎，等等！”阿仲一转眼，问道：“现在到城里去不去？”

“去啊！”

“蛮好，我们走！”

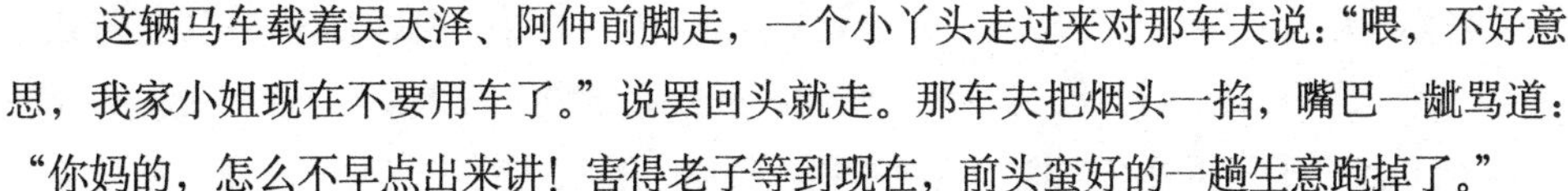

这辆马车载着吴天泽、阿仲前脚走，一个小丫头走过来对那车夫说：“喂，不好意思，我家小姐现在不要用车了。”说罢回头就走。那车夫把烟头一掐，嘴巴一龇骂道：“你妈的，怎么不早点出来讲！害得老子等到现在，前头蛮好的一趟生意跑掉了。”

朱家用人把吴天泽带进客堂，这时候朱红正坐在藤椅上发呆。

朱红好像不认得似的盯着吴天泽看了一会儿。显然，他没有料到吴公子会突然出现在自己面前。吴天泽跟朱红大概有半年没见了，今天一见，觉着朱红还是老样子，只是比先前稍微瘦了一些，脸色难看，眼睛仍旧贼亮。

朱红眉头紧蹙，眯着眼睛打量吴天泽，听了吴天泽说明来意，头一点不慌不忙说道：“他不在我家里。你想，他怎么会在我家里？这是不可能的。你不要听外头人瞎讲，不要相信那些不着边际的话。跟你说句老实话，你父亲的学生潘道延我只是听说过，人长了短的，长得什么模样，我连见都没见过——”

“红哥，你真的没有见过他？”吴天泽看着朱红眼睛，问道。

“没有。”朱红眼睛睁开来，头一摇，回道，“我刚才跟你说了，我连见都没见过，更不用说我把他藏到我家里头。我朱红，你吴公子也知道，我只收藏历代字画，我把现在的人收藏起来做什么，有什么用？没有理由，没有一点理由。外头都知道我这么多年来做的是字画生意，我又不是人贩子。不相信，你到外头去跟人家说，说朱红现在脑子有问题，把一个脑子有问题的人弄到家里发神经，看有没有人相信你这么说。再说了，我跟你吴公子什么关系？先不说你有困难的时候，碰到麻烦的时候我帮过你，就说我对你们吴家，对你父亲吴元厚的那个尊敬那个崇拜，我也不会做你刚才问的那个事情。……笑话，寻开心，你把我朱红看作什么人了？别人吃饱了瞎讲我不管，你吴公子自己看，你看我，我是这样的人吗？……不是，对不对？哦，你点头了，我很欣慰。这说明我朱红做人还是可以的，至少你吴公子觉着我，我还是可以的，应该说是够朋友的。我把朋友当做朋友，而且说话办事，一就是一，二就是二；真的就是真的，假的就是假的，从来不骗人——你从小我就认识你，你现在回想一下，我骗过你没有？骗过你父亲没有？你吴公子自己摸着良心讲，我对你怎么样？对你还是不错的吧，有哪一件事情骗过你？你现在给我挑一件事情说说看，要是挑得出一件事情，说得对，我朱红认。男人，吃卵不讲屄话，我今天跟你摊开来讲，我把你吴公子当弟兄看，就算是我真的要骗人，你，我不会骗。我跟你是弟兄。什么是弟兄？弟兄就是我帮你，

你帮我；弟兄就是我对弟兄不满的时候，该说的，嘴巴闭起来不说；不该说的，嘴巴闭起来也不说……”

吴天泽毕竟年纪轻，被朱红说得一愣一愣的，心里想朱红一张嘴巴实在是会讲，而且讲得蛮有道理，句句实在。这么一想吴天泽起身说道：“红哥，你说的话我是相信的。那我就不打搅了，走了。”朱红忙立起来，将手一让，说道：“吴公子慢走。几时空了，请你到唐楼吃茶……”说着，朱红送吴天泽到门口。阿仲在门外头等着，朱红头一点，算是跟阿仲打个招呼；随即他一转脸，好像突然想起来什么，一个欠身对吴天泽说：“前一段日子我正好在外地寻觅点东西。回来以后我才听说你父亲已经去世一个多月，没赶上时间到府上吊唁你父亲。今天想起来，愧疚得很。”吴天泽一听，点头道：“谢了。”便告辞。

送走吴天泽，朱红回进去，到后院里看潘道延。这时候潘道延坐在屋子门口地上，低着头用树枝在地上写：口、天“吴”——嘴巴里叽里咕噜道：

“我不说，到天上说……”

朱红眯着眼睛看了一会儿，吩咐过来送饭的用人：“把他拉到屋里，先帮他洗洗手，洗洗脸，换身干净衣服，然后吃饭。”

“是，大少爷。”用人躬身回道，随即照吩咐做了。

“要的。”潘道延抬起头来，一转脸，看见朱红；他两只眼睛死死地盯着朱红，喉咙里咕噜道：“要的……”朱红好像已经习惯了潘道延这样的眼神，他朝潘道延点了一个头，便转身离开。这时候潘道延突然甩开用人的手，冲上去拉住朱红，嘴巴里含糊不清说道：“还给我……还我，要的……”说着，潘道延眼睛一闪，好像此时此刻他脑子里有一根神经，像先前断掉的白炽灯钨丝，突然间又接上了，“刷”一亮，脑子里边似乎一闪而过：

吴元厚去世后第二天早上，他火急燎燎地坐马车进城，到豆粉园找朱红。

朱红不在。他在屋子里等。

他不知道等了多长时间。朱红带一个用人来了。他一把拉住朱红，说：“求你，把原来的那幅画还给我，要的。”……朱红赖得干干净净。

他嘴巴翕动了半天，一口气接上来，说道：“你不还给我，我死给你看！”

……

眼睛一眨，潘道延脑子里那根神经又断掉了。

朱红看着潘道延面无表情的脸，拨开他双手，嘴巴朝用人一努，用人赶紧上来把潘道延拉到屋子里。

潘道延现在根本不知道自己在哪里；他也想不起来那天在豆粉园屋子里朱红跟他说了些什么话，他是怎样一头撞到墙上去的；接着又是谁把他送到天赐庄博习医院；后来朱红又是怎样把他接到朱红家里。所有的一切像一幅水墨画上的留白，似云似雾萦绕在高山顶上，又像画面上的水若有若无。

这会儿朱红离开后院，往他父亲书房去。

朱子藏见朱红进来，干咳一声，问道：“哎，刚才谁来的？阿四先头进来跟我说，是个小赤佬。——谁啊？”

“吴元厚的儿子。”朱红坐下来，回道。

“哦？——他来做什么？”

“没什么事情，”朱红瞟了一眼父亲手头上的《收藏志录》，说道，“他过来看看我，随便说了一些闲话。他有什么事情，吃饱了没事做，出来晃晃。”

“不会吧，”朱子藏放下书，看了朱红一眼，说道，“吴元厚的儿子今天来肯定有目的，他没有问你潘道延的事情？”

“问了。”朱红似乎漫不经心回道，“问又怎么样？他能问出个什么名堂，一点名堂也问不出来的，想都别想——对付他这种小赤佬不用担心思，我三个指头捏田螺。不过——”朱红眼睛一转，突然间转了话题，说道：“吴元厚的儿子今天来，我想起来我们有一件事情好像做得不大光表——”

“你说什么？什么事情？”朱子藏嘴角一抽，问道。

“就是吴元厚死，”朱红若有所思道，“我们当时还是应当去吊唁的。吴先生跟我们的关系毕竟还是可以的。这一趟没去，有点说不大过去。其实，我当时是想去的。爹，是你不肯去，还不让我去。你跟顾大猷‘生不来去，死不吊唁’不去说他，但是跟吴先生，没有必要。”

“你现在说什么屁话。”朱子藏鼻孔里“哼”一声说道，“你当时要去我又没拦你。后来，是你自己不想去了。你现在跟我说这个话是屁话，废话。我先头就跟你说过了，我是不去的。人家办喜事要请的，办丧事要通知的。吴家通知我了没有？——没有。不把我放在眼睛里，我跑过去做什么？再说了，我晓得南京顾大猷一定要来的，他来我不去。”

“在这个事情上，我觉着——”朱红说到这里突然打住，摇摇头，随即把话题绕到潘道延身上，接着说道，“爹，我刚才到后院里头看了一下潘道延。我看他情况，看样子不大好。我有点担心，他会不会从此废掉了，没用了，啊？”

“啊什么，”朱子藏眼睛一瞟看着儿子，倏然他眼睛里变得深不可测，随即微微一笑，说道，“他怎么会废掉，咹？前几天我让他临摹一张东西，我看他两只眼睛放光，一头扎进去再也出不来了。他关起门来一门心思临摹，一点问题也没有，那个感觉好得很。”

“那医生怎么跟我说‘这个病人脑子撞坏了，看不好了’。”朱红一边抚摸着下巴，说道，“你想啊，他昏迷了三天三夜，眼睛才睁开来。我一看，他脑子坏了。我们钱倒是用了不少，结果人家医生还是摇头说‘没有办法治’。”

“红儿，你不要听那些医生的话，”朱子藏冷笑一声道，“他们懂个屁！他们哪里知道我要的就是他现在这个感觉。所以我叫你赶紧把他弄回来，弄到家里来给他好吃，好喝，好好地给我睡觉；一觉睡醒了，眼睛睁开来以后，帮我临摹东西。这就对了。你到现在还不相信，咹？我叫你别管，潘道延的事情我来管。跟你这么说吧，潘道延现在是我们家里的宝贝，天上没有，地上你找不到，他价值连城哦。像他这种人，像他现在这个样子，你到哪边去找？别说找不到，就是你想花大价钱训练，培养，也训练不出来，也培养不出来。这是可遇而不可求的天上掉下来的一个潘道延，我睡梦里都要笑醒：我，朱子藏，这辈子怎么会有这种天遇？我们家祖坟上冒青烟了，不是开玩笑的。”说罢，朱子藏不慌不忙拿出一张扇面摊到桌面上，手指头指点着，一边说道：“你看这张唐伯虎的扇面，潘道延前些日子临摹出来的，怎么样？没话讲了吧，临摹得比唐伯虎还要唐伯虎！我活到今朝这把年纪，还没见过有哪个人有如此一绝！我现在一想就开心。我开心的是，老天有眼，老天开门，活脱脱地把一个旷世奇才送到我手上。如果说以前死掉的韩福是鬼，那么现在还活着的这个潘道延，他就是已经死掉的鬼。像这样的鬼，他才能登上临摹仿作的巅峰！”

朱红听他父亲这么一说，瞟了一眼那幅唐伯虎扇面，干咳一声说道：“这件东西给我，我明天拿到博古斋，叫老纪看准了户头出手——”

“不，”朱子藏这会儿似乎已经冷静下来，手一摆说道，“不卖，这件东西留着。对了，还有那件《仕女吹箫图》不要卖，叫魏师傅用足心思裱好，拿回来交给我，我要派大用场……”

当天夜里吴天泽睡到床上，一时睡不着，从床上爬起来。他走到潘道延房间里瞅瞅，然后又走到潘道延画室里看看。完了，回过来，他慢慢地上楼，走进他父亲的画室——这间画室现在他用了。

他坐下来，发了一会儿呆，想起来写日记，随即把册页拿出来，从笔筒里抽出一枝狼毫笔，濡墨略一沉吟，落笔写道：

> 外头闲话不可信。
>
> 但是阿仲在回来的路上说：“那些闲话，不见得是无中生有吧？就算是有人吃饱了嚼舌头胡说八道，总归有点因头。”
>
> 阿仲疑心重，先头怀疑潘道延；这回他又怀疑朱红，也许有他的道理；也许什么道理也没有。我看阿仲脑子恐怕也有问题，疑神疑鬼，自说自话。
>
> 唐小姐信中提到朱红的太太跟一个男人私奔了。这个估计是真的。又说朱红把一个精神病人弄到自己家里，猜想会不会是阿延？这个听起来好像天方夜谭。
>
> 朱红还是可信的，他没有任何理由要骗我。

母亲今天松了一口气，说：“唐小姐帮了我们家一个大忙。”

看样子，我们家已经欠了唐小姐一个很大的人情。以后怎么还这个人情？我说的是“人情”，而母亲却说“感情”。

母亲说：“人情是可以还的。唐小姐对我们家的感情，拿什么东西来还？”这个话我听明白了。母亲的意思无非就是要我跟唐小姐成亲。这个事情我现在不想跟母亲谈。

母亲叫我说唐小姐好，我没话讲；问我，唐小姐有什么不好？我也讲不出来。反正唐小姐在我母亲眼睛里什么都好；要想找她一个不好，想了半天，没有。

其实，我心里边想的是她，而不是她。

吴天玉在唐小姐家里住了三个礼拜后，对唐小姐说：“我想家里了。”唐小姐看她情况有所好转，稳定，同意她明天回去。

这天上午唐小姐送吴天玉回到惟亭。吴太太见女儿脸上有了血色，精神面貌好像恢复到原先正常的样子，不禁喜出望外！

吴太太亲自下厨，做了几道拿手菜。中午吃饭，吴太太叫阿仲、明香一道坐下来吃，一家人又像从前那样有说有笑。吴太太几次给唐小姐夹菜，一边说道：“天泽，你不要光顾自己吃，也想着照应点唐小姐。”说着，眼神示意儿子给唐小姐夹菜。吴天泽跟他母亲对视一下，轻轻地“哈”一声，说道：“唐小姐现在是自己人，自己来。”吴太太一听，点头道：“唔，天泽，你今天说这个话我要听，要的。”没想到这最后两个字“要的”，吴天玉听了，突然放下筷子，说：“你们吃吧，我不吃了。”说罢，立起来就走。唐小姐一看，忙立起来，跟上去把她拉回来坐下，小声说道：“天玉，你现在不吃，我也不吃了，跟你一道饿肚子，饿得人瘦瘦的，漂亮得很。”吴天玉“扑哧”一声笑出来，随即脸一冷，说道：“你们吃饭，不要这样看着我，好不好？我没什么，只是刚才一会儿想起阿延，心里边有点难过。”吴天泽一听，马上岔开话题说道：“哎，唐小姐，你写的毛笔字我看了，觉着写得还可以——”

“什么叫还可以？”吴天玉看了吴天泽一眼，嘴巴一撅，说道，“我觉着唐小姐毛笔字写得蛮漂亮的。”说罢，头一歪朝唐小姐嘻嘻一笑。

“天玉，你没听明白我说的意思。”吴天泽一转脸看着唐小姐，说道，“其实你还可以写得更好一些，更漂亮一些，起码可以写得跟天玉一样好，跟天玉一样漂亮！”唐小姐看吴天玉高兴起来，一转眼对吴天泽说：“你做我的老师，你来教我，好不好？”说罢，脸一红，赶紧给吴天玉夹菜。吴天玉随即说道：“唐小姐我自己来——你不要帮我夹菜，帮吴天泽夹菜——你叫他‘老师’，你看他现在得意得很，好像真的要做你老师了。”

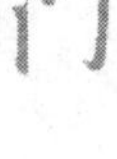

“说起写毛笔字，画画——”吴天泽好像突然想起什么来着，说道：“唐小姐，你读过教会学校，我想问问你，你说洋人懂不懂我们的字画？”

“唔，”唐小姐眼睛一眨，摇摇头说道，“他们恐怕不大懂。怎么了？怎么会想起来问这个？”

“没什么，我只是随便问问——”吴天泽淡淡一笑，说道，“我这会儿想起来，我在上海的时候，有个同事叫约翰王，他洋文好得很。但是我看他跟洋人说了半天，那洋人到最后还是弄不懂中国字画，不知道怎么回事儿。”

“一般说说，当然是不会马上懂哦。”唐小姐似乎很有兴趣说这个话题，用探询的目光看着吴天泽，说道，“连我们自己中国人，像我这样的人，也不大懂中国字画，更不要说那些洋人了。我们以前学校里的外国老师——”

“哎，唐小姐，”吴天泽打断道，“说起外国老师教你们外国话，我倒要请教你，这毛笔，英语怎么说？”

“brush，是刷子。”

“怎么是刷子？——是毛笔。”

“那就说——brush pen.”

“那书法怎么说？”

“calligraphy.”

“笔墨呢？”

“笔墨？那就是笔和墨：brush pen and ink——ink 是墨。”

“听上去好像不对……”吴天泽说着，举起手里筷子比划道，“我们在宣纸上写毛笔字、画画讲的笔墨，怎么就是笔和墨呢？那是怎样用笔用墨。笔墨是有讲究的，是功夫。你说的恐怕不对。先不说这个，那意境呢？意境怎么说？”

“意境？”唐小姐怔了一下，“这个意思我恐怕一下子也说不好，应该是一种 artistic conception. 当然，还有其他说法。——哎，怎么了，你想难倒我是不是？你以为我们从教会学校里出来的人，连这些也不懂吗？”

“哈，不是这个意思。”吴天泽看了吴天玉一眼，头一点，“想起来随便说说玩玩，让天玉开心开心。天玉一开心，我们跟着开心。”

吴太太眼瞅着自己儿子跟唐小姐说得起劲，女儿在一边听得开心，趁个空当说道：“我们都开心，明香开心，阿伸也跟着一道开心……”

吃过中饭，唐小姐陪吴天玉出去走走；吴天泽到楼上画室画图。

吴太太对明香说：“少爷开始像样了，这样多好！老爷要是在的话，看见少爷像现在这个样子，不知道心里边有多开心。”吴太太叹一口气，看了明香一眼，接着说道：“明香，你说少爷会不会再跟那个青楼女子有来往？说真的，我现在别的不担心，就担心他脑子里头一根筋，还要盯着那个女人不放。如果他还是不死心，这件事情倒是蛮麻烦的。”明香怔了一下，小声说道：“太太，现在最好的办法就是早一点叫少爷跟唐小姐成亲——”

“这个我晓得。”吴太太脸一沉，似乎心事重重说道，“我是这样想的，老爷以前也是这个意思……但是前两天我跟天泽说起这个事情，我说了半天，我看他不起劲，好像不把这件事情放在心上。我跟他说唐小姐好，他没什么反应，闷头画画。说到后来，他有点不耐烦了，跟我说‘这个事情以后再说’。所以我现在心里边有点不着落，我有点弄不懂他心里边到底是个什么想法。唐小姐，他是欢喜呢，还是不欢喜？他到底想不想娶唐小姐？我现在琢磨着，如果他不欢喜唐小姐，不想娶唐小姐，就说明他还在动别的脑筋，还在动那个女人脑筋。这是我现在最担心的事情。一想这个事情，我就怕得要命！”

“我看少爷还是蛮欢喜唐小姐的，”明香微微一笑，说道，“刚才吃饭的时候你看少爷跟唐小姐说话，还是蛮投缘的。以前我就听小姐说过，说少爷第一次见到唐小姐，就欢喜唐小姐，就是后来不知道怎么的——”

明香刹住话头不往下说了。吴太太沉思了一会儿，看着明香说，又好像在自言自语道：“要么今天，我跟天泽再说说看？我看他今天心情蛮好，待会儿我到楼上去跟他说说这个事情，看他怎么个说法？不管怎么说，他总要给家里一个说法，跟唐小姐定下来，我也好放心，要不然老是有一桩事情吊在心上……”

“嗯，”明香连连点头道，“太太是要说的，要的。”话音刚落，明香用手捂住嘴巴。吴太太瞟了她一眼，低声说道：“这两个字以后当着小姐的面再也不要说了，听见了没有？”

“晓得了，太太。”明香点头应了一声。

吴太太往楼上去了。明香收拾客厅。一会儿阿仲过来跟明香说：“小姐她们出去走走回来了没有？你要不要迎出去给她们送把伞？外头好像要落雨了。”

明香回道：“不用了，她们马上就要回来的。”说话间楼上传来争吵声，明香、阿仲一怔，面面相觑，只听见吴太太大声说道：

“……天泽，你不要跟我大声嚷嚷！我今天把话跟你说到底，我是死也不会同意你跟那个女人。你不要忘了自己身份，不要忘了我们家是有身份的，不是什么乌七马哈的人家！你别跟我有真没假的开什么玩笑，还当真了，什么名堂！现在我就一句一句告诉你，你爹去世，一半就是被你气死的……你说，你现在想怎么样，啊？你爹走了，你还想把我逼死掉？”

“妈，我现在烦得很，不想说这个事情！”吴天泽嗓门仍旧很大，犟着脖子说道，“我没有逼家里，我没有逼你！我现在不想说，什么也不想说——”

“你已经说了！”吴太太恨恨说道，“你已经把你心里的想法说出来了。我现在总算晓得了，你一直不死心，一直把那个婊子当仙女供在手上，还想把她弄到我们家里来，是不是？真是活见鬼了，天晓得！好好的唐小姐你不要，偏要到外头去寻一个不清不爽的女人……”

这时候唐小姐跟吴天玉回来了，有说有笑地走进客厅。明香一看，故意提高声音说道：“小姐回来啦！看外头落雨了，我刚要出去给你们送伞——”

“不用送伞，”唐小姐一笑，回道，“下点小雨不要紧的。”说着，一转眼望了望园子，对吴天玉说：“现在开始下大了，幸亏刚才我们赶紧跑回来。”话音刚落，便听见楼上吴天泽大声说道：

“她不是一个不清不爽的女人！……她，好得很！”

“她一个青楼女子好什么呀？”吴太太嗓子突然吊得老高，说道，“她再怎么好，还是鸡，不是凤凰！天泽我告诉你，你趁早死了这条心，想都别想！除非我死！……怎么不说话了？你说啊，唐小姐有什么不好，啊？你说呀！”

“我没说唐小姐不好！”

“但是你在说她好！”

“她有什么不好？我觉着还是她好——”

“她有什么好？难道唐小姐不如她？人家唐小姐是规规矩矩的姑娘。人家家里是规规矩矩的人家。你放着眼面前一个好好的姑娘不想要，非要说那个董什么碧韵好。……同春楼再好，还是个婊子窝，只是高级罢了。你非要跟她好，你是不是昏了头了！你是不是想把我气死掉拉倒，啊？你爹现在不在了，你把我气死了，你有什么好日子过，啊？”

楼上的声音还在断断续续传下来，这会儿吴天玉总算从惊愕中回过神来。

吴天玉看了唐小姐一眼；唐小姐咬住嘴唇，脸色煞白，一转眼跟吴天玉对视一下，刚想开口说话，吴天玉一个转身便往楼上去。

见女儿不声不响走进来，吴太太一怔，忙立起来叫了一声：“天玉。”吴天玉好像没听见母亲叫她——她一步一步走到吴天泽面前，两眼盯着吴天泽看了一会儿，拿起毛笔蘸了墨，冷不防出手在吴天泽脸上狠狠画了一笔，把毛笔往桌上一扔，轻轻说道：“吴天泽，你不跟唐小姐好，我跟你拼命！”说罢就走。吴天泽怔了半天，才回过神来。

等到吴太太跟着女儿回到楼下，唐小姐已经走了。

吴太太责怪明香道：“你怎么不拦住唐小姐？”明香嗫嚅道：“我拦了，阿仲也跟着拦了，怎么拦也拦不住……”

吴天玉听了，一转眼对阿仲说：“快点出去帮我叫辆车……”说着，吴天玉已经往外头跑了。阿仲一怔，看了吴太太一眼，没等吴太太反应过来，他拔脚奔出去。明香突然想起来喊一声：“阿仲！给小姐拿把伞！”

……

吴天玉在半道上追上唐小姐。唐小姐不肯跟吴天玉返回去。

于是，吴天玉索性坐到唐小姐的马车上，跟唐小姐回家，在唐小姐家里又住了一个晚上。

这天半夜里吴天泽在日记里写道：

> 今天晚上我跟母亲说，我不放心天玉，想到唐小姐家里去看看。
>
> 坐车到唐小姐家门口，犹豫了半天，最后还是不敢进去。
>
> 一想，还是去同春楼跟董碧韵碰个头，跟她说说家里的情况。董碧韵听了，也不帮我动动脑筋想想办法，只是含泪道："你不可为了我，逼你母亲走绝路。若你一意孤行，那我就先走一步！"我听了，一句话也说不出来。随即告辞，回家。
>
> 吴天玉冲我说的那句"拼命"的话，听上去恐怖得很，把我吓得半死！母亲说："要是天玉完了，我也完了，你一个人去过你的日子吧！"
>
> 没想到现在有三个人在逼我，我母亲、我妹妹、还有董碧韵，而不是我在逼她们。我现在真的怕了她们，可我，又非常爱她们！

唐小姐原先不知道吴天泽在外头还有这么一个花头。回到家里她心里边窝塞得很，一肚皮委屈，火冒，又不好在吴天玉面前发泄出来。耐着性子听吴天玉说了事情的原委，唐小姐手脚冰凉，浑身一点力气也没有，脑子里边乱得连个头绪也理不出来。吴天玉跟她说了那么多话，她一会儿好像全忘了，只记得吴天玉说到最后说了一句："我妈妈和我帮你！"

这天夜里唐小姐等到吴天玉睡觉以后，到客厅里坐下来跟她父母说："我跟吴天泽的事情算了。"唐太太听了一怔，问道："哎，怎么回事儿？你说得倒是轻巧，怎么好好的，说算就算了？"

唐六梓了解了情况后，沉吟半天，总算拿了个意见出来，说道："这个事情女儿你自己看着办，——我们做父母的也不好说什么；反正吴天泽好也罢，不好也罢，这是你们两个人之间的事，你自己做主。"

"这个不行！"唐太太一想回道，"人家没说算了，我们说算了，算什么？怎么说算就算？没那么容易。他们吴家，我们吊也要吊住他们，哪里有这么随随便便，你说一句断掉就断掉？"

"还是算了。"唐小姐眼圈一红，一声抽泣说道，"吴天泽这个样子，实在叫我太难堪了，一点面子也没有，受不了。"

"那吴太太怎么说？"唐六梓定了定神，问道，"吴天泽跟那个青楼女子的事情吴太太早就知道了是不是？现在吴太太是什么意思？"

“她是死也不会让吴天泽这么做的。”唐小姐擦了眼泪，回道，“今天他们家里就为这个事情吵翻了。”

“那就好，”唐六梓似乎松了一口气，说道，“只要吴太太不准，这个事情就好办，想想吴天泽也不敢跟她母亲硬到底——”唐六梓略一停顿，脑子好像转了个弯，接着说道：“宓宓，这个事情话说回来，你啊也不要想得忒复杂。我刚才还在想，你们说的那个同春楼姑娘，叫董碧韵是不是？这个女子我在外头早就听说过，说她特别擅长字画。……说不定吴天泽跟她只是书画会友，其实不会有什么其他名堂的。这种事情不必当真，也不必计较，有时候说起来，我看也是蛮正常的，不要大惊小怪。”“话不可以这么讲，”唐太太眉头皱了皱，说道，“我女儿标致漂亮，知书达理，吴天泽凭什么不把我女儿放在眼睛里？什么蛮正常，这肯定不对，吴天泽跟那个青楼女子肯定有什么故事——”

“不会有什么故事。”唐六梓看了女儿一眼，说道，“就算是他们以前有点来往，现在想办法断掉他们就是了。”

“所以宓儿你不能放手。”唐太太接口道，“你爸爸说得对，要断掉他们，想办法把吴天泽拉到你手上。如果你现在说，跟他算了，这不是犯傻么？岂不是把他往人家怀里推？”

“那我怎么办？”唐小姐偏着头，想了一想，说道，“我有什么办法？我现在心里边乱得很，我是一点办法也没有——”

“怎么没有办法？”唐太太叹一口气，摇摇头道：“你啊，在学堂里读书倒是蛮聪明的，跑到社会上，一碰到这种事情，脑子就不灵了。”说到这里，唐太太稍一顿，眼睛忽闪，接着说道：“还是妈妈来教你吧，你找个机会单独跟吴太太说，要哭着跟她说，——别的什么都不要说，就说吴天泽这样气伯母，我接受不了。吴天泽以前在外头的事情我也知道了，我可以不计较；我也一向忍让，迁就他。但是这一回，我绝不让他伤伯母的心！吴天泽不可以欺家里人太甚，全然不顾自己身份和自己在社会上的脸面，由着自己性子乱来！就这么说，你要吴太太帮你做主，坚决堵住吴天泽自毁前程，自毁吴家！——这样讲才管用。别的说多了没用……”

唐小姐听了，沉吟一会儿，点头应了一声：“嗯。”

寻访笔记 37

吴有箴先生去世前，孙渐雍来找我。

他想叫我出面跟吴有箴先生说，把《吴天泽日记》卖给他。孙渐雍以前听我说过这件书法作品。他说这件东西以后转手卖出去，按照现在行情，可以卖到七位数。

这个事情我不参与。孙渐雍后来转了几个弯托人找到吴有箴先生的子女，结果碰了一鼻子灰，人家不理他。

我跟孙渐雍说你不必为此痛心疾首。《吴天泽日记》在我看来，已经不是一个人的书法作品了。这跟钱没有关系。这是一个人给自己写的私人档案，随着这个人已去世，这个私人档案便随之消失。我们应该尊重他的选择，正如我们应该尊重一个人的有些个人隐私。属于自己的东西不是什么都可以拿出来公开说的，更不是随便可以流入市场卖的。当下，如果仅仅看重他的书法价值和市场价值，那么这本日记的意义就减去一大半。

我以为这是吴家特有的文化品质，不是烧钱的问题，而是吴家后人将过去的有些真实的记录留给一个真实的人，让他“绝对拥有”。我想烧掉的东西是个东西，是一个人不愿意把这件东西留给后人任意解释、处理。这个做法是不是空前绝后？我不知道。我只想知道什么是真的？什么是假的？

孙渐雍说他无论如何不好理解这件东西随吴有箴先生遗体一道火化。

那天，孙渐雍一定要跟我去参加吴有箴先生的葬礼。我们最后送别这位老人的时候，孙渐雍两只眼睛一直盯着那本即将燃烧的《吴天泽日记》——

第三十七章

吴天泽沉默了一个礼拜后终于向他母亲低头，妥协。

好像为了作点表示，吴天泽当着他母亲和妹妹的面，对唐小姐说：“我明天要去一趟上海。要是你想去，跟我一道去。”唐小姐心里边想跟他去，这会儿有点不好意思，脸一红，说道：“我还是在家里陪陪伯母，陪陪天玉——”

“你不要陪我，”吴天玉摇摇头，含笑说道，“你还是陪他好。好不容易今天出太阳了，他主动开口叫你去，你不去？”吴太太接口道：“唐小姐，明天你一道去，开开心心到上海去玩一趟。上次你跟天玉一道去，没碰上他，结果扫兴得很。这一回好了，你们两个人一道去，不是蛮好吗？”

唐小姐看了吴天泽一眼，点头道：“好的。”吴天泽随即说道：“明天一大早我过来接你，一道去火车站。”

“嗯。”

第二天吴天泽和唐小姐到上海，先去上海外滩。

经过花旗银行，吴天泽停下来跟唐小姐说：“我在花旗银行做过一个多月打杂工，后来不知怎么的被洋人解雇；当时怒从心头起，火起来遏不住，当着我那个上司美国人乔治的面，一把掀掉台子。我眼睛一瞪，冲他说：‘你开除我？我先开除你！’”唐小姐听了，忍不住笑起来说：“你吹牛，真的假的？”

“这种事情怎么吹牛？”吴天泽“哈”一声回道，“不相信，你可以问。”

“问谁啊？”

“待会儿中午吃饭，你可以问一个人。”吴天泽说着，抬头看了一眼外滩钟楼时间，随即叫了黄包车，带唐小姐到一家西餐馆吃饭。约翰王隔天收到吴天泽来信，信里约好今天礼拜天碰头，这会儿他已经在那里等候了。

约翰王见了吴天泽，开口就说：“今天我请客，你不要客气，到最后抢着去付账。”吴天泽头一点，回道：“好，今天给你一个机会。”说罢，跟唐小姐介绍道：“约翰王，花旗银行的同事，我的顶头上司。”一转脸，对约翰王说：“唐小姐，我妹妹的朋友。”约翰王一听，“唏”了一声，一笑说道：“吴天泽，你不要介绍了，我一看就晓得了。”

然后他看着唐小姐，点头微笑说道："还是苏州姑娘漂亮哦，看上去舒服。吴天泽还是有眼光的，福气好得不是一滴滴！"唐小姐跟约翰王点头打过招呼后，含笑不语，由着吴天泽跟他说闲话。

三个人就坐，约翰王点菜；这时候乔治和梅娜走进餐厅，选了邻近一张桌子坐下来。吴天泽一转眼跟乔治对视了一下。乔治认出吴天泽，点头微笑做一个手势算是跟吴天泽打个招呼。梅娜转脸一看，随即转过脸去。约翰王点好菜，一转眼看见乔治和梅娜，回头嘴巴一努，说道："吴天泽，没想到吧？"

"哎，约翰王，"吴天泽突然想起来问道，"巩娴巩小姐呢？今天你怎么不把她请过来一道聚聚？"

"巩小姐？"约翰王手一摆，摇头道，"不要去讲她了。"约翰王稍一顿，倾身凑近吴天泽，小声说道："她跟乔老爷了。想不到吧？"

"真的啊？"

"不相信啊，你以为我跟你开玩笑，寻开心？"

吴天泽看唐小姐这会儿弄不大清爽自己跟约翰王正在说什么来着，便岔开话题，说道："哎，唐小姐，你现在可以问问约翰王，我跟你讲的那个掀台子的事情是不是吹牛？——喏，那个美国人就是乔治……"

"是，"约翰王瞟了乔治一眼，轻轻地对唐小姐说，"真的。"

……

吃过午饭，约翰王对吴天泽说："我下午还有事情要办，先去了。"吴天泽将手一让，说："你忙你的，不用陪我们，我们自己安排。"

跟约翰王分开后，唐小姐要到上海城隍庙去逛逛，吴天泽觉着蛮好，便叫黄包车去上海城隍庙。

两人一直逛到天黑前吴天泽才想起来，这次到上海来最主要的一件事情还没有办，便对唐小姐说："走，到我原来住的地方去一趟。"

到了那里吴天泽见了房东，把租房退了。那房东阿姨说："吴天泽，你现在不住了，那么预先多交的几个月房租，我要退还给你的。"

吴天泽手一摆，说道："算了，不用退了。"那房东阿姨一听，忙说道："喔唷，你真的客气，弄得我不好意思了。"说着，她看了唐小姐一眼，一笑对吴天泽说道："吴天泽，她是妹妹哦，你两个妹子上次来过这里，我记得。喔唷，吴天泽你两个妹子，人漂亮得很，看上去焐心，没有话讲！"吴天泽点点头，不作解释，进屋收拾东西；这时候吴天泽一转念，出去跟房东说："阿姨，我今天还要在这里住一个夜里……"话没说完，那房东阿姨就说："你尽管住好了，多住几天也没有关系。"唐小姐在屋里听见外头说话，觉着有点意外，等吴天泽回进来，问道："你怎么突然想起来要在上海过夜？"吴天泽略一沉吟，指指桌上那幅还没有完成的山水画，说道："你看这幅画，还没有画

好。那天接到我父亲去世的电报我急急匆匆走了。现在回过来一看，我想今天夜里在上海，在这里，把这幅东西画完。晚上你睡觉，我画画。”唐小姐一听，眼睛闪动了一下，就在这一瞬间，她已经想好了。

眼睐着吴天泽站在画桌旁发愣，唐小姐柔声说道：“好的，我陪你。你今天夜里不睡觉我也不睡觉。你画画，我在边上陪你，看你画。”说着，唐小姐已经走到吴天泽面前。这时候唐小姐心里突然一颤，觉着有点晕，这会儿她真的很想吴天泽伸出双臂把她搂在怀里。

她好像在等，等吴天泽主动拥抱她；一时间她觉着自己等不及了，张开手臂抱住吴天泽，随即仰起脸，闭上眼睛……

这一吻，唐小姐感觉到吴天泽已经怦然心动；虽说吴天泽吻得不够主动，不算热烈，但是这会儿吴天泽一手搂住唐小姐的腰，一手抚摸她的秀发，唐小姐已经感到心满意足。

“我……”吴天泽脸贴在唐小姐耳边；他怔了一会儿，嘴唇翕动着，好像对她说，又像是喃喃自语道，“我跟你的事情，我现在先跟你讲好……你让我闷在家里边画三年……三年之后再说……”

“嗯，”唐小姐头一昏，说，“我等你。”

唐小姐从上海回来给家里吃了一粒“定心丸”。

不过唐太太稍微有点意见，好像心里边有点不踏实，眉头皱了皱，说：“早点成亲，这个又不会影响吴天泽画画创作……”

唐六梓一边把玩折扇，对女儿说：“过两天，我们到得鲜楼摆一桌，请吴太太，双方大人正式见个面……”唐小姐当即回道：“不去那个得鲜楼，我们选别的地方——”

“为什么？”唐六梓摇着折扇，悠悠哉说道，“得鲜楼不是蛮好么，苏州城里头一块牌子……我们到那里请客，体面，菜又好吃，又比较熟悉，这个优惠实惠不去说他，起码是照应周全得很。”

唐小姐听了，连连摇头道：“我不想去。我现在一听见‘得鲜楼’三个字就头大！今天我到商店里买东西碰到楚家二少爷楚怀咏，你没看见他那个腔调；本来碰见了打个招呼客气一声蛮好，没想到他阴不阴，阳不阳地一开口就说：‘昨天我在火车站看见你的，你跟一个男的到上海去。我知趣得很，避开了。不好意思跟你打招呼。今天碰到你，我想起来，几时有空，我请你和你的那位到得鲜楼吃饭，认识一下，交个朋友。’还要一本正经说‘我不是跟你假客气，是真的’。我说：‘好的，我们天天有空。但是我们不想去得鲜楼。你真的要请客，挑一个别的地方。’我这么一说，他没话讲了，一脸尴尬，说了两句什么闲话，就跟我说‘再会’——拔脚就走。所以，我不想去得鲜楼；要是去得鲜楼再碰到楚二，大家尴尬没有面子。”

唐太太看了唐六梓一眼，说："这个见面我看就没有必要了。上次我们已经去过吴家，跟吴太太碰过头了。"

"嗳，上次那一趟不算。"唐六梓摇头，手一摆说道，"上次我跟你到吴家门上去，是去吊唁吴先生的，不好算作双方大人正式碰头。"

……

这个话题说到最后，唐六梓、唐太太犟不过女儿，还是依了女儿的意思，把这个话传给吴家，听吴太太怎么说？

过了两天，唐小姐去惟亭，跟吴太太说了这个事情。

吴太太听了，觉着蛮好，对唐小姐说："到外头吃饭就不要了。我们到唐楼吃茶。以前一直听说苏州唐楼不错，我从来没去过。这回别的地方不去，就去唐楼，叫天泽、天玉一道去。"

唐六梓听女儿回来一讲，点头道："这个主意好。恭敬不如从命，我们顺着吴太太的意思来，就照吴太太的意思来安排……"

这次碰过头以后，前一阵子被儿子的事情弄得七荤八素、精疲力尽的吴太太总算松了一口气，回头把注意力放到女儿身上。

吴天玉稳定了一阵子，又见异常：她整天闷在自己房间里不出来，除了唐小姐来陪她，她跟唐小姐说话，不跟任何人说话；难得在家里人面前开口，便是木然问一句："阿延呢？"

吴太太叫儿子和唐小姐一道来商量。吴天泽说："要么送进医院治疗。"吴太太一听，摇头说道："不行，这样传出去，天玉就完了。"唐小姐说："让天玉再住到我家里去，跟上次一样。"吴太太先头想过这个办法，这会儿叹一口气，说道："这样做，忒麻烦你们全家了。天玉还是待在家里。实在没有办法，只好用没有办法的办法顺着她，依着她，天天哄她，就说阿延要回来的，他肯定要回来的，上次阿延也是自己回来的。"

这天，吴天泽听了唐小姐的话，叫阿仲到警察局去一趟。

警察听了情况，两手一摊说道："这个人失踪了，叫我们怎么帮你找？现在外头跑掉的人，失踪的人，每天都有，东一个西一个的，有啥稀奇？"阿仲脑子一转，问道："你们到一个人家里去问一下，搜查一下行不行？"

"怎么给你说得出来的，"有一个警察眼睛朝阿仲一白，说，"这个人又不是抢劫、杀人、放火，我们凭什么去问？再说了，你嘴巴一张说得轻巧，我们凭什么可以随便闯到人家屋里搜查？还有没有王法？你妈的吃饱了没事做，跑到这里来寻开心？去！"

"这个事情警察指望不上。"阿仲回来，对吴太太说，"要么我到东山去一趟看看，阿延他会不会猫在自己家里？"

"不会的，"吴天泽在边上一听，摇头说道，"阿延他跑到乡下去做什么？前些日子

我也想过他会不会跑回去？后来一想，不可能，他在乡下待不住。”

唐小姐想了一会儿，说道：“不管怎么说，我们去一趟看看也好，总比不去好。”说罢，看了吴天泽一眼。

“好，”吴天泽吁了一口气，点头说道，“唐小姐，这个事情听你的。今天去了一趟警察局，明天再去一趟东山。反正去看一下问一下，总比不去好。”

“就这样。”吴太太怔了一会儿，对阿仲说，“你明天上午去。见了阿延家里人，我们家里的情况不要多讲……”

“是，太太。”

这一趟去，阿仲见了潘道延的父亲潘新侬，说：“太太叫我今天到东山来办点事情，顺便过来看看你。”阿仲一看潘道延不在屋里，不敢多问，也没有跟潘新侬说潘道延的情况，就说了一句：“老爷去世了，是两个月以前的事情。”潘新侬听了，苦着脸说道：“吴先生过世，你们也不来讲一声。”随即怨自己儿子：“阿延个小赤佬真的不懂道理，这么大一桩事体连个声音也没有！”

……

寻不到潘道延，吴天泽在家里似乎很难安心下来创作。眼下，他觉着自个儿事情暂且可以搁在一边不去多想，而妹妹吴天玉的事情不能丢在一边不想，有什么办法？他一筹莫展。

连续十几天，他头涨，心烦，焦虑，惶恐得很；晚上睡觉睡不好，早上起来坐立不安。每天上午他精神集中不起来；熬到中午，看着明香端了点饭菜送到吴天玉房间里，吴天玉吃了以后上床午睡，他才算稍微定心一点，这时候便想着到楼上去画点东西。

“少爷，”这天下午阿仲走进楼上画室，轻轻地叫了一声；吴天泽正在画一幅山水；阿仲看了一眼墙上日历，撕掉一张隔日页，回头迟疑了一会儿，小声说道：“少爷，外头有人来看你。”

吴天泽头也不抬，一边作画，问道：“谁啊？”

阿仲回道：“他叫盛宾如，这个人以前来过……”吴天泽手里的笔不停；过了一会儿，才开口道：“盛宾如，他来有什么事？”

“他说，来看看你。”

“知道了。”吴天泽继续作画，一边说道：“你先把他领进来，请他到客厅里坐，我过一会儿下来。”

“是，少爷。”阿仲欠一下身子退出去。

吴天泽没想到盛宾如会跑到他家门上来，觉着有点意外，突然。起先，听说外头来的人是盛宾如，吴天泽心里“咯噔”一下，不想见盛宾如；一转念，看在以前有一趟盛宾如在董碧韵房间里还算比较有礼貌地回避了一下，让自己单独跟董碧韵说话，吴天泽犹豫了一下，想想还是以礼相待让盛宾如进来，就算是今天还他一个人情，以后不欠他的。

盛宾如坐了一会儿，见吴天泽走进客厅，立起来抱拳说道："吴公子，盛某今天登门拜访，首先要说一句谢谢你！说起来，一言难尽——"吴天泽一怔，将手一让："盛先生请坐，有什么话慢慢讲。"说着，吴天泽自己先坐下来，吩咐阿仲："给客人上茶。"

"茶不用上了。"盛宾如摆了摆手，随即坐下来看着吴天泽，说道，"我今天来稍坐片刻，跟吴公子说几句话，说完就走。"

"阿仲上茶。"吴天泽瞟了阿仲一眼，转脸看着盛宾如问道："什么事情？盛先生请讲——"

"好，"盛宾如清了清嗓子，说道，"那我就开门见山跟你吴公子说，刚才我走进来看见你家园子里那两棵大树，我在想，吴家是文化贵族；吴元厚先生以前不让像我这样的商人踏进吴家门槛，现在看来有他的道理。吴公子，你可能不知道，我曾经有几次登门拜访你父亲，想当面请教吴先生，一直没有机会。现在吴先生已经去世，为此我感到终身遗憾！"说到这里盛宾如略一停顿，想了想，接着说道："好在吴先生去世前，他到南京鉴定国宝字画，我也在南京；我在金陵博物院有幸跟他见过一面……说起字画鉴定，在我的印象里，你父亲就是不肯看人家拿来的东西，不肯说话，是金口——"

"盛先生，"吴天泽欠了一下身子，打断道，"你说了半天，到底想跟我说什么？你今天到我家里来，你有什么事情，有什么话，你就直说，不要兜一个圈子说——"

"好，"盛宾如稍微晃了一下头，微笑说道，"吴公子说话到底爽气，那我现在就跟你说一二三。"

"讲——"

"我想问一下吴公子，你父亲以前有没有跟你说起过一幅画？"

"什么画？"吴天泽心里"怦"一跳，眉头一紧，问道，"你问的是不是唐寅的那幅《落霞孤鹜图》？"

"不是。"盛宾如手一摆，说道，"是民国十六年夏天，顾大献、朱子藏，还有你父亲在唐楼看的那幅画。那幅画是唐寅的……你父亲后来有没有跟你说过，那幅画真的假的？"

"没有说过，我不晓得。"

"真的假的？"

"你问这个做什么？"

"这么说，你父亲跟你说过那幅画真的假的——"

"废话，我刚才已经跟你说过了，我不晓得。"

"好，这件事情我就当你不晓得。"盛宾如一笑，接着说道，"那么还有一件事情你我都晓得，吴公子还记得上一回你要跟我睹吗？"

“记得，怎么了？”

“记得就好。”盛宾如挪动了一下身子，头一偏，看着吴天泽说道，“记得那次赌不算。所以我今天来，想跟你把这个事情了断，跟你再赌一回——”

“赌什么？”

“赌眼力。”盛宾如说着，从带来的长条布袋里拿出两幅画轴，“我今天想请你吴公子看两件东西，赌一下你的眼力。——吴元厚先生是金口；你吴天泽年纪轻轻，不是金口吧？”

吴天泽听了，一怔，嘴巴张了张，突然“哈”了一声，说道：“你这个人太可笑了，居然跑到我家里来跟我赌，赌什么眼力？我现在没有心情跟你赌。盛先生，我告诉你，你拿来的东西我不看。你走吧。”

“吴公子认输了？”

“有什么输了赢的，我不用看；我只要看你这个人，我就知道你拿来的那些东西是假的，都是些一文不值的废纸——阿仲送客。”

“慢，”盛宾如轻咳一声，含笑说道，“你不看一眼，怎么知道我今天带来的东西是假的，是一文不值的废纸？吴公子，我现在可以告诉你，我的眼力是用大把的真金白银买假的买多了买出来的眼力。什么是眼力？顾大猷顾院长有一句话说得好，‘要知道什么是真的，就要知道什么是假的；要知道什么是假的，就要知道什么是真的。’这句话我琢磨到现在，我现在知道什么是假的，就知道什么是真的。比如说你吴公子现在连一点自信都没有，这是真的，不是假的。”说到这里盛宾如根本没有走的意思，跷起二郎腿，看着吴天泽，微微一笑。

“你这个人，脑子是不是有问题？”吴天泽冷笑一声道，“你今天吃错什么药了，跑过来跟我说什么真的假的——送客！”说罢，吴天泽立起来就走。

盛宾如瞟了一眼吴家用人，立起来一转眼，对吴天泽身背说道：“吴公子眼力不行，胆子不大……”

吴天泽一听，一个转身盯着盛宾如看，牙齿一咬说道：“神经病！”

……

吴天泽在当天日记里用草书写道：

> 盛宾如算什么东西，他今天来，分明是挑衅，拿我出气！
>
> 我实在弄不懂，董碧韵怎么会对这个人另眼相看？董碧韵眼睛是不是打了八折，光晓得写字画画，连人也不会看了？
>
> 像盛宾如这种人，我现在不跟他啰嗦，让他神气好了。以后有机会教他吃一记闷棍！让他知道什么是真的，什么是假的。

盛宾如本人也许并不清爽自己的名气现在越来越大；他的行踪，他的一举一动，好像已经没有什么秘密可言，连他这会儿在什么地方洗澡，也有人知道。

盛宾如离开惟亭回到城里，先到阊门惠馨客栈把东西放好，出来叫黄包车到清泉浴室。他今天去了吴家之后，人觉着很爽，很快活，便想着接下来泡澡堂子好好地享受一下，晚上去同春楼。

这天下午朱红到清泉浴室洗澡，好像是“碰巧”碰到盛宾如。朱红预先已经订了一个包间，请盛宾如休息，吃茶聊天。

“哎，盛先生，”朱红几句闲话一说，直奔目的，“听说你现在跟顾院长走得蛮近，有件事情我想麻烦你一下。”

“红哥请讲——”盛宾如吃了一口茶，披上毛巾躺下来，随口说道，“只要我办得到，一句话。”

“哦，是这样的，”朱红瞟了盛宾如一眼，好像漫不经心说道，“那天我父亲跟我说，要是碰到盛先生，跟盛先生商量商量看，我们想请盛先生出面，专程到南京去一趟，把顾大献请到苏州来鉴定字画。所有的费用我来。不知道盛先生肯不肯帮个忙？”盛宾如一听，马上坐起来，说道：“鉴定字画，那就拿着那些字画到南京去找顾院长，我陪你一道去。金陵博物院我现在是熟门熟路。你要是想去，我来带你去，先找王坤元，没有问题。”

“到南京去不好玩，”朱红眉头一皱，摇摇头，手一摆说道，“还是把顾大献请到苏州来有意思——”

“有什么意思啊？”

“当然有意思。”朱红略一倾身，微笑道，“盛先生还记得民国十六年‘唐楼看画’——那年我们从你手上买的那幅唐寅的画，不就是请顾大献看的么？当时顾大献说那幅画‘假的’……我们不跟他计较。这回请他来，我跟你明人不说暗话，说白了就是要跟他赌一把眼力。盛先生，这一回劳你大驾带一张请柬去南京把顾大献请过来，请到苏州唐楼看画。我父亲朱子藏你也晓得，他要跟那个牛皮烘烘自以为不得了的顾大仙一赌高下。”

“哦。”

“盛先生答应了？”

“这种事情我答应有什么用。”盛宾如一笑说道，“当然我这一头没问题，我可以去一趟。但问题是，人家顾院长要是不肯来，有什么办法？我总不能把他拽过来是不是？再说了，顾院长是不是愿意跟你父亲朱子藏先生‘一赌高下’还是个问题。——哎，红哥你不要误会，我说这个话的意思，没别的意思；我的意思是既然去一趟，就不能白跑一趟，要有个上得了台面的说法，要是顾院长不应这个邀请，怎么说？”

“这个简单得很，”朱红似乎已经想好了一个说法，冷笑一声，说道，“要是我们这

次邀请顾大献，他不肯来，盛先生可以这样跟他说，就说苏州的朱子藏说了，顾院长这次不来，可以，只要登报声明，说民国十六年在苏州唐楼看画，金陵博物院院长顾大献当时口出狂言，把一幅真的唐伯虎名作说成是假的。这是顾大献看走眼，在场面上说了一句屁话。有这个意思就行。至于是不是要当面赔个礼，道个歉，叫他顾大献看着办——”

“要是顾院长一笑了之，理都不理呢？”盛宾如抚摸着下巴问道。

“嗳，盛先生，不会的。”朱红端起茶碗，刚揭开盖子，随即把茶碗往茶几上一蹾，说道，“你现在应该是了解顾大献这个人了。他这个人别的不要，就要个面子。我们把这个条件开出来，不怕他不来。他要是不敢来，他就不是顾大献了。跟你说句心里话，要是吴元厚还活着，这个路子对吴先生，不行。吴先生死活不开口，你拿他一点办法也没有。但是顾大献不一样。顾大献要场面，要神气活现，要居高临下，要一言九鼎。你想啊，我们给他搭个台，摆个场面，他会不来吗？他肯定来。——他不来，我不相信。就此一说，我可以跟盛先生赌一把玩玩；顾大献不来，我输给你一百个大洋。怎么样？想不想赌一把玩玩？”

“这个我不跟你赌。”盛宾如一笑，摆手道，“这个赌，小了点儿。我盛宾如要跟你赌，赌大的，我跟你赌真的假的——”

“赌什么？怎么个赌法？”朱红眼睛一眯，瞄着盛宾如，问道。

“这个赌简单得很。”盛宾如眼睛突然一亮，颔首微笑道，“这一回你父亲朱子藏先生不是要跟顾院长一赌高下吗？这一赌我刚才说了，有点意思。所以我要么不赌，要赌，就跟着赌这一把，不论输赢——值！”

“好，盛先生，就这么说定了。南京去一趟，没问题吧？”

“没问题，我明天就去。”

盛宾如跟唐六梓说顾大献要到苏州唐楼来看字画，是三天以后的事情。

唐六梓听了，吃一惊，手指头指点着盛宾如，说道：“你是吃饱了，想弄点什么事情出来是不是？民国十六年那次‘唐楼看画’你忘记了？当时弄得像个什么样子！这回好了，你又来了。说，你安的什么心，啊？是你的主意，还是别人出的花头？”

“谁的主意不重要，”盛宾如淡然一笑，说道，“你只要看一个事实，看一个结果，顾院长答应来。那天顾院长听我一说，当着王坤元的面哈哈大笑，用手杖捅捅地板，说：‘我去！朱子藏这么给我面子，我顾大献怎么可以不去呢！’”

“顾院长真的跟你这么说的？我有点不相信。”

“那你就等着看！我跟你说唐兄，这一回苏州唐楼看画不同寻常，我琢磨着跟上一回不一样——”

“怎么不一样？不就是看画么？这不是跟上回一样嘛。”唐六梓脸一拉，说道，

"盛宾如，我跟你是很要好的朋友，我有话直说，这一回最好不要到唐楼来看什么字画，——不，你听我讲，你们到别的地方去，我这里还是安逸点，不想跟上次那样惹麻烦。我胆子小，怕出事情……"

"哎呀，唐兄，"盛宾如脸一抬，跟唐六梓对视了一眼，一笑说道，"这个事情跟你有什么关系？你做你的生意，顾大献朱子藏他们过来吃茶看字画，跟你浑身不搭界，你紧张什么？你怕什么？根本说不上的事情，要你操什么心？你这不是跟着瞎操心么。——再说了，朱子藏跟他儿子朱红指定唐楼看画，而顾大献那天还跟我较个真，说：'你回去跟朱子藏讲，选在苏州唐楼看画好得很，不是唐楼我还不去！'——你听听看，人家就看中唐楼，非唐楼不来！这是好事儿。我要是你，巴不得他们过来给苏州唐楼弄点动静出来，传为佳话。你是做生意的，何乐而不为？"

"这……"唐六梓一时语噎，眼睛眨了几下，盯着盛宾如看。

"不要这了。"盛宾如手一摆，说道，"这个事情已经说好了。这一回就在唐楼，别的地方不去！要不然我盛宾如两边不好做人，没法交代。现在跟你唐兄说清爽，就这么定了。"说罢，盛宾如告辞就走。

唐六梓怔了一会儿回过神来，跟着盛宾如出去，想送送他；盛宾如往唐楼外头走，一边摆手道："老朋友了，不用送。过两天顾大献和王坤元来，我们这里好好接待他们就是了。"

唐六梓目送盛宾如坐上黄包车走了，眉头一紧连连摇头吁了一口气，便转身往唐楼里边去。

第二天下午唐小姐去惟亭，见了吴天泽，说起顾大献要到苏州来；吴天泽已经收到了朱红寄来的请柬。

吴天泽先头看了这份请柬有点纳闷："这是怎么回事儿？这个事情跟我有什么关系？"这会儿吴天泽正在画那幅山水人物，听唐小姐说完，问道："这个事情真的假的？""我也不知道，"唐小姐回道，"我爸爸是这么跟我说的，叫我来跟你讲一声。"

"你爸爸是听谁说的？"

"这个我不晓得，我没问。"唐小姐摇摇头说；眼瞅着吴天泽发愣，唐小姐清了一下嗓子，说道："要么今天我回去再问问看，或者你明天到唐楼去找我爸爸，你直接问他——"

"他会不会听错了？"吴天泽自言自语道，"这个事情好像不大可能……"

"怎么不可能？我爸爸总不会跟我瞎讲吧。"

"哦，这个你爸爸不可能跟你瞎讲。"吴天泽跟唐小姐对视一下，随即脸一沉，眉间一紧，说道，"顾院长要到苏州来，这个我相信，说不定他来办什么事情。但是说顾院长要到唐楼看什么字画，还说什么要跟朱红的父亲朱子藏赌什么眼力——这一说，听上去好像有点莫名其妙，滑稽得很，怎么会呢？"

“哎呀，吴天泽，”唐小姐伸手拉了一下吴天泽袖子，说道，“这个事情有什么想来想去的，不要多想了。顾院长后天中午到苏州，到时候你过去看一下，不就行了。后天我陪你一道去。这会儿，你陪我到城里去看电影……电影票我已经买好了。”“好，”吴天泽看着唐小姐，点点头说，“我要去看的，要的，看看到底是怎么回事儿。”说罢，拿起毛笔继续画画。

“哎，你现在陪我去看电影——”

“现在？”

“是啊，我刚才不是跟你说了么，你没听见啊？”

“你不是说到唐楼去看字画鉴定吗？一定去。今天我就不出去了，待在家里画画——”

“那我买好的两张电影票怎么办？”

“哦，是这样。”吴天泽手里不停画画，一边说道，“你叫吴天玉跟你一道去看电影。这两天她在屋里闷得慌；你没来之前，她就跑到楼上来问我‘唐小姐今天会不会来’？我说‘唐小姐今天肯定来’！哈，电影今天我就不去看了，你没看见我正忙着画图吗？”

“吴天泽，”唐小姐嘴巴一撅道，“你怎么这个样子！”说罢，转身就走。

寻访笔记 38

参加吴有箴先生葬礼后，按照本地传统规矩我们吃一顿“豆腐饭”。

吴有箴先生享年九十六岁，他的后事办得比较低调；这席间气氛好比平常吃饭。这顿饭是全素，可以吃点酒。

我不想吃酒，要了一杯绿茶。

坐在我边上的孙渐雍面无表情独自斟酒吃酒，我小声问道：“孙先生，怎么了？一句话不说，闷声不响吃酒——”

“你要我说什么，”他凑近我耳朵悄声说道，“那件东西已经烧掉了，变成灰了，我还有什么话好说？”他顿了一下，接着说道：“这个事情我跟你说了多少遍，《吴天泽日记》要是我们弄到手上，能挣多少钱？——你啊！”我一听，好像恍然大悟，压低声音说道：“这会儿才想起来，七位数飞到天上去了。”

我跟孙渐雍说话，同桌的人听不大清楚；有人注意我们俩在叽里咕噜说话。这时候吴有箴先生的孙女吴苏倩想起来叫我说说“唐楼看画”的故事……

民国十六年第一次唐楼看画，那年吴天泽十二岁，还没有开始写日记。

第二次唐楼看画，《吴天泽日记》里有记录，我想吴苏倩这一代年轻人也许在家里听长辈说过，看过《吴天泽日记》。后来一问，那本日记他们从来没看过——

第三十八章

那天唐楼看画，吴天泽按约定时间提前到。

唐小姐在唐楼门口等吴天泽，见吴天泽来了，挽住他手臂说：“我陪你先上去，我爸爸在楼上等你，他有话跟你说……”

吴天泽站在唐楼门口，朝里边张了张，小声对唐小姐说道：“什么事儿弄得像真的一样？今天怎么了？来的人还要把请柬拿出来才可以到楼上去？我没有带请柬，丢在家里了。”

“啊呀，”唐小姐娇声嗔道，“你在说什么呀你！看你有真没假的，你还要带什么请柬，你是外头人啊？”

说话间，两人已经走进店堂。把守在楼梯口的两个伙计一看老板的女儿带着吴公子过来，稍一欠身，叫了声：“大小姐，吴公子。”随即将手一让。吴天泽瞟了他们一眼，头一点，跟唐小姐往楼上去。这时候唐小姐自我感觉好得很，今天是自己跟吴天泽两个人在一起第一次公开出现在场面上；前些日子他们两个人到上海去，她想那次不算，那是在外地；这次在自家唐楼亮相，应该算是正式亮相。唐楼上上下下，从经理老成，账房先生，到下面的大小伙计，他们现在已经知道吴公子是唐家的“毛脚女婿”，有人在背后开始叫吴公子“姑爷”，这个声音隐隐约约传到唐小姐耳朵里，唐小姐开心在心里边。

女人心里边一开心，就会显得漂亮。唐小姐本来就漂亮，身材苗条，皮肤白里透红，这个不用多说；只见她今天齐耳短发，穿一身本白丝绸旗袍，脚上着一双白色高跟皮鞋，显得特别清爽漂亮；看人一瞬间，她的眼睛晶莹闪亮，光彩照人，不经意间从眼神里流露出来的“动人之美”，让那些到场的人一眼看上去就觉着这位小姐走出来非常吸引人。吴天泽是画画的，眼睛自然有独到之处，这会儿他暗自欣赏的是唐小姐的嘴唇；他觉着唐小姐今天的好心情几乎全部体现在她的嘴唇细微的动态变化上。唐小姐在外头场面上一般不大开口说话，这也是吴天泽比较欣赏的一面。

这天下午的安排是唐楼看画，不是一般的社交活动。这一点唐小姐心里清爽得很，所以她一到楼面上，就拉着吴天泽退到人们的视线以外。

“这个楼面朱红包了。”唐六梓见了吴天泽，低声说道，“你看，今天这里来了不少人，还有那边几个是报社记者……”

“他们来做什么？”吴天泽眼睛一扫，问道，“是谁请这些人来的？不会是你吧，唐先生。”说罢，吴天泽瞟了唐小姐一眼。唐小姐跟吴天泽对视一下，一转眼看她父亲，刚要说话，唐六梓脸一沉，两手一摊说道：“怎么会是我呢，我怎么会把这些人请过来凑热闹。这回是朱子藏朱红想出来的，再加上盛宾如跟着起劲，把这个场面弄大了，说是给顾院长面子，我也不好多说什么。民国十六年唐楼看画，没有多少人……这回好了，朱子藏朱红一下子请来这么多人；待会儿陆陆续续还有人来……”吴天泽这时候才看出来，唐六梓心里好像有点不安，生怕出什么事情。吴天泽想了想，对唐六梓说道：“不要紧的。这一回，不就是人多一点么。让他们坐在那里吃茶，不去管他们。等顾院长来了，看了字画我们就走，把顾院长接到我家里去。我出来的时候我妈妈跟我说了，今天晚上请顾院长到我们家吃饭。这会儿家里正在准备。哦，对了，妈妈还特别关照我，请唐先生唐太太一起到我们家吃晚饭。”

“还有我呢？”唐小姐头一歪，问道。

“你，还用说。”吴天泽轻咳一声，回道，“待会儿这里完了，你跟我陪顾院长一道走；你爸爸去接你妈妈。”

“唔……”唐小姐微微撅起嘴唇，有意想了一会儿，点头道，“蛮好。”

唐楼经理老成细心得很，在楼面转角边上专门安排了一张桌子，留给唐小姐和吴公子坐。这个位置比较安逸，不显眼，别人不大注意。

“我们坐在这里蛮好……”吴天泽说着，瞟了一眼楼梯口。

“嗯。”唐小姐坐下来，点头应了一声。

吴天泽刚坐下来吃茶跟唐小姐小声说话，抬头间，一转眼看见朱红、纪学览陪着一位头发花白、神情严肃的老家伙从楼梯口上来。

“哟，子藏先生来了……”这时候唐六梓和老成已经迎上去拱手跟朱子藏、朱红、纪学览打招呼；唐六梓将手一让，把他们引到楼面中间那张桌子入座。伙计立刻上茶；唐六梓陪着他们说几句闲话。

“子藏先生气色不错，身体看上去好得很。”

“唔，还算可以。——你也蛮好。”

“我，还可以。”

“唐老板，今天麻烦你了。”

“嗳，红哥，什么话！你们来，是给我面子……”

“唐老板生意不错吧？”

“还可以，过得去，马马虎虎，全靠大家照应。”

“这是老纪，博古斋的……”

“哦，纪老板，久仰，久仰！”

……

老成转身回过来，小声对吴天泽说：“吴公子，你现在要不要过去先跟朱红打个招呼，认识一下朱红的父亲朱子藏先生？”吴天泽稍微犹豫了一下，摇头回道：“现在不要，待会儿再说……”在这之前，吴天泽从来没见过朱子藏；唐小姐以前见过朱红这个人，但是不知道这个人就是朱红，这会儿听老成一说，方才搞清楚眼前的人物关系。

这天下午唐六梓没想到钱专员和马局长会光临唐楼。

钱专员一出现，唐六梓一怔，觉得今天非同小可，居然惊动了钱专员。马局长不去说他，老朋友了；钱专员毕竟是地方政府官员，不好怠慢。

唐六梓忙迎上去招呼钱专员马局长，一面吩咐老成赶快安排包间。钱专员微微一笑，摆手说道：“哎，唐先生，不必安排包间。我今天来就跟大家坐在一道吃茶，没有关系的。”在场的记者一看钱专员到，先后上来围住钱专员……马局长赶紧解围，请记者们先坐下来，一边说道：“钱专员今天到唐楼来，是来吃茶的，不接受采访。诸位要采访，还是采访我们本地名流朱子藏先生，还有从南京来的金陵博物院院长顾大猷先生。今天，是他们唱主角……”

说话间，顾大猷和王坤元从楼梯口上来了。

吴天泽拍了一下唐小姐手臂，说：“顾院长来了。”说罢，立起身来想去迎接顾大猷。——只见顾大猷、王坤元身后跟上来的居然是盛宾如和董碧韵，吴天泽一下子愣住了，随即一屁股坐下来。这时候唐小姐已经看见顾大猷、王坤元了，忙立起身来，回头见吴天泽坐着不动，便伸手搭住他肩膀，问道：“你怎么了？顾院长和王先生来了，你不去迎接一下？”吴天泽嘴巴张了张，刚要说话，一转眼看见上海的巩小姐嗲溜溜地挽着乔老爷上来了，边上还有一个人陪着——那个人是沈明达，吴天泽不认得——

“哈，”吴天泽回过神来，对唐小姐小声说道，“你现在坐下来，不要动……”

“啊？”唐小姐一怔，随即坐下来，问道，“怎么了？”

“没什么，”吴天泽转脸避开盛宾如眼睛，凑近唐小姐，说道：“你爸爸在招呼顾院长他们……没有我们的事儿，我们就坐在这里吃茶。”说着，吴天泽摁住唐小姐手，生怕她再立起来。

其实盛宾如已经看见吴天泽了，只是不主动打招呼而已。这时候董碧韵还没有看见吴天泽，她跟盛宾如走到预订的桌子坐下来。

董碧韵今天梳了一个发髻，穿一件淡青色细布大袖子褂子，下面配一条蓝色长裙，脚上穿的是黑色的半高跟皮鞋。跟唐小姐相比，董碧韵显得年纪稍微大一点，更见淡定，沉稳。

同春楼董碧韵“名声”在外，但是在场的人，没有几个人认得她。

唐六梓以前去过同春楼，但从来没有跟董碧韵打过照面。这会儿唐六梓只当这个女人是盛宾如带来的一个相好，不知道她叫什么名字，盛宾如也不作介绍。朱红是同春楼常客，也没有见过董碧韵。那位好酒好色的马局长更不用说了，对董碧韵他也是"只闻其名，未见其人"。所以今天在场的，除了盛宾如、吴天泽，还有一个人认得董碧韵，他就是钱专员。

钱专员欢喜字画，跟董碧韵见过两次。他曾经想暗地里把董碧韵包下来，因同春楼徐娘不同意，董碧韵心仪吴天泽，这个念想最后黄掉了。这会儿钱专员眼看着董碧韵好像"归"了别人，心里边不爽，又不好意思随便打听现在跟董碧韵在一起的那个家伙是谁。钱专员吃茶，时而瞟一眼难得一见的董碧韵，心里边期待着董碧韵跟自己会一下眼神。不料那女子目不斜视，只当这个场面上没有钱专员这个人。

朱子藏见了顾大猷，只是点个头，会一下眼神，各自坐稳了吃茶。

顾大猷揭开茶碗盖子，拨了拨浮在面上的茶叶，心里边一阵感叹，低声对王坤元说："今天缺一个人，吴允之不在。"王坤元听了，扫一眼场面，转脸小声说道："要是吴先生还活着，今天这里这么多人，他未必肯来。"

"嗯。"

"所以我觉着我们今天来，没什么意思，顾院长您说呢？"

"嗳，我们已经来了，你还说这个话。"顾大猷吃了一口茶，把茶碗往桌上一放，说道，"先头我已经跟你说过了，上次唐楼看画你王坤元不在场；这一回你过来看看，不是蛮好嘛。"

这时候乔老爷经沈明达、朱红引荐，跟钱专员、马局长套了几句近乎之后，回过来跟唐六梓攀谈。唐六梓以前跟乔老爷见过一面，在苏州得鲜楼吃过一顿饭，这回相见，好像老朋友。乔老爷一副上海滩腔势，对唐六梓说："我跟侬唐老板一回生二回熟。格趟我到苏州来白相两天，别的地方我可以不去，侬迭个地方有味道，我是一定要来的！"唐六梓略一欠身，微笑说道："乔老爷今天到苏州来，能够光临我这个小地方是看得起我，给我面子，还有什么话讲？"唐六梓看了一眼穿着时髦、很洋气的巩小姐，将手一让："这位小姐请；乔老爷请稍坐，我去照应一下南京来的顾院长。"

唐六梓刚才心里边想着要去照应一下顾大猷，这会儿眼睛一瞟，盛宾如和那个女人正陪着顾大猷说话，唐六梓一想，不去打扰，便转到转角边上，小声对吴天泽说道："你蛮好，也不出来帮我照应一下来的客人。顾院长来了，你也不过去叫一声打个招呼，这样是不是有点不大好？"吴天泽怔了一下，回道："我跟宓宓安安逸逸坐在这里蛮好。"唐小姐接口道："吴天泽怕人多，不高兴过去凑热闹。我也是，见了人多就头大。我们还是不声不响坐在这里吃茶。"说话间，只听见老成清了清嗓子，叫大家安静一下！

原来是盛宾如临时想出来请老成主持一下。老成哪里适合担当这个角色，他站在中间主桌边上，两只手握在一起搓来搓去的，憋了一会儿重复说了一句"请大家安静

一下”，便回头请钱专员讲几句。钱专员摆摆手回道：“我今天来是给大家捧个场，我吃茶，没有什么闲话要讲。你们有什么事情，接下来该怎么办就怎么办。我看大家还是随便一点比较好。”话音刚落，朱红干咳一声，立起来要发言；老成一看，将手一抬，退到一边去。

“该来的人都来了，时间也差不多了。”纪学览小声对朱红说道，“这会儿就开始吧，不要等了，还要等谁啊？”

“哎，”朱红咕噜道，“怎么到现在还没有看见吴公子来……”这时候朱子藏看了朱红一眼，下巴一抬；朱红头一点，随即开口说道：

“在座各位，我长话短说，——民国十六年第一次在唐楼看画，当时，这个南京的金陵博物院院长顾大猷先生到场，还有我父亲朱子藏；还有一位，是我们苏州吴门画派有名的画家吴元厚先生。今天吴元厚先生不在，他已经去世了，很遗憾。不过，这一趟我们还是很荣幸地把顾大猷先生请到这里来。跟大家介绍一下，这位是顾大猷先生，他号称是当今鉴定字画的头一把交椅。有人叫顾大猷先生顾大仙，这个‘仙’字，是仙人的仙。我父亲是朱半仙有点不服气，今天跟顾大仙赌一下眼力。”说罢，将手一抬：“下面有请顾大仙讲几句——”

顾大猷一听，摇摇头，摆了摆手。

看顾大猷这会儿不想开口说话，王坤元一转脸微笑，欠了一下身子，对朱子藏说道：“子藏先生，今天是不是太严肃了？您是老前辈，容我这个晚辈随口说一句，顾院长今天来，跟您一道吃杯茶，顺便看看字画，切磋切磋，是件轻松愉快的事儿，不必如此认真的……”王坤元话还没说完，朱红瞟了王坤元一眼，面孔一板，打断道：“哎，你是谁？今天这里还轮不到你讲话吧。”

“你——”

“嗳，坤元。”顾大猷手一压，示意王坤元不要开口了。

“好，”朱红看了顾大猷一眼，嘴角一抽，似笑非笑说道，“既然顾院长现在没有什么话要讲，我就宣读一下这次看画的几点声明——”

顾大猷一听一愣，嘴巴里咕噜道：“搞什么名堂，看字画就是看字画，还要声明什么？”只见朱红拿出一页纸，清了一下嗓子，一本正经念道：

一、这次鉴定字画，看一幅唐伯虎名作。如果顾大猷和朱子藏先后鉴定这幅画，两人看法一致，就是不输不赢，皆大欢喜。

二、如果顾大猷输，朱子藏别无他求，请顾大猷当众收回民国十六年他在苏州唐楼说的话，纠正误说，即当年唐楼看画“假的”一说，为“真的”。

三、如果朱子藏输，当场跪拜，从此服帖顾大仙，并将自家珍藏的“明四家”字画一件奉送顾大猷主持的金陵博物院。

朱红念完，抬头见众人交头接耳窃窃私语，便朝顾大猷略一欠身，将手一抬说道：“顾院长，请——”顾大猷直了直身子，点点头，用手杖点点地板，对朱子藏说：“好，子藏先生，那就看吧——”

“慢，”朱子藏伸手示意，一转脸看着盛宾如，头一点说道，“盛先生，听说你现在的眼力好得很。今天我们请你来，我的意思是，想请你盛先生做个评判——”“子藏先生说笑了。”盛宾如脱口而出打断道，“我有什么资格在顾院长面前在您面前做评判——”随即瞟了朱红一眼，接着说道：“今天在这里轮不到我讲话。”盛宾如说罢，朝朱子藏微微一笑，手一抬。

“嗳，是我刚才说得不清爽。”朱子藏干咳一声道，“我的意思是，开门见山说，你盛先生要参与一下——我跟顾院长赌眼力，你押注在哪一边？这是我们先头跟你讲好的。”朱子藏说罢，看了朱红一眼。

“是啊。”朱红头一点，应了一声。

“哦，原来是这样。”盛宾如好像突然间想起来了，一笑回道，“那我就预测子藏先生跟顾院长今天不输不赢，皆大欢喜。”

“这个不行！”朱红摆手道，“既然是赌，就要有输赢，和局不算。”盛宾如眼睛一闪，回道：“那你刚才念的头一条，不是废话么。”

“这是两回事儿。”朱红斜着眼睛看盛宾如，冷笑一声道，“刚才念的头一条不算是‘一赌高下’，而是说了一个可能性。盛先生，现在我们跟你说的是赌眼力，赌输赢，所以要押注一方，不好两边都押注——这是规矩。”

“好，”盛宾如这会儿几乎不假思索回道，“那我就不说废话了。我呢，也不含糊，我想顾院长赢。当然，我也佩服朱子藏先生——这个没话讲。”

“押什么？”朱红探身问道。

“废话，当然是这个。”盛宾如两个手指头捻一下说道，一转脸看了董碧韵一眼。这会儿董碧韵安安静静坐在那里好像在想什么心事，没有反应。

“多少？”朱红紧接着问道。

“你说多少就多少。”盛宾如淡然一笑，回道。

“昨天就跟你讲好了，这个数。”朱红伸出三个手指头。

“行。”

“蛮好。”朱红点点头，随即对纪学览说道：“把那幅画拿出来——”

“稍等片刻，”盛宾如突然立起来，说道，“我想还有一个人，他今天也应该参与一下——”朱红一愣，问道：“还有谁？”盛宾如将手一抬，说：“还有吴元厚先生的儿子吴天泽——吴公子。”

“他今天没有来。”

“不，我看见他了。”

……

吴天泽在事后的日记里写道：

> 这次唐楼看画本来跟我没关系，盛宾如当时一搅，我被牵连进去。
>
> 盛宾如当着众人的面，一定要跟我赌一把。我不想跟他赌。没想到他出言嘲笑我，说我“眼力不行，胆子不大”倒也罢了，居然还说“你今天不赌，就不是男人”！我当时头一昏，火气上来，冲他说道：“我今天就跟你赌一把！”
>
> 既然是赌，我就必须跟他赌一个“对立面”，赌注押在朱子藏一边。
>
> 唐小姐回过神来，跑出来阻止我，想把我拉回去，已经晚了。我吴天泽说话，话是收不回来的。

董碧韵先头听见盛宾如说吴公子，吃了一惊！没想到吴天泽会突然出现在眼前，刹那间她跟吴天泽碰了一下眼神；吴天泽随即避开董碧韵眼睛，脑子里一闪念今天不跟董碧韵打招呼说话，而这时候董碧韵倒是嘴巴翕动，好像有点犹豫想开口说话，用眼神、手势劝阻吴天泽——就在吴天泽赌气应赌的当口，吴天泽身边出现了一位漂亮小姐，董碧韵一看，便愣在那里不动了。

所有的话讲好了。朱子藏叫朱红、纪学览把那幅唐寅名作《仕女吹箫图》打开来，请顾院长先看——

顾大献立起来，看了一眼，似乎想了一想，随即点点头，说道：“真的。”

朱子藏显得异常平静，嘴角牵了几下，说道：“大家都听见了，顾院长说这幅画真的。我很开心。不过，我还是那句话，顾院长顾大仙，您看好了，这回要不要再看一眼？”

“不用再看！”顾大献手一摆，说道，“我还是那句话，唐伯虎的东西我不用看，手摸一下就知道真的假的。”顾大献话说完，坐下来吃茶。

“唔——”朱子藏手指头轻轻点击桌面，盯着顾大献看；他看了一会儿，才开口说道：“顾院长，要是我说这件东西是假的呢？”

“不可能！”顾大献眼锋扫过来，说道，“子藏先生，你总不能睁着眼睛说瞎话吧。更何况，你今天还想跟我一赌高下。”

“如果是假的呢？”

“我刚才已经说过了，不可能！我已经说过的话，还要重复吗？”

“万一是假的，怎么说？”

“假的？那我顾大献就把我两只眼睛挖给你！”

“安静！”

朱子藏眼睛扫一下场面，清了清嗓子，一转眼，眼睛瞄着顾大献，随即牙齿咬得咯咯响，从牙齿缝里一个字一个字挤出来：“我看这件东西假的。”顾大献一听，“呵呵”笑起来；现场刚才一阵骚动，这会儿听顾大献如此开怀一笑，突然又安静下来。顾大献用手杖碰一下王坤元，说：“我们走！”说罢，顾大献立起来要走，王坤元跟着立起来。

“等等，”朱子藏眼看顾大献要走，手捏紧了敲敲桌面，嘴角上挂着一丝阴笑，说道：“顾院长，还没完呢！”说罢，嘴巴一努。朱红随即拿出小刀，把那幅唐寅的《仕女吹箫图》裱头割开——画心内现：“民国仿”三个字。

在场的，除了朱子藏和他儿子朱红，还有纪学览，谁也不知道这是潘道延临摹出来的一幅旷世杰作！

吴天泽在事后的这篇日记里写道：

天晓得那幅唐寅的《仕女吹箫图》是假的！

顾大献一看眼前这三个极淡极小的字，顿时倒吸一口冷气，眉头紧蹙，眼睛一闭，痛苦异常，突然身体向前一冲“扑哧”一声，一口血吐出来，眼睛一黑扑倒在王坤元身上。

事发突然，谁也没想到会出这样的事情。有记者忙着拍照。有人跟着说道：“顾大献自己说的，把我两只眼睛挖给你！”朱子藏“哼”了一声，说道：“挖顾大献眼睛做什么，我只要他当众把一口血给我吐出来！”

顾大献当即被送往天赐庄博习医院。王坤元、唐六梓、我，还有唐小姐，我们四个人跟着一起到医院。急诊抢救下来，医生说病人“中风”，情况不大好，要住院治疗。

当晚，王坤元和我陪夜。唐小姐一定要留在医院里陪着，我说服不了她。她哭得眼泪汪汪。劝她别哭。她说她心里难过得很。

我们在医院里碰到魏可欣的哥哥魏金晨医生。他当晚值班。他叫我们不要着急，他估计病人不大会有生命危险；这边医院里的事情他帮我们关照。

唐六梓离开医院的时候，我陪他走到医院门口；他脸色铁青，不停地骂盛宾如不是个东西，骂朱子藏、朱红不是人。我从来没看见过唐先生如此生气，用粗话骂人。

唐太太和唐家用人周妈晚上到医院来，给我们送来家里烧的饭菜，还有鸡汤。我心里想说谢谢，但是当着唐太太的面，我嘴巴笨得很，一句话也说不出来。

王坤元跟我说，他很后悔在南京没有拦住顾院长。

这次唐楼看画发生的事情，第二天上了报纸头版，配发照片，大标题是“鉴定唐伯虎作品真假，当今权威顾大献看走眼吐血”——朱子藏看到报纸后，立刻动身去南京，这时候他还不知道有一个神秘的中年男人一路跟着他。

朱子藏当天傍晚到达南京。

朱子藏走出火车站就被那个人一把拉进一辆黑色的轿车里，坐在后座的人随即蒙上朱子藏眼睛，把他带到颐和路一幢洋房里。

朱子藏泰然自若，一点也不紧张。他被带进主人书房，里边的人揭掉蒙在他眼睛上的黑布，叫他站在原地不要动。朱子藏定了定神，一看这书房是个直角曲尺形状，像一把手枪柄，一排齐人高的书架挡住他视线。

朱子藏眼睛扫一下书架，轻轻地咳了一声；这时候有个沙哑的男人声音从书架后面传出来：“事情办妥了？”

“按您的意思办妥了。”朱子藏小声回道。

“很好——你，可以走了。”那个沙哑的男人声音戛然而止。就在朱子藏转身要走的时候，那个声音突然传出来：“不过，你走之前要留下一只眼睛。”话音刚落，有两个人上来摁住朱子藏；一直在边上看着朱子藏的那个中年男人上来就用刀挖掉朱子藏的右眼。朱子藏一声惨叫，随即忍痛问道：“为——为什么要这样，这样对我？!”

“唔，是应该问一下——”那个声音顿了一下，接着说道，“好，现在讲给你听，你应该记得当年你卖给我的东西，是假的。那几件东西，啊，后来是顾大献顾院长看的，不会错吧。……我，那个时候被大帅挖掉一只眼睛，啊，大帅没有杀我。所以我，也不杀你。如今，教你也留下一只眼睛，不算欺负你吧？”

“那是我看走眼，”朱子藏捂住眼睛，闷声回道，“不是存心骗你——”

“也许是的，你没有骗我。但是，我骗了别人了。”那个声音这会儿变得更加沙哑，“我，是用那些从你手上买来的东西换军火的。你知道那个姓庞的狗东西吗？……庞为然，他居然也敢骗到我头上。你说他该死不该死，啊？他早就该死了。他已经死了。但是，你朱子藏还活着。我，不杀你。……给他消消毒，把眼睛包扎好——走吧。”

当朱子藏被蒙上眼睛，轿车把他拉到南京火车站扔下来的时候，天空猛一声雷响闪电，一条火线随着一声撼天动地的霹雳自上而下，朱子藏吓得浑身发颤。这时候他哪里会想到他儿子朱红今天夜里一脚踏进自家后院屋子一瞬间，后脑勺被一块硕大砚台猛一下击中倒在地上；紧接着那屋子里的画桌上宣纸被点燃了。一眨眼这后院的屋子里四处起火；火势借着窗口的风，愈来愈旺，等到朱家用人发现，已经无法控制。瓢盆盛水救大火如同儿戏；一场莫名其妙引发的大火在朱家三个用人眼巴巴的观望中将朱家后院烧得一塌糊涂。老天爷有时候真会开玩笑，眼瞅着这家人家烧得差不多了，来一场雷阵雨，帮你灭火。朱家后院的两间屋子四周不靠，邻居虚惊一场。

原先在朱家后院里学习字画的几个孩子，自从韩进跑掉后，朱子藏就把他们一齐打发走了，好像朱家后院里头只要有一个潘道延就可以顶住朱家后院一片天空。大火灭掉以后，用人阿四胆子大，在废墟里翻来搬去的寻到大少爷朱红的尸体，那是惨不忍睹的好像一段烧焦的木炭。惟独不见那个神经病潘道延；不见尸体，更不见活人。

朱子藏不想乘夜车，在南京住了一晚。第二天他回到苏州家里，一看，默然无语，仰天看了半天，突然朝天“嗷嗷嗷嗷呜”像狗叫似的叫个不停。用人拉他进屋歇息时，发现他还有一只眼睛像烧红的铁蛋子，怕是再也看不见东西了。

三天之后，盛宾如再次到惟亭登门拜访吴天泽。

阿仲将他拒之门外，说：“少爷不见！”盛宾如微微一笑，说道：“麻烦你进去跟你家少爷说，就说我盛宾如今天来送钱给他的，这是一；第二，你跟他说外头有个姓董的姑娘，这会儿她要见吴公子一面。——你这么说，你家少爷肯定出来见我。”说罢，盛宾如退到门外等候。

阿仲回进去一说，吴天泽一怔，跟阿仲出来。

见阿仲开了门，吴天泽出现在门口，盛宾如忙迎上去，二话不说，拿出一张银行存票递给吴天泽，这才开口说道：“这是输给你的三万大洋，你收好了。”随即转身，手一抬，说道：“董小姐在那边树下马车里。如果吴公子你想跟她见一面，现在可以过去。——我和她今天来，是来跟你道别。实不相瞒，我今天就带她走，我们去香港。”吴天泽顺着盛宾如手指的方向一看，果然有一辆马车停在不远处大树下，耳朵听盛宾如这么一说，他惊愕得眼睛几乎突出来。

就一会儿吴天泽恢复了常态，似乎一瞬间他已经想好了，说道：“这个钱我不要。盛先生，你先听我讲，这个钱你留着自己用。——不，我现在不想听你解释，你也不需要解释。你现在不要说话，听我讲——先讲这个钱，说真的我先前一点不知道赌注是这个数字。要是知道的话，我根本就不会跟你赌。理由很简单，我要是输了，我是拿不出这么多现钱的。总不见得我输了，回到家里开口问我母亲要钱，然后拿出去还赌债。所以，你不要跟我说什么废话，这钱是你的还是你的。”说着，将那张银行存票塞到盛宾如口袋里，接着说道：“还有，董小姐我今天就不见了。你，代我问个好！”说罢，转身回进去。

“等等，”盛宾如上前一步，说道，“吴公子，还有一件事——”

“还有什么事儿？”吴天泽回头问道。

“哦，是这样的，”盛宾如随即从包里拿出一个本子，微微一笑，说道：“昨天我在苏州博古斋买到一本册页，是你父亲吴元厚先生的作品，——请你吴公子看一眼，没别的意思；我想说的是，我这么多年来，一直买的是假的东西。不过这回买到这本真的，也算是我付了很多学费之后的一个成果。——你看一眼，怎么样？”说着，把这本册页递给吴天泽。

吴天泽听了盛宾如最后说的那句话，一怔，不觉伸手接过这本册页，翻开来一看，还给盛宾如，以不容置疑的口气说道："假的。"

眼看着盛宾如目瞪口呆的样子，吴天泽轻咳了一声，手一抬，指了指不远处大树下的马车，说道："但是，你现在要带走的人，是真的。"

……

唐小姐收到魏可欣从美国寄来的最后一封信，已经是1937年六月底。在这封信里，魏可欣用中文写道：

恣恣：你好！

当你收到这封信的时候，我已经启程回国。

也许这会儿我们乘坐的美国邮船正驶入太平洋。而我们的国家，听说现在已经很不太平……

这是我在美国本土给你写的最后一封信。

在过去的几年里，我一直用英文给你写信。这次我用中文写，觉着我们古老的文字陌生而亲切。

不好意思，我现在只会用钢笔写字，而你一直坚持用毛笔写信给我。你的来信我保存着，这次随身带回来收藏，可见我现在开始看重我们的传统笔墨。

你上次来信，问我回国有什么打算？现在可以告诉你，我回国后，第一选择是做记者。还有一个选择，是到国防委员会一个部门去做英文秘书。和我一道留美的同学张佩含的父亲已经从南京给我发来邀请。

这次张佩含小姐和我一道回国。我们在外头得到坏消息：中日战争不可避免。我们想回来，为我们的国家做我们力所能及的事情。

我大哥魏金晨来信说他一直在追求你，一直追不到你。

其实我觉着你跟魏金晨蛮好的。以前我就是这么想的，现在我还是这么想。当然这是我的想法。我尊重你的选择。就写到这里，回国见。祝你好运！

可欣于美国旧金山

收到魏可欣来信的第二天，唐小姐到天赐庄博习医院去给吴天玉配药，在门诊处碰到魏金晨。魏金晨问起顾大猷的情况。唐小姐大致说了顾大猷后来转到南京一家医院治疗，这一年多来恢复得还算可以；说话虽然不大清楚，但毕竟能说话了，也能够下地走路——这是好消息。魏金晨接下来说坏消息，他觉着自己妹妹魏可欣回国是个"坏消息"。

"我收到了魏可欣的来信——我真的搞不懂她。"魏金晨肩膀一耸，两手一摊，对唐小姐说道，“她待在美国不好吗？在美国她拿到文凭，拿到学位，以后嫁给一个有钱有地位的美国人，生几个孩子，好好地把下一代教育出来，这样多好！国内的事情，要她一个小丫头起劲做什么，关她什么事儿。选择这个时候回来，有什么好？唐小姐，你也知道，现在中国北方紧张得很；南方上海苏州一带似乎相安无事，但是接下来的局势，谁知道呢！”

“我看你啊，真的是搞不懂魏可欣了。”唐小姐“唏”了一声，说道，“你恐怕还不知道，可欣不是一般的小丫头，她志向高远，想着回来为国家民众做事情呢！哪里像你，就知道让自己妹妹待在美国。——美国有什么好？就算是美国好到天上去，也是人家的国家，又不是我们的。我是蛮欣赏可欣的选择，说不定她将来厉害得很，她要学蒋夫人宋美龄，你知道不知道？”

“算了吧，”魏金晨一笑，说道，“还要学宋美龄，我看她还是学学你唐小姐比较现实……哦，对了，可欣前两次来信问我，问我跟你唐小姐怎么了？我怎么说，我有什么好说的？”

“你回信跟她怎么说的？”唐小姐明知故问道。

“我？”魏金晨颔首微笑道，“我就坦率地说人家唐小姐名花有主了，不是吗？——哎，最近报上有人发表文章，说你的那位，是吴门画派后起之秀，这个传承了什么东西，好像又创新了什么东西……”

一个礼拜后，北京发生卢沟桥事变，日本发动全面侵华战争。

卢沟桥事变不到半个月，吴天泽收到潘稻存从东山寄来的信。潘稻存在信里说了两件事情：一是他已经报名参加国军，即将奔赴抗战前线；二是说他大哥潘道延最近回来了，在家里。

那天唐小姐正好到惟亭去，听到这个消息后，对吴天泽说：“我跟你到东山去一趟吧，去看看阿延，最好把他接回来。”吴天泽一听，好像突然想起来一件什么事情；一想，把他父亲收藏的一件东西拿出来——

这是吴天泽和潘道延第一次在东山美村见面时留下来的作品，吴天泽画的山水，潘道延写的字：

吴中山水好天下　不可到来偷枇杷

那天下午，吴天泽和唐小姐坐马车到东山去。

唐小姐是第一次去。路上，吴天泽跟唐小姐讲了他小时候跟他父亲第一次到东山美村写生的故事……

唐小姐说：“我喜欢这个故事。”

吴天泽说：“我也喜欢小时候的这个故事，但是我不喜欢潘道延小时候的那个样子，

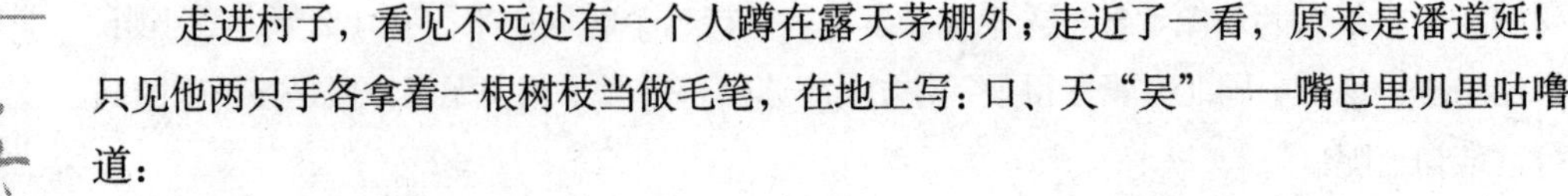

他凶得很！”

两人在村口下车。

走进村子，看见不远处有一个人蹲在露天茅棚外；走近了一看，原来是潘道延！只见他两只手各拿着一根树枝当做毛笔，在地上写：口、天“吴”——嘴巴里叽里咕噜道：

“我不说，到天上说……”

2011 年 7 月

完稿于苏州理想家园

图书在版编目（CIP）数据

吴门道/冯三羊著. －北京：作家出版社，2012. 1
ISBN 978－7－5063－6215－3

Ⅰ. ①吴… Ⅱ. ①冯… Ⅲ. ①长篇小说－中国－当代
Ⅳ. ①I247. 5

中国版本图书馆 CIP 数据核字（2011）第 260704 号

吴门道

作　　者：冯三羊
责任编辑：林金荣
装帧设计：张晓光
出版发行：作家出版社
社址：北京农展馆南里 10 号　　　**邮编**：100125
电话传真：86－10－65930756（出版发行部）
86－10－65004079（总编室）
86－10－65015116（邮购部）
E－mail：**zuojia@ zuojia. net. cn**
http://**www. haozuojia. com**（作家在线）
印刷：三河市紫恒印装有限公司
成品尺寸：170×240
字数：580 千
印张：34
版次：2012 年 1 月第 1 版
印次：2012 年 1 月第 1 次印刷
ISBN　978－7－5063－6215－3
定价：39.00 元